一个中年男子的苦闷

[美国] 约瑟夫 · 海勒 著

靖振忠 译

译林出版社

图书在版编目（CIP）数据

一个中年男子的苦闷 ／（美）约瑟夫 · 海勒
(Joseph Heller) 著；靖振忠译 .—南京：译林出版
社，2022.11
（约瑟夫 · 海勒作品）
书名原文：Something Happened
ISBN 978-7-5447-9397-1

Ⅰ.①一… Ⅱ.①约… ②靖… Ⅲ.①长篇小说 – 美
国 – 现代 Ⅳ.①I712.45

中国版本图书馆 CIP 数据核字（2022）第 162839 号

著作权合同登记号 图字：10-2018-362号

一个中年男子的苦闷 ［美国］约瑟夫 · 海勒 ／ 著 靖振忠 ／ 译

责任编辑 吴莹莹
特约编辑 李玲慧
装帧设计 韦 枫
封面插图 景秋萍
校 对 戴小娥
责任印制 颜 亮

原文出版 Vintage, 1995
出版发行 译林出版社
地 址 南京市湖南路 1 号 A 楼
邮 箱 yilin@yilin.com
网 址 www.yilin.com
市场热线 025-86633278
排 版 南京展望文化发展有限公司
印 刷 徐州绪权印刷有限公司
开 本 850 毫米 × 1168 毫米 1/32
印 张 16.875
插 页 4
版 次 2022 年 11 月第 1 版
印 次 2022 年 11 月第 1 次印刷
书 号 ISBN 978-7-5447-9397-1
定 价 78.00 元

译林版图书若有印装错误可向出版社调换。质量热线：025-83658316

目录

一　我心里发毛

每当我看到关着的门，我心里就发毛。就连在我上班的地方也是如此。尽管如今我在公司里干得很不错，可有的时候，只要我看到一扇关着的门，我就会感到害怕，觉得门背后正发生着什么可怕的事情，将会给我带来不利影响。每当我前一天晚上整夜都在撒谎、酗酒或是玩女人，或者仅仅是因为神经紧张而彻夜难眠，因而在第二天感到疲倦沮丧时，我便几乎可以闻到灾难在无形中蔓延，透过门上的磨砂玻璃向我涌来。我可能会手心冒汗，嗓音也变得怪怪的。我不知道自己为什么会这样。

这一定是因为在我身上曾经出过什么事。

也许是那天我因为发烧嗓子疼意外提早回家，结果碰见我父母正在床上做爱，于是给我留下了对门的恐惧心理，害怕开门，对关着的门心存疑虑。或者也许是我在童年晚期发现自己家境贫穷，于是让我变成了现在这个样子。或者也许是我父亲去世的那天，他的死给我心里留下了内疚和羞愧——因为当时我以为自己是整个世界上唯一没有爸爸的小男孩。或者也许是我在很小的时候就意识到，我将永远都不会长得肩膀宽宽，二头肌发达，永远都不够出色、不够高大、不够强壮、不够勇敢，因此无法成为一名全美明星橄榄球运动员或职业拳击冠军。我很早就认识到，不管我这辈子尝试着做什么，我身边总会有人能够比我做得更好，这令我感到悲伤沮丧。或者也许是那天我伸手打开了另一扇门，结果看见我姐姐赤身裸体，站在浴室的白瓷砖地板上擦干身子。尽管她明知自己没锁门，我是在无意中撞见了她，她还是冲我大喊大叫。我当时被吓坏了。

我还记得另一件事，现在我觉得很有趣，因为那是很久以前的事了。那是一个炎热的夏日，我随意走进了我们家住的红砖公寓楼后面装煤用的旧木棚，结果发现我哥哥和比利·福斯特的妹妹一起躺在地板上。比利的妹妹瘦瘦的，年纪不过和我一般大，在学校里还和我同班。我在垃圾桶旁边捡到了一辆破烂的婴儿车，想到木棚里用锤子把它的轮子和轮轴敲下来，好用在一辆我打算用装甜瓜的板条箱和一块长木板做成的小车上。我刚走进这个黑洞洞的地方，便听到一阵微弱而狂乱的骚动，并感觉好像踩到了什么活的东西身上。我吓了一跳，鼻子里闻到了一股尘土的味道。接着，我看到原来是我哥哥，和一个人一起躺在棚子一角乌黑的阴影里。我松了一口气，露出了微笑。我又觉得安全了。我说：

“你好，埃迪。是你吗，埃迪？你在干什么，埃迪？”

他却大声喊道：

“给我滚出去，你这个狗娘养的！”然后把一块煤使劲冲我扔了过来。

我躲开了，轻声呻吟了一声，泪水涌上我的双眼，然后我便仓皇逃命。我跑到棚子外面热气腾腾、明亮刺眼的阳光里，无助地在家门前的人行道上走来走去，心里很纳闷，不知自己究竟做了什么事，把我哥哥惹得这么生气，以至于他把我骂得那么难听，还拿那么大的一块煤砸我。我拿不定主意，究竟是应该逃走，还是应该待在这儿等着。我心里非常内疚，因此不愿逃走，同时我又非常害怕，几乎不敢留下来接受我应得的惩罚——尽管我不知道自己究竟做错了什么。我无法下定决心，于是只好颤抖着在家门前的人行道上来回晃悠，直到那间旧棚子的大木门终于咯吱一声朝着我打开，他们二人从那个大张着的黑口子中慢慢走了出来。我哥哥走在她身后，一副得意扬扬的表情。他看见我时冲我笑了笑，这让我心里感觉好受了一些。看到他的笑容之后，我才注意到走在他前面的女孩是比利·福斯特又高又瘦的小妹妹。她在学校里字写得不错，但是在拼写、地理和算术考试中从来都上不了七十分，尽管她总是在想方设法作弊。看到他们俩在一起我很惊讶，我压根就没想到我哥哥会认识她。她低头走着，假装没看见我。他们慢慢向我走近。这一切花了很长时间。她在生气，一言不发。我也没有作声。我哥哥在她身后冲着我眨眼示意，并夸张地提了提裤腰。他走路的姿势大摇大摆，一副我从来没见过的样子，我马上就知道自己对此有反感。看到他和平时判若两人，我觉得很不自在。但我对他的眨眼示意感激不已，我觉得既高兴又兴奋，浑身开始扭动，并冲着他咯咯直笑，几乎无法控制。我一下子如释重负，有些忘乎所以，嘴里开始讲个不停。我说道：

“嘿，埃迪。那里面发生了什么事，埃迪？出什么事了吗？”

他笑着答道：“噢，是的，的确出了点事。是不是出了点事啊，杰拉尔丁？”他一边得意地笑着，一边开玩笑地用胳膊肘轻轻捅了一下她的胳膊。

杰拉尔丁从他身边走开，脸上闪过一丝恼怒的微笑。她头也没抬，就把我们俩甩在了身后。等她走了之后，我哥哥说：

“别告诉妈妈。”

他知道，只要他叫我别告诉妈妈，我就不会告诉她。

事后，我开始想象并沉湎于那天在煤棚地板上可能的确发生了的许多湿乎乎、硬扎扎、热烈而又亲密的事情（每当我回首往事，我仍会幻想并沉湎于这一幕，而如今我越来越经常回首往事）。一想到我哥哥和比利·福斯特干瘦的小妹妹发生了性关系，我就感到惊讶不已，几乎令我大声惊叹。她甚至比我还要小几个月，长着大板牙，而且一点也不漂亮。

关于他们俩在那间棚子地板上所做的事情，我当时还有很多细节想要了解，但我胆子太小，一直都不敢问，尽管我哥哥在世时一直都对我很好，而且平时一向性情温和，乐于助人。

如今，有好多事情我都不想去了解。比如说，在我十几岁的女儿参加的聚会上，他们玩的是什么样的游戏，抽的是什么样的烟，吸的或吞的是什么颜色的药片或胶囊，这些事情我真的宁愿不知道（尽管我和我妻子觉得有义务打探）。每当警车蜂拥出现，我不想知道是为了什么，尽管我很高兴他们能赶到，并希望他们来得及时，能够完成他们被叫来完成的任务。如果有救护车开来，我也宁愿不知道他们来抢救的是谁。当有孩子因溺水或窒息而死，或是被汽车或火车撞死的时候，我也不想知道这些孩子是谁，因为我总是害怕发现他们原来是我的孩子。

我对医院怀有类似的反感，而且对生了病的熟人也有着同样的顾虑和厌恶。如果可以避免的话，我绝不会去医院探望病人，因为在那里总会有这种风险，我可能会打开某间私人病房或半私人病房的门，看到某些我事先毫无精神准备的可怕景象。（我永远都忘不了我第一次在病房里看到一根橡皮管从仍沾着血的鼻孔伸入人体内时所感受到的那种震惊。那根管子是棕黄色，半透明。）现在，当朋友、亲戚和生意上的熟人心脏病发作的时候，我从不打电话到医院或病房去了解他们的病情，因为总有这种危险，那就是我可能会发现他们已经死了。我会尽量避免与他们的妻子和儿女谈话，除非我首先跟某个已经和他们谈过话的人进行了核实，而且此人能够向我保证情况没有恶化。这有时会造成人际关系紧张（甚至包括我和我妻子之间的关系，因为她总是见人就问他们怎么样，而且还总是带着礼物跑到医院去探望住院的人），但我不在乎。我只是不想和那些家里有丈夫、父亲、妻子、母亲或孩子可能正在垂死的人谈话，即使我对那个垂死的人本人有着很深的情感。我从来都不想发现哪个我认识的人去世了。

不过有一次（哈哈），一个我认识的人真的死了，于是我振作精神，鼓起勇气，假装不知道，当天打电话到医院询问他的病情。我很好奇，我想看看听到医院通知我某个熟人死了是什么感觉。我想知道他们会怎么说，这个技术性问题占据了我的全部注意力，甚至让我感到有些兴奋。他们是会说这个人已经死了，去世了，病逝了，亡故了，还是甚至会说他断气了？[1]（就像杂志订阅或

---

1 双关语。英语里“expire”一词既有“断气、死亡”的意思，又有“过期、失效”的意思，故下文。

旧借书卡期满失效一样？）医院接电话的女人给了我一个意想不到的回答。她说：

"______先生已不在病人名单之上。"

打这个电话需要不小的勇气，实际上，它把我所有的勇气都用完了。挂断电话时，我就像一片树叶一样浑身抖个不停。毫无疑问，我的心在咚咚直跳，为我的侥幸脱险而充满快乐，兴奋不已。因为从我张口发出的第一个音节，从我伸手拨打的第一个号码开始，我就一直想象着医院接电话的那个女人对我的意图知道得一清二楚——我想象她能通过电话线将我一眼看透，看穿我的心思——并且会揭穿我的把戏。但她并没有这样做，而只是按规定作答，让我安然逃脱。（这难道是事先录好的通知吗？）我一直都没有忘记他们那种委婉的处理方式：

"______先生已不在病人名单之上。"

______先生已经死了。他已不在活人之列。______先生已不在病人名单之上，而三天后我不得不去参加他的葬礼。

我讨厌葬礼——我对葬礼深恶痛绝，因为葬礼总是有一种令人毛骨悚然的感觉——而且我尽量避免参加任何葬礼（尤其是我自己的葬礼，哈哈）。在我必须参加的葬礼上，我尽量不跟任何人说话，而只是把双手合在一起，一副悲痛欲绝的样子。我会偶尔咕哝一两句没人听得清的话语，而且总是目光低垂，就像我在电影里看到的人们的做法。我信不过我自己，不敢做更多的事情。因为我不知道有人去世时应该说些什么话才算得体，所以我总是担心自己一张口就会说错话。在任何我无法控制或预测其结果的紧张情况下，我真的再也信不过我自己了。甚至就连换保险丝或换电灯泡这种事我都不喜欢。

不知在什么地方，在我身上的确曾经出过什么事，使我丧失了信心和勇气，让我对发现和变化感到害怕，并对一切可能发生的未知事物产生了一种实实在在的恐惧心理。我不喜欢任何意外的事情。如果有人在我事先不知道的情况下稍稍重新布置了一下屋里的家具（即使是在我的办公室里），我就会觉得像是脸上挨了一拳，或是背后被人捅了一刀。我不喜欢任何突如其来的事情。不管是哪种意外，都会令我恼火，使我不快。就连那些为了给我带来快乐而安排的惊喜也总是以一种悲伤和自怜的回味而告终，那种感觉就像是有人在计划反对我，利用我来让他人开心，就像是有人向我隐瞒了一个秘密，成功地策划了一个阴谋，而我却被排除在外。(我并不是一个容易相处的人。) 我讨厌冲突 (不管是跟什么人，我自己的家庭成员除外)。有许多日常生活中的小冲突，如今我只有忍受着巨大的痛苦和屈辱才能应付过去。比如和修理工意见不合，此人不是试图偷工减料，就是想多骗我一点钱；或者是向电话公司业务部的人投诉，这些人面无表情，善于逃避责任。(我宁愿自己受骗。) 或者是那次我们家公寓里进了老鼠，那还是在我当上公司里的一名小主管，并开始挣够钱搬进城外康涅狄格州我自己的房子之前 (我不喜欢这栋房子)。

我不知道该怎么对付那些老鼠。我一直都没看见过它们。只有清洁女工看见过，或者是她说自己看见过。有一次我妻子以为她看见了，还有一次我妻子的母亲几乎肯定自己看见了。过了一阵，那些老鼠就销声匿迹。它们不见了，再也没有出来过。我甚至没法肯定它们真的曾经存在过。我们不再谈论它们，它们似乎不见了，就好像从来没有过一样。它们是些小老鼠 (据所有可靠的描述所言)，一定是从暖气金属网罩上的小方孔里钻进来的。我对老鼠并不太在意，只要我不必看到或听到它们就行，不过我经常会发现自己在侧耳倾听，看看有没有它们的动静，并且偶尔觉得的确听到了它们的声音。但是它们令我妻子毛骨悚然，使她整天惊恐不安。她想让我想办法对付它们。

因此每天晚上我都得到处安放老鼠夹。每天早晨，我的妻子和孩子们都藏在我背后，惊恐地观望着，而我则不得不打开每一个壁橱和橱柜，向每一张沙发、每张床和每把墙角扶手椅后面窥视，看看有什么新鲜而可憎的意外之物在那儿等着我，帮助我开始这新的一天。甚至就连没有意外也是一种令人震惊的意外。我的家人全都站在我身边，全神贯注地盯着我，面容严肃，充满焦虑，这让我感到很不安，因为我的两个孩子本来就很容易紧张，没有安全感，他们已经够害怕的了。我的另一个儿子脑子有缺陷，什么事也不懂。而且即使是在当时，我也不能完全肯定自己对这群家人足够喜欢，以至于希望他们在一个如此紧张而私密的情况下紧紧地簇拥在我的周围。

每当我打开一扇扇柜门，检查我设下的老鼠夹，或是向家具、炉子或冰箱后面张望时，我从来都不知道自己会发现什么。我担心自己会把老鼠捉住，发现它们已经死在了老鼠夹里，从而不得不把它们处理掉。我又害怕自己捉不到老鼠，从而不得不重复这种令人厌恶的程序，每天晚上设置老鼠夹，每天早晨检查老鼠夹，日复一日，天知道要这样持续多久。然而最让我担心的是，我会打开厨房里的一扇柜门，发现一只活老鼠蹲在一个黑暗的角落里，它犹豫片刻，只够让我能看到它，接着它便会蹦出来，一下子从我身边蹿过去。我冒着汗的手里总是攥着一本厚厚的杂志，卷起来当作武器，而那只老鼠蹿过时正好就在那本杂志下面。哦，上帝啊，如果哪天这种情况真的发生了，我该怎么办？如果哪天这种情况真的发生了，我知道我必须强迫自己用尽全力去打它。我知道我必须强迫自己竭尽全力朝它打下去，试图以一记重击将这个可怜的小东西打死，而且我知道我一定会失败，结果只是把它打了个残废。然后，当它躺在我面前，它的腿已被彻底打断，但它还在挣扎时，尽管我并不想这样做，但我知道我将不得不举起那本沉重的杂志，再打它一下，然后再一下，也许接下来还得再打一下，直到把它完全打死。

在我每天早上打开的每一扇门后面，都有可能发现一只活老鼠，这一点让我感到十分恶心，使我浑身战栗。这并不是因为我害怕那只老鼠本身（我还没那么傻），而是因为我知道，如果我真的发现了一只老鼠，我将不得不想办法去对付它。

二　我上班的地方

在我上班的地方，有五个我害怕的人。这五个人当中的每一个又害怕四个人（不包括重复），一共是二十个人，这二十个人中的每一个又害怕六个人，这样总共就是一百二十个人，其中每个人都至少让一个人害怕。这一百二十个人中的每一个都害怕其余的一百一十九位，而所有这一百四十五个人全都害怕最高层的十二个人。这十二个人协助创立并发展了这家公司，现在他们是公司的业主和领导。

如今这十二个人都年事已高，他们的精力和雄心都已被岁月和成功耗尽。他们中间许多人一生都在这里度过。当我在过道里碰见他们时，他们总是显得亲切友好，动作缓慢，心满意足（就好像死了一样）。在和其他人一起乘坐公共电梯时，他们总是彬彬有礼，默不作声。他们不再努力工作，而只是负责召集会议，提拔下属，并允许自己的名字被人用来签署在由别人拟定并发布的通告上。已经没有人确切知道是谁在真正管理这家公司（就连那些在名义上管理这家公司的人都不知道），但公司的确仍在正常运转。有时这十二位高层人士会为政府工作一段时间。他们似乎没有兴趣做更多的事情。他们当中有两个人知道我是干什么的，见面能认出我，因为我过去曾经帮过他们的忙，还承蒙他们记住了我，尽管我敢肯定，他们并不知道我的姓名。他们见到我时总是微笑着说："你好吗？"（我总是点头回答："很好。"）因为我很少接触最高层的这十二个人，难得和他们见面，所以我并不真的害怕他们。但公司里大多数让我害怕的人都怕他们。

公司里的每个人几乎都害怕公司里别的某个人，有时候我觉得自己还是一个畏畏缩缩的小伙子，在我很久以前曾经工作过的那家汽车事故保险公司里，将汽车事故报告整理归档。那是在耶格尔夫人被任命为档案室的负责人之后，她天天都威胁我们，说要把我们大家全都解雇。她是一个独断的大块头女人，自信且盛气凌人，从未怀疑过自己偏见的正确性，对人的亲切态度令人反感。那家公司里有一位名叫弗吉尼娅的姑娘，坐在一台西联电报公司的大挂钟[1]下，她年纪比我大，说话风趣，喜欢和我互相讲下流笑话（"我叫弗吉尼娅——简称'处女'[2]，但不会长久，哈哈。"）。她活泼直率，总是在嬉笑挑逗（至少和我是这样），而我当时太年轻，太愚笨，看不出她不仅仅是在开玩笑。（天哪——她曾经叫我在什么地方给我们俩开个房间，而我就连怎么个开法都不知道！我现在觉得她非常漂亮，尽管我不能肯定我当时是否是这么想的，但那时我的确很喜欢她，她让我欲火中烧。当时她父亲在几年前自杀了。）那家公司里还发生了许多我不知道的事情。（弗吉尼娅本人曾经告诉我，有一天晚上，一位已婚的理赔员开车带她出去，开始坚持动手动脚，并且威胁说要强奸她，或是把她丢在一块墓地附近，直到她假装哭了起来对方才罢休。）我记得在那家公司的时候我也害怕开门，即使是公司里的哪位律师或理赔员叫我去送重要文件或是三明治。我从来都不知道是应该先敲门还是应该径直走进去，是应该恭恭敬敬地轻轻敲门，还是应该用力大声敲，好让里面的人能马上听到，让我进去。不管用哪种方法，我往往都会遇到恼怒和不耐烦的表情（或者我感觉如此。我不是到得太早，就是到得太迟）。

我们大家全都饱受耶格尔夫人的欺凌。没过多久，公司的档案管理员几

1　在 1889 年至 1963 年之间，西联电报公司曾与自上发条钟表公司合作，提供钟表出租和同步业务。

2　双关语。英文原文"Virgin"，是弗吉尼娅（Virginia）的前六个字母，本意为"处女"。

乎全都辞了职，几位年龄稍大一点的入伍参加了陆军或海军，我们其余的去找更好的工作。我离开是为了一份更好的工作，结果那份工作比这份还要糟。通知上司我要辞职需要很大的勇气，这种事一直都是这样。（为了这篇辞职演说，我排练了好几天，好逐渐鼓起开口的勇气，并且为有关我离职原因而可能提出的责难性问题准备好了认真而自认为有理的答复，结果耶格尔夫人和其他人连问都懒得问。）面对权威，我总是心怀顾虑，不敢径直走到它的面前，正视着它的双眼，勇敢而蔑视地对它直接讲出自己的观点，即便是当我知道自己完全有理，而且没有任何危险的时候。（我永远无法说服自己我真的是安全的。）我对这一点就是没有信心。

那是我高中毕业后（或者说从高中混出来之后）的第一份工作。我当时十七岁——而坐在西联电报公司大挂钟下面的那个"比我年长"、说话风趣、喜欢调情的姑娘弗吉尼娅也才只有二十一岁（现在甚至对我来讲都太年轻了，至少年轻了一两岁）——从那以后，无论我在哪儿工作，我总是担心自己很快就会被解雇。事实上，我从来没有被解雇过，相反，我每次都会得到丰厚的加薪，而且晋升得很快，因为我通常（刚开始时）非常机敏，能够很快掌握情况。然而这种失败感，这种大难临头、即将当众受辱的令人沮丧的感觉，甚至在眼下这个公司也依然存在，尽管在这里我坚持稳步做好工作，尽量做到不树敌。问题是我发现自己不可能确切地知道，在所有这些楼层上所有办公室的门背后究竟正在发生什么事情，而这些办公室里的人，包括这个公司和世界上所有其他公司的人，他们可能会有意无意说一些话，做一些事，从而将我彻底毁掉。有时我甚至会用一种不祥的猜测来折磨自己，想象着中央情报局、联邦调查局或国税局多年来一直都在暗中调查我，并且即将收网，把我逮捕归案，其原因无非是我内心里对自由主义怀有一些同情，而且通常会投民主党的票。

我有这样一种感觉，那就是我附近的某个人很快就会发现有关我的什么东西，而这将意味着我的末日，尽管我无法想象这东西究竟是什么。

在平日的工作里，我害怕格林，格林也害怕我。我之所以害怕杰克·格林,是因为我主管的部门是他手下部门的一部分,杰克·格林是我的上司。格林之所以害怕我,是因为我这个部门的大部分工作都是为销售部做的,而销售部比他的部门重要,而且我与安迪·凯格尔和销售部其他人员的关系比他和他们之间的关系要密切得多。

格林会一阵阵地对我表现出不信任。他时不时会向我表明,在向其他部门展示我手下部门所做的任何工作之前,他都想要先过目。我知道他其实并不是真的这么想:他自己工作太忙,根本没那么多精力去关注我的所有工作,因此在大部分任务上我都会绕过他,直接把结果交给那些对其有迫切需要(或是自认为有迫切需要)的人,而不是占用他的时间,同时造成延误。从长远来看,我手下部门所做的大部分工作都无足轻重。但是每当其他部门的人对我手下部门所做的东西表示赞赏时,格林都会惊恐不已。如果这项工作他既没看到过,也没听说过,他就会又生气又尴尬,变得满脸通红。(如果是他曾经看到过但又不记得了,他也会同样没有好脾气。)

销售部的人喜欢我(或者是假装喜欢我)。他们不喜欢格林。他知道这一点。他们向我抱怨他,说一些有关他的坏话,这些他也知道,但他佯装不知。他装作漠不关心,因为他其实并不喜欢销售部的人。我其实也不喜欢他们(但我假装喜欢)。格林一般并不特意去和销售部的人友好相处,而是有意显得冷冷淡淡,不屑一顾。不过他也担心自己在那里造成的敌意。格林非常担心在不久的将来,公司运营部将会把我这个部门从他的部门里拿走,并将其交给销售部。为了这件事,格林已经担心了整整十八年。

在我主管的这个部门里,有六个人怕我,还有一个小秘书,她怕我们大家。在我手下工作的还有另外一个人,他谁都不怕,就连我他都不怕。我想尽快把他解雇掉,但是我怕他。

我经常会想,一定有不少邮件收发员、男女勤杂工、存货管理员、信差以及年龄不一的各种助手,他们害怕公司里的每一个人。我们部门里有一位打字员正在慢慢发疯，结果弄得我们大家全都害怕她。

她的名字叫玛莎。我们最担心的是她会在平时九点到五点之间的上班时间发疯。我们希望她在周末我们和她不在一起的时候发疯。我们应该趁现在还来得及，把她从公司里打发走，但我们不会这样做。应该有人解雇她，但谁都不会下手。甚至就连以解雇人为乐的格林都不愿承担这个责任，因为这样做可能会导致玛莎彻底崩溃，尽管格林对她无法忍受，讨厌她的模样，而且每当有什么东西让他想起这个人还在他的部门里时，他都会气得要命。（正是他在人事部一位女士的大力推荐下，经过草草的面试后雇用了这位打字员。这位女士负责招聘打字员，并将她们送到楼上来面试。）和我们大家一样，他尽量假装她并不存在。

我们注视着她，等待着，蹑手蹑脚地从她身边走过，同时心想，到底还要等多久，她终于发疯的那个最后决定性时刻才会如期到来——她究竟是会高声尖叫，还是麻木迟钝；会疯狂乱抓，还是平静安详；会头脑清醒地意识到自己发疯了，因此必须被带走，还是惊恐万分，一无所知，困惑不解。

奇怪的是，她工作时比我们其他人都要开心得多。她的思绪从工作飘到了某些更令人满足的地方，她凝视着打字机滚筒上方离她的脸只有一两英尺远的空荡荡的墙壁，一边微笑着，一边满意地喃喃低语，忘记了自己是谁，忘记了自己身在何处，忘记了她应该用打字机誊写的纸页。每逢遇到这种情况，如果可能的话，我们会从她身边走开，或者转过身去，尽量不去注意她。每当她开始微笑并自言自语时，我们每个人都希望别人能做点什么，说点什么，好让她停止。当我们实在没法体面地拖延下去，而不得不自己做这件事的时候，我们会把她带回到我们自己的办公室，温和地提醒她，话语里没有任何批评或责备的含意。我们觉得如果她意识到自己的行为，意识到自己可能快要发疯的话，她会觉得很惊讶，会感到心烦意乱。还有的时候她会紧张得令人无法忍受，让人目不忍睹，没法和她待在一起。大家对她都非常细心，非常体贴。格林经常为了她的事向人事部的主管抱怨，但人事部的主管也不想解雇她，而是和她在艾奥瓦州的家人取得了联系。她母亲已经再婚，不希望她回去。玛莎皮肤不好。大家对她都很不满,希望她能离开。

这家公司很仁慈。公司里的人大多都很友好,公司里的气氛在大多数情况下也很快乐。办公室里的装潢,特别是接待室和前厅,也都明亮多彩,有许多橙色和海绿色。办公室社交聚会频繁。我们享受所有法定假日,而且在需要的时候可以随时带薪休假三天。我们有许多三天和四天的长周末。(我现在已经无法面对这些漫长的周末,不知道怎样才能熬过去。我可能不得不开始去滑雪。)

公司每两周发一次工资,每次我们都会收到一张支票,用硬纸(不够厚,不能称为硬纸板)制成,经机器加工处理,上面精确地打着整齐的长方形小孔,并用小小的黑色大写字母印着十分正式的警告,说不得将其撕破、污损、插在票插上、用订书机装订或以其他方式损坏。(你只能将它兑换成现金。)如果支票上没有这句警告,我绝不会想到除了把它存进银行之外,我还可以拿这张支票做什么别的事情。然而现在我偶尔会感到好奇。每隔两个星期左右,我就会撕开那个空白的米黄色工资信封,呆呆地盯着我那张穿孔卡片薪水支票上的小孔、数字和文字,就好像是在失望地期待着发现支票上出了无法纠正的错误,多给了我一大笔钱。每当这时,我就会愁眉苦脸地暗自猜想,如果我真的将这张支票折叠、撕破、污损、插在票插上、用订书机装订并损坏的话,那么将会发生什么事情?(这张薪水支票是属于我的,是不是?还是说并非如此?)如果我冷静地蓄意违抗了支票上的警告,而且明显带有恶意预谋的话,那将会发生什么事情?

我知道将会发生什么事情:什么事都没有。什么都不会发生。知道这一点让我感到很沮丧。楼下某个我从未见过的姑娘(她的皮肤可能也不好)只要在那台钢制键盘穿孔机上按上几个键,就可以将一切重新纠正,就好像我根本没有违抗过一样。我的反叛行为会像落在大海上的雨滴一样被吸收,不留任何痕迹。我不会激起一丝涟漪。

我猜想,像我这样的人几乎再也不可能反叛并造成持久的影响。我已经失去了我儿时所拥有的颠覆事物的能力。现在我已经无法改变自己的环境，就连对它造成严重干扰都不行。一旦我尝试这样做，他们马上就会将我解雇并遗忘。他们会将我归档。这就是打字员玛莎最终发疯时将会落得的下场。她将会被解雇并遗忘。她将被归档。她将会拿到病假工资、假期工资和遣散费。她将会从养老基金中得到一笔钱，从利润分享基金中得到一笔钱，然后她的一切痕迹都将被安全地藏在一个陈旧的、装过期资料用的绿色文件柜里，放在另一层楼上的另一个房间里，谁都看不着，或是放在某个满是尘埃的仓库里，那地方人们每年顶多去上一两次，而且公司里没几个人知道有这样一个地方存在。就像我年轻时曾经工作过的那家汽车事故保险公司里的那些陈旧的绿色文件柜，它们放在总办公室下面一层的库房里，里面的文件夹里装的全都是过了期的汽车事故记录。等到她发疯的时候，她的案子就了结了。

我从来都没有想象到竟然会有像我在那间库房里看到的那么多过期事故记录（在另一间仓库里还有成千上万更老的过期事故记录，我每年都得到那儿去一两次，以澄清有关某个已经过期很久的事故记录的疑问）。我对这些记录记得很清楚，我还记得每个文件夹外面用一种颜色很奇特的蓝墨水写着一些数据，字体很花哨：编号、姓名、地址、日期，还有一个缩写，表明事故是仅仅涉及财产损失（PD）还是涉及人身伤害（PI）。我经常会从家里带来三明治（里面夹的是大红肠，或是加了很多番茄酱的碎熟肉，或是金枪鱼或罐头鲑鱼加生番茄），午餐时在楼下库房里吃。如果只有我一个人在那儿吃午饭，我就会读《纽约镜报》（现在这家报纸也已倒闭），然后为了消遣，随便从文件柜里挑一些旧的事故记录来读一读。我想从里面找到一些悲剧情节，找到富有戏剧性的侦探工作和法庭悬念，到头来却一无所获。这些记录死气沉沉。那些名字、评估、医学鉴定、调查结果和目击者报告，没有一样给这些故事带来一丝生气。（相比之下，《纽约镜报》则强得多，就连它上面有关家庭和国家不幸事件的最新真实报道读起来也像连环漫画一样。）给我印象最深的是那些过期事故记录的数量之巨大，所有那些颜色单调、松垮下垂的陈旧硬纸板文件柜多不胜数，它们就像一座座紧紧相连、永恒不倒的高塔一样，从地板上几乎一直堆到天花板，里面记录的是一系列互不关联、无穷无尽的汽车事故。这些事故在我到那儿工作之前很久就一直在人和汽车的身上发生，它们当时也在发生，而且现在仍在发生。

我在那家公司的时候，公司里也有一个姑娘发了疯，结果她被归档了。在我到现在这家公司工作之前的那家公司里，有一个男人发疯了，是一位中级小主管，从酒店窗户跳出去自杀了。他留了一张字条，说他很抱歉自己从酒店窗户跳楼自杀，说他不知道怎么才能弄到一把枪，而且也不会用，不然的话他就会用枪自杀。警察把他的尸体从地上抬走了（很可能是这样），他也已被归档。

我觉得如今在每一家公司里都可能总是至少有一个人正在慢慢发疯。

今年我们公司又业绩辉煌。它的规模仍在不断增长，在许多方面，我们公司都处于本行业的领先地位。根据我们最新的年度报告所称，公司今年比去年更大、更好。

我们现在一共有二十九个办事处，十二个在国内，两个在加拿大，四个在拉丁美洲，十一个在海外。我们曾经在古巴还有一个，但是后来关了门。我们平均每年有三起自杀事件：每十二个月就有两个男人自杀，通常是中层管理人员，几乎都是用枪；还有一个是女的，通常是未婚，或是已婚分居或离婚，一般都是用安眠药。公司的薪水很高，假期也很长。

公司里的人喜欢过优裕的生活，并且特别容易受到精神崩溃的影响。他们品味高，生活水平也高。我们受过良好的教育，能力和智力远远高于平均水平。人人花钱都大手大脚，没人存钱。有关精神崩溃的记录比有关自杀的记录难找，因为精神崩溃更难以识别，也更容易掩盖过去。（自杀毕竟是自杀，它有一种终结的意味，它是一个人所做的最后一件事情。但有谁能够确切地知道一个人什么时候正在崩溃呢？）但是精神崩溃的确经常发生在所有年龄段和职业群体的人当中，什么样的人都不例外——不管是胖是瘦，是高是矮，是好是坏。在我负责主管手下这个部门的这几年里，有一个姑娘和一个男人都曾经因为精神崩溃而请过长假。现在他们两个都已经休养好了，并重新回来在我手下工作，而在我的部门之外没有几个人知道他们为什么请假。(我觉得他们俩当中有一个，就是那个男人，还没怎么休养好，并且很可能不久就会再次崩溃。对于我和所有其他同他谈话的人来讲，他已经又快要让人感到头疼。他的话太多。)

在公司里我知道的人当中，平均每年有四个会因自然原因而死亡，另外还有两个半 (今年两个，明年三个) 会因病请假，并最终查出得的是癌症。每年大约有两人死于意外事故，一个死于车祸，另一个死于火灾或溺水。迄今为止，公司里还没有一个人在飞机失事中丧生，对我来说这是一件非常不可思议的事情，因为我们经常坐飞机去其他办事处工作，或是到其他城市和国家去拜访客户、潜在客户和供应商。每逢正式全职员工请病假，通常不管病期长短，他们都会拿到全额工资 (即使他们的病情可能会持续一辈子。哈哈)，因为公司在员工福利这方面做得非常出色。公司里人人都已离婚 (不过我例外)。人人都喝酒，而且上班吃午饭时总要花上两个小时或更长的时间。男人们个个都调情，女人都会做出回应，除了少数几个笃信宗教或是非常无趣的人，或者是几个初入社会、不谙世事的年轻姑娘。

尽管我们大家都害怕，我们大多数人都喜欢在这儿工作，并且不想离开这里去其他公司任职。我们上班挣钱，开心享乐，有空读点书，看场戏，时光就这样在不知不觉中流逝。

在这个财务期里，我在和简调情。简是美工部新来的职员，她还拿不准我究竟是不是认真的。她上大学时主修美术，毕业还没几年，仍觉得城市里的东西大胆、高雅且富有思想。她经常去看电影。我觉得她还没有跟已婚男人上过床。

简是格林部门下属美工部的副主管。美工部一共只有三个人。和我们大家一样，她有很多时间可以沉思默想、做白日梦、打私人电话，或是和公司里任何哪个想跟她开玩笑的人 (我) 开玩笑。她身材不错，高挑苗条，有一只眼睛泪管阻塞，经常滴着眼泪。她喜欢穿宽松的羊绒毛衣，美妙地紧贴在她小乳房突出的尖端上。（我的指尖往往会渴望同样美妙地紧贴在她小乳房突出的尖端上，将它们来回拨弄，但我从实践中知道，我的欲望不会在她的乳房上停留太久。它们只是一个方便的起点。）她姣好的身材、突出的乳头和阻塞的泪管为我提供了一个方便的机会，可以用来讲一些挑逗性的俏皮话，其内容和我曾经与那家汽车事故保险公司里坐在西联电报公司大挂钟下的那个比我年长的姑娘弗吉尼娅互相讲的那些俏皮话相同（这么多年后，那家公司还在同一个地点营业，那只挂钟很可能也还在那儿，仍在走动，不过现在那栋办公楼已经预定将要被拆除），只不过现在我成了更为年长、更有经验（并对此更为腻烦）的那一方，并且基本上能够随心所欲地控制并支配事情的进程。我感觉现在我想和简做什么都不成问题，尤其是碰上哪天她午餐时喝了两杯伏特加马提尼酒，而不是一杯（就我个人而言，我讨厌伏特加马提尼，并且对喝这种酒的人的人品持有怀疑），或者是喝了三杯威士忌酸酒，而不是两杯。如果我愿意的话，哪天下班后我可以带她出去喝上三杯伏特加马提尼，然后带她去附近雷德·帕克的公寓，而剩下的事情，我敢打赌，就会像吃馅饼一样容易（而且可能也不会比吃馅饼更刺激）。我可以随时让简开怀大笑，而我知道，这一点可能意味着，如果我真的决定想玩这个游戏的话，我已经成功过半，但是我还拿不准自己究竟是不是认真的。

也许我应该为自己感到可耻，因为她不过是一位二十四岁、非常正派的年轻姑娘。也许我应该为自己感到骄傲，因为她毕竟是一位非常正派、很有魅力的年轻姑娘，才二十四岁，而我大概随时都可以和她上床。（我把和她上床的事大致安排在了将来某个时候，多半是在公司年会前的那几周，到时候我将会支使美工部的人做许多事情。）我真不知道自己到底应该怎么想。我知道二十刚出头的姑娘很容易到手，也很可爱。（将近三十的姑娘更容易到手，但是她们很可悲，因此就不那么可爱了。）我认为她们之所以很容易到手，是因为她们很可爱，而我觉得她们之所以很可爱，是因为她们很傻。

如果哪天碰上我在午餐时喝了两杯马提尼酒的时候，简的胸部和双腿简直会让我发狂。当我停下来和她开玩笑的时候,她经常会把自己苗条的屁股靠在美工部附近后勤办公室狭窄走廊的墙上。简的脸上经常带着微笑,而且她很天真(比如她认为我是个非常和蔼可亲的男人),不过她当然并非毫无性经验。当我嘲笑她是处女时,她会笑着夸耀自己的性经验,而当我嘲笑她是妓女时,她则会笑着加以否认。我经常拿她的眼睛、毛衣或是我假装她正在过的好日子或坏日子来开玩笑戏弄她,这些玩笑相当机械而幼稚(与此大同小异的玩笑我以前也都曾经跟别的姑娘和女士们开过),同时我会朝着她的裙子正面俯下身子,几乎垂涎欲滴(我不知道在这些令人恶心的时刻里她如何能够忍受我——但她的确能够忍受),色眯眯地盯着裙子下面露出的一大截大腿,尽管我心里已经知道,当我让她脱下衣服的时候,我会觉得她的腿有点瘦,而且如果我事后跟任何人提起她,我可能会说她有点太瘦。

我觉得我真的很喜欢简。她性格开朗、待人坦诚、信任他人,而且非常乐观——如今,这种女孩子我遇到的实在不多。到目前为止,我决定不对她采取任何行动,而只是继续我们之间那些挑逗性的玩笑,我们俩都觉得这很开心,很好玩,并且很鼓舞。也许她的长相和身材都有点太好了。我以前曾经喜欢高大粗壮、有点粗俗的姑娘,也许我现在仍旧喜欢,但近来和我上床的姑娘大多是又苗条又漂亮,而且大多都很年轻。我妻子就又高挑又苗条,而且年轻时非常漂亮。

公司里最提心吊胆的一伙人就是推销员了,他们害怕的人最多。他们生活和工作在异乎寻常的巨大压力之下。(那种压力我可受不了。)当公司生意不好的时候,对推销员来说情况就更糟。当公司生意好的时候,他们的日子也好不到哪里去。

无论是作为一个集体还是作为个人,他们都总是好像在受审,总是处于失败的边缘。即使是他们当中地位最稳固、最具有自信的人也千方百计想让自己的业绩在纸面上显得好看一些,而给他们这种机会的纸面的确不少。比如,每个星期,公司各分部每个销售办事处以及整个销售部上一周的销售业绩都会被记录下来，并与上一年同一周的销售业绩进行比较。这些数字会在最新式的复印机上复印出来，分发给公司里所有与销售有关的人员和部门。除此之外，公司各分部及整个公司每个销售办事处每年每季度的销售业绩记录也都会被制成表格，并与上一年相应季度的销售业绩进行比较。与此同时，每季度的累计销售总额也会被记录下来，而且所有这些季度销售总额也将被复印并分发。除此之外，公司还将季度销售总额和累计销售总额与同行业其他公司的季度销售总额和累计销售总额（估计值）进行比较，而且这些数字也将被复印并分发。这些数字被列成了一摞摞、一层层平行的行和列，以供任何将其过目的人进行快速比较，并做出草率的判断。所有这些复印和分发的结果就是，不论什么时候，在整个公司里，大家几乎总是在一刻不停地关注着公司各分部每个销售办事处的销售额，并且对推销员的表现好坏讨论不休。

当推销员们表现好的时候，他们就有压力做得更好，因为他们担心自己可能会开始走下坡路。当他们表现不佳的时候，他们就会做得一塌糊涂。当一名推销员接到一份大订单或揽到一位重要的新客户时，他的喜悦很短暂，因为下一次他便有可能将某份大订单或某个重要的新客户输给一位来自竞争对手公司的推销员（或是输给一位来自本公司内部某个竞争对手分部的推销员，这表明这家公司已经变得多么复杂而有秩序）。而且这份订单可能会在兑现之前就被取消，在这种情况下，没人能说得上究竟是否有任何得失。因此，就连在他们的胜利中也存在着危机和恐慌。

尽管如此，推销员们热爱他们的工作，不会选择任何其他的活。当他们不在遭受腹部绞痛之苦，也不在郁闷地沉思未来时，他们这群人充满活力，轻松活泼。另一方面，他们常常会毫无预兆地变得脾气暴躁，而且经常喜欢抱怨争吵。他们有的会生闷气，有的会欺负人，有的会先欺负人，然后生闷气。他们全都喜欢酗酒，直到得了肝炎或心脏病发作，或是因其他原因而被警告不要再酗酒。而且他们个个迟早都会觉得有人在找他们的茬，觉得自己受到了不公平的指责。他们每个人都能指出至少一位公司里的上司，认为这位上司对自己怀恨在心,并一心想要毁掉自己的职业生涯。

推销员们工作卖力,薪水丰厚,而且有权支配大数额的个人报销账户,他们喜欢将其慷慨地挥霍在公司内外其他人的身上,包括我在内。他们在好社区里有好房子,在好的私人高尔夫球场上打高尔夫球,而且球艺也不错。公司对此加以鼓励。事实上,如果他们加入的乡村俱乐部是一个不错的俱乐部,公司会为他们支付俱乐部会费以及他们在那里需要支付的一切费用。公司会主动寻求并奖励在高尔夫球场上给人留下好印象的推销员。

销售部不接受未婚男人,甚至就连鳏夫也不欢迎,因为公司从经验中了解到,让未婚的推销员和重要高管及其夫人们进行社会交往或一起参加关系重大的民事活动往往会带来各种困难和危险。(在这些地位显赫、事业非常成功的男人当中,有不少人的妻子对自己的婚姻状况和对自己的丈夫一样不甚满意。)如果一名推销员的妻子去世了,而他又暂时不打算再婚,那么他通常在服丧几个月后就会被调到一个行政职位上。销售团队从来都不雇用单身汉,而离了婚或妻子不幸去世的推销员都明白,自己最好赶快再婚,要不然就得等着干一份别的工作。

(雷德·帕克身为一名鳏夫已经太久,现在他正在因为这个和酗酒而惹上麻烦。他过得太开心了。)

奇怪的是,尽管推销员们天性好斗、自负而且强调个人主义,但他们对自己所承受的持续不断的压力和严格监督却反应良好。纪律和指导对他们来说是一种刺激和激励。在有明确目标的明确指导下,他们就干得非常好。(这可能就是他们喜欢高尔夫球的原因之一。)在大多数情况下,如果没赶上他们烦躁、焦虑或沮丧的时候,他们就是一伙开朗、自信、合群的人。一个人的性格里一定必须有某种东西,才能不仅使他能够成为一名推销员,而且还使他想要成为一名推销员。我们公司的推销员居然喜欢做销售,尽管他们当中似乎有不少人患有结肠炎、疝气、痔疮和慢性腹泻(我也长了一个痔疮,这家伙想来就来,想走就走,但是对我来讲这并不成问题,因为我已经去看过医生,确定它不是癌症),更不用提销售部以及其他部门中经常因紧张和劳累过度而导致的精神崩溃，以及推销员当中偶尔出现的大约每两年一次的自杀事件。

推销员们为他们的职位以及他们在公司里所享有的地位和重要性而感到骄傲，因为我手下部门的职能和公司里大部分其他部门一样，都是帮助推销员进行销售。这家公司存在的目的就是为了销售。我们之所以被公司雇用，就是因为这个，我们之所以能拿到薪水，也是因为这个。

公司里最不担惊受怕的就是我们小小的市场调研部里的这几位了，他们什么都不信，而只是关心收集、整理、理解并重组有关公众、市场、国家和全世界的各种统计信息。一则他们的薪水很低，而且他们知道如果自己丢了这份工作，在其他公司找到同样薪水不高的工作也并不太难。他们这个部门的预算也很小，因为公司已经不允许他们进行大规模的调研工作了。

我们现在使用的大部分数据资料都是从各个贸易协会、美国人口普查局、美国商务部、美国商会、美国全国制造商协会和五角大楼免费获得的，而且已经无法知道我们发布的信息所依赖的数据资料究竟是真是假。但这似乎无关紧要，唯一真正重要的是，这些数据资料来自一个值得信赖的出处。市场调研部的人从来都不会因为他们在公司外部所发现的使我们公司处于竞争劣势的情况而受到指责。事实就是事实——没有人期望他们改变现实，而只是希望他们尽可能把它找出来，并提出巧妙的方法来对它进行掩饰。在很大程度上，这就是我自己工作的实质，而我们所有在格林手下工作的人都与销售部和公关部密切合作，将事实真相转化为半真半假的谎言，同时将半真半假的谎言转换成事实真相。

我对这些欺骗技巧很擅长，不过我已经并不总是能够欺骗我自己了（如果我还能的话，我就不会知道这一点了，对不对？哈哈）。事实上，公司里有不少人竟然成了他们自己（我们自己）宣传的牺牲品，这总是让我感到惊讶不已。现在公司里有许多人居然真的相信我们所做的事情非常重要。这种情况不仅发生在推销员身上——他们嘴里天天大声重复着自己的种种推销之词，以至于在他们眼里这些推销词具有着迷信般的逻辑和权威，而且甚至就连最高管理层里精明能干的高管也不例外，尽管他们能看到所有资料，因此应该不至于这么糊涂。这种情况也发生在像我这个级别以及级别比我低的人身上。它也发生在公司里几乎所有以优异成绩从名牌商学院毕业的人身上，这些人一律都是公司里最能干、最有责任心的人，同时也是最天真幼稚、最容易上当受骗的人。比如说，每当我们发起一个新的广告活动，公司里的人都会首先上它的当。每逢我们推出一款新产品，或是把旧产品换个壳子、换个颜色或者改个名称当成新产品出售时，公司里的人都会第一个争着抢购——即使这种产品并不怎么样。

当推销员和公司发言人开始相信他们自己的论点时，其结果并非总是坏事，因为他们会形成一种充满忠诚、热情和信念的观点，而这种观点本身往往就非常具有说服力。它会带来那种造就了好公民和好员工的奉献精神和狂热情绪。然而，如果这种情况发生在了我自己部门的人身上，其后果则可能不堪设想，因为他会开始过分依赖他现在认为是事实的东西，从而失去编造优质谎言的才能。他不再令人信服。霍洛韦的情况就是如此，他就是我手下部门里那个曾经精神崩溃（而且可能很快就会再次崩溃）的人。

“但这是事实，你难道不明白吗？”他会和推销员、秘书，甚至和我轻声争辩，脸上带着一种会意而宽容的微笑，就好像他所说的话对所有人都应像对他自己一样显而易见。“我们的确是最棒的。”（他没有抓住其中的要点，那就是这是否是事实并不重要，重要的是人们认为这是事实。）

他现在又开始这样带着微笑和别人争论，总是想跟我们讲话，尽管我们谁都不想听他讲。每当他硬缠着我或是冲着我部门里某个人喋喋不休讲个不停时，我总是在心里暗自希望，既然他迟早都要精神崩溃，那就不如早点崩溃算了，好趁早把这件事和他本人一同打发掉。只有他还在跟我们那个快要发疯的打字员玛莎说话，同时只有玛莎一个人有耐心听他讲话，而不会变得烦躁不安。她在听他讲话时非常认真专注，因为她根本连一个字都没听进去。

最后大家对他越来越不耐烦。当时他还失去了理解能力（现在他又在失去这种能力），不明白推销员们来找他的时候，实际上是想让他为他们夸大歪曲的推销词提供确凿的证据，因此他搞不懂为什么这些推销员开始回避他，不再找他帮忙，甚至不再请他吃午饭。他居然指望着他们只凭“事实真相”来完成他们的工作。

我想，只有一个明智的人，才会明白自己其实很愚蠢，而只有一个诚实的人，才会意识到自己其实是个骗子。同时我想，只有一个愚蠢的人，才会坚信自己是明智的，这就是我得出的（明智）结论。与此同时，我们这些明智的成年人整天溜进来、溜出去，在我们的办公桌、小隔间和饮水机旁互相吓唬对方，并试图躲避那些让我们害怕的人。我们每天到这儿来上班，吃顿午饭，然后下班回家。我们迈着正步进来，迈着正步出去，换个舞伴，四处游荡，绕来绕去，好得到一丝赞许，然后漫步回家，直到我们全都死去。根据我在办公室和格林关系的好坏，或者是我在家里和我妻子、我弱智的儿子、我的另一个儿子、我女儿、黑人女佣或是我弱智儿子的保姆相处的情况，我时不时会扪心自问，难道我能做的就**只有**这些吗？在我这一生中所剩不多的几年里，我所能得到的难道真的就**仅此而已**吗？

我所得到的回答当然总是……**没错**！

因为我拥有这份工作，领着这份工资，可以开怀大笑，而且好像几乎随时都可以找到一位姑娘愿意和我上床。因为邻居和同事们羡慕我，尊敬我，他们薪水比我低，性格比我差，他们的妻子也缺乏风采。而且因为我似乎的确拥有了我想要的一切，尽管我经常希望我的顶头上司不是格林。他喜欢我，也欣赏我的工作，但去年他就是不让我在波多黎各举行的公司年会上发表演讲，前年在佛罗里达举行的公司年会上也是一样——他也知道我为此而对他怀恨在心，而且可能永远都不会原谅他，也永远不会忘记这件事。

（我有时会做梦，一些令人不快的梦，我觉得它们和我想在公司年会上发言的愿望有关。在梦里，我想从一个地方到达另一个地方，但我总会遇到无法逾越的障碍，并感到万分沮丧，羞辱不堪。）

现在格林认为我在密谋挖他的墙脚。这一点他搞错了。一则，我没那个积极性。二则，我也没那个胆量。三则，我觉得其实在很多方面我都喜欢格林，对他很钦佩（尽管在其他很多方面我也非常讨厌和憎恨他），而且我知道，我在他手下工作可能要比在其他任何人手下工作都更为安全——甚至包括在销售部的安迪·凯格尔手下，如果他们真的决定把我和我主管的部门从格林手下调到凯格尔手下的话。

在许多方面，在许多场合下，我和格林都是朋友兼盟友，经常互相帮助，有时还会主动替对方着想。当他在自己的工作上稍有迟缓或健忘时，我常常会替他打掩护，帮他辩解，而且我还经常把我自己部门所做的出色工作归功于他，尽管这并不是他的功劳。但我从来都不告诉他我会这样做。每当我听到关于他的好话时，我也从不会告诉他。我喜欢看到格林忧心忡忡的样子。我很高兴他不信任我（这对我的自尊心极为有帮助），而且我也不会去努力让他安心，而是只要差不多就行了。

我是他在这儿最好的朋友。

就这样，格林害怕我，怀特害怕格林，布莱克害怕怀特，布朗和格林害怕布莱克，而安迪·凯格尔、格林和我又害怕布朗。所有这一切都确凿无疑，因为霍勒斯·怀特的确害怕与杰克·格林交谈，而尽管约翰尼·布朗喜欢用他强壮的肩膀、务实的头脑和强硬直率的嘴巴来恐吓周围的每个人，他却害怕他的保护者，莱斯特·布莱克。

我知道这全都是真的，因为每当我上班工作感到无聊时，我就会编制一些组织结构图作为消遣，而这整个色轮[1]是我在一个沉闷潮湿的下午里琢磨出来的。目前（作为我的一个私人研究课题）我正忙着将公司里和职业、工具或自然资源同名的人组织成一个自给自足的团体，因为我们公司的内部电话簿里有许多姓米勒、贝克、泰勒、卡彭特、菲尔德、法默、哈默、尼科尔（在我的乌托邦

1　色轮，又称色环，是将各种颜色排列在一个圆环上、用来表示颜色之间关系的一种工具。在英语里，格林、怀特、布莱克、布朗这几个姓的本意分别为“绿色”“白色”“黑色”“棕色”，故称。

里，双关语是允许的，要不然我们怎么才能应付得过去？）和布彻[1]的人。如果我们大家做的都是自己的姓所指的工作，也许我们会成为一个更好的组织，不过我拿不准其中适合我的位置究竟在哪里，因为据我所知，我的姓没有任何意义，我也不知道它从何而来。

搜集无关紧要的有用信息可以转移我的注意力，让我自娱自乐。我们公司里一共有十一个格林（把拼写稍有不同的姓氏也算上）、八个怀特、四个布朗和四个布莱克。姓斯洛克姆的只有一个……那就是我。有那么一阵，公司里曾经有两个斯洛克姆，我们公司的芝加哥办事处曾经有一个玛丽·斯洛克姆，是一位刚从秘书学校毕业的性感女子，矮个子，屁股一扭一扭的，胸部丰满，但她后来因结婚而辞职，接着很快便怀孕并消失了。公司里开始不时有有色人种男性出现，黑人，身穿干净整洁的白衬衫或蓝衬衫，领带结打得很紧。他们当中还没有人担任重要职位，也没人确切知道他们为什么来到这里，他们想要的究竟是什么。我们所有人（几乎所有人）都有意在表面上对他们客客气气，假装没看出任何区别。私下里，推销员们拿他们开玩笑。

（"你知道他们是怎么说第一位黑人宇航员的吗？"

"什么？"

"黑鬼上天了[2]。"）

现在我上班时经常会感到无聊。所有派给我们的例行公事我都会交给别人去做，结果这让我更觉得无聊。到底是做无聊的工作更无聊呢，还是把派下来的无聊工作全都交给别人，然后自己无事可做更无聊，这个问题的确很难做出判断。

事实上，每当任务既繁重又紧迫，不仅有些吓人，而且还会引起许多人的注意时，我其实很喜欢我的工作。我会感到害怕，晚上睡不着觉，但通常我在

1　在英语里，米勒、贝克、泰勒、卡彭特、菲尔德、法默、哈默和布彻这几个姓的本意分别为"磨坊主""面包师""裁缝""木匠""田地""农民""锤子""屠夫"，而"尼科尔"与"镍"谐音。

2　双关语。原文为英语惯用语，意为"一切都完了；诡计被揭露了"，但在字面上又可理解为"黑鬼上天了"。

这种刺激性的压力下表现得最为出色，并且觉得工作最有乐趣。这些重要项目我都会亲自处理，而且在我做得很出色的时候（我一向都做得很出色），我会为自己得到的称赞而感到非常高兴，无比骄傲，甚至有些飘飘然。但是在这些挑战与喜悦的巅峰之间则是单调和绝望。（而且我还发现，一旦我成功地给某人留下了深刻的印象，那么下一次再给同一个人留下深刻印象时我就没那么兴奋了。每当一场危机过后，我都会感受到一种巨大的情绪低落，一种空虚的、悲剧性的失望，而去年的威胁、机会和灵感往往是今年无法逃避的单调乏味。仅仅是因为我被要求做公司花钱雇我来做的工作，我就经常觉得自己被人占了便宜。）

在我心情特别忧郁的日子里，我会纯粹从恶意的角度出发，编制一些组织结构图表，根据忌妒、希望、恐惧、抱负、挫折、竞争、仇恨或失望对公司的员工进行分类，将他们划分之后再划分。我把这些图表称为我的“幸福图表”。这种恶意行为总会令我精神为之一振——但这只能持续一阵子。当整个公司经过这样的分析之后，我在其中排名还挺高，因为我既不忌妒，也不失望，而且也没有什么期望。当然，排名最高的大多是那些没有家属需要抚养的年轻人，对他们来说，这家公司还不是一个具有神圣价值的机构（甚至就连一个特别值得维护的机构都不是），而仍旧只是一个工作的地方，他们认为自己目前与公司的联系只是暂时的。对他们来说，无论是公司总裁还是搬运工，这都只是一份工作，而且其实什么工作基本上都差不多。我之所以把这些人排在首位，是因为如果你问他们当中任何一个人是否愿意在这家公司干一辈子，他都会给你一个响亮的回答：“不！”不管你拿什么作为引诱。我的排名也曾经有那么高。如果你今天问我同样的问题，我也会给你一个响亮的回答：“不！”并且还会补上一句：

“那样的话我觉得我宁愿现在就去死。”

但我并没有离开的打算。

现在我觉得自己已经无处可去。

在我的“幸福图表”里，我把那些拼命往上爬的人放在最底层。我的境况要比他们好（或者说我认为是这样），因为首先，（据我所知）我没有敌人，也没有竞争对手，而且我几乎可以肯定，只要我愿意，我可以把我现在这份工作一直做下去。其次，因为公司里没有其他我想要并真正有希望得到的工作。我不想要格林的工作。如果他们把他那份工作交给我，我会应付不了。如果他们向我提出要把它交给我，我也不敢接受。那份工作需要做的事情太多。我很高兴他们不会把它交给我（这一点我敢肯定）。

因此，我属于那群已经没有抱负也没有希望的人，这种人为数不少，而且他们大多数年龄都比我大得多。不过我仍然希望每年都能得到加薪，并在圣诞节时拿到丰厚的现金红利。而且我还非常想得到允许，在波多黎各举行的下一届公司年会上登台发言（如果今年的年会又是在波多黎各举行的话），和格林手下部门的其他经理们一道，做上三分钟的演讲，向公司汇报我手下部门的工作，以及来年计划进行的项目。

在上一届年会上，我是格林手下唯一没有得到允许上台发言的经理，这真是太丢人了。这一遗漏非常之明显，其中的冷落之意是故意给大家看的。在接下来的四天里，其他人都在打高尔夫球，尽情狂饮，玩得开心极了，而我却成了众人同情怜悯的对象。向我表示同情的人当中有许多我讨厌的人，他们表面上假装郑重其事，实际上却是敷衍了事，我真想挥手打他们，或是冲着他们尖叫。格林之所以突然决定把我从会议日程上撤下来，纯粹是出于忌妒和心胸狭窄的怨恨。当时我们已经到了波多黎各，大会已经有了一个非常良好的开端，而我已经花了很长时间，紧张地为会议日程中为我指定的三分钟演讲做准备（我甚至几乎每天晚上都在家里进行排练——这令我的家人甚感惊愕）。我还精心制作了十八张彩色幻灯片，准备做一场诙谐生动的演示。

“别在那儿生闷气。”格林不客气地命令道，脸上带着轻松而扬扬自得的微笑，一副清白无辜的样子，每当他知道他伤人伤得很深的时候他就喜欢装成这副模样。“反正你的演讲水平也很糟糕，操作幻灯机和电影放映机对你可能更合适，负责保证其他人的幻灯片不要搞混了。”

“杰克，我想上台发言。”我对他说，尽量让自己的声音保持沉稳有力。（我其实真想放声大哭，而我害怕自己真会哭出来。）“我还从来没有在公司年会上发表过演讲。”

“你现在也不会有这个机会。”

“我准备的这篇演讲真的很不错。”

“内容枯燥，矫揉造作，谁都不会对它感兴趣。”

“我还准备了一些精彩的幻灯片。”

“你也没有机会把它们派上用场。”他对我说。

“去年在佛罗里达你就是这样对待我的。”

“明年我可能还会这样对待你。”

“这不公平。”

“可能的确是这样。”

我等着下文，但他并没有做任何补充。在这种戏弄自尊心的把戏上，他比我要擅长得多。轮到该我讲话了，但他却让我无话可说。

“好吧。”我说了一声，耸了耸肩，把目光转向别处。

“我不在乎这是否公平，”他这才接着说道，“我们正在讨论的是重要的公司年会，而不是什么大学毕业典礼。我必须尽可能有效地利用他们在会议日程里给我们分配的那点时间。”

“我只需要三分钟。”我乞求道。

“我可以比你更好地利用这三分钟。”他突然以最友好、最不令人讨厌的方式笑了起来，就好像什么重要的事情都没有发生，这是他在以他那种傲慢、坚定而粗鲁的方式让我明白，这场争论已经结束。“你必须明白，鲍勃，”他开玩笑地说（我甚至觉得他可能会伸出胳膊搂住我的肩膀。他从来都没碰过我），“你想做短短几分钟的演讲，这不过是一种中产阶级肤浅的虚荣心。我和你一样肤浅，而且比谁都更属于中产阶级。所以我要把你的三分钟拿去，把你和你部门的工作情况都包括在我的演讲里。”

你这个王八蛋，我心想。“你是老板，你说了算。”我说。

“没错，”他冷冷地回嘴道，“的确如此。作为我手下的一名雇员，你在这儿得到的关注已经够多了。我不想让公司里的人以为你是安迪·凯格尔手下的人，而是想让他们知道，你是在为我干活。我也不想让他们以为你在你的职位上比我在我的职位上做得更出色。你明白我的意思吗？”

这下我当然明白了。格林是在公开表明他有权蔑视我，并以这种方式重申他对我的所有权。在他自己在大会上（相当矫揉造作且卖弄学问）的长篇演讲中，他的确“包括”了我和我部门的工作，不过他只是这样顺便提了一句：

“如果你们觉得自己真的需要他们的帮助，鲍勃·斯洛克姆和他手下的人可以为你们帮忙，只要你们的要求不过分。”

仅此而已，尽管我为来年准备的两个项目是整个大会的真正亮点。大伙对此都充满了热情，甚至包括公司其他分部的高管，他们也都作为嘉宾和观察员在场，有几位甚至还要求和我见面，表示希望在公司内他们自己的领域里开展具有类似形式和性质的工作。如果不是格林硬把我从会议日程上撤下来，那一周对我来说本应是一段胜利辉煌的美好时光。推销员们必须利用这些项目开展工作，因此他们再三向我表示祝贺，在晚上喝威士忌酒或早上喝血腥玛丽[1]时不停地拍着我的后背（不过他们当中有些人已经暗示，当大会结束后，我们回到纽约时，他们希望和我讨论一下，对项目进行一些修改，以适应他们的个人需要）。甚至就连我们这个分部所有人的上司阿瑟·巴伦，都在一次黄昏举行的鸡尾酒会上在酒店露台上走到我跟前，告诉我说我的这两个项目是他所见过的同类项目中最出色的，而且可能会大有用处。

阿瑟·巴伦为人圆通，说话温和，他的这番话是对格林说的。当时格林也在露台上，站在我身边，因为他不喜欢别人看到他孤零零一个人站着。（我这儿是格林暂时的栖身之地，他正在试图确定自己的方位。我知道他只要一发现机会，就会离开我，走到某个更重要的人身边。在拥挤的社交场合或商务聚会上，格林从不会离开身边的那个人，除非他已经找到了下一个目标。）格林赶紧笑了一声，把这项工作的功劳全都归到了我的身上。接着他马上贬低了它

1 一种用伏特加酒加番茄汁调制而成的鸡尾酒。

的重要性，声称他当天下午才知道有这么回事（这并非属实，因为在过去的十个星期里，他的批评和建议起到了很大的帮助，而且其中的每一项内容都经过了他的检查和批准）。接着格林又友好地笑着说道，我在他毫不知情并没有他帮助的情况下所准备的项目得到了大家这样的好评，这充分证明了他是一位非常出色的管理人员。（我好不容易才插进了一句，对阿瑟·巴伦咕哝着说：

“谢谢。我很高兴。”）

“一位优秀管理人员的唯一合理目标，”格林和蔼地继续说道，直接冲着阿瑟·巴伦微笑着，把我完全排除在他的注意力之外，“就是尽快让自己变成多余之人，使自己无事可做，直到他被提升为副总经理或退休。你同意吗？”

阿瑟·巴伦轻声笑了笑作为回答，什么也没说。他从格林面前转向了我，捏了捏我的肩膀，然后走开了。格林满怀希望地朝着他的背影微笑着，然后变得忧郁起来，开始担心（我猜想）自己刚才对阿瑟·巴伦关于副总经理职位的暗示未免太露骨。他已经后悔了。格林知道他往往过于刻意追求——甚至就在他正在刻意追求的时候——但他就是控制不住自己。（他不在自己的控制之下。）

（而我则受着他的控制。）我必须依靠格林。是格林雇用并提拔了我，也是格林每年向公司举荐我，给我丰厚的加薪和可观的现金红利。

“你刚到我手下工作的时候不过是个三流助手，”当我们彼此相处融洽的时候，他喜欢和我这样开玩笑，“而我把你培养成了一个三流经理。”

我很感激格林对我的提拔，尽管他经常取笑我，并且伤我的感情。

格林是一位聪明的谋略家，在办公室政治方面有着多年的经验。他颇具才能，善于言辞，并且很有才智，今年五十六岁，在公司里已经干了三十多年。他刚到这儿的时候还年纪轻轻，现在他已经快要步入暮年。从一开始，他就一直渴望着能坐上副总经理的职位，而现在他知道自己将永远都不会成功。

但他仍在渴望，并且继续一边努力奋斗，一边密谋策划，有时很狡猾，有时则很绝望、很卑鄙、很愚蠢，因为不管是承认自己已经失败，还是否认自己已经失败，这二者他都无法长时间做到。每当他与高层管理人员或接近高层管理人员的人接触时，格林都会不由自主地拼命奉承对方，笨拙地努力巴结讨好。他知道自己在这样做，并且会在事后因徒然贬低了自己而羞愧万分，懊悔不已。他愿意贬低自己，但不能白白地这样做。他经常会在事后变得任性反常，故意冒犯某个重要人物，以恢复他认为自己作为一个男人所失去的自尊。他就像是个小孩子。

在办公室政治方面，格林是一位聪明的谋略家，然而他最大的错误一直都在于他高估了办公室政治对于获取成功所具有的价值。他拒绝承认晋升至公司高层的机会始终都是取决于某些能力和成就。他从来都没有真正搞明白，为什么有这么多在智力、品味、知识和想象力方面都不如他的人都要比他成功，并且的确当上了副总经理。他没有注意到这些人一直都在埋头苦干，他们对公司很有信心，不管公司交给他们什么事情，他们都会一丝不苟地认真做好，他们不仅会做公司交给他们的任何事情，而且他们只做公司交给他们的事情——这正是公司所想要的。格林拒绝承认这些人完全有资格胜任他们被提升到的新职位。

至少在提升这些人的时候，他们看上去完全有资格胜任他们的新职位。时不时也会出现错误，预测不准，马失前蹄。有人疲惫不堪，有人意志薄弱，有人承担不了工作上的新职责，有人被家中出现的新问题压弯了腰，无法继续工作下去，于是我们在人事问题上又出现了一个小故障。公司里又出了一起精神崩溃事件，或者是又有一位（令竞争对手和下属羡慕不已的）高管（不光彩地悄悄）辞职，到另一家公司工作，或是被推到一边，好让别人得以晋升，或是提前退休或举枪自杀。我想我们偶尔会遇到包括所有这些情况的例子：某人精神崩溃，然后被推到一边，接着辞职或是退休，最后举枪自杀，不过我一时还想不起来有谁成功地经历了所有这一系列失败。不管有什么不幸事件发生，公司都会幸存下来。

公司里其他身处高位的人都在努力工作，对公司充满信心，而格林却整天担心发愁，并仍在试图建立起对自己的信心。他对他部门里一位名叫米尔德丽德的年轻姑娘有着一种忽冷忽热的迷恋。米尔德丽德离过婚，在格林的部门里负责帮助协调制作过程。格林经常会在办公室里或电梯旁突然出其不意地亲吻她的嘴，声音很大，不过同时又总会大声说上一句无礼的话，以示冷漠，但我怀疑只有在旁边有人看着的时候他才会这样做。还有的时候，他会大步从她身边经过，对她毫不留意，或是对她的工作或她办公桌的外观不客气地批评两句，无缘无故地羞辱她，伤害她，表现得非常残酷。而她则自然而然对他崇拜得五体投地，并且害怕得要死。我觉得格林希望所有人对他都像这样，既崇拜，又害怕得要死。

我认为他和我一样是个胆小鬼，然而他却是公司里唯一有足够的勇气举止恶劣的人。对此我很羡慕：我对许多我厌恶的人都很亲切，也很体谅（我觉得我差不多对所有人都很亲切体谅，我的前女友和我的家人除外）。有几个推销员总是不断向我提出前后矛盾的请求，这让我非常恼火，并让我浪费了不少时间，但我仍和他们友好地开玩笑。还有些人不仅让我厌烦，而且惹我恼火，但我却经常和他们一起酗酒，并且和他们一起参加放纵的狂欢聚会，参加者还包括秘书、女服务员、女售货员、家庭妇女、护士，以及来自俄克拉何马州的模特与来自宾夕法尼亚州和得克萨斯州的空姐。我自己的部门里有两个男人我想解雇，另外还有一个姑娘，在有些日子里我真想把他们全都打发掉。但我尽量不暴露自己的感受，而且我很可能永远都不会对他们其中任何一个人下手，而只是闷闷不乐地希望他们会自行消失。我很高兴我们那位疯疯癫癫的打字员玛莎不是在我主管的部门里发疯，因为我知道在她最终彻底崩溃之前，我将没有勇气也没有能力对她做任何事情。有一位在营销部做主管的同事，我每月有一两次和他共进午餐，但我衷心希望他死掉。（我们每年会请他到家里吃一顿晚饭，总是和许多其他人一起，而每年春天他都会请我们到他那艘该死的船上去吃一顿午饭。）有许多我认识的人，我想对他们刻薄点，但我就是没有这种性格。

与此相反，格林的坦率和刻薄是出了名的（我怀疑他之所以坦率纯粹就是为了对人刻薄）。他宁愿给人留下一个坏印象，也不愿意什么印象都没留下。

他竭尽全力对和他级别相同或级别比他低的人表现得毫不体谅。在一个重视和谐、害怕分歧、掩盖失败并掩饰冲突和个人厌恶的组织里，他却在制造紧张、恐惧和不安。他既好斗，又戒心重重。他喜欢攻击别人，又觉得自己很可怜。

比如，公司里的人总是尽最大努力减少摩擦（公司鼓励我们像自润滑滚珠轴承一样，每天互相绕着转动八个小时，小心不要发生震动或刮擦），避免公开争吵。大伙都认为在彼此背后暗斗要比公开抱怨、直接对抗好得多。（对暗地里的攻击人们可以矢口否认、用谎言加以掩盖，或大事化小，但公开的争端大家有目共睹，必须有人来处理，而且处理它的人会觉得这整件事都很糟糕。）我们大家都很亲切，互相之间直呼其名，特别是对那些我们讨厌的人（越是我们讨厌的人，我们越是努力对他们表示亲切），大家还总是亲密地问起对方的妻子和孩子，用的也都是名，即使询问的人从未见过他们或是只见过一次。这种轻松的亲密之举仅限于一定范围，向下到不了秘书、打字员和邮件收发员，向上也不能超过两个行政等级。我可以称杰克·格林为杰克，称安迪·凯格尔为安迪，甚至称阿瑟·巴伦为阿特[1]，但是比阿瑟·巴伦职位更高的人我则只能以先生相称。不这样做不仅有危险，而且没有礼貌，而我对于（对我家人之外的任何人）做出无礼行为总是很犹豫，即使是在没有危险的时候。就连在我和美工部的简在后面的走廊里碰面开玩笑时（有时在我感觉特别轻浮的时候，我会打电话约她），她也仍会尊敬地称我为斯洛克姆先生，而我和简现在已经谈得很熟了。我曾经鼓励我要追的姑娘对我直呼其名，但我从经验中得知，保持上级与下属、雇主与雇员之间的区别总是更好、更安全、更有效，即使是在床上。（尤其是在床上。）

公司里的人几乎从来都不会被解雇。如果他们提前变得不称职或者过时，公司会鼓励他们提前退休，或者把他们安排在新设立的无关紧要的空洞职位上。这些职位职能虚设，没有实权，而这些人只要待在这些职位上，就会觉得不好意思，感到不快乐。他们几乎总会被迫搬到一间比原来小而且更为不

---

1 阿特是阿瑟的昵称。

便的办公室，有时里面已经有了另外一个人。或者如果他们还年轻，公司就会直接（不过仍然有礼貌地）鼓励他们在其他公司找到更好的工作，然后辞职。两年前的一天下午，在佛罗里达举行的公司年会上，一位人很精明、前途一片光明的年轻分部经理喝得酩酊大醉，往酒店游泳池里大吐了一场，但是就连他也没有被解雇，尽管大家都明白公司不会允许他留下来。他自己也明白这一点。可能谁都没有对他说什么，但他还是明白。大会结束四周之后，他在另一家公司找到了一份更好的工作，于是便辞了职。

与此相反，格林的确会解雇人，每年至少解雇两三个，并且对此毫不讳言。事实上，在他*真的*解雇了某个人之后，他会马上让大家知道这件事。他经常会解雇一个人，其目的仅仅是为了引起人们对他自己的谈论，或是为了让我们大家振作一段时间。我们这些不会在这里大有作为的人，包括格林在内，的确往往会陷入一种无精打采的状态，靠着帮助我们安全度过了上一年的那点活力和新点子懒洋洋地混日子。而这正是我们永远都不会有什么作为的原因之一。大多数成功登上高位的人都是些坚持不懈、努力工作的人，如果他们不是别的什么的话（而通常他们别的什么都不是。哈哈）。

有时候，格林解雇的人正是他个人喜欢并且工作足够出色的人（事实上，这可能正是他解雇他们的原因——因为他并没有原因）。接着他便会变得富有同情心，对他们的困难处境深感忧虑（就好像这种处境不是他自己造成的）。他会开始认真地努力在公司其他部门为他们找工作。他的努力通常不成功，因为他总想用刻毒的语言占人上风，而他对此的热情很快就取代了他最初（一反常态）的好意，于是他的做法变得满怀恶意，最终适得其反。

“这个人对你来说真是再合适不过了，”这是格林向其他部门负责人推荐他自己部门里的某个人时喜欢用的一种方法，“他只是够不上我的标准。”

一旦他在足够多的地方发表了这一论点，他就会很快把自己解雇了的那些人忘在脑后，而他们就走掉了。

他很有魅力（哈哈）。公司每三个月都要在市外某个豪华度假酒店或带有知名高尔夫球场的豪华乡村俱乐部举行重要规划会议，在会上，各个分部和部门的负责人（有人告诉我）通常不会就彼此的工作或观点进行争论、提出抱怨或表示不满。但格林则不然，他会不耐烦地批评、嘲笑并诋毁他人，对于任何削减他手下部门预算或缩小其活动范围的建议，他都会强烈抗议。然后他又很后悔。格林总是一时冲动，故意惹是生非，事后又担心自己会陷入麻烦。他读的书比公司里大多数人都多，因此他喜欢装出一副温文尔雅、学问过人的样子，这使得阿瑟·巴伦都觉得有些不自在，并让安迪·凯格尔和销售部的其他人觉得自己粗俗不雅。（我觉得我的受教育程度比格林要高得多，而且我也更聪明，但他油嘴滑舌，有进取心，而我则不然。）通常，有关格林在这些规划会议上（格林甚至就连高尔夫球都不打）的机敏应答和大胆恶劣行径的消息会传到我们下边这些人的耳中（主要是通过格林本人），而我们往往以在他手下工作而自豪。但我知道他每次都痛苦不已，害怕自己这次终于做得过了头。格林担心公司里的重要人物没有一个人真正喜欢他，在这一点上他是对的，但他认为这仅仅是因为他们忌妒他，这他可就大错特错了。（他的确不讨人喜欢。）我还知道有很多其他令格林担心的事，因为这家公司规模很大，而且公司里的人大多是新教徒。

比如说，格林害怕菲利普·里夫斯，他是格林自己部门里的一位年轻雇员，胆子小，薪水也低，这让我觉得很好笑，因为我知道身为新教徒、有英国血统、上过耶鲁大学的菲利普·里夫斯也害怕格林。他们两人都向我抱怨对方。里夫斯愿意对我讲心里话，因为他认为我能干、诚实、不爱炫耀。他知道我喜欢喝酒，爱撒谎，而且经常到处乱搞，因此他觉得可以信任我。

“我每次去他办公室的时候都惊恐万分，”里夫斯向我抱怨格林，“我一进去，他就开始对我冷嘲热讽，而我却连一句聪明的回答都想不出来。我会呆若木鸡，就好像全身瘫痪了一样，变成了哑巴，只能点头摇头，或是嘟嘟囔囔回答他的问题。他在那儿没完没了地挖苦我，而我却只能站在那里，脸上带着傻笑，几乎一句话都说不出来。说实话我也不能怪他。过后我总是责怪自己为什么这么笨，张口结舌，有话说不出。”

“我每次和他在我办公室里谈话时都惊恐万分，”格林向我抱怨菲利普·里夫斯,“我想都是因为他礼貌的举止,还有他该死的好教养。礼貌的举止我能对付,好教养我也能对付,但是二者双管齐下我可就招架不住了,这会打乱我的阵脚。听着我自己嘴里讲的话,意识到自己正在做什么,我觉得就好像是在听着某个我一点都不认识的白痴在那里信口开河。他进来的时候,我会跟他开个毫无恶意的玩笑,只想让我们俩都放松一点,而他却停下脚步盯着我,脸上带着那种冷冰冰、高人一等的微笑。他对我的笑话毫无反应,这让我很狼狈,于是为了表示友好,我开始接二连三地讲一些蠢话,而他却只是站在那里,一副高傲而又蔑视的样子,等着我把话说完。他现在一定很瞧不起我,说实话我也不能怪他。天晓得他可从来都没想法子让我也放松一下,这一点我敢肯定。过后我总是责怪自己为什么这么笨,这么软弱。我纳闷我为什么不解雇他。大概是因为那样做就是承认失败,尽管他的工作的确很差劲。”

我对他俩谁都没有透露对方的想法(不过我的确试着让里夫斯高兴起来)。他们俩谁都不会相信我,而且那样做其实也没用。他们两人都是对方的克星——这件事就是这么简单——什么东西都改变不了在两个人之间产生的这种关系,而且这种情况通常会持续终生。

格林是我的克星。

“我觉得他们已经决定要解雇我了,”格林突然出乎意料地对我说,“他们应该打发掉的是凯格尔,但我觉得他和霍勒斯·怀特终于说服了他们。你和他关系不错,你可能会听到一些风声。从凯格尔、布朗或者其他什么人那里打听一下到底是什么情况。要不然我就把你解雇了。”

我并不认为格林真的打算解雇我(但我对这件事的信心从来都不长久。每逢遇到我知道他心情不好的日子,并看到他的门一直紧闭着,我对此就一点都不放心)。尽管我们之间并不亲密,我知道格林喜欢我,愿意向我吐露心事,我也知道他喜欢我的工作,而且也喜欢我为他管理我手下部门的方式。我知道格林害怕安迪·凯格尔,而凯格尔也喜欢我,并且可能会出手保护我。我知道格林也害怕阿瑟·巴伦,而巴伦也喜欢我(我觉得他喜欢我。阿瑟·巴伦对每个人的态度都一样,都好像他喜欢他们——喜欢他——甚至就连对我知道他并不喜欢的人也是如此，因此谁又拿得准呢？），并且可能不会让格林解雇我。事实上，凯格尔已经发过誓，说如果哪一天格林真的决定要把我打发掉，他会保护我。他说他会马上用更高的薪水把我聘请到他自己的部门里，就为了和格林作对，因此我的处境似乎绝对安全。直到我为了打听有关格林的情况去找凯格尔，我才知道实际上并非如此。我刚一走进凯格尔的办公室，就听见他说：

"我觉得他们终于决定要解雇我了！"

如果这种事真的发生了，我又会怎么样呢？

安迪·凯格尔，作为销售部的主管，在公司里拥有着一个颇具实权的职位，现在他却担心自己会失去它。

他也许是对的。他的名字就一点都不合适。（有一半不合适。安德鲁[1]还说得过去，但是凯格尔？）他的衣着也同样不合时宜。他对衣服的颜色、款式和面料都缺乏鉴赏力，而且他买的西装、外套和衬衫都不合身。别人改穿亚麻布或席纹呢或是又重新开始穿精纺毛料和泡泡纱都已经有好几个月了，他才开始穿马德拉斯条纹棉布和佩斯利涡旋纹花呢。他脚上穿的是带鸢尾花穿孔图案的棕色皮鞋，难看得要死。他还喜欢穿短袜（我一看到他裸露的小腿，就想冲他大声尖叫，或是狠命踢他一脚）。凯格尔身材矮胖，个头偏低，生下来胯部和腿就有畸形（这对他的形象也于事无补）。他走路时稍有些跛脚。

凯格尔有才干也有经验，但这些已经不重要了。重要的是他没有情调。他的举止不够礼貌，他的谈吐不够诙谐风趣（他的俏皮话不好笑，他讲的笑话也同样糟糕），而且他没上过大学，因此他和上过大学的人混不到一块去。他知道自己在社交场合显得很别扭。他不是那种热情奔放的性格外向者，而是那种容易紧张的性格外向者，是最糟糕的那种（尤其是对其他容易紧张的性格外向者来说），因此他可能已经没救了。

1　安迪是安德鲁的昵称。

凯格尔是那种从最底层做起，经过努力一步步升上来的可怜家伙之一，这很明显。他白手起家，这一点他无法隐藏。他知道自己和大家格格不入，但他不知道自己什么时候做得不合适，为什么不合适，也不知道该如何改变自己，以便更好地适应周围的环境。他的确很笨拙，而且他也知道自己很笨拙（不过他笨拙至极，以至于连"笨拙"[1]这个词是什么意思都不知道，但是格林知道，我也知道）。作为销售部的主管，他的工作业绩不错，但这并不重要。（如今基本上已经没有什么东西能够对公司造成严重损害。）他认为这很重要。他真的认为他的所作所为比他这个人本身更重要，但我知道他的这种想法是错误的，我知道美丽的孔苏埃洛·克雷斯皮伯爵夫人[2]（如果真有这么个人的话）将永远都要比阿尔伯特·爱因斯坦、居里夫人、托马斯·阿尔瓦·爱迪生、安迪·凯格尔和我更重要。

凯格尔是一位虔诚的路德宗信徒，对天主教持有严重偏见，当只有我们俩在一起的时候，他会带着假笑用怀恨的语调向我低声吐露他的这种想法。在有信天主教的推销员参加的小型会议上，他会先开几个涉及教皇的玩笑，试图以此作为一种友情的表示。这些笑话很糟糕，没人发笑。我已经劝他打住，他说他会的，但他并没有停止。他好像就是忍不住。

在和他职位相当或职位比他高的人面前，凯格尔都很不自在。他的额头和上唇往往会出汗，嘴角还会冒泡泡。他觉得自己和他们不属于同一类。他在自己手下人面前也不怎么自在，他试图把自己假装成他们当中的一员。这是一个（笨拙的）严重错误，因为他手下的推销员和分部经理都不希望他把自己和他们视为同类。对他们来说，他属于管理阶层，他们知道自己几乎完全处在他的摆布之下，他手下那几个来自地位比他高的良好家庭的推销员除外，这些人和公司高管相处得很融洽，而他又处在这些高管的摆布之下，这让他觉得自己身陷困境，两面受挤。

1　英文原词来自法语，意为"笨拙、不善交际"。

2　孔苏埃洛·奥康纳·克雷斯皮（1928—2010）：美国人，嫁给了一位意大利伯爵。曾做过时装模特和意大利版《时尚》杂志的编辑。

凯格尔害怕约翰尼·布朗,也不信任他,但他依靠布朗使他手下的推销员乖乖听话(让布朗替他扮黑脸)。布朗非常有效地承担了这项工作,并且乐此不疲。(布朗和布莱克有亲戚关系,他娶了布莱克的侄女。)布朗成功地吓唬住了那帮推销员,而这只是加剧了凯格尔的不安全感,让他更觉得自己失去了控制。凯格尔确信布朗想要取代他的职位,但他缺乏勇气和布朗当面对质、把他调走或解雇他。凯格尔(明智地)避免了与布朗摊牌,因为布朗对所有人几乎都很直率且好斗,尤其是在他午餐时喝了酒之后的下午。凯格尔宁愿在没有必要的情况下到外地出差,也不愿在公司里与任何人就任何事情摊牌。每当他在公司里的麻烦或是在家里与妻子和孩子之间出现的问题快要发展成一场危机,而他想让别人去解决的时候,他通常就会找借口出门旅行。他希望等他回来时,这些麻烦事都已烟消云散,而通常也的确如此。

除了布朗之外(凯格尔对他又恨又怕,又不信任,但同时又无能为力),凯格尔试图喜欢在他手下工作的每一个人,并且想要每个人都喜欢他。他不愿意处罚他手下的推销员,也不愿意训诫他们,即使是当他(或布朗)发现他们在报销账目上做了手脚,或是在有关销售拜访或出差旅行的事情上撒了谎。(凯格尔自己也会在出差旅行的事情上撒谎,而且和我们大家一样,他也可能会在自己的报销账目上至少做一点手脚。)他不愿把人打发掉,即使是像雷德·帕克那样变成了酒鬼,或是因其他原因成了废物的人。这是大伙经常听到的对他的批评之一。(有时候提出这些批评的正是那些别人想要他打发掉的人。)比如,他不肯强迫埃德·费尔普斯退休,因为费尔普斯还想继续干下去。("要是换了我,我会把那些爱撒谎的王八蛋开除掉一半,"布朗喜欢在我和凯格尔面前大声吹嘘,发表他对凯格尔手下销售队伍的看法,就好像是在向凯格尔挑战,看他敢不敢也下手这样做,"然后对剩下的那一半混账懒骨头提出警告。")

对于他手下这群"爱撒谎的王八蛋"和"混账懒骨头",凯格尔拼命想要得到他们所有人的喜爱,甚至包括办事员、接待员和打字员在内,并且特意找机会和他们交谈,结果他们全都瞧不起他。他们越瞧不起他,他就越想对他们好,而他对他们越好,他们就越瞧不起他。有时候他会绝望至极,好像几乎打不起精神出办公室，也不让任何人（除了我）进去见他。他会长时间闭门不出，不吃午饭，甚至不肯让秘书给他送饭，并尽可能通过电话处理一切事务。

凯格尔在我面前很自在（即使是在他心情非常糟糕的日子里），而我在他面前也很放松。他有时会把我叫去，仅仅是为了让我证实或否认他听到（或编造出）的谣言，帮助他消除焦虑和羞耻感。我对他不构成任何考验或威胁，不构成任何问题。相反，他知道我会帮助他（或试图帮助他）处理别人造成的问题。凯格尔信任我，知道他和我在一起时很安全。我已经不再害怕凯格尔。（事实上，我觉得只要我愿意，我可以随时让他害怕我，因为在我们俩之间，他比我弱，我比他强。当他向我吐露心事时，我会不时产生一种可怕的冲动，想用某种出其不意的残暴侮辱令他大惊失色，从而使他的内心永远得不到安宁，或是想要踢他那条瘸腿。这种冲动里既有委屈的愤怒，又有残酷的厌恶，是一种奇怪的混合物。它在我的心头涌起，而我必须将它克制住。我不知道它从何而来，也不知道我能够将它控制多久。）凯格尔对自己失去了信心，这可能对他很不利，因为这儿的人和所有人一样，对失败者几乎没有任何怜悯之心，也不存在任何关爱之情。

我替凯格尔感到可怜（就好像我已经对他进行了侮辱，或是在他那条畸形的腿上狠狠踢了一脚——我知道这迟早都会发生，这种愿望有时非常强烈），就好像我可怜我自己一样。我为他感到难过，因为他基本上是个正派的人，尽管并不是特别出色或令人钦佩。我的确经常为他担心，对他怀有同情，因为从我到这儿来在格林手下工作的那天起，他就一直对我很好，到现在也仍是如此。他让我的工作更好做。他信任我的判断，听从我的建议，并在我与他手下推销员的争执中站在我的一边。他手下的许多推销员，特别是新来的，对我都怀有着一种敬畏，因为他们可以感觉到我受着他的保护。（我敢肯定，有几个现在混得不好的老推销员责怪我，觉得我帮着断送了他们的前程。）在与他手下推销员的这些分歧当中，我一贯都是对的，他们总是错的。我有耐心，实事求是，讲道理，而他们却感情冲动，轻易不肯善罢甘休。在这种情况下，要我做到实事求是和讲道理并不难，因为这些业务问题对他们来说充满了威胁，对我却毫无影响。

凯格尔经常对阿瑟·巴伦和其他重要人物开玩笑，说我比格林更胜任格林的工作，有时甚至当着我的面这样说。如果我当时在场，凯格尔这样做的时候脸上会带着一丝恶作剧的神情，因为我曾经求过他不要这样做。我拿不准凯格尔是否真的认为我比格林更为胜任，还是说只是想做出一种友好的表示，以为这样会给我脸上增光，并且会传到格林耳中，令他恼怒担忧。因为安迪·凯格尔对我很好，也不再令我害怕，我也有点看不起他。

我尽力掩饰这一点（不过我经常会惊讶地发现，我对他的讽刺和告诫往往比我的本意更为严厉。我内心深处有一种邪恶可怕的东西想要爆发出来，将他摧毁，尽管他已经是个瘸子，而且一点都不完美）。我尽我的所能帮助他，保护他。我甚至经常主动向他提出，愿意替他向约翰尼·布朗转达他不愿亲自传达的批评和指示，不过如果能够避免的话，我绝不会在午餐之后招惹布朗。和所有其他认识布朗的人一样，午餐后我会尽量避开他（除非我与别人发生了争执，需要他站在我的一边），因为这时他往往会因为喝了酒而眼睛发红，脾气暴躁，喜欢跟人作对，惹是生非。布朗在威士忌下肚之后脾气不好，给人的印象就是明显想找人打架。而他宽厚的胸膛、结实的肩膀和粗壮有力的双手则毫无疑问地说明，如果真的打起来，他也完全不需要别人帮忙。而且通常是布朗有理，这一点也毫无疑问。

凯格尔和布朗之间目前（而且反复出现）的敌对情绪又是因销售拜访报告而起。推销员们不愿填写这些小小的粉红色、蓝色和白色印刷表格（粉红色代表潜在客户，蓝色代表活跃客户，白色代表曾经活跃的客户，也就是说，已过期并从而再次变成了潜在客户的客户，尽管不一定那么有生气），他们必须在表格上满怀希望并相对详细地描述他们曾经做过（或声称自己做过）的销售拜访。推销员们不愿处理任何比填写订单更复杂的文书工作。他们尤其讨厌填写报销账目报告，往往一拖就是好几个星期，有时甚至几个月。推销员们事先就知道，他们在销售拜访报告中必须提供的大部分信息都是假的。布朗坚持认为，对所有人来说，销售拜访报告都纯粹是浪费时间，因此他不愿强迫推销员们填写这些表格。凯格尔害怕布朗，因此他也不愿意强迫布朗强迫推销员们填写这些表格。

但是阿瑟·巴伦想要这些销售拜访报告，因为除此之外他没有别的办法了解推销员们所做的工作（或者说他们自称所做的工作），也没有任何更可靠的消息来源，可供他为自己的决定和报告做依据，尽管他当然知道，他用来为自己的决定和报告做依据的大部分信息都是谎言。

在这件事上我尽量置身事外，并向所有有关各方表现出一副清白无辜且同情理解的样子。我宁愿坐在办公室里写东西、信手涂鸦，和简在电话上调情，或是和一个相识很久、名叫彭妮的好姑娘聊天，或是对公司里的人进行分类，制作我的“幸福图表”，也不愿意在这件事里瞎掺和。我对销售拜访报告毫不关心，也不必关心。这本是小事一桩，然而这件小事却似乎可能会断送一两个人的前程，而我看不出在这种情况下我如何能够讨好其中一方，而同时又不得罪另一方。因此，出于谨慎，我尽量和这件事保持距离，不过我的确会时不时向我偶尔碰到的哪个推销员提起，说凯格尔、布朗或阿瑟·巴伦一直都在询问有关他销售拜访报告的事，并且对他说这件事非常紧急，要他尽快把报告交上去，以便及时进行研究和评估。（我不会提到——而且永远也不会提到——我认为这些报告对除了我之外的所有人来说都纯粹是浪费时间。）

通过这种方式以及其他一些小举动，我尽我所能帮助凯格尔（和布朗）（还有阿瑟·巴伦）。我给他提建议，并给他带来我觉得对他有价值或值得他关注的来自公司其他部门的传闻、消息和征兆。

“你都听说了些什么？”他想知道。

“关于什么？”

“你知道的。”

“你指的是什么意思？”

“我的上帝啊，”他抱怨道，“你曾经对我很诚实。现在我连你都不能信任了。”

“你在讲些什么呀？”

“我听说我要出局了，布朗要升职，而且这件事你可能全都知道。我是在丹佛听人说的。”

“你纯粹是在胡扯。”

“我喜欢你为人诚实。”

“我也喜欢你同样的优点。”

凯格尔机械而讥讽地咧嘴笑着，一边带着轻微的跛脚从他办公室的地毯上走过，把门关上。我也对他微笑着，得意地坐在了他的棕色皮革扶手椅上。每当我关着门坐在某人办公室里的时候，我总是觉得非常安全，很有优越感，因为这时候在外面忧心忡忡的全都是别人，也许是凯格尔、格林或布朗，正在担心办公室里究竟在发生什么事。凯格尔有一间很大、很豪华的楼角办公室，他在里面似乎有点不相称。他走了回来，在他办公桌后面坐下。他看上去很紧张，试着露出微笑。

“说真的，你消息灵通，”他对我说，“你难道没听说什么？”

“关于什么？”

“关于我。”

“没有。”

“小道消息说我完蛋了。他们打算听从格林和霍勒斯·怀特的建议，把我打发掉。布朗将会取代我的职位。”

“谁告诉你的？”

“我不能指名道姓。但是向我透露这个消息的人来自丹佛，他们说这件事必须绝对保密。这是真的，你完全可以相信我。”

“你又在满嘴胡扯。”

“不，我没有。”

“咱们公司丹佛分部里没有人会知道这种事情，而且如果他们知道的话，也不会有人向你透露。”

“只有丹佛那部分是胡扯，其余都是真的。”

“你真不会说谎，”我说，“在你这一行里，就数你最不会说谎。我真不知道你是怎么当上推销员的。”

凯格尔咧嘴一笑，对我的幽默表示承认，接着又变得闷闷不乐。

“布朗有时会对你讲一些事情，”他说，“他没有什么暗示吗？”

“没有。”我摇了摇头。（人人似乎都以为我无所不知。“你什么事情都知道，”布朗对我说，“发生了什么事？”“我就连有事情发生都不知道。”我答道。简问我：“怎么回事？他们真的打算取消整个美工部吗？”“亲爱的，我不会允许他们把你打发走的，”我答道，“即便是我必须从我自己腰包里为你付薪水。”）

我又摇了摇头。“而且这消息很可能并不是真的。他们绝不会把这个职位交给布朗。他跟谁都合不来。”

“这么说你的确听到了些风声。”凯格尔惊呼道。

“不，我没有。”

“他们会把这个职位给谁？”

“谁都不会给。安迪，如果你真的这么担心，你为什么不别再这么瞎胡闹，而是全力以赴，专心工作呢？如果你真的这么担心，你为什么不开始做你应该做的事情呢？”

“我应该做些什么？”

“你应该做的事情。不要再努力在你手下所有人的面前做老好人。在这一点上你并没有成功，而且没有人希望你成功。你现在是管理阶层的一员。你的销售队伍是你的敌人，不是你的好兄弟，而你也应当是他们的敌人，把他们像奴隶一样驱使。这一点布朗说得对。”

“我不喜欢布朗。”

“他对生意上的事很精通。让埃德·费尔普斯退休吧。”

“不。”

“霍勒斯·怀特想让你这样做。”

“费尔普斯已经老了。他想留下。”

“这就是为什么你必须赶他走。”

“他儿子去年离了婚。他儿媳妇刚刚把他的孙女带到了西雅图。他可能再也见不到那个小女孩了。”

“这真是太悲惨了。”

“即使他什么都不做,把他留下来会花费公司多少钱?”

“很少。”

“那我为什么要让他退休呢?”

(在这件事上凯格尔是对的,而且因为他决心要把费尔普斯留下来,我对他非常欣赏。反正费尔普斯年纪已经大了,很快就会离开人世,或是身患重病,无法继续工作。)

“因为他已经过了正式退休年龄。而且因为霍勒斯·怀特想让你这样做。”

“我不喜欢霍勒斯·怀特,”凯格尔轻声说道,他的回答与这件事毫不相干,“他也不喜欢我。”

“他对生意上的事也很精通。”我指出。

“我怎么去跟埃德·费尔普斯讲呢?”凯格尔问道,“我能对他怎么说?你愿意去替我对他讲吗?这件事并不那么容易,是不是?”

“让布朗去做好了。”我建议道。

“不。”

“这是你工作的一部分,不是我的。”

“但这件事并不那么容易,是不是?”

“这就是为什么他们付你很高的薪水。”

“我拿到手的并没有那么多,”他几乎不假思索地偏离了主题,“扣掉税呀什么的。”

“你拿到手的并不少。而且别老是出差,你这样做谁都不喜欢。你本来应该在这儿组织下一届公司年会,并准备你的销售预测,而这整整一周你都在丹佛,那儿就连屁事都没有,你去那儿做什么?”

"我已经让埃德·费尔普斯为年会做准备了。"

"他能做得了多少准备工作?"

"而且我的销售预测从来都不准。"

"那又怎么样?至少你做了。"

"还有什么?"

"多打打高尔夫球。跟雷德·帕克谈谈,买上一件蓝色西装夹克。买上几套好一点的西装。上班时穿西装外套,把衬衫领子上的扣子扣好,领带打好,在脖子上系紧。耶稣啊,瞧瞧你现在这副样子。你还算是一位有头有脸的白领主管呢。"

"不要亵渎天主之名。"他开玩笑说。

"你也不要。"

"我的销售业绩很好。"他争辩说。

"你有一件像样的便服外套吗?"我质问道。

"天哪,一件像样的便服外套又能有多重要?"

"比你良好的销售业绩重要。没有人会在上班的时候穿胳膊肘上有圆形皮革补丁的西装外套,除非是在周末。买上几双黑色的皮鞋,好搭配你的蓝色和灰色西装。而且不要再开着你的旅行轿车进城了。"

"好吧。"他让步了,脸上带着沮丧的微笑,就好像受了批评,并长长地低声吹了一声口哨,假装表示惊讶和无可奈何。"你赢了。"他缓缓站起身,走向办公室角落的衣帽架,去拿他的西装外套。"我保证,我会去买一件蓝色西装夹克。"

他买来的一定会太大——我事先就可以料想到——松松垮垮地耷拉在他的肩膀上,邋里邋遢地垂在他的胸前,并可能就在我们大家都已改穿马海毛或山东绸,或是又重新穿起马德拉斯条纹棉布、格子花呢和泡泡纱的时候,他却会买上一件精纺毛料的蓝色西装夹克。我怀疑对他来说已为时太晚。我怀疑他现在已经没有了改变自己并使大家都满意的能力(如果他曾经有过这种能力的话)。不过眼下(当我还在他身边的时候)他正在努力:他把衬衫领子上的扣子扣好，把领带结滑到脖子根上，然后穿上了西装外套。这件外套很糟糕，布料是粗糙的仿花呢，肘部带有椭圆形的绒面革补丁。

“这样是不是好些？”他问道。

“没多大改观。”

“我会把这双棕色的鞋子扔掉。”

“那样会好一些。”

“格林最近对你怎么样？”他故作随意地问道。

“挺好的，”我答道，“怎么了？”

“如果你在我手下工作的话，”他以一种讳莫如深、更为自信的姿态提出，脸上开始露出一种顽皮的微笑，“你想在下一届公司年会上发表几篇演讲我都会允许。推销员们对你为他们所做的工作和你的意见总是非常感兴趣。”

“再见，”我答道，“回头见。”

我们两人都笑了，因为我们俩都知道对方想要的是什么，也知道对方的恐惧和痛处在哪里。凯格尔知道我想留在我现在的职位上，并得到允许在下一届公司年会上发表演讲。（真该死——哪怕是只有三分钟，那也是一种荣誉，一种认可，而我完全有资格，并且非常渴望，仅此而已！）而我则知道凯格尔想要我来帮助他对付格林（和布朗）（还有布莱克）（还有怀特）（此外还有阿瑟·巴伦）并保护他自己。

“如果你听到什么风声，你会告诉我的，是不是？”我们走到门口时，他问道。

“我当然会的。”我向他保证。

“但是不要到处乱打听，”他警告道，脸上带着郁郁寡欢的阴沉窃笑，“你可能会让他们产生这个念头。”

我们俩都笑了。

凯格尔打开办公室的门，我们俩都还在轻声笑着，我们发现我的秘书正在外面和他的秘书讲话。

“哦，斯洛克姆先生，”她像唱歌一般欢快地说道，因为那是她的习惯，而我希望我能把她打发掉，“巴伦先生想马上见你。”

凯格尔把我拉到一边。“他想要干什么？”他惊慌地问道。

“我怎么知道？”

“那你去见他吧。”

“你以为我要做什么？”

“如果他提到任何有关把我打发掉的事情，马上回来告诉我。”

“当然。”

“你会的，是吧？”

“我当然会。看在上帝的分上，安迪，你难道就不能相信我吗？”

“你这是要上哪儿去？”在去阿瑟·巴伦办公室的路上，我在走廊里碰到了格林，他问道。

“阿瑟·巴伦想见我。”

格林猛地停住了脚步，满怀恐惧地对我怒目而视。我拼命强忍着，这才没有当着他的面大笑起来。

“他跟你有什么事情好讲？”格林问道。

“我不知道。”

“那你最好马上去见他。”

“我正打算这样做。”

“别他妈的跟我冷嘲热讽。”格林怒气冲冲地向我厉声说道，我低下头，在他激烈的言辞面前显得羞愧而谦恭。“我甚至也拿不准我是否应该相信你。”

“对不起，杰克，”我咕哝道，“我并不是故意想显得那么无礼。”

“你跟他讲完之后马上来见我，”他命令道，“我想知道他都说了些什么。我想知道我是不是要被解雇了。”

“凯格尔跟你都讲了些什么？”我碰见了布朗，他问道。

“他想知道他在丹佛的时候你都在干些什么。”

“我在替他纠正错误，好让他保住他那份该死的工作，我干的就是这些。”

布朗回嘴道。

“我就是这么跟他讲的。”

“你在撒谎。”布朗友好地对我说。

“约翰尼,他们就是为了这个才给我发工资。”

“可是人人都知道……”

“那又如何?”

“……那我想就没什么关系了。”

“外交辞令,约翰尼。不是撒谎。”

“对,外交辞令,”布朗表示同意,伴随着粗声粗气的爽朗笑声,“你这个满口谎言的王八蛋。”

“我正要来找你,”简对我说,“我想给你看看这个版面布局。”

我明目张胆地盯着她的双乳。“我可以看到你的版面布局。”她开始咯咯地笑,脸红得很可爱,但我变得严肃起来。“现在不行,简。我得去见阿瑟·巴伦。”

“哦,你好,斯洛克姆先生,”阿瑟·巴伦的秘书对我说,“你好吗?”

“你今天看上去很漂亮。”

阿瑟·巴伦办公室的门是关着的,对此我不知该如何处理,是应该转动门把手径直走进去,还是应该怯生生地敲门并等着得到允许。但是阿瑟·巴伦那位二十八岁的秘书鼓励地点头示意,让我只管进去。这位秘书喜欢我,她在家中与丈夫不和(她丈夫可能是同性恋者)。我小心翼翼地转动门把手,把门打开。阿瑟·巴伦独自一人坐在办公桌旁,微笑着向我打招呼。他站起身,慢慢走上前来和我握手。他对我(和每个人)一向都非常亲切友好,而且总是非常温和周到,然而我一直都很怕他。我猜想他也是我的克星(就像我这辈子遇到的每一位上司都是我的克星一样),而且我猜想他将永远都是我的克星。

“你好,鲍勃。”他说。

“你好,阿特。”

“进来吧。”他把门轻轻地关上。

“好的。”

“你好吗，鲍勃？”

“我很好，阿特。你呢？”

“我想让你开始准备接替安迪·凯格尔的工作。”他对我说。

“凯格尔？”我问道。

“是的。”

“不是格林？”

“不。”阿瑟·巴伦微笑着，显得很有见识，令人宽心。“我们认为目前你还没有能力接替格林的工作。”

这句话里有一种礼貌的讽刺意味，因为我们俩都知道凯格尔的工作比格林的工作责任更大，更重要，而且如果凯格尔个性更强一点的话，格林将会是凯格尔的下属。这个提议令我震惊不已，有那么几秒钟我完全不知所措，根本不知道自己该说些什么，做些什么，也不知道自己脸上应该保持什么样的表情。阿瑟·巴伦从容地注视着我，等待着。

“我从来都没有真正做过推销工作。”最后我终于非常谦恭地说。

“我们不打算让你做任何推销工作，”他回答说，“我们想让你来做管理。你非常忠诚，人很聪明，有良好的人品和工作习惯。你对政策和策略似乎有着很好的理解，而且你和各种各样的人相处得都很融洽。你很有外交手腕。你有很强的洞察力，感觉敏锐，好像是一位很好的管理人才。这足以鼓励你吗？”

“凯格尔是个好人，阿特。”我说。

“他是个出色的推销员，鲍勃，”阿瑟回答道，强调这二者之间的区别，“如果我们决定进行这项人事变动，而且你也想把他留下的话，我们可能会允许你继续留他做推销员。”

“我知道我一定想这样做。”

“我们甚至可能会允许你把他留下来当助手，或者作为顾问，跟与他合得来的人一起搞一些特殊项目。但他作为一名经理表现并不怎么样，而且我们认为他也没有能力做得更好。凯格尔和我们大家在许多事情上都不合拍，而这一点对他的工作来说非常重要。他经常说谎。霍勒斯·怀特想要我把他打发掉，就是因为他对我们说谎。尽管我已经告诉过他我希望他多花些时间在这里办公，但他还是经常出差。他的穿着糟透了。他还是经常穿棕色的鞋子。我知道按理说这并不重要，但实际上这的确很重要，到现在他也该明白这一点了。他还不向我上交销售拜访报告。"

"销售拜访报告里的大部分内容都是假的。"

"这我知道。但不管怎样，我自己的工作需要这些报告。"

"这件事是由布朗负责的。"我不得不指出。

"他控制不了布朗。"

"那不是一件容易的事。"

"他怕布朗。"

"我也怕他。"我承认道。

"我也是，"他承认道，"但如果布朗在我手下工作的话，我会让他听我的话，不然就把他打发掉。你会这样做吗？"

"布朗是布莱克的侄女婿。"

"我不会让这一点影响任何事情。如果有必要对布朗下手的话，我们是不会允许布莱克进行干涉的。"

"你们会允许我解雇他吗？"

"如果你决定确实想要那样做的话，也未尝不可，不过我们宁愿把他调走。凯格尔本来可以解雇他，但现在布朗对工作细节比他掌握得还要清楚。凯格尔从来都不愿解雇任何人，甚至是那些喜欢酗酒、不诚实或是因其他原因而毫无用处的人。他不愿解雇雷德·帕克，也不愿意让费尔普斯退休，他还不跟格林合作。而且他在雇用人的时候仍有歧视行为，尽管在这一点上他也受过警告。"

"这份工作责任很重。"我说。

"我们认为你应该有能力承担。"

"如果我不能呢？"

"眼下暂时不要考虑这一点。"

"我必须考虑。"我咧嘴笑着说。

他也同情地冲着我咧嘴一笑。"如果事后你发现自己宁愿留在你现在的职位上，我们会在公司其他地方为你另找一份好差事，除非你做了什么不光彩或不诚实的事情，而我相信这种事一定不会发生。你不必现在就决定。这只是我的一个想法，而且没有完全确定，所以还请保密。但是我们想事先做好准备，我们希望在公司年会之前决定下一步该怎么做。因此，请你认真考虑一下，好吧，然后告诉我，如果我们决定把凯格尔撤下来，把这个职位交给你，你是否愿意接受。如果你不愿意的话，你不必接受——这一点我向你保证——如果你不接受，你也不会因此而受到惩罚。"他站起身，脸上又露出了微笑，一边以较为轻松的语气继续说道："今年你仍会得到加薪，还有丰厚的现金红利。但是我们认为你应该接受这份工作。你不妨一边考虑，一边开始做准备。"

"我应该做些什么？"

"跟凯格尔和他手下的推销员们保持密切联系，尽可能进一步了解该部门的所有情况。决定好，如果我们真的让你负责的话，你打算确立哪些切实可行的目标，以及为了实现这些目标需要在哪些方面做出相应的变动。"

"我喜欢安迪·凯格尔。"

"我也喜欢他。"

"他一直都对我很好。"

"这并不能怪你。我们反正都要把他撤下来。他在你手下做特殊项目可能会更开心。你会考虑一下吗？"

"当然。"

"很好。你会把这件事保密，对吧？"

"当然。"

"谢谢你，鲍勃。"

“谢谢你，阿特。”

“阿瑟·巴伦想要干吗？”我刚出门来到走廊上，格林就向我质问道。

“没什么。”我回答说。

“他提到了什么吗？”

“没有。”

“我是说，他有没有提到有关我的事。”

“没有。”

“那他都说了些什么？他找你一定是因为有什么事情。”

“他想让我给他儿子在学校的演讲稿里添几个笑话。”

“就这点儿事？”格林轻蔑地哼了一声，觉得满意了。“这个我也会做，”他冷笑道，“而且做得比你好。”

去你妈的吧，我在心里答道，因为我知道如果哪天我真的坐上了凯格尔的职位，我就能把他一脚踩在地上，让他像毛毛虫一样爬着走。但他的确相信了我的话，不是吗？

“阿瑟·巴伦想要干吗？”约翰尼·布朗问道。

“他想让我给他儿子在学校的演讲稿里添几个笑话。”

“你还是满嘴谎话。”

“外交辞令，约翰尼。”

“我会找到真相的。”

“我是不是应该动手另找工作了？”简问道。

“我有份你能干的活儿，就在我手头这儿。”

“你真是太坏了，斯洛克姆先生。”她笑着说，脸上泛起了害羞和愉悦的红晕。她面色绯红，显得非常诱人。“你简直比小伙子还要坏。”

“我比小伙子强多了。现在就到我办公室来，我让你见识一下。有哪个你认识的小伙子有这样一间办公室，里面有这样一张沙发，而且文件柜里还有药片？”

“我很想去，”她说（有那么一刹那我真害怕她是当真的），“但是凯格尔先生正在那里等你呢。”

“阿瑟·巴伦想要干吗？”我一踏进我的办公室，凯格尔就急不可耐地问道。我见他正焦急地潜伏在办公室的一个角落里。

我关上门，然后转过身看着他。他又变得邋里邋遢，一副寒酸样，我感到又沮丧又生气。他的衬衫领子没扣好，领带结又低了好几英寸。（有那么一瞬间，我心里有一种冲动，想用双手紧紧揪住他的衬衫前襟，使劲摇晃，好让他变得稍微有理智一些。与此同时，我还有另一种冲动，想要用尽全力在他那条瘸腿的脚踝或小腿骨上狠狠踢上一脚。）他的额头湿漉漉的，满是大滴大滴的汗珠。他的嘴唇泛着光泽，有口水的迹象，还有白色粉末状的干燥污迹，可能是抗酸药片留下来的。

“没什么。”我对他说。

“他什么都没说？”

“没有。没什么重要的事。”

“关于我的事情？”

“一个字都没提。”

“当真？”

“我发誓。”

“哎呀，真没想到，”凯格尔惊叹道，松了一口气，“那他都说了些什么？告诉我。他找你一定是因为有什么事情。”

“他想让我给他儿子在学校的演讲稿里添几个笑话。”

“真的？”

“真的。”

“他没提到有关我的事，什么都没说？”

“没有。”

“也没提销售拜访报告和我出差去丹佛的事？”

“没有。”

“哈！要是那样的话，我也许就没事。今年我甚至可能会当上副总经理。他都说了些什么？”

“就是他儿子。还有演讲稿。还有笑话。”

“这件事可能全都是我自己的想象，”他兴高采烈地大声说道，“要知道，如果哪天我的孩子要在学校里发表演讲，你的那些笑话我可能也用得上。”他皱起眉头，脸色突然阴沉下来，带着一种出神的忧伤。“我那两个孩子都不争气，”他心不在焉地大声提醒自己，“尤其是我儿子。”

凯格尔也信任我。而我拿不准我是否希望他信任我。

“安迪，”我突然冲他大声喊道，“你做事为什么就不能稳妥一点？你为什么就不能守点规矩？你为什么就不能动手做大家想要你做的事情呢？”

他吓了一跳。“为什么？”他喊道，“出什么事了？”

“为了保住你的工作，就是这个原因，如果还为时不晚的话。你为什么就不能试着随大流呢？不要再向霍勒斯·怀特撒谎。不要再频繁出差。如果你不能让帕克戒酒，那就把他调到别的办事处去。你还应该让埃德·费尔普斯退休。”

“有人说什么了吗？”

“没有。”

“那这些事情你是怎么知道的？”他质问道，“是谁告诉你的？”

“是你，”我也气恼而又厌恶地冲他吼道，“几个月来这些事情你已经跟我说了一遍又一遍。那你为什么不开始想办法解决这些问题，反而整天为了这个而提心吊胆，冒险碰运气呢？安下心来，好不好？把布朗管好，和格林通力合作。还有，你为什么不雇上一个黑人和一个犹太人？”

凯格尔紧皱着眉头，一言不发地沉思了几秒钟。我等待着，琢磨着我这番话他究竟听进去了多少。

“我雇一个黑鬼来能做什么？”他终于问道，就好像是在自言自语，脑子里不知道在想什么。

“我不知道。”

“犹太人我倒是能用得上。”

“别那么肯定。”

“我们有犹太人客户。”

“他们也许不喜欢。”

“但是我雇一个黑鬼来能做什么？”

“首先，你可以给他找个别的称呼。”我建议道。

“比如什么？”

“黑人。你可以把他称作黑人。”

“这真好笑。”

“是的。”

“我一直都把他们称作黑鬼，”凯格尔说，“从小人们就教我把黑鬼称作黑鬼[1]。”

“我也从小就有人教我把黑人称作黑鬼。”

“我该怎么办？”他问道，“告诉我应该怎么做。”

“你应该长大了，安迪，”我诚恳地对他说，现在是全心全意想帮助他，“你是个有两个孩子的中年人，在一家挺大的公司里担任一个重要的职位。大家对你有很多期望。是到了该成熟的时候了。你现在应该认真对待一切，开始做你应该做的事情。你知道这些事情都是什么。你一直都在对我讲这些事情。”

凯格尔若有所思地点了点头。他皱着眉头，仔细考虑着我的忠告，没有丝毫轻浮的迹象。我的话他终于听进去了。我紧张地望着他，等着他的回答。就在他严肃沉思的时候，我真想冲他拼命大喊，凯格尔，你这个混蛋，我这是想帮你啊，说句明智一点的话吧。在你糊里糊涂的一生当中，就这一次，得出一个明智的结论吧。他就好像是听到了我心声，因为这时他终于做出了决定，他的脸突然一亮。他抬起头凝视着我，脸上略带微笑，接着，就在我满怀希望地

1　英文原文中这是两个不同的词，均为对黑人的蔑称。

急切等待着他开口时，他说道：

“咱们去找女人上床吧。”

公司对上床这件事有一条原则。那就是没问题。

大家好像都知道这一点（尽管这一原则在任何一本人事手册里都没有详细说明）。谈论上床的事比做这件事更没有问题，但做这件事也是可以的。不过谈论和自己妻子上床的事总是不合适的。（想象一下：“哎呀，昨晚我和我老婆干得可真来劲！”这种话可不太礼貌，尤其是在和你在生意上有联系并且可能认识你妻子的人面前。）但是和别人的妻子上床则没有任何问题，而且谈论这件事也是可以的，只要那位丈夫不是本公司的雇员，也不是公司里有人认识并且喜欢的人。公司对上床持赞成态度，只要你做这件事的时候带有一丝激情、幽默感、粗俗感和技巧，不带任何感情，对象是漂亮的年轻姑娘或年纪稍大、来自异国或是有其他特殊魅力的女人，同时不造成太大的动静，至少有一些象征性的谨慎表示，而且没有传出丑闻，败坏名声，也没有引起其他由恋爱而造成的种种纠纷。比如说，爱上和你上床的人一般是不合适的，不过离婚之后马上和别人结婚是可以的，而且搞“婚外恋”也是不合适的，至少对男人来讲是这样。

上床（或谈论上床）是每届公司年会的一个重要组成部分，同时也是选择会议场所的决定性考虑因素之一。在那儿最先成功上床的推销员很可能会成为大会社交圈子里的英雄，尽管不一定是大伙羡慕的对象。（这一点取决于上床对象的质量。）公司年会上的上床行动一般是三四个人一组（两个人决定出去试试，再另外带上一两个人）。公司里几乎每个人都会上床（或似乎如此），或者至少嘴上说自己上了床（或曾经上过）。事实上，在公司年会上，甚至就连公司最高层里那些性无能的老头子们——实际上尤其是这些人——也会在他们的欢迎词、致谢词、介绍词以及严肃主题演讲的非正式开场白里狡猾而又自夸地婉转提到他们自己以及彼此不检点的性行为，这基本上已经成了合乎礼仪的做法。在公司的各个阶层里，甚至包括对于像格林和霍勒斯·怀特这样的人，上床都是一件开玩笑的事情。但眼下安迪·凯格尔拿这件事来开玩笑可不合适。

“安迪，我可是认真的。”我说。

“我也是。”他答道。

凯格尔走后，我关上办公室的门，把自己锁在里面，将所有其他人拒之门外，试图决定应该如何处理我和阿瑟·巴伦之间的那番谈话。我取消了午餐约会，把脚搁在了桌子上。

我的脚有毛病。我的下颌骨正在恶化，过不了多久，我就会不得不让医生把我的牙齿全都拔掉。那将会很疼。我有一个不开心的妻子需要供养，还有两个不开心的孩子需要照顾。（我另外还有一个孩子，他的大脑有无法治愈的毛病。他既非开心，也并非不开心，而且我不知道在我们死后他将会怎样。）我有八个不开心的人在我手下工作，他们也有自己的麻烦事和自己不开心的家属。我经常感到焦虑不安，强忍着自己的歇斯底里。我脑子里想的是政治、夏天里的种族骚乱、毒品、暴力和青少年性行为。社会上到处都是性变态和心理不正常的人，他们可能会玷污或勒死我的任何一个孩子。我所在的街区有犯罪现象。我还必须面对自己的晚年。我儿子尽管只有九岁，却已经忧心忡忡，因为他不知道自己长大后想做什么。我女儿经常撒谎。我这副可怜的肩膀上承受着美国文明的衰落，还有整个美国政府的罪孽和无能。

而我发现公司正在培养我承担一份更好的工作。

而且我还发现——上帝助我——我想要这份工作。

三　我妻子不开心

我妻子不开心。她是那种穷极无聊、极为孤独的已婚女性，而我不知道自己能为她做些什么（除了和她离婚，但那样的话她会更加不开心。我不久前曾经和一个已婚女人在一起，她告诉我她有时会感到非常孤独，以至于她会变得浑身冰凉，简直害怕自己会从体内冻死。我觉得我明白她的意思）。

我妻子的确是个好人，或者说曾经是，我有时真替她难过。她现在白天喝酒，晚上在我们参加的聚会上调情，或者说试图调情，尽管她对此其实并不在行。（她很不擅长调情——真可怜。）她平常很少喜形于色，除非是在特殊场合，通常是在她喝了葡萄酒或威士忌之后至少稍有醉意的时候。（我们相处得不是很好。）她觉得自己比以前老了，体重涨了，魅力也不如当年——她的这些想法当然并没有错。她认为这些东西对我很重要，在这一点上她可就大错特错了。我觉得我并不在意。（如果她知道我不在意的话，她很可能会更不开心。）我妻子长相还不错，她个子高挑，穿着得体，身材很好，我经常为有她陪在我身边而感到骄傲。（她认为我从来都不想让她陪着我。）她觉得我已经不爱她了，在这一点上她可能也没想错。

“你今天和安迪·凯格尔在一起待过。”她说。

“你怎么知道？”

"你走路一瘸一拐的。"

我有个很糟糕的坏习惯，那就是模仿别人的特征。我对模仿的对象不加选择，甚至包括我不喜欢的人。如果我和一个说话又快又大声而且充满自信的人在一起，我就会开始和他一同又快又大声地说话（但并不总是那么自信）。如果我和一个来自南方或西部、喜欢拉长调子讲话的人在一起，我就也会拉长调子讲话，几乎就像我也是来自南方或西部一样，而且还会使用地道的方言土语，就好像我自己从小就会，而不是在模仿别人。

我这样做并不是有意的。我知道这是一个弱点，一种性格或道德上的缺陷，这种微妙至极、偷偷摸摸的本能几乎把我像奴隶一样束缚着，使得我几乎不管碰到什么人，都想学他们的样子。这种现象不仅发生在语言上，而且也会反映在身体动作上，比如行走坐立的姿势、歪着脑袋的样子或是胳膊和手的摆放位置。（我经常害怕和我在一起的人会以为我是在故意模仿他，为的是嘲笑、侮辱他。我尽量控制自己的这种倾向。）无论在我清醒时还是在我喝醉了的情况下（一般当我喝醉时，我都很高兴、很友好，并且很幽默），这种本能都会无意识地（下意识地？）起作用，就好像有着它自己的决心，尽管我对它很反感，并且时刻警惕着。通常直到我已经在模仿了，我才会意识到自己陷入了别人的个性当中。（我妻子告诉我，现在我们看电影的时候，特别是碰上喜剧片，我会跟银幕上的人物一起做鬼脸、打手势，对此我无法否认。）

当我和约翰尼·布朗（上帝的怒汉，出于本性，也是出于巧合）一起吃午饭或是下班后一起喝鸡尾酒时，我就会满口脏话，抱怨不休，说话口气强硬，并且觉得自己很强壮。当我和阿瑟·巴伦在一起时，我就会说话慢条斯理，轻言细语，充满智慧，并且觉得自己温和精明，高贵优雅，不仅是在当时，而且过后有那么一阵也是如此。他的本性将是我的本性，直到我遇见下一个性格特征比我更鲜明，或是职位或社会地位比我更高的人。（不过当我和格林在一起的时候，我并不觉得自己风度翩翩，口齿伶俐。我会觉得自己笨拙而无能——直到我离开他的身边，然后我才会开始寻找油滑的妙语警句，好在我和别人的谈话中使用。）我经常纳闷，我自己真正的本性究竟是什么。

我难道有自己真正的本性吗？

我一向都穿着得体。但不管我穿什么，我心里总会有一种不安的感觉，觉得自己是在模仿别人。我总是能够想起某个我认识的人差不多也是这种穿着打扮，因此我经常觉得我的衣服并不是我自己的。（事实上，有时候当我打开我衣橱的门时，里面挂着的衣服会让我惊讶不已。当然，这些衣服全都是我的，但是，有那么一刹那，我感觉就好像其中有好多件我从来都没见过。）而且有时候我觉得，如果我不是经常和其他喜欢追女人或嘴上说想追女人的男人在一起的话，我就不会花费那么多时间、金钱和精力去追年轻姑娘和别的女人。我至今也不能肯定这里面是否真的有那么多乐趣（不过我能肯定的是这的确会带来许多麻烦）。如果我现在还没搞清楚的话，那么我知道我永远都不会搞清楚。

如果我和一个患有严重口吃的人争论起来，那我的麻烦可就大了，因为有时我自己也会有一点口吃，于是这番谈话几乎很快就会彻底土崩瓦解，变成一连串毫无意义的音节。我非常害怕和口吃的人讲话，我心里有一种致命的恐惧，害怕我自己也会想要口吃，害怕如果我不得不看着一个口吃的人说话超过一两句，我就会一辈子无法恢复正常。当我和一个口吃的人在一起的时候，如果我不加以制止，我便几乎可以感觉到一种美妙诱人的颤抖在我的双唇上逐渐形成，愈演愈烈，并努力试图挣脱，变得永远失控。我在同性恋者面前会感到不自在，我怀疑这可能也是出于同样的原因（我可能会想要变得和他们一样）。我会尽量避开那些有痉挛、斜视和面部抽搐的人，这些都是我不想获得的额外特征。问题是我不知道自己到底是谁，或者到底是什么样的人。

如果我和下流的人在一起，我就会变得下流。

我是谁？（我需要三次猜测机会。）

我女儿并不下流，但是现在当她和朋友们说话的时候，她也是满嘴脏话，甚至在和我们讲话时，她也慢慢开始说脏话。（我也说脏话。）她正在试图确立我们之间的地位，或是挑起某种反应，但我和我妻子不知道她究竟想做什么，也不知道是为了什么原因。我猜想她也想成为她眼中自己环境的一部分，而我担心她已经在和她的周围环境融为一体，化入其中，就在我的眼皮底下。她想和自己的同龄人一样。我无法阻止她，无法拯救她。在她身上一定也曾经出过什么事，但我不知道是什么事，也不知道是在什么时候。她还不到十六岁，但我却觉得她已经迷失了自己。她的独特性正在渐渐消失。在她小的时候，我们觉得她好像和所有别的孩子都很不一样。现在她似乎并不是那么与众不同了。

她是谁呢?

我往往会从和我在一起的人那里借用形容词、名词、动词和短语，并经常发现自己像笼子里的仓鼠一样，被困在了他们较小的词汇量里。知道这一点让我觉得很好笑，同时又有些沮丧。在这种情况下，他们的语言变成了我的语言。我无法使用自己的词汇（如果它们真的是我的词汇的话），甚至就连非常熟悉的同义词都想不起来。我不再寻找自己的话语，而是紧抱着他们的话不放，把他们的措辞拿过来，好在随后的对话中使用（尽管我偷来的对话可能并非一流）。

当我跟一个黑人说话时（或者说黑鬼，如果和我谈话的是一个直言不讳的白鬼子的话），如果我不防备，我就不仅会开始使用他的方言土语（比如咄咄逼人的时髦语言或汤姆大叔式的乡村土话），而且还会模仿他的发音。我对来自波多黎各的出租车司机也是如此。当我跟出租汽车司机说话时（我尽量不跟他们说话，我受不了纽约出租车司机那种满腹牢骚的恶毒态度，除了波多黎各人之外），我用的语言将会是在他们的水平上，而不是我自己的水平。（我不知道我自己的水平是什么，哈哈。）当我跟高中和大学年龄的男女青少年交谈时，也会发生同样的事情。我会跨越我们之间的代沟，模仿他们，使用他们的暗语，对他们的品味和观点表示认同，尽管实际上我的感觉并不总是这样。我曾经以为我这样做是为了讨人喜欢，现在我知道我别无选择。（我女儿的大多数朋友，尤其是她的女性朋友，都很喜欢我，尊敬我，但她本人却不是这样。）

如果我和安迪·凯格尔在一起，我走路就会一瘸一拐。

“你今天和安迪·凯格尔在一起待过。”我妻子说。

我们在厨房里。

我的确是和安迪·凯格尔在一起待过。我不再像凯格尔一样一瘸一拐地走路，同时我也在慎重考虑，自己刚才是不是还在用西班牙口音和我妻子讲话，因为这次我和凯格尔找的两个姑娘都是古巴人，而且都不漂亮。她们是娼妓。如今没人愿意把娼妓称作娼妓（尤其是我。她们是婊子、妓女、应召女郎），但事实如此，她们的确是娼妓。而且我还再次郑重发誓（就在我拉好裤子拉链，重新穿上汗衫的时候，汗衫袖子底下已经因为早晨出的汗而有了味道），从今以后，我再也不会和我不喜欢的姑娘做爱了。

在我和凯格尔曾经找过的妓女当中，今天下午这两个既不算最好，也不算最糟。我挑的是两个当中比较好看的那个（凯格尔总是让我挑比较好看的那个），头发染成红色，发根是黑色。她没受过什么教育，但她的皮肤很光滑（上面没有粉刺、囊肿，也没有疮），衣服也很整洁。她性情温和，举止温柔。她想攒钱开一家美容院。她非常友好，殷勤体贴（妓女并不总是这样），想取悦我。

“你喜欢让人挑逗你吗？”她轻声问我。

当凯格尔不能用出差的办法逃避自己的家和办公室时（就像他刚从丹佛回来的这次），他喜欢去找纽约的妓女作为逃避，通常是在阴暗的旅馆或墙壁很薄、没有电梯的简易小公寓里。他经常叫我陪他去，我总是一口拒绝。“哎呀，来吧。”他会这样说。于是我总会跟着他去。

这种事我并不喜欢。（不过，我合作的一个供应商时不时会将那种美貌非凡、开价两百美元的应召女郎送上门来，作为给我的礼物，和她们做爱我的确非常喜欢。我会把这些事情告诉凯格尔，而他只是笑而不语。我觉得他并不想在一间漂亮的公寓里和一个漂亮姑娘做爱。我觉得他想要的是廉价妓女。）我觉得自己浑身不干净。（每当我重新穿上自己的汗衫时，上面的气味总会让我觉得反感，尽管那是我自己的气味，而且通常很轻微。在我不穿汗衫的日子里，我的衬衫上就会有那种气味，很轻微，但绝对能闻到，即使是我用了除臭剂。那种气味就是我，我猜想我要长时间躲开我自己恐怕是不可能的。）我知道，像我和凯格尔这样两个大男人，还是成功的公司主管，居然会在神志清醒的时候在自己的老家找普通妓女，这里面有一种邪恶、堕落，而且的确已经过时的东西。她们既不漂亮，也没必要，而且也没有多少乐趣。我觉得凯格尔其实也不喜欢这种事。我们从来没有回去找过同一对姑娘（不过我们的确曾经回到过同一家廉价旅馆）。

每次都是凯格尔付钱，并将其作为一项正当业务支出记在公司的账上。（这一点我的确很喜欢，因为这样我们在操妓女的同时把公司也操了。）我有时会付出租车费，再买上一瓶威士忌，他喜欢带着喝。等到了那儿，我就没问题了（我轻车熟路）。但一旦完事，我马上就想离开。我一般比他先完事，并独自离开。凯格尔讨厌回家（甚至比我还要讨厌）。如果他一切顺利的话（事情并不总是如此，因为他那条瘸腿），我就会把他和他的威士忌还有他的妓女留在那儿。我其实从来压根都不想和他去，但他总是叫我，而我则总是跟着。

我之所以开始咬手指甲，基本上也是出于同样的原因，因为有人曾经叫我这样做。（天知道，这可不是我的主意。我甚至根本就不知道有人会做这种事。而且我觉得我没那个创造力，不可能自己想出这么个习惯来。）那还是我小学一年级下半年的时候，当时我才七岁，已经失去了父亲。（我对我父亲的记忆并不多，他去世时我也没有为他而伤心。我表现得就好像他并没有离开一样，而这就意味着我必须表现得就好像他从未存在过一样。我并不想念他，因为我并不记得他，而且从来也没怎么想过他。直到像现在这种时候。）我所有一年级的朋友（我念一年级时有很多朋友。我一向都努力让大家都喜欢我，而且我总是很成功）全都在同一个星期里开始咬自己的手指甲，其目的无非是想要惹老师（兰姆小姐，二年级的时候是沃尔夫夫人。我对名字和类似的琐碎细节有一种不可思议的记忆能力）和自己的父母姐姐生气。（这件事的起源是一场童年的阴谋。）

“来吧，咬你的手指甲。”他们对我说。

于是我便照做了。我开始咬手指甲。过了一阵儿，他们全都不咬了，但我却没停。（他们一个个长大离开，把他们的坏习惯留给了我。）我甚至没有试着停下来（现在我知道，我之所以没有试着停下来，是因为我不想停下来，而且因为我当时就明白我停不下来）。在那以后的这些年里，我一直都在贪婪起劲地把自己的手指甲又咬又啃，还带着一种报复心理，并且从这些小小的攻击性行为当中获得了极大的满足。（当然，这与其说是一种习惯，不如说是一种恶毒粗野的强迫症，而且经常会很疼，但是我喜欢。而且我觉得，到了现在这个阶段，我并不想过没有它的生活，而没有一个人能告诉我这是为什么。）我现在知道，我将会继续啃我的手指甲以及指甲周围的肉，直到我死去（或者直到我的牙齿被拔光，再也啃不成的时候。哈哈）。

甚至就连我的笔体都不是我自己的！

我的笔体是我借来的（而且一直都没还）。我现在的笔体实际上是从一个比我大的小伙子那里模仿来的，他曾经和我一起在那家汽车事故保险公司的档案室里工作，而且喜欢在工作不忙的时候发明、练习并完善一种全新的书法，以此来打发时间。（他自己的书法还不够好。）他的名字叫汤姆，或者叫汤米[1]，取决于是谁在跟他讲话或是在喊他。他二十一岁，高个子，非常自满而又成熟。（他的自满和成熟有不少理由，因为除了发明新书法之外，他还在和玛丽·詹克斯上床，她是我们保险公司里个头最大的金发女郎。）他在晚上懒洋洋地学习艺术，白天一般也很放松，等着军队征他入伍去打第二次世界大战。在干杂活、跑腿和在厕所里抽烟的间隙当中，汤姆会坐在档案室靠后边的书桌旁（好不让路过的人看见，因为档案室像个笼子，周围是钢丝网眼栅栏，从地板一直延伸到天花板上，而且这个笼子一直突出到办公室中央，每个从那儿路过的人都可以看到里面）勤奋地致力于练习书法。我会坐在那张桌旁、他的身边，和他一起学习、模仿并练习他发明的那种书法。那张桌子藏在一排绿色金属文件柜后面，文件柜里装的是按名字排列的文件索引，而相关的事故记录文件夹则按编号存放在前面一排排更高、更大、更绿的文件柜里。

1 汤姆和汤米均为托马斯的简称或昵称。

这活儿并不总是那么容易。汤姆会不知疲倦地对大写字母R、Y、H或J上的弧线、斜线和花饰进行试验，很少说话，直到他达到了他认为满意的效果为止，然后他会说："我想这样就可以了。"如果他在一两分钟之内没有严肃地摇摇头改变主意，我就会把他那张写着最后结果的纸滑到离我近一点的地方，开始学着练习那个字母，而他则开始为下一个字母表成员的设计打基础。(有时，在一两个星期后，他会带着一种失望的沮丧神情彻底推翻他对某个字母的看法，将其舍弃，然后从头开始。)有些字母很简单，但还有些字母到头来却非常困难，需要花费极长的时间。当我们俩不在分别秘密策划，以满足我们各自初露头角、令人饱受煎熬的情欲时，我和他是一对一心一意的年轻书法家(我当然是徒弟)，因为(有一天我将完全出于偶然地发现)他和我一样，也和办公室里的一位女人(姑娘？)打得火热(而且在这方面也遥遥领先于我。在所有女人当中，他偏偏勾搭上了个头又大、人又霸道的玛丽·詹克斯夫人，一位二十八岁的已婚妇女。他们两人已经在经常乱搞，而且不在别处，就在楼下库房里。哇！这帮人可真是乱七八糟。当我终于发现了我们所有人的秘密时，我的感觉就是这样的，但我当时并没有意识到，这里面唯一与众不同的就是我，这一点我现在才明白)。等到公司把老太太耶格尔夫人从别的部门调到档案室，好让我们干活更卖力，不然就让我们走人的时候(尽管其实并没有多少活可干。事实上，正是汤姆教会了我，只要我手里拿着一张白纸到处走来走去，我就可以随便浪费时间，整天无所事事。在那台西联电报公司大挂钟下面的桌子一角旁，我曾经花了很多时间做许多事，或者说试图做许多事，那地方非常靠近弗吉尼娅，那个二十一岁、活泼风趣、比我年长的姑娘。就连在当时，她有时也不戴胸罩，因为她知道，如果乳房本身不错的话，即使不戴胸罩，自己圆鼓鼓的乳房也很好看。她还喜欢拱起背，一边懒洋洋地叹息着，一边扭动肩膀，让自己的乳房左右摇摆，好让我欣赏，或者干脆把乳房朝我直挺过来)，我已经把汤姆的笔体学得惟妙惟肖，而且从那以后我就一直在用他的笔体。

我发现汤姆和玛丽·詹克斯之间的事纯属偶然，那是在汤姆离开公司参军入伍大约五个星期前的一天。(在他离开的同一天，我也离开了，去一家机械修理店工作，那份工作我不喜欢。）玛丽·詹克斯夫人（她办公桌上的黄铜名牌上就是这么称呼她的）在人身伤害部工作，她的顶头上司是性情温和、身材矮小的莱恩·刘易斯。刘易斯是人身伤害部的负责人，他当时斯斯文文地坠入情网，爱上了被我看中、不可救药的弗吉尼娅，不仅是在爱情和性爱方面，而且他还把她理想化了。（她鼓励他这样做。）当我发现了我们大家的这些秘密时，我感到非常惊讶，尤其是对玛丽和汤姆（甚至比多年前朦胧往事中在那间木制煤棚的地板上发现我哥哥和比利·福斯特干瘦的小妹妹在一起更为惊讶。与比利·福斯特身材干瘦、长着龅牙的小妹妹相比，玛丽·詹克斯夫人这头猎物个头要大得多）。玛丽·詹克斯简直就像是一条大鲸鱼，对此我深感敬畏。

对我来说，当我知道了她的秘密之后，她在我眼中就像是幻想成真（尽管是对别人而言），一个充满肉感、巨大无比、引人注目、专横霸道的奇迹。（我忍不住要盯着她看。）她已经结了婚，身材高大，一头金发，体态丰满。她将近二十八岁，非常惹人注目，很有魅力（不过算不上漂亮。弗吉尼娅比她漂亮）。而且她随时都可以和二十一岁的幸运小伙汤姆·约翰逊上床。（对于二十一岁的幸运小伙汤姆·约翰逊来说，这是一种多么美好的处境啊。这给十七岁的博比[1]·斯洛克姆提供了一些值得期待的美好前景。）莱恩·刘易斯不在办公室的时候，玛丽就是整个人身伤害部的老板。她有时候脾气好，有时候爱发号施令，我和大多数必须和她打交道的男人还有他们的秘书总是有点怕她。她对汤姆也很专横。每当她情欲冲动时，她就会把汤姆吆喝到一层楼下面那间破败不堪、文件柜里装着过期事故记录的库房里。等她完事之后，她又马上把他吆喝到楼上。

那间库房里有两个没有灯罩的电灯泡，用粗粗的黑色电线挂在头顶上，就好像一对蜘蛛在瞪着眼睛朝下看。而正是那间库房的缘故，我才发现了汤姆和玛丽之间的事。（我那天拿了库房的钥匙，因为我想去那儿和弗吉尼娅幽

1 博比和鲍勃均为罗伯特的昵称。

会，而他需要那把钥匙好跟玛丽幽会。）他们是在桌子上干的。我发现这几乎令人难以置信，尽管汤姆向我保证他们的确是在那儿干的，而且弗吉尼娅也是这么说的（当我开始和她谈论这件事之后），因此我知道这一定是真的。除了地板之外没有别的地方，而地板总是脏兮兮的。但我脑子里还是无法想象这一切发生在那张桌子上。桌子上面的地方好像太小，容不下一个这么高大的女人。（我后来才发现，如果女人真的愿意的话，就连顶针大小的地方也足够大，而当她们不愿意的时候，整个地球可能都嫌地方太小。）

库房的门只有一把钥匙（因此这地方对这种事情来讲非常合适，而事后证明，我们当中许多人在平日上班时的大部分时间里脑子里想的都是这种事情），而我不愿把钥匙交给他，因为我已经计划好在那里和弗吉尼娅幽会。我们幽会时，我会亲吻她，抚摸她的身体，但每次都不超过两三分钟（两三分钟后，她就会突然一下子变得紧张忙乱，就好像在毫无预兆的情况下，被一种严酷而神秘的恐惧紧紧缠住，对此我从来都没有准备，也无法理解。她的脸会变得煞白，她的眼睛变得阴郁，像受了惊的小老鼠一样焦虑地四下张望。接着她便会从我身上挣脱开去，惊慌失措地逃回楼上，一边发出低沉、狂乱、愤怒的喘息声和呜咽声。等到我跟着她回到楼上，她已经又坐回到那台大挂钟下的桌子后面，就好像什么事也没有发生过一样。她还会冲着我微笑，挑逗地对我眨眼示意，就跟以前一模一样。我现在意识到，她当时比我想象的更容易感情冲动，而且至少有那么一点神经不正常。我想我当时是爱她的，但我那时太天真，没有意识到这一点。我以为爱是另一种感觉）。

“行了，”汤姆说，“把钥匙给我。”

“不行。”我答道。

“我需要钥匙。”

“我也需要。”

“我现在就需要。”他说。

“我也是。”

“我要在那儿会个人。”

“我也是。”

“是个姑娘。”他解释道。

“我也是。”(我自豪得脸上发红,一边咧嘴笑着。)

“谁?”他问道,退后一步打量着我。

“我应该告诉你吗?”

“为什么不呢?我是你的教练,对不对?弗吉尼娅?”

“你怎么知道?”

“我既不聋,又不瞎。”

“那么明显?”

“你每次站在那儿跟她讲话的时候,你两腿之间的反应就再明显不过了。你应该偶尔试着把手从口袋里拿出来,好让我们大家都看个清楚。我真的很想看看。你应该随身带上一个事故记录文件夹,挡在身子前面,以防你自己发生什么意外事故。砰——那将是一个多么有趣的财产损失案啊。你和她上床了吗?”

“还没有。”

“你知道怎么做吗?”

“我学得差不多了。”

“她可以教你!”

“你怎么知道?”我忌妒地问道。

“我看得出。大胆去做,这是最好的学习方法。别多想。插进去就行了。你真应该现在就一块到楼下去看看我是怎么做的。”

“和谁?”

“如果我告诉你,你会到处乱嚷嚷的。”

“不,我不会的。”

“把钥匙给我。”

“告诉我是谁。”

“你能保密吗?”

“弗吉尼娅？”（我又感到一阵强烈的忌妒。）

“玛丽。”

“詹克斯？”

“你在大声嚷嚷了不是。”

“你在和玛丽·詹克斯上床吗？”

“我们两相情愿。别回头！她正在看着我们，等着你把钥匙给我，所以你最好照做——要不然她会把你的头砍掉。”

“她可是结了婚的！”我吃惊地对他说。

“劳驾你把钥匙给我好吗？”

出于对他卓越成就的尊重，我乖乖地把钥匙交了出去。等他刚一离开（她紧跟其后），我便马上兴奋地跑到那台古老的西联电报公司大挂钟下面那张旧木桌旁，将我自己和弗吉尼娅的幽会推迟，并向她透露我刚刚发现的情况。（她的确是我在公司里最好的朋友，而且在任何其他地方可能也是如此。在我莫名地感到悲伤孤独或手上没钱的日子里，她总会注意到，并马上试图让我高兴起来，或者执意把我需要的两三块钱借给我，等到发工资再还给她，即使是她自己不得不从别的姑娘手里借这笔钱。）

“为什么？”当我要求她在楼梯上而不是在库房里和我幽会时，她问道。

“你能保守秘密吗？”

“当然，”她爽快地答道，“你想对我做什么？”

“不，是有关汤姆的事。你会相信汤姆·约翰逊和——”

“当然。”她说。

“和——”

“当然。”

“而且现在就在干？”

“次数越多越好，我总是这么说。”

“就在库房里？”

“有时候他们在第二大道上的公寓里干。她有个离了婚的朋友住在那儿。”

“你怎么知道？”我质问道。

“她告诉我的。”

我惊讶得目瞪口呆。看到我一脸惊愕的样子，弗吉尼娅高兴得两颊绯红，眼睛里闪烁着快乐的光芒。

“他们是怎么干的？”我好奇地问道。

“嗯，她身上有这么一样东西，而他身上有那么一样东西，他把他的——”

“我的意思是在楼下！他们躺在哪儿？”

“在桌子上，”她告诉我，“你难道从来都没试过吗？”

“等他们一完事我马上就去试试。”

“跟我你可别想。我需要在酒店开一间大房。我喜欢到处动弹。”

“你大学时候在那条独木舟上可没怎么动弹啊。”我提醒她。

“我当时啥也不懂，”她笑着说，“我不知道我还应该动弹。你想知道一个秘密吗？”她示意让我靠近一点。“到桌子这边来，这样我就可以低声说话，并且把膝盖靠在你身上。”

我手里拿着一张白纸，走到桌子另一边她的身旁，开始装模作样地翻弄放在那儿的一个文件盒里的文件夹，就好像是在寻找其中的某一个。我刚走到她旁边，她就把膝盖转过来靠在我的腿上，开始不紧不慢地蹭来蹭去，一边从容地看着我，脸上带着一种会意而略带嘲讽的微笑。

“什么秘密？”我问道。

“把你的手从口袋里拿出来。”

“去你妈的[1]。”

“好吧。”

“在桌上？”

“假装干活。”

“我是在假装。什么秘密？”

1　英文原文字面意思为“操你”，故下文。

耶格尔夫人正站在档案室门外（耶格尔夫人总是在档案室外面），恶狠狠地看着我。

我把手从口袋里掏出来，拿起一个财产损失事故记录文件夹，挡在我勃起的阴茎前。弗吉尼娅当然把这一切看在眼里，于是大声笑了起来，她鲜红的嘴唇和湿润的白牙之间露出了一点点闪亮的舌尖。她的脸颊也染成了红色——当时女人们还涂胭脂——而且她脸上还有酒窝。我感到心里涌过一阵充满了爱慕之情的强烈潜流，但这远远不够。她二十一岁，而我只有十七岁，我发现自己希望我和汤姆是同一个年龄，并且知道该拿她怎么办。

“我和莱恩·刘易斯每星期四晚下班后都会一起喝酒吃晚饭，”她告诉我，“他想向他妻子提出他想离婚，但我不让他这样做。他说他这一辈子从来没有人像我那样吻过他。”

我再次感到惊讶不已，但这一发现让我觉得很兴奋。我对她和别的男人之间的性经历总是非常感兴趣。（她喜欢穿非常薄的丝质女衬衫，当她穿这样的衣服时，我经常会有一种冲动，想把双手放在她的肩膀上，轻轻地抚摸她。她穿毛衣的时候，我就想把手伸进去捏她一下。）

“你和他上床吗？”（我总是很贪心，想知道一切细节。）

“他不敢开口。他这一辈子一直都有妻室，而且从来没有和别人出过轨。我替他感到难过。我不知道当我终于让他肯开口向我提出上床要求的时候我会如何回答。我喜欢他，但我拿不准我是否想和他上床。”

我也喜欢莱恩·刘易斯。而且我丝毫都不怀疑从来没有人像弗吉尼娅那样吻过他，因为我曾经见过他妻子和他一起参加公司的圣诞晚会。他妻子是一位个头矮小、身材不佳、不爱说话的女人，和他一样老迈而温顺，而且皱纹和白头发比他的还要多。就此事而言，我这一辈子也没有人像她那样吻过我，而且也没有人像她那样抚摸过我，就像她在楼下库房里或是在两层楼之间的楼梯上一遍又一遍地抚摸我一样。我在她身上想要的东西越来越多，但我从未得到我想要的一切。她不喜欢我对她动手动脚，她喜欢对我动手动脚。每天上班的时候我们都会在两层楼之间的楼梯上幽会好几次，在那儿亲吻抚摸，疯狂拥抱，但每次只过了几秒钟，她就会想象着自己听到有人来了，于是慌忙逃走。要么我们就会在楼下库房里碰面，在那儿待上三、四或五分钟，然后她也会突然变得脸色苍白，万分惊慌地从我身边飞奔而去。

当她从我身边逃走时，我从来都不会生她的气，也从来不会感到怨恨或失望。我一直都觉得自己能和她有任何亲热的机会就已经很幸运了。（看到她如此害怕，我总是感到很难过。我一直希望能有什么办法可以帮到她。）有一次她曾经告诉我（实际上不止一次，因为我总是一再提起这件事，好多听几遍），在她大学一年级的时候（她在杜克大学读了两年，那年夏天她父亲自杀后，她就一直没回去继续读），她曾经在一条漂浮在水上的独木舟里被学校的橄榄球明星给干了。我不相信她。（我觉得我当时压根就不相信当真会有人做上床这种事，不相信像我这样的男孩子会把自己的那玩意插进她的那个东西里面，然后接着做剩下的事情，尽管我在图画和照片上看见过，也听过黄色笑话和故事。）她总是说要我去开个房间，但我不知该怎么做。我问汤姆怎样在旅馆租房间，他告诉了我，但我还是觉得自己不知该怎么做。我想象着如果我到旅馆去给弗吉尼娅和我开房间，旅馆的前台服务员就会当场在大厅里把我揍一顿。再说我也没钱做这种事，我只不过是个档案管理员。（我甚至不知道该怎样带她出去吃晚饭！）

我一直都没有真的和她发生过关系（我从未和她上过床），对此我很遗憾。自从我和汤姆一起离开公司之后，我就一直没有回去过，也没有再见过她或是跟她谈过话。我曾经试过。我很遗憾。我想念她。我爱她。我想要她回到我身边。如今当我试着回忆起曾发生在我身上的所有重大事件时，我会非常清晰地记起她。当我在办公室里坐在桌旁，手头上没有我想做的工作时，我会时常想起她。在晚上我也会经常想起她，那些时间里我和妻子、孩子、女佣，还有保姆一起坐在家里，同样没有我想做的事情，颓然地坐在客厅或书房里的椅子上，像一个饥饿不堪的驼子一样上瘾地咬着自己的手指甲，盼着有什么新鲜事发生，好让我保持清醒，直到该上床睡觉。我喜欢她身材不高、略显丰腴的样子（无论我的手摸在哪里，都有丰满的肉体可以让我握住并感觉到）。我记得她的皮肤是多么白净、光滑、细腻。当她面露笑容时，她脸上的酒窝就会变得更深。她经常会笑。我怀念那种欢乐气氛。现在我将知道该拿她怎么办。我希望能再有一次机会。但这时我想起了自己是谁，我想起她现在仍将比我大四岁，多半又矮又胖，也许成了一个令人讨厌的多嘴婆，完全不是那个我渴望见到的姑娘。（那个人已经不存在了。）接着我又想起她已经死了。

（她也自杀了，就像她父亲一样。我从海外归来之后曾试图打电话到办公室找她。结婚几年后我又试着打电话找她。那时候我就已经在想念她。她当时已经不在那儿工作，财产损失部也换了新负责人。我和人身伤害部一个名叫本·扎克的残疾人通过电话。

“弗吉尼娅·马科维茨？”他说，“哦，不。她一年半前自杀了。她已经不在这儿工作了。你难道不知道吗？”）

我觉得是在战后，这场斗争才真正开始。

当时，老式小汽车，或者说这场工业革命，已经使这家公司成为了全世界第三大汽车事故保险公司。这家公司的人身伤害部（PI）里有一位染着金发、举止粗俗、说话强硬的已婚女人，财产损失部（PD）里有一位视力很弱、戴着厚眼镜、喜欢调情的黑发姑娘，而我们大家全都沉浸在色欲之中，除了那个可怜的老家伙莱恩·刘易斯，他被幼稚的爱情观念所哄骗，从中获得了力量，但这种观念是永远都不可能实现的。（他现在肯定已经去世了。除了弗吉尼娅的那些亲吻之外，他当时已经没有什么值得企盼的东西了。）这家汽车事故保险公司里的情况还挺复杂（也很有趣）（而且很悲哀），而直到耶格尔夫人伪装成档案室的新老板，像一位身材魁梧的命运女神一样闯到这个舞台上，并在几周之后把我吓跑之前不久，我才开始了解到其中的大部分内容。当时有许多惊人的秘密，好像除了我之外无人不晓。如今，我觉得无论我发现了世界上任何人的任何秘密，我都顶多只会感到轻微的惊讶或短暂的失望。不过，突然发生的死亡仍会让我感到震惊，特别是当它发生在某个身体一直都很健康的人身上时。（比如我哥哥。）

当我发现了汤姆和玛丽·詹克斯之间的事之后，我对弗吉尼娅的追求变得更加执着，但结果还是一无所获。（我觉得当时我就连自己想要强迫她做什么都不知道。）这两个女人（姑娘？）（女人）（姑娘）的可笑之处就是她们俩都不想让我们男方采取主动。我在弗吉尼娅身上比汤姆在玛丽·詹克斯身上有着更大的自由度（但得到的成果却更少）。我随时都可以到大挂钟下她的桌旁，随便说下流话，或者让她在楼梯上或库房里和我幽会。大多数时候她都会照做，有时她还会主动建议我们俩幽会，脸上带着她那种顽皮的微笑。但她从来都不让我把她按倒在桌子上，尽管她继续引诱我，让我想试着那样做——但最后她总会挣脱逃走。（这是为什么呢？究竟是什么使得她对我这么害怕，然而对那些她声称自己曾经自愿和他们上过床，而且一直都在跟他们上床的许多年龄较大的小伙子和男人，她却一点都不害怕呢？）我觉得如果我和弗吉尼娅能在一间公寓或酒店房间里相聚，并且有足够的时间，我们俩之间的事就会一切顺利，圆满完成。（那又能怎样？）她会教我慢慢来。如果我真的慢慢来，她可能就不会那么害怕。如果她不害怕，她就会让我在她身上为所欲为，并且教我该怎么做。

但是那又能怎样呢？

这件事迟早会过去，就像她已经成为过去一样，就像我现在正在逐渐成为过去。（去她妈的，她已经死了。）她的案子已经了结。如果她没有自杀的话，她现在年龄会比我大，而且多半是个讨厌鬼。她会变得身体肥胖，满脸皱纹，经受着便秘、胆结石、更年期紊乱和脚部拇囊炎的折磨，而我很可能不会想见她。一切都会过去。（这就是为什么它能够让人忍受。）

但记忆依然存在（但不会长久。哈哈）。

尽管她的记录可能已经过期，但她还没有被完全忘记。我还记得，当她看到我对玛丽·詹克斯也垂涎欲滴的时候，她曾经怂恿我也去追她。当我发现了玛丽和汤姆以及库房里那张桌子的事情之后，我一直忍不住对玛丽怀有那种念头。（我曾经每星期在那张桌子上吃两三次午餐，并且在那儿读《每日新闻》和《纽约镜报》的体育版。）我也想得到她，但我不知道怎样才能把她弄到手。

“去干她，”弗吉尼娅会使劲劝我，“去把她弄到手。”

“怎么下手？”

“捏她的屁股。”

“你有神经病。”

“抓她的乳头。”

“你疯了。”

我决定我只能注意汤姆的一举一动，看看他是怎么把她弄到手的。然而他却什么都没做，只管练习他的书法。（他很知趣，总是耐心等着，从来不去主动找她。）他会镇定自若地一连坐上好几天，和我一起钻研书法，乖巧而耐心地等着她用蜂鸣器或电话招呼他，或是叫别的某个档案管理员（有可能是我）把汤姆叫进去。

“你现在忙吗？”她会问。

他会回答：“不忙。”

“去拿钥匙。”她会向他命令。

于是他们便会下楼到库房去（在那里，有关事故当事人的记录和文件夹正在文件柜里因天长日久而化为碎屑）。

我和弗吉尼娅密切注意着他们的来来[1]（哈哈）往往。对于一个幸运的年轻人来讲，能把她弄到手（或者被她弄到手）的确是一件非常了不起的成就，尽管我更喜欢弗吉尼娅（其实汤姆也一样）。她的块头看上去足有弗吉尼娅的两倍，但其纯女性的体积应该是弗吉尼娅的四到八倍。人身伤害部这个身材高大、染着金发的二十八岁已婚女人虽然喜欢挖苦人，但经常又很有同情心。她对那个可怜的老家伙莱恩·刘易斯关怀备至（他患有严重的肾病和其他危险的相关疾病，而且多半并不想和他那位上了年纪、个头矮小的可怜妻子离婚，

1　双关语。英语里“来”一词在俚语中又有“达到性高潮”的意思。

他们婚后一起生活了一辈子,他可能仍然很喜欢她),尽可能让他的工作更轻松。她丈夫是一位心脏功能虚弱(很可能是被她折磨的)的成本会计师。只要她愿意,她就会毫不客气地指使着汤姆,让他在楼下库房里或是下班后在她离了婚的朋友的公寓里干她,那种专横的架势就跟把他叫进办公室并命令他整理档案时的态度差不多一模一样。

(汤姆从来都不知道玛丽叫他去的时候将要给他的究竟会是哪一种任务,但无论是美差还是苦差事,他都会完全心甘情愿地接受。)

汤姆用来勾引她的最主动的做法就是在她办公室里来回招摇,假装在寻找某个文件。她完全明白他在找的是什么。有时候她会皱起眉头,于是他便会马上离开,就好像是在一门心思继续寻找某份特定的事故记录文件。有时候她则会做出他所希望的反应,讥讽地微笑着,几乎是在做鬼脸,并向他质问:

"这里有什么你想要的东西吗?"

"是的。"

"去拿钥匙。"

于是他们就又下楼到库房去了。

"我甚至拿不准她是否真的喜欢我,"一天下午,汤姆在档案室里向我漫不经心地吐露道,他将更多的情感集中在了他手里正在练习的字母 P 和 Q 上,而不是在他正在说的这句话上,"但她的确喜欢和我干那种事。"

我不禁想知道她会不会也喜欢和我干那种事。

于是我试图勾引她。(但失败了。)我试图把她从他身边偷走——其实并不是把她偷走,而只不过是,如果有可能的话,在这个香气扑鼻、情欲冲动、咄咄逼人、美妙非凡、体态丰满的已婚金发维京女人[1]身上得到我应有的那一份(事实上,她不过是一位来自布法罗[2]、有着苏格兰和爱尔兰血统的女子,深褐

1 维京人指的是大约一千年前生活在北欧的斯堪的纳维亚部落,8—11 世纪时曾劫掠英国等西北欧部分地区,有时在当地定居。如今也经常用来泛指斯堪的纳维亚人。

2 布法罗:美国纽约州西部的一座城市。

色的头发，大块头，骨骼粗壮，而且毛孔很大)。然而我却一无所获。弗吉尼娅在一旁劲头十足地为我打气，给我出一些骇人听闻的主意。

“快去跟她干一下，”她建议道，“她现在非常渴望，女人看得出来。直接走进她的办公室，把她弄到手。”

“怎么下手？”

“她对你很合适。”

“怎么下手？”

“告诉她。”

“告诉她什么？”

“告诉她你想要什么。开门见山，这是最好的办法。”

“得了吧。”

“抓她的乳头。把手伸到她裙子底下——”

“她会杀了我的。”

“不，她不会的。瞧——刘易斯先生出去了。现在马上进去，告诉她你已经决定想要和她上床。”

“她会把我关起来的。”

“她会爱上你的，你会一下子把她迷倒。”

“她会砸烂我的头，然后把我关进监狱。”

“她根本没法抗拒你的魅力。你比汤米长得帅，而且也更有趣。你有一头漂亮的鬈发。”

“她会告诉莱恩·刘易斯，或是告诉耶格尔夫人，让他们把我解雇。”

“她会当场把裙子拉起来，张开胳膊和双腿，然后开口唱：‘哦——，来吧，宝贝，来干我吧，就像你在星期六晚上干玛丽那样——’[1]”

“如果你真觉得我有那么难以抗拒的话，”我反驳道，“那就把你自己的裙子拉起来放声高歌吧。我也想和你上床。”

1 这句歌词出自一首民间流传的下流歌曲。

“那就到旅馆去开个房间。”

“玛丽在楼下的桌子上就能干。”

“玛丽有个又大又圆的屁股。”

“你也是。”

“我喜欢你，亲爱的，”她冷不防地说道，抬起头直视着我的眼睛，（我惊讶得几乎脑袋发晕。）“非常喜欢，真的。尽管我现在说这话的时候脸上带着笑——但我的确是认真的。”

我几乎惊呆了，不知该如何回答。“你都在说些什么呀？”我厉声低语。

“我真希望我们俩年岁都大一点，”她伤感地继续说道，她的口气几乎就像是一种不祥的悲叹，“这就是我的希望。你知道我希望什么吗？我希望你年岁大一些，能够对我粗暴一点。”

她的这番话让我感到既震惊又恐惧，我觉得既困惑又尴尬，几乎被她惹恼了。“你干吗要这么说？”我怒冲冲地质问道，担心某种我无法理解而且无法应对的重大事件已经发生。“你为什么偏偏要在这时候对我说这种话？而且就在办公室的中间？”

“因为不管是谁听到了我的这番话，他们都不会相信是真的，”弗吉尼娅继续满不在乎地说道，既没有压低声音，也没有改变她脸上清白无辜、眉开眼笑的表情，“甚至就连你都不会相信。我们周围没有一个人会当真，即使我提高嗓子，直到我几乎是在喊叫”——她故意明显地提高嗓门，直到她的确像是在喊叫，周围的人全都在饶有兴趣地注视着我们——“然后突然大喊一声，‘我爱你，博比·斯洛克姆！’”

（而她却偏偏要去自杀。为什么？她已经不再是那家汽车事故保险公司的雇员，因为她在战后不久就自杀了，从而无法继续工作。）

“你可真会开玩笑。”我尴尬地咕哝着，脸上带着不自然的微笑。

“你瞧见没有？”当我们周围的人全都低下头去继续工作时，她用正常嗓音继续说道，“没人相信我。就连你都不信，是不是？”

“你到底想怎么样？”我困惑不解地向她乞求道，“告诉我该怎么做。听着，简称‘处女’[1]的小姐，我才十七岁，而且我很害怕。我不知道自己会碰上什么事。”

“别害怕，”她回答说，这时她的嗓音变得非常柔和，带着一种温柔的关怀和爱意，“不久我们俩就会单独待在一间旅馆房间里，我将在你身上做任何一位姑娘都从来没有对你做过的事情。我向你保证。”（我们俩从来都没有在一间旅馆房间里单独待过。不久前在新奥尔良的一家夜总会里，一位妓女也一字不差地用这句话向我做了同样的许诺。然而等她到了我的房间之后，她也并没有做出什么新花样。）“现在去把玛丽弄到手。”

“耶格尔夫人正在看着我们。”我注意到。

“她不喜欢我。”弗吉尼娅说。

“她也不喜欢我。”

“她不喜欢我是因为我喜欢和每个我认识的人开心玩闹。尤其是和你。”

“我最好装成忙着干活的样子。”

“我给你点事做——来。”弗吉尼娅在一张纸上写下了一个事故记录文件夹编号。“帮我把这起事故找出来，”她指示道，“这是一起牵涉到三桩人身伤害的重大财产损失案。你也许可以从玛丽·詹克斯那里找到它。”她顽皮地补充道。

“好的，马科维茨小姐。”我大声回答，好让耶格尔夫人听到，并开始脚步轻快地走开。

“哦，博比！别忘了——”她表情严肃地把我招回到她的办公桌旁，然后低声指示道：“抓她的乳头。”

于是，在弗吉尼娅的怂恿下，我开始试图勾引玛丽·詹克斯。我用的是我唯一能想到的办法：在她身边转来转去。每当莱恩·刘易斯不在办公，我看到她独自一人坐在他俩公用的办公室里的时候，我就会在她的地盘上转悠，每次

1 参见第 9 页注释 2。

两三分钟。我没完没了地在她的视野中潜伏徘徊，假装在寻找事故记录文件，指望着她能看上我一眼，一瞬间豁然开朗，突然发现我长着一头乌黑的鬈发，比汤姆·约翰逊长得更帅，而且更有乐趣，然后也对我说：

“你现在忙吗？去拿钥匙。”

我压根就从来没有接近过这一目标。我从她嘴里得到的顶多是，“你是不是打算在这儿待一辈子？”或者是“你为什么老是像一头疯牛一样盯着我？”或者是那句精明的（她知道我打的是什么主意，这个聪明的婊子）“这儿有什么你想要的东西吗？”要么就是那句最伤人的刻薄话：

“你现在出去。叫汤姆进来。”

于是汤姆又和她一起下楼去了库房，把他的书法留在了档案室后面，让我一个人在那儿练习，而我至今用的还是他的笔体。（我想知道现在是谁在干玛丽。）汤姆靠我来为他打掩护，以备耶格尔夫人或其他人来找他，而我也照做了。

（“汤姆。”

没人回答。

“汤姆。”

还是没人回答。

“真奇怪，这个小伙子到哪儿去了？”

“在楼下库房里，耶格尔夫人，正在桌子上干玛丽·詹克斯呢。”我可以想象自己这样回答。）

我承认，当我知道汤姆正和她一起在楼下库房里时，我很难将自己的思想集中在汤姆的书法上。通常，我的想象也和他一起在楼下徘徊（我更想在纸上画有关他们两人的黄色图画）。楼下那座阴暗、寂静、肮脏的陵墓，里面装的是已经过期、正在腐烂的事故记录，那可真是个非常性感的幽会场所。偶尔公司里会有别的人真的想去那儿寻找一起很老的事故，结果差点碰见汤姆或是我，从而几乎造成一起新的事故。库房就在一层楼下，但是从那层楼的两阶楼梯下去，来到散发着霉味的库房里，就好像逃离了众人的耳目，来到了一个黑暗、凉爽、并不让人觉得难受的地下世界,就好像进入了一间很深的地下室或一座满是灰尘的木制煤棚,不受别人打扰,既安全,又令人放松。我喜欢经常去那儿,哪怕只是为了一个人在那儿吃三明治,读《纽约镜报》和《每日新闻》,或者是在早上或下午偷偷溜到那儿慢慢抽上一根烟,琢磨着哪些球队将会在周六的大学橄榄球联赛上获胜,或是考虑着我、我母亲、我哥哥和我姐姐最终将会怎么样。(我哥哥现在已经死了。有一天,就在他营业所的等候室里,他突然在毫无征兆的情况下心脏病发作,几秒钟内便没了性命。我母亲也已去世。我姐姐住得离我很远。我们有时会通电话。)我想象着等到弗吉尼娅、汤姆、玛丽和我全都走了之后,脾气暴躁的耶格尔夫人会给那间库房好好透透气,因为什么事情都逃不过她的眼睛。

我还记得有一次在午餐时间,那里几乎发生了一起强奸事件,当时弗吉尼娅被困在了里面,跟我和另外两个年龄和个头都比我大的小伙子在一起,他们也在档案室工作。他们不让她出去。那次她做得太过分了,玩笑开得太大,牛皮吹得太多,结果现在他们说不让她走,除非她把我们三个人全都“照顾”一遍。弗吉尼娅很快变得紧张起来。我们几个人嘴里全都说个不停,俏皮话讲个没完,就好像没有任何异常事情发生一样。他们其中一个从背后搂住她的肩膀,好像是在闹着玩似的拥抱她,但实际上却是在把她抱住,让她几乎无法挣脱,并且试图把她按倒在地。另外那个家伙很快就忙着把两只手伸到她的裙子底下,试图解开她的吊袜带,把她的内裤脱下来。我在一旁看着,既害怕,又怀着热切的期待。我们四个人全都喘着粗气(甚至包括只是在一旁看着的我)。我们脸上带着病态、坚定而又不自然的微笑,在快言快语之间装出沙哑的笑声,尽可能装作这一切实际上都是在开玩笑。但这显然不是在开玩笑。刚开始过了几秒钟,弗吉尼娅就吓坏了。她奋力挣扎着,试图脱身,她的面颊一片煞白,颤颤发抖。(我这一辈子从来都无法忍受看到别人充满恐惧的样子,不管是在什么人身上,甚至包括我憎恶的人。)她和我四目相对,目光中带着无言的惊恐和哀求。于是我从中干预,让她得以脱身。当我面对着那两个年龄和个头都比我大的小伙子,坚持要他们放开她的时候,我自己也非常害怕。

“放开她。”我迟疑地说。

“她想要你。”他们当中的一个说。

“放开她！”我尖叫道，双拳紧握。

弗吉尼娅逃走后，他们两个人轻蔑地摇着头，就好像不相信我居然会这样做。他们告诉我我很蠢，就在她正准备和我们三个人干的时候却把她放走了。

我真的很蠢吗？

（我记得等我们回到楼上时，她又像原来一样平静而快乐，而且根本不像我理所当然认为的那样对我感激不尽。她对其他那两个人的友好态度也没有任何改变。她还像以前一样跟他们开玩笑、调情，并且表现出一种奉承讨好的敬意，就好像她现在更看得起他们了。这一点我不明白。至今我还是不明白。不过我的确很想知道，如果当时我闭上嘴巴，和那两个人一起强迫她和我们三个人干的话，我和她之间将会变成什么样。难道她也会更看得起我吗？她怎么会呢？但是她究竟会不会呢？她曾经告诉我，在她的墓碑上，她想要的碑文是这样的：

“弗吉尼娅·马科维茨长眠于此。她的床上功夫很好，尽管她是犹太人。”

我敢打赌她的墓碑上不是这样写的。）

我敢打赌我当时的确很蠢。

（我知道我从未和她上过床，而我本应和她上床。我觉得我想这样做。我现在想和她上床。我真希望她并没有自杀，希望我仍可以给她打电话，和她做爱，告诉她我关心她，告诉她她对我一直有多么重要。我很高兴她已经不在人世，因为我拿不准自己现在是否会想要她。我不知道自己究竟想要什么。）

我知道由于弗吉尼娅、汤姆和玛丽·詹克斯的缘故，我对自己的未来感到更加鼓舞。发现有这么多人真的在上床，而且这种行为的确非常普遍，这实在是令人欣慰。这是个好兆头。汤姆才二十一岁，就已经有一个将近二十八岁的大块头已婚金发女郎愿意和他做爱。我想当然地认为，等到我二十一岁的时候，我也会有一个二十八岁的大块头已婚金发女郎愿意和我在桌子上做爱。

我以为这样的女人会自动出现在我身边。

当然，这种事情一直都没有发生。

当我二十一岁的时候，没有一位玛丽·詹克斯等着我。我二十一岁时所得到的只有选举权。等到我终于有机会和一个二十八岁的女人上床时，那个女人是我妻子，而我当时已经三十二岁，并且已经和她结婚，这和我曾经一直梦想的根本不是一回事。

·　·　·　·　·

如今，当我和一个二十八岁的女人有什么来往时，我通常会发现她并不是一个女人，而是一位姑娘，而且往往还是一位小姑娘。她一般都还没结婚，而且不开心，或者结了婚，却感到很孤独。这和如果当我还只有十七岁时遇到同一位姑娘完全不同。这种关系有时愉快，有时可悲，而且愉快的时间从来都不长久，最终都会变得可悲（并让人感觉不自在，至少对我来说是这样。她们往往会想要对我投入更多的感情，而我却不希望她们过于投入。我觉得亲密的关系让人喘不过气来）。这里面通常会有一些醉酒的成分（我想这可能怪我——我喜欢喝酒，也喜欢让她们喝酒），一种凄凉和病态的东西（也许在我们双方身上都有）。她们喜欢滔滔不绝地讲话，也喜欢倾听，喜欢有人认真地对她们讲话。（我觉得她们最渴望的就是有人和她们说话。）我认识两三个年近三十的姑娘，如今我们已经成了很好的朋友。我和她们不经常见面，因为我们每次见面都平淡无奇（至少对我来说是这样），而且很快就变得非常乏味。我经常会遇到许多这样的年轻姑娘，刚开始有一阵子我对她们非常喜欢，如果我事先不知道自己很快就会厌烦的话，我会觉得自己可以一辈子忠诚地爱着她们。今天下午那个古巴姑娘大约二十六七、二十八岁的样子，我现在回想起来，她其实并不差。她其实并不难看。如果我还是一个十七岁的小伙子，知道我随时都可以拥有她，而且不用付钱的话，她将是一个很棒的姑娘。她有一个小孩，在别处由人代为抚养。她希望有朝一日攒够了钱把孩子接回来，并且开设一系列美容院。

“你喜欢让人挑逗你吗？”她轻声问我。我点了点头，她说：“有谁不喜欢呢？”

我现在回想起来，她真的一点也不差。

我不知道汤姆最后到哪儿去了（他甚至有可能已经在战场上阵亡，我无从知晓，也毫不关心）。他将他的书法留给了我。现在我仍坐在一张桌子跟前，在公司的办公室里或家中的书房里，用他的笔体写字。我不知道玛丽·詹克斯最后到哪儿去了。我甚至不知道我自己究竟到哪儿去了。

我可以感觉到，耶格尔夫人还在那儿。（她的名字可能变了，但她这个人物是无法消灭的。）这些耶格尔夫人总会幸存下来，愚蠢的想法和不慎的言行对她们没有任何吸引力，而且她们那些面容冷酷的耶格尔先生也会同样幸存下来，如果他们存在的话（这些耶格尔夫人不需要他们）。除了性别和穿着之外，他们之间没有任何区别。这些耶格尔夫人不仅会成为档案室的负责人，而且还会成为市长、学校校长、学院院长、少校、法官、检察官、上校、选征兵役委员会成员、美国退伍军人协会官员、司法部长、美国总统，以及像我们这样的公司里的次要部门经理。与格林、布莱克和霍勒斯·怀特一道，我自己也曾在公司里我的下属面前扮演过暴君的角色，而且在家里我的妻子、女儿和儿子面前，我也经常扮演同样的角色，甚至有时在我那个白痴儿子面前也是如此，尽管他根本不明白是怎么回事。

（“你怎么能这样称呼他？”我妻子会情绪激动地对我大发雷霆。“你怎么能这样谈论他？他可是你的亲骨肉啊！”

“按照定义，”我会冷冷地告诉她，“白痴指的是任何智力年龄达不到五岁的人，即使他是我的亲骨肉，也无法改变这一点。”）

我暂时放弃了凯格尔跛脚走路的方式，开始从我妻子背后绕过去，一边用眼角的余光仔细观察着她，试图判断她（也在用眼角的余光）对我观察得有多仔细。她没穿紧身褡（这通常是她心情良好的可靠迹象）。我们家现在那个肩膀浑圆的黑人女佣正躲在宽敞的厨房另一侧的一个角落里，无声地忙碌着，用一个黑色的木碗准备沙拉，这个木碗是我们在牙买加度假时从另一个肩膀浑圆的黑人妇女那儿买来的。她害怕我（我这样认为，而我也害怕她）。我妻子站在炉子跟前，正在将红酒拌入平底锅里深色的肉里面，可能是鸡肝或大块的牛肉。那瓶酒已经空了一多半（或者说已经不足半满。哈哈）。我小心翼翼地走到我妻子身后，去拿一个玻璃杯和一些冰块（尽管当我想起今天我那个古巴姑娘时，我很想大喊一声“欧莱”[1]），一边竭力试图想起今早我和她分别时或昨晚上床睡觉时我们俩之间是个什么态度，以便知道她是否还在因为某些我说过或没说的话或是做过或没做的事而生我的气，而这些东西我都已不记得了。

她究竟是生气还是高兴？我想不起来，现在也看不出来，因此我继续保持警惕。我手里拿着一块薄脆饼干和凤尾鱼卷，微微俯身向她靠近，这时才突然发现，她原来既非生气也非高兴。之前我们俩分别时态度是好是坏对她来说没有任何关系，因为这件事她也已经忘了。

她今天又喝酒了，而且我可以从她偷偷摸摸、迟疑不决、两眼低垂的神情中看出，她也在试图想起我们俩今晚是不是朋友。（我究竟是生气还是高兴呢？）她正在等待着我的信号。（我是因为她说错了话或做错了事而正在生气呢，还是因为她没有那样做而高兴呢？）我不知道她为什么这么怕我，因为其实我也很怕她。她动作僵硬，神情机警，好像已有悔悟（为了什么呢？只有天知道），紧张得像弓弦一般，手里搅动着徐徐沸腾的平底锅，希望我没有因为某些她说过或没说的话或是做过或没做的事而生她的气，而这些东西她也都不记得了。这几乎足以让我笑出声来。

“你说得对。”我说，只是为了让我们俩都放开一些。

“关于什么？”

“凯格尔，”我说，一边假装像凯格尔那样瘸着脚走了一步，“我们俩一块儿喝了几杯。”

“我很高兴这几杯酒让你心情这么好。”

1　音译。原文来自西班牙语，通常用于西班牙舞蹈和斗牛表演时的喝彩声。

女佣用回避的眼神紧张地将这一切看在眼里。我的忧虑消失了，我走到妻子身边，轻轻地吻了吻她的脸颊。她胆怯地把脸朝上转过来，仍有些不放心。她身上散发着葡萄酒和高档香水的气味。

“饿了吗？”她问道。

“很快就会饿的。看上去不错。”

“希望吧。”

女佣从我们身边悄悄走过，把那个装沙拉的木碗端进餐厅。

“这个女佣怎么样？”我问道。

“还行。”我妻子说。“我喝了点酒，”她急忙补充道，“我打算用它来做鸡肝，所以我想最好先尝尝，以保证酒是好的。”

“是好的吗？”

“够好了。”她笑着说，“你想来点儿吗？”

“我想喝点波旁威士忌。”

“那我就再喝点葡萄酒。”

“孩子们还好吗？”

“还好。”

我觉得这个开端不错，也许今晚在家里真的会很愉快。我妻子稍处于守势（这会让我们俩都更好过一些）。孩子们（谢天谢地）没有带着委屈冲我扑过来，向我要这要那。我女儿正在她的房间里打电话。我儿子在自己的房间里看电视。（电视机开得很响，我都能听见。）我的归来，爸爸下班回家这件事对他们俩都没有多大影响（他们对我的这种冷落让我隐约有些寒心。就连一条狗都会更有爱心地和我打招呼）。女佣似乎依然循规蹈矩，没有任何黑人叛乱的初始迹象。（我们给她的报酬很高，对她也很有礼貌，而且她作为女佣可能比我作为雇主感觉更自在。我对雇女佣这件事并不完全觉得自在。）德里克没有在附近叫嚷、呜咽，或是试图说话，我们现在为他安排的那个保姆（或阿姨）也没有在一旁瞪眼怒视着我们，就好像他是我们的过错，就好像我们想要他成为那样似的。（事实上，她的工作并不是看护他、照料他，而是尽可能让她自己和德里克远离我们的视线，尽管当德里克拿着色彩鲜艳的书籍或婴儿玩具静静地玩耍时，他并不让人觉得不顺眼，也不令人讨厌。）他们都没有来烦我。我有我的威士忌，我妻子有她的葡萄酒。

“你今天都做了些什么？”我例行公事地问道（在她有机会问我之前）。

“没做什么，”她耸了耸肩，回答道，就像是在承认失败，满怀忏悔地承认又浪费了一天的时间，“待在家里，上街买了点东西，休息了一下。我睡了一会儿。”

“有人来过吗？”

“没有。”

如果她说的是实话，这很好，因为这意味着她喝的只是葡萄酒，而且可能每次只喝了一点，因为葡萄酒喝多了会让她不舒服。我相信她说的是实话，因为我认为我妻子还没有学会怎样对我说谎。（我妻子不知道如何调情，也不知道怎样对我说谎。）当她的确有什么事情想要隐瞒时，她会对此事只字不提，希望我不会问起。（如果我问起来，她总是会告诉我。她不喜欢说谎。）我对此予以合作，当我感觉到她想要保守什么秘密时，我不会去打听。我会尽量避开我觉得她想要隐瞒的事情。我怀疑她对我也是如此（我怀疑她对我的事情知道的比她透露的要多得多）。因此，我们之间的谈话基本上空洞无物，而且往往都很克制。

“一会儿见，”我说道，一边端着我的酒从她身后绕过去，“我想读读邮件。”

她点点头。走过她身边时，我轻轻拍了拍她的屁股。她很高兴，有点感激，将她没穿紧身褡的屁股顶在我手上，斜视的目光里带着淫荡和微醉的喜悦。

“稍后？”她说，“我希望你有心情。”

“你知道我。”我笑着说。

看到她这样我很遗憾。（她以前可不是这样。）我可能已经不爱她了，但如今我和她已经相识很久，而且我不想大喊一声“欧莱”。

我很遗憾如今我妻子会在下午喝酒，也许早上也会喝上一两杯。我尽量不向她提起这件事。那样会非常伤她的自尊，而我不想让她担心我也会开始拿这件事来欺辱她。通常她会用某种漫不经心的方式告诉我她那天下午喝了点酒，比如她和她妹妹或某人的妻子一起共进午餐或上街买布料，回家之前喝了一杯鸡尾酒或双份苏格兰威士忌，或是像刚才那样，说她在用葡萄酒做饭。有时她想告诉我，但是因为等得太久而没有开口，这时我可以感觉到她内心里在发抖，担心我是否注意到了，是否会批评她。(我妻子害怕我。我并不是特别想要她那样，但这样会让事情变得简单一些。) 有时我很可怜她。

她从来没有在白天喝醉过 (她的确经常在聚会上喝醉，而且玩得很开心——但她从来没有在我们自己举办的聚会上喝醉过。我妻子是一位一流的女主人)，而且两个孩子也从来没有提起过她白天在家喝酒的事，因此可能是她没让他们注意到。但我记得她以前从来不喝酒，我也记得她以前从来都不调情。(她以前从来都不说脏话。) 而且她仍是一名虔诚的教徒，大多数星期天她都会去教堂，并且尽量试着把我们也拉上。(我们大家谁都不想去。偶尔我们也会去上一次，如果我们觉得这个代价足够小，可以用来还我们欠她的一个人情。她对我们现在的那位牧师有些拿不准，而我也有同感。)

我妻子也在开始学习如何使用脏字 (但她用得很不自然，就像别的妇女上了年纪以后开始学习绘画，或是参加有关心理学、艺术史或让-保罗·萨特[1]的成人教育课程一样)。她在这方面也不太擅长。她说“见鬼”和“该死”的时候语气都过分强调，不过她的“妈的”现在听上去已经很有分量。在假装对下流语言司空见惯、无动于衷这方面，她不如我们所在的几个社交群体中别的男男女女那样令人信服。我十五岁的女儿在说脏话方面已经比我妻子强多了。我女儿在我们面前脏话连篇，为的是向我们显示她的聪明才智。她经常会把脏话直接针对我们 (尤其是对我妻子)，以试探我们对她会容忍到什么程度。(我是不会允许她太放肆的。) 我也看得出，我儿子正在逐渐鼓起勇气，在家里试着使用一两个脏字。(他拿不准“操”这个字是什么意思，尽管他知道这是个脏

1 让-保罗·萨特（1905—1980）：著名法国哲学家、剧作家、小说家和政治活动家。

字。他原以为“操”指的是性交,直到我告诉他这个字通常并不是那个意思。)

回想起我妻子以前的样子,知道她曾经是个什么样的人,而且知道她一定也想保持原样,同时看到她现在变成了什么样子,这让我感到很痛苦,因为对我来说,眼睁睁地看着一个曾经和我关系亲近(甚至仅仅是接近)的人情况逐渐恶化,甚至就算是一个偶然结识的熟人或素不相识的陌生人,也是一件非常痛苦的事。(痉挛性麻痹症患者会对我造成很大的影响,而患有其他种类面部或腿部瘫痪的人会让我觉得极度反感,以至于无法动弹。我想把目光移开。当我在街上看到盲人时,我会因他们双目失明并在街上处于险境之中而对他们感到愤恨,我会极其渴望地环顾四周,希望会有别人走到他们身边,从而不需要我领着他们安全穿过十字路口,或是绕过人行道上使他们突然陷入极其可悲的困惑状态的意外障碍物。我不允许自己面对这种人间的苦难,我拒绝接受这种现实。我将它全都扔进我的潜意识当中,然后用尽全力把它压在屁股底下。如果必须的话,就让它全都在噩梦里出现吧。反正我一醒来也就忘了。)打字员玛莎,我们办事处那个长相一般、皮肤不好、快要发疯的年轻姑娘,对我来说完全是个陌生人。当人事处把她派到楼上我们这儿(好等她彻底发疯)的时候,她就早已经快要疯了。对此我没有任何责任。我不认识她,也不认识她身在艾奥瓦州、已经再婚并不希望她回去的母亲,也不认识她父亲(如果她父亲还健在的话),也不认识这个世界上应该与她亲近的许多人当中的任何一个人。然而,如果我不加防备,她快要发疯这件事会让我心碎。我并没有向她表达我的这种感受(或者说可能的感受),但我对她说话时一向都很客气。我的举止并没有什么不同。我尽量不让她看出我对她身上发生的事情有任何在意(如果她知道我知道的话,她可能会向我求助),而且我也尽量不让自己去在意。我尽量不让她看出我知道。(她自己可能还不知道。)如果她知道自己周围的人全都知道她快要发疯了,她可能会很难过。

于是,我对玛莎保持沉默,对我妻子也保持沉默,同样都是出于一种同情与自私自利相混杂的情感,我闭口不提她酗酒、调情和说脏话的事,就像我母亲第一次中风时我对我母亲也保持沉默一样。每当我开始在我认识的人身上察觉到不可逆转的身心衰弱和即将来临的疾病死亡的最初迹象时，我也会同样对他们保持沉默。(我很快就会把这些人一笔勾销。早在他们离去之前，就在他们刚刚显露出开始衰亡的迹象时，他们就已经在我档案系统里变成了过期记录。) 对于任何不好的事情，一旦我看到已经为时太晚，谁都帮不上忙，我就不会向任何人提起。我没有向我母亲提她中风的事，尽管我当时和她在一起，而且也是我最后不得不打电话为她找医生。我不想让她知道她患了中风，而当她知道了之后，我也不想让她知道我知道这回事。

在那之前，我每周到她一个人住的公寓去看望她一次。有一次，她的舌头突然开始碰着她的上颚咔嗒作响，但我假装没注意到。同一个破碎的音节，同一个结结巴巴的喉音，不断从她嘴里发出，但我掩饰住我的惊讶，隐藏起我的担忧。头一回，她停了下来，带着一种困惑不解、几乎滑稽可笑的神情，微微一笑，表示歉意，接着试图说完她开始说的话。同样的事情又发生了。她下一次尝试时还是一样，再下一次仍是如此。接下来，她的尝试并非全心全意，她似乎事先已经知道这是徒劳，知道为时已晚。除此之外她感觉还好。但是当我建议去找医生的时候，她点了点头。当我打电话时，这位可怜的老妇人坐了下来，面容窘迫，泪眼蒙眬，疑惑不解地耸了耸肩，就这样虚弱地屈服了。(她很害怕，也觉得很羞耻。)

事后医生耐心地解释说，这可能不是血液凝块，而只是在她大脑中一根很细的血管里发生了痉挛 (他说其实没有中风这种东西，只有出血、凝块和痉挛。如果受影响的是一根更粗的血管，那就将会导致半身不遂，也许还可能会丧失记忆)。但从那以后她再也没有说过话，尽管她仍像健忘似的继续尝试着 (我想是出于习惯，而不是出于对成功的期望)，直到她所经历的一系列痉挛 (或中风) 当中的第二次，然后她就停止了尝试。我会去养老院看望她 (她非常讨厌待在那里)，一个人负责所有的谈话，她在一旁听着，用手势指点她想要的东西，或是从椅子或床上站起来自己去拿 (直到她连站也站不起来为止)。她偶尔会将自己的请求草草地写在一张纸上。我一直都没有向她提起过她中风的事，也没有提到过在她身上出现并无情蔓延的任何其他日渐严重的残疾 (尤其是关节炎，以及一种遍及全身心的怠惰，最终融合为一种病态的冷漠)，而只是在探望她时坐在她的床边，给她讲一些令人愉快的事情，但很快就无话可说，因为再也想不出我认为可能会让她高兴的有关我、我妻子、我的孩子以及我的工作的事情。她一直都不知道德里克生下来大脑就有很严重的毛病，尽管她知道孩子出生这件事。我总是告诉她他很好。(我总是告诉她大家都很好。)德里克的事我们本来也不知道，直到他已经好几岁了才发现，到那时为时已晚。我们已经有了他，他已成事实。(现在我真希望我已经把他打发掉了，尽管我不敢直截了当地这么讲出来。我怀疑我们全家人都有这种想法。可能就除了我儿子，他可能会推断说，如果我们把德里克打发掉了，那么我们可能也会把他打发掉，而他已经在担心我们暗中有这个打算。我儿子将所有有关我们和德里克的事情全都看在眼里，记在心上，就好像在等着看我们最终将会如何处置他，因为他感觉到，这可能是一件我们迟早都必须做的事情。)

我和我母亲的谈话，就像我的探访一样，对她来说毫无用处。为了她的缘故，同时也是为了我自己(更多的是为了我自己，而不是为了她)，我闭口不谈她的病情，借此假装她并非身患重病，并非待在一个她讨厌的养老院里，假装她并非身有残疾，日渐衰老，而且残疾也越来越严重。我不想让她知道她正在一步步慢慢地走向死亡，她的身体器官正在逐渐衰竭，她的身体官能正在一一萎缩，尽管她的确知道(而且我知道她知道)，而且知道得比我还早。我给她带来了食物(到了最后，当她的头脑已经几乎变成一片空白，她只能勉强认出我不超过一两分钟的时候，她会用她干瘪的手指将食物抓起，就从包装纸里狼吞虎咽地吃下去，就像一只饥饿不堪、困在笼中、形容枯槁的白毛野兽——我母亲)。我假装她很完美，在她最终去世之前一直没有向她提起过她的病情。我对她来说毫无用处(除了给她带食物之外)，就像我现在也帮不上我们那位眼看就快要发疯的打字员一样，就像我也帮不上我妻子，管不了她的酗酒、调情，以及其他那些她试图用来显示自己的活力和快乐的笨拙举动。(如今，当我独自一人躺在酒店或汽车旅馆里陌生的床上试图入睡时，我脑子里会想象有肮脏叮人的跳蚤或臭虫正在成群结队地攻击我，而我根本无法抵抗，因为我太容易犯恶心，对它们无法忍受，但又没有别的地方可去。）我永远都不希望我妻子发现她经常在聚会上饮酒过度，有时在别人面前表现很不好，给人留下了很糟糕的印象，而她却以为自己给人的印象很好！如果她发现了的话（哪怕是她只是隐约意识到自己有时会变得多么笨拙和蛮横），这件事就会把她彻底压垮（将她完全毁掉），而她本来就已经够沮丧的了。

白天在家里，她只喝葡萄酒。晚上饭前或饭后，如果我喝苏格兰威士忌的话，她可能也会喝一点。很多晚上我们根本不喝酒。她其实并不喜欢威士忌的味道（不过她已经开始喜欢马提尼酒的味道，并欣然接受它所带来的那种既令人麻木、又使人兴奋的效果，幸亏这种效果来得很快），她也不会调制鸡尾酒。如今在聚会上，她一进门，不管别人递给她的是什么酒，她都会马上喝下去，好尽快进入微醉状态。然后在晚上剩余的时间里，她都会一直喝同样的酒。如果那天我们之间的关系还算融洽，她感觉很安全，她就会跟我和大家一起度过一段热闹、愉快而友好的美好时光，直到她喝醉（如果她喝醉了的话）。有时她会有点头晕恶心，但不会引起什么真正的麻烦，尽管她曾经是一位安静端庄的姑娘，有些腼腆优雅，几乎可以称之为娴静，而且总是言辞得体，彬彬有礼。

如果我们之间的关系不是很好，如果那天她对我、我女儿或是她自己有什么不满，她就会像挑衅似的和人调情。她通常会把作为她调情对象的那个男人（或几个男人）吓跑（他们几乎从来都不会留下来对她的调情做出回应），因为她不懂得应该如何调情。她的方法咄咄逼人，本意是邀请别人来勾引她，但在别人眼里却像是一种挑战性的攻击，如果我不及时介入，很可能就会闹出洋相来。她挑选的对象总是某个她认识而且觉得没有任何威胁的男人（我想她其实根本就不想调情），这个人通常看上去很开心，而且没有打扰任何人。（也许他看上去有些自得。）看到她这样我很难过。我不希望别人讨厌她。

她会用赤裸裸的挑逗性话语或明目张胆的诱惑向这个男人公开挑战，有时甚至当着他妻子的面。如果这个人是站着的，她就会将手重重地搭在他的肩膀上，如果他坐着，她就会伸手去捏人家的大腿内侧。然后，就好像这个人已经拒绝了她一样，她会在他还没来得及做出反应之前就马上变脸，开始嘲弄、报复，一副瞧不起的样子。这时我就会趁着还没有造成太大的麻烦，尽可能迅速而干净利落地上前将她救出，用俏皮话和微笑圆滑地将她引开。我从不会责怪她（尽管我经常感到既愤怒又羞愧），而是迁就着她，夸奖她，恭维她。我希望她对自己感觉良好。（我不知道这是为什么。）

“你只是忌妒罢了。”当我把她带走时，她会挑衅地指责我。

“我他妈的当然忌妒了。”我强颜欢笑地回答，有时我会用双手亲热地抱住她，以帮助说服她我说的是实话。

“你最好是这样。”她会得意扬扬地说。

我和我妻子在一起曾经有过一段比现在更美好的时光，但我觉得这种时光我们不会再有了。

我妻子说，晚饭马上就好了。我心情很愉快（很多时候，当我在家里和家人在一起时，我却希望自己身在别处），于是我慷慨大度地决定，（至少）今晚我将尽我所能让大家都开开心心。

“你们好。”孩子们聚到一起时我说道。

“你好。”我女儿说。

“你好。”我儿子说。

“怎么了？”我问我女儿。

“没什么。”她说。

“是不是脸色不对呀？”

“不是。”

“脸色是不对，是吧？”

“我刚才打过招呼了，难道不是吗？”她回嘴道，恶意地把声音压低，装出一种漠不关心的纯真语调。“你还想让我怎么样？”

（哦，该死，我悲观地默想到，我的兴致一落千丈，她这到底又是怎么了？）

“如果有什么事情不对劲，”我宽容地继续问道（一边觉得自己火气越来越大)，“我希望你能告诉我。”

她咬着牙。“没什么不对劲。”

“晚饭好了。”我妻子说。

“我不会喜欢的。”我儿子说。

“她这是怎么了？”我们一起走进餐厅时，我大声问我妻子。

“没什么。我也不知道。我从来都不知道。大家都坐下吧。今晚尽量不要吵架。看看我们能不能好好吃上一顿饭，没人大吵大闹，也没人生气。这应该不是太难，是不是啊？”

“我对此毫无意见。”我女儿说，用话语中的强调表明别人（我）对此可能会有意见。（到现在为止她还没有正眼看我。）

“我没意见。”我说。

“我还是不会喜欢。”我儿子说。

“这是什么意思？”我问道。

“我想要两只热狗。”

“你至少可以尝尝嘛。”我妻子劝道。

“什么？”我女儿问道。

“你总不能一辈子都只吃热狗吧。”

“如果你想要的话，那就给你，”我向儿子保证，“好吗？”

“好的。”

“好吗？”我问我妻子，“不吵架？”

“好吧。”

“阿门。”我如释重负地总结道。

“这是什么意思？”我儿子问我。

“欧莱。”我开玩笑地回答。

“这又是什么意思？”

“好的。你明白了吗？”

“啥时候有这种说法？”我女儿插嘴道。

“欧莱。”我儿子回答。

“不，这个词不是那个意思，”我女儿头也不抬，用她那种柔和而倦怠的单调语调说道，试图（我知道）把这场争吵继续下去，“‘欧莱’并不是‘好的’的意思。”

“如果不是因为你心情不好，”我对她开玩笑说，“我会威胁说要为这话拧断你的脖子。”

“我的心情没什么不好，”她回答说，“你干吗不威胁说要拧断我的脖子呢？”

“因为那样的话你就不会意识到我是在开玩笑，你可能会以为我真的想要伤害你。”

“哈。”

“咱们就不能心平气和地吃上一顿饭吗？”我妻子恳求道，“大家一起心平气和地吃顿饭应该不难，是不是啊？”

（这下轮到我咬着牙。）

“如果你不再没完没了地重复这句话，这件事就会容易得多。”我和颜悦色地对她说。

“请原谅，”我妻子答道，“请原谅我在喘气。”

“哦，上帝啊。”

“没错，”我妻子说，“说粗话吧。”

“我不是那个意思，”我对她厉声说道（我当然是在撒谎，因为我正是那个意思），“真的不是。听着，我们大家都同意今晚不吵架，不是吗？”

“我知道我同意了。”我女儿说。

“那咱们就别争了，好吗？”

“如果你不大喊大叫的话。”我女儿说。

“欧莱。”我儿子说，我们大家都笑了。

（我们终于就某件事达成了一致意见。）因为大家都同意放松，结果每个人却都变得很紧张。（我现在后悔自己身在此处——尽管我的确喜欢和我儿子在一起。我可以想到三个我非常喜欢而且相识已久的姑娘——彭妮、吉尔和罗斯玛丽——我宁愿和她们在一起。还有我们公司美工部新来的那个年轻姑娘,简。我敢打赌,如果我早先开口约她的话,我现在就可以和她一起吃晚饭喝酒。)现在饭桌周围似乎没有一个人愿意冒险开口说话。

"我们是不是应该做饭前祷告?"我开玩笑地建议,好缓和一下气氛。

"格雷斯[1]。"我儿子马上接着说道。

这是我们家的一个老笑话,但只有我儿子喜欢。我女儿故意把嘴唇往下一撇,表示不屑一顾。她将这个轻蔑的表情在脸上挂得足够长,以保证我能注意到。我假装没看见。我尽量不让这件事激怒我(我知道我女儿经常觉得我很幼稚,这一点的确让我非常恼火。我有一种强烈的冲动,想要责骂她,对她大喊大叫,伸手打她,在桌子底下狠狠地踢她的小腿骨。当我觉得我的家人在侮辱我或是在占我的便宜时,我经常会有一种冲动,想要对他们进行反击,甚至对孩子们也不例外。有时候,当我看到他们当中有人正在做某件不正当的事情,或是正在犯一个错误,而我知道我将有理由因此而责怪他们时,我会故意不去插手帮助他们,也不去纠正他们的错误,而是满心欢喜地按兵不动,在一旁观望等待,就好像在某个怪诞的梦境里从远处看着一个邪恶的场景逐渐展开,居然在心里期待着那个眼看就要来临的机会,好让我能够对他们进行批评和惩戒,要求他们解释认错。这令我惊骇不已。这就像是看着他们朝着打开的窗户或悬崖边一直往后退,眼看就要丧命,却不及时提醒他们,使他们免于伤亡。这种想法违背常理,我尽量试着克服它。在我内心里的某个地方,有这么一个爬行动物正在茁壮成长,我试图把它藏起来,它却拼命想要逃出去。我不知道它是什么东西,也不知道它想要消灭的是谁,我只知道它浑身上下疙疙瘩瘩。它可能就是我,它想要消灭的可能也是我),于是我将自己的愤怒掩盖在平静的微笑之下,说道:

"亲爱的,把面包递给我好吗?"

我女儿照做了。

---

1 英文"饭前祷告"的音译。原文"做饭前祷告"在字面上又可理解为"说'格雷斯'"。

我妻子坐在我对面——桌子上首（或下首），我儿子在我左边，我女儿在右边。女佣一言不发，轻手轻脚地来回走动着，从厨房里端来一碗碗食物。我妻子用勺子将大份大份的食物分到一个个盘子里，然后把盘子递给大家。我们都不说话。在黑人女佣面前，我们大家都觉得无法继续毫无拘束地随意交谈。（我甚至就连这个女佣的名字都没搞清楚。她们现在全都干不长。）

“沙拉做得很好，萨拉。”我妻子说。

“我是照您的吩咐做的。”

我对在家里让女佣伺候我们吃饭感觉很不自在（孩子们也是这样），于是我不允许这样做（尽管我怀疑我妻子仍然喜欢这种做法，就像她小时候她家里的做法一样，就像她仍然能在电影里和电视上看到的上等中产阶级家庭里的做法一样，而且她想象在白金汉宫和白宫里也是这样）。无论在什么地方，我对让女佣伺候着吃饭都感觉不自在，在别人家里就更是如此（在别人家我从来都拿不准应该盛多少食物，总觉得从侧面操作分菜用的餐叉和勺子很别扭，而且时刻担心自己的肩膀或胳膊肘会碰到装肉装菜的大浅盘，使饭菜飞溅到地板上。当然，到现在为止，这种情况还从未发生过）。即便她们是白人，我也会同样感到不自在（我指的是女佣，不是朋友。我没有黑人朋友，而且可能永远都不会有，不过如今我的确看到了越来越多令我感兴趣的漂亮黑人姑娘。我想对我来说，她们现在已全都是可望而不可即，除非她们是古巴人或波多黎各人）。

“我觉得挺好的，”我妻子说，“我希望菜都好吃。”

“我不会喜欢的。”我儿子说。

“够了。”我对他说。

“好吧。”他赶紧作罢。他受不了我生他的气。

“这是什么？”我女儿问道。

“鸡肝面条，用的是吃牛肉时你喜欢的那种葡萄酒调味汁。我觉得你会爱吃的。”

“我不会。”我儿子咕哝道。

“你能不能至少尝一尝？”

“我不爱吃肝。”

“这不是肝，这是鸡。”

“这是鸡肝。”

“求求你，尝一口吧。”

“那我就尝一口，”他答道，“然后我就想要热狗。”

“我也可以要热狗吗？”

我和我妻子屏住呼吸，看着我女儿表情严肃、几乎是忧郁地用叉子戳了戳盘子里的肉，将一小块送进嘴里。

“挺好。”她毫无热情地说，然后开始吃饭。

我和妻子都松了一口气。

（我女儿个子比较高，稍有点胖，应该节食。我妻子总是没完没了地提醒她注意节食，但她做饭时却总是做面条之类的东西，而且每次都给大家盛上不少。我女儿吃完了可能还会再要。）

“好吃极了。”我说道。

“我可以吃热狗了吗？”

“萨拉，烤上两根法兰克福香肠。”

“能把面包递回来吗？”

我把面包递给女儿。

“我有个好消息。”我开口说道，他们大家都转过头来看着我。我和阿瑟·巴伦之间的那番谈话仍然让我充满了兴奋（和自负）。我心中突然涌起一股对他们三人宽厚的爱意（他们毕竟是我的家人，而我毕竟和他们血肉相连），于是我决定和他们分享我心中的喜悦之情。“没错，我想我可能有一个对我们大家都很重要的消息。”

此刻他们三人全都带着强烈的好奇紧盯着我，我发现自己不得不把已经到了嘴边的话打住。

“什么？”他们当中有人问道。

“我改主意了，”我犹豫了一下，“这件事可能并没有那么重要。事实上，现在我认真想想，这件事根本就不重要，甚至没什么意思。”

“那你刚才为什么要提起它呢？”我女儿想知道。

“为了吊吊你们的胃口。”我开玩笑说。

“这到底是什么意思？”我儿子问道。

“你究竟有没有什么消息？”我妻子问道。

“哦，也许有，”我乐呵呵地逗她说，“也许没有。”

“为了戏弄我们。”我女儿对我儿子大声说道，一副嘲弄和厌恶的样子。

（我女儿又让我觉得自己很愚蠢。我心中又一次产生了那种短暂而强烈的恶意冲动，想要伤害她，用一句尖刻的反驳深深地伤害她的感情，从餐桌上伸过手去在她脸上或脖子上使劲打一巴掌，或是从桌子底下在她的脚踝或小腿上狠狠踢上一脚。但我什么都做不了，只能不去理会她，尽量在表面上装出一副慈父般好脾气的样子。）

“那你为什么不告诉我们？”我妻子问道，“尤其如果是好消息的话。”

“我会的，”我说，“我想说的是，”我宣布道，接着停顿了一下，把黄油抹在一块面包上，然后咬了一口，我的情绪又明显变得调皮而喜欢逗弄人，“我觉得我可能又得开始打高尔夫球了。”

此刻房间里陷入了一种几乎像是反叛式的沉默，他们每个人都在困惑地沉思着，试图比别人先猜到我开玩笑瞒着他们并打算很快透露的究竟是什么消息。

“高尔夫球？”我九岁的儿子问道，他还搞不清楚高尔夫球究竟是一种什么样的运动，而且这种运动究竟是好是坏。

“是的。”

“为什么要打高尔夫球？”我妻子惊讶地问。（她知道我讨厌这种运动。）

“高尔夫球。”我重复道。

“你根本就不喜欢高尔夫球。”

“我讨厌高尔夫球，但我可能不得不打。”

“为什么？”

“我敢打赌，他一定是要换一份更好的工作！”我女儿猜道。（在许多方面，她是我们全家人当中最聪明、最狡猾的一个。）

“是这样吗？”我妻子问道。

“也许吧。”

“是什么样的工作？”我妻子的反应是疑心重重，几乎是闷闷不乐。我知道几年来她一直都在暗地里猜想，认为我渴望找到一份不同的工作，好让我能更频繁地离家外出。

“卖东西。”

“卖什么东西？”我儿子问。

“卖卖东西的东西。”

有那么一瞬间，我儿子一下子迷惑不解，几乎被我谜语似的回答给惊呆了。接着他明白过来我是在开玩笑，于是他大笑起来。他的双眼闪闪发光，整个脸庞洋溢着喜悦的光芒。（人人都喜欢我儿子。）

“你是当真吗？”我妻子试探道，一边仔细打量着我。她仍然拿不准是否应该为此而感到高兴。

“我想是的。”

“你需要出差的时间会比现在多吗？”

“不，可能会更少。”

“你会挣更多的钱吗？”我女儿问道。

“是的，可能会多挣很多。”

“我们会变成有钱人吗？”

“不会。”

“我们有可能变成有钱人吗？”

“没有。”

“我不想让你多出差。”我儿子抱怨道。

“我不会多出差的，”我为他重复道，话音里带着一丝厌烦，“我出差的时间会更少。”(我开始后悔自己提起了这件事。这些问题来得太快,我可以感觉到自己沾沾自喜的满足感正在逐渐消退,同时一大堆恼怒情绪正在迅速动员起来,令我无法对其加以跟踪和控制。我在回答这些问题时已经稍微有点口吃。)

“你会不会又开始自言自语?”我儿子忍不住调皮地逗我。

“我那不是在自言自语。”我坚定地宣称。

“是的,你是在自言自语。”我女儿低声说。

“就像去年那样?”我儿子追问道。

“我那不是在自言自语,”我大声重复道,“我是在练习演讲。”

“你是在对着自己练习。”我儿子指出。

“今年他们会让你上台发表演讲吗?”我女儿问道,“在公司年会上?”

“哦,会的。”我微笑着回答。

“长篇演讲?”

“哦,没错,的确如此。我想在今年的公司年会上,他们可能会让我想讲多久就讲多久。”

“你是不是要到安迪·凯格尔手下工作?”我妻子问道。

这个问题把我一下子问住了。

“有点像那么回事吧。”我结结巴巴、含糊其词地说。(我的这个家庭猜谜游戏顿时乐趣无存,现在我真的后悔自己给它起了个头。)我紧张地笑了笑。“事情还没有定下来,而且还得再等一段时间。也许我根本就不应该提起这件事。”

“我很高兴你将在安迪·凯格尔手下工作,”我妻子说,“我不喜欢格林。”

“我并没有说我将要在安迪·凯格尔手下工作。”

“我信不过格林。”

“你难道没听见我的话吗?”

“你干吗对我这么凶?”

“我不想让你当推销员,”我女儿大声说道,激动得几乎流下了眼泪,让人出乎意料，“我不想让你到别人的爸爸那儿去乞求他们从你手上买东西。”

“我并不是要当推销员，”我不耐烦地申明道，“听着，你们大家讲这么多都是为了什么呢？这份工作我还没拿到手，而且我还没拿定主意要不要接受呢。”

“你用不着冲她大喊大叫。”我妻子说。

“我没有喊叫。”

“你喊了，”她说，“你自己难道听不见吗？”

“对不起，我不应该喊叫。”

“你也没必要对大家都那么凶。”

“对不起，我说话不该那么凶。”

这次我妻子说得对。我自己并没有意识到，但我已从乐观自负变成了怒气冲冲，我的嗓门也因生气而不知不觉变得越来越高，我的确又在冲他们大喊大叫。现在大家全都默不作声地坐在餐桌周围。孩子们低着头坐在那里，好像害怕得连动都不敢动。这的确是我的错。我的额头在发疼（因为紧张。我可能又要犯头痛）。我因羞愧而感到麻木。我觉得自己束手无策，不知该怎么办才好。我希望他们当中有人能说句什么，给我提供一个线索，为我指出一条道路，好让我能够轻松道歉。（我觉得不知所措。）但谁都不肯开口。

我突然想到了一个很来劲的主意。我出其不意地向我儿子转过身，猛地伸出食指指着他，质问道：

“你是生气还是高兴？”

“高兴！”当他意识到我已不再生气，而是又在开玩笑时，他高兴地笑着喊道。

我向我女儿急转过身，猛地伸出食指指着她。

“你是生气还是高兴？”我质问道，一边咧嘴笑着。

“哦，爸爸，”她答道，“每次你把我们当中哪个人惹得不高兴了，你总会表现得像个孩子一样，好借此让自己脱身。”

“哦，妈的。”我轻声说，被她的断然拒绝刺痛了。

“你非得在孩子们面前说这种话吗？”我妻子问道。

“他们在我们面前也这么说。”我反驳道。我转向女儿。“说妈的。”

“妈的。”她说。

“说妈的。”我对我儿子说。

他已经快要哭出来了。

（我本能地想伸出手去安慰他，安抚他，抚弄他那一头柔软的沙褐色头发。我非常疼爱我儿子，不过现在我拿不准我对我女儿是什么感受。）

“对不起。”我赶紧对他说。（我感到既羞愧又震惊，担心如果我真的伸出手去安慰他，他会本能地向后畏缩，就好像害怕我会伸手打他一样。这个想法令我痛苦地畏缩。）我转向我女儿。“对不起，”我也对她诚恳地说，“你说得对，我很抱歉。我的确表现得像个孩子。”现在轮到我低下了头。“我想再喝上一杯。”我充满歉意地解释道，一边站起身。“我不吃了，不过你们接着吃。我在客厅里等着你们。对不起。”

我离开后他们继续吃着，说话时声音放得很低。

我知道自己经常对他们这样，尽管这并不是我的本意。但我无法向我妻子和孩子们承认这一点。我妻子不会理解。我不能简单地对我妻子说：“对不起。”她会认为我是在道歉。我和我妻子已经无法真正谈到一起了，但我有时会忘记这一点，还想试试。我们之间的亲密程度已不足以让我们在交谈时坦诚相见（尽管我们之间的亲密程度还足以让我们频繁地进行性交）。她经常会用一些空洞无物、令人沮丧、惹人恼怒的话回答我，比如“你应该如何如何”、“你没必要对大家那么凶”或“你用不着那样对我大喊大叫”，就好像我怒气冲冲地讲话，或是她对我怒气冲冲地讲话（这她也会），和我们正在讨论的问题有任何关系一样。每次她都会对我说那样的话，于是我便会又一次猛地打住，就好像被人重重地打了一记耳光。我会变得目瞪口呆，再次感到遭人遗弃，孤立无援。为了寻求安全，我会重新陷入自己那种像黑暗波涛一般浓密而不透光的忧郁之中。我会感到孤独，并且不得不再次面对这样一个事实，那就是在这个世界上，没有一个人可以让我向他吐露心声，寻求帮助。我会想念我母亲(还有我父亲?)和我已不在人世的哥哥,我会再次开始做白日梦,梦想着在另一家公司找到一份新的工作,能让我更经常地远离自己的家。很快就会有一天,有人可能会从我们头顶上往下扔炸弹,我会大声尖叫:

"天塌了!有人在扔炸弹!有人身上着火了!世界就要毁灭了!世界末日就要到了!"

而我妻子则会回答:

"你用不着对我提高嗓门。"

我们究竟是怎么了?我们身上一定出了什么事。我曾经是一个小伙儿,她曾经是一个姑娘,当时我们俩都很新鲜。现在我们是一对成年男女,而什么东西都没有了新鲜感,一切都让人觉得陈旧不堪。我觉得我们曾经喜欢过对方。我觉得我们曾经很开心,至少现在回想起来似乎是这样,尽管我们一直都在为这事那事而争斗不休。我总是争着要把她的衣服脱掉,而她则总是努力反抗,不让自己的衣服被脱掉。这种事情我记得很清楚。我记得有好多次,我不得不掀起我妻子的裙子,把她的内裤扒下来,因为她不喜欢在户外做爱,甚至在室内也不喜欢,如果附近有人的话,不管离得有多远。在同一栋房子或同一间公寓里,在隔壁房间里(甚至在酒店里!如果她听见隔壁房间里有别人的动静,她就会吓得呆若木鸡),在隔壁公寓里,甚至在隔壁那栋房子里!我记得几乎不管在什么地方,我都会解开她的衬衫扣子,好摸到她的胸罩和乳房。(淡蓝色的胸罩仍比黑色的更让我发狂。她过去经常穿淡蓝色的胸罩。)她总是害怕我们会被别人撞见,我当时则毫不在乎(不过如果我们被人撞见过的话我可能就会在乎)。我总是一有机会就撕开她的休闲裤,或是扯下她的泳衣或网球短裤,将它们随便抛在身后,然后尽可能又快又猛地朝她扑过去。我曾经是一个性欲很强的小伙子。我不在乎她是否喜欢,只要我自己快活就行。我总是在找机会突然扑到她身上。当时我们经常和她的父母和妹妹在一起,他们一出去我就会一把抓住她,试图在他们有人回来之前和她干上一场。夏天在乡下或海边度假时,我会试图在天黑后把她引诱到租来的房子外面,然后在门廊上或者就在地上或沙滩上和她干（尽管我不喜欢事后粘在我衣服和头发上的沙子——她也不喜欢在地上干，因为这样会伤着她的屁股，弄得青一块紫一块）。我总是在拉扯她衣服上纽扣和拉链，抓挠她内衣裤上的搭扣和松紧带。当她还是一个姑娘，而我还是一个小伙儿的时候，我对她简直疯狂至极，充满了火山一般的欲望，对自己完全失去了控制。我整个人就像是一根勃起的阴茎，一心只想着高潮、高潮、再高潮。我事先不会给她任何警告，不给她一点时间去考虑、交谈，或是准备或寻找任何借口加以拖延，往往还没等她完全反应过来自己身上正在发生什么事情，我已经把她身上的衣服脱去了一半，并且早已摸遍了她的全身，浑身欲火中烧，对她的反对和警告充耳不闻，而这时她想要让我停下来已经来不及了。（有时我会在全家人吃晚饭的时候坐在那里，整顿饭都在心里密谋策划着对付她的办法，计划着只要一有机会，我将在什么地方、以什么方式对她突然下手，并选择这一次我将以什么方式来强暴她。）不管是在哪里，我都会让她落入我的圈套，把她抓住，并且最后将她制服（在我们自己卧室上紧了门闩的房门外面便是这样，甚至经常在我们自己卧室紧锁的房门里面也是如此），她会躺在我身子底下，顺从地喘息着，眼睛睁得大大的，眼中闪着恐惧的光芒，紧张的目光迅速地向两侧来回扫动，以确保没有人在一旁偷看、偷听，或是正在朝我们走近。（我现在觉得我当时可能很喜欢她的恐惧和我的暴力。）我并不介意她睁着眼睛，目光四处乱窜，也不在意她最强烈的情感不是情欲，而且也不完全集中在我身上，只要我能在我想要的时候占有她、得到我想要的东西就行。事实上，这可能反倒在里面添加了一些东西，那种浓烈的、令人鼓舞的疯狂危险感，那种主宰而不仅仅是说服的能力，而我经常希望现在驱使我的仍是那种盲目的激情、迫不及待与紧张相混合的狂热情绪。（事实上，这可能在里面添加了不少东西。）也许我现在缺少的就是这些东西。如今和我上床的那些姑娘也和她当时一样年轻，而且更灵活、更放荡，反应也更热烈，但这种事情却不像以前那样让人充满了冲动和兴奋，而且事后一般也不如以前那样令人满足。（因为没有反抗。）我现在控制力更强，也比以前更成熟，能够冷静而熟练地操纵并利用她们，但这种事却远远不如当年和她在一起的时候那么有乐趣。每当我想起我们当年在一起的情形，我都会非常想念她，并且深深地爱着我们俩。现在我有大房间，有大床，有我想要的一切两人独处的机会和时间，这些姑娘们都有自己的住处，我在城里有雷德·帕克的公寓，在外地出差时有酒店房间和套房。然而现在这一切全都相当乏味，都在预料之中，平淡无奇，即使是当我和某个人第一次上床的时候（甚至就连当我正在做这件事的时候，我也会经常在心里纳闷自己为什么要费这个劲。我刚一插进去就在想着拔出来。我刚一高潮就想马上离开）。

“我们现在去卧室吧。”我会说（或者她们会说）。

“好吧。”

我觉得我和我妻子都还年轻的时候我们俩的那种方式反而更好。“快点，快点。”她躺在那里，在我的怀抱里不停翻腾着，一边狂乱地催促、乞求、呻吟、喘息、要求、低语、祈求和哀求着，想尽一切办法在我们被人发现之前帮助我尽快结束。而我则会在她身上使劲干着，有时在她看不见的时候咧嘴笑着，享受着我一生中最美好的时光。

这就是我们曾经共同享受的乐趣。当时这很有趣（更多的是对我而言，而不是对她），而如今我们俩回忆起这些往事并为此而发笑的时候（如果我们在笑的话）也觉得很有趣。我们会经常一起温情地回忆起我曾经干过她的一些荒唐时间和地点。我妻子比我更喜欢回忆这些事情，而且对单独的事件比我记得还要清楚。

（“还记得那次在那个船库里，当我父亲——”

“那整个夏天你妹妹都在干那种事——”

“你听上去好像很羡慕。”

“她干的次数可能比我都多。”

“你没什么可抱怨的。”

“当我发现她也在干的时候我就有的抱怨了。”

“你当时对她有意吗？”

“在我发现她的事情之后才有的。”

“你现在还对她有意吗？”

“别傻了。她现在是个该死的极端保守派婊子。”

“你从来没跟她提起过——”

“我几乎从来没跟她说过话。”

“还记得那次在湖上划船的时候吗？”

“怎么不记得！”）

我记得有一次我曾经在一艘小船上试图对她做那种事，当时小船正漂在湖上，离湖边很远。（我还记得我在那家汽车事故保险公司认识的那位已经死去的姑娘弗吉尼娅，而且我敢打赌，现在我也可以和像她那样无忧无虑的年轻女大学生一起在独木舟上做爱，但我现在已经不想那样做了，因为到了我这个年纪，独木舟就算了吧。）那天我在她身上已经差不多做了所有其他的事情，她一直在那艘小船的船底上扭动、亲吻、抵抗、拥抱，显得焦虑不安，但是到了该赤身裸体的时候，到了该把她和我身上的衣服扯下来的时候，她突然变得惊恐万状，生怕有人会从湖边的房子里看到我们，几乎可怜地痛哭起来，使得我停了手。于是我把船拼命划到了一个稍远一点的小岛上（我觉得我那天一定打破了赛艇速度纪录），然后让她躺在树林里的地面上。她把头向两边来回转动，眼睛睁得大大的，眼里闪着痛苦和恐惧的光芒，一边拼命恳求我立刻停手或赶快完事，以免有人穿过树林撞见我们。当时我们已经结婚了。

这的确很有乐趣，尽管我们经常为此争吵得很激烈。她会掉眼泪，而如果我在性和几乎所有其他问题上不能让她服从我的话，我就会大发脾气。（我的感情很容易受到伤害。）我曾经不管在什么地方都想干她，现在我们俩都觉得这是件好事。我总是在扯掉她露背装上的系带，或是把她的衬衫和毛衣往上一撸，然后如饥似渴地抚摸她的乳房，亲吻她的嘴唇，忍受着我心里、脑袋里、嘴巴里、喉咙里和手掌心里那种隐隐作痛、难以抑制的需求与快乐。（即使是在那时候，我就是一个疯疯癫癫的小子。）她则会说，“现在不行”，或者会问，“你爱我吗？”我会把她按倒，强行扑到她身上，她说什么我都会一口答应，或者干脆一句话都不说。当时只需很小的一点刺激就会让我兴奋起来，通常只要看见她，或是当我离开了一段时间，只要我想到很快就会又和她在一起，我就会兴奋异常。（那时候我可是知道欲火中烧的真正含义。）当我们俩单独在室内并且知道时间充裕的时候，我可以有不同的表现，她也可以，但是有很多时候我们没有单独在一起的机会。那时我妻子的问题在于她不喜欢在户外任何地方做爱。她不喜欢在公园里、海滩上或灌木丛里做爱，也不喜欢靠着墙、靠着门或是靠着树站着做爱（而我却喜欢）。她不愿意在我的汽车后座（或前座）上做爱，我总是不得不强迫她。（当时我们经常没有比那更好的地方，而当有更好的地方时，我经常会等不及。）那时候我妻子还有点像个淑女，而我喜欢她这一点（比对她现在的酗酒和调情，还有她在聚会和晚餐上玩得开心时沙哑刺耳的声调更喜欢）。但同时我也喜欢和人上床。曾经有整整一个夏天在湖边，她根本不想做爱，因为当时我们和她的父母和妹妹住在一起，而他们当中总有人在家里。我记得就在那年夏天，她妹妹在将近夏末的时候怀了孕，差点把她父母逼疯了，最后她才同意堕胎（她并不是想把孩子留下，而是害怕做手术），不过这件事也可能是在她大学开学后第一周发生的。当时我和我妻子已经结了婚，而且很明显（至少对我来说）整个夏天她妹妹都在毫不费力地跟人胡搞，而我自己想找人上床却难上加难，这让我不由得怀疑，在那个夏天的大部分时间里，我是不是在两姐妹中找错了人，整天缠着我妻子。当我发现了她妹妹的事情之后，我也想和她上床，尽管我并不喜欢她。

后来，当我们有了自己的住处时，我妻子非得等到她确认孩子们都已熟睡，卧室的门已经锁上，公寓的门已经上了双重锁，这才愿意和我做爱。（天知道在她的想象中有谁会在那时候偷偷溜进来撞见我们。难道是入室窃贼不成？）有很长一段时间，甚至在我们有了自己的住处之后，她也不想在白天里的任何时候做爱，甚至是在我们有孩子之前，当周围没有别人的时候。（如今，她几乎在任何地方、任何时候都愿意和我干，尤其是当她已经一两杯酒下肚的时候。）即使是在晚上，她也需要黑暗，她想要隐藏起来。灯必须关掉，窗帘必须拉上,门必须关上,甚至包括壁橱的门。她不愿让我看着她脱衣服,也不愿让我在她赤身裸体走路或躺着的时候盯着她看。她经常会穿着睡袍上床,事先在浴室或衣橱里一个人把衣服脱下,尽管她知道我会马上把她身上的睡袍掀起来从上面脱掉。不过在那之后,当环境完全合适,一旦她确认不会有人打扰,也不会有人看见,当我们周围的一切都如她所愿时,她就几乎可以在所有方面都表现得很好,而且在事后和过程当中为她自己和我感到骄傲。而在其他那些时候,当我不得不强迫她,我们必须速战速决时,她的表现其实也不差(她很快就明白了,她越是积极参与,以满足我的需要,这件事就结束得越快),尽管她二十八岁的时候远远不如我今天下午的那个古巴妓女出色。("你喜欢让人挑逗你吗?"她柔声细语地说,她轻柔的声音又在我耳边响起。我当然喜欢。也许当时我从来没有给我妻子留下过足够的时间来挑逗我,甚至没有给她机会学习如何挑逗。)

如今我妻子好多了。如今我妻子在性这个问题上已经和过去完全不一样了,但我自己也是如此。如今,她好像几乎总是色眯眯的,而且现在她愿意冒的险令我都感到震惊。通常,我一进门就可以看出她是不是在想那种事,因为如果是的话,她的双眼里就会有一种大胆而坚定的质问眼神,同时脸上带着一种滑稽可笑、自鸣得意、稍有些扭曲的微笑。如果她没穿紧身褡,我就知道我的判断是正确的。(她今晚没穿紧身褡。我记得她曾经不需要穿紧身褡,而且也不愿意穿。现在她很少不穿紧身褡出门,尽管她仍然不需要。)当她有做爱的心情时,我只要抓住她的胳膊肘,或者轻轻地把她推向沙发或床,我就可以在任何我想要的时候、几乎在任何地方拥有她。要么她就会主动来找我。她每次喝了酒之后都会想要做爱(除非她感觉不舒服),而现在她几乎每天都会喝酒。我只要在她做饭时从厨房里她伸手可及的地方经过,或者在过道里和她偶然碰在一起,她就会马上把身子向我靠过来,准备就地躺下(她甚至曾经让我在厨房地板上干她),不管是在黑夜里还是在大白天。她现在会撩起自己的裙子,而且如果我动作不够快的话,她就会不耐烦地摸索着帮我解裤子。(我拿不准我是否喜欢她现在这种样子,尽管从前我可能会很喜欢，但我对这一点也不太肯定。我拿不准自己是否希望我妻子变得像凯格尔的妓女或我的那些女朋友那样淫荡而顺从，尽管我知道当她不是那样的时候我会对她不满。）

“你真的有机会得到一份更好的工作吗？”稍后在楼上我们的卧室里，她问我。

“我想是的。”

“好得多吗？”

“一点不错。”

“挣的钱也更多吗？”

“毫无疑问。”

“哦，天哪。”她答道。

接着她便张开双臂、双腿和嘴巴，无法按捺地扑到我身上，和我紧紧地缠绕在一起。卧室的门大敞着，孩子们可能都还没睡。现在轮到我扭着身子挣脱开，从床上爬起来把门关上锁好，并熄灭了头顶上的灯。

我们俩紧紧地拥抱了很长时间，两个人几乎全都一动不动，然后我钦佩地对她说：“你真是个了不起的姑娘。”

“这都是你的功劳，”她毫不犹豫地表示同意，一边自夸地笑着，这时她正骑在我身上，来回摇晃着，“是你把我变成这个样子的。”

我简直不敢相信这全都是我的过错。

四　我女儿不开心

我们的两个孩子都不开心，他们各自有他（或她）不开心的方式，而我想这也是我的过错（尽管我不明白究竟是为什么。我已经不把德里克看作我孩子当中的一个，甚至不把他看作是我亲生的。我尽量完全不去想他，这已经变得越来越容易，即使是在家里的时候，当他在离我们大家不远的地方，用红色的婴儿玩具发出各种响声，或是试着张口说话，嘴里发出一些令人无法理解的声音。现在我甚至连他的名字都不喜欢。我的孩子们对他也不关心。没有人真正关心他，甚至就连我们雇来照顾他并假装喜欢他的保姆对他也不关心。她们几乎全都是三十多岁将近四十或年龄更大的未婚女性。她们要的工资很高，而且她们一般在开始的时候都会假装疼爱他。在最初几周内，她们对他百般呵护，表现得十分喜爱，但接下来就开始变得对他疏忽大意，对我们其他人则变得粗鲁无礼，充满责备之意，于是我们就会变得对她们极不友好。然后她们就走了，要么是自己主动辞职，要么被解雇。我和我妻子轮流告诉她们必须走人。几乎从她们被雇用的那一刻起，我就开始讨厌她们当中的每一个人。她们也不喜欢我。我对我们现在雇用的这位保姆既讨厌又害怕。她年纪比我大，迷信而又极其顽固，让我想起耶格尔夫人。我现在想冲着这位保姆破口大骂，好报复耶格尔夫人当年让我蒙受的屈辱。每一个让我害怕的老太太都会让我想起耶格尔夫人。每一个我所看到的弱不禁风的老妇人都会让我想起我母亲。每一个打击我自尊心的年轻姑娘都会让我想起我女儿。没有人让我想起我父亲,我想这对我来说并没有什么关系,因为我不记得我父亲,所以没人会让我想起他。除了阿瑟·巴伦。我觉得我对阿瑟·巴伦的感觉可能有点像我对我父亲的感觉,如果我父亲活得更久一些,而且对我不错的话。我希望这个保姆赶快辞职,我想把她打发掉。如果她不尽快辞职的话,我或者我妻子将不得不解雇她。然而每逢她们被解雇,她们反倒总是好像不如我们自己难过,也不像如果我自己被解雇了那样心情沮丧。把她解雇了之后,家里的情况会暂时变得很糟,显得一片混乱。我会去外地出差,直到我们找到一个新保姆。我总是喜欢把这种事留给我妻子和她妹妹去处理,她妹妹对这种事情很擅长。当我们需要找新保姆或是需要搬家的时候,我总是喜欢外出。每当有不愉快的事情发生时,我总是喜欢躲到别的地方去。等到我们终于让她走人的时候,我们会因为把她打发掉而感到高兴。但是她们每走一个,都得换一个新的,我们总是必须再找一个。要不然我们就不得不提早把德里克送到弱智人护养院去,然后再也不见他。我们将抹去他的痕迹,将他一笔勾销,把他归档——尽管我们会在头一年去看望他三四次,第二年去上一两次,从那以后也许再也不会去,其实我们将永远都不会再看到他了。对于他,我们将会眼不见为净,想得也越来越少。他也许会在梦里来看望**我们**。

“也不知道他现在怎么样了。”我或者我妻子可能会不时这样猜测,如果我们中的哪一个敢于面对回答这个问题将造成的后果的话。

再过一段时间之后:

“他最后到哪儿去了?就是我们曾经有过的那个孩子?我想他的名字应该叫德里克。就是有点毛病的那个。我们和他还有联系吗?”

我和我妻子还不能把他送走。他还太小,没有希望。他很麻烦,他令我们失望。他随时都需要人照顾,但没有人愿意照顾他,他的父亲、母亲、哥哥、姐姐都不愿意。我们当中甚至已经没有人愿意和他玩了,尽管我们轮流假装)。

我女儿已经过了十五岁,她孤独而不满。(我知道她不仅仅是不满。她不开心，但不满经常是她不开心的表现形式，也是我们通常不得不面对的批评和抱怨的本质。我想如果她像我儿子那样，不开心但是听话的话，我就不会那么介意。那样会让我日子好过一些，尽管这好像并不让他觉得更好过。）她对我们、对她自己都不满意。她是个聪明而又恶毒的女孩子，当她不是闷闷不乐、粗鲁无礼的时候，她其实有着相当不错的悟性和魅力。她经常很刻薄，经常精神忧郁。她对我和我妻子都非常憎恨，而且差不多经常对我们说她希望我们俩或我们当中的一个走了或死了。（事实上，她正是一字不差地对我们这样说的。）幸运的是我和我妻子都很明智，都会互相提醒对方她的这些话并不是当真的。（尽管我知道她经常的确是当真的，而且我还知道，在她内心深处，在她感情夸张的幻想里，她经常也会希望自己已经死了，而我们在她墓前痛悔不已。）我至少可以肯定，她说这话的时候可能是当真的，而且也许她在潜意识里一直怀有针对我们的这种邪恶愿望。也许她真的希望我或者我妻子很快死去。她有这种念头其实也并非不自然，这对我来说并不难理解（因为在我母亲生病之后，甚至也许更早的时候，当她开始上了年纪，当我不再需要她，而她开始需要我的时候，难道我自己不是也有过同样令人反感的愿望吗？我也盼望着她早点死，并且对自己说那样对她也更好）。当我女儿对我或我妻子说，假若我或者我妻子生病或去世了，她真的不会太介意的时候，如果她很镇定，如果她看上去很得意，脸上带着她那种抿着嘴似笑非笑的表情，就好像是个精于算计的坏蛋，那我就知道她这话其实并不是真心的，而只是为了给人造成一种印象。她只不过是在不成熟地、不由自主地寻找机会和我们进行一场痛苦而残酷的冲突（可以说是虐待狂式的家庭闲聊），割开一条敏感的旧伤口，因为直觉告诉她，这条伤口会很容易敞开流血，并且会很疼。（我女儿喜欢伤害我们。她有时会表示后悔，但同时又让我们知道她其实并没有感到后悔。）但是如果这番话在她高声尖叫时从她嘴里喷涌而出，或是在她歇斯底里地哽咽抽泣时断断续续地说出来，那么你就无法忽视她强烈仇恨和无尽痛苦中的诚意。正如我先前所说，她不开心。（在这种时候，她的样子很可怜。如果换了别人的孩子，她的那种样子会让我心碎。）

她有一张非常漂亮的脸，但她不相信这一点。（我想她的这种心理就是所谓的“自我印象不佳”——或者说“自我印象很差”。）对此我和我妻子无能为力。我现在意识到，对于她提出的问题和意见，我的回答并不总是很合适。当她告诉我她想死的时候，我告诉她她迟早都会死。当她告诉我生活空虚单调，似乎没有任何意义的时候，我告诉她每个人都会偶尔有这种感觉，尤其是在她这个年纪，而且她说的这些很可能并没有错。当她郑重其事地告诉我，她希望在十八岁之前找到一位情人，和他一起住上几年，尽管她永远都不打算结婚时，我赞许地点点头，并且开玩笑说我希望她如愿以偿——结果她却大为震惊，面无血色，好像都要哭出来了，令我大吃一惊。当她问我年轻时是否想过自杀时，我回答说我想过。甚至当她第一次来找我说她不开心时，我就告诉她我也不开心，而且任何人都没有理由觉得自己应该开心。现在她已经能够事先预料到我的许多回答，并且能够在我开口之前模仿我充满讥讽的反驳。有时候这会让我很恼火，有时候我又觉得很好笑——我不明白自己为什么会有两种截然不同的反应。我觉得我的错误在于我和她谈话时总是把她当成一个大人，而她可能只是想要我像对待孩子一样对她讲话。

我就是忍不住要对她讲我知道自己不该讲的话。有时候我还没来得及考虑，这些话就已经从我嘴里冒了出来，我甚至还没有意识到它们已经从我脑子里产生，正在由我的嘴巴和舌头塑造成形，而且就要从我的双唇之间蹦出来。于是，当我听到自己嘴里这些粗鲁直率或尖酸刻薄的话语时，我会感到惊诧不已，就好像这些伤人的话是出自别人之口，既是针对她，也是针对我，就好像它们来源于我灵魂中某个黑暗而令人恐惧的区域，而我和这个区域之间没有沟通。也正是我内心中这个怪异、变态而阴森的部分，隐藏着我那种反复出现的冲动，想要狠狠地踢凯格尔的瘸腿，或是在桌子底下踢我女儿的腿或伸手打她（我从来没想过要打我妻子或我儿子，而且我也从来没有那样做过。我觉得我没有。我也从来没打过我女儿，也没有踢过她）。它还更新滋养着我那种令人激动的渴望，使我想对我喜欢的人说一些非常残酷的话，正当他们遇到了麻烦，向我吐露心事，并请求我给予他们同情或帮助的时候。我的确会因为朋友的不幸而感到片刻的高兴。我不能纵容他们的软弱无能，无法原谅他们身陷困境。我会感到一种不可否认的喜悦，并喜欢让它藏而不露。我喜欢发现自己的处境比别人优越。我内心里有些东西我自己无法控制，而我对这些东西并不欣赏。

我女儿现在不怎么爱笑了（她很喜欢我儿子，但她也会经常恶意捉弄他），也没有什么兴趣爱好和娱乐消遣。（那些仍愿意和她做朋友的男孩女孩似乎也是如此。他们喜欢音乐，但并不是特别喜欢，没有他们似乎希望的那么喜欢。他们当中没有一个人高高兴兴。他们通常全都闷闷不乐，怪里怪气，总是给周围带来一种忧郁的气氛。我希望他们长大后会有所改变。我不知道应该怎样与他们交谈。）她会长时间独自坐在自己的房间里想事情，别的什么都不做（我也会长时间独自坐在书房里，做完全同样的事情），而她最喜欢想的事情就是她自己。她最感兴趣的是她自己，她最喜欢苦思冥想的是她自己，她最喜欢谈论的还是她自己。我想她和我其实并没有多大差别。不过我认为，我年轻的时候要比她更开心，而那些和我一起长大、一起上过小学和中学的男孩女孩也都要比她和她的朋友们开心得多。我喜欢这么想，但我对这些男孩女孩并不像我对她那么了解，也许他们当年并不像我想象的那么开心。也许我自己当时也并不是那么开心。当我们放学后不在街上玩耍的时候，我和他们其实没有太多联系。我不知道他们在家里或独自一人的时候是什么样子。我已不再确信自己的童年回忆就像我一直认为的那样绝对可靠。我也觉得我小时候可能比我女儿更不开心，而且深陷在自己任性的孤独中，比她更觉得难以脱身。在我对过去的记忆中，有一些很长的片段仍然模糊不清，没有任何线索。它们中间只有隐秘的隆隆声，没有一丝回忆的闪光，而是一片漆黑，而且一直如此。我曾经是的那个人，我身上曾经发生过的事情，发生过的变化，除非我能够将它们找到，否则我将会永远失去它们。没有别人会找到它们。它们究竟在哪里？那个支离破碎的小男孩，那个迷惘困惑的年轻人，他们最后变成了我，但他们那些零零散散的碎片现在都在何方？如今有些时候，我觉得曾经有很长一段时间，我什么地方都不在。我的过去当中所有那些真正重要的部分，如今在我的记忆中已不复存在，别人也都已将其忽略或遗忘，它们究竟到哪儿去了？永远都不会有人想起它们。现在想要把我的碎片全都收集起来，重新组合成一个完整的我，已为时太晚。因此，我的一生并不完全可信。连我自己对它都很难相信。我可以相信是我曾经和弗吉尼娅一起在那家汽车事故保险公司的库房里，是我曾经和我妻子在蜜月里做爱，是我现在坐在公司办公室或家中书房里，无聊、忧郁、若有所思。但我无法真的相信真的是我曾经做过以下这些事情（尽管我知道这一切全都千真万确）：曾经在很久以前和战友们一起穿着军服邋里邋遢地列队行军，一边兴高采烈地唱着那些傻了吧唧的军歌；曾经在一家保险公司里整理事故报告，把文件夹归档，吹牛聊天，玩纸牌赌一分、五分和一角钱的硬币；曾经做过令人满足的春梦，并为此而心存感激；曾经手淫过，而且很高兴自己能够这样做；曾经读过《每日新闻》和《纽约镜报》上的连环漫画和体育专栏，可惜如今这两份报纸都已不复存在——很快一切都会荡然无存；曾经每周五天在早晨离家的时候对我母亲说再见，如果我临走时记得和她打招呼的话；曾经带着用棕色纸袋装着的午餐去曼哈顿上班，里面装的是一个苹果和两块夹着大香肠、鸡蛋或罐头鲑鱼的三明治；曾经在小时候发脾气，在家里疯狂而语无伦次地和母亲或姐姐争吵，为了我无法理解或无法解释的事情而伤心哭泣；曾经在美国童子军河狸小队里多年担任小队长，性格鲁莽冲动，努力争取赢得童子军荣誉勋章；曾经继续手淫，甚至包括在当童子军的时候；并曾经在每个工作日乘着非常闷热的地铁往返于家和我工作的那家汽车事故保险公司，地铁上挤满了疲惫不堪、满怀敌意、浑身污垢的成年人，他们瞪着眼睛、叹着气、打着呼噜、流着汗水。做这些事情的是另一个人，而不是我——我坚持这一点。它存在于我的记忆之中，但仅此而已，就像一个童话故事。它与现在以及当时我这个人的具体体验相距甚远。它从未发生过——我的确坚持这一点——起码没有发生在我身上。我知道我并没有花那么多精力而只做了这些事情。所以肯定有第二个人在我身边（或是在我体内）和我一起长大，偶尔会替我去体验我自己不想参与的事情。甚至还有我只能隐约察觉到的第三个人，我对他几乎一无所知，只知道他的存在。而且我知道还有一个我根本察觉不到的人，这家伙躲藏在我内心深处某个隐秘的地方，没人看得见，也没有名字，他用敏锐的目光观察着一切，甚至包括我在内，并对所有一切做出严厉而苛刻的评判，甚至对我也是如此。他几乎从不睡觉。除了我的一系列工作、恋情和私通之外，我记忆中的所有其他事情都缺乏顺序，然而这些都不重要。它们当中的任何一件事都不比任何别的事情更重要，不过它们的确给了我一种往事相连的感觉。

有谁会在乎我是否会得到凯格尔的职位？有谁会在乎我是否真的能在圣诞节之前和美工部的年轻姑娘简上床？又有谁会在乎我一直都没能够在那家汽车事故保险公司库房的桌子上或是在一家酒店的床上和那个比我年长的姑娘弗吉尼娅上床，尽管我曾经多次用手捏过她漂亮的乳房，还曾经摸过她光滑的大腿内侧？

我在乎。我想要那笔钱，想要那种声望，想要得到人们的称赞和祝贺。而且凯格尔会在乎，格林也会在乎，约翰尼·布朗则会非常在乎，只要他一知道这件事，他就可能会一拳打在我的下巴上。我已经知道我必须事先做好计划，巧妙地对付他，或者干脆把他打发掉，尽管他在工作上很有能力。但这些又有什么要紧，又有什么重要？没有。我想要这份工作吗？是的。（我应该想要吗？不。但我想要，我他妈的就是想要。没错。）

而且毫无疑问，我女儿的确渴望得到更多的自由，就像她所认识的男孩女孩当中那些真的因意外或疾病失去了父亲或母亲，或是父母已经离婚或分居的孩子们所享有的那种自由。（尽管他们似乎并不是真的喜欢这种自由。他们只是好像拥有更多的自由。）

“如果我们真的离婚了，或是死于车祸或飞机失事，那谁会来照顾你们呢？”有一天晚上，我宽容地试着向她解释。她经常执意发起这种“坦率”（而且通常带有辱骂性质）的讨论，一般都是在当她发现我独自一人在书房里安顿下来，打算做点工作或看本杂志的时候。“你没有能力独自生活，这你是知道的。谁给你做饭，帮你打扫卫生，帮你挑选衣服，提醒你刷牙，帮你减肥？要知道，你必须和别人一起生活，所以干脆不如就和我们生活在一起。你要知道，你从我们这儿也得到了不少他妈的好东西。”

“我希望你和孩子们说话时不要这么满嘴脏话，”我妻子说，“而且你也用不着总是大喊大叫。你难道看不出你这样只会吓着她吗？”

“你能不能让她别在一边瞎掺和？”我女儿绷着脸对我说，指的是我妻子。

“而我则希望，”我张口回答我妻子——

“她总是要插一嘴。”

——我的声音越来越响，就像一种气势汹汹的咆哮。

但我不知道我希望什么（我只知道我真他妈的希望自己现在正在别的什么地方），于是我咬紧牙关，没有把话说完。（每当我感到恼怒、沮丧或受到攻击时，我的嗓门的确会变得越来越高。而如果我想在感情激动时说一句很长的话，我就会结巴得非常厉害。）

我希望我知道自己应该希望什么。

我希望我女儿不要总是抱怨不止，不要总是这么顾影自怜，而是开始尽量随遇而安。她看不起我们。她容易紧张、为人刻毒、心怀怨恨，而且报复心很强。她快满十六岁了，已经开始抽烟，而且对我们俩都非常憎恨——至少有些时候是这样（如果不是几乎总是这样的话）。我不知道我们做了什么事情，或是有什么事情没有做到，可以解释这一切。我不知道她究竟为了什么而责怪我们，但她的确是在因为某些事情而责怪我们。（由于我无法取悦她，由于我们无法让她开心，我自己也慢慢变得非常刻毒，心怀怨恨。于是我经常用聪明而恶毒的方法对她进行回击。我喜欢对她进行回击。复仇的滋味是甜蜜的，即使是针对她，而她还不到十六岁。有时我发现自己希望她离家出走，只是为了让我的日子好过一些。）我知道我女儿憎恨我们，因为她特意向我们表白这一点。她可以分别单个憎恨我们，也可以将我们两人一起憎恨。我这个可爱的小女儿多才多艺，至少在这一方面，她非常有天赋。她用不着费太大的力气，就可以同时憎恨我们三个人，包括我儿子在内。要么她也可以无缘无故地单独憎恨他，同时忘记了我们的存在。她还可以憎恨德里克、德里克的保姆，以及我们的房子和整个社区。当然她也可以憎恨她自己。凭借着超乎寻常的足智多谋，她有时甚至可以暂时停止对我们的憎恨，但只是为了打乱我们的阵脚，诱使我们进入一种毫无防备的安乐状态，从而让我们为她下一次穿心透肺的袭击敞开大门。她性情乖张，并以此为自豪。我女儿学起化学、语法和平面几何来很吃力（或是不愿努力学），但她很小就学会了抽烟（她还夸耀说自己吸烟入肺，并暗示她也吸大麻，尽管没人问过她），并学会了说“操他妈”，而且说起来毫不费力，就好像她这一辈子一直都在家里对我们自然大方地说这种话。而且她的确学会了如何憎恨我们，说一些残酷的话，伤我的感情，让我妻子泪流满面。我和我妻子结婚十几年，经过了艰苦不断的练习，这才学会了如何充满活力、兴高采烈地互相憎恨对方（当我们的确互相憎恨对方的时候。我们并不总是彼此憎恨），但我早熟的女儿却已经学会了这一招。这可能是她的一种才能，一种真正的天赋（如果真是如此的话，那么这是她唯一的才能。我经常对她很生气，但我不会表现出来，因为那样会让她称心如意。我经常残酷地对她冷嘲热讽，以此作为报复）。和对我的憎恨相比，她对我妻子的憎恨要深得多，而且也要频繁得多。这很有讽刺意味，而且极不公平，因为我妻子对她的爱和关心没有限度，毫无约束，她甚至会为她牺牲自己的生命。（而我则不会。）但我得到的憎恨也不少。（她的憎恨足够大伙分享。）

现在，我女儿憎恨我这一事实已不再让我觉得那么烦恼（我不允许它让我烦恼）。如今我对此已经认为理所当然，我对它已经习惯了，而且我愿意接受她的断言，那就是她有充足的理由憎恨我，尽管我不知道这些充足的理由究竟是什么（除了我对它已习惯这一事实，我想这本身就是足够的理由）。

通常，当我正在工作或看新闻杂志（或是假装工作或阅读）的时候，她会不请自来，到书房里打扰我，（用一种紧张、纤细、孩子气的声音）告诉我（同时勇敢地试图让自己的声音显得沉着自信）她已经得出了结论（从来都不是有什么想法，而总是得出了结论），她对我和我妻子已经没有任何真正的感情了，她对我和她母亲都很瞧不起，觉得无法对我们保持尊重，事实上，她现在对我们俩都非常厌恶。她还说，尽管她知道这听起来一定很糟糕，尽管她承认她可能应该为自己的这种感受而觉得羞耻（但她并不这样觉得），她确信，如果妈妈（我妻子）在车祸中丧生，就像艾丽斯·哈蒙的母亲一样，或者如果我生了病，死于脑肿瘤，就像贝琪·安德森的父亲一样，她也不会真的感到难过——事实上，艾丽斯·哈蒙根本就没法让自己为她母亲感到难过。她还想让我知道，她并不会为此而感到高兴，并且希望我明白，她也并非希望这种事情发生，而且如果这种事真的发生了，她甚至可能会觉得有点遗憾，就像如果这种事情发生在任何一个她认识的人身上她都会觉得遗憾一样，但她只是认为，如果我真的得了中风或脑肿瘤，只要我死得很干脆，不需要有人长期照顾，就像那些得了脑肿瘤或中风后成了植物人的人一样，那么这也并不是她一生中最大的不幸。她还说，她对我说着一切并不是专门为了要跟我吵架或是让我难过，而只是因为这碰巧是她的真实感受，而她知道我想了解她的真实感受——难道不是吗？——因为我是她父亲，她是我女儿。然后，如果我已经让她讲了这么久的话（有时她刚一开始我就会粗暴地把她打断，立刻把她赶出去），那么她就可能会装出同样那种漫不经心、缺乏热情的反省姿态（一边仍然竭力不让自己细小的声音发抖，不让自己颤抖的手指乱抓东西），并（再次）向我主动透露，如果我和我妻子哪天真的离了婚，她觉得她不想和我们当中的任何一方一起生活。她说她知道我们曾经考虑过离婚，而且觉得我们应该考虑离婚，因为我们在一起并不快乐，彼此也不是很相像。她说她宁愿去上寄宿学校，就像克里斯蒂娜·默里一样，这个女孩现在就很开心，因为她不必再和她父母中的任何一方住在一起。她说她甚至想到瑞士去上学，她知道自己在那里会很满足。事实上，现在她已得出结论，即便我们不离婚，离开我们独自生活对她来说也要好得多。而且如果没了她，我们可能也会更开心，因为她看得出，我们其实并不希望她在我们身边。难道不是吗？

有时（出于我自己的阴险目的）我会像石头一样静静地把她的话全部听完，让她这样一直讲下去，能讲多久讲多久，我在一旁一言不发，同时一直注视着她，表情沉重，不露一丝感情，迫使她一直往下说，让她感觉越来越沮丧，越来越困惑（尽管我看着她，她一定在想我是否在听她讲，是否听见了她的话），她刚进来时那种扬扬自得、满怀恶意的镇定神情逐渐土崩瓦解，变成了恐惧和不安，最后她一声不吭、傻乎乎地站在我跟前，浑身发抖，精疲力竭，完全失去了她先前的自信和决心。（我每次都能以机智胜过她。）接着（当她已无话可说，而我知道自己胜券在握的时候），如果我保持沉默，继续用我那种呆滞、沉重而反应迟钝的眼神令人压抑地盯着她，她就可能会孤注一掷，试图装出一副大胆的样子（但没有成功），信心不足、结结巴巴地说：

"我只是想对你有话直说。"

接下来，看到胜利就在眼前，我可能会决定开口说话。我可能会决定巧妙地采取行动，发起自己的攻势，装成一副自鸣得意、镇定自若的样子，旨在模仿她的神态，对她进行嘲弄。

"不。"我会故作神秘地说。

（这会把她弄糊涂。）

"什么不？"她忍不住要问。

"不，你不是。"

"不是什么？"她不得不询问道，这时显得胆怯而多疑。"你这是什么意思？"

"你并不是想有话直说。你根本就不想坦白说实话，所以请不要以此作为你不良本性的借口。"

"你这是什么意思？"

"难道不是吗？"

"我不知道。你指的是什么意思？"

"你难道不明白我的意思？"我带着一种冷静而令人振奋的复仇心理问道。她摇了摇头。"我的意思是，你并不是想有话直说，而是想说出你能够想到的最令人震惊、最离谱的话，目的是伤害我的感情，让我生你的气。"

"我为什么要那样做呢？"

"让我生气生到大喊大叫，并且开始惩罚你。"

"我为什么要那样做呢？"

"因为你就是这样的。"

“我为什么想要你惩罚我呢？”

“因为你就是这样的。难道你不明白吗？你就是想让我有这种感受。难道你不明白这一点吗？难道你以为我不明白吗？”

“你这是什么意思？”

“我就是这个意思。”

“你的感受如何，”她傲慢地回答说，“对我来说是一件完全无所谓的事情。”

“如果是这样的话，”我也同样傲慢地模仿道，“那你又何必费那个心思来告诉我呢？”

“你这是什么意思？”

“我的意思是，如果我的感受对你来说真是完全无所谓的话，那你干吗要费心来跟我讲话呢？”

“那我该怎么办？”

“除非你想要得到什么。”

“那你还想不通我为什么会咬手指甲、睡不好觉，而且吃得太多。”

“不要把你吃得太多的事怪在我身上。”

“那其他那些事情呢？”

“我自己也吃得太多。”

“你并不怎么瞧得起我，”她声称，“是不是？”

“现在是有点瞧不起。你对你自己是个什么看法？”

“我只是想说实话而已。”

“胡扯。”

“你想让我说实话，难道不是吗？”

“不是。”

“你不想？”

“当然不想。我干吗想要你说实话？”

像这样令人出乎意料的回答总会让她不知所措，令她一时说不出话来，嘴里结结巴巴，更加后悔自己当初如此贸然闯入书房来跟我闹事。如果她试图继续这场较量，她的声音就会变成一种胆怯的喃喃细语，微弱得几乎让人无法听见（我会假装她的话我全都听不见，让她重复每一句话）。要么她就会突然爆发，嘴里含糊不清地吼叫着，戏剧性地发作一番，然后怒气冲冲地大败而归，一边摔打着家具或砰地把门关上。（我每次都能轻松地以机智胜过她。）但她似乎从来都没有吸取教训（要么就是她吸取了教训，然而却甘愿自毁，总是不由自主地重复这些令人沮丧的失败），于是我们俩无数次地重复着我们之间这些令人厌烦、浪费时间、互相贬损（她取笑我，因为我发胖、谢顶，而我则依靠反应更快、思维更敏锐、见识更广的机敏应答对她进行反击）、“坦率真诚”的争论（每次最后都是我获胜，尽管有时候我事后会觉得受了伤害），争论的内容包括金钱、吸烟、性、大麻、晚睡晚起、脏话、功课、毒品、黑人、（她的）自由、大喊大叫、以大欺小以及对我妻子的侮辱。

“如果我带一个黑人男朋友回家，你会怎么做？”她问我，试图引我上钩。

她的这一招非常巧妙，需要闪电般的敏捷反应才能招架过去，她曾经成功地用这个问题彻底击败了我妻子。她让我两面为难，没有出路，我很想为此而对她进行表扬。如果我告诉她我会反对，那我就是种族主义者；如果我告诉她我不会反对，那我就是对她毫不关心。我妻子因为对她的话太认真而败下阵来，而我设法回避了这个陷阱，这才幸免于难。

“我还是要叫你打扫你的房间，”我机敏地回答道，“而且还要叫你不要再偷看我的信件，也不要再把我的银行对账单给你的朋友看。”

我当然是种族主义者！她也是。谁他妈的不是？

“这并没有回答我的问题，”她足够聪明，我的回答使她很不高兴，“这你不是不知道。”

“带一个回家来看看。”我带着窃笑向她挑战，因为我知道她还没有准备好在我们身上尝试这个把戏。

她现在想要我向她保证我会给她买一辆车，她愿意以戒烟作为交换条件。我曾经下令不准她吸烟，因为有得癌症的危险，但我和她在这个问题上吵来吵去，最后十分厌烦，因此我对她吸不吸烟已不再关心，即使有得癌症的危险也懒得去管。（有一阵我曾经尽力做一个负责任的家长，结果毫无用处。）于是现在她经常吸烟（她这样说），每天超过一包（她这样说），但我不相信她，因为她在这件事情上可能也在撒谎。（她在什么事情上都撒谎，对她的老师也撒谎。）但我们不允许她在家里吸烟，这样我和我妻子就更容易假装她根本不吸烟。也许她真的不吸烟。（实际上有谁在乎呢？我不在乎，我也不喜欢被迫假装在乎。如果她不告诉我们，那我就用不着去假装。）

“我真的吸烟，”她坚持说，“我甚至把它吸到肺里。我想现在我已经养成了习惯，即使想戒也戒不了了。”

“你的生活你做主。”我平静地回答。

“一天一包多，有时两包。我知道你不想让我在这种事情上偷偷摸摸，对吧？”

“不对。”

“什么？”

“我想。”

“你想？”

“当然。”

“偷偷摸摸？”

“是的。”

“你这是什么意思？”她的双眼布满了疑云，她的嘴唇开始颤抖。我又一次用机智击败了她。

“我就是想让你偷偷摸摸。”我轻快地继续说道，然后对准目标猛下杀手。“不仅是指吸烟，而且还有那些你非常喜欢公开讲的粗俗不堪的脏话。”

“你也说脏话。”

“我是成年人，而且是男人。”

“妈妈也说脏话。”

“和你说的不一样。”

“妈妈是个假正经。”

“你还是个孩子。”

“我已经十六岁了。”

“你才十五岁半。”

“我快十六岁了。”

“那又怎么样？”

“你就不能多说几个字吗？”

“什么字？”

“我们争论的时候你总是喜欢用短句子回答。你自以为这招很不错。”

“是不错。”

“你真喜欢冷嘲热讽。”

“偷偷摸摸吧，”我冷嘲热讽地对她说，“我现在并不是在冷嘲热讽。这样会让我们大家的日子都更好过些。我是作为一个朋友向你提出这个建议，作为一个尽职尽责的父亲向自己年轻的女儿进行忠告。如果你想抽烟、烧那些烂香或者干什么别的不想让我们知道的事，偷偷溜到外面门廊上或者车库里去干。打电话的时候把你房间的门关上，这样我们就用不着听你向你的朋友们抱怨我们，也看不着你读的那些书，都是些蹩脚的性爱小说，在学校里该读的书却不好好读。只要你偷偷摸摸的本事好，你就能做更多的坏事而免受惩罚。只是不要让我发现。因为如果真的让我发现了，那我就不得不动手管一管。我就不得不表示反对，而且还得生气并惩罚你，以及其他诸如此类的事情，这样一来你和我都会不开心。”

“你为什么会不开心呢？”她想知道。

“因为你是我女儿，而我真的不喜欢看到你不开心。”

“真的？”

“真的。”

“哈。”

“而且还因为我不喜欢浪费这么多时间和你吵架，冲你大喊大叫，因为我有别的我更喜欢做的事情想要做。”

“比如什么？”

“随便什么。”

“什么？”

“工作，看杂志。”

“你为什么非得这么说？你为什么非得是这个样子？”

（我不知道。）“什么样子？”

“你知道的。”

“我不知道。”（我知道。）

“为什么你每次对我夸奖之后都要马上把它收回？”

“什么夸奖？”

“每次争论你都非得抢到最后一句话，是不是？”

“不是。”

“你瞧见了吗？”

“我这就一个字都不说了。”

“你现在想把这整件事变成一个大笑话，是不是？”她指责道，“你总是要把每件事都变成一个大笑话，是不是？”

（我深感懊悔。我觉得有些羞愧，但我尽量不让它显露出来。）

“现在让我工作吧。”我轻声地对她说。

“我还想和你谈谈。”

“求你了。你进来的时候我正在工作。”

“你在看杂志。”

“那是我工作的一部分。我还得为下一届公司年会准备一个计划，还要准备两篇演讲稿。”

“这个年会在什么地方？”

“又是在波多黎各。”

“我能为演讲稿帮点忙吗？”

“不，我觉得不能。现在还不行。”

“这些事比我重要吗？”

“我想今晚把这些事情做完。”

“可我现在想和你谈谈。”

“现在不行。”

“为什么？”

“就是不行。”

“为什么不行？”

“不行就是不行。”

“你从来都不想跟我讲话。”

“请你马上出去。”

（我现在知道，我和孩子们没有多少共同点，就连和我自己的孩子也一样，而且我不喜欢和他们长时间交谈。其实我跟孩子们打交道每次不喜欢超过几分钟的时间。对他们说的话我很难保持兴趣，而且我也很难想出可能会令他们感兴趣的东西，所以我已不再尝试。）有时候，当我女儿（出于某种原因）心情开朗，感觉格外坚强自信时，她会大摇大摆地闯入我的书房，既没有借口，也不表示歉意，就好像她和我之间的关系通常极为亲密，架子十足地在沙发上坐稳，仿佛要进行一场长时间的高级会晤。接着，她会开始向我抱怨我妻子，完全错估了我的反应，我想是因为我和我妻子经常吵架，因此她误以为我会欢迎她对我的效忠。（我不准她说对我妻子不尊重的话，这一点她现在应该知道。）从前当我女儿很小的时候，这种话听起来很可爱，很早熟，我还曾经鼓励她挑我妻子的毛病（我妻子也很喜欢她这样做，因为我女儿当时的确很聪明，很好玩），也许这就是她现在经常回复到这种行为的原因之一。但如今我不喜欢她那样，我会为我妻子辩护（即使我女儿的抱怨和不中听的意见准确无误，合乎情理）。要么我就会在她刚开口时马上不客气地将她打断，严厉告诫她一声，然后把她赶出去。我女儿对我的印象没错，有时候我就是不想跟她讲话。（她一般都是喜欢争吵，令人沮丧。我儿子总是更容易让人接受——人人都这么说。他更直率,更大方,更讨人喜欢。不像我女儿和我,他从不会因别人的不幸而幸灾乐祸。相反,在悲惨的事情面前,他会变得严肃而焦虑,总是在细心观察,以确定在他周围发生的这一串无法控制的事件是否会对他自己的生存造成任何威胁。)现在有些时候我对她简直厌烦透了,我会觉得我已经受够了,不想再听我女儿告诉我我不是一个好父亲,我妻子不是一个好母亲,我们的家不是一个温暖的家,我们的家庭不是一个幸福的家庭,而且德里克(自然是我们那个白痴孩子)和我们大家都在糟蹋她的生活,尽管这一切可能都是事实。

那又怎么样?即使这一切的确是事实,那又如何?(我母亲也好不到哪里去,我父亲则差得多,哈哈。他死了之后就很少露面。哈哈。)她在学校里成绩不好,缺乏自信,喜欢咬手指甲,而且睡不好觉,也许这一切真的全都是我的错,甚至就连她吃得太多、体重太重、感到痛苦无聊也是我的过错。可是那又怎么样呢?(我也早已准备好了我的借口。)让别人知道这些又有什么好处呢?即使我同意这些看法(我的确经常表示同意,纯粹是为了使她懊恼,把她弄糊涂),那也不能改变任何事情,也不会让她的生活变得更轻松。所以为什么她就非得抱着这些东西不放呢?现在这种争论已经变得无聊至极——它从不会有任何结果——简直无聊到了令人恼怒、使人发疯的地步(这显然是她现在希望在我身上达到的唯一目的,是她觉得自己能够从生活中得到的唯一一样东西,那就是无情地招惹我,使我陷入狂怒之中,心中充满无法忍受的怨恨,说话结结巴巴,唾沫四溅,大声吼叫,怒气冲冲地将她谴责一顿,最后变得语无伦次,语法不通,我的尊严荡然无存。每当看到我这副模样,她狡猾的眼神中便会流露出那种明确无疑、令人憎恶的邪恶满足感)。

(她究竟想从我这里得到些什么?)

"你知道吗,"她可能会用一种欺骗性的平静语调开口说道,"我觉得我和妈妈之间已经没有什么共同点了。而且我觉得你也一样。我不明白你为什么还没有和她离婚,我知道你们俩在一起不和睦。"

(其实她就连不和睦是什么意思都不知道。)

如果这时我立刻将她打断，把她赶出书房（这会令她大感惊讶，恼羞成怒），那么她很可能就会马上去找我妻子（一下子和她成了好朋友）并开始向她抱怨我！（当然，她还口口声声地说自己不愿做偷偷摸摸的事情！）然后，因为我妻子很容易受我女儿的操纵，她会毫不怀疑地闯进书房为我女儿辩护，她的怜悯之心会为她壮胆。我女儿则偷偷地笑着，潜伏在幕后，饶有兴趣地期待着她希望在我和我妻子之间即将爆发的这场争吵。（与此相反，每当我们中间有哪两个人在吵架时，我儿子都会惊恐不已，总是一副紧张不安、恶心想吐的样子。）我觉得尤其是我女儿那副明目张胆、幸灾乐祸地等着看笑话的样子，总是免不了让我怒不可遏，使我觉得有必要对她恶毒地进行报复。

"她说你刚才把她从书房里赶了出去，"我妻子说，"她说她来这儿是为了和你谈话，但是你不想听。她说你从来都不想听她讲话。她一句话还没来得及说，你就把她赶了出去。"

我屏住呼吸，等了一两秒钟，假装在沉思。

"她是这么说的？"我问道。

"是的。"

"啊哈。"

"你没赶她出去吗？"

"他赶了。"

"啊哈。"

"他赶了吗？"

"如果他没赶，我干吗要这样讲呢？"

"啊哈。"

"怎么样？"

"怎么样？"

"是的。"

"什么？"

"你刚才听见她说了，不是吗？你把她赶出去了。"

“是这么回事吗？”我语调平淡地问我女儿，一边用不屑一顾的眼光冷冷地盯着她。

“你难道没赶吗？”

“那她有没有碰巧告诉你她都想跟我谈些什么？”我对我妻子说。

“这不公平！”我女儿惊恐地脱口而出。她的目光惊慌地转向门口，就好像希望自己能跑出去。

“没有。”

“噢。”

“什么？”

“我就觉得她可能会太粗心，忘了提这件事。比如说，她说如果你生病死了，她并不会太在意。这她没告诉你吗？”

“不是这样的！”我女儿喊道。

“她还说，如果你或者我死于车祸或飞机失事，就像那个艾丽斯·哈蒙的母亲一样，或者因为得了中风或脑肿瘤死去，她也不会觉得太在意。”

“我没那么说！”

“你可能会。”

“但我没有。”

“你曾经这么说过。”

“可我刚才想谈的并不是这个！”

“我知道。她其实想跟我谈的是她觉得我和你之间没有什么共同点，她想知道我为什么非要和你硬撑下去而不离婚。是不是这个啊？”

“我只是刚开头随便说说。”

“不是？那我们继续。你到底想跟我谈些什么？”

“哦，没什么要紧的。”我女儿闷闷不乐而又尴尬地咕哝道，低下了眼睛。

“不，请继续往下说，”我坚持道，“我想继续谈下去。我想给你一个和我谈话的机会，因为你总是说我从来都不给你这个机会。”

“为什么你现在就不能随她去呢？”我妻子质问道。

“亲爱的，她想要把咱俩分开。你难道没看出来吗？”

“我们大家为什么就不能和和气气的？”由于我妻子天生一副好心肠，她大声恳求道。

“我非得听这种话吗？”

“我的话有什么问题？”我妻子厉声回嘴道，“希望我们大家偶尔能够尽量和睦相处，而不是一天到晚互相找茬，这有什么错？”

“我们并没有一天到晚互相‘找茬’。”我女儿用一种愠怒的轻蔑语气居高临下地插嘴道（试图巧妙地重新钻入我的阵营，以共同针对我妻子）。我熟悉她的这种策略。她将试探性的目光转到我的脸上，想看看我是否会让她得逞。

我没有理会她的这一友好表示。

（这就是我妻子那副天生的好心肠给她带来的回报。）

“我累了。”我说道，一边故意夸张地叹了口气。

“那是因为你早先喝了太多的酒——”

“我已经厌烦透了，”我坚决地把这句话打断，同时提高嗓门，好盖过我妻子的声音，“我不想听你唠叨，说我回家之前喝了太多的酒，也不想一遍又一遍地听她对我讲你和我有多不好，她有多恨我。我有更好的方法打发时间。让她去恨我吧。你想恨我就恨我吧，如果你觉得这能够解决你的问题的话。你得到了我的许可。她恨不恨我我并不在乎，但我他妈的在乎的是我每次他妈的刚坐下想做点工作，她都要跑进来跟我讲话。”

“他在看杂志。”

“那是我的工作。”

“她并不恨你！”我妻子断言道。

“我干吗要在乎？”我回答说，“她恨不恨我，对我来说是一件完全无所谓的事情。”

“而你还觉得自己挺聪明呢！”我妻子大声说道。

“你这是什么意思？”

“她想让你偶尔关心她一下，你难道就看不出来吗？而你还觉得自己挺聪明呢。”

“你能不能别这么说？”

“你总是觉得自己很聪明，是不是？”

“别说了。”

“好吧。但是如果你偶尔不嫌麻烦看上她一眼，听听她讲的话，你就会发现她并不恨你。她爱你。你从来都没有表示过你明白这一点。”

“好吧。”

“你让她觉得自己让人讨厌。”

“我已经说过了，好吧。”

“她并不恨你。”

“**好吧**！”

“好吧。”

我转过脸，探究地注视着我女儿，我的脸上仍是一副冷酷、轻蔑、好斗的表情（在我能够确定她的防线已经崩溃之前，我的防备仍不能松懈）。她一动不动地站在那里，就好像是在顺从地等候裁决。我在等着她给我一个信号。她看上去既谦卑又愧疚，孤立无援。她低垂的双眼泪汪汪的，目光忧郁，灰白的嘴唇悲伤地抿在一起，抽搐着，就好像尽管她用尽了所有的意志力要把自己撑住，她还是将要在我们面前瘫作一团，失去自尊，无助地开始哭泣。她很紧张。我打量着她苍白、下垂、脆弱的脸庞，我的感情也开始变得温和，我感到一种无法挽回的失落感（就好像一件宝贵的东西永远失去，某个心爱的人一去不返）。我也很紧张。我说不出话来（也许我真的爱她），有那么一瞬间，我突然觉得我妻子说得对，也许我女儿真的不恨我，真的爱我，而且也许她真的需要让我知道这一点（她也许还需要知道我可能觉得她挺不错）。我开始觉得也许我**真的很在乎她是否恨我**！（我不想让她恨我！）我想，她对我**一定**很重要，因为看到她眼泪汪汪、痛苦不堪的样子，我的心中几乎充满了悲伤和怜悯（我自己也想哭）。我想伸出手臂，温柔地搂住她的肩膀，安慰她，向她坦白道歉（尽管我脑子里突然产生了一个活生生的预感，告诉我这一切全都是一个典型的把戏，只要我一伸出手去安慰她，她就会马上躲开，喜形于色地嘲弄侮辱我，让我滑稽可笑地站在那里，双手空空地伸在半空中，既尴尬又愤怒）。尽管如此，我还是决定冒这个险——她的样子非常孤独可怜。我知道即使自己遭到拒绝，我也能应付得了。我深情地微笑着，带着悔过朝她走过去，伸出双臂，打算把她搂在怀里，向她道歉，并温柔地拥抱她。

她躲开了我的拥抱，脸上带着恶毒的冷笑。

我发现自己傻乎乎地站在那里，双手空空地伸在半空中，感觉既伤心又愚蠢。

而我妻子恰好挑了这个时候大声喊道：

"她恨的其实是我！不是你！她受不了的那个人其实是我！"

我转过身，难以置信地瞪大眼睛望着她。（我已经忘了她也在场。）

"你难道没听见她的话吗？"我妻子继续尖声说道，并朝我女儿跑过去，就好像要打她一巴掌。我女儿畏缩了一下，但并没有退让，而是站稳了脚跟，无礼地仰起头，用倔强而挑衅的眼神怒视着我妻子的眼睛，脸上带着一丝冷冷的微笑，看她敢不敢真的下手。"我究竟什么地方得罪你了？"我妻子冲她喊道。"我究竟什么地方得罪了她，让她这么恨我？你瞧瞧她！你难道没瞧见她这会儿看着我的那副模样吗？"

"天哪，没错！"我冲着我妻子喊道，"你以为我刚才在讲些什么？你以为我为什么要把她赶出去？"

"还有你——你也好不到哪儿去！"我妻子指责道，"你也不在乎我，是不是？"

"哦，上帝啊！"我哀号道。

"这个家里没有一个人在乎我，"我妻子悲叹道，"从来都没有人爱过我。我这一辈子都没有过。就连我母亲都不爱我。难道我真的那么可怕吗？我究竟什么地方得罪了你们，让你们大家全都这么恨我？我究竟什么地方那么可怕，让你们大家都觉得应该这样对待我？告诉我。"

"哦，该死！"我厌恶地呻吟道。

"别这样对我讲话。"

"难道我真的必须把我的余生全都花在这种糟糕透顶的谈话上吗？"

"我什么地方糟糕透顶了？"

"哪儿也没有。"

"我究竟做了什么非常可怕的事情？"

于是我发现自己再次暗自纳闷，像我这样一个颇有才干、博览群书、相当聪明、善解人意、风度翩翩、小有成就的公司小主管，健康状况良好（除了牙齿之外），说话风趣幽默，仍然男子气十足，对许多和我同龄甚至比我年轻得多的多情女士们仍很有吸引力，究竟为什么居然正在跟两个像她们这样的人（孩子）认真地进行着这种低下而漫无目的的争论。这两个人一个是我浅薄、忧郁、微醉而顾影自怜的妻子（我经常想弄清楚，除了她既漂亮又听话的屁股之外，当年我在她身上究竟看中了哪一点，让我觉得我爱她，想和她共度终身。如今她的屁股仍旧不错，而且比以前更听话了。事实上，总的来说，从长远来看，我觉得和别的女人相比，我还是更喜欢和我妻子做爱，尽管那些我曾经干过两次或两次以上的也大都很不错，而且有那么一阵满是令人惊讶的惊喜。美工部的简将会令我头疼——我已经能够感觉到这一点。她涉世不深，容易上当受骗，而且喜欢讲话。她的皮肤将是非常白净而光滑，在我的触摸下几乎会哼唱，但她还太年轻，太讨人喜欢，或者说头脑太简单，因此现在对我来说没太大意义。有的姑娘只要听到我说一句逗笑的话就会发笑，而且笑得有点太大声，因此在勃起的间隙当中，一旦我意识到她们太容易发笑，话又多，就会把我弄得发疯。年轻可爱、讨人喜欢的简就是这种类型。我对她已了如指掌。但我也知道，我将会在下一次公司聚会或更早的时候好色地抓住机会占有她，而且我觉得在我下手之后，我不希望让她继续和我一起工作。她是我打算在今年圣诞节或更早的时候送给我自己的一份礼物，而我已经在用礼品包装纸将她包裹起来），另一个是我令人沮丧、以自我为中心、顾影自怜的女儿。而我现在宁愿把精力集中在别的事情上，比如我想动手起草的那两篇演讲稿（但凡遇到重要的事情，我都喜欢提前很早就开始准备。现在我想为公司年会准备一篇长篇演讲，以备到时候我已经接替了凯格尔的职位，并且在名义上负责主持整个会议。另外我还想准备我通常计划的那篇不起眼的三分钟演讲，其内容是我手下部门的计划和活动，以备到时候我还没有接替凯格尔的职位，而是仍在格林手下工作。但格林这次可能还是不会让我上台发言。我恨格林，我永远都不会原谅他不让我在公司年会上发言这件事，而且永远都不会忘记。我其实并不想要安迪·凯格尔的职位——我从来都不想做那种工作，也不想管那么多人——但如果他们现在不把那个职位交给我，我就会伤心欲绝。我会觉得自己被人出卖，非常丢脸，我会想一个人偷偷溜到一个黑洞洞的地方大哭一场，永远都不出来。我太软弱，无法拒绝这份工作，而且又太虚荣，不能漠视这份荣誉。我其实根本不需要那些额外的钱）以及当我被提升到凯格尔的职位上之后打算建议的一系列变动。（我想让阿瑟·巴伦和霍勒斯·怀特知道我已经准备好了。在我们每一个办事处里几乎都有我想打发掉的人。我真希望我现在就能把格林打发掉，尽管我不知道谁能接替他。）

“告诉我，”我妻子尖声重复道，“我该怎么办？”

“你们真让我烦死了，”我回答说，“简直让我屁股疼。你们两个都是！”我强调地补充了一句，同时用警告的目光狠狠地盯了我女儿一眼，好让她清楚地知道这回我愤怒的对象也包括她在内，从而让她无法享受每逢我对妻子恶言相向时她惯常显露的那种狡黠的欢喜。

“别冲我大喊大叫。”我妻子厉声说。

“我没有大喊大叫，”我解释道，“我是在强调。”

“要知道，我也会大喊大叫。”

“你正在大喊大叫。”

“而且不要在孩子面前对我那样讲话，以后再也不要。只有我们两个人的时候，你怎么样对我讲话我都不在乎。”

“像什么样？”

“像你刚才那样。”

“那就别烦我。”

“你可真聪明。”

“我知道。”

“难怪他们会用这么肮脏下流的语言，都是因为受了你的影响。难怪他们会对我那样讲话。”

“哦，得了吧。”

“我不会再让你这样不尊重地对我讲话，”我妻子慷慨激昂地继续说道，“再也不会了。就连只有我们两个人的时候都不行。我再也不会忍受下去了。你听见了吗？”

“滚开，”我平静地对她说，“你们两个都给我滚。”

我妻子被这句话刺痛了，泪水涌上了她的眼眶。（我马上就后悔了。我已经为自己刚出口的话而感到渺小而羞耻。）

“为了这句话，我就可以杀了你。”她轻声对我说。

“那就杀了我吧。”我嘲弄道。

“我真希望我有一个地方可去。”

“我可以给你找一个。”

“我真希望我自己有一笔钱。”

“我可以给你。”

“一位父亲居然会用这种口气对一个十五岁的孩子讲话。”我女儿用一种赌气任性的语调轻声评论道。

“那就离开家——”我开口道（然后停顿了一下，好掩饰住脸上的微笑，因为她的这句责备既幽默又讨好，我很想笑出声并祝贺她）“——去上寄宿学校。”

“我真希望我能去。”

“你可以去。”

“你不让我去。”

“现在我让你去。而且一个十五岁的孩子居然会用这种口气对她父亲讲话。”我感叹道。

"我并没有——"

"没错，你——"

"我才刚开始——"

"——而且你心里很清楚。我真是——孩子，你知道吗？我敢打赌，就算给你一百万年的时间，你也猜不到你执意要和我进行的这些所谓坦诚的讨论给我带来的是什么。"

"头疼。"

"你猜对了！"我宣布道，希望能逗她发笑。"我头疼欲裂，"我继续道（我没能逗她发笑，于是我语气傲慢地说，因为我觉得自己心中充满了一种由愤怒带来的美妙兴奋感，让我恼怒得有些忘乎所以。我几乎因自己所遭受的不平而欣喜若狂，并奋勇向前，快乐地寻求复仇），"没错，就是因为你，我得了脑肿瘤、脑出血，所以头疼欲裂。此外还有心脏病发作引起的胸口刺痛，因为你老是说，即使我心脏病发作，你也不会觉得不开心。如果我真的心脏病发作的话，我可是会不开心的！事实上，一天到晚听着你们两个对我讲你们感觉有多痛苦，我现在觉得我自己他妈的也挺痛苦。"这时我妻子和我女儿都一言不发，顺从地畏缩着（一股自以为是的满足感开始渗入到我阵阵抽痛的受伤感中，使它变得更加甜美。我觉得自己非常可怜，那种感觉非常美妙，几乎令人无法承受。同时我也觉得自己很强大。我觉得自己威力十足，口齿伶俐，甚至有点希望格林或别的某个我想要给留下好印象的人，比如简、霍勒斯·怀特，或是某个非常富有、远近闻名的美女，长着美妙的乳房和富有光泽的秀发，能够在一旁目睹我这番能说会道、威猛霸气的表现）。"我不舒服[1]，"我误导地说，嗓音越来越低，只是为了暂时把她们弄得更糊涂，"没错，你们两个不管什么时候只要愿意就闯进这里来，闯进我的书房，就是为了告诉我，你们认为我作为一个丈夫和父亲有多糟糕，对此我已经厌烦透了。"

"你当时在看杂志。"我妻子说。

1　原文既有"有病、不舒服"的意思，又有"厌烦"的意思。此处说话人故意停顿，以造成误解。

"你也这样？"我嘲笑道。

"我们这就走。"

"这的确是我的书房，"正当她要转身离开，我尖刻地（并拼命地）提醒她，态度粗暴，嗓门越来越高，"是不是啊？现在想想，既然我有这么多重要的事情想要做，你们两个待在这儿——在我的书房里——究竟是想要干什么？"

"究竟哪个更重要？"我妻子问道，这她可是犯了一个错误。"你自己的妻子和女儿，还是其他那些重要的事情？"

"请出去，"我答道，"我这一辈子都不想再听到有人问我这种问题。"

"好吧，我们走。"

"那就走啊。"

"来吧。"

"不，留下来！"我突然冲着她们俩脱口说道。

"我们这就走。"

"你们留下！"我要求道。

"我们不走吗？"

（突然间，这一点变得对我极为重要——此刻对我来说比世界上任何事情都重要——她们必须留下来，而我则应该被赶出去。从我的书房里被赶出去。我的眼里充满了泪水，我不知道为什么。我并不是因为生气而流泪，而是因为我的自尊心受到了伤害。这就像小孩子发脾气，我只能毫不抗拒，向它屈服。）

"我走！"我喊道，她们两人一脸困惑地盯着我。我像殉道者一般，带着悲痛的泪水大步走向门口。"也不要再把这些多余的椅子偷偷摸摸地搬进来。"我补充道，同时好像抽了一下鼻子。

"什么？"

"你明白我的意思。而且你们大家总是把我的铅笔全都拿走，从来都不还回来。"

"你在说些什么呀？"

"每次当你重新装饰，这栋该死的房子的时候，你就把椅子往这里扔，就好像我不会注意到似的。”

我妻子完全摸不着头脑,而我却很高兴。(我非常喜欢我的这一通发作。我仍是一个小男孩。我是一个被遗弃的小男孩,我知道他永远都不会长大,永远都不会改变,他离开之后还会再回来。他浑身伤痕累累,非常孤独。他很瘦。每当我想起他的时候,我都会感到难过。他还活着,但他不受我的控制。他最多只能变成这样。他从不会走远,而且总会回来。我帮不了他。我们之间现在有一片巨大的空虚。他总是在附近。)我再次得意扬扬地转过身,气冲冲地出门而去,留下我妻子和我女儿哑口无言地站在那里,在我的书房里,在道义上处于严重劣势。就在这时,我看见我儿子正在门口看着我们,我一下子没停住,踩在了他的脚上。

“哎哟!”他哀号道。

“哎呀!”我倒抽了一口气。

他一直在那儿偷偷等着,将一切全都看在眼里。

“没关系!”他气喘吁吁地向我保证。

他紧抓着一只脚,用另一只脚一瘸一拐地蹦跶着,靠在门框上,尽量避开我,就好像我是故意踩着了他,并且打算再踩他一脚。

“我把你弄疼了吗?”我盘问道。

“没关系。”

“可是我究竟把你弄疼了没有?真对不起。”

“没关系!我是认真的。一点都不疼!”

“我并不是有意踩着你的。那你为什么要揉你的脚脖子?”

“因为你把我弄疼了一点。我是说刚才,现在没事了。我是认真的。真的,没关系。”(他正在焦急地恳求我相信他没事,乞求我不要用我让人透不过气的关怀把他压得粉碎。我意识到他实际上正在对我拼命大喊:“别管我——求你了!”承认这一点深深地刺伤了我的心。我向后退了一小步。)“瞧见了吗?”他怯生生地问道,一边向我演示。

他把脚踩在地板上，小心翼翼地试了试，向我证明他可以不用扶着也能站稳。我看到他皮肤表面上有一处很小的瘀伤，我的鞋沿在他的脚踝上留下了一道微不足道的白色刮痕，一处小小的皮肤组织划伤，并不严重。（他可能是世界上我唯一愿意尽我所能保护的人，好让他免受任何折磨和伤害，但我却屡屡失败。我好像帮不了他，反而总是伤害他。对于在他身上发生的事情，我往往无能为力，而且经常根本就不知道，直到整个过程已经结束，对他造成的伤害已成事实。我有时会梦见他正面临着致命的危险，而我的动作却不够快，救不了他。我的腿似乎有千斤重，我的脚好像粘在了地上。他不幸身亡，但在我梦里，这其中的不幸总是属于我自己。在现实生活中，他已承受着他不愿意向人透露的秘密折磨，还有许多其他他既无法理解、也无法描述的折磨。他害怕战争和犯罪。任何穿制服的人都会让他感到害怕。他害怕偷窃，他不敢偷东西，也害怕别人偷他的东西。）这时他正站在我面前，抬头看着我站在那里注视着他，他好像气喘吁吁，吓得脸色发白（他双眼下面娇嫩的椭圆形囊袋呈一种病态的蓝色）。他在等着我做点什么，同时惊恐万分，浑身发抖，就好像如果我不马上伸出手去把他搂住，他就一定会抖裂成小小的碎片。（我没有伸出手去。我心中又有那种不祥的直觉，觉得如果我向他伸出手去，他会以为我要打他，吓得向后退缩，好躲开我。我不知道他为什么经常觉得我要打他，因为我从来都不打他。我从没打过他。我不知道为什么他和我女儿都认为我曾经在他们年幼时经常打他们，因为我觉得我从来都没有打过他们俩。我儿子能够以种种方式伤害我，针对这些伤害我无力保护自己，而他对此却毫无察觉。要么也许他的确有所察觉，而且他这样做是有动机的。每当我想到他，我就会想到我自己。）我知道他现在为什么正在发抖，一边别扭地蠕动着，紧张而浑然不觉地拨弄着他裤子里稍稍鼓出的阴茎，就好像想要小便。我知道当我刚才愤怒地转过身，正要气冲冲地走开，结果瞎乎乎地踩在了他脚上的时候，在他眼里我一定显得庞大无比。我一定像一个巨大的非人怪物，就像罗夏墨迹测验[1]

1　赫尔曼·罗夏（1884—1922）：瑞士精神病医生。罗夏墨迹测验用受试者对十种墨迹的反应来判断其人格特征和情感功能，并帮助诊断精神疾病。

里那张丑陋的父亲卡片上那个形状怪异、长着一身黑毛、撇着外八字脚的暴君一样（另外那只会飞的公鸡并不是唯一一张长着毛的墨迹）。

“如果不疼的话，那你为什么看上去这么不高兴？”我胆怯地问道。

“因为你在大喊大叫。”

“我没有大喊大叫。”

“你刚才在大喊大叫。”

“我现在没有大喊大叫。我刚才也不是在冲着你大喊大叫。”我滑稽地激烈争辩道，试图安抚他。我也想让他发笑。（看着他不高兴让我无法忍受，尤其是当他因为我而不高兴的时候。当他不像我所希望的那样对生活和我十分满意的时候，我就必须压抑住我心中针对他的愤怒冲动。）“是不是啊？”

“不是。”他毫不犹豫地回答，又在原地扭了一下身子（就好像想要把脚从地板上挣脱开来，然后展翅飞走），一边用摆动不停的手掌断断续续地拍打着自己的膝盖。“但是你将要冲我大喊大叫，”他谨慎地猜测道，眼睛里闪着一丝洞察一切的光芒，“是不是？”

“不，不，不，不，”我向他保证，“我不会冲你大喊大叫。”

“你会的，我知道你会的。”

“我不会。我干吗要冲你大喊大叫呢？”

“你瞧见了吗？我告诉过你的。”

“我没有。”

“你已经在大喊大叫了。”

“我没有大喊大叫！”

“他这不是在大喊大叫吗？”

“我觉得他根本就不知道自己在干什么。”

“好极了，”我尖酸地对我妻子夸奖道，“这下肯定会让大家都平静下来。”

“你知不知道，每当你变成这个样子，你就让人无法忍受？”她回答说。

“我可以让人忍受。”

“他可以让人忍受。”我女儿悲伤地缓缓说道。

“你现在要冲我大喊大叫吗？”我儿子问。

“我绝不会冲你大喊大叫，”我对他说，“我刚才大声说话只是为了强调。”我向他解释道，几乎像是在耳语，一边强迫自己面带微笑，并且尽量保持语调平静，小心地试图安抚他。我在他面前蹲下身子，使我们的脸差不多平齐，用教导的目光直视着他的眼睛。他让我握住他的双手，我感觉他手上的血肉正在像小鱼一样蹿来蹿去。（除了我之外，我们家每个人在家里都会发抖，尽管我不希望他们这样。我在家里低头沉思，闷闷不乐，抱怨不止，希望自己身在别处。我到了别处才会发抖。在办公室里，在睡梦中，在飞机场独自一人等飞机的时候。或者在我不喜欢的城市中，在陌生的旅馆房间里，除非我喝得酩酊大醉，而且有个我能忍受的姑娘或女人陪着我度过大半宿。我不喜欢独自过夜，当我不得不一个人过夜时，我总是会留一盏小灯，通宵亮着。即使累得半死也无济于事。事实上，当我疲惫不堪时更糟糕，因为我不仅不会睡得更香，而且防备能力低下，反应迟缓。令人厌恶的想法蜂拥而至，像一群虱子或其他小甲虫般的棕色昆虫或动物侵入我的头脑，拼命叮咬，而我无法迅速将它们遏制住，迫使它们退回到原来的地方。我有时会想象有一种动物，在夜里我闭着双眼的时候会爬上来咬我的脸——但这是另一个幼稚的故事。我的梦令人沮丧，我不会向任何人透露。我对阉割心存恐惧，我有时会梦见自己被阉。有一次，我曾经梦见我母亲腿上长着黑色的贻贝，而我现在明白那意味着什么。）“请不要害怕我，”我温柔地敦促他，几乎是在乞求，“我不会做任何伤害你或吓唬你的事情。现在不会，将来也永远不会。”

“不要紧。”他说，试图安慰我。

“你可以相信我。我现在并没有冲你大喊大叫，是不是？我在轻声说话，是不是啊？”

他不信任地点了点头（我又想提高嗓门，冲着他大喊大叫，好让他相信我从来都不冲他大喊大叫。但我并没有这样做。我不想再吓着他。其实我从来都不想吓着他们当中任何一个人，而每当我吓着他们的时候，事后我都会觉得后悔，并对自己感到厌恶。几乎总是这样。但这只是在我把他们吓唬住了之后。如果我试图吓唬他们却失败了，我就会心烦意乱，并且感到害怕。我现在很后悔自己刚才把他们全都吓住了。通过对我儿子讲话，我也在试图向我妻子和我女儿道歉。我想让她们看到我很抱歉，但我不想明说。我想让她们主动原谅我）。

“你为什么看上去这副样子？”我问他，我的语调忧虑不安、有些唠叨（恳求他放松一些，对我感到轻松、安全、开心）。“你为什么看上去这么愁眉苦脸的？”

“不要紧。”

“你可以相信我。”我承诺道。

“我只是看上去这样而已。”

“我之前也没有冲你大喊大叫，”我不由自主地继续说道，“有时候一个人提高嗓门大声说话，并不是因为他在冲着你大喊大叫，也不是因为生气，而只是因为他想让你相信他的话。他这样做是为了……强调。他想要表示……强调。这就是强调这个词的意思。”说到这儿，我恼火地停顿了一下，因为我看到我儿子和我女儿飞快地交换了一下眼色，然后把目光往上一挑，做出一副戏剧性的厌烦表情（每当我或我妻子对两个孩子进行长篇大论的教训，因为他们做了我们认为危险的事情，或是当我们给他们太多不必要的指示或反复问他们同样的问题时，他们两个经常就会明目张胆地这样做。此刻我宁愿让他对我感到厌烦，取笑我，也不愿让他感到惊慌失措。于是我继续平静地劝说着，而不是严厉地斥责他，尽管我的尊严的确暂时遭到了冒犯）。“我刚才稍稍提高了嗓门就是这个原因，”我继续道，“我是在表示……强调。我想让你相信我不会冲你大喊大叫，让你相信我没有生你的气。而且之前我跟她们讲话的时候也是完全一样，”我撒谎道，“我也不是在冲着她们大喊大叫。”

“我知道，”他说，“我现在知道了。”

“我现在也没有冲你大喊大叫，是不是？”

“没有。”

“所以我说的没错，是不是？”

“是的。没关系。”

“很好，我很高兴你能理解。这就是为什么……”我幽默地总结道，面带微笑——不知怎的，我知道他猜到了我要开的玩笑，并且将要打断我的话，替我开这个玩笑。我停顿了一下，给他点时间。

“……你刚才冲着我大喊大叫！”他说。

“对！”我哈哈大笑。

（在幽默感和预感能力方面，我们两个人的思维非常相似。）

“那我，”他在自己成功的浪头上大胆前冲，一边侧眼瞥了一下我妻子，目光闪烁，充满了顽皮的意图，“是不是也让你烦得屁股疼啊？”

“哦，天哪！”我惊呼道。（我的第一个冲动是想要再次放声大笑。我的第二个冲动是想要保护他，让他免受我妻子假正经的责备，因为他用了屁股这个词。于是不等我妻子反应，我便像个小丑一样做着怪相，一边大笑，一边滑稽地装作惊慌失措的样子，赶紧喊道：）“这下子她可要冲你大喊大叫了！”

“她不会的！”

“是吗？”

“你会吗？”

但这时我妻子也高兴了起来（而不是生气），她宽慰地开心笑着（因为她看到我现在也很高兴，已经不再生她和我女儿的气）。

“不会，但你是个小鬼头，小坏蛋，”她满怀柔情地斥责道，“因为你知道这次如果你说了那个词，我不会冲你大喊大叫。”

“哪个词？”我儿子问道，装作一副天真无辜的样子。“屁股？”

“再别说了！”

“屁股？”

“你不会逼着我把它说出口的！”

“什么？屁股？”我女儿问道，她也欢快地加入进来。

“我认输。”我妻子佯装恼怒地伸出双臂，一边满脸带笑。“我该拿他们怎么办？”

"说屁股。"我建议道。

"屁股！"我妻子有求必应地大声叫道，把脸朝他们俩伸过去，就像大象的鼻子一样。他们放声大笑，几乎喘不过气来。"屁股！屁股，屁股，屁股，屁股，屁股！"

此时他们全都在歇斯底里地大笑。

刚才在我女儿策划的那场互相责骂的冲突中，她很快发现自己成了饱受折磨的受害者，而现在她却意外地发现，自己没有受到惩罚便得以释放，于是感到兴奋无比，无法保持内心的平静。她兴高采烈地扑向我儿子，他们欢天喜地地拥抱在一起，然后在书房里到处疯狂地蹒跚着走来走去，撞到我们和他们彼此的身上，也撞到书房里多余的椅子上。这些椅子是我妻子因没有别的地方可放而偷偷搬进来的。我儿子对自己感到无比满意，简直欣喜若狂，因为他一时冲动，说了句富有想象力的脏话，结果不仅逃脱了惩罚，而且把我们大家从互相残杀的野蛮仇恨中拯救了出来，带到了一种温暖大度的良好情绪之中。我们现在亲密无间，互相尊重，毫不拘束。两个孩子互相碰撞、拥抱，继续开心地笑个不停。我满怀爱意地看着他们（觉得自己心满意足，宽宏大量）。我很高兴他们是我的孩子。

"他们两个真是好孩子。"我妻子若有所思地在我耳边低语，好只让我一个人听到。

我点头表示同意，觉得既留恋又满意（也对我自己，还有对她）。我搂住她的腰，把她拉到身边。她主动靠过来，她的身体柔软灵活，顺从地依偎在我身上。我勃起了。（如果只有我们两个人在，我现在就会和她上床。我们将会做爱。）我把手向下滑到她的屁股上，然后沿着臀部底部的曲线伸向她的阴部。她舒展身体，躲开了。

"等过一阵儿。"她谨慎地提醒道。

"不行，现在就要。"我开玩笑地要求道。

"你疯了。"

"过一阵儿我可能就没有兴致了。"

“你会有的。你敢没有，”她笑着说，“我会保证你有。”

我也笑了。

这就是我这个天使般的小儿子经常天真烂漫地为我们所提供的必要服务（“他简直不是个真人，”我女儿曾经忌妒地抱怨道，“他从不对人刻薄。他从来都不生气。”），尽管他的处境并不比我们大家好（事实上，他的处境可能要糟糕得多，因为他才九岁，就已经几乎什么都怕，比如登高、绑架、鲨鱼、螃蟹、醉汉、盯着人看的成年人、县治安官、衣冠不整的杂工、战争、意大利人，还有我。他对鬼怪倒是并不怎么害怕，因为鬼怪都很傻。他害怕的是人类。他一看到残废人就会远远避开。他对警察这种现象表示欢迎，因为他心里隐约希望他们会保护他不受所有其他人的伤害，甚至包括我在内）。他往往会提醒我们，让我们意识到自己是谁，想起我们对彼此的了解，从而把我们重新吸引到一起。他会唤醒深藏在我们每个人心中的爱和对爱的渴求，就好像一条裂开的伤口，有对他的爱，或许还有对彼此的爱，从而让我们三个人及时住手，以免我们怀着预谋，带着快乐，故意互相残害，造成不可挽回的后果，如果我们还没有把对方弄成永久残废的话。我相信是他把我们一家人拉到了一起，并且把我们维系在一起。（我经常有离开这个家的念头，而且一直都是如此。我女儿则是迫不及待地想要离开，或者至少嘴上这么说。）我认为等他长大了离开家之后，我们这个家就会四分五裂。（我真是太爱他了，我就知道他一定活不长。）

“我们两个当中你更喜欢他。”我女儿曾经这样说过。

“不是。”我回答说，但我是在撒谎，因为我并不总是想要胜过她，而且因为她有时显得如此绝望，以至于我禁不住和她一道伤心难过，就好像站在一口敞开的棺材或一座还没有填上的坟墓前，里面躺着的是她已经死去的将来。（她还不到十六岁，但有时候我们俩都觉得她已经错过了所有的机会。这是什么时候发生的？）“但你必须承认，亲爱的，在许多方面他都更讨人喜欢。”

“我知道。”

我女儿经常恶意挑起这些伤感情的家庭争吵，它们发生时我们并不觉得好笑，而且它们也并非总是以我和我妻子的卧室幽会和两个孩子的欢声笑语而告终。它们非常令人痛苦，尤其是对我女儿来说。当她发现自己有很多空闲时间，但没有任何令人兴奋的方式来打发时，我真希望她能写写读书报告，或者去做一千块的复杂拼图游戏。（我希望她去谈恋爱，或者干点什么别的事情。）

但她就是无法住手。

（这是一种她难以抗拒的冲动。）

她必须继续挑事，就像某种黑乎乎、喜怒无常的穴居动物，有着一种挖掘和破坏的本能需求。我（我们）不知道她想得到什么她觉得我们能够给予她的东西（她希望自己漂亮、苗条、聪明、出名、有钱、有才华——又有谁能怪她呢？我们也希望她能够如此。也许她知道这一点，但我们并不坚持），而她并不告诉我们。她自己也不知道。有时她会向我们吐露心声，既非挑衅，也无狡诈之意。她会坦白供认。她会无精打采地站在我们面前，羞愧地低着头，她的话语好不容易从她的灵魂中挤出，以一种单调低沉、充满渴望、无比可怜的语调从她嘴里说出来：

"我无事可做。"

当我女儿无事可做时，我妻子会伤心不已。

我可不会让它伤我的心。

我女儿有咬手指甲的习惯，我想这也是我的过错。（至少这也算是有点事情可做。我儿子坐立的姿势都不好，我也一样。）她五岁左右就开始咬手指甲。我儿子过去经常在睡觉时吮吸大拇指，结果指关节上起了一个白色肿块（颜色像真菌或剥落的死皮），不仅妨碍他玩耍，而且在白天里让他蒙受耻辱，提醒他这个东西从何而来。我们没法让他改掉这个习惯。我们曾经在他睡觉的时候给他的拇指缠上气味难闻的绷带，可他还是照样吮吸。我们甚至试过好几年前我们用来阻止我女儿咬手指甲的那种味道极其可怕的液体。当时那也不管用，所以我女儿还是咬手指甲。我不知道我儿子最后是怎么把这个习惯改掉的，我不知道他是怎么让自己在睡觉时不乱动的。（我往往可以阻止令人不快的梦境在我脑子里展开，当它不祥的苗头刚刚出现时，我就会猛然惊醒，就像是对某种为人熟知的原始警报所做出的反应——就像一个优秀的审查员或电影导演，当我梦境的剧本里刚刚出现什么不正常的迹象，我就会大喝一声“停！”，然后让它重新开始，朝另一个方向发展。实际上，我对自己说的是“哦，不！可不要再来这种玩意”——接着警惕地守卫着我沉睡中的意识，直到我的梦境将自己改写成更符合我口味的场景和主题。然后我便可以安然放松，重新入睡，让我的梦境信马由缰，自由活动。只有在我刚刚开始入睡、和我自己仍有联系的时候，我才能阻止这些不受欢迎的梦境继续进行下去。但我经常做不到，而是只能躺在黑暗里，就像一个没有四肢的婴儿，让它们在我体内肆无忌惮地横冲直撞，就好像我是一个孤立无助、与躯体分离了的头脑，或者是一个没胳膊没腿的纤小婴儿，仍被一动不动地囚禁在摇篮或子宫里。对这些梦我无法忍受。我会将它们忘记，但它们仍会留下痕迹。我经常做这种梦，什么时候想做都可以。）

（我知道许多我害怕发现其真相的东西。）

我女儿睡眠不好，而且她除了偶尔会一时兴起，毫无理由地欢天喜地或忙着制订计划之外（这种情绪总是来得非常突然，而且剧烈异常，几乎像是一种狂热），她更喜欢坚持她对自己的潜在价值所持有的悲剧性观点。她很容易惊慌，经常紧张不安。她很可能还是个处女。（如果她已经不是，她会告诉我。当她不再是处女时，她将会告诉我——我越来越频繁地想象着那个即将来临的场合，尽管我很不情愿——我沮丧地期待着那个白天或晚上，她将走进我的书房，用这件事来嘲笑我。对此我该如何作答？我当然会一笑置之，尽量让它显得不重要，以免一方面使她陷入乱交和变态，或者另一方面变成性冷淡和禁欲者。真是进退两难。

“啊，亲爱的，我敢肯定像你这个年纪的别的女孩子也会做这种事。”我可以听到自己这样说，显得温文尔雅而又无动于衷，一边弹掉雪茄烟上的白色烟灰，尽管我不抽雪茄。“我想你并不是第一个，是不是啊？”

我的真正感受将会是什么呢？）她缺乏自信，而且像我儿子（和我）一样，对陌生人很谨慎，在刚认识的人面前也会感到不自在。（相比之下，我有时睡得很好——尽管我喜欢假装自己睡不好——特别是在家里和我妻子一起睡觉的时候，不过我通常会等到自己睁不开眼了才会去睡觉。哈哈。当我在外面和我妻子一起睡觉时，我会在头一天或第二天晚上做噩梦，通常是同一个噩梦：一个陌生男子正在非法破门而入，尽管我锁了门，他越走越近，他是一个窃贼、强奸犯、绑架者或刺客。他好像是个黑人，但每次会有变化。我觉得他手里拿着一把刀。我想要大声尖叫，但我发不出声音。我在家里也经常做这个噩梦，尽管我在睡觉前会小心地把所有的门都锁上。这个梦我已经做了不止几十次，我一直都在做。不过我在做这个梦的时候一定发出了一些声音，在梦中徒劳地试图尖叫，因为我妻子会被我挣扎的声音吵醒，然后叫着我的名字把我唤醒，告诉我我正在做噩梦，就好像我自己不知道一样。有时候，甚至就在我深陷于痛苦之中，那个威胁着我的东西就要来到我床边时，我头脑中某个其他部分却好像无所不知，明白这种体验的本质，知道这不过是一场噩梦，于是让我安心，一边从外面安静而得意地观察着，满怀喜悦地期待着我妻子被我的声音和动作吵醒，然后叫着我的名字、摇着我的肩膀把我弄醒，告诉我我正在做噩梦。我认为人有不止一个大脑。我喜欢用我的噩梦来吓唬我妻子这个主意。有时候，在她做噩梦时，作为对她的报复，我会故意不叫醒她，任由噩梦尽情地折磨她，而我却靠在胳膊肘上，从梦境之外懒散而得意地望着她。我也做过小便的梦，但这种梦很滑稽。我认为它们很滑稽。当我在外面睡觉，而我妻子不在身边时，我经常担心自己会做同样的噩梦，或者是另一个同样可怕的噩梦。谁来叫醒我？如果没人把我叫醒，我能活下来吗？我一个人的时候不会做这个梦。如果隔壁房间或和我同睡一床的人把我从噩梦中叫醒，我会感到尴尬和抱歉吗？现在有很多夜晚，我的头一碰到枕头，我就会落入失眠的魔爪，然后翻来覆去，彻夜难眠。我的身体——尤其是我的腿、肩膀和胳膊肘——变得沉甸甸的，难以控制，我不知把它们放在哪里才好。我的灵魂无比脆弱，我的头脑就像一层薄纸，很容易被情感和图像刺穿。我什么也做不了。我的脑子里充满了各种互不关联的想法，一个个飞快地闪过。现在，我可以在头一两秒钟之内就识别出这种纷乱嘈杂的失眠。我已经不再试图去克服它，因为那样做毫无用处。我只是带着一种不祥的预感向它屈服。我听天由命地躺在那里，等待着，彻底投降，闭着眼睛，因为这样更容易。我会依靠早晨来拯救我，或者等着睡眠在几小时后不知不觉地袭来，把我从这些幻想、愤怒、回忆和猜测中抓走——这些东西全都无关紧要，但它们就好像激流瀑布一般，从我脑海中奔流而过。我真可怜。说到底，我也不知道自己的睡眠究竟好不好，尽管在午餐和性交之后我一般都能很容易睡着。当我在失眠发作后的早晨一觉醒来，意识到自己居然睡着了，我会觉得很惊讶。当我从无梦的熟睡中醒来，意识到自己在睡眠中和生命离得有多远，是多么的毫无自卫能力，我经常会感到惊恐万分。这几乎就好像我真的害怕黑暗，就像我女儿一样，还有我儿子。就像我小时候还有后来一样。我可能会一觉不醒。我不喜欢和我的意识完全失去联系。梦，即使是非常糟糕、离奇古怪的梦，是我在睡眠中与现实的唯一联系。我想要做梦，我甚至喜欢晚上头疼。我不复存在。那么，当我不存在的时候，我又在哪里呢？被归档了？我最近开始担心这些事情，我小时候也曾经担心过。所有我现在担心的事情，我小时候都曾经更担心。正是因为这个原因，我担心自己哪一天可能会需要动手术。手术时需要用刀割、用锤子砸、用锯子锯，还得缝针，这些就已经够让人讨厌的了，但是麻醉，使大脑完全麻木，这个想法更令人感到厌恶。我曾经经历过两次麻醉，一次是我小时候做扁桃体切除手术，还有一次是在我结婚以后，需要拔掉两颗阻生智齿的时候。从他们用那个锥形面罩捂住我的鼻子和嘴，叫我深呼吸的那一刻起，直到我脑子里再次出现第一个念头，我就像山洞里的耶稣或坟墓里的拉撒路一样奇迹般地复活[1]，在这二者之间那段深不见底、无边无际的时间里，我究竟在哪里呢？我认为，每当我入睡后再次醒来，宇宙里就发生了

1　据《圣经》记载，拉撒路死后四天在耶稣的召唤下复活。耶稣本人在受难三天后也得以复活。

一次货真价实的奇迹。当我意识不到自己的存在时，我究竟是怎么了？我到哪儿去了？我经过了什么地方？当我不在的时候，是谁在照看我，以确保我能够回来？如果我在麻醉中死去，我无疑将是最后一个发现我已离开人世的人。当我觉得自己可能无法入睡，而镇静剂可能会有帮助时，我会试着服用我妻子的镇静剂。我不想用安眠药，它们会让人想起老式殡仪馆、牙医诊所和蜡制水果的景象与气味。好些年前，当我女儿还小的时候，她会在深夜里出现在我们的卧室里，或者出现在客厅门口，如果我们俩当中有人睡得晚的话。她会突然一下子出现在那里，发出奇怪而微弱的沙沙声，几乎听不见——我们与其说是听到，不如说是感觉到——直到她强迫我们抬起头来注意到她。她说不出话，她的嘴好像麻木了。我们向她提出一连串严厉的问题，而她只能用昏昏欲睡、语无伦次的咕哝声来回答。等到我们让她回到自己的房间，第二天早上再问她的时候，她却一点都不记得这回事，或者声称她不记得。我们绞尽脑汁，试图把这些事件和她的扁桃体切除手术联系起来，但这种情况在手术前就已开始，而且手术也没有并发症，不论是在医院还是在家里，是术前还是术后。只有幻想破灭。她本以为会有别的结果。这种情况很快就停止了，我们也很快不再去想它，因为她似乎已经恢复正常。我儿子做了扁桃体切除手术之后，他也不想待在自己的房间里。医生告诉我们，没有并发症。但是在手术后的一段时间里，他会在深夜里偷偷溜进我们的房间，蜷缩在床脚的地毯上睡觉。他不想一个人待着。如果他进来得太早，我们还都醒着，我们会让他回到自己的房间，告诉他可以开着一盏灯睡觉。有时我们会冲着他喊叫，但不管我们喊叫了多少次，他总是会回来，或者试着回来，一次又一次地溜回到我们的房间里，尽量偷偷摸摸不出声音，就像一个充满了渴望的初生动物，靠着床脚，蜷缩在地板上。我们醒来时会发现他侧身躺在那里，像一个发育良好的胎儿，吮吸着大拇指。每天早晨从睡梦中爬起，在新的一天里所受到的头一个打击就是一种令人震惊的感觉，因为发现房间里有另一个生物和我们同在，对我们来说，这是一种令人心惊胆寒的经历。如果我们锁上卧室门不让他进来，他就会蜷缩在门外的地板上睡觉。如果我们当中有人半夜有事，不得不离开我们的卧室，我们开门时会意外地碰到他躺在那儿的身体，几乎吓得大声尖叫起来。如果我们在黑暗中起床，我们怕会踩到他。当然，我们可以让他和我们一起上床睡觉。我们想这样做，但一位医生告诉我们不要这样做。我们不喜欢看到他那样，我们不想把他拒之门外。我很后悔我们当时那样做了。我认为那位医生搞错了。我不知道我们当时还应该做些什么。）她非常敏感，戒心很重，就连针对她的最温和的建议，她都会当成凶恶的人身攻击。她经常会不公平地贬低自己，而当我们为她辩护或称赞她的时候，她会和我们激烈争吵。她偶尔还会开始流泪，就好像是我们在贬低她。她的确有把我置身于这种困境之中的天赋。她并不像她自己想象的那么又高又胖，她的皮肤也没有她担心的那么油腻，而她的脸要比她愿意相信的漂亮得多。她其实挺漂亮，但她不相信自己的眼睛，也无法相信我们对她的保证。

她羡慕她所认识的所有女孩子，羡慕她们身上的这种或那种品质（这个女孩的身材，那个女孩的头发，那个女孩的钱财，那个女孩的头脑或才华），不知道自己该效仿谁。（现在她在同龄女孩中算长得高的，因此她觉得自己身材庞大，非常笨拙。以前当她比她大多数朋友都矮的时候，她确信只有个子很高的女孩才会被人们认为是漂亮的。以前当她苗条的时候，她觉得自己胸部平平，毫不性感。现在她有点胖，还在发育中的乳房已经不小，她又觉得自己很难看，认为男孩子只会爱上那些身材苗条、腹部平坦的女孩子。）如果不是这个问题对她来说非常真实的话，这也许会很好笑。比如说，她拿不定主意究竟是想要自己的乳房（奶子）长得大一点还是小一点。（如果不是她经常为了这件事悲伤地沉思默想，长时间一声不吭，而且在这段时间里非常孤僻的话，这也许也会很好笑。有时她虽然和我们坐在一起，她的思绪却远在天涯。

"给你一分钱，告诉我你在想什么。"我曾经会这样对她说。

现在我的这句开场白得不到任何回答，而只会招来一副鄙夷的神情。）

她觉得自己哪一方面都不行，实际上也的确如此。但又有谁会在乎呢？谁会在乎她没有任何特殊的天资、才能、美貌和社交技巧？她在乎。（也许我也在乎。还有我妻子。也许我们已经让她知道我们在乎。如果我们对她说我们不在乎这些东西，她会说我们根本就不在乎她。她知道所有这种把戏。我怎么能告诉我女儿她是全世界最出色、最美丽的少女，而我们俩都知道这并不是事实呢？当她问我她和别的女孩相比如何，而这些女孩全都在某些方面比她优秀时，我又该如何回答呢？）她非常在乎。（也许我也如此。）

“你是不是对我很失望？”她时不时会这样问我。

“不，当然不是，”我回答，“我为什么会对你失望呢？”

她认识的人很多，但她却很孤独，而且似乎总是过得不愉快。（她顽固地拒绝开心玩乐，这让我们很恼火，尽管我们尽量不去从这个角度来看待这个问题。但我知道我有时对她很生气，因为她无事可做，我简直想恶狠狠地抓住她的肩膀，我心爱的小女儿，使劲摇晃她，用双拳疯狂地捶打她的脸和肩膀，一边拼命叫喊：

“开心点——真他妈的该死！你这个自私的小畜生！难道你看不出这关系到我们的生命吗？”

当然，我从没有这样做过，甚至也没有向我妻子提起过这种冲动，因为她会对这种残酷而丑陋的冲动十分反感，认为它既不正常，又卑鄙堕落——尽管我知道她自己也有同样这种残酷而不正常的冲动。关于我妻子对我女儿没完没了的挑毛拣刺，我曾经这样评论过：

“我希望你明白，你真正关心的是你自己的幸福，而不是她的幸福。”

“才不是呢。”我妻子坚决反对，“你难道不认为我希望她幸福吗？我是在为她着想！”

“胡说。”我回答，或者是想这样回答。

因为我知道，是我妻子在我们谈话时突然无缘无故地向我女儿提议，要为她举办一个十六岁生日聚会，结果弄得她大哭了一场。因为她有一个从未提起的秘密，那就是在任何时候，在她认识的男孩女孩当中，都没有足够多她喜欢或喜欢她的人，能够请来为她组织一场体面的庆祝活动。这是使她不快乐的众多令人心酸的原因之一。）她觉得自己人缘不好。她很容易交朋友，同时又经常无情地将他们抛弃。她在男孩子面前还是很害羞。（我认为她至少已经有过一次不好的性经验，而且正在心怀忧虑地期待着经历更多。）当我在家时，她不喜欢有男孩子到家里来。我妻子的这个提议究竟是像表面上看上去那样清白无辜呢，还是说带有着一种狡猾而且或许是无意识的残忍？我不知道。她可能是无辜的，因为我妻子经常会怀旧地回首往事，回想起记忆中自己少女时代最美好的时光。在她母亲为她举办的十六岁生日聚会上，我妻子曾经像一位公主一样尽情狂欢，或者认为曾是那样。（也许那是她一生中最后一次有机会觉得自己很重要。）我妻子是一个那种热心肠、多愁善感的人，往往会在每个人的身上看到好的一面（当我允许她的时候），喜欢给往事染上最美好的色彩，其结果是她的回忆往往是不准确的。她喜欢自认为她曾经爱她的母亲，但她知道她其实恨她。她的少女时代充满了折磨，而不是欢乐。她也恨她妹妹，而且一直都是如此。（我至少到了我母亲成为我的负担之后，我才开始讨厌她。我现在仍会做那种充满了悲伤和渴望的梦，梦见自己还很小，而我母亲即将离去。当我睁开眼时，我的眼角还有未干的泪水。）

我女儿其实并不太喜欢她的那些朋友（她经常随意地一会儿跟这个好，一会儿跟那个好），而我也不喜欢，除了一个比她大半岁的同班同学。这个女孩苗条漂亮，神秘莫测，而且我几乎可以肯定，她在和我调情，在引诱我。（我鼓励她这样做。）我女儿告诉我这个女孩已经不是处女了。她身上有一种老练世故、洞察一切的神态，使她显得与众不同。当我在她近旁时，她会把目光集中在我身上，而我也会把目光集中在她身上。我不敢肯定我们两个人当中是谁先开始这样做的。我觉得是我。（也许我们俩都在对方身上察觉到了某种同样的东西，而她认为我在和她调情。这也许是真的，但如果我真的是在和她调情，我只是在开玩笑。我希望自己只是在开玩笑。）十六岁也太小了，就连对我来说也是这样。（然而真是这样吗？反正很快就会有人跟这个逗人情欲、身穿紧身短裤的漂亮小姑娘上床，如果还没有人这样做的话，那么这个人为什么就不应该是我，而是某个十八或二十一岁、乳臭未干、目中无人、自作聪明的小家伙呢。他们不会像我那样欣赏她，不能像我那样施展魅力，用恭维奉承和小小殷勤来逗她开心,令她陶醉,也远远不能像我那样尽情享受其中充满刺激的堕落。不过我恐怕不希望把这件事告诉任何人。)不,十六岁的确是太小了(都可以做我的女儿了,哈哈)。有时,我女儿会只穿着睡衣从她房间里出来和我们聊天,或者穿着浴袍,但浴袍上面或下面的开口没有完全合上。每逢遇到这种情况,我都会变得非常烦躁。(我不知道该往哪儿看。)我要么径直走开,不做任何解释(怒火中烧,但一句话不说),要么就会用粗暴的嗓音命令她说,如果她想留下来的话,就穿上一件浴袍或者把双腿合在一起,或者把她身上已经穿着的浴袍在脖子周围和膝盖以下的部分完全合上。对我突然爆发的怒火,她总是很震惊,眼睛睁得大大的。(她似乎不明白我为什么会这样。我无法向她解释,我甚至无法向我妻子解释。我发现自己很难相信我女儿真的那么天真幼稚,但是难道还有什么别的解释吗?)事过之后,我对自己这种粗暴的反应总是感到很恼火。(但我不知道该如何道歉。当我身材高大、体态丰满、正在发育中的女儿进来和我谈话时身上几乎什么都没穿,漫不经心地伸开四肢坐下,双腿张开,浴衣没合上,我的眼睛应该朝哪儿看?我应该是什么感觉?没人告诉过我。)在我女儿所属的这个阴郁的青少年社交圈子里,这些男孩女孩全都病态般地相似(没有一个人开心),比和我在公司里一起工作的男男女女要彼此相似得多(尽管在他们眼中,我们可能好像全都一模一样),没有一个适应良好的。(我就适应良好,但这并不能证明适应良好就有多好,是不是?)他们身上表现出的是反抗、不满、懒散和冷漠。他们一般什么事情都不想做,也不知道自己长大后想干什么。他们没有偶像。(我也没有。现在我只愿做我自己,而不是别的任何人——尽管我实际上并不喜欢自己,甚至不敢肯定自己究竟是谁。)他们在成年人(我)面前很不自在。他们和我们在一起时喜欢故作姿态,装腔作势。他们努力装作沉默寡言,喜欢独处,就像鼹鼠一样。他们不想让我们听到他们之间谈话的内容。我曾经认为他们那副样子全都是装出来的。现在我认为,他们真的愤世嫉俗,灰心沮丧,就像他们自以为假装的那样。他们长大后不想当医生、飞行员、世界重量级拳击冠军。他们也并不想当律师。他们当中没有人想成为美国总统、总参谋长、E.I. 杜邦·德内穆尔公司[1]董事长或像我这样的人。(他们干吗要想那样做呢？有足够多的其他人来做这些工作。比如我。我会去做，因为现在别的事情我已经做不了了。) 我觉得他们完全有理由感到如此悲观，遗憾的是他们这么早就发现了。

他们当中有些男孩女孩似乎总是比别的孩子们过得轻松一些，但对他们来说，这也为时不长。就连我女儿也会不时轻快地浮出水面，生气勃勃地向前行进，直到有什么事情发生 (有时这种事情非常难以捉摸，甚至无法辨认。这几乎就像是她突然耗尽了心中所有的快乐，就好像一辆汽车油箱里的汽油用完了一样)，挫伤了她的士气，瓦解了她的信心，于是她又慢慢地、安全地重新陷入了她习以为常的悔恨的泥潭。有些和她交往的男孩子比别的男孩更神气十足，喜欢自夸，但他们装出来的那种老于世故的自信显然是假的。如果不是这样，如果他们真的像自己希望表现的那样粗野、自负、专横、不辨是非的话，我会觉得他们令人讨厌，让人无法忍受，因为我曾经见过我女儿和这些男孩子一起挤着坐在汽车上，而我不喜欢我所看到或想象到的那种情景。(但这又有什么关系呢？)

说真的，当她开车去音乐嘈杂的比萨饼店 (他们喜欢的大部分音乐我其实都不喜欢，不过有时为了取悦我女儿我会假装喜欢)，或者到别人家昏暗的房子里去参加放着同样嘈杂音乐的聚会时，只要他们不鲁莽驾驶，不要因车祸而丧生或致残的话，那么她跟那些我八成很讨厌的男孩子们在拥挤的汽车上是否已经做了些什么，或者甚至是跟女孩子们做了些什么 (如今几乎所有和我上床的年轻姑娘都会吹嘘自己也跟女孩子干过至少一次)，这一切又有什么关系呢？

(现在谁在干谁又有什么关系呢？) 任何别的事情都已为时太晚。我认为，要我阻止她或改变她都为时已晚，我已经不知该如何下手。在我两个孩子的身上，都发生了一些我既无法解释也无法挽回的事情。即使是当我想对他

1　简称杜邦公司，是一家世界著名的美国化工公司。

们好的时候，我似乎也无法做到。

“听着，”我焦急地对他们俩说，几乎是在恳求他们让我来帮助他们，“你们长大以后想干什么？告诉我，你们都想做些什么？”

“我永远都不想结婚，”我女儿郁郁寡欢地咕哝道，“也不想要孩子。”

“我想在汽车加油站工作。”我儿子回答道。

“嗯，这个主意不错。”我赞许地点了点头，表示认可。为什么不呢？自己做生意？有点道理。做个特许经销商，有钱可赚：埃克森、德士古、太阳石油、壳牌石油、海湾石油[1]？没问题。这也算回事，是个良好的开端。好的。“为什么？”

“我喜欢闻汽油味。”

我的上帝啊！

“杰克，你也有孩子，”我近乎绝望地在办公室向格林求助，“岁数比我的孩子大。你有一个儿子在上大学，对吧？他毕业后想干什么？”

“自杀。”

“我不是在开玩笑。”

“你以为我是？我有一个女儿也在上大学。她堕胎。堕胎前后两次自杀未遂。她和吊儿郎当的懒汉上床。他们两个都不想读下去。他们两个人总共自杀过三次，这还是我知道的。一次是割腕，两次是毒品。这听起来就像保罗·里维尔[2]，是不是？他们两个都在吸毒。我的新任妻子也疯了。她母亲也是。我母亲也是。这些事现在都和我不相干了。”

“对不起。我不知道。”

1　这几家公司均为美国的石油公司。

2　保罗·里维尔（1735—1818）是美国独立战争时期的一名爱国者，曾在列克星敦和康科德战役前夜警告殖民地民兵英军即将来袭，并因此而著名。为了指示英军的进攻路线，里维尔事先与人约好在一座教堂的尖顶上挂灯作为信号。后来这一事件被美国诗人亨利·沃兹沃思·郎费罗写成了一首叙事诗，随后诗中的“一盏灯表示从陆上来，两盏灯表示从海上来”便成了家喻户晓的句子。此处上文前一句“一次是割腕，两次是毒品”在原文中与此句有所相似。

“去干点活吧。这些事和你也不相干。”

他已经把他的两个孩子一笔勾销，把他们归档，将他们彻底处理掉，就像和他不再相干的过期记录一样。但我还有我的孩子，我想把他们包围在我的挚爱之中，保护他们不受任何冷落。(我想让他们相信我爱他们。)

“听着，”我心急如焚地对他们大声说道，“你们没必要和别人做同样的事情。你们想干什么都行。我会帮助你们。你们不必参加幼年童子军，不必打棒球，不必上主日学校，你们甚至连大学都不用上。你们想做什么呢？”

“参加幼年童子军，打棒球。”我儿子说。

“我现在想回我房间去放唱片。”我女儿说。

我的天哪——难道这种情况在他们身上已经发生了吗？他们不在乎。要么就是他们不知道。这是什么时候发生的？在什么地方？当有人做出决定，结果导致他现在想参加幼年童子军，想打棒球，而她只想回她的房间去在电话上聊天并放唱片的时候，我在什么地方？难道真的为时已晚？

我觉得，要我去救她，甚至去帮她，都已经太晚了。我觉得我真不知道自己还能为此而做些什么(除了冷漠地坐在一旁，看着她这样不开心下去)。现在要我去试图改变她不会比过去更有效，而那时她曾经比现在更轻信，更容易受人影响，而且更渴望取悦我们。我曾经试过。我曾试过嘲弄、规劝、怒喝、抱怨、训诫、奉承、哄骗，但这些招数全都不管用，甚至也许非常有害，直到有一天我向自己承认，我这样做不仅虚伪，而且徒劳无益，因此愚蠢至极。于是我便停了手。(现在我只是敷衍了事地走走过场。而且我也向自己承认，对于她的缺点错误，以及我眼看着她正在为将来的灾难所建造的结构框架，我其实并不是像自己宣称的那样感到焦虑。在我看来，唯一具有灾难性的事实是她对我不服从，而且不愿意相信我。现在唯一对我造成危险的是她的反抗和不尊重。) 继续试图影响她究竟还有什么用呢 (除了有朝一日——现在——我可以说我曾经尝试过)？我知道我现在没有任何支配她的能力。(假如我知道她将要吸海洛因成瘾，然后沦为一名妓女，那我也不知道该怎么做才能避免这种情况发生。我会抱怨诅咒**我自己的**命运，但这一切都无济于事，因此我根本不会去尝试。）她现在还不知道我对她毫无支配能力，因此我虚张声势，我们之间目前暂时（即将出现同义赘述）达成了一种临时妥协。（我手中剩下的只有对她造成严重创伤的能力。）试图把她变成那种我不喜欢的人，而且她很可能永远也变不成，这其中的道德、责任和理智又在哪里呢？我知道其结果将是什么（而且我不喜欢这个结果，也不喜欢知道它。但我又能做什么呢？什么都不能。这一点我也知道）。她已经是她现在这个样子，用不了多久她就会成为她注定要成为的那个人，不管是好还是坏。我认为，现在不管我还是别的任何人做什么，都无法帮助她或改变她。她将会成为一位孤独而神经质的当代女性。（她非常聪明，一点也不蠢。）她比我妻子聪明得多，这首先就意味着（和我妻子不同，到目前为止）她将会和其他女人的丈夫睡觉（而且她对自己的丈夫不会感到太满意，至少不会长久）。这我无法阻止。我无法与整个一种文化、一个环境、一个时代及其整个过去进行抗争，将其抵消（尤其是当这个过去和环境不仅是她的，而且也是我的，而我自己也是她过去和环境中一个很重要的部分），更何况我自己也已经可鄙地对这一切做出了调整和适应。我为什么就应该认为她（甚至希望她）应该和我认识并喜欢的别的姑娘和女人不一样呢？（除了她们都不快乐这一点之外。）（但又有谁是快乐的呢？）如果今年她并不是真的每天在外面抽一包烟，那么她明年也会每天在外面抽一包烟。如果她现在还没有跟她认识的一个或几个男孩子上床，那么再过些时候她也会跟他们上床，并且和他们一起做其他常见的床上花样动作。

"你居然这样说你自己的女儿。"我妻子评论道，脸上一副反感的怪相。

"即使我说的全都是事实？"

"是的。"

（然而，如果她不是我们的亲生女儿，我们俩都会这么说，因为对于我女儿的大多数朋友，还有别人的女儿，有的与她同龄，有的比她还小，我和我妻子都曾经做过这种不好听的猜测。）

这已经不是一个道德问题，甚至也不是一个抉择问题。这只是一个时间问题。（我妻子对于事情应该是什么样子怀有着一种浪漫的忠诚，因此全然无视自己的过去。她宁愿忘记就连我们自己在结婚前就已经在做那种事。)

假装事情并非如此又有什么用呢?从我认识的那些已经长大了的姑娘身上,我就知道我女儿将来会是什么样。她不会像我妻子那样去教堂。(现在她每隔三四个星期去一次,只是为了安抚我妻子,并让她欠上一笔人情债,以便日后获得高额报偿。在教堂里,她会取笑礼拜仪式,和我儿子侧目相对,笑着交换眼神,因为我儿子已经觉得这整套非同寻常的仪式有点荒唐可笑。)相反,她会喝上一阵子威士忌,然后停一阵,然后在她结婚几年之后重新开始,并从那以后经常喝酒,就像我妻子一样。她将会有两三个孩子,并且会离婚(不像我妻子)。如果第一次婚姻破裂时她还年轻,孩子们还小,她就会再婚。她会抽大麻(有谁不抽呢?现在就连公司高管阶层里的常春藤盟校兄弟会成员也都在抽。在城里我不带妻子参加的聚会上,如果有人递给我的话,我也会抽),如果她现在还没抽的话。如果她在高中时一次都没抽过大麻或哈希什[1],那么等我把她送上大学时她就会抽,因为她在那儿遇到的每一个有趣的人都已经在抽了。她会跟人上床。(没有别的办法来对待这一事实。在这方面,对她最好的愿望就是希望她从一开始就健康地享受这种行为,尽管我发现自己很难做到这一点。而且我希望她永远都不向我吐露这方面的事情。)她会放荡一段时间(并且认为自己很自由),彻夜狂欢聊天,抱怨她的老师和课程要求,对任何一门功课都不感兴趣,很少用功却都能及格,如果她没有因为极度的沮丧和懒散(她会将其颂扬为某种神秘而崇高的东西,比如超人的智慧)而彻底辍学的话。她会尝试服用兴奋药丸(刺激)、巴比妥酸盐[2](镇静)、墨斯卡林[3],还有LSD[4],如果LSD还在流行的话。她将会参加群交(至少一次),进行同性恋性行为(至少一次,而且至少还有一次有一位男性作为观众和参与者

1 哈希什是大麻植物经处理后提取出一种树脂般的胶状物质,其刺激作用大于普通大麻植物。

2 巴比妥酸盐是一类作用于中枢神经系统的镇静剂。

3 墨斯卡林,又称仙人球毒碱,是一种从仙人球中提取的致幻剂。

4 LSD是麦角酸二乙酰胺的简称,是一种强烈的致幻剂。

在场），与同性恋者、诗人、势利小人、虚无主义者和狂妄自大者关系友好，像其他女孩一样穿着打扮，堕胎（至少一次，或者撒谎说她曾经做过。如今几乎每一个我遇到的年轻姑娘都至少堕过一次胎，或者声称自己堕过，而且都觉得必须向我吹嘘这件事），并且跟黑人睡上一阵子，尽管她可能会一点都不喜欢，而且也许其实根本就不想那样做。（她是个很有主见的女孩子，但又非常软弱，根本经不住潮流的影响。）如果有那么一阵子她追求的不是这种自我毁灭和自我堕落的行为，那就肯定是另外一种。如果幸运的话，她将在两年半到四年八个月之后，从这段肆意放荡和坚定自我表达的时期中走出来，感觉神经紧张，毫无价值，精疲力竭，而且十分懊悔。在这段时间里，她曾经四处寻觅，却一无所获，于是完全不再自负，只渴望能找到一个（像我一样）稳定而有趣的好男人和她结婚，从此幸福快乐地生活在一起。她将会希望有自己的孩子。（当然，她不会找到她想要的那个男人，因为我们并没有那么好。）我希望她不要沾上让人上瘾的毒品，这样的话当她决定想住手的时候她就能住手。我希望她不要怀孕，不要迫不得已堕胎。我希望她不要坚持把这种事情告诉我。（我希望她永远都不要在某种困境里陷得太深，以至于我不得不知道。我希望她不要在车祸中丧生。）

我对这片崎岖不平的地带十分了解，而且我知道，她正带着一种无法阻挡的意志和动力，在这片地带上沿着下坡一路弹跳翻滚，而这种意志和动力并非完全是她自己的选择（不管她愿意怎么想）。骰子已经掷出（*iacta alea est*[1]），尽管我不知道她的骰子是什么时候掷出的，也不知道是谁掷的。（我知道不是我掷的。）我知道在她小的时候我一定做了一些对她非常有伤害的事情，但我不记得究竟是什么事情，也不记得我是什么时候做的。（我发誓我并不想这样做。我承认，有时候我的确想伤害她，但我发誓，我从来都不想对她造成严重的伤害，也不想给她留下永久的创伤。）我女儿正在沿着下坡，一头跌入她自己一团混乱的未来，从一个障碍物冲到另一个障碍物上，撞得鼻青脸肿，而我无

1　拉丁文，字面意义为"骰子已经掷出"，指事情已成定局，无法挽回，常译为"木已成舟"。

法阻止她，就像我无法抓住雪崩中的一块巨石一样。（如果我试着阻止她，我也将会被摧毁。她已经上了路，她已不再属于我。）她正在打着滑向前坠落，完全失去了控制，跌入一个枯燥无味、无法理解的混乱时期，除了有别的事情可做，而且可以摆脱我们之外，这里面没有任何诱人之处。（“请尽量往积极方面想，”我曾经严厉地敦促她，“你想成为什么样的人？你想做什么？”如果有人问我同样的问题，我也不会有什么好的回答。自杀？为什么不呢？还有什么更好的选择呢？汽车加油站？不。但是，有什么着急的呢？如果没有姑娘陪着我鬼混，如果我家里没有这么严重的问题需要处理，我的老天哪，我觉得我这份该死的工作会让我发疯。）

我基本上觉得，现在我和她之间已经达成了一种默契，也就是我们之间的临时妥协。我们俩都明白我们已将对方一笔勾销，明白我们都已不再属于对方，明白我们俩都只是在装门面，敷衍了事地做样子（就像我在埋葬我母亲之前就早已将她一笔勾销了一样，而且我现在认为，她对我也是一样。我觉得，尽管她当时年老迟钝，说不出话，她还是看穿了我，并正确地像对待婴儿一样娇惯着我，让我像对待婴儿一样娇惯着她。在最后那几个月里，当她在那家养老院里日渐衰弱，当我尴尬地去探访她时，我没做什么有用的事，而只是给她带去了一些调味很重的食物，在她床边坐上将近一个小时，一边偷偷地看着手表，一边喋喋不休地瞎扯着一些轻松愉快、无关紧要的事情，而她对我的话几乎没有表现出任何兴趣。在漫长无边的岁月中我们共同度过的这些最后时刻里，我能够为我们俩带来的慰藉只有这些。这是一个多么宝贵的机会啊，我，我们，本来可以说点什么，但什么都没说出来。现在我敢打赌，对她来说，这些不便而徒劳的探访并不比对我来说更令人愉快。我之所以这样做，是因为她是我母亲。我觉得她之所以容忍这些探访，是因为我是她儿子。她一向都很有洞察力，能够看穿我的心思）。我和我女儿，我们俩都在等待时机，同时例行公事般地假装我们仍然是亲属关系。她住在这里，遵循着宽松的程序，和我们一起吃晚饭。我和她交谈，给她买东西，并会继续声称对她感兴趣，直到她年龄足够大，可以去外地上大学，或者像她一直不停地强调她想做的那样，搬到别的地方去住。

“过不了多久，”她说，“也许今年夏天学校放假之后，我想搬出去自己住。在城里找一套多间或者单间公寓。我自己一个人，或者就和一个朋友合住。然后，等到秋天，我想去上寄宿学校。我其实并不喜欢我在这儿的那些朋友。”

“我愿意帮你，”我不置可否地回答（而且马上就知道自己不该说这种话。这回我本来并没有打算这么不友善。但这些话本身带有着一种拒绝的刺痛，让我痛感内疚），“真的，我会帮你找一个安全像样的地方，并且给你付房租和生活费。”

“我是认真的。”

“我也是。”

“你在把它当玩笑讲。”

“你需要我的帮助。你需要我来在租约上签字，你年纪太小。”

“我想过我自己的生活。”

“有谁拦着你了？”我反唇相讥，（现在我知道我们俩之间的确正在较量，这又是一场那种伤人感情的智斗。）“在我看来，你完全可以做到，因为我已经主动提出为你付账单，并且答应放你走。”

我几乎每次都能轻而易举地以机智胜过我女儿。

（即使是在我不想这样做的时候。我就是闭不上嘴。）当我们像这样拌嘴，而她试图向我显示她和我一样厉害的时候，我不知道我还能怎么做。（她没我厉害。我应该让她赢吗？）她伤害我，我也伤害她。她打击我，我向她还击。她喜欢逼着我和我妻子花很多钱给她买东西，但这些东西一旦到手又对她没有多大价值（这是她找到的在我们身上施展威力的一种方法）。我允许她得手，不做任何抵抗，也不加评论或抱怨（这是我找到的战胜她的一种方法。从长远来看，这些钱其实数目微不足道，不去因此而追究对我来说更容易，因为这样可以避免和她争吵不休，避免一系列令人情绪激动的讨论，否则这些讨论可能永远都不会结束。我发现，只要我基本上答应她提出的所有令人恼怒的建议，我就能战胜她）。她认为我不成熟。听她这样说让我很恼怒

(即使是当她说这话的时候带着赞许,当我成功地逗她发笑时。听到她对我说我一直都没有完全长大,在她看来我还像个小男孩一样顽皮幼稚,这让我很恼火。当我在公共场合唱歌、用滑稽姿势走路,或者是在电梯、杂货店或超市里出人意料地大声讲俏皮话,试图用这种方法逗我儿子和我女儿发笑时,我儿子经常会感到很痛苦,就好像受了侮辱一样),而在和她最激烈的争吵之后,当我满怀愤恨地坐在那里,生着闷气,心中充满了对自己的同情,我偶尔会怀恨地心想(希望),她为什么就不能帮我个忙,像许多和她同龄的别的女孩一样,因为不开心而离家出走,走得远远的(我想如果她真的离家出走,我可能会感到后悔。我觉得我不会想念她,因为我们之间实际上已经没有多少关系,但我将不得不煞费苦心地去四处寻找她,还得就她离家出走这件事和别人进行不少非常尴尬的交谈),从而使我得以安宁,让我的日子更好过一些。偏偏是我妻子让我在这种场合下悬崖勒马,当我感觉最为杀气腾腾、心怀怨恨的时候,让我停下来自我反省。当我怒不可遏、几乎发狂、心中充满了复仇的愿望时,是我妻子说出的话阐明了道理,甚至带来了希望,让我记起了我永远都不该忘记的东西。她说我是个傻瓜,她说我糟糕透顶、以自我为中心、有神经病,她说我"不中用"(我再次后悔我曾向我妻子透露我认为我母亲在养老院里最后一次讲话时想对我说的那句话)。正是我这个容易伤感、灰心丧气、唠唠叨叨、经常空虚无聊的妻子,受着我女儿的虐待,同时又反过来对她进行压迫,正是她,带着悲伤和同情斥责我,做出那句令人惊讶的评论,突然把我女儿的形象重新变得生动而又清晰。是我妻子流着眼泪,无声地哭泣着(我对喜欢哭的女人已经完全失去了耐心,我妻子知道这一点,并且尽量不流眼泪),向我表示抗议,为我女儿辩护:

"她只是个小姑娘啊。"

我女儿只是个小姑娘,而我却总想在争论中胜过她。(我就是忍不住。)我跟她说话时就像是在跟成年人说话,就像我跟凯格尔、格林、简或者我妻子说话一样,总是喜欢显得聪明过人、令人信服、能说会道、尖酸刻薄。对于她令人不快的坏脾气，我的反应就像是针对某个和我同龄或比我大的无礼的成年人。在辩论中，我试图让她难堪，将她击败。当我们俩互相嘲弄、说风凉话的时候，我总是想要胜过她，而且通常都会成功。（如果我不能以幽默占上风，我总可以比她更生气，并以此来取胜。）我感到很羞愧，她让我忘记了她只是个孩子。在我们之间所有的较量中击败她，这一点对我来说非常重要。不管我们因为什么事情进行讨论或争论，我都必须是那个提出最明智观点的人。（我必须和她竞争。）如果我女儿批评我、抱怨我，或是开一个贬损的玩笑（即使是一个非常轻松幽默的玩笑），我也会觉得自己受到了侮辱和伤害，感到不安，就好像经受了格林带刺的嘲弄一般。（对他们两人我都会隐瞒我的感受，尽管我怀疑格林能看穿我的脑壳，对里面发生的一切了如指掌。我甚至可能会想哭。）我会生闷气（这几乎就好像我女儿是成年人，而我却是孩子）。我们俩的角色颠倒了，这不免有些怪异。（我对她有依赖。我想从她那里得到安全感，却得不到。相反，她用她的问题来麻烦我，占用我的时间。我倒是从我儿子那里得到了一些这种安全感——到目前为止。"你喜欢谁？"我几乎随时都可以咧嘴笑着向他发问。"我爱你，爸爸。"他会高兴地大喊，并扑上前来，以一种使我们俩都感到震撼的热情拥抱我。但是他害怕蜘蛛和蜜蜂——我也怕——也害怕粉碎的踝骨，我感觉我们俩都将会遇到很多麻烦。每当遇到朋友或亲戚去世，或是某个我喜欢的人出门远行，甚至也许是某个我爱的人，我的感觉从来都不仅仅是悲伤。与之同时总有一股明显放松的潜流，就像是毫不羞愧地暗中松了一口气，"哎，至少这件事现在算是过去了，是不是？"我不知道我对一个孩子的死会有怎样的感受。）她仍然有能力伤害我，我也有能力伤害她（因此也许我们还并没有真的把对方完全一笔勾销。也许这就是为什么我们想要那样做，因为我们彼此对对方都很危险。我妻子不能伤害我，我女儿则可以）。我不想伤害她，我也不想让她伤害我。我想要她喜欢我。（我想要格林喜欢我，我也希望我在世界上遇到的每一个人都喜欢我，除了那些我已经认识、打过交道、发现无关紧要并忘记了的人。）我想要她服从我，钦佩我（当她对我态度粗鲁或有贬损之意的时候，我就会残酷无情地对她进行反击）。我无法容忍自己家中的任何成员对我表现出蔑视（或是侍者或其他本应态度恭顺的公仆对我表现出蔑视，不过对这些人我经常会保持沉默，暗中照料我的伤口）。我想得到我女儿的尊重，希望她一直对我友善，但我却得不到。

“她并不讨厌你，”我有时会去找我妻子寻求帮助和建议，她会对我这样说，“她非常喜欢你，你难道看不出来？”

“她从来没这样说过。”

“你也一样。”

“我并不非常喜欢我。”

“你明白我的意思。如果你真的在乎，你现在干吗要开玩笑呢？”

“她总是很生气，”我抱怨道，“即使是她并不是真的生气，她进来时也会假装生气，然后变成真的生气。她对你也是这样。”

“你老是生她的气，要么就是对她不理不睬，当她到书房找你谈话的时候，你总是太忙，连跟她讲话的时间都没有，所以她才这么敏感。”

“她其实从来都没有什么事情跟我好讲。”

“她不知道该说些什么。”

“跟我？”

“她不知道还有什么别的事情可谈会让你感兴趣。”

“那她干吗还要尝试？”

“她想给你一个好印象。”

“她没必要那样做。”

“那她干吗还要尝试？你的心思总是在别的地方。你总是表现得好像我们在打扰你，而你希望自己在别的什么地方。你对我也是这样。”

“暂时先别说了，好吗？我们现在谈论的不是你，要不然我就会希望自己现在正在别的什么地方。”

“对不起。我并不是有意现在说起这件事。”

“不，你是有意的。要不然你就不会说。”

“你是不是想要找我的茬儿？”

“她成天只会对你讲她受不了我，要么就是到书房来对我讲她受不了你，还为了这事儿或那事儿找茬跟我吵架。”

“她不知道还能跟你讲些什么。”

“那我该怎么办？”

“她很害羞。”

“在我面前？”

“这就是为什么她经常到你的书房去打扰你。她想让你对她多留意一些，并且告诉她她很漂亮。”

“她在说某些她常说的话的时候可并不显得那么漂亮。”

“不管怎样，你难道不觉得她漂亮吗？”

“你呢？”

“她可以变漂亮。我觉得如果她减点肥，好好收拾一下自己的脸和头发，她完全可以变得很漂亮。”

“那你为什么总是做这么容易让人发福的饭菜，而且买好多蛋糕、糖果和冰激凌放在家里呢？”

“我知道。我也不知道为什么。我总是忘记。”

“除了你和她之外，我们没人想要这些东西。”

“我以后再不会了。”

“我不知道该对她说些什么。”

“她也不知道该对你说些什么。”

“有时她会对我讲她觉得自己又胖又丑，或者要我对她老实讲，如果她不是我女儿，我会不会觉得她漂亮。碰上这种时候，我真不知道该怎么对她讲。我会喜欢她吗？她既不胖也不丑，她自己也知道这一点。我究竟应该怎么说呢？”

“她不知道还能跟你说些什么。她害怕说别的事情。我也不知道该对你说些什么。我跟她说话也有困难。”

“你在说些什么呀？”

“我们大家谁都不知道该对你说些什么。你总是那么烦躁，总是会很生气。”

“噢，得了吧。”

“真的。你让我们觉得自己非常愚蠢。你有意想要这样做。”

“我没那么坏。”

“如果你能早点回家，或者不那么经常在城里过夜，也许会好些。”

“这和我们正在谈论的事情有什么关系？我有时工作到很晚。”

“或者少回家。有时候你不在家我们大家反而相处得更好。”

“也许我应该干脆不回家。”

“我不是那个意思。”

“你是在提议我们离婚吗？”

“不是，这你是知道的。你为什么这么快就提起了这件事？”

“你在抱怨什么？”

“我没有抱怨。我很抱歉我说了刚才的话。我不知道。我也不知道为什么。我不是有意这样说的。”

“不，你是有意的，要不然你也不会那么说。人们说出口的都是真心话。”

“你也一样。她觉得你讨厌她。”

“我不讨厌她。有时候讨厌，当她惹我生气的时候。”

“她说你从来不正眼看她。”

“这话究竟是什么意思？”

“就是说你从来不直视着她，即使是在你和她说话的时候。她说你总是把目光投向一侧的某个地方。她对这种事情很留意。她认为你非常瞧不起她，以至于你都无法让自己正眼瞧她。”

“她疯了。没这回事。”

“你正眼看她吗？”

“当然了。我不知道。我想是的。我为什么会不正眼看她呢？”

“她觉得你不爱她。”

“没这回事。”

“你爱她吗？”

“我当然爱她。你呢？”

“我知道我爱她。”

“你老是批评她，比我批评得还多。”

“她很害怕。”

“害怕什么？”

“害怕你。”

“该死。”

“我们从来都不知道你的心情到底如何。”

“我们这种活法可真费劲。”

“我们从来都不知道在你身边说什么话才安全。”

“我也害怕。”

“害怕什么？”

“你觉得呢？害怕你，害怕你们大家。你们全都他妈的这么敏感，这么害怕，把我弄得战战兢兢，就像踩着鸡蛋走路一样。你们以为我想要你们大家都害怕我吗？我也从来都不知道自己在这儿能说些什么话，而不至于伤害别人的感情。这比和格林、阿瑟·巴伦或者霍勒斯·怀特在一起还要糟糕。这让我觉得非常拘束，还是在我自己家里。难怪我老是大喊大叫。我真的经常大喊大叫吗？”

“你现在总是大喊大叫。”

“我并不总是故意的。”

“你总是非常烦躁。”

“我现在一直都很烦躁。我总是觉得很累。”

“也许你工作太辛苦了。”

“我工作并不辛苦，我就是很操心。”

“你也许应该找一份更轻松的工作。”

“你难道从来都听不到我讲的话吗？”

“那样的话你就不用这么辛苦了。”

“我说了我工作并不辛苦。”

“嗯，也许你应该另找一份工作。”

“我是在准备接受另一份工作。”

“这份工作是更辛苦还是更轻松？”

“我觉得应该更轻松。责任会更多，但压力会小一些。钱更多，操心的事更多。我也不知道。”

“你能发表演讲吗？”

“你在说什么呀？”

“你知道我的意思，演讲。”

“能。我想发表多少都行。”

“我讨厌杰克·格林。”她说。

“为什么？”我疑心重重地回道。

“他是个讨厌的混蛋，”她激动地宣称，“我永远都不会原谅他对你所做的那些事情。”

“什么？”我问道，突然觉得脸上发烫，心中涌起一种紧张的愤怒，就好像需要自我防护。

“在去年的公司年会上，他不让你像别人一样上台发言。我敢打赌，这完全是因为他忌妒你。我很惊讶阿瑟·巴伦居然会允许他这样对待你。”

“这件事其实没那么重要。”

“我知道你在那篇演讲上花了多少工夫。我知道格林的这种做法让你觉得自己多么渺小。”

“你现在这样做是故意的吗？”

“但是这件事到底让你感觉如何？”

“你非得现在提醒我，这并不让我觉得自己有多了不起。”

“你瞧见了吗？”她说，“你对这种事情太敏感了。如果这份工作太辛苦，操心的事情又多，也许你就不应该接受这份新工作。”

“我也许不会。让那些金钱、名誉和成功都见鬼去吧。”

“我觉得你不应该多出差。”

“我觉得你的脑子在每个话题上顶多只能集中一分钟，是不是？”

“你总是对我讲这种话。你对她也是一模一样。”

“我是对你讲的。咱们现在别吵架，我这次来为的不是这个。我们可以晚点再吵。”

“我并不是想要吵架。”

“那就别再像个假装清白的泼妇一样惹我发火。你也不要以为我是个傻瓜，不知道你在干什么。那次演讲跟你没有一点关系。如果这件事真的让你那么生气，那你干吗他妈的总是要提起它？你这样做纯粹是为了提醒我。”

“你刚才对我脑子的评价我也并不生气，我知道你认为我是世界上有史以来最蠢的人。我现在也并不是想故意找你的茬。可是你有没有听见，你自己刚才听上去像什么？你对她说的就是这种话，你对她说话时就是这种样子。在你对她说话的时候，你应该尽量记住，她才十五岁半。”

我妻子说得对。

我对我女儿说话时不像是对一个孩子，也不像我对别人的孩子那样。我对她不友好。如果我儿子行为不当，我会充满溺爱地对待他，把他当作一个粗心、调皮或过度疲劳的小男孩，给他一个吻、一个拥抱，极其温和地将他训斥两句。他只是犯了个错误，这不仅完全正常，在预料之中，而且惹人喜爱。我会宽容地纠正他，几乎带有几分尊重。但如果我十几岁的女儿做错了什么事，那可就是犯了大错，是为了故意侮辱我，是对我的一种不可原谅的攻击，需要对其进行迅速而严厉的报复。（我对他们俩不一视同仁。）我想知道这是为什么。难道是因为她是个女孩子？还是说因为她是老大，我对她期望太高，因此现在对她失望了？还是说因为她已经十几岁了，即将长大成人，渐渐和我疏远，从我的权威中摆脱出来，已经在准备离开我独立生活，准备对我的智慧、道德和能力进行正面挑战，而且如果可能的话，威胁要将我从自己不稳固的独裁自尊堡垒中驱逐出去？等我儿子长大了，我是不是也会不得不忍受并且挺过同样这种攻击和排斥？我希望不会，因为（我觉得）我不会从击败他的行为中得到任何满足。（感谢上帝，我的第三个孩子是个白痴。我其实并不是那个意思。我的意思是，谢天谢地，我至少可以免受他的叛逆。我知道当德里克死后，或是当他终于被送走的时候，我的感觉将会是什么。我会觉得如释重负，彻底解脱，我会舒出憋了很久的一口气，也许甚至会对某个我觉得可以信任的人出声地说：

“哎，这件事现在终于算是过去了，是不是啊？”）

我试图回想起我和我女儿之间的这种敌对状态是从什么时候开始的。我想不起来。有时候就好像我们之间一直都是这样，就好像我们从来没有相处得更好过，我们之间的关系从未有过什么不同。我想尽可能减轻我女儿的痛苦，帮助她变得更快乐，让她对自己更满意，但我不知道该怎样去做。（我喜欢把我女儿困在粗心大意和撒谎的境地里，好让她承认错误，赔礼道歉。）

“她想知道你爱她，”我妻子说，“她觉得你不爱她。”

“我爱她，这她也知道。”

“怎么知道？”

“我觉得我爱她。”

“通过你的行动？你从来都不告诉她。”

“没那回事。”

“什么时候？”

“她是我女儿。我不能对自己的女儿说‘我爱你’。”

“为什么不能？”

“听起来有点像乱伦。”

“只有你这样想。她认为你对她很失望。”

“对她失望的是你。你可没少对她这样说。”

“那只是因为我知道她能做得更好。如果她小的时候能一心一意坚持下去，那么她现在就可能是一名出色的舞蹈家、演员或钢琴演奏家了。她非常有天赋。她现在也还可以学习舞蹈或表演。”

“那你就不要否认，也不要指责我对她失望。”

“我知道自己这辈子是怎么回事。我真希望我当年像我母亲希望的那样，在某件事上一直坚持了下去。我真希望我父亲当时没有插手，好让我母亲逼着我多练习。那样的话我今天就可能会有所成就了。”

“你可能会成为法国国王。”

“我是你妻子。你也从来没有对我说过‘我爱你’。”

“你是我妻子，我没必要对你那样说。”

“这可一点都不好笑。”

“我们又是在谈论你吗？”

“我现在谈论的不是那个。我不知道该谈些什么。我不知道自己该做些什么，我不知道如何打发时间。如果我不知道如何打发时间，那我该拿时间怎么办呢？”

“再喝上一杯。”

“好吧。你能帮我去拿吗？”

“当然。我不知道该拿我女儿怎么办。”

“我也不知道，”我妻子用一种恍惚而沉闷的声音说道，“她伤了我的心，”她烦躁地补充道，“当她想伤害我的时候，她可真是个泼妇。”

“我知道。”

“你也一样，是个混蛋。你有时候真是个混蛋。她想跟你说话的时候，你至少可以尽量对她友好一点，即使那样做有些不好受。”

“我是那样做的，而且的确不好受。”

“这就是为什么她会那样做。这是她所知道的唯一能让你注意到她的办法。”

“那你呢？”

“也许我也是一样。我甚至就连那种手段都没有了。我觉得不管我的态度是否令人讨厌，你都已经不在乎了。我觉得你一点都不在乎。”

（她说的也许没错。）

我妻子可以让我一时良心不安（如果我决定允许她这样做的话），但她已经没有能力伤害我了（我认为这就是为什么我觉得和她在一起很安全，甚至可能是为什么我认为和她结婚对我来说是一件好事）。她希望自己有这种能力。她想要知道她对我比她自己想象的更为重要，她想要相信我需要她。（我不需要她。我觉得我不需要她。我不让她知道我需要她。）她想要我对她说我爱她，不过她已不再开口要求（现在每年情人节我都会带一盒巧克力回家给她，她也很高兴收到，尽管我们俩都知道这只不过是一盒巧克力而已。但不管怎样，这毕竟是一盒巧克力，而家里除我之外人人都喜欢吃巧克力），正如她自尊心太强（或是太有理智），不愿探究我经常在外面过夜这个话题，也不愿暗示我可能在和其他女人上床（她对我们认识的别的已婚男人做过这种猜测。一旦这件事在我们之间公开了，就像多年前城里我们家公寓里那只令我害怕的小老鼠一样蹦了出来，那么她就不得不对其有所反应，她就不得不采取行动——而我知道她并不想这样做。我知道她和我一样，宁愿让我们俩待在一起，直到时间或者生命耗尽为止）。我知道我不希望我女儿长大后变成现在和我一起鬼混的那种姑娘（她们当中也没有人能够伤害我。我以此为标准对她们进行挑选，实际上在和她们交往之前就提前将不合格者剔除），但我不知道我到底想让她变成什么样的姑娘。（她也永远不会成为法国国王。）她永远都不会在无线电城音乐厅[1]的舞台上翩翩起舞。有那么一阵子，她将是某个小伙子的女朋友，然后是别的某个小伙子的女朋友，然后是一位不快乐的妻子和母亲，与她的孩子们相处得并不比我和我的孩子们相处得更好。我不知道她还能成为什么样的人，也不知道我能做些什么，好帮助她朝更好的方向发展——只有什么都不做。（在我们这一生当中，在人们身上可能发生的事情实际上很少，并没有多少选择余地，我们每个人所能成就的东西也非常之少，尽管我妻子和我女儿都还没有意识到这一点。）

1 无线电城音乐厅是美国著名的室内演出剧场，位于纽约市曼哈顿第六大道洛克菲勒中心之内。

“你从来都不喜欢跟我讲话，是吗？”我女儿诚恳地对我轻声说道，这次不仅仅是为了给人造成一种印象。

“不，我喜欢。”我回答说，内疚地躲避着她的视线。（她在坦率时很脆弱，我不想伤害她。）

“你甚至都不喜欢看着我。”

“我正在看着你呢。”

“那只是因为我刚才说了这么一句。在这之前你一直在看着我身后的东西，就像往常一样，直到我刚才这样说了你才看着我。”

“我刚才在找一只苍蝇，我觉得我好像看见了一只。我每次看着你的时候，你就会问我为什么盯着你看。你对你妈妈也是这样。你会大喊大叫。”

“我每次到这儿来跟你说话，你总是一脸不高兴的样子，因为我打扰了你，即使是你并没有什么事情做，而只是在看杂志，或是在便笺本上写东西。”

“有时候你会连着一两个小时向我道晚安，不停地回来跟我讲别的事情，足有五六次。每次我都以为你已经上床睡觉了，我可以专心干点事，可你却反复回来打扰我。有时候我觉得你这样做纯粹是出于恶意，只是为了不停地打扰我。”

“我总是想起有别的事情想跟你说。”

“我并不总是那个样子。”

“只有我一个人会进这儿来。”

“我总是那个样子吗？”

“别人都不敢进来。”

“除了女佣之外。”我说道，试着开个小小的玩笑。

“我没有把她算在内。”

“我的确会到这儿来工作，或者是离开你们大家一会儿，放松一下。我不明白为什么这儿的人全都这么怕我，因为我从来都没有对谁做过任何事情，也没有威胁过任何人。就因为我喜欢偶尔独处一阵。我知道我可是一点儿都不觉得这儿有谁在想进来的时候不敢进来打扰我，或是在我面前不敢做什么事、说什么话。你们大伙总是想进来就进来。”

“你在家的时候几乎总是待在这里。我们想和你说话的时候就得进这儿来。”

“我有很多工作要做。我挣的钱很多,即使在你们看来可能并不算多。我的工作很辛苦。”

“你总是说你的工作很轻松。”

“有时候很辛苦。你知道我在这儿做很多工作。有时候我看上去好像只是在便笺本上胡写乱画,或者是在随便看点东西,但我其实是在考虑或是正在做第二天早上需要做的工作。在办公室做这些事并不总是那么容易。”

“如果哪次真的碰上你说你想跟我讲话,也都只是为了批评我、警告我,要么就是因为你以为我做了什么错事,冲着我大喊大叫。”

“不是那么回事。”

“就是这么回事。”

“是吗?”

“你从来都没进过我的房间。”

“这是真的吗?”

“你什么时候进来过?”

“你告诉我们不要进去。你不想让我进去。你总是把门关着,而且如果我敲门进去,你就会马上叫我出去。”

“那是因为你从来都不进来。”

“这可就说不通了,是不是?”

“不,说得通。妈妈会明白我的意思。你从来都不想进来。”

“我还以为你不喜欢你妈妈呢。”

“我有时候喜欢。她明白我的意思。每次你到我房间里来,你都只会叫我打开窗户,还叫我把我的衣服从地板上捡起来。”

“总得有人去捡。”

“妈妈会捡。”

“但你的衣服还总是扔在地板上。”

“迟早会有人把它捡起来的，难道不是吗？我觉得这并不怎么重要。我认为这并不是你需要和我谈的最重要的事情，是不是？”

“我以后尽量不对你说那种话了。那什么事情才是重要的呢？”

“我的墙上贴了几幅宣传画，还有几个我自己画的有趣的灯罩，还有几张我用杂志广告做的有趣的拼贴画。我正在读一本D.H.劳伦斯[1]写的书，我真的很喜欢。我认为这是我读过的最好的一本书。”

“我对这些都很感兴趣，”我对她说，“我想看看你的宣传画，还有你那些有趣的灯罩和拼贴画。你读的是D.H.劳伦斯的哪本书？”

“你不喜欢D.H.劳伦斯的书。”

“我自己的品味不怎么样。我想看看你把自己的房间收拾成什么样了。”

“现在？”

“如果你允许的话。”

她摇了摇头。“你其实并不想。你只会假装四处看上一眼，然后叫我把我的衣服从地板上捡起来。”

“你的衣服在地板上吗？”

“你瞧见了吗？你只对开玩笑感兴趣。你对我做的任何事情其实都不感兴趣。你只对你自己感兴趣。你对我并不感兴趣。”

“你对我才不感兴趣呢，”我温和地回敬道，“如果我真的开始问你一些有关你自己的问题，你就会认为我是在打听你的私事，或者是想趁机抓住你说谎还是什么的。”

“你一般的确是这样的。”

“并不总是这样。你的确会撒谎，你的确有些东西想要隐瞒。”

“你不让我隐瞒，什么事情你都想知道。妈妈也是这样。”

“有时候这些事情我们应该知道。”

1　戴维·赫伯特·劳伦斯（1885—1930）：通称D.H.劳伦斯，英国小说家、诗人及剧作家，为20世纪最具影响的英国作家之一。

“有时候这些事情和你们毫无关系。”

“在我知道这些事情之前，我怎么能辨别呢？”

“你可以相信我的话。”

“我不能，你知道这一点。”

“这可真是夸奖我了。”

“你的确经常撒谎。”

“你不喜欢和我说话。你从来都不想和我讨论任何事情，也不想告诉我任何事情，除非是叫我去做作业。妈妈和我说话的时间比你多多了。”

“那你为什么不更喜欢她呢？”

“我不喜欢她说的那些话。”

“你这就不公平了。如果我真的想告诉你一些我们公司里或者我工作上的事情，你通常只会冷笑，说一些无礼的俏皮话。你觉得我的工作并不重要。”

“你也觉得你的工作不重要。你只是为了挣钱才去做的。”

“我认为为你和全家人挣钱很重要，努力把工作做好，并以此维护我的自尊也很重要，即使工作本身并不重要。要知道，你和你弟弟经常嘲笑我在公司里做的工作，对我来说这并不总是一件愉快的事，即使你们是在开玩笑，而我并不总是能肯定你们真是在开玩笑。我在这份工作上花费的精力可不少。”

（为什么我就非得在这场争论中取胜呢？而且为什么我就非得用这种哀求怜悯的方式来实现这一目标呢？在这场智斗中，我的对手是一个十五岁的孩子——而且还是我自己的孩子——为什么我就非得要向她和我自己炫耀我无懈可击的逻辑以及对语言和细节更为熟练的掌握，并为此而喜形于色呢？我完全可以毫不费力地说：“你说得对。对不起，请原谅我。”尽管实际上我是对的，而且我其实并没有任何歉意。我起码可以嘴上这么说，但我做不到。而且我已经占了上风，因为她脸上坚定的表情正在消退，她正在变得越来越犹豫，现在轮到她的目光躲躲闪闪，试图避开我的视线。我自得地放松了下来，在心里对我技不如人的对手，我十几岁的女儿，感到一丝片刻的轻蔑。我是个混蛋，但我至少是个成功的混蛋。）

我女儿抱歉地回答。“我对你的工作感兴趣，”她试图为自己辩护，“我有时候会问你一些问题。”

“而我总会回答你的问题。”

“可你用的都是俏皮话。”

“因为我知道你会冷笑。”

“如果你不用俏皮话回答，也许我就不会冷笑。”

“我保证以后再也不讲俏皮话了。”我讲了一句俏皮话。

“这本身就是一句俏皮话。”她说。（她很聪明，我为她的机敏而感到高兴。）

“你这句也是。”我反驳道（我还没来得及克制住自己，就话已出口，我想是因为我必须向她证明我至少和她一样出色）。

我女儿并没有像我一样露出微笑。“瞧见了吗？你已经在那儿咧着嘴笑了，”她低声指责道，“你又把这当成了笑话，就连当我们现在应该认真的时候。”

我将目光从她的脸上移开，不安地望着她身后墙上的书架。“对不起，我只是想让你感觉好一点。我想逗你发笑。”

“我觉得没什么好笑的。”

“对，我不好笑。如果你这么想，我很抱歉。”

“你喜欢把每件事都当成笑话。”

“我并不是那样。可不要不讲礼貌，要不然我就得不客气了。”

“你总是开始取笑我。你从来都不想和我们当中的任何人认真交谈。”

“没那回事。这是你第三次让我否认这一点。”

“每当有什么严重的事情发生，你总是想一笑置之，用开玩笑的办法为自己脱身。”

“这是第四次。”

“要么你就会生气，变得专横霸道，开始大喊大叫，就像你现在马上就要做的这样。”

“对不起，”我说道，然后停顿了一下，压低了嗓音，“我想这可能是因为我性格的原因，还有神经紧张。我并不为此而感到自豪。亲爱的，有一点好像谁都不记得，但你必须尽量记住，那就是我也有感情，我也有头疼的时候。尽管我好像是家里的掌权人，我并不总是能够控制自己的情绪，我也并不总是很开心。请继续跟我说话。”

“我为什么要那样做呢？”

“你难道不想吗？”

“你不喜欢和我讲话。”

“不，我喜欢。”

“现在？”

“是的。把你想说的话告诉我，这样我才能知道。拜托了，不然的话我总是不得不瞎猜。”

“德里克生下来就是这样吗？”

“是的。当然是。我们认为是这样的。”

“还是说是因为我们当中某个人做了什么而造成的？”

“他生下来就是这样。”

“为什么？”

“谁也不知道。我们大家都认为他生来就是这样。问题就在这里，没人知道在他身上出了什么事。”

“也许我上大学的时候就应该学这个，研究人类学。”

“遗传学。”

“你非得现在纠正我吗？”

“你想学习，难道不是吗？”

“不总是。”

“我以为当你弄错了的时候，你会想知道二者之间的区别是什么。”

“现在不想。你明白我的意思。你没必要仅仅为了显示你比我聪明而打断我，是不是？”

“你很聪明。你悟性很强，也很机灵。也许你应该当律师。这是一句夸奖。我可不经常夸奖你。”

“可不是嘛。”

“你喜欢把人逼入窘境，我也一样。”

“我觉得我是想学你的样子。”

“我小时候比你开心。”

“你的家人曾经对你感到失望吗？”

“我不记得了。你的家人呢？”

“我不知道。”

“我觉得我母亲对我挺失望。但那是后来，不是我小的时候，是我长大后离家搬走的时候。”

“你从来都不吻我，”我女儿说，“也不拥抱我，也不跟我开玩笑，像别人的父亲那样。”

她眼睛下面大片的黑色阴影这时突然显得又红又肿，黏黏糊糊，她看上去比我曾经注目凝视过的任何人都更加可怜。（我拼命想要将我的视线移开。）

“你早就不想让我吻你了，”我温柔地轻声解释道，对她感到非常同情（也对我自己。每当我为别人难过时，我会发现我也为自己感到难过），“我曾经吻过你。我曾经想要拥抱你，亲吻你。后来你就开始躲避我，或者带着一种滑稽的表情把脸往后缩，还发出一种好像是觉得恶心的声音。你还会大笑。一开始我还以为你是在开玩笑，但后来这成了一种习惯，每次你都会躲开我，我每次想吻你的时候你都会做出同样的鬼脸，发出同样那种觉得恶心的声音。”

“所以现在你就不想再试了。”

“受到那种侮辱的滋味可不好受。”

“你觉得伤心了吗？”她的表情当中流露出了太多急切的成分。“这让你不开心了吗？”

“是的。”我们两人都在用单调的语调讲话。（每当我向她表示亲热时，她都会假装反感地躲开。我记不清是从什么时候开始她的这种做法深深伤害了我，我也记不得是在什么时候我对此变得毫不在意。）“我当时非常不开心。

你伤了我的感情。”

“你从来都没这样说过。”

“我不想让你得到满足。”

“我当时还很小。”

“但我当时还是很痛苦。”

“那时我还只是个小姑娘。如果那是我想要的,难道你就不能为了满足我而放弃一点点自尊吗?”

“不,我没有那样做。”

“你现在会那样做吗?”

“我现在也不会。”

“你不会?”

“是的,我觉得我不会。我觉得我永远都不会让你那样从我这里得到满足。”

“你一定对我很失望吧?”

“为什么?”

“我敢打赌是这样。你和妈妈都是。”

“我们为什么会对你失望?”

“我知道她对我很失望。我什么都不擅长。”

“比如什么?我也什么都不擅长。”

“我的头皮和皮肤都很油腻,我还长粉刺。我长得也不漂亮。”

“不,你很漂亮。”

“我个子太高,也太胖。”

“对什么来讲?”

“我甚至都拿不准我是不是想要擅长点什么。即使我擅长某一样东西,我也不知道自己会怎么做。”

“比如什么?”

“比如艺术。我不会画画,也不会雕刻。我不是很聪明。我不擅长音乐。

我没有学芭蕾舞。”

“我也没有学芭蕾舞。”

“这一点都不好笑！”

“我并不是为了好笑。”（我**的确是**为了好笑。）“我们也不擅长那些东西。”

“我甚至也没有钱。”

“那是我的过错，不能怪你。”

“要是那样的话至少也算回事，我可以为此而感到骄傲。咱们哪一天会变得有钱吗？我是说真的很有钱，就像琼的父亲或者格雷丝的父亲那样。”

“不会，除非是你去做。”

“我什么都做不了。我是不是应该觉得丢人？”

“为什么？”

“因为咱们很穷。”

“咱们并不穷。”

“那就因为你。”

“至少你很坦率。”

“我应该觉得丢人吗？”

“你希望我说什么？”

“说真话。”

“因为我而觉得丢人？我希望不会。觉得丢人是一种状态，你要么是，要么不是，而不是一件你因为某种原因应该做或不应该做的事情。我混得还不错。琼因为她父亲而觉得丢人，那是因为她父亲既刻薄又愚蠢。她觉得我比她父亲强，难道不是吗？格雷丝也是一样。我觉得格雷丝喜欢我远甚于喜欢她父亲。”

“我永远都成不了什么人物。”

“每个人都是个人物。”

“你明白我的意思。”

“比如什么？”

“比如很有名。”

“我们当中有名的人很少。”

“我不怪你们。我不怪你们对我感到失望。”

“我们并没有对你感到失望。难道你认为就因为你什么都不擅长我们就会对你感到失望吗？”

“这么说你们对我从来都没有过任何期望了，是不是？”她指责道，突然一阵感情冲动，让我大吃一惊。

“这你可就不公平了！”我坚持道。

“这可一点都不好笑。”

“亲爱的，我——”

但她已经转身离去，正当我伸出双臂去安慰她时，她脸上带着一种哀伤的憎恶表情，毫不妥协地消失了（而我又一次被独自一人留在了书房里，双手空空地伸在空无一物的半空中）。

我曾经对她做过某件事情（或者现在正在对她做着），为此她拒绝原谅我，而我不知道这件事情究竟是什么（甚至也不知道我做的这件事情针对的是否是她。我知道当我喝醉时，哪怕只是有些微醉，她都会表现得既生气又伤心。她也不喜欢我和她的朋友调情）。她会经常偷偷溜走，把自己埋藏在这种尖酸刻薄、令人呆滞的悲伤之中，我试图回想起这是从什么时候开始的。我知道这不是今年发生的事情，因为去年的她和现在并没有多大不同，而且这也不是去年发生的事情，因为那时的她和前年也没有多大区别。（十五岁的她和十二岁的她并没有多大不同，而十二岁的她和九岁的她也相差无几。）事实上，差不多在我的全部记忆中，她基本上一直都是现在这个样子，只不过个头要小一些。然而，在某个地方一定发生了一处中断，它有起点有终点，具有一定的长度和宽度，是她成长过程中的一个关键时期，但我却丝毫不记得，或者是没注意到（就像在我自己的过去中一定也有过类似的蜕变起始时期，但我当时并没有注意到，现在也记不得了），因为她曾经是个婴儿（的确是这样，这我还记得），一个顽皮、快乐、好奇、活跃的婴儿，长得胖乎乎的，喜欢咯咯笑，反应灵敏，非常容易满足,对事物能很快感兴趣,能让人逗得非常开心。(她曾经是的那个婴儿究竟怎么了?她到什么地方去了?她现在在哪里?她是怎么到那儿的?像这样的生命,这样的事物,它们不会今天出现,明天就消失,是不是?那个曾经存在过的可爱而年少的我哪去了?我对有关他的某些事情记得很清楚,我知道他曾经存在过。)从当时我们怀中的那个婴儿,直到今天我们眼前的这个女儿,我们对她一直都挺关注,但这二者之间那片无人注目的荒野,也就是她的童年早期,究竟哪去了?(它现在在哪里?它曾经在哪里?它是什么时候发生的?我能够完整地记得她一生中所发生的一切,但我仍然不知道。我所知道的只有这些:我家里曾经有一个快乐的女婴,她坐在高脚椅上,胃口极好,能吃能喝,经常自发地热情欢笑。但她现在不在这里,到处都找不到她的踪迹。而我所能肯定的是以下这些事情:曾经有一个小男孩,有一次他在一间煤棚里意外地发现他哥哥和一个女孩在一起,结果他哥哥冲他扔了一块煤,还有一次他打开门,发现他父母在床上拥抱在一起,或者他认为有过这么回事。如今他父母都已去世,而那个小男孩不见了。我不知道他来自何处。我不知道我去了哪里。我不知道从那以后在我身上发生了什么事情。我想念他,我很想知道这些年他一直在哪里。)在她的一生中(当然也在我的一生中),我曾经经常听人们讲起的那种传奇的快乐童年时光(那些无忧无虑、充满了快乐和阳光的日子,哈哈,那种儿童与生俱来的权利)究竟在什么地方?作为人类的一员,她甚至现在都有权享受这种时光(和作为她朋友的那些与她同龄的吊儿郎当、喜怒无常、毫无能力的孩子们一样),而且在以后,当生活变得老朽、破旧(牙齿脱落,脚趾磨损,足弓开始发疼,脊柱也开始疼痛,鞋子不合脚)、枯燥而酸楚时,她也应该能够带着强烈而充实的满足感毫无畏惧地将其作为往事来回首(就像我妻子一样,她的童年实际上就像是某种令人窒息的飞灰之地,直到我突然出现,把她从不幸中解救出来,带到了她现在永不间断的幸福生活之中。哈哈)。那种每个人都以为别人拥有的快乐童年究竟在哪里?我知道我从来没有过(不过我可能曾经以为自己有过,而且如果我认为自己没有过的话,我可能会以为自己知道我为什么不曾有过)。如果我小时候不开心,我总可以对自己说那是因为我父亲死了。如果我女儿不开心，她可能会觉得那是因为她的父亲还活着！

（不管弗洛伊德怎么讲，我始终没能搞清楚我对我母亲是什么感受，不知道我究竟是喜欢她还是不喜欢她，还是说根本没有任何感觉。我觉得自己什么感觉都没有。大多数时候，我对我的其他家人和我最好的朋友也是同样的感觉，或者说没有感觉。如今，我和我最好的朋友之间也已经不那么友好了。我们彼此对对方产生了厌倦，为此我如释重负。他需要钱，但我慷慨解囊不能超过一次。我从来都不能肯定，在这个世界上，除了我自己和我儿子之外，我是否真正关心过任何其他人。但我仍然会做那些有关我母亲的梦，这些梦里充满了悲伤。我身上有我找不到的一部分，仍然和她紧紧相连，就好像通过一条看不见的通着电的电线，传输着一阵阵的抽痛。它拒绝和她一起死去，而且只要我还活着，它就可能会继续生存在我体内。我想，即使我活到一百万岁，在我临终的昏迷中，我也会失去自制，在临死前呻吟着："妈，妈妈，妈妈。"这基本上也是我生命刚开始时的样子。有时我觉得自己很幸运，因为我不记得我父亲，他没有给我留下什么印象就去世了，不然的话我可能也会梦见他，假如我还没有做这种梦的话。如果他当时活了下来，他可能会把我的生活搞得更是一团糟，仅仅是因为他在我身边，就像我似乎正在把我身边每个人的生活都搞得一团糟一样，尽管我并不想这样做。我向上帝发誓，我从来都没有有意识地想要这样做。也许不管怎么说，我都在做有关他的噩梦，只是我自己不知道而已。等我死后不久，就没有人会再想起他。在我的孩子们死后不久，就没有人会再想起我。）

如果我没记错的话，我不曾有过快乐的童年，我妻子也没有过（她在回忆往事时宁愿把事情记错，如果我允许她这样做的话），而我九岁的儿子，他虽然笑口常开，总是想开许多玩笑，但他在生活中也已经遇上了一些暴风骤雨，尽管我尽一切努力好让他过得轻松一些。（对于我女儿，我已经彻底放弃了。好像没有任何办法可以用来安抚她，除了让她继续强迫我们给她买昂贵的东西，让她在自尊心上获得短暂的小小胜利，然而这些胜利会在一瞬间蒸发得无影无踪，马上又将她抛回原处，回到同样那种黑暗空虚的困境当中。她又和以前一样，不知道下一步该做什么。对我来说，在她身上花上八美元或八十美元，要比和她争辩我为什么不应该花这个钱更容易。）我在自己的经历中努力搜寻，试图找出我女儿在什么时候曾经与现在不同，我必须追溯到很久以前，才能看到她容光焕发地坐在一张高脚椅上（她曾经是一个非常漂亮可爱的孩子，当我想起她的时候，我的心中会感到一阵伤感的剧痛，充满了爱意和遗憾），那是她两三岁的时候，在一个为她举办的生日聚会上。（一个婴儿和她长大成人之后的区别可真大啊。）当时她还是我们的独生女，我们两家的亲戚都在场。我和我妻子都还年轻，我母亲还在世。许多人聚集在一起，公寓里熙熙攘攘，大家的注意力都很分散。我们只顾着互相交谈，忘记了我幼小的女儿，直到她突然用攥在带着小肉窝的小手里的粉红色一次性塑料勺子猛敲了一下高脚椅的桌板，清晰而甜美地大声喊道：

"奶奶真乖！"

我们大家一时都不明白是怎么回事。当我们反应过来的时候，大家好像同时哄然大笑，并开始鼓掌，兴高采烈地向这个小女孩和我们夫妻俩表示祝贺（看到这番由她而起的欢乐喧闹，我女儿在高脚椅上高兴地蹦来晃去，非常活泼有力，以至于我们担心她会从椅子上摔下来或者把椅子弄翻），原来我母亲（她的头发还没有全白，她的脸也还没有变得干瘪而满是皱纹）只是把杯子举到嘴边，喝了一些杯里的草莓潘趣酒[1]，而我女儿正好在注视着她。当时我和我妻子正在教我女儿用玻璃杯喝水，每当她学习成功时，我们都会用快乐的掌声予以鼓励，对她喊一声"真乖！"因此当我女儿看到我母亲从玻璃杯里喝了一口，她便高兴地将双手往下一拍表示赞许，并大声喊道：

"奶奶真乖！"

（之后不久，我母亲就不能用玻璃杯喝水了，除非有人把杯子举到她的嘴边。）

1　一种由酒精和非酒精原料混合而成的饮料，通常由葡萄酒或烈酒加上果汁、香料和糖制成。

这不过是一件小事，一桩小小的惊喜，但它却让整个房间里充满了滚滚浪潮般的快乐和温暖。(当时所有在场的人都比现在更开心，而且彼此之间比从那以后的任何时候都更为亲密。) 我们大家都非常欢喜，异口同声地赞美着我的女儿，对她做出极其乐观的预言。在这种强烈的美好感情和欢快气氛的影响下，我女儿感到兴奋不已，于是她又将“奶奶真乖！”这句话连着喊了两三次 (不再是一时心血来潮，而是经过了深思熟虑)，一边在她的高脚椅宝座上蹦来晃去，开心地咯咯笑着，尽情享受着她的胜利以及人们对她充满了爱慕的眼神和话语。(她心里明白。我记得我当时为她感到骄傲，对她说的话非常满意，对她充满了挚爱，并一心想要保护她。) 我们大家全都为她令人愉快的才智和美貌而惊叹不已 (她是我们的奇迹)，并且预见她将会获得闪光的成就。甚至就连对一切迷信都持怀疑态度的我母亲也宣称，她确信我女儿是在一颗非常幸运的星星的保佑下出生的，而且将会拥有一个幸福、灿烂、毫无瑕疵的未来。我女儿的确曾是一个非常令人疼爱的孩子，当时每个人都爱她，甚至包括我在内。

这大概是我最后一次看到我女儿这么开心，差不多也是我最后一次看到我母亲开心。在这之后不久，我就决定不邀请我母亲和我们一起住，这就意味着她将不得不独自度过余生。这不需要明说，只字不提本身就是一句无法抹去的声明。(她从没有问过，从没有逼我开口讲。她让我轻松过关。在这件事上她对我很好。) 不过每两周我都会和她共进晚餐，在她的公寓或我们的公寓，还有在适当的家庭节假日里。(我甚至会开车送她回家。我们谁都不想要她，我妻子、我女儿、我姐姐，还有我，都不想要。) 在那之后没过多久，她便遭受了一系列致残性脑痉挛中的第一次，这些脑痉挛从一开始就剥夺了她说话的能力，到最后也夺去了她思考和记忆的能力。(正当我母亲无法言语，朝着一个方向渐渐消逝的时候，德里克从另一个方向出现了，也说不出话来。) 这就是我关于人类经历之连续性、关于这个伟大生命之链的悲惨编年史，里面描述的是斯洛克姆家族中一代人所得到并给予了另一代人的饱含着痛苦和拒绝的可悲遗产，至少在我这一辈子当中。（我得到的很少，我给予的更少。）我脑海中有这么一张永不褪色的照片（一张真实的快照，哈哈），它永远都不会被改变（就像我也有一张与此类似的清晰照片，上面记录的是我的手第一次摸在弗吉尼娅丰满的乳房上，她的乳房松散地裹在衣服里，或是当她第一次让我摸她两腿之间那个地方时，摸到一种好似薄绢的东西，那种奇妙的丝绸般的感觉），上面记录着为我女儿举办的这个欢乐的家庭生日庆典，这也许是我年迈的母亲和我年幼的女儿最后一次快乐地欢聚一堂。我就在她们二人之间，年轻、强壮、成功、男子气十足（像化石一样一动不动地夹在她们之间，就好像夹在书挡中间一样，不知道自己是如何进来的，也不知道自己将如何从这里出去），已经肩负着让她们和其他人开心的艰苦重任，尽管我从一开始就只能勉强抬起头正视生活，同时拼命忍住自己，不讲有关它的俏皮话，也不大声抽泣着向别人求救。是谁把我放在了这里？我怎么才能出去？我会有一天碰上好运吗？是什么东西决定正好把我放到这个位置上？（究竟是他妈的什么原因让人们以为我能够左右任何事情，以为我能够变成另一个样子？我甚至就连自己的白日梦都控制不了。现在对我来说，弗吉尼娅的乳房和我母亲的整个一生以至死亡同样具有意义。她们两人都已经死了，我们其他人也正在路上。我几乎可以听到我妻子，或者是我的第二任妻子，如果我哪一天再婚的话，或者是别的某个人，正在说：

"现在能不能请你把斯洛克姆先生从阴凉处推到太阳下面？我觉得他看上去有点冷。"

对我来说，一台好用的吸尘器比原子弹还重要。地球绕着太阳转而不是太阳绕着地球转，以及月球绕着地球转这一事实对我认识的任何一个人都没有丝毫影响，尽管水手和挖蛤蜊的人可能对潮起潮落的观测有一定的兴趣，但又有谁在乎他们呢？对我来说，格林比上帝还重要。就此而言，凯格尔和那个负责帮我干洗衣服的人也是如此。对我来说，一台开得太响的晶体管收音机是一场比墨西哥的下一次地震还要大的灾难。"总有一天，"——在我背弃并拒绝了我母亲之后，这个想法一定曾经在她脑海中出现过至少一次，因为她也是一个凡人——“这一切也将发生在你的身上。”不过她对我非常宽宏大量，从没有对我这样说过，但我知道她肯定这样想过。）

“在我还是个婴儿的时候，”我女儿问我，“你有没有和我一起玩过？”

“当然有，”我回答说，“你觉得呢？”听到她的这个问题，一阵颤抖传遍我的全身，就像一记警钟，使我浑身的皮肤变得冰凉。

“你有没有把我抱起来抛向空中，”她问，“背着我玩骑马，在我睡觉前给我讲故事，或者把我抱在怀里，用儿语和我讲话，说一些非常滑稽的东西。”

“经常的事，”我回答，“我当然做过。”她脸上怀疑的表情让我感到震惊。“你以为我是什么样的怪物？”

“你现在可一点都不做那种事了。”

“你现在是个大姑娘了。我回家时总会大声和你打招呼，是不是？但你理都不理我。”

“我小时候有过为我举办的聚会吗？生日聚会？”

“当然有过，可漂亮了。为了把它们办好，你妈妈花费了很大的工夫。”

“我都不记得了。”

“不，你记得的。你还经常提起它们。”

“我是说我很小的时候。咱们家所有的亲戚都来参加，对我宠爱备至，还给我送很贵重的礼物？”

“有过。我以前经常和你一起玩。我曾经每天一下班回家马上就去看你，你是我第一个想见的人。我总是在和你一起玩耍。”

“妈妈也是这样告诉我的，但我不相信她。”

“你以为我是什么样的人？”

“你从来都不只是一个样子，你总是在变。有时候我做了一件事，你会一笑置之。有时候我做同样的事情，你却会生气恼火，想让我走开。我不喜欢你喝酒，我从来都不知道你喝了酒之后会变成什么样。”

“你也一样。”

“你是个父亲。”

“做父亲可不容易。”

“你不知道该怎样做父亲。”

“我一直都在努力。我总是尽我最大的努力。我现在也还在努力。我曾经每天晚上一下班回家就和你一起玩。”我匆忙往下说着，话如泉涌，滔滔不绝，诚恳的话语中充满了美好的回忆。我想抓住这个机会向她彻底解释清楚，从此永远证明，我对她指控我犯下的过错和冷落没有任何责任。“在你小时候，当你还不知道棒球是男孩子的运动时，我甚至还用塑料球棒和塑料球跟你打过棒球。我还教你游泳，游泳是我教你的。我让你脸朝下浮在水面上，并向你保证，如果你相信我，并且照我的话去做，就不会有任何不好的事情发生。你当时相信了我，没有害怕。我就是这样教会你游泳的。当你还是个婴儿，我们还住在城里的时候，每天我一下班回家，就会摘下帽子——当时我还戴帽子，那种带帽檐的软呢帽，很滑稽，现在也还有人戴——然后在你身边低下头，让你抓我的头发。你曾经很喜欢那样做，也许是因为那时我的头发还很多，哈哈。当时你还是个只有一点点大的小姑娘，还不会走路，连站都站不稳。我每天回家进门之后会先在你妈妈的脸上亲一下，然后马上去见你。我会把头低下，你会用两只小手抓住我的头发使劲拉，一边大笑，一边又蹦又跳，尖叫踢腿，兴奋得不得了，以至于我们总是害怕你会从床上蹦下去，或者把你自己从摇篮里一脚踢出去。哈哈。你会像发疯似的咯咯直笑，你妈妈也会看着我们笑。以前我每天一下班回家我们就会这样做。后来，当你大一点的时候，”我继续疯狂而着迷地追忆着，“那次你做了扁桃体切除手术从医院回来之后，我曾经每天晚上在你睡觉之前都必须给你讲一个故事，不然你就不睡觉。你非要不可，因为那是你的权利，哈哈。每天晚上都要讲，而且一般都是同一个故事。你不喜欢听新的。一开始先是《灰姑娘》，然后你在电视上看了《小飞侠》，于是就换成《小飞侠》。我曾经必须为你把《小飞侠》的故事表演出来，你非要我这样做。我每天晚上为你假装在天上飞来飞去，从沙发上跳到地板上，我敢打赌我差点把腿都摔断了。哈哈。然后是《彼得和狼》，还有《齐格弗里德》——有一次我把《齐格弗里德》的故事整个讲给你听，你当时心肠非常软，甚至为那个傻头傻脑的齐格弗里德流下了同情的眼泪，所以我再也没有给你讲过——还有那个关于兔子和柏油娃娃的故事。然后有一阵子我试着给你讲《狼来了》的故事，可是你一点都不喜欢，我想是因为那个小男孩最后被狼吃掉了，所以我们又翻回来讲《小飞侠》和《灰姑娘》。在《灰姑娘》里面，每次当我讲到王子向灰姑娘求婚那个地方，你都会打断我，回答说：'当然愿意，王子！'你还记得吗？你妈妈还记得。'当然愿意，王子！'你会大喊，哈哈，然后我们俩都会放声大笑。你妈妈站在门口听着，她也会笑。当我出门在外的时候，我会尽量在晚上你睡觉之前找到一台电话，然后通过长途电话给你讲故事。而且我讲一个故事的时候每次都必须一模一样。你非要我这样做，哈哈。如果我改了一句话，或者是为了加快速度而试图省去一些东西，你就会马上非常严厉地纠正我，让我一字不差地按照你想要的方式去讲。哦，你当时可是非常严格，非常坚决，就像一个严厉的小公主。哈哈。你把所有这些故事全都熟记在心，不愿让我改动一个字，每天晚上都要讲。哈哈。你难道不记得了吗？"

但是她不相信我。

而我并不在乎。

五　我儿子遇到了一些困难

今年我儿子在学校里遇到了一些困难，主要是在体育、数学和强调公众演讲能力的课程上。而且似乎在所有其他地方也是如此。（在家里和我，和我妻子，还有和我女儿。现在我儿子好像在每年开学时都会遇到困难，而且似乎一年比一年糟。他恐怕是在开始“令我失望”。）

他非常讨厌体育课和公众演讲。他曾经喜欢过体育。（他从来都不喜欢公众演讲。）现在他害怕体育，因为体育课上有一整套无休止的训练项目，他一个都做不好：引体向上、俯卧撑、爬绳、翻筋斗。他讨厌爬绳、引体向上和俯卧撑，这种厌恶会令他哑口无言（你几乎可以看到卡在他喉咙里的那个圆鼓鼓的铅块），使他甚至无法谈论它们（就好像只要他提到自己对这些荒唐体操动作的憎恨，就等于是违反了某种有关它们的秘密禁忌，他就会受到惩罚，被迫再次笨拙无力地将它们当众表演一番）。我儿子讨厌他的体育老师福希奥内。此人身材矮壮，胸肌发达，活像一只猿猴，除了头顶上之外，浑身上下长满了浓密而粗硬的黑色毛发，卷曲着伸出来，甚至穿透了他的白色T恤衫。他可以赤手空拳将我撕成两半，如果哪一天他决定想要这样做的话。我儿子本来就心惊胆战，福希奥内试图用他那种粗鲁霸道的原始方式来帮助和鼓励他，其结果却只是让他更觉得害怕。

“他没有良好的竞争精神，”福希奥内抱怨地对我声称，“他缺乏获胜的真正决心。”

“我也没有，福希奥内先生，”我温和地回答道，争取赢得他的好感，“也许他这一点随我。”

“这不可能，斯洛克姆先生，”福希奥内说，“每个人都有竞争精神。”

“那他为什么没有呢？”

“我正是这个意思。”福希奥内说。

有时在早上，如果我儿子知道他当天有体育课，或者必须在某堂课上做口头报告，他就会吓得呆若木鸡，脸色发青，告诉我们他感觉不舒服，觉得自己可能想吐。他说他的胸部感到一片空虚，有时胳膊和双腿也会觉得空空如也（如果我没有把他想说的话理解错误的话。他觉得如果他试着站起来，他就可能会跌倒，就像一个没有骨骼的人浑身被抽干，缩成一团，瘫倒在地）。他不喜欢在课堂上做口头报告。

（“这对他来说是很好的训练。”学校这么说。根据我自己在一伙人面前讲话的有限经验，我知道这根本就算不上什么训练。）

他曾经暗示，有时在写书面报告时，他会故意不尽全力写到最好，以避免被老师叫起来在全班面前朗读他写的东西，给其他人做一个优秀的榜样。（他缺乏获胜的真正决心。）除非他确信自己知道正确答案，他从来都不喜欢在课堂上被叫起来回答问题。（他的老师们告诉我们，他几乎从不主动举手回答问题。）他很有天赋，而且学习非常勤奋，但他非常拘谨。他学习依靠直觉，反应很快，但他害怕犯错。他对任何事物的了解都好像比他愿意透露的多很多。（他经常在思考。我并不总是能把他琢磨透。）他总是在私下揣摩，他白净的面孔显得严肃而冷漠。他经常忧心忡忡。（或者看上去是这样。有时我问他这副样子到底在担心什么，他会带着一丝惊讶抬头向我瞥上一眼，回答说他并没有担心。我不知道他是不是在对我说谎。我经常担心他可能在担心。）

如今我们已无法判断他是否喜欢上学（他曾经喜欢上学，或者表面上似乎如此），不过在一般情况下，他都能设法适应每个新学年所遇到的不同的人和新的程序,然后他便开始过得非常快活。这需要一段时间,他必须事先为这番努力做好准备。他和自己不喜欢的人保持疏远,对他喜欢的同学,他很快就会和他们变得很亲密。(他似乎天性足够狡黠,能够和喜欢打架或欺负人的同学保持尊重友好的关系。)他会交很多朋友。(他开始对我隐瞒一些事情,对此我不喜欢。我向他提问题,试图从他身上打探出一些细节,他则尽量不向我透露。我不希望他这样。我想让他向我吐露他的心事。)

一旦他在学校里交上了朋友,并发现自己能够适应新的权威体系和普遍社交准则,一般来说,一切迟早都会好起来(或者迄今为止都是如此。希望神明保佑。哈哈)。他会过得不错,得以幸存。他会活蹦乱跳,玩闹嬉戏,乐观向上,勤奋学习,以庆祝自己幸存下来这一奇迹。除非有什么事情,哪怕是*一件*对他有一定意义的事情,出现了重大的问题(今年到目前为止,出了问题的是体育课和福希奥内。体育课上有俯卧撑、翻筋斗和引体向上,还有垂直爬绳,一直爬到体育馆高高的天花板上。从理论上讲,爬绳有吓得头晕从上面摔下来的危险,或是爬到半截或下到半截时惊慌失措,僵在那里,尽管我从未听说有人遇到过这种情况。他告诉我,有些和他同龄的孩子已经不用脚就能爬到将近一半,就像猴子一样。他像我一样,永远也做不到这一点——在那根毛扎扎的粗绳子底部的绳结处,他顶多只能把自己往上提一下——但我再也不想爬绳了,而他却不得不爬。还有公众演讲。今年学校决定在低年级里强调公众演讲。为什么?他们没有解释。公众演讲和身体灵活性这二者之间难道有联系吗?这让我想起了我做的那些神秘的、散发着霉味的危险之梦——我想每个人都做过这种梦——在这些梦里,我浑身一块肌肉都无法动弹,说不出话,也无法尖叫,就连我想说的一个词语,*救命*,也说不出来。我发不出任何声音,只有一些响声硬是从我喉咙里挤出来,把我妻子弄醒。当我意识到她正呼唤着我的名字,摇着我的肩膀,试图把我叫醒时,我的心里充满了一种美妙的愉悦感。我想有时候我真的非常恨她。在我意识到自己已经醒来之后,我往往会再假装睡一会儿,继续发出含混不清的呻吟,故意让她不得不继续试图唤醒我。我喜欢她声音里流露出的担忧。我妻子觉得我做噩梦她有责任。我很高兴她这么想，不仅不试图为她开脱，而且当我做了噩梦时，我会觉得真是应该怪她。我用这些噩梦来惩罚她。我总是跑题，扯到我自己身上。我总是跑题，扯得离我自己越来越远。我希望我妻子的乳房更大一些。我希望我妻子的乳房更小一些。不过我觉得我真的很爱我儿子，就像一位父亲应该的那样。至少我觉得是这样)，那样的话他往往就会差点完全崩溃，像一捆脆弱不堪、没有生命的小男孩的衣服一样皱成一团，或者像一袋子某种破碎的薄片——炸薯片、扑克筹码、木片——感情冲动地撒满整个屋子，陷入一种疯狂而忧郁的痛苦之中，这种痛苦既使人瘫痪，同时又令人崩溃（不仅是对他，也是对我们。我们的两个孩子哪怕有一点儿可能会出什么问题，我和我妻子都会吓得失魂落魄。这都是德里克的缘故。我妻子不想让我儿子长大后成为同性恋者，并暗地里担心他真的会那样。我知道她的这种想法，因为我也经常为此而担心，但没有她那么经常。我也不想让我儿子成为同性恋者。我还没有理由认为他真的会那样，但我就是不想让他变成那样)。

我儿子才九岁，他还不能像成年人一样应对某些阻碍和挫折（我们还不知道这些阻碍和挫折都是些什么。在我们看来，他好像经常根本就不愿去尝试。对他来说，对事情进行招架已是既徒劳无益，又令人精疲力竭，因此有时可能根本就不值得。他几乎宁愿彻底放弃，不再挣扎。他往往是一副听天由命的样子，充满了遗憾和疲惫，就好像在暗示，干脆停止努力，屈服投降，让他所预见到的所有那些事情的最坏结果压倒他，伤害他，将他摧毁，好彻底了事，这样要容易得多，也更为明智。他曾经害怕会有奇怪的东西从他床底下冒出来。现在他可能会觉得，既然不管采取什么预防措施，这件事都迟早必将发生，那就不如让它们全都冒出来算了，以免不得不继续随时等着它发生，永远都不能感到安全，而是总得细心倾听着致命的灾难无情地一步步逼近。你几乎可以听见它的脚步声。我觉得他可能对他自己有这种感觉，因为我对我们俩也有同样的感觉)。

(我知道有这种感觉是一种什么样的感觉。)

(这种感觉很不好。)

在每年暑假结束、新学年开始之前几周,他就不得不开始心事重重地对他即将面临的无数磨难进行猜测,我知道那是一种什么样的感觉。(我知道接到召开办公室会议的通知,但一点都不知道会议内容将是什么是一种什么样的感觉。我知道,为了今年是否能在波多黎各举行的公司年会上发表我那篇仅仅三分钟的演讲,我已经深感不安,闷闷不乐。如果到时候我真的接替了凯格尔的工作,必须负责主持整个大会,我还不知道自己将会变成什么样子。我能把它做好吗?能像我去年那篇三分钟的演讲一样好吗,如果当时格林允许我上台发言的话?我觉得我也讨厌格林这个混蛋,但我不愿向我妻子承认这一点。我干吗想要向别人承认我讨厌我的顶头上司,并且害怕他,然而却继续在他手下工作呢?这本是小事一桩,充其量不过是一篇三分钟的风趣演讲,我为什么要为此而苦恼不已呢?天正在塌下来,眼看就要砸在我们所有人的头上,而我却坐在那里,为自己娇嫩的虚荣心上一道不肯愈合的擦伤而伤心落泪。我儿子所面对的问题至少是真实的,它们占据着空间。它们从体育馆的天花板上耷拉下来,从体育老师阴暗而邪恶的面孔上向他怒视。)对于他年纪尚轻而讲求实用的头脑来讲,在一学年里进行复杂的调整,以适应各种各样的人,他们有老有少,有好有坏,还有中不溜,结果却在春天结束、夏天来临之际将所有关系全部中止,这似乎毫无意义(对他来说,每年从九月份开始,到六月份结束,现在对我也是如此。暑假是时间的标记。暑假是清点存货、添加银行存款和瞎胡闹的时候)。到了秋天,他又必须重新经历这个痛苦的过程,试图适应新的人际关系,而他从一开始就知道,这些关系将在第二年春天烟消云散(就像季节本身的变化一样有条不紊,不知不觉,没有任何有益的目的。季节并不因我们的愿望而改变),使他再次孤立于某种庇护环境之外(显然,这个家还不够牢固)。在这种环境里,他可以安全地确定自己的方位,能够确信它将持续一段时间,保持其含义和方向,而不会在没有任何解释的情况下突然变得模模糊糊或面目全非。(如今对我们所有人来说,那个仅仅延伸到只有十八英里远的地平线的参照系在哪里?)我儿子喜欢就这样的事情苦苦思索。

(“地平线有多远?”

“在海平面上是十八英里,”我迅速回答,“要么就是只有十四英里。我忘了。”

“为什么非得是在海平面上?”

“我也不知道。也许如果你站得更高,你就能看得更远。”)

他经常提前很早就在思考这些事情(不过他用的不是这些词,这些是我的用词。他才九岁,没有我那么大的词汇量。我九岁的时候在哪儿呢?也在上小学,同样在朋友们中间孤零零的。按规定我必须每年看两次牙医,进行整牙,而且每年必须有一两次由护士在我头上找虱卵,就在教室里,和所有其他孩子们一起,有白人、黑人、犹太人、意大利人,但从来没有人告诉过我们虱卵究竟是什么,尽管人们提到它时所用的语调表明这不是什么好东西。这项测验我每次都顺利通过。我不知道如果我没通过的话我是否还能够活下来。有一次,一个女孩在地理考试时坐在教室里尿了裤子,结果这件事让大伙知道了。我不知道她是怎么活下来的。我觉得如果我在地理考试时坐在教室里尿了裤子,我一定没脸活下来)。

当我儿子提前思考事情的时候,他往往会思考那些使他困惑或折磨他的事情。(他几乎从来都无法想象有什么好的事情在等着他。他有愿望,但他从来都无法想象这些愿望会成为现实,尽管他知道,他所要求的一切,我差不多都会答应并满足他,包括所有其他我认为他想要并应该拥有的东西。当他碰巧想到一些可能发生在他身上的令人愉快的事情时,他的遐想就会变得消极,他会因这些事情将不会发生而开始感到悲伤。他还没有得到,便已经失去。他就像我们公司的推销员和我一样,在经验的影响下期待并渴望着最坏的情况发生——只是为了早点完事。)这些事情会让他的暑假受到影响。(每年暑假的开头对他来说都令人不快,因为他需要适应新环境,也就是我们那一年决定租用的海滨或乡间度假屋。他不愿去夏令营,我女儿也不愿意再去了,尽管他们不喜欢和我们在一起。我们从来都不知道应该拿德里克怎么办。把他藏起来总是很令人尴尬,不把他藏起来也同样令人尴尬。即将来临的秋天把他暑假的后半部分给毁了。有时,令我和他同样懊恼的是,暑假初期和末期的烦恼互相重叠,因此这堆烦恼才消停了一会儿,另一堆已经出现,侵蚀着他内心的宁静。有时他会惹我生气,于是我也开始为所有的事情担心,包括开始在我内心中孕育的对他的怨恨之情。我担心自己正在开始讨厌他。)

我知道(并为此而感到恼火)在暑假结束前好几个星期,他就会开始沮丧地为所有他知道自己即将面临的种种考验而发愁:功课、他在体育课上需要通过的项目(他喜欢涉及奔跑和躲避的游戏,在这些游戏中他动作迅速敏捷,而且很狡猾)、新老师、旧老师、校长、副校长、工艺课老师、自然科学老师(他对工艺课老师和自然科学老师一向都怀有戒心,也许是因为他们都是男的)、音乐老师(这个老师会不会也要求他们挨个站起来,让他独自唱上几个音符,以确定当他们必须在每周学校集会上表演时,他应该被分到合唱队的哪个声部?)、比他高年级的学生班代表(有比他高大强壮的男孩子,有权指使他做这做那,还有年龄比他大、长得比他高的女孩子,戴着徽章和袖章,正在发育中的乳房开始神秘而威胁地朝着他向前隆起。我还记得自己小时候的情形),还有上一学年里他曾经熟悉,但不再和他同班的那些男孩女孩。他为失去这些他认识的孩子们而深感痛惜,不光是男孩,也有女孩,甚至包括那些他不喜欢的孩子。他们有的搬到了别的社区,有的被父母转到了私立学校(我们当中似乎有越来越多的人把孩子转到了私立学校,那里收费昂贵,办得也不好,于是又把他们转到别的私立学校,但其实那里也好不了多少。我们不喜欢这些私立学校的校长。越来越多的事情似乎都正在陷入崩溃状态,很快就会什么都不剩了。报纸、杂志、百货商店都将一去不返,也没有电影院,只有折扣商店和毒品。我觉得,我们当中越来越多的人——不仅仅是我——其实根本就不在乎我们的孩子身上会发生什么事,只要这些事情不要发生得太早就行),还有那么一两个在暑假里因溺水而死或被汽车撞死(我们认识的孩子当中每年出事故的次数和我在公司里认识的成年人当中出事故的次数有着惊人准确的一致性。我们部门的玛莎快要发疯了),再就是另外一些孩子,由于楼下办公室里无情而深不可测的运作过程(一群成年人拿着活生生的孩子们的记录辛勤劳作,但这些写在纸上和卡片上、放在文件夹和文件柜里的记录已经过期),他们被迫和他分开(就像我们的扁桃体和乳牙一样),分散到了不同的教室里。他非常不喜欢那些对他好的老师被换走。

(“你在担心什么?”当我觉得他可能正在独自一人担心,于是再也无法默默忍受时,我会这样问他。

“我没在担心。”他会回答。

我真希望我能多帮他一些。我希望他能让我试着这样做。)

“你在担心什么?”我会再问一遍。

“我没在担心。”他回答,抬头看了我一眼,带着一丝惊讶。

“那你为什么看上去那么郁闷?”

“我在想事情。”

“你究竟在想什么事情,”我微笑着追问道,“让你看上去这么担心?”

“我不知道。我已经忘了。”

“你看上去很郁闷。”

“我不知道那是什么意思。”

“难过。”

“我不难过。”

“你累了吗?”

“我也许是困了。”

“你睡得很晚吗?”

“有时候我躺下之后不能马上睡着。”

有时候我想知道他是否真的像我想象的那么担心,有时候我又觉得他比那还要担心。他是个非常谨慎的小家伙(或者看上去是这样。我知道我自己也为他担心,总是认为最坏的事情将会发生在他身上。我妻子也是这样。我女儿小的时候我也曾经为她而担心,但现在她已经十五岁了,最坏的事情也还没有发生。最坏的事情是什么呢?我也说不准)。也许最坏的事情已经发生了,但没有人意识到,因为现在我回头看来,我儿子从来都没有过得轻松过(我女儿现在过得也很糟糕，除非她也在演戏。假如他们俩都是装作一副不开心的样子，只是为了故意惹我们生气，那该有多滑稽？哈哈。我一点儿都不会觉得好笑。就在他还是一个婴儿，在游戏围栏里玩耍时，他就好像总是在用一双神秘而聪明的大眼睛把周围的一切尽收眼底，对自己初步了解的一切做出判断，然后才决定让自己做出反应——就连当他做出自然反应时，比如突然咧嘴而笑或咯咯大笑，也总是好像有一丝经过预先考虑的延迟，一段滞后，尽管微乎其微，但的确存在，而他正是在这段时间里做出了决定。即使是当有人给他钱或雪糕时，他在接受之前也会有片刻的深思熟虑。我经常对他失去耐心。有时我会对他喊叫，羞辱他——然后否认我是在喊叫，试图说服他我只是在强调。这对于建立我们之间的信任毫无帮助。我尽量对他宽容友善，作为对此的弥补。

“要么说是，要么说不是，”我要求他，同时向他解释，“即使是你说错了，那又有什么关系呢？就算是你出了错，你又会失去什么呢？”

他被弄糊涂了。

他害怕出错。

于是他踌躇不决，结果这在我眼中正是错误之举）。

我知道他现在一定很想知道，为什么命运将他的生活一直安排得如此艰难（为什么我总是对他大喊大叫，或者似乎如此，为什么我会对他提高嗓门，这无疑是事实），或者是否终将有那么一天，他会迎来一段安宁的幸福时光，没有新的不饶人的恶魔埋伏在那里等候着他，随着接触时刻的临近蠢蠢欲动，准备对他下手，几乎可以看得见。（我知道我也在为他想着同样这些事情。他什么时候才能放松一点，不总是那么紧张，于是我也能够放松，逍遥自在一些呢？）

“告诉我，你想干什么？”出于郁郁寡欢的忧虑，我曾经多次这样问他。“你想做什么样的人？”

“我想将来有一天学会开车。”

“人人都会这样做。”

“如果我可以的话。你觉得我会吗？”

他喜欢汽油味，但他怕火、怕高、怕高速度（但他不怕飞机，如果他坐在飞机上的话）。

（我觉得）他对挑战和逆境一定已经非常厌倦，就像一个饱经风霜、精疲力竭的老头（小矮人），或者是一个白发苍苍、听天由命、奄奄一息的老太太，欣慰地拥抱着自己的死亡。通常，当某种特别令人心神不宁的东西似乎正在使他苦恼时，一丝憔悴而惊恐的阴影会从他脆弱而清秀的面容上掠过，一副惊愕不已、动弹不得的神情，就好像他被自己被困扰这一事实而深深困扰。

除了在家里，他好像在哪儿都不完全自在，尽管他和认识的人在一起时总是笑个不停。他喜欢开玩笑。他说话风趣，很会耍一些有点疯癫、富有想象力的把戏。这些把戏大多是口头上的，从来都没有恶意，而且通常在某一方面是成功的。他在幽默中寻求安全和隐蔽。（我也是如此。我在性爱中找到这些东西，而性爱也总是很幽默。）他努力把自己包围在一种充满了同情与善良的子宫般的氛围中，在那里永远生存下去（我觉得就像我认为的那个真正的我一样，狡猾地包裹在我的蚕茧里，秘密地躲在一个无人知晓的散兵坑里），掩盖着自己，几乎总是在警惕地向外窥视（至少我的一部分是这样），好让他自己（我自己）确信我们的保护外壳仍在那里且完好无损（我们自己也仍在那里且完好无损），而每当我们发现或认为我们发现了任何可能会造成刺穿、泄气或解体的危险征兆时，便会匆忙退缩（我敢肯定，同时我们也在惊恐地寻找一条畅通无阻的逃生途经，然而却是徒劳）。（篮球让他感到不安，因为他不懂篮球。）他的本能冲动总是想讨人喜欢。他不想树敌，不喜欢意见分歧，也不喜欢竞争。当周围的人都非常开心、心满意足时，他感到最没有危险（当我们允许的时候，他会假装对德里克完全漠不关心，并试着假装他能够对他视而不见）。当他身旁有人闷闷不乐或表现出愤怒时，他感到最危险，尤其是当这个人是我。（我认为，有时候他害怕我的程度就像他害怕自助餐厅里对他怒目而视的陌生人一样，或者甚至就像他害怕福希奥内或福希奥内的助手一样。他们要求他爬绳、做引体向上、翻筋斗、做俯卧撑，还要他打篮球，但我儿子怎么都打不好，他觉得篮球规则很难理解。）他是我们家里唯一不愿到书房来打扰我的人。（他甚至不敢在睡觉前进来向我道晚安，尽管我一再要求他这样做，并再三向他保证我不会介意。

“晚安。”他会从走廊上对我喊，同时躲得很远，以至于当我转身抬头望时，我看不到他，然后他便胆小地退回到他自己的房间里去，除非我马上向他喊道：

“晚安。你能进来一下吗？”）

除非我硬让他进来，否则他不敢。等到我真的让他走进书房跟我说话时，我们之间却又无话可说。他随身带着一道屏障，要么就是我自己有一道。我确实想和他谈谈，但我们没什么好谈的。我必须找问题来问，而他则没有反应。他让我不得不像是在审问他，因为他的回答总是只有一个单词。我觉得他知道我对他的回答其实并不感兴趣——他好像对我既生气又固执，就因为我试着问他问题。

他对面容阴险丑陋的陌生男人，还有在大街上瞪着眼自言自语大声嚷嚷的男男女女十分警惕。（他总是时刻对他们留意。他们当中许多人都满口脏话，语言污秽不堪。）任何反常行为都会使他感到不安（甚至包括当我喝醉时，或者是当我以某种方式在公共场合或跟他的朋友们开玩笑时。他宁愿我在周围有其他人在场时举止庄重一些）。如果碰上我对我妻子或我女儿大发脾气，或者她们当中有谁开始冲我大喊大叫，即使争吵已经结束，大家早已重归于好，我儿子往往仍会继续为我们的粗鲁举动与互相之间的残忍威胁和严厉指责而烦恼不已。如今我和我妻子尽量不在孩子们面前吵架，主要是因为对他的不良影响（还有一般情况下对我女儿的有益影响，我们吵架反倒会让她欢欣鼓舞。每当我女儿嗅到我们夫妇之间即将发生争吵的迹象时，她都会热切地凑上来，而且会经常狡猾地说上一句，无缘无故地提供使争吵爆发所需的导火索。不过有时她会吓得脸色苍白，仓皇逃走，因为她充满热情地匆匆赶来观察这场争吵，并希望有机会参与，其结果却比她想象的更为恶毒，更伤感情。有时，在运动场、马戏团或购物中心附近嘈杂拥挤的大型自助餐厅或餐馆里，或者是在酒店大堂、火车站或其他有屋顶覆盖、好似巨大洞穴的地方，当我们被陌生人包围着，我儿子会觉得有人在瞪眼望着他，目光中充满了怒火和厌恶，心里在图谋伤人。他会这样告诉我，有时他会找出这个人，向我描述他的模样，但总是不敢再回头去看。当我迅速转过去注视他所指的那个人时，我无法肯定是他搞错了，但我总是告诉他这只是他的想象。我这样做是为了让他放心)。他有个习惯，喜欢私下里长时间耐心地对一件事反复思考，在脑海里四处游荡，寻找解开谜底的钥匙。我常常无法确定，他究竟是真的陷入了某种难以挣脱的困境，还是说他只不过是在放松，而我却想象他遇到了困难。(我把他弄得神秘莫测。我不想让我儿子因为他不愿与我讨论的事情而感到困扰，尽管在困扰他的事情当中，我自己占有着显著的地位。我不喜欢他有事情瞒着我，我想知道他愿意对我吐露心事。我希望我能肯定他愿意毫无保留地回答我的所有问题，尽管他的回答可能平淡无奇，对我们俩来说都没什么值得感兴趣的。在我知道他在想什么之前，我又怎么能知道他所想的东西是否有趣呢？我希望在我想起问他之前他就想要把他所想的一切全都告诉我。他毕竟实际上是我唯一的儿子，我觉得他应该明白我多么需要他。)

我的这个儿子长相不错，善良而好奇，人人都喜欢他(或者似乎是这样。人心你永远都看不透，不过他可以。我知道我喜欢他)。他长着一头细密的沙褐色头发，有一种顽皮而聪慧的幽默感，他的肩膀和手臂白皙而纤弱。他长得不强壮，很苗条，但他的身体很好。(我们对他很满意。我女儿现在对他也很满意，尽管她曾经很忌妒他，对他不友好。我们大家都喜欢和别人谈起他。)有时候让他抱怨就像拔牙一样难。(我们一般认为他总是很开心，当他偶尔不听话、抵抗或有烦恼时，我们会将其诊断为疲劳、嗓子疼和发烧的症状，或者是他在耍孩子气，完全正常，可以容忍。)他一向都是个好孩子。就像我和我妻子有时在沉思中不禁骄傲地大声说出的那样，他好得令人难以置信，几乎不像是真的(他的确不是！有什么事不对劲，我觉得我一直都知道这一点，尽管我从来都没有勇气将它说出口，甚至不敢正视这个想法，而总是仓促避开。我妻子唯一的担心是希望他长大后不要成为同性恋者，尽管这种怀疑没有任何依据。对此我只稍有些担心。

“他表现好纯粹是为了和我过不去！”他们俩当中经常有人挑起争执，有时并不当真，有时则激烈异常。在有的争执当中，我女儿会冲动地当着我儿子的面这样声称，有时是出于幽默，有时则是充满恶意。“谁都不可能总是那么好。”

“蕾丝边[1]。”他可爱地反驳道。

我们大家全都禁不住轻声笑了，笑声中充满了柔情和赞赏，尽管我妻子拿不准这种语言在我们面前是否合适，对我们的孩子是否有益，也不知道他们该不该使用这种语言，甚至该不该知道这种说法)。

但我觉得的确有什么事情不对劲，尽管我一直把这种令人恐惧的怀疑藏在心里（就好像如果你不去注意可能出现的令人不快的事情，它就会自动消失一样。有些人相信他们可以用这种方法治愈自己的癌症。比如我妻子。我儿子身上一定会出事。现在我知道这一点，我知道这一定会发生。我自己身上也一定会出事，因为他身上出了事。也许这件事情已经在他身上发生了。我觉得是这样，这从很久以前就开始了)，同时我还在愚蠢地默默祈祷（主要是为了我自己，而不是为了他)，希望它能够很快在适当的程度上自行解决，省得我不得不去应付它，并因此遭受痛苦和磨难，或者至少让它一直处于休眠状态，不要被他人察觉，直到我快乐富足、称心如意地享尽我七十载的天年（哈哈。直到我死于自然原因)，从而再也不会受到任何令他饱受痛苦、使他致残（我无法忍受痛苦）或致他于死命的悲剧事件的伤害。我对自己能够成功做到这一点的可能性持怀疑态度，因为我注意到，人们长大后往往和他们小时候差不多。我认为，在我认识的每一个直爽坦率或沉默寡言的男人和女人里面，都隐藏着一个已完全成形，但还不完整的小男孩或小女孩，他们曾经存在过，并将永远保持原样，孤独地停留在他们的过去中，满怀希望而又徒劳地等待着重新开始生活，永不满足地渴望着有人陪伴，凄凉地盼望着有朝一日不再有危险，从而可以兴高采烈地跑出来，张开双臂，尽情呼吸令人精神振奋的新鲜空气，

---

1 英文“女同性恋者”的音译。

终于没有了恐惧，并大声呼喊：

“嘿！我来了。你是不是找不到我？我们现在能在一起了吗？”

我知道，在我内心深处的某个地方（我可以感觉到他在我的体内，这一点毫无疑问），藏着一个像我儿子一样胆怯的小男孩，他想成为他最好的朋友，并希望他能出来一起玩耍。

从积极的一面看，他好像已不再害怕蜜蜂、蜘蛛、毛毛虫、螃蟹和水母。他是这样告诉我的，我也非常想相信他。

“真的，”他再三重复道，“我上次看到蜜蜂，我甚至都没有想到躲开。”

“但是你当时害怕了吗？”我仔细盘问他，“那只蜜蜂靠近你了吗？”

“当时有人和我在一起。”他承认道。

他在数学上很有天赋，对自然科学也很擅长，但他已经不愿努力在这两门课上取得好成绩了（他的老师们为此非常恼火，对他表示失望。他对他们的这种非难感到困惑不解）。我敢肯定，在他所有的困惑当中，一定还夹杂着一场尚未解决的恋母情结冲突，其规模之大令人震惊，还有随之而来的阉割恐惧（当然是我的）。但他现在还年纪太小，哈哈，还不会被这些东西所困扰。

（我认为）他觉得自己的个头比实际上小得多。我认为他觉得自己长相古怪，令人失望，因此我们想要抛弃他，把他带到某个很远的地方，然后把他扔在那里。我们为什么想要这样做，他并不知道，他也不说。（也许他认为我们想要抛弃他是因为我们觉得他个头太小。他的个头并不小。他个头中等，只是和比他高的同龄男孩相比才显得有些矮小。他的个头的确是有点小，告诉他他个子并不小也没用。）

以前，当我们把他带到某个他从未去过的地方，或者甚至是某些他曾经去过的地方时，比如某个人的家，或是某个空旷无人或嘈杂拥挤的公共场所（光线昏暗还是明亮都没关系。他不喜欢人多的地方，也不喜欢空无一人的地方。他不喜欢我们带他到那些地方去。他不喜欢我们带他去任何地方。当我们出门时，我们告诉他我们要去什么地方，但在到达目的地之前他不会相信。等我们到了那里，他又不敢肯定我们是否打算把他带回来)，他会巧妙地用肩膀或手紧贴着我或我妻子，坚持与我们当中的一个保持身体接触，至少直到他对周围环境和我们进行了仔细审查，得出了满意的结论，认为时候还没到(也就是说，这还不是他惨遭厄运的时刻。判决已经宣布，只是处决的那一刻还没有确定)。他想紧紧抓住他知道自己所拥有的一切(尽管他对他知道自己所拥有的东西并不满意)。他不想失去我们。他不想一个人待着，甚至在家里也是如此，通常总是敞着自己房间的门。他在自己房间里待的时间不多。(如果他在家里碰到其他房间的门关着，他会感到不安。我女儿房间的门总是关着的，这几乎是一种明目张胆的恶意表示。我们房间的门可能开着，也可能关着。晚上和早晨当我和我妻子做爱的时候，或者当我们俩当中有谁认为我们有可能做爱的时候，门就是关着的。我们不想有人观看。群交永远都不适合我们。)他不想和他不信任的人在一起。他不信任和他认识时间不长的人。他对我们也并不总是很信任。(除了我们他还有谁？)他会紧紧握住我们的手，不肯放开。我们经常会为此而感到难堪，总是设法让他放手。

“放手，”我们会哄他，“放开我的手。请马上放手。”

这时他的脸颊和嘴唇会顿时失去血色(变蓝发青。在他非常紧张的时候，他的嘴唇会染上一丝蓝色)。他会开始发抖、咽口水，好像要作呕。尤其是当我们强迫他放手之后，又强迫他独自去别处玩耍，或者是让他坐在一个地方不动，而我们却走出了视野，到别处去了。每当我们叫他去别处玩的时候，他都会犹豫片刻，脸上带着一种恳求的神情，仿佛想要作呕，所以我们不再这样做了。(他不想让任何人看到他痛苦的恐惧表情，即使是在他向我们显露的时候。我们已经不再带他去他不想去的地方。他可以选择留在家里，但没有我们陪伴。我女儿现在一般太忙，没多少时间去关心他。)每当我们家的黑人女佣或白人保姆离开时，他都会觉得难过、不安(尽管他可能并不喜欢她。他通常都不喜欢她们，而且没事也不想和她们打交道)。他觉得我们可能打算用同样的方法把他打发掉。

“你们想把德里克打发掉吗？”他曾经这样问过。

“不。”我向他撒谎。

“你们想把我打发掉吗？”

“不。我们为什么会想要那样做？”

“有你想要打发掉的人吗？”

“没有。”

“在你手下工作的人呢？”

“没有。只有一个。我们怎么会想要把你打发掉呢？你太乖了。”

“要是我不乖呢？”

“你还是太乖了。”

“有时候，”他伤感地承认道，脸上带着温和的（也许是狡黠的）微笑，“我会在晚上梦见我自己一个人在某个地方，不知道该往哪儿去。我会哭。当我醒来时，我的眼睛是湿的。有时候，”这时候他已经决定把事情告诉我，于是他恭敬地继续说道，“我做这个梦的时候甚至都没睡着。”

当他把话说完时，他看上去很难过，并以一种洞察一切的精明神态默默地等待着我的回答。

（如今我已经不知道他之所以告诉我这些事情，究竟是因为确有其事，还是因为他注意到它们对我的影响有多大。不信任和反感开始给我对他的感情蒙上了一层阴影。在他的刺激下，我越来越经常想要和他争吵，与他竞争，就像我对我女儿那样。我尽量不这样做。

“你生气了吗？”他会问。

“没有。”我会撒谎。）

要么就是像他那天问我们的那句话。当时，我们给他穿上衬衫和西装夹克，系上针织领带，告诉他我们要带他去看马戏（真的是去看马戏，不过他似乎并不相信。他看上去非常可爱，健康正派，干净整洁，身穿我在布鲁克斯兄弟男童装店给他买的粉色花格衬衫，一件小小的蓝色西装夹克，也是我们从布鲁克斯兄弟的店里给他买的，还有他那头光泽柔滑的头发——是他自己的，不是从布鲁克斯兄弟那里买来的，哈哈——干干净净，打湿后分开，梳理得整整齐齐。

“我够干净了吗？”当我们把他洗净擦干，给他穿好衣服之后，他在穿衣镜前转过身来问道。

“非常干净。”我向他保证。

“干净极了。”我妻子补充道)。他问道：

“你们是不是打算把我送上出租车，然后就把我撇在那儿？”

“不，当然不是！”我愤怒地反驳道，感到非常震惊，“我们究竟为什么会想要那样做呢？”

他自谦地耸了耸肩，回答说：“我不知道。”

但他似乎的确知道。

“你是不是在和我玩游戏？”我质问道，“还是说你真的是那个意思？难道你真以为我们会把你撇在一辆出租车里？出租车司机会怎么说？”

“我可以问你一句吗？”他温顺地请求道。

“什么？”

“我想问你的事情。”

“我不会生气的。”

“你现在已经生气了。”

“我不会更加生气。”

“只管问。”我妻子说。

“假如你们真的想要把我打发掉，你们会怎么做？”

“用拥抱和亲吻，”我恼怒地回答，“你把这一整天全都给毁了。一个英俊的男孩子，打扮得漂漂亮亮，穿着花格衬衫和西装夹克，打着领带，却要和我们谈论这种话题。我们还打算带你去一家高档餐馆吃午饭呢。”

“我不想去。”

“不，你想去。”

“你会喜欢的。”

“我连马戏也不想去看。”

“不,你想去。”

“你会喜欢的。”

我不喜欢地铁。(我曾经有过关于他的可怕幻想,想象着他在地铁上走丢了,或者是走错了地方,但我从来没有想过或梦见过自己故意把他撇在某个地方,也从来没有想要这样做过。在这些幻想里,我们还来不及一起上车或下车,车门就在我们中间关上了,将我们分开。或者是我们正一起走着,我把头转开,只有那么一瞬间,当我回转头时,他已经不见了。或者是我把他忘了,忘得一干二净。直到后来,当他已经不在了,从我的梦里消失得无影无踪时,我才想起他本应和我在一起。我猜不到他去了哪里,只有一片空虚。那时我觉得很孤独,而且无法确定我们俩当中究竟是谁走丢了。我觉得自己也迷了路。)

他对难闻的气味避而远之(也许是因为他想到了腐烂、毒气或窒息。他从来都不想飞到月球上去,我也不想),而意外的巨响(或者是神秘、鬼鬼祟祟、令人毛骨悚然的声音)会让他惊恐不已(我也是,而就此而言,羚羊也是如此。他一般认为他自己是唯一对这种事情有所反应的人,并认为他是唯一感到有危险的人)。他无法理解为什么战争、抢劫、蜜蜂、数学、蜘蛛、篮球、爬绳、恶心、凶恶的男人(真实的和猜想的)和公众演讲这些东西必须存在,让他不得不去对付。它们在那里明目张胆地等着他,臭烘烘、不可避免、无法改变、无法和解(坦白讲,对此我也不明白,但我和任何其他人似乎也都无能为力。这都是惯例)。为什么就因为他擅长数学,人们就觉得他应该在数学上更努力,学得更多一些,对它更为重视。为什么他的班主任们(他们大多数是女性)曾经因为他小小年纪就精通数字而为他高兴,现在却因为他对纯粹的数学失去了兴趣而感到失望,为什么他们会对他表示不满(他们觉得自己遭到了他的拒绝。他让他们失望了)。为什么他就非得加倍努力,争取做得更好,下定决心在推球、踢球、扔球、搡球、躲球、棒球和排球上胜过所有别的男孩子。(对于像他这样的年纪轻轻的小伙子来说,他需要随身携带的球好像真不少,是不是啊?)他尤其讨厌篮球。他不知道自己该做什么（也不让我向他解释。他会问一个具体问题，然后只接受该问题的答案，其他一概不理。如果我试图继续往下讲，他会不客气地打断我，粗暴地将我回绝）。他从来都拿不准什么时候应该投篮，什么时候应该传球，而且他过于害羞，不愿承认自己陷入了困境，向人请教。他从未投中过一球，他不敢尝试。他从不投篮，除非他的队友全都冲着他大喊："投篮！投篮！"然后他才会投篮，结果没投中。他脑子里从来都搞不清楚什么时候应该阻挡拦截，什么时候应该接球、传球、配合、投篮。他完全依靠自己的直觉，而他的直觉不可靠。当他头脑混乱、判断力崩溃瓦解时，他往往会忘记别的孩子当中哪些是他的队友，哪些是对手，同时场上砰砰作响，人群蜂拥，在他周围四处滑动（就像一只巨大蜘蛛的长腿，正在伸开，向他抓过来。这是我的想象，他从来没有这样对我讲过）。他会把球传给对方队员，并犯下其他同样明显的错误，结果被人推搡，还有人冲着他叫喊（而他往往不知道是为什么。他无法从这些错误中吸取教训，因为他不明白自己错在哪里。他可能会再次犯同样的错误，这种危险影响了他的思维，结果他就更有可能重蹈覆辙）。福希奥内厌恶地摇着头。我儿子把这一切看在眼里。（这一切也都是我的想象，我的心中充满了对他的同情。）我儿子想要投篮命中，想要能够完美地传球和运球。（他不想投篮是因为他知道自己投不中。）他害怕打篮球，并希望自己不必参加。

现在，在有体育课的日子里，他根本就不想去上学。（或者是在有公众演讲课的日子里。或者是在他知道自己必须做口头报告或朗读书面报告的日子里。）他每周三天有体育课。在剩下的四天中，有三天他会为体育课而忧心忡忡。（星期六他可以放松。学校放假一天并不能让他停止担心，除非正好碰上那天本来有体育课，那样的话他就会欣喜若狂。）现在他害怕福希奥内，觉得自己被人瞧不起，而且他也害怕那位助理体育老师（他不知道这位助理体育老师的名字。他好像暗示说，没人知道这个人的名字，而且他也没有向我描述这个人的样子，所以我不知道他的年纪，也不知道他的个头有多大），这对他来说肯定又是一个可怕的危险，必须设法避开。（假如你是一个温和顺从、有些腼腆、不好争斗的九岁小男孩，比一般孩子矮一些，瘦一些，发现自己每周三天，每逢星期一、三、五，都会落入一个名叫福希奥内的人阴沉冷酷的监管之下，不仅有规律，而且无法抗拒，就像每天太阳落山，夜幕降临，地球上变得一片漆黑死寂，令人毛骨悚然，不知世界上是否还会有人醒来，而福希奥内这个人年纪比你大，身板比你宽，个头比你大得多，身体强壮，令人生畏，宽肩膀，浑身是毛，肌肉健壮，胸肌发达，身穿一尘不染的白色或海军蓝T恤衫，这些T恤衫像模子般紧紧包裹着他的身体，看上去就像里面的骨肉之躯一样结实而冷酷无情，你从来都没有足够的勇气正视他那双凶恶的黑眼睛，你没有问过或是记不起他助手的名字，他还好像不喜欢你，不赞许你，你又会是什么感觉呢？他可以对你为所欲为。他甚至可以对我为所欲为。）

“他不努力去赢。”福希奥内对我说，话里饱含着对我儿子的责备之意。我代表我儿子去学校私下向他进行抗议，因为凭良心讲，我不能再继续拖延下去。

（我妻子一直在向我唠叨，要我去找福希奥内谈谈，或者向校长投诉他，但我对后者有些犹豫，因为那样做有些偷偷摸摸，也许并没有必要，而且甚至可能会造成灾难性的后果。

“他是你的孩子，对不对啊？”

他的确是我的孩子。我想，凭良心讲，我的确不能让他每周三天早上像钟表一样有规律地承受这种令人作呕的悲伤，是不是？尽管事实可能会证明，我对缓解这种状况无能为力，除非我去大吵一场，惹人生厌，但我又不是那种人。我应该能做点什么。我有一种令人羞愧的感觉，我觉得别人家的父亲就会有办法。）

“我相信他已经尽力了。”

“他不想击败他的对手。”

“我想这可能是他的天性。”我抱歉地低声说。

“这不是他的天性，斯洛克姆先生，”福希奥内说教式地坚持道，“他并不是生来就是这个样子。”

“他现在的本性就是这个样子。”

“他没有那种真正的竞争精神。他不尽力去赢，他缺乏获胜的决心。”

“福希奥内先生，找他的茬儿并不能帮助他树立这种决心。”我胆怯地说，语气中尽量不含恶意。

“我并没有找他的茬儿，斯洛克姆先生，”他诚恳地抗议道，“我是在帮他。”

“他害怕你，福希奥内先生。他曾经喜欢上体育课，玩游戏玩得很开心。他小时候总是很喜欢玩。现在他不喜欢了。现在他根本就不想来上体育课。”

“他必须来上体育课，除非他有病假条。”

“那我就得想办法给他弄上一张。”

“你该不是把这件事怪在我身上吧？”他戒备地申辩道。

“我并不是想责怪任何人。”我觉得现在我占了上风，于是更为自信地继续说道，“我是想设法使他在这里的处境更轻松一些。”

“他在家里怎么样？”

“很好，当他不必为上体育课而担心的时候。”

“让他过得太轻松对他没有好处。”

“我并不想让他过得太轻松。”

“他必须学会应付困难。”

“怎么学？通过爬绳？”

“他在这儿必须爬绳，将来他在别的地方也必须爬绳。”

“在什么地方？”

“在高中，也许在军队里。如果他想获得成功，他就必须做许多他不想做的事情。”

“我不想和你争论。”

“我也不想。”

“我想尽力帮他解决问题。”

“我是在帮他，”福希奥内坚持道，“我试着鼓励他，斯洛克姆先生。我想让他树立获胜的决心。他没有这种决心。当他在接力赛中领先时，你知道他都做了些什么吗？他开始大笑，他就是这个样子。然后他还放慢脚步，等着其他人赶上他。你能想象吗？他队里的其他孩子可不喜欢这样。斯洛克姆先生，赛跑可不应该是这样的。你觉得赛跑应该是这样的吗？”

“不。”我摇了摇头，试图掩饰住脸上的微笑。（干得好，孩子，我想大声喝彩。但那样对他不利。）“我想不应该。”

我忍不住低声轻笑（福希奥内也在咧着嘴低声轻笑，一边扬扬得意地摇着他黝黑而整洁的脑袋，误以为我之所以发笑是因为我和他一样，对我儿子的行为感到难以置信），因为我可以清晰地想象出当时的情景：我儿子在接力赛中遥遥领先，嘴里发出有时从他体内迸发而出的那种深沉回荡、无拘无束的笑声，高兴得脚步蹒跚，一边继续努力往前跑，一边大方地向其他参赛的孩子们示意，让他们赶上来，好让他们大家能够一起大笑，并肩奔跑，继续这场游戏（这毕竟只是一场游戏）。我对脑海中我儿子的这幅画面感到非常满意，非常激动，但我知道我不能将这个想法透露给福希奥内（也不能表现出任何嘲弄或优越感），因为福希奥内每周有三天把他握在手心里，可以通过对他施加各种威胁和惩罚的方式有效地对我进行报复（与此同时，我却被安全地包裹在我的这份好工作里，坐在公司的办公室里，被日积月累的工时压得喘不过气，在令人呆滞的无聊中变老、窒息，或是在我被压抑的歇斯底里中难以忍受地颤抖着，要么就是雄心勃勃地专注于某些闲散或肉欲的东西。有谁能够想象到，就在我坐在办公桌前咬着手指甲，在小便池里小便，躲避与格林的冲突，在雷德·帕克的公寓里摸着贝蒂、劳拉或米尔德丽德的奶子，或是在美工部外狭窄的走廊里和简调情的时候，我儿子、我妻子、我女儿或德里克会遭遇什么样恶毒的罪行和凶残的事故？我就能。我能把它们全都想象到，然后永无休止地编造出新的来。各种各样的灾难从我脑海里列队而过，就像某个食尸鬼大篷车队的独立成员，来自地狱或别的某个邪恶痛苦之地，未经预先通知便不请自来。我一边研究公司报告，一边在腐烂的裹尸布里寻找骷髅，它们并非在露齿而笑。我会闻到奇怪的灰尘味，不寒而栗，感到恶心。我经常会因为自己想象到这些灾难而自我鄙视。它们不值得我去想象，但我经常会发现自己正在这样做，于是便用一句轻蔑的斥责把自己打住，马上忙着做一些事情，以逃避我胸口里那种不祥的预感，以及正在我体内苏醒的一系列震颤，它们就像一群在柳条篮子里四处逃窜的蜥蜴，或是像一群无色的飞蛾，拍打着翅膀，好似一阵狂风吹过。要么我就会给家里打电话，以确保大家都平安无事，就接电话的那个人所知。不过一般来讲，我所能了解到的最多也就是没有任何坏消息。即使我每天都竭尽全力，轮流给每个在不同地点的家人打电话，我也无法确保在我给最后一个人打完电话之后，第一个人还没有遇上某种不幸。当然，我可以用三四部电话，和他们同时接通。这样我至少可以肯定他们没事——直到我挂断电话。至少当我打电话回家时，还没有警察或救护车护理员接电话，对此我深感欣慰。我总是说，在这些情况下，没消息就是好消息。直到坏消息传来。哈哈。我敢打赌，这话我其实一次都没说过。直到刚才。又是哈哈)。因此，为了我儿子 (最终也是为了我自己。他的烦恼也是我的烦恼)，我不敢冒险冒犯福希奥内，也不敢让他对我生厌。于是我的态度温顺谦恭，彬彬有礼。

“他必须参加赛跑吗？”我问道。我对福希奥内毕恭毕敬，和蔼可亲。我控制住自己想要冷嘲热讽的冲动。我觉得自己确实比他优越，但同时我又觉得害怕。我知道自己比他强，但同时又比他弱。“难道他们就不能做点什么别的吗？或者是他就不能做点别的吗？”

“人生不易，斯洛克姆先生，”福希奥内富有哲理地说 (我真想对他说，他的这番哲理可以去见他妈的鬼)，“他现在就必须懂得他必须比下一个人强。这就是我们今天想要传授给他的经验之一，好让他为明天做准备。”

“我为下一个人感到难过。”

“哈哈。”

“这下一个人究竟是谁呀？真是个可怜的家伙。”

“哈哈。”

“也许他就是那下一个人。”

“这就是为什么我们现在要训练他。你不想让这种事发生在他身上，对吧？你不想让他成为人人都比他强的那个下一个人，对吧？”

“我不想。对我来说,他是这个人。他是我关心的那个人。这就是我来学校找您谈话的原因。”

“也许我对他的要求有点太严了,但这都是为了他好。要求太严比要求太松要强,有时候是这样的。”

“福希奥内先生,您也有孩子,是不是?”我以一种讲道理的口气反驳道,态度稍微比刚才坚决(鉴于他还没有用他短柄铁锤似的拳头把我一拳打死,而是退却到了为自己辩护的位置上)。“您应该知道,如果我的孩子因为某些事情而不开心,或者是因为他觉得您在故意找他的茬儿,那我就不能视而不见,让他继续到这儿来受罪。您会那样做吗?”

“我没有找他的茬儿,斯洛克姆先生,”福希奥内赶紧表示异议,一边不自在地咽着口水,激动得脖子上青筋直跳,“他是这样对你讲的吗?”

“不是,但我认为他是这样觉得的。”

“我尽力帮助他。我并没有找他的茬儿。那是他的朋友们,都是他的朋友们跟他过不去。每当他放慢脚步、开始大笑、不努力去赢的时候,他们就会生气,开始冲他大喊大叫。或者是当他故意把球传丢的时候——他是故意这样做的,斯洛克姆先生,我发誓他真是故意的。就像是在开玩笑。他会把球扔掉——扔给对方球队的某个孩子,只是为了给他一个得分的机会,或者是为了让自己的队友们感到惊讶。为了开个玩笑。这玩笑开得可真够意思,是不是?只要有人向他冲过来,他就会把球扔掉。他会觉得害怕。是他的朋友们生他的气,冲他大喊大叫——不是我。我只是想让他把事情做好,好让他们不那样对待他。就是在这种时候,他们会很恼火,开始对他进行攻击。然后他就会变得闷闷不乐,看上去像是要哭,说他觉得不舒服或是嗓子疼,想去看护士,想回家。他表现得像个婴儿。他的脸开始发青。我并不想这么说,斯洛克姆先生,但有时候他表现得就像个婴儿一样。”

(就因为这句话,我就真想把福希奥内杀了。我真想当场把他杀掉,因为他说的是事实,而我不想让任何人注意到。)“要知道,他**毕竟**只是个孩子嘛。”我假装宽容地笑了笑。

“他已经九岁了。”

“那算是什么年纪？”

“是到了该开始慢慢学会负责任和守纪律的时候了。”

“我不想和你争论。”

“我也不想。我跟你这么说吧，斯洛克姆先生，他必须学会面对现实中的种种事物。”

“他在努力。他已经非常努力了。”

“然后他们就不想让他加入他们的队。他们向我抱怨说，如果他不努力去赢，他们就不想让他加入他们的队。这不是什么秘密，他们当着他的面也这么说。现在他们向我抱怨说，他们不想让他加入他们的篮球队，因为他打得很差。对于那些竭尽全力一心想赢的孩子们来说，这可不是开玩笑的事情。我该怎么办？我该站在谁的一边？难道你就不能做点什么吗？”

“这就是我到这儿来的原因，为了试着做点什么。”

“斯洛克姆先生，难道你就不能和他谈谈吗？试着向他解释一下，为什么他应该努力按规矩把事情做好。这样对他来说会更好，而不是对我。”

的确如此。我用不着费多大力气，就可以想象出我儿子在福希奥内面前吓得脸色发青的样子，因为我也经常看到他在我面前显露出同样的表情。比如当我们在某个陌生的地方，他以为我会把他撇在那里，或者是当他以为我会逼着他从跳水板上跳水的时候。我该如何向福希奥内解释，我儿子现在这个样子我就挺喜欢了（是这样吗？我不敢肯定），即使他不好争，不好斗，也不出众，我也并不介意。不过我也必须向自己承认，有时候我的确希望他能够更上进、更出众一些，有时候我会因为他不是这样而对他不满，而且如果他真是这样的话，我可能会更为他感到骄傲。我想他一定也知道这一点。

他还不知道我来找过福希奥内，试图为他获得特殊照顾，而我也不想让他知道。我认为他可能会觉得非常丢脸，觉得自己的尊严受到了赤裸裸的侮辱，从而再也无法面对福希奥内。而且我也知道，当我离开时，我会生他的气，因为他让我不得不来这儿跑一趟（还因为他不仅破坏了我今早的计划，而且还影响了我昨晚大部分时间里心情的安宁。当时我已决定来找福希奥内，彻底解决这个问题，并已经在为这一决定而感到后悔)。我还想把那些龇牙咧嘴、吵吵嚷嚷、挑衅好斗的小屁孩们痛揍一顿，把他们臭烘烘、沾满鼻涕的小脑袋撞在一起，因为他们居然敢联合起来欺负我儿子。(并且让我必须有所举动。哦，真见鬼——有时我觉得我一个人可以过得很开心，但我知道实际上我并不会快乐。)

“如果他向你提出的话，你就不能让他暂时缺席一阵儿吗？”

“他想要这样吗？”

“是的，我觉得是这样，不过我认为他不会向你提出来。我会和他谈谈，但什么都不要跟他说。”

“如果是他想要这样，那当然。我并不想跟他过不去，斯洛克姆先生。”

“也许他会恢复一点自信。就几天时间。”

“我尽力帮忙。”

“对他说他看上去有点累或者什么的。”

“让他准备好一个借口，然后来找我。让他走路时稍微带点瘸，或者拿张你写的病假条，说他感觉不舒服，好不让别的孩子们发现，因此取笑他。”

“那也并不是什么假话。在有体育课的日子里，他的确会感觉不舒服，想要呕吐。他连早饭都吃不下，空着肚子就来上学了。”

“这我可不知道。他说过什么有关我的话吗？”

“说得不多，没什么坏话。他说他很害怕，什么都做不了。他并没有叫我到这儿来。”

“当我催促他，想让他做得更好、更努力一些时，我只是想帮助他。我只是想让他发挥出自己最大的潜力，好让他能够尽自己的所能做到最好，并从中多多受益。你应该告诉他我是这么说的。”

“我根本就不想让他知道我来过这里。这几天先让他做做俯卧撑什么的，看看我们给他减轻压力之后情况怎么样，好吗？”

“他俯卧撑也做得不好。引体向上、仰卧起坐、爬绳和翻筋斗也都不行。

事实上，斯洛克姆先生，我认为不管在哪个项目上，我都不能给你儿子一个好的评价。除了跑步。他跑得挺快，但他并不总是很努力。他喜欢闹着玩。”

(我不得不再次忍住微笑。)“这也许是遗传吧，”我说，“我也从来什么都不擅长。”

“哦，不，斯洛克姆先生，”福希奥内先生笑着纠正我，“只要不断坚持锻炼，不论是谁都能学会擅长任何一种体力活动。”

“希望如此吧，”我委婉地承认了这一点，“我知道我自己曾经在健身房里花了不少时间，”我在撒谎，“但我好像从来都没有多大进步。”

“你的体格不错，我一眼就能看出来。斯洛克姆先生，只要你儿子肯下功夫，他就会成为一名优秀的运动员。他跑起来就像黄鼠狼一样快，而且反应敏捷。你还没见，当他以为我或者某个孩子要冲他大喊大叫的时候，他畏缩的反应有多快。”

“即使是我给他写了病假条，他可能还是会害怕向你开口。”

“我知道该怎么做。”

“他可能会觉得太难为情。请不要告诉他我找你谈过，我不想让他知道。”

“当然，我不会说。”

“你也不会进行报复，是吧？不会因为我到这儿来向你开口而拿他出气？”

“不，当然不会，”福希奥内愤然地大声说道，“我为什么会想要那样做呢？”(因为你也是人，我想。)“你以为我是什么样的人？”

“克罗马农人[1]。”我干脆利落地答道。

(但这话当然是我在心里对自己说的。在外表上，我轻声笑着，装出一副友善的样子。我不知道是否会有一天，我会开始把我现在私下对自己说的话或是在沉思中用语言表达出的思想大声讲出来，同时却不知道自己正在这样做，没有注意到任何变化。我也不知道我是否会因此而精神失常，或者变成一个那种在人行道上或公共汽车上大声自言自语的男人——这种人通常多半是

1　克罗马农人是旧石器时代晚期生活在欧洲的一种早期人类。

女人。如果这种情况真的发生了，我将把我的内心世界与外在世界融合在一起，并在二者之中都迷失方向。我将会变得非常可悲。我现在就已经很难确定二者当中究竟哪个是哪个，哪一个才是真的。我对所有丧失自制力的情形都非常担心。我觉得这种情况可能已经在发生，我觉得有时当我喝醉了，是深深沉浸在工作或自省中时，我的确会大声自言自语——我的孩子们取笑我，说去年当我排练我没能在公司年会上发表的那篇演讲时，我的确是在大声自言自语。有时候，我会发现自己差点张口说出我打算到了办公室或家里书房桌前用笔写下来的文字，或是我准备和将要见面的人所讲的话。至少我觉得我总能及时阻止自己，但我不能肯定，可能已经有我没能做到的时候。我知道当我准备和别人对话时，我偶尔会用手和头打手势、做动作，但这几乎属于排练的性质，对此我有意识。我非常担心自己有一天会开始自言自语，以至于我觉得我现在就已经在这样做。人们会取笑我，或者装作没看见，假装我并没有自言自语。我经常觉得胸痛，因为我非常害怕自己有一天会感到胸痛，并死于心脏病发作。我哥哥就死于心脏病发作，当时他正在他办公室的等候室里等候着什么。在我还很小的时候，我父亲就死于别的什么原因。还有我母亲，在她年迈时死于一系列被人们委婉地称为脑血管意外事件的东西——这些东西并不像是什么“意外事件”——它们当中有的微乎其微，其个体效应几乎无法计量。它们使她在试图说话时舌头在嘴巴里咔嗒作响，并最终将她身体的其余部分变成了没有血的肉酱，这一景象令我终生难忘。天哪，到了最后，我是多么讨厌她的那副样子啊！而且我想哭，出于爱，出于同情和自怜，但我不允许自己做出那样的事情。我忍住了。我很坚强。当涉及他人时，我可以做到坚强，不动感情。我觉得我对自言自语的担心可能和我对口吃的担心一样严重。我觉得我的有些梦可能有同性恋的性质。我觉得我担心只要我脑子里产生自己是同性恋者的念头，我就可能会开始口吃，并从此不可救药。我不知道我为什么会对那些梦有这种感觉。同时我也觉得我的其他一些梦可能和异性恋有关，我知道这是为什么。在那些梦里，我在追小妞，使劲抽送，几乎达到顶点，几乎完全进入，但从来没有成功。我甚至从来都没有高潮，总是半途而废。难道那是我母亲？赤身裸体，甘愿合作？你还必须知道，在我一生中大部分清醒的时间里，我都在忙着防御那些我毫不知觉并发现自己难以为之辩护的行为。为什么我经常想哭，为什么我又从来都不肯让自己哭出来？有时事后我希望我当时真的哭了，并且后悔自己没哭。以前在和女儿吵架之后，我曾经经常想哭。如今我已不再为自己能够保持无动于衷而感到自豪。我极度希望我儿子永远都不要发现我是个同性恋者，如果我真是同性恋者的话。不过我觉得，如果我妻子开始拿这种可能性折磨她自己的话，我可能会从中得到一些卑鄙的满足。我希望我永远都不要在任何事情上失去自制。我从来没有过，甚至是面对一位姑娘。我真希望我想要那样做。我很高兴我并不想。我希望我永远都不要因中风而变得口吃、瘫痪，或者说不出话。我希望我永远都不要心脏病发作。我希望我永远都不要因年老体衰而尿裤子，或是想要猥亵儿童。我想知道，如果我真的把自己心中所有的禁忌一下子完全解除，一个什么样的人会从中出现，现在憋在我心里的究竟是一个什么样的生物。我会喜欢他吗？我觉得不会。很可能有不止一个的我。不仅仅是本我[1]，这一点我知道。如果我能将我的本我从整体上看待，我就可以和它和平共处，就像是和它凑在一起，变得亲密起来，交换一些黄色故事。在内心深处，我可能真的很不错。在内心深处，我并不这样认为。我希望我永远不要活到能看到真正的我见天日的那一天。他的言行可能会使我难堪，或是给他带来严重的麻烦。我希望到那时我已安然入土。哈哈。）

“哈哈，福希奥内，”我实际上是这样说的，向福希奥内表明我刚才的问题并不是当真的，“是的。我真是这样觉得，福希奥内先生。”

“什么？”

“我非常感激。我很高兴您能理解。”

“没问题，斯洛克姆先生。无论是为了帮助哪个孩子，我都会这样做的。”

“谢谢你，福希奥内先生。我现在感觉好多了。”

1　本我，又译“伊底”，是一个心理学概念。弗洛伊德认为，人格是由本我、自我和超我三部分所构成的，而本我指的是最原始的、与生俱来的潜意识的结构部分。

我急切地伸出手去和他握手。当我和他分手之后,我发现自己感觉糟透了。

我本来准备到那儿大战一场,如果有必要的话,迎战所有对手。结果我这一分赢得太轻松,于是在离开时却觉得自己输了。我很郁闷。上帝啊!当我再次坐上火车去城里上班时,我发现自己不禁在心里琢磨,这下子我对我可怜的儿子究竟做了些什么呀?我发现自己对我妻子大为恼火,因为是她怂恿我去那儿的。假如福希奥内一心想要报复呢?我不想被迫去找一所私立学校,好为我儿子转学,现在可不想,但福希奥内可以让我不得不那样做。我在他的掌握之中,而我对他却无能为力。去年是一位面色阴沉、好似母夜叉的手工艺课老师(他的耶格尔夫人,而且在那段时间里,也又成了我的耶格尔夫人。好像每个时节都有一位耶格尔夫人——一向都是如此——同时也有一位福希奥内)差点让我把他从这所公立学校转到一所价格昂贵的私立学校去(他恳求我让他留下),而到最后那所私立学校可能同样邪恶。今年则是身体健壮、色如赭土的福希奥内,以及他该死的体育课和肌肉发达的体格。(我们搬到康涅狄格州是为了避开黑人,而现在我却得为这个粗壮的意大利举重运动员而担忧。)福希奥内会不会像我现在确信的那样,因为我到学校向他抱怨(我是不是给福希奥内留下了很坏的印象?)、批评并干涉他有关我孩子的工作而感到不满呢?他会变本加厉地恫吓、羞辱我儿子,以此对我进行还击,并从中获得巨大的满足吗?要想知道答案,请明天继续收听。第二天我的确一直都在颤抖地收听着,等待着答案,午餐时还给家里打了个电话(表面上是为了问问有没有什么重要的邮件,但实际上是为了确认他还活着,还没有从学校里传来他的死讯),下午晚些时候又给家里打了一次电话。

"你猜怎么着?"是我儿子接的电话,他兴冲冲地喊道(我感到万分欣慰,同时惊诧不已)。

结果福希奥内那里,上帝保佑他,没出任何问题。(那天早上吃早餐的时候,我对当天的体育课比我儿子还要紧张。我的咖啡就好像掺了苦胆一样。福希奥内是个刽子手,他的意图就像是一副可怕而又神秘的面具。我一整天都在办公室里琢磨，在那座教养所般的学校里，在那高高的砖墙、紧闭的大门和不透光的窗户后面，他正在我儿子身上犯下什么样的残酷暴行。我比我儿子还要紧张，因为我可以将他还不知道自己正在遭受的焦虑具体化。我的想象力比他的精巧复杂无穷多倍。他还不知道利奥波德和洛布[1]，而我知道。他不知道那些狡猾、年长、形态多样的变态者，他们受内心驱使，精神错乱，无缘无故地残害、谋杀儿童。我和他一样，对凶猛残酷、面色阴沉的陌生人将他绑架、伤害、肢解的事件有着非凡的预见力。在有些日子里——或者曾经是在我们还住在城里的时候，现在也仍是如此，尽管我们已经撤到了郊区——我会用指责和挑衅的目光瞪着我在他附近看到的每一个陌生男人，我当然是在虚张声势——勤杂工、送货员、建筑工、保险推销员，甚至是牧师——把他们全都当成潜在的绑架者、虐待狂、恶棍和堕落者，或者是疯狂的杀人犯，他们会先折磨自己手中仍不相信自己厄运的受害者，然后将他们杀害，最后残害他们的尸体。尽管我知道那是不可能的，但我还是在脑子里这样想象着。现在，福希奥内的面孔在他们中间飘浮着，冷酷无情，面露凶光，完全陌生，具有象征性。我简直疯了，难怪我儿子总是很害怕。在城里的时候，有很长时间我都不敢让他一个人走路上学，尽管学校大楼只有几个街区之遥，而且和他同龄的其他孩子已经在这样做了。与此同时，我又不断敦促他鼓起勇气去尝试，向他指出他已经长大了，也很聪明，而且总有一天必须这样做。我还向他保证，只要他在过马路之前总是等到交通指示灯变绿，并朝各个方向看清楚，然后再走下路边，那么他就不会出任何事。我怕他迷路，我怕他遇上交通事故。我还怕他会遇上醉汉、瘾君子、不高兴的劳工、爆炸事件，以及年纪比他大、喜欢欺负人的男生。此外还有逃学的高中生，他们喜欢欺凌小学里的小孩子。他们大多是黑人、波多黎各人或意大利人。他们会抢走他买冰激凌的钱，撕破他的衣服，把他揍得满脸是血，或是扯掉他的耳朵。我甚至害怕建筑物上的檐板会掉下来，我觉得他也害怕。我每天会从办公室给家里打两三次电话，询问有没有收

1　内森·利奥波德和理查德·洛布是两名出身于富裕家庭的芝加哥大学学生，于1924年因谋杀14岁的少年博比·弗兰克斯而被捕入狱。

到重要的信件，或是我送去干洗的衣服，但实际上是为了确认，就在场的人所知，家里的人还全都活着——如果在应该有人接电话的时候却没人接，我就会想要给警察、公寓大楼负责人或某个邻居打电话——以确认他已安全地从学校回到家里吃午餐——根据推论，这就意味着他在早餐后安全地抵达了学校——并确认他在放学后成功地回到了家里——而这又意味着那天他在午餐后安全地返回了学校。

“你想和他说几句吗？”我妻子会问。

“不用，除非他有话想对我说。”

“他没有。你有什么话想对爸爸说吗？”

“没有。”

“你想问他些什么吗？”

“不想。”

“他不想。你听上去好像有些失望。”

我的确会感到失望。我觉得即使他没有什么具体的事情想要问我或想要跟我讲，他也应该想要和我说话。我难道不总是在惦记着他吗？

我也会郁闷地思考这件事，他这种忘恩负义的行为。我毕竟在他的身上投入了这么多的感情，难道不是吗？

对我来说，他当时每次离家出门，都是冒着种种正在一步步逼近的未知危险。我认为，我对他的这种感觉就像我曾经对我妻子和女儿的感觉一样，而每当我平时出差登上飞机舷梯时，我内心中一些消极的部分仍会有这种感觉：那就是，我无法肯定我能否安全落地。如果我在一次平常出差时不幸丧生，那岂不是很荒唐吗？他和我，还有我们大家，我们每活一天，都是又一个奇迹。我们仍然能够活着，而没有因某种意外事故或犯罪行为而丧生，这难道不是很奇妙吗？我认为是这样。我不信任汽车。天知道那些把车开得近到足以和我们相撞的都是些什么人。我妻子开车时我也信不过她，尤其是现在我知道她白天喝酒。我也不喜欢我女儿晚上坐在汽车上，而开车的小子可能也喝醉了，或是因为吸了毒而有些疯癫。我其实已经不像以前那样担心我妻子和女儿了，可能是因为她们都已安全度过了童年早期，现在似乎已足够成熟，能够照顾她们自己，也可能是因为我不像以前那么关心她们了，不像我所知道我对我儿子和我自己那么关心。我对我自己的确有一些很可怕的看法。我不喜欢关着的门、生病的朋友和坏消息。我们觉得我儿子年龄还小，还很脆弱，因此非常需要我们的爱和保护，他也这样认为。我知道我的确很在乎他，我也非常担心我在福希奥内那里把他置于了什么样的危险境地之中。结果福希奥内那里——上帝再次保佑他——的确没出任何问题。）事实上，令人惊讶的是，福希奥内原来是一个心肠非常好的人，他对我儿子的态度比我认为他所能够做到的还要更为大度，更为慎重。

“现在我在体育课上什么都不用做了，”我儿子兴高采烈地继续说道，“我甚至都不用参加游戏，除非我想参加。”

于是从那天起，我儿子就成了一个小王公，走起路来大摇大摆。（但这种情形当然也未能长久。）刚开始的时候，他非常珍视自己的这段喘息之机（他觉得自己很聪明）。他沉浸在闲暇中，在学校和家中尽情享受。与那些手臂和腿上打着石膏绷带、心脏有毛病或有其他严重残疾的孩子们一道，他得到允许，可以不参加游戏和赛跑，只需在体育馆里旁观，趾高气扬地走来走去，消磨时间，不过他必须去那儿报到，并在整堂课的时间内待在那里。（学校里有一个和他同龄的男孩，双目完全失明，因此免上体育课。学校把他留下作为一项实验。）我儿子告诉我，在体育课上，他在各种活动的边缘上来回溜达，觉得自己很优越。（他觉得自己耍了一个花招，占了便宜，他希望别人注意到这一点。）他觉得自己应该受别人羡慕。（并没有人羡慕他，他只不过是一个暂时的新奇事物。）但没过多久，突然发生了一种转变，他一下子丧失了信心，变得面色发黄，优柔寡断。他意识到自己并不想与众不同（他也许是被吓着了，害怕他以为自己正在假装的东西到头来却是真的，害怕他正面临着被永久排斥的危险，就像那些和他同龄，而且心脏的确有由疾病造成的杂音的男孩们一样，不能参加游戏，还有那些身有残疾和畸形的孩子们，我们经常看到他们坐在轮椅上，或是一瘸一拐地走来走去）。

他想和那些健康的孩子们一样，成为一个正常群体的一部分（以免被抛在后面，发现自己无法赶上），尽管他并不尊重这个群体，也不喜欢这个群体所做的事情。他不喜欢自己被人与那些体弱而有残疾的孩子们归为一类（他们甚至不能团结起来，成为他们自己的一个群体，因为他们的残疾各不相同）并遭到流放和排斥。因此他不再假装疲倦、跛脚或嗓子痛，而是去向福希奥内报告，说他觉得自己没事了。

于是他又自愿地投入到了游戏和赛跑当中（同时也投入到了引体向上、爬绳和翻筋斗当中。他仍然讨厌这些项目，但他同意忍受，因为他不能宣称自己可以参加游戏和赛跑，却不能做体操）。现在他怒吼起来像一头雄狮，争斗起来像一只猛虎，跑起来像一条黄鼠狼，而且还非常尽职卖力地说“好棒好棒”。

（“福希奥内先生现在开始夸奖我了。”有一天他得意地向我们透露。

“我今天得了四分，”又有一天，他告诉我们，“我在全队排名第二。”）

他发现，只要他拥有获胜的真正决心，在体育上达到足够好的水平对他来说并不难（也许甚至包括体操，如果他肯下功夫的话），就像在数学上达到足够好的水平对他来说非常容易一样（即使他不下功夫）。他在任何方面都不是最出色的，但他水平足够好（而且很有趣），因此现在那些最出色的孩子们喜欢和他一起玩，并希望他加入他们的队。（他们都是些比较厉害、个头比较大的孩子，而现在他成了他们当中的一员。）他（在自己脑子里秘密地）记录着他和所有其他孩子在推球、击球、踢球、扔球、搡球、顶球、股球和棒球中胜利和失败的次数（现在他又和他的那些球回到了一起，哈哈），并且总是知道自己与别人相比处在什么地位。（他就像我们公司的销售人员一样。）在接力赛跑和篮球比赛中，他会设法挑选位置，使自己与对方队伍中某个他知道自己能击败的胖男孩交手。（他对这个胖男孩感到内疚，为他感到难过。但是他想，既然这个胖男孩反正都要输，那么不如干脆让他输给自己。）他这样做与其说是想要出风头，不如说是想避免出丑。我儿子并不想成为最出色的，我其实已不再为此而感到困扰。

“也许我想要呢。”他神秘地暗示说。

“那你为什么不努力呢？”

“也许我知道我做不到。”他回答道，脸上带着一丝神秘的微笑（我仔细端详着他，但我却无法知道他所暗示的究竟真的是他心中所想，还是说他只是在狡猾地演习他所设计的某种含义隐晦、具有洞察力而又令人不快的游戏，其目的是为了使我感到迷惑。他有那么聪明吗？）。

至少我们知道他很自鸣得意。当他在体育课上表现如意，当没有人取笑或批评他，或者当他在那儿（或是在公众演讲课上）没有遇到任何事情的时候，他回到家时就会充满自信，兴高采烈，从容自若，一副大摇大摆的样子，几乎显得自以为是，把自己看得很了不起，所以这也不完全是坏事。不过，在有什么不好的事情发生的日子里，他就会变得脾气暴躁，痛苦不安，声称自己讨厌一切，因此这也并不全是好事。他会坐在那里一动不动，然后突然站起身走来走去，他心中的愤怒和羞耻只能一点一滴地表现出来。（我们看得出）他非常想哭，但他却郁闷地克制着自己。看到他这副样子，让人觉得既可怜（我和我妻子也想哭），又恼火（因为他这种郁郁寡欢的反应，我真想不满地冲他大喊大叫，也许还想动手打他）。对于令人不快的事件，他不想多讲。在引体向上、俯卧撑和爬绳这几个项目上，他仍在继续尽最大努力。他有进步，但进步很慢（他很可能已经在灰心丧气地展望着高中，到时候将会有更多的引体向上、俯卧撑和爬绳，还要和别人一起在经过加氯消毒的游泳池里光着身子游泳。他可能不想光着身子游泳，我知道我自己小时候就不想。如果他和我们大家当中的许多人一样的话，他会觉得自己的鸡鸡很小，甚至有消失的危险。如果他允许我的话，我将不得不告诉他，如果他想看到自己的鸡鸡在别人眼里有多大，他就得在镜子里盯着它看。我不会提及透视收缩的现象，除非他问我。他不喜欢理发，就连当我们让他把头发留得很长的时候也不愿意剪。他也害怕拔牙，害怕往牙龈里注射奴佛卡因。如果他现在必须做扁桃体切除手术，他多半会拒绝合作，因此不得不让人把他强行拖到医院去。我们挑了个恰当的时候把他的扁桃体给切掉了。他不喜欢任何类型的打针注射，只有当他真的喉咙红肿，发烧发得迷迷糊糊，忘了自己害怕打针的时候，才会让人在屁股上打上一针)。福希奥内对他"好棒好棒"的喊声非常满意,因为在福希奥内的指导下,我儿子现在努力尝试,积极竞争,养成了(或者至少在福希奥内、福希奥内的助手以及体育馆里其他人的眼中表现出了)那种良好的竞争精神。

"你没告诉我你去找过他。"我儿子用指责的口吻向我低声抱怨。

"你是怎么知道的?"

"我知道。"

"是谁告诉你的?"

"我知道。是你告诉我的,就是刚才,通过你的回答。是我猜的。你去找过他,是不是?"

"你真应该去当律师。"

"是我自己琢磨出来的。"

"你想让我做点什么,难道不是吗?我知道你是这样想的。"

"你没告诉我,"他气呼呼地回答,"好让我知道。"

"你觉得除此之外我还能做些什么?"

他耸了耸肩。

"你现在这样就对我不公平了,如果你不告诉我你觉得我还能做些什么。"

"我不知道。"

"你很高兴我去找了他,难道不是吗?"

没过多久,由于这件事的结果对他来说非常理想,他又几乎不知不觉地恢复了原状,开始为在有体育课(和公众演讲课)的日子里去上学而担心,担心自己表现不佳,担心他所在的队伍因他而不能获胜。由于他表现出了良好的竞争精神和获胜的真正决心,他现在害怕失败。他不想受到责备。他害怕在棒球比赛中犯错,害怕在篮球比赛中失误,害怕在接力赛中绊倒或将作为接力棒的豆子袋掉在地上,他还害怕爬绳爬到半道上永远都下不来,而只能松开手摔下来。很快,在有体育课的日子里,他吃早餐时又变得意志消沉,脸色苍白,抱怨说自己恶心想吐,喉咙红肿。他还肚子疼,不想吃东西,于是我又回到了我刚开始的境地。(当我看到他这副模样,我自己也会觉得恶心,不想吃东西。)

“你想让我再跟福希奥内谈谈吗？”

“不，我能应付。”

“如果你想要的话，我可以再找他谈谈。”

“我不想。”

“或者找别人。我可以去找校长。”

“不，别去。我能应付。”

“大人物，”我笑着回答，试图给他一点鼓舞，“你连应付是什么意思都不懂。”

“是的，但我还是能做到。”

“好吧。”

他还真做到了。到目前为止。

（同时我在一旁观望。）

（并等待着。）

他也在等待。

（在等什么？他不知道，我也不需问。）

可惜的是，只要他停止等待，而且如果人们允许他自由成长，让他按照自己的方式行事，他很可能本可以过得很愉快（而不是在那里等待）。但他从来没有得到过这种允许（我也没有，我能想到的人当中也没有人得到过）。他现在没有得到这种允许，将来也永远不会得到。我不会允许他，我妻子不会，他自己不会，别人也不会。（我很想知道，如果没有别人总是在一旁指使着我们，我们会长成什么样子。可能会长成猿猴，而不是婴儿。）时至今日，那些“别人”，甚至包括福希奥内，几乎全都是多余。在我们自己家里，就有足够多的东西来束缚、扭曲和制服他（并使得他和我们大家更容易受到随便哪个不友好的“别人”的影响，比如像福希奥内和霍勒斯·怀特。我和霍勒斯·怀特其实很少接触，但我知道我会害怕他，即使我并没有必要。他是我的克星。从一开始，甚至在我们相遇之前，我们就陷入了这种关系之中。他是个傻瓜。霍勒斯·怀特是个傻瓜，然而，在我知道他的存在之前，我就已经准备好在他面前下跪。在我和我儿子身上究竟发生了什么事，让我们变得如此卑躬屈膝？)。只有我女儿，当她成功地度过了那段令人精疲力竭的动荡时期之后，她就从来没有试图改进、伤害、教育或训练他（仅仅是为了支配和操纵他）。在那段时期里，她既痛苦又震惊，愤怒像火焰一般在她心中肆虐，全都是因为我们将我儿子带到了她的家中（尽管在那之前的数月里，我们一直在教导她，向她承诺，很快她就会有一个崭新的小弟弟或小妹妹，我们也会有一个婴儿来到这个家中，难道她不是很快乐、很幸运吗？具有讽刺意味的是，即使我们允许她继续做独生女，她也会同样觉得自己受到了剥夺。她也曾经不想要德里克，而且现在有时候会因德里克的病症而责怪自己，因为在德里克出生前，她曾经默默地诅咒过他，希望他受到伤害）。她曾经试图伤害我儿子，当时他还是个婴儿，躺在婴儿床上，或者是躺在或趴在我们的床上或放在地板上的毯子上，或者是坐在婴儿车上、高脚椅上或游戏围栏里，还不能走到或爬到安全的地方。（她试图把他推倒，而他则不知道是怎么回事。）在他学习走路的时候，如果我们不够警觉，没能阻止她，她就会把他撞倒。她会试图用手指戳他的眼睛。现在她不这样做了。现在他们相处得很好，很亲密（除非她和朋友们在一起，不希望他在身边），而且几乎从来没有任何严重的争执。（他会很爽快地让步。）我女儿不喜欢我对我儿子大喊大叫。当我冲他发脾气，开始大喊大叫时，她会受不了。这时，她经常会低着头匆匆逃走，或者歇斯底里地转向我，对我大声训斥（然后趁我还来不及回答并为自己辩护的时候便匆匆离去。这是她的又一种战术。我经常会被她打个措手不及，发现自己在她跑掉之后还在冲着空气大声辱骂或进行解释，这会让我更加生气）。有时，我会真的冲他发脾气（通常直到事后我才会意识到自己发了脾气），开始大声怒吼，说一些侮辱和威胁的话（我曾不止一次管他叫作“娘娘腔”。当时我只不过是在轻蔑地警告他不要那样，尽管我在这样做的时候从来都没有这种打算，而且事后会因自己的这种作为而憎恶自己，并寻求某种能够保全面子的方式向他道歉。通常的办法是让他看到我不再生他的气，并提出给他买一些我认为他想要的昂贵的东西）。当时我很可能在大喊大叫（但我自己并不知道，受人指责时也会矢口否认），可能还在龇牙咧嘴，满脸通红或面无血色地对他怒目而视。这时我女儿就会不顾一切地扑到我们之间，遮挡着他，在那儿坚守阵地，保护他不受我的伤害，并且真的哭了起来。

“你在对他做什么？”她会向我质问，泪水涌上她的眼角，并滴落下来，“你为什么就不能不找他的麻烦？”

如果我是在和她吵架，她就不会这么容易为情感所动。在我和她吵架时，她会尽力不让我把她弄哭（她会显得坚毅而倔强，充满了怨恨，并试图保全面子。她这样做为的是不让我看到我对她有任何影响，不让我从中得到满足。我对她来说是一件“完全无所谓”的事情），就好像把她弄哭是我的目的似的。（事实上经常的确如此。）我总是一看到我能够做到这一点就马上停手，克制住我自己的恶意，仁慈地从她身上撤回自己的攻势。

（在我们这个家庭里，没有任何东西受到压抑。）

（在我们这个家庭里，一切都在受着压抑。）

另一方面，当我女儿和她的朋友们在一起，并觉得没必要把我儿子拿出来炫耀的时候，她就可能会对我儿子很残忍。她会粗暴地将他拒之门外，尤其是会劝阻那些无精打采、口齿不清的十几岁少年，让他们不要跟他开玩笑，不要和他扔球玩，压根就不要去理他。当她和朋友们在一起时，她不想让他在身边。（她不喜欢分享。）她会把他们分开，把他赶走，厉声说：

“别去理会他，不要让他打扰你们。回你的房间去。”

每逢这种情况发生，他都不知道究竟是怎么回事。现在他也不知道自己究竟是怎么了。他想变得像别的男孩子一样，因为他错误地以为，我们希望他变成那样。他以为他现在不是大家希望他成为的那个人。我们并不想让他和别人一样，而是想让他成为我们想让他成为的那个样子（但究竟是什么样子，我们自己也还没有搞清楚，所以他又怎么可能知道呢？）。我们希望他与众不同，出类拔萃。（但我们也希望他不要太与众不同。老实说，除了希望他不要惹麻烦之外，我也不知道我想让他成为什么样的人。现在他除了知道不应该把在加油站工作作为自己的理想之外，他仍不知道自己长大后应该想成为什么样的人。我也无法对他进行指导。当医生？他没有偶像。当律师？我不想让他干那一行。我没有可供他效仿的榜样。詹姆斯·皮尔庞特·摩根二世[1]？小奥古斯特·贝尔蒙特三世[2]？克拉拉·鲍[3]？我至少还曾经有像乔·迪马乔[4]、贝比·鲁斯[5]、乔·路易斯[6]和科德尔·赫尔[7]这样的人作为我长大后想成为的那种人，尽管我现在很高兴自己长大后没有成为他们当中的任何一个。但我现在还是不知道我长大后想成为什么样的人，甚至就连我**应该**想成为什么样的人也不知道。我想成为有钱人。我至少知道一点：我不想成为美国总统。他们名声不佳，而且把城市社区搞得一团糟。）因此，他像男子汉一般（天真幼稚地）顽强而茫然地努力把自己变得像他的同龄人一样。他希望自己能够毫不费力、不假思索地和大家保持一致。九岁的他想穿其他九岁或十岁的男孩所穿的衣服（尽管他可能并不喜欢他们的穿戴），体验和他们同样的热情和挫折。（我觉得他其实对棒球已经不在乎了，而且我觉得他还不知道这一点。在我很小的时候，我曾经怀疑自己是否永远都长不大——我觉得我记得，肯定有过那么一段时间，我曾经无法相信，自己有朝一日将会变得和当时的我，也就是那个孤独寂寞的小男孩有任何不同——当时我想成为一名赛马骑师，头戴一顶樱桃红和白色的双色帽子，骑着赛马，尽管我从来都没骑过马，而且对马怕得要命，甚至就连人们用来送冰、送牛奶或送洗好的衣物的那些身体笨重、无精打采的马匹都不敢靠近，或者是那些暴死在大街上的马，就像人一样——自从我哥哥去世之后，我对我嫂子就不再觉得亲近。我现在和她从不见面，而且已

1　不可考。应指约翰·皮尔庞特·摩根二世（1918—2004），美国金融家约翰·皮尔庞特·摩根的曾孙。

2　不可考，疑为作者杜撰，因该名字带有“小”和“三世”两个后缀。可能是指奥古斯特·贝尔蒙特四世（1908—1995），美国金融家小奥古斯特·贝尔蒙特的孙子。

3　克拉拉·鲍（1905—1965）：著名美国女演员。

4　约瑟夫·保罗·迪马乔（1914—1999）：著名美国职业棒球运动员。

5　小乔治·赫尔曼·鲁斯（1895—1948）：著名美国职业棒球运动员。

6　约瑟夫·路易斯·巴罗（1914—1981）：著名美国重量级职业拳击手。

7　科德尔·赫尔（1871—1955）：美国政治家，曾在富兰克林·罗斯福总统手下任美国国务卿。

经记不清她和她的两个孩子，也就是我的侄女和侄子，到底是住在新泽西州还是长岛的哪个地方——马的尸体很快就吸引来了一大群密密麻麻、嗡嗡作响、绿蓝两色的大肚苍蝇。我想我当时觉得，作为一名赛马骑师，头戴一顶红白两色的帽子，胯下骑着一匹个头巨大、向前飞奔的纯种马，我就可以蒙骗所有人，让他们以为我是一个小个子男人，而不是一个小男孩。我很高兴我没有成为赛马骑师，要不然我现在会太笨重，赢不了几场比赛。）这在许多方面都很不幸（不是对我，而是对他而言），因为他身上有许多完全属于他自己，而且极其讨人喜爱的东西（他身上也有许多东西如果没有会更好。也许有一天，他将能够把它们全都甩掉，尽管我现在怀疑，他可能一点都甩不掉。我现在觉得，我们基本上都不会改变，而是会在灵魂里长出疤痕组织，或是鸡眼和老茧，把里面的东西遮盖住，让我们尽可能把它忘掉，直到现实场合重新提醒我们），而他身上所具有的那些美好的东西，我们大家（不包括我女儿，但包括我、我妻子、福希奥内以及整个世界，甚至包括月球上那些我们现在已经熟知的岩石和陨石坑，它们满是尘埃，形如鬼怪，暗示着黑暗的时刻和透明的幽灵）恐怕也正在共同将其摧毁。（甚至就连德里克对他也有一种令人困扰的影响，还有高楼大厦也是如此。如果我们是石头，而不是人，我们也会对他有影响，也许还是同样的影响。所有一切对他都有影响。也许对他来说我们就是石头。我不知道他如何看待我们。我知道我并不总是把自己的孩子当孩子看待。我父亲，还有其他我隐约记得的我童年早期所认识的成年男性，甚至包括当时的我哥哥，那时他还在世，而我还很小，我知道他们如今在我的记忆中都仿佛是不会说话的石头，能够迅速而看不见地从一个地点来到另一个地点，并且总是在隐晦地暗示着某些难以言喻的可怕事情即将发生。）他对滑稽的事物有着一种活泼而富有想象力的品味，他有些勇气，还有一颗温暖的心。甚至就连我们现在的那个黑人女仆，她在我面前总是踮着脚尖走路，很少敢大声说话，而只会结结巴巴地低声咕哝，然而当她听到我儿子说出一句出人意料而又滑稽的话，或是看到他做出一件出人意料而又滑稽的事时，她也会咧嘴而笑，并忍不住脱口而出：

“这个孩子。哦，你们这个儿子呀，他可真不一般。”

我们也这样认为（从他早熟的直觉和独特品质当中，我们获得了父母独有的喜悦，并为此感到自负，喜欢向别人夸耀），并且（像死板的、并不真正受自己控制的大功率机器一样）开始自动操作，对他进行改变——让他变得更坚强、更柔弱、更精明，或者变得不敏感——一边对他和我们自己撒谎（就像当我把我母亲送进那家令人厌恶的养老院时，我假装兴致勃勃地向她和其他人描述，说那家养老院又新又漂亮，就像一家现代化酒店一样舒适。我当时是在撒谎，而且知道自己在撒谎）说这都是为了他好。（而不是为了我们自己。）

"你要乖，"我们像连珠炮似的教导他，"别害怕。你能行的。努力尝试。再努力一些。有志者，事竟成。别那么做。你惹我生气了。"

（也许这都是为了他好。）

（也许并非如此。）

甚至就连我们现在为德里克请的保姆，她对我们大家谁都毫不体贴（她尤其不喜欢我女儿，因为我女儿对她公然违抗，没有礼貌，从来都毫不屈从），我怀疑她现在就连对德里克也是如此，然而她却时常专门对我儿子一个人大声夸奖，弄得他很难为情，她还会笨手笨脚、充满占有欲地拥抱他，让他觉得很难受，因为他看到她冲着我们其他人绷着脸，满怀责备之意，对比之下简直是一种嘲弄，尽管她也不赞成我儿子对待德里克的态度。

"难怪他不想和他一起玩，"她曾经当着他的面责怪我们大家，"因为他看到你们大家是怎么对待他的。你们谁都不想和他一起玩。"

我儿子不喜欢德里克的保姆，也不喜欢她好似刺眼的聚光灯一般引人注意的夸奖。（我觉得他能感觉到她是在利用他来对我们进行攻击。）他其实很害怕她，就像他害怕他的大多数老师和学校护士一样。他希望在不流露出任何厌恶的情况下（他总是害怕对任何人表现出敌意），完全避免和她交谈的可能，并避开她的捏掐、抚摸和拥抱。（他觉得她很讨厌。）

"把她打发掉。"我心情不好，一时冲动做出决定，冲着我妻子厉声说道。

她叹了口气。"我不想再从头开始找。"

"她其实对他并不好，她都不把他收拾干净。"

“我该到哪儿去找呢？”

“这回你能不能找个年轻点的？”

“到哪儿去找？”

“我真希望我们能找到一个真正喜欢他的人。没希望，我知道。她们也不想不得不照顾他。”

“也许应该让我来做，也许我应该用我一生的精力来照顾他。”

“你可真圣洁。”

“你这是什么意思？”

“去做修女吧。”

“也许我应该这样做。”

“如果你这么想的话，那就不应该。你并不是真心的。你对他可能比她们当中的任何一个都要更糟。”

“去你妈的。”

“我喜欢你现在说脏话的样子，”我开玩笑说，“你现在说的‘去你妈的’比以前强多了。”

“这是练出来的。都是你教的。”

“我很自豪。”

“只有对你我才这么说。你让人很容易对你说‘去你妈的’。”

“在这方面，你做得也更棒了[1]。”

“有什么怨言吗？”

“眼下还没有。”

“那就再去你妈的。”

她打了个滚，从我身边躲开。我们俩几乎一丝不挂。我继续大笑着。

“我正在努力，”我对她说，哄她回来，“我正在努力让你操我。”

“也许我们应该开始考虑把他送到别处去。”

1　上文中“去你妈的”在原文中的字面意思为“操你”，下同。参见第71页注释1。

“也许我们现在应该停止谈论有关他的事。”

“我想谈。”

“不。”

“把他送到一个他会过得更好的地方。”

“我说了,不。”

“我们迟早必须这样做。我是说可以考虑一下。你从来都不想考虑这件事。”

“我不想谈论这件事。”

“我们现在有足够的钱了,难道不是吗?”

“你不明白,是不是?”

“我只是问问。”

“如果我决定接受这份工作的话。这件事所需要的钱我反正都有,这不是钱的问题。”

“也许你应该决定接受它。”

“我现在不想谈这件事。”

“我说的是这份工作。”

“这个我现在也不想谈。不,不是的,你说的并不是这份工作。你经常说关于你自己的谎话。”

“这件事我们迟早得谈,我们早晚必须做出决定。停一会儿,好吗?你不能永远这样躲避下去。”

“我可以一直躲到死。”

“别拿这种事开玩笑。”

“把他留给你?”

“也别拿这个开玩笑。”

“把她也留下。还有他。真够你忙乎的。”

“这一点儿都不好笑。”

“你难道不希望我死吗?”

“你知道谈论这种事情让我受不了。”

“他还太小。我现在不想谈论有关他的事，孩子们可能会听到。”

“我是不是应该把门锁上？”

“你也一样糟糕，”我提醒她，“如果我同意，你就反对。我说要送他走的时候，你就说我们不能那样做。”

“这是为了他自己好。”

“不，不是的。”

“也许我们应该把他们全都送走。”她满怀绝望地说。

“你这话是什么意思？”

“我也不知道是什么意思，”她把自己的话又收了回去，“孩子们为他而觉得尴尬，觉得羞耻。也许我们应该把他们两个送走，把他一个人留下。”

“把他们送走有什么用？”

“我并不是当真的，这你知道。我只是觉得难受。他们不喜欢朋友到家里来的时候有他在那儿碍眼，我们也一样。”

“你说的是你自己。我对他比你对他感觉更自在。”

“不，你才不是呢。你只是在假装，你是在装模作样。他让大伙人人都不自在。他让来这儿的每个人都不得不装模作样。”

“把那个老婊子解雇了。”

“那有什么用？”

“这对我们有好处。她对所有人都很无礼。”

“别用那个词，你知道我不喜欢。”

“这就是我为什么要用它。你现在应该已经习惯了。我反正已经习惯了。事实上，我现在已经非常习惯用这个词了。”

“这对你来说很容易。”

“当然。”

“我知道你。等我把她打发走的那天，还有新保姆来的那天，你多半都会出差不在家。”

“一点不错。”

“你可以把这当作笑话。你就连面试都不想参与。”

“我不知道该问些什么。”

“然后你又觉得失望。你对我找的人从来都不满意。”

“你能找到我就很高兴了。”

“直到你和她们习惯了。直到你受不了她们,然后想要我把她们解雇。”

“找个年轻点的,好吗?你就不能找个心理学专业的或者有类似学历的吗?”

“我们需要找个全职的,她必须事事都照顾他。他自己什么都做不了。你从来都不喜欢面对任何不愉快的事情。”

“你喜欢吗?”

“在我们谈论孩子,甚至是在谈论德里克的时候,你却非要做这种事,你难道从来都不感到内疚吗?”

“不。为什么?”

“就连我祖母去世的那天,你都想让我做。”

“你父亲去世那天我也想让你做。”

“别这么说。你知道我当时是什么感受。”

“这两件事之间有什么关系?”

“我觉得有关系。我觉得这样做不对。”

“我为什么应该这样觉得呢?”

“这好像不对。”

“你想让我住手吗?如果你想让我住手,我就会住手。”

“现在好像什么都不对劲,好像又是很下流。我也不知道。我感觉不合适。”

“你难道不喜欢下流的感觉吗?”

“不。你喜欢。”

“你感觉没问题。”

“我很下流吗？难道我很粗俗吗？”

“现在我感觉到了。没错，我想我的确感到内疚。都是因为你，你经常这样做。在我们谈论孩子或重要事情的时候，我们并不经常做这种事。”

“我觉得很下流。”

“那我就会住手。这样对我来说并没有乐趣。你想让我住手吗？”

“躺在这儿谈论把他送走的事。”

“是你在谈，我可没有。你觉得下流是因为这个吗？还是因为我？”

“你爱我吗？”

“我正在努力，尽我最大的努力。来，感觉一下我正在多么努力地爱你。”

“别这样。”

“这样？”

“你明白我的意思。”

“这样？”

“再去你妈的。”

“把门锁上。”

“你去把门锁上，既然你觉得这么有劲头。”

“把那个老婊子解雇了。”

“上帝啊，你可真粗俗。”她说道，而且是认真的。

“你在亵渎神灵，”我回答，“要是你那位新牧师能听到你现在讲的话，我敢打赌，他一定会想找你谈话。你难道不高兴我粗俗吗？”

“你真没感情。”

“有感情，”我坚持道，“有很多感情。来，感觉一下我的感情。”

“不，我并不高兴。”

“你想怎么样？”

“我也不知道。我准备好了。”

“我去把门锁上。”

“我会开始找新保姆。”

“我觉得他最近好多了，难道不是吗？”

“不是。”

“你不这样觉得吗？”

“他并没有好转。你总是这样说。”

“如果我不说，你就会这样说。”

“我知道。”她承认道。

“我觉得他更听话了，他现在能听懂了。他把自己保持得更干净了。”

她坚定地摇了摇头。“我觉得她对他没有一点帮助。”

“你难道没注意到吗？”

“没有。他不可能好转。他永远都不会好转。他们都是这样说的。”

“那咱们就把那个该死的老婊子解雇了。我们谁都不喜欢她，她也不喜欢我们。她让我想起了年老体衰的耶格尔夫人。”

“耶格尔夫人是谁？”

“我过去的一个女上司，当时我还是个小伙子。”

“你有没有和她干过？”

“天哪，没有。她比我母亲还要糟糕。”

“我说过我已经准备好了。你为什么一直那样做？”

“我喜欢。你也应该喜欢。胸部发达，但没有乳房。”

“像我一样？”

“不像你。”

“我的乳房很小。你一直都对我这么讲。”

“够大了，我喜欢小一点的乳房。”

“你试过其他种类的吗？”

“从来没有。”

“你把门锁上了吗？”

“锁上了。你为什么这么担心？”

“锁上了？”

“张开。”

当我和我妻子做爱时，有时我会闭上眼睛，试着想象出一个比耶格尔夫人或德里克的那个老太婆保姆更好的对象，好为这件事增添一些趣味。我试着想象红润丰腴的弗吉尼娅，却做不到。刚开始的时候，她全身像丝绸一般柔软，散发着奇异的芬芳，但我的想象力令我失望，她在我脑海中迅速凋萎，变成了她如今可能会长成的模样。假如她没有在自己最美好的年华中吸煤气自杀的话（尽管我怀疑她并没有把那段时间看作是自己最美好的年华，哈哈），她今天多半是一个又矮又胖的讨厌鬼（就像几乎所有其他女人一样。我真希望这些妇女解放运动者赶快解放自己，好成为像我这样的性别歧视者的更佳伴侣，同时也成为她们彼此的更佳伴侣），一个喋喋不休、令人生厌的女人，比我妻子大将近十岁（哦，真该死，为什么除了石头之外就没有别的东西能够一直保持原状？），而且外貌远不如我妻子漂亮，毛孔粗大，声音尖厉刺耳，让人难以忍受，身穿低胸连衣裙，上面露出皱巴巴的奶子，咯咯笑得太勤，化妆化得太浓。我妻子其实要强多了，这我知道，于是我睁开眼睛看着她（这一举动延缓了我的高潮，让我可以一直等到我准备就绪。我真希望自己在城里真的有一位年轻标致的性感尤物，可供我在家里的性爱幻想中使用。但我并没有，几乎所有我能够成功得手并留住的姑娘都在某一方面令人伤感，并且隐约有些乏味。所以在我的性幻想里，我一般用的都是我自己的妻子，甚至就连在我和她做爱的时候。我就是这种忠贞不渝的丈夫。有时候，当我在城里或外地和另一个姑娘上床，并发现自己已经在为此而后悔时，我会闭上眼睛，假装自己正在和我妻子做爱。我真是忠诚之至。如果我妻子知道在这种我们不在一起的场合下她会浮现在我的脑海里，她应该感到很荣幸，但我觉得我不会把这件事告诉她。对此她可能不会像我那么喜欢）。

我知道当我们卧室的门锁着的时候，我儿子会不喜欢（在他开始凭直觉知道里面有秘密的性行为之前，他曾经这样说过。我觉得有一次我女儿对他讲过：

“他们在里面操呢。”）。

他也不喜欢德里克的保姆伸出她肿胀的手,用扭曲的手指把他捉住,将他紧紧地挤在自己皱皱巴巴、散发着霉味的衣服前胸上(我也不喜欢。她的衣服前胸就像耶格尔夫人的一样,邋里邋遢,巨大而突出,但里面却好像空空如也,散发着霉臭)。他曾经不止一次可怜兮兮地恳求我妻子,但表面上就像是在埋怨她:

“这全都怪你。你为什么让她对我这样?我希望她不要再那样摸我、推我、拥抱我。我根本就不喜欢她。你就不能让她离我远点儿吗?”

“请尽量不要接近他,”我妻子曾经礼貌而又尴尬地对那个保姆这样说了不知多少遍,但一点都没用,“这会让他不舒服。他不喜欢任何人对他太注意。不要替他做这做那,他宁愿自己去做。如果可能的话,请尽量不要老是抚摸他、拥抱他。他有点怪,不喜欢别人抚摸、亲吻他,不管是来自什么人都不喜欢。”

“如果是我他就不介意,”那个长着疣子的老巫婆喋喋不休地回道,“我很会跟孩子们打交道。他喜欢我,我看得出来。他喜欢我那样拥抱他,也喜欢我身上的气味。我总是把自己收拾得干干净净,因为我知道孩子们对气味很敏感。”

他不喜欢任何人拥抱、亲吻或抚摸他,不管是家人还是外人,不过他有一种习惯,当他觉得和我亲近时,他会用肩膀轻轻撞我一下,有时他也会在我妻子身上倚靠片刻(只有我女儿是个例外,他喜欢和她摔打玩闹,而当她有时间的时候,她也喜欢和他厮打。当他还小,也就是两三岁或四五岁的时候,在我妻子给他洗澡、擦粉或穿衣时,他曾经经常在她面前勃起。他会指着自己勃起的阴茎,评论两句,并带着好奇心高兴而直率地向我们俩对其进行询问。他告诉我们那东西有点发痒,而且感觉不错。我们则明智而坦率地回答他,因为我们不想给他造成心理障碍。他会勃起,对此我们没有任何意见。要说真有什么的话,我们反而有些自豪。如今,他已不再将他勃起的阴茎在我或我妻子的面前挥舞炫耀,也不再和我们谈论它。我记不得我九岁的时候有没有勃起过。我觉得我记得在比那还要早很多的时候,我的小鸡鸡里面就曾经隐约有过那种令人恐惧的兴奋感。当时我在我母亲的卧室里，坐在她近旁，或是在她身边徘徊，看着她穿衣服或脱掉出门穿的衣服，披上一件便袍。她的这些便袍披在身上总是不成样子，看上去像是褪了色。我记得她身上穿的粉红色或无色紧身胸衣，上面耷拉着吊袜带扣，还有那些用骨头或赛璐珞做成的撑条，总是在伸进伸出，尽管在我的记忆里，我当时并不知道紧身胸衣是做什么用的。我知道我记得自己狡猾地坐在她的卧室里，一声不吭，只是为了在那儿看着。如果不是出于对性的渴望，我为什么会想要这样做呢？我还记得自己后来曾经梦见过完全相同的情景：我母亲身穿紧身胸衣和衬裙，而我在她卧室里转来转去，假装在忙什么别的事情。我儿子喜欢把自己的钱给别的孩子。我知道我不应该在乎）。但他对德里克的保姆怀有特殊的反感（包括对德里克的所有保姆，而我也是如此。对我们家所有的女佣也是一样。当他进厨房找东西吃的时候，他想能够自己去拿，我也是这样。这些保姆里没有一个年轻的，而且好像全都有着一种奇怪而独特的丑陋，不是下巴瘦长突出，就是嘴里缺牙掉齿，眉毛上带着疤痕，或者是嘴唇发炎。即使是那些不丑的也很丑陋），因为他从以下事实当中感觉到了自己的某种潜在命运，某种致命的危险。首先，她被称作护士[1]，而且她是因为德里克脑子有毛病才与我们同住。其次，她是从另外某个脑子有毛病的人那里来到我们家，而当她请了一天假却一去不返，或是当我妻子将她解雇的时候，她又将从这里搬到另一个脑子有毛病的人那儿去。（我敢打赌，他从来都没想到过会有这么多脑子有毛病的人，我也一样。）她是一位蒙着面纱的通报者，一颗扫帚星，一根旋转的指针，一位传递噩讯的使者（我认为他混淆了因果关系，把德里克的疾病归咎于她在我们家中的存在，而不是把她在我们家中的存在归咎于德里克的疾病）。他不想成为下一个被她挑中的对象。然而，他并不想被人遗忘。

“三年前，”他说，“当你在波多黎各的时候，你很难过吗？”

他的这个问题出人意料。“那是两年前。”我纠正道。

1　英文原文有“保姆”和“护士”双重含义。

“三年。”

“我想你说得对。”

“两年前你们的公司年会是在佛罗里达开的。”

“你说得对。不,我当时不难过。你难过了吗?”

“我还以为你不会回来了。”

“就是为了这个?我的确回来了,难道不是吗?你当时可什么都没说。”

“我太难过了,而且我还生你的气。”

“那是为什么?”

“我也不知道。”

“为什么生气?”

他耸了耸肩,说他不知道。

“你还在生我的气吗?”

“你每次必须外出的时候我都会生气。”

“你现在在生我的气吗?”

“你现在又必须外出吗?”

“你非得要生气吗?”

“你非得要走吗?”

“是的。”

“我想我不会。我可能不会。”

“我在那儿的时候很想你。”

“你在那儿过得开心吗?”他问道。

我停下来想了想。“是的,”我坦白地回答,“总的说来很开心。刚开始的时候,我工作很努力,也很担心。但后来我就会放松下来,过得很开心。”

“你在开年会的时候不给家里打电话。”

“打电话不容易。”

“所以我不敢肯定你会回来。在去开年会之前,你对这儿的每个人都很凶。”

"没那回事。"

"有的。我们和你讲话的时候你不听,而且你还经常大喊大叫。"

"我没有。"

"有。"

"这是真的吗?"

"是的。你还把自己关在你的房间或地下室里,在那里自言自语。"

"我并不是在自言自语,"我烦躁地回答,然后露出微笑,"我是在排练。我在练习我必须在公司年会上发表的一篇演讲,还有一组需要演示的幻灯片。"

"那就是自言自语,难道不是吗?"

"我是想确保我能把一切做好,确保我在演讲时不会忘掉什么。"

"每当我必须在全班同学面前发言,我都会感到害怕。"

"我也是。我知道你害怕。"

"你害怕爬绳吗?"

"是的。现在我用不着爬了,所以我再也不会去爬绳了。"

"你喜欢吗?"

"爬绳?"

"演讲?"

"我觉得我喜欢。不管怎样,我喜欢他们让我发言。我也会感到紧张,但是我喜欢,尤其是在演讲之后。"

"我总是害怕忘记自己要讲的话,或者是讲话时觉得恶心想吐。你知道我为什么害怕游泳吗?我觉得如果我快要淹死了,我会太害羞,不敢叫救生员。"

"你会叫的。"

"要么就是担心某个同学或老师不喜欢我,不喜欢我的发言。"

"这就是为什么我这么努力,这么反复练习。这也是为什么如果你们当中有谁打断了我,我会有点生气。这都是为了确保我能把演讲稿记住。"

"你总能记住吗?"

"在公司年会上没有。我从来都没在年会上发过言,我的上司总是不让我。"

“格林。”他很有把握地猜道。

“是的。”

“我也不喜欢格林，”他向我透露道，低下了眼睛，“因为你害怕他。”

“我不怕他。”

“你不喜欢他。”

“我觉得他还行。”

“你必须为他工作。”

“这是问题的一部分。当人们不得不为别人工作时，他们和向他们发号施令的人并不总是相处得很好。但这并不意味着我不喜欢他，也不意味着我怕他。”

“你喜欢他吗？”

“不。但和许多其他人相比，我更喜欢他。”

“这个地方有这么多你不喜欢的人，那你为什么非得在这儿工作呢？”

“因为我喜欢。我必须这么做。”

“你知道我害怕什么吗？”他问道，一边饶有兴趣地抬头看着我。

“很多东西。”

“你知道我还怕什么吗？”

“很多别的东西。”

“我是认真的。”

“什么？”

“怕你不回来了。”

“这让我很惊讶。我从没想过你会这么想。”

“我确实会。”

“一直都这么想？还是只是在公司年会的时候？”

“一直都这么想，但主要是在公司年会的时候，因为你要离开很久。”

“我有时候会打电话，当我刚到那儿的时候。”

“还有其他你离家很久的时候。如果只是一天的话，我就不会那么介意。

时间一长,我就会开始觉得你不会回来了。”

“我每次都回来了。我现在就在这儿,难道不是吗?我总有一天会死的。”

“我不想让你死。”

“那我就尽量不死。”

“我有时候会想。”

“想什么?”我与其说是生气,不如说是感到震惊。

“想让你那样。”

“想让我死?”

“我也拿不准。也许当我生气的时候,或者是做梦的时候。”

“你从来都不生气。”

“你外出的时候我经常会生气,”他专注地继续说道,“不,我不想让你死,永远都不想。我也不想死。你生气了吗?”

“没有。你呢?”

“没有。我觉得如果我跟你和妈妈在一起,而不是一个人在这里,我就不会那么害怕。我不想一个人待着。”

“你不会一个人的,你会和妈妈在一起。一个人不能总是害怕可能发生在他身上的所有不好的事情。”

“我就能。”他悲伤地窃笑着说。

我也对他微笑,作为回应。“不,你不能。就连你也不能。我敢打赌,我能说出一大堆你害怕的东西,但你却没有时间总是害怕它们。”

“不要。”他喊道,假装惊恐不已。

“我不会的,”我同情地向他保证,“总会有什么事情发生,转移我们的注意力。我们是不是应该谈一些让你发笑的事情?开心一下?开开玩笑?”

“好吧。”他回答道,脸上带着一丝微笑。

“你先开始。”

“人的血液能变成水吗?”

“啊?”

“有人这样告诉我的。”

“这难道能让你发笑吗？”

“不，我一直在为这件事担心。”

“他什么时候告诉你的？”

“几个月前。”

“你为什么没有早点来问我？”

“我想思考一下。他说他是在报纸上读到的。”

“我认为不能。”

“这是学校里的一个孩子告诉我的。他说一个人的血液能变成水，然后他就会死。”

“他说的可能是白血病。”

“那是什么？”他赶紧追问道。

“我就知道不该告诉你，”我答道，一边啧啧地表示遗憾，“我刚说出口就意识到了。这是一种血液疾病，白血球出了问题。”

“它是不是变成水了？”

“不，我认为不是。不是水，不过发生了类似的事情。”

“得了这种病的人会死吗？”

“有时候会。”

“像我这样的小孩会得这种病吗？”

“我认为不会。”我撒谎道。

“他说他在报纸上读到的是一个小孩。他说是一个小孩得了这种病死了。”

“那么也许会吧。我想偶尔——”

“别告诉我。”他打断了我的话，举起双手，又做出一个惊恐万状的滑稽姿势，既像是在演戏，又真实无比。

“我已经告诉你了。”

“那就别告诉我更多了。”

“你总是这样，”我和善地对他批评道，“你把所有你能想到的有关一件可怕事情的问题全都一股脑向我提出来，然后等我回答完了之后，你却对我说，‘别告诉我。’”

“你生气了吗？”

“我像生气的样子吗？不，当然没有。”

“有时候我看不出来。”

“你当然可以。你告诉过我许多次，说我总是大喊大叫。不，我没有生气。我想让你跟我谈你脑子里想的事情，特别是那些你搞不清楚的事情。”

“是吗？我会的。”

“是的，问我什么都可以。”

“你操妈妈吗？”他问道，“你说了我可以问的。”他急忙申辩道，因为他看到我正惊讶地瞪着眼睛望着他。

“是的，你可以问。”我回答，“我有时候会。”

“为什么？”

“因为那样感觉很舒服，也挺有趣的。你知道这是什么意思吗？”

他没把握地摇了摇头。“我可以问你吗？”

“问我做不做这种事可以。我认为你最好去问别人这究竟指的是什么。还有就是如果你能换一个别的词，那样会更好一些。”

“我不知道有什么别的词。干？”

“那差不多是一回事。你想用哪个词都可以，不过和我讲话时用这个词有点怪怪的。就用它吧，我想这个词也凑合了。”

“你生我的气了吗？”

“没有。你为什么一直反复问我这个？你难道不知道我生没生气？”

“我并不总是知道。”

“我以为我总是大喊大叫。”

“并不总是这样。有时候你一声不吭，或者是自言自语。”

“我从不自言自语。”

“你还咬手指甲，而且我们谁讲话你都不听。”

“是吗？你为什么觉得我那样的时候就是在生气呢？”

“我们都很害怕。”

“那并不意味着我在生气。有时候我只是觉得不开心，或者是在集中精力想事情。我也会有不开心的时候，对不对？”

“如果我问妈妈，她会生气吗？”

“问她什么？”

“问她你操不操她。”

“要生气也只是为了那个词的缘故。也许不会。不要当着别人的面问。”

“我最好还是别问。”

“你已经问过我了，我也已经告诉你了。如果你再去问她，那就不是为了知道答案，对不对？而只是为了看她会不会生气。”

“我问了你，这没关系吧？”

“这个问题你已经问了我三次了。我没有生气。你想让我生气吗？”

“我以为你会生气。我敢打赌，要是别的孩子的父亲就会生气的。”

“也许我应该生气。我比别的孩子的父亲好。你一个劲儿地问我就是为了这个吗？你是想让我生气吗？”

他坚决地摇了摇头。“不，我不喜欢你生气。我看得出，你现在开始有点生气了，是不是？”

“我也不喜欢自己生气，而且我现在也没有开始生气。”

“是强调？”他还记得。

“是强调。”我向他确认。

“我不喜欢德里克。”他马上接着说道，他的脸上露出一副忧心忡忡、受了伤害的表情。

“你不该说这种话，”我温和地教导他，“也不应该有这种想法。”

“你有这种想法吗？”

“你不应该问这个。”

“你刚刚对我说过我问你什么都可以。这是另一件我一直都在想的事。”

“对，你可以问。你可以说你刚才说的话，问你刚才问的问题，我也可以像我刚才那样回答你。我们两个人的做法都没问题。这你能理解吗？我希望这对你来说不是太令人费解。我并不是想回避这个问题。”

“我到底该不该说呢？我不知道。”

“我也不知道，”我无可奈何地承认道，“我也拿不准我喜不喜欢德里克，我指的是他的这种情况，他的这个样子，甚至可能也包括他本人。我不能肯定。但我们经常不得不忍受我们不喜欢的事情。就像我的工作。我也一样。我还不知道该拿他怎么办，而且没人能帮得上我。”

“他让我感觉不自在。”

“他也让我感觉不自在。”

“我不敢带朋友到家里来，因为我觉得羞耻。我觉得他们会取笑我。”

“我们也是这样，但我们尽量不这么想。我们不应该这样想，你也应该尽量不要这样想。这不是我们的过错，真的不是，所以我们假装不为它而觉得羞耻。还有什么？”

“钱。”

“钱怎么了？”

“你想让我告诉你我都在想些什么，不是吗？”

“你也在想钱的事？”

“咱们有钱吗？”

“你想要什么？”

“不是为了那个。”

“那是为什么？”

“你什么都给我买。”

“到目前为止。”

“咱们家的钱太多了吗？”

“做什么太多？咱们又不是百万富翁。”

“咱们家的钱够用吗？”

“做什么够用？”

“你把这个问题弄得太难了，”他指责道，“你现在是在开玩笑，而我不是。”

“用来给人？”我继续开玩笑，嘲弄他。

“你也把钱给别人。”他答道，为自己辩护。

“我那是为了癌症之类的事情捐钱。不是给别人，不是给小孩子。我不会把它大把大把地塞给一群我几乎不认识的小孩子，就好像怕钱烧手似的。”

“白血病？”他问道。

“我就知道你会问这个。你想让我为白血病捐钱吗？”

他不置可否地耸了耸肩。“我觉得我想，但是不要从给癌症的钱里拿。”

“我就知道我一告诉你白血病的事，你马上就会开始担心。我真后悔我告诉了你。”

“我并没有担心白血病。我连白血病是什么都还不知道呢。”

“你难道就从来没担心过你不知道的事情吗？”

“比如什么？”

“如果你自己都不知道，我为什么要告诉你？”

“现在我要开始担心了。现在我会为了我可能会担心的事情而担心。”他补充道，又忧郁地笑了一声。

“很多人担心的就是这个。”

“你不喜欢我把钱给别人，”他说，“我这样做会惹你生气，是不是？”

“你之所以这样做，就是因为这个吗？”

“我不告诉你。”

“你不会这样做的。”

“是吗？”

“不然我会揍你。”我开玩笑地警告他。

我很高兴我们能够这样无拘无束地交谈。（我非常珍惜这些他好像喜欢和我一起度过的片刻时光。）

他以前经常把钱给别人（现在可能仍是如此，要么就是等到天气暖和了，当他经常在户外和别的孩子一起玩的时候，他就会又开始这样做），都是些一分、五分和一角钱的硬币（那是我们给他自己用的零花钱，或者是他从我们这里拿的，尽管我觉得他还没有开始从我们这里偷硬币，或是开始点火柴放火。这些行为将伴随着手淫而来。我就是这样开始的。我曾经从家里每个人那里偷硬币，并偷偷地把我从药柜里找到的所有能点燃的东西付之一炬。我曾经把自己脸上的黑头粉刺挤掉，还喜欢摆弄冒着巨大火焰的打火机。还有就是手淫。我们不想让他把钱给人。我曾经试着以专业权威的身份向他详细解释，为什么把我们送给他的礼物转送给别人是不合适的，而且我们给他的钱是我们送给他的礼物。结果是对牛弹琴。他每次都会乖乖地听我把话讲完，但他不明白我的意思。他的脸上是一副茫然、耐心、屈尊俯就的表情。我也不知道自己究竟是什么意思，甚至也不知道我为什么想要阻止他。然而我仍继续尝试。虽然那只不过是些一分、五分和一角钱的硬币，可我对付他的那种狂热就像我当年对付我鼻子周围的黑头粉刺一样，就像正在从我的皮肤里挤出一些可能是脓的黄色细丝。我想这是因为我觉得他不知感激）。我觉得他还在把钱给别人，因为我注意到，他和他的朋友们经常互相给钱和其他东西，既不记账，也不要求偿还，就像我平时并不大方的女儿和她最要好的一些朋友一样。我希望他在这样做（尽管我告诉过他不应该这样做），因为我想让他不自私。那我为什么还要没完没了地教训他呢？我希望他长大后成为如今我见到的这些许多年轻人当中的一员，他们似乎都想彼此友好相待。他们甚至会把车借给别人。我们从来没那样做过。我甚至希望我是他们当中的一员。我真希望自己能再年轻一回，好加入他们的行列。我希望我能确认他们真的像我想象的那样开心满足。（我女儿不开心，我儿子也不开心。也许她将来会，我儿子将来也会。也许他们还有机会。）我偶尔会看到一个年轻小伙子和一个年轻姑娘（她甚至不必是很漂亮）在公共场合勾肩搭背地走着或是坐在一起，互相信任，亲密无间，我就会几乎因极度的羡慕和情欲而痛苦地倒在地上。不，不是情欲，而是羡慕，渴望。我偶尔也会发现自己和一个年轻姑娘在一起时有点像那种样子，但我觉得她认为我太“古板”，尽管她可能会喜欢我一段时间

(并和我上床)。我觉得她想的没错,我的确很古板,甚至有点笨拙。就连当我用我惯常的油嘴滑舌、具有挑逗性(而且老套乏味)(而且陈词滥调)的巧妙应答来勾引某个姑娘的时候,我都会觉得自己很笨拙,并且因为自己是这个样子而瞧不起自己,尽管我确实就是这个样子,而且看到自己正在成功。我其实并不喜欢通奸,我甚至拿不准我是否喜欢和人上床。有时候还可以,还有的时候则只是高潮而已。是不是应该还有些别的东西?以前曾经有过。这种事以前曾经要热烈得多。过去每当我和我妻子通过狡猾而持久的盘问,得知他又把钱给人了,我们都会狠狠地斥责他。有时他给钱的对象甚至不是他非常喜欢或特别了解的孩子,而是那年夏天他碰巧在海滨木板人行道或大街上刚刚认识的一个孩子,这个孩子似乎比他更想要那点钱。有时这是他给我们的唯一理由。他还会把小甜饼和糖果也送人,并且让别的孩子玩他的玩具,即使是新玩具。出于某种原因,每当我们看到他让某个别的孩子玩我们刚给他的新礼物时,我仍会感到非常恼怒(我妻子的反应也相差无几——我的感觉是一种忌妒,并且好像遭受了拒绝)。(我们觉得那礼物仍是我们的,而不是他的。)

我曾经试图对他进行仔细观察,好发现有没有什么规律,看看是否能依照性格或经历将他给那些一分、五分和一角钱硬币的孩子们进行归类——我不能肯定他是否曾经给过一角钱。我没有找到任何规律。他知道我们在研究他,讨论他。我告诉他那只是他的想象。当我说这话的时候,有时候那的确是他的想象,有时候则不是。我仍在观察他。(如果我儿子小时候真的觉得有人在监视他、琢磨他、谈论他,那他并没有完全搞错。这并不完全是一种幻觉。)我为自己的这种行为感到非常愚蠢,万分羞愧(而且我也许还会这样做)。这件事所涉及的从来都不过是一分、五分或一角钱,但我和我成年的妻子,我们却曾经为此而大动肝火。就因为我们这个五六岁或六七岁的孩子把他从我们或别人那里得到的一分、五分或一角钱硬币给了别人,自己不想要,我们是既愤怒,又震惊。我们没有冲他大喊大叫,我们的做法比那还要糟糕。我们态度傲慢地对他说教,贬低他。我们从来没有真的生他的气,也没有故意对他非常刻薄,但我们会假装生气(这一定让他更加困惑),我们会提高嗓门(不是大喊大叫，而是为了强调），用嘲弄的眼光打量着他，就好像觉得既好笑，又难以置信。我们会一边咯咯地傻笑着，说一些友好而揶揄的俏皮话，一边用傲慢而无情的论据将他团团包围，置于死地（同时，我女儿会躲在一个她挑选的角落里，用责备的眼光望着我们。当时她还太小，太矜持，还不会用责骂的方式进行反对，就像她现在经常做的那样。她觉得我儿子从我们这里得到了更多的关心，因此不禁有些垂涎），告诉他绝对不能、绝不应该、绝对不许把钱给别人。

“为什么？”

（的确，为什么不行呢？有谁知道？我们也不知道，尽管我们想当然地认为我们知道。）我们总是和蔼可亲、欢快友好、不厌其烦地反复向他表达（我们对他说得很清楚，这是我们作为父母的责任），我们仍旧一如既往地爱着他，我们批评他并不是为了惩罚他，而且我们也并没有真的生气。但是当我们试图教导他的时候，我们的确在用友好而宽容的语调一个劲儿地指责他（我们两个人同时合伙对付他），而且我们的确试图坚决、顽强、疯狂而又耐心地向他解释，为什么他这样做既不明智，也不正确。

问题是我们无法解释。（我们甚至就连我们自己认为合理的解释都没有。如果面对他的“为什么？”你的回答只有一句蹩脚而武断的“就不许”，这样很难具有说服力。我现在觉得，我们当时对他比福希奥内还要糟糕，比任何一位老师都更残忍，更打击他的信心。对此我悔恨不已，然而我也本能地知道，如果他再这样做，并被我抓住，我将会以同样的方式加以处理，或者至少有那样做的冲动。我希望我能克制住自己。我知道我觉得他的做法是错的，但我不知道它为什么是错的，也不知道我为什么觉得它是错的。）我知道我们无法向他提出一个真实而令人信服的理由，向他解释为什么他不应该在他自愿的情况下把他的一分、五分和一角钱硬币送给别的孩子。我们居然对他做出警告，告诉他我们将会通过给他一个教训的方式对他进行惩罚，但其目的并不是为了惩罚他，而只是为了给他一个教训。我们会在一段规定的时间里不给他零花钱，要么在他下次想要钱的时候不给他，要么不给他买冰激凌、汽水或糖果的钱，而是直接给他冰激凌、汽水或糖果，因为我们觉得把钱给他不放心。要么我们就会摆出一副家长的姿态告诉他，如果他听从了我们的警告，没有把钱给别人的话，那么他现在就会有钱自己去买了。

（“瞧见没？我们早就告诉过你。”）

我还曾经有过一个异想天开的主意，那就是要求他每次都在我们眼前把它吃光（以免让他有机会把自己的冰棍或条状糖果给别人咬上一口），但我从来都没有做得那么过分。（我的心可真好，哈哈。）

在这些讨论和盘问的过程中，他都会感到非常不自在（他不知道该怎么做，不知道眼睛该往哪儿看，该怎么看。无论我们怎样努力打趣说笑，好让他放松，他都从来放松不下来。他脸上带着疑惑的笑容，总是很不自然，显得犹豫不决。同时，他竭力和我们友好地开玩笑，向我们提问题，回答我们的问题，努力而又徒劳地试图弄明白，我们如此坚定不移地想教给他的究竟是什么，这一切究竟是为什么），我觉得他其实很想放弃，想哭出来。当我现在回想起他娇嫩脆弱、愁眉不展的表情，他谦和礼貌、压得低低的声音，（现在看来）似乎很明显，他当时差点儿就要哭出来了。但他不会让自己流下眼泪（因为我们不想让他那样做），他掩饰得很好（但我现在对他更了解了）。当我们和颜悦色地对他长篇说教、严厉指责时，他并没有哭，而是再三向我们二人依次露出疑惑的微笑，一边皱着眉头，犹豫不决地摸索着，试图理解并掌握我们觉得自己解释得非常流利的道理。

“假如你过一会儿或者明天又想要那一分钱呢？”我会向他指出，好心地给他举个例子。

“那我就再去要一分。”他会这样回答。

“到哪儿去要？”

“这儿。”

“跟谁要？”

“跟你要。”

“我不会给你。”

他眯起眼睛。“为什么？”他困惑不解地问道。

“因为我不会。”我说，带着不容置疑的幸灾乐祸之意。

“为什么？”

我耸耸肩。

“那我就跟妈妈要。”

“是吗？”

“我也不会给你的。”

“为什么？”他稍微往后退了退，凝视着我妻子。

“你刚刚把一分钱给了别人，不是吗？你根本就没把它当回事。”

他看到我们正默默地望着他，等待着他的下一个尝试。

“我给了他钱的那个男孩，”他说，“我去跟他要。”

“他已经没有了。”

“他不会给你的。”

“到时候他已经把那一分钱花掉了。他想要那一分钱就是为了把它花掉。”

“你以为人人都那么大方吗？”

“要么他就不会给你。并不是每个人都像你那么大方。”

“或者像你那么有钱。”

“或者像你那么家境宽裕。我们并不算有钱。”

“你明白了吧？是不是？”

“我们不会给你钱的。”

“所以明天你就没钱了。”

我儿子被弄糊涂了，他瞪着眼睛，用探寻的眼光望着我们，仍在强作微笑，努力试图弄明白这究竟是怎么回事。他困惑地扭着身子(并心不在焉地迅速拨弄着自己的阴茎)，等待着一个暗示，希望能够找到一线光明，向他揭示出这一切原来是某种善意的恶作剧。

(“别扯你的鸡鸡。”我很想这样训斥他，但我忍住了。)

“你需要去洗手间吗？”我妻子却不容分辨地问道。他惊讶地摇了摇头，不明白她为什么会这样问。

他搞不清楚自己身上刚刚发生了什么事情。他看看我，又转过头看看我妻子，发现我们俩都不打算帮他，一阵迟疑的战栗传遍他的全身，他看上去就好像僵住了一样。

“为什么？”他充满哀伤地问道，声音里带着一种痛苦和完全听天由命的语调。（他已经准备好在有必要的情况下举手投降。）

“为了给你一个教训。”我傲慢而又故意津津有味地总结道。

我真是个混蛋。

我真是个自私、渺小、愚钝而又麻木不仁的混蛋。我曾经这样自鸣得意而又专横残暴地迫害我儿子，现在回想起来，我真是羞愧难当，后悔不已（今后当我再次对他施加这种迫害时，我也将会同样感到羞愧和悔恨。我怎么才能制止我自己呢？）。就我个人而言（法官大人，我服罪，但我有一个解释），我真的相信我的动机主要是出于一种强烈的保护欲，我想保护他，好让他不被别的孩子占了便宜（甚至包括被我女儿占便宜。我永远都受不了看到他被别人占便宜，那种感觉就好像是我自己正在遭受被人欺骗的屈辱，软弱无助，被人当作了傻瓜，就好像是我自己的自尊心受到了伤害一样。我对他最为气愤的时候，就是当我觉得他在听凭别的孩子迫害他、欺负他的时候。于是我便会反过来欺负他，迫害他。我心中的怨恨就会几乎毫无节制地爆发出来，我真想把他砸个粉碎，将他彻底消灭）。几乎自从他出生的那天起，自从我第一次注意到他天生就有一种孤独的偏好，喜欢从婴儿床上或游戏围栏里忧郁地向外凝视时（我女儿就不是这样，德里克也不是，他一开始好像很温和，很正常），我就一直在爱着他，并为他感到忧伤。我也因为他的天真坦率和毫无敌意而爱着他，同时也因为他和善的冲动和他的许多不祥预感而可怜他（并闷闷不乐地为此给他记上一过），这些预感不可名状，把他吓得动弹不得。在我眼中，他似乎茫然疏远，消极被动，就好像我自己当年的那种样子。如今有时当我防卫松懈、力量衰竭的时候，我仍会觉得自己是那个样子。我一直都希望他能够免受虐待和失败之苦，于是我用自己道貌岸然的训诫、多管闲事的干涉，以及唠唠叨叨、没完没了的警告和说教来虐待他，击败他。我从来都不忍心看到他不开心（而每当他不开心的时候，我都会觉得很难原谅他)，于是我把他弄得更加不开心(在这样做的同时解除我自己的一些痛苦)，但过后我总会马上觉得自己沾上了污点。(我从来都不能因为挫败了他而得到持久的满足，但如果是我女儿，我通常就能做到这一点。如果我和我妻子吵架我赢了，我总是心满意足。现在对于我妻子，我觉得不管是我让她开心也好，还是不开心也罢，这对我们中间任何一方来说都已经不重要了。这两者之间并没有多大差别，其影响也不会长久。到现在，我觉得我们俩已经学会了如何和对方一起度过余生，而且我们二人的路程都已过半。在很久很久以前，有谁会相信我能一直活到现在？但我儿子的生命旅程才刚刚开始。) 我真是个盲目、小气、专横而又假装圣洁的混蛋。他死活弄不明白，我们也根本无法向他解释。而就在这些争吵正在进行的时候 (通常是在夏天，在乡下或海边，我在那里租了房子。我们几乎每年都去度假，而且从来没有一个人玩得开心。除了德里克之外，他能把他所享受的简单快乐带到任何地方，甚至是在家里。就像我们办公室里正在慢慢发疯的玛莎。当她坐在打字机前，凝视着滑架上方离她只有一两英尺的空白绿色墙壁时，她会听到各种声音，她的脸上会散发出喜悦的光彩，就好像她正在某个别的地方外出郊游，尽情嬉戏。我想知道她最终将如何崩溃，她将会选择哪种方式。我还想知道我们这位打字员玛莎究竟该由谁来负责，是雇用了她的格林，还是筛选并推荐了她的人事部。她反正不该我负责。至少在夏天里，一家人都在外面度假，我有更多的时间一个人待在城里，可以自由自在地尽情享乐)，我和我妻子也被他这种独特的慷慨大度 (如果真是这么回事的话) 和迷人的善良天性深深地吸引住了 (我们会带着自我赞许相视而笑，觉得既慈爱，又沾沾自喜，并充满迷恋地对他加以评论：

“他这个孩子可真不一般啊，是不是？”

“一点没错，真是太可爱了。”)。

我们被他这种新奇的无私精神迷住了。我们津津乐道地和别人谈论他，感到既幸运，又高人一等，因为他是我们的孩子，因为我们能够这样做。我们想方设法从其他父母那里寻求羡慕的赞美之词，充满自负、如饥似渴地索取、收集有关他的好话，而且吹得越来越油嘴滑舌。(我真是个自命不凡、表里不一、自高自大的混蛋。) 即便是在当时 (现在则毫无疑问)，如果让我们在两个孩子里挑选一个，其中一个孩子总是随随便便把自己不想要或不需要的一分、五分和一角钱硬币送给别人，而另一个孩子总是把钱攒起来，只给自己用，我们肯定会选择我们已经有的这个孩子。我们喜欢我们已经有的这个孩子。

(那我为什么还想要改变他呢？)

我们为什么要不断地禁止、威胁、盘问？ (我们为什么会觉得自己受了如此严重的冒犯？) 就因为他把这些一分、五分和一角钱的硬币给了别人，我们为什么就不能也对他 (就像我们对自己的朋友那样得意地) 哈哈大笑，沾沾自喜地闲扯上几句，而却要批评他，斥责他，逼着他勉强认错，承诺悔改，但心里却不服气呢？ (如果我是他的话，我觉得我现在一定会非常恨我。我为什么就不能不去管他？为什么直到现在我还是不能把这件事放下不管？)

当然，最令人可鄙的是，他下次要钱的时候，我们还是会给他 (在这一点上，他也总是对的，而我们总是错的)，包括一分、五分和一角的零钱，还有他看电影需要的一块钱或一块半，不过我们一般都会忍不住趁这个机会对他进行一番说教。(勤俭节约，吃穿不缺。他能事先预料到我们之间的一问一答，其准确性之高令人不安。他还经常在我们说话的同时把我们要说的话背出来，尤其是当我女儿在场的时候，因为她也可以参与进来。当我意识到我女儿和我儿子经常能够一字不差地预知并模仿我的话，我这才开始察觉到自己有多刻板。难道我真的不知不觉在他们眼中变成了一个老话连篇的讨厌鬼？每当他们成功地模仿了我，我的心里都会感到一阵刺痛，而且我不会轻易原谅他们。我会忘记，但不会原谅。我不喜欢他们嘲笑我。) 我们知道他下次要钱的时候我们会给他，甚至就在我们向他宣布我们不会给他的时候。那么我们为什么还要折磨他 (对他严加审问)，把他弄得迷惑不解，让他站在那儿承受这一切呢？我们为什么要让他觉得自己 (也许我们是故意的) 就像是个稀奇古怪、与众不同的东西，就像是个畸形的怪物？

(就为了一分、五分或一角钱。)

我们对自己说，这是为了给他一个教训。

（这个教训是什么呢？）

（我们一直都没有找到它。我们压根就没找。）

“你吸取教训了吗？”下次他来找我要钱的时候，我会进一步对他进行问答式的说教。

“是的。”

“是什么教训？”我会让他背出来。

“我不应该把钱给别人。”

“你会把钱给别人吗？”

“不会。”

“你保证？”

“爸爸，我想要口香糖。”

“你保证吗？”

“我保证。”

“你保证什么？”

“我保证不把钱给别人。”

“那你拿它做什么？”

“把它花掉。”

“花在谁身上？”

“花在口香糖上。”

“花在什么上面？”

“花在我身上。爸爸，我想要口香糖。你难道不明白吗？我现在就想要一些口香糖。”

“如果我给你不止一分钱，你会怎么做？”

“买更多的口香糖。”

“如果我一分钱都不给你，你会怎么做。”

“不买口香糖。”

"但是昨天你还有几分钱,不是吗?如果你没有把那些钱给了别人,你今天就用不着来跟我要了,对不对?"

"假如我昨天把那些钱花掉了呢?那么我今天反正还得找你要钱,难道不是吗?"

"我想是这么回事。但是你现在明白你为什么不应该把钱给别人了吗?"

"明白了。"

"真的?"

"真的。"

"为什么?你为什么不应该把钱给别人?"

"因为,"他开始回答——他的眼睛里突然闪着期待的光芒,他发现自己忍不住要给出他脑子里想到的那个顽皮的回答——"因为,"他重复道,脸上露出满不在乎的顽皮笑容,同时决定勇往直前,把他的笑话讲完,"这样做会让你和妈妈生气。"

真是个好孩子。

我很高兴。我不得不和他一起开怀大笑,让他知道他这个险冒得好,我不会为此而跟他算账。

我和他经常进行活泼的苏格拉底式的对话,几乎无所不谈(一问一答,明快而有节奏),对此我们俩都很喜欢。(我和我女儿则不是争吵,就是进行令人沮丧的讨论,到最后往往免不了互相指责,而且双方都拒不认错,即使刚开始时她是在客观冷静地讨论生活及其意义,或是在谈论她的或我的朋友。她对我和我妻子认识的人有很多评论,就好像这些人关她什么事。)我是苏格拉底,他是学生。(或者似乎是这样。等到我一个人回顾我们之间的某些谈话时,这时看上去往往好像他才是苏格拉底。我知道我爱他,他也爱我。他很好,而我则不是。

"爸爸,你真好。"他经常大声对我说。他经常拥抱我。

"要知道,爸爸,有时候你真的很好。"就连我女儿也会时不时对我这样说。

所以也许我其实并不总是像我自己想象的那么糟糕。我喜欢受人夸奖，不管出自什么人的口，甚至包括我的家人。这让我觉得自己很重要，我会变得很开朗。没有人总是好的。每个人都有好的时候。）你无法预知我们的话题会转向哪个方向，因为事先谁都无法知道，有什么严密保守的意见会突然不由自主地从他嘴里蹦出来，或者是经过了长时间紧张而专注的深思熟虑之后，他会决定将什么样的心事开门见山、从容不迫地公之于世。（而一旦他真的做出了决定，什么东西都挡不住他。

“你是不是必须操妈妈才能生下我？”他曾经问道。

“那并不是其中的原因。”我告诉他。

“什么的原因？”

“我们做那种事的原因，还有我们生下你的原因。”

“但我就是那么来的，难道不是吗？”他似乎并不喜欢这个想法。）

如果没有必要的话，他不会去冒险。（我也不会。除了对女人，但即使是在那种时候我也会非常谨慎行事。）据我所知，他从来没跟人打过架。（我现在也不会去打架，除非很明显是生死攸关的大事。看来的确是有其父必有其子。）他对欺负或殴打比他弱小的孩子不感兴趣。他尽力避免与任何他害怕的人交往，甚至不惜放弃他所喜欢的活动，或是失去与他喜欢的孩子做伴的机会。如果碰到一个年纪比他大、比他凶恶或者甚至比他还小的孩子推搡他一把，或者冲他喊叫，或是当一帮四处流窜的坏小子抢走了他的自行车或棒球棍时，他不知道该怎么办（我第一次去波多黎各参加公司年会时，他在城里的公园里就连续两天遇到了这种事。也许这就是为什么他至今仍不喜欢我坐飞机去任何地方，尽管我下午反正不能和他在一起，无法保护他本人、他的自行车和他的棒球棍，今天对付那帮波多黎各小子，明天对付那帮黑人小子，因此也许并不是这个原因。当时有别的家长在场，有几位母亲在那儿，她们也没能保护他。这一切本来不应这么混乱）。另一方面，他有时又能表现出巨大的勇气和情感力量，令我和我妻子惊讶不已。（我们也会为此而自我夸奖。）当医生或牙医告诉他要把他弄疼的时候，他会温顺地坐在那里，一动不动，毫不畏缩地忍受着他们告诉他要在他身上做的任何事情（尽管他脸色苍白，或面色蜡黄，手指尖颤颤发抖）。我会替他畏缩。当医生动作麻利地撸起他的袖子，露出他纤细的手臂，准备给他注射疫苗或采血时，我会感到头晕目眩，既害怕，又恶心，不得不转开视线。现在每逢他当天必须在体育馆里面对福希奥内，或者在某节课上做口头报告时，我早晨在他脸上看到的那种苍白脸色就和他看医生或牙医时的脸色一模一样（当他是这副模样时，我对他整个人的印象就是黏液。他的整个实质就是黏液，但他绝对不迟钝[1]。哈哈）。他在承受痛苦时从不开口反对，但我知道他也感到恶心。他肠子发紧，四肢无力，担心自己会大声呼救，让我们大家感到难堪（看到他这副样子，我非常震惊，以至于我都能为他痛苦地尖叫。当他做完扁桃体切除手术之后，我看到他右边或左边鼻孔下面有一圈细小的月牙形血痂，那景象令我无法忍受。我拿不准究竟是哪个鼻孔，我的脑子已经记不清这些细节了，但这并不重要。当术后他们把他推回病房时，我的脑袋嗡地一响，我妻子不得不一个箭步赶到我身旁，抓住我的胳膊，把我扶到椅子上，不然的话我觉得我可能会摔倒）。我希望他暂时不需要拔牙，而是等到他年龄足够大、足够坚强、不需要我支持也能承受得住的时候再拔，等到他比我现在如果看着他拔牙时勇敢得多的时候再拔。我很高兴他好像不像以前那么怕我了，甚至是在我因为不高兴或头疼冲他大喊大叫或讽刺挖苦他的时候。（我有时会记起我曾经因为某些事情嘲笑过他，欺负过他，比如把钱给别人，或是害怕学跳水、驾船、滑雪或溜冰，于是有那么一两分钟，我会因羞愧而伤感不已。我觉得他居然能够原谅我，不记前仇，这非常了不起，如果他真的原谅了我的话，因为也许他也还记得。我觉得他一切都记得。他甚至可能还记得，当他被送回到医院病房我们身边时，是他的哪个鼻孔上沾着那块血痂。但我不想问他，因为我不想让他想起，当他的扁桃体和腺样体被揪出来切除掉时，我遭受了严重的创伤，我怀疑我们俩可能谁都永远无法从中完全康复。他也受了不少苦。我们把他从医院接回家之后，他不想待在自己的房间

1 双关语。原文的古意为“黏液质的”，指的是古代体液学说中人的四种气质类型之一。

里，他的喉咙疼得非常厉害，一说话或者微笑都会疼。他有时会忘了这回事，用缓慢嘶哑的嗓音开了个玩笑，正要露出微笑，结果被一阵剧痛惊呆了。我们硬让他回他自己的房间。他的房间布置得很漂亮，墙上贴着贴花，天花板正中央挂着一个“母牛跳过月亮”的悬挂饰物[1]。在医院里，他醒来时口渴，但他们告诉我们，必须等乙醚全都挥发了之后才能给他水喝，否则他会呕吐，所以我们没有给他喝水。当时他的眼皮都是青的。)

他似乎不再把我包括在时常潜入他梦中（和我梦中）的那一大群阴暗模糊，好似恶魔，奸诈鬼祟，残酷无情，攀爬匍匐，残暴流血，高耸吓人的骗子、绑匪、鬼魂和杀人犯之中，为此我感谢上帝。我现在明白了，在他短短的一生中，他对这些东西几乎一直怀有着令人萎靡的强烈恐惧。(当他喉咙上开了刀，我们把他从医院接回家之后，他说他能感觉到这些恶毒的幽灵和坏蛋，而不是看到他们，但同时他也能听到他们。当他醒着躺在床上侧耳倾听四周的动静时，他听到的是我们大家都能听到的咯吱声和脚步声。但他会想象有人要来抓他，他们沿着一块块石头从我们公寓楼的外墙上爬上来，从屋顶向下朝他的卧室打个洞，然后从天而降，落在他不堪一击的玻璃窗的窗台上。他们的面孔被兜帽遮掩着，或是隐藏在他们像围巾一样随身携带着的阴影里。

“你为什么不叫我们？”我问他，“你为什么不告诉我们，而是想进我们的房间？我们以为你只是觉得孤独。你为什么不叫我们，而只是心惊胆战地躺在那里？我会坐在你身边陪你，或者你妈妈也会。”

“你会告诉我那是我的想象。”

“那的确是你的想象。”

“我还听到了野兽的声音，所以我才没有叫你们。”)

曾经有那么一段时间，他居然开始认为我实际上并不是我，真是令人难以置信！

(我究竟还能是谁，他却说不上来。)

---

1 “母牛跳过月亮”出自一首英国童谣，这里的悬挂饰物上描绘的是这首童谣里的形象。

他开始怀疑我实际上已经不是真正的我，而是一个恶毒的家伙乔装打扮，伪装成我的样子，潜入了我们家，为的是欺骗他，把他从我身边带走。（他这是在故意招惹我吗？他还太小。）想要驳倒他是不可能的，每次否认，每次摆事实讲道理都是这场欺骗的一部分。如果他是对的，那我当然会说我所说的一切。我反而证明了他是对的。我无法证明我是我自己。

“我干吗想要这样做？”我问道，“为什么会有人想要这样做？”

“我不知道。”

“如果我不是我，那我为什么要告诉你我就是呢？”

“为了骗我。”

“我为什么想要骗你？”

“为了把我带走？”

“带到哪儿去？”

“妈妈也是这样。为了抓我。”

“你现在已经在我们身边了，难道不是吗？既然是这样，我们为什么还要那样做呢？”

“我不知道。”

“你是不是以为我们已经抓住了你，把你拐走了，然后带到了这里？”

“我不知道。”

“那我想我们的确已经这样做了，是不是？”

“我不知道。”

现在他至少知道我是我，而且在这一点上觉得稍微安心了一些。（要么就是他明白了这反正也没有区别，因为如果我不是我的话，不管我究竟是谁，他都照样必须适应我。不管怎样，他现在被我掌握在手心里，无处可逃——没有人会来救他——直到他长大成人，可以离家自立，如果他能活到那一天的话。当年我的扁桃体被切除之后，晚上我在黑暗的病房里醒来，伤口还在作痛，身边没有父母，也没有护士。一切都黑乎乎的，那个陌生的地方只有一片黑暗。我可以辨认出一些形状，没有一样东西在动。还有口渴。天哪——我真渴，我都快渴死了。我觉得如果没人给我水喝的话,我就会死,而事实上的确没人给我水喝。除了其他病床的怪异轮廓之外,那儿什么都没有,那些病床上可能空无一人。直到早上才有人来。长夜漫漫,没有尽头。我知道那一夜永远都不会结束。

“给他水喝,”早上,一个留着棕灰色胡子的医生对护士怒吼道,“给他水喝。”

那是我记得的最后一幕。他们都已经忘记了。)

我觉得他现在比以前更容易相信我了,我觉得现在他在我们面前感觉更自在一点儿,我觉得他更信任我了。(至少他现在知道我是我,尽管我们俩谁都不能肯定,我们所知道的这个我究竟是谁。)我觉得他现在的确更信任我了,因为他不像以前那样对我总是百依百顺,极度依赖,而且有时还会有足够的信心(对我有信心?还是对他自己有信心?)对我说不,拒绝做我要求他做的事,拒绝说我要求他说的话,尽管他依然极为谨慎,不愿惹任何人发怒。对于我提出的有关他自己的问题,他有时候也会拒绝回答。他从来没有对我或我妻子发过火,对我女儿也几乎从来没有过。他难道有可能从来都没有感到过愤怒吗?不可能。那么,他如何处理自己感到的愤怒呢?在梦里将其发泄。我敢打赌,他一定也积攒了不少愤怒,就像别的孩子收集漫画书和泡泡糖卡片一样。我敢打赌他有时候一定恨我。(我觉得我会恨他。)我知道他偶尔会故意逗我生气,但通常是在我们彼此相处融洽的时候,当作玩笑才会那样做。

“我要给你一样东西,”他当着我的面对一个小孩说,一边朝我瞥了一眼,“你什么都不必给我作为回报,好吗?”

(我觉得既愤怒又钦佩,差点儿喷鼻而笑,但我忍住了。我简直不敢相信,我这个不听话的小无赖居然真的要做我觉得他将要做的事情。)

“什么?”那个小男孩不明白这是怎么回事。

“我要给你一样东西,”我儿子慢慢地重复了一遍,确认我正在一旁留心听着,“你什么都不必给我作为回报,好吗?一样你想要的东西。”

“什么东西?”

“好吗？”

那个男孩迟疑地点了点头。

“是一样你想要的东西。”

接着，我儿子把刚从我这里哄骗走买口香糖的五分钱硬币塞给了那个男孩，令他大吃一惊。

我简直不敢相信自己的眼睛。

“哎呀，爸爸。”当只剩下我们两个人的时候，他马上开始说道。他将两只手攥成拳头，叉在腰间，头愤怒地歪向一边，把我模仿得惟妙惟肖，然后伸出一根手指对我晃了晃，这又是一种夸张的模仿，接着便开始讲话，快得让我来不及将他打断。“我要你乖乖地听我讲，好让你不要在这里做让我难堪的事，说让我难堪的话，因为你不明白，我是老板，我不想让你这样做。如果你这样做的话，我会惩罚你。如果你不做我想让你做的事情，我也会惩罚你。所以你最好不要这样做，要不然我还会揍你，一个星期不准你看电视，因为我说了算。你听见了吗？你听清楚了吗？你在笑！”他猛地咧嘴一笑，“爸爸，我看得出你在笑。我不想让你假装你没笑，假装你在为我做的事情生气，然后忘了自己在假装，结果真的生起气来。要知道，爸爸，你有时候会这样做，难道不是吗？”

“你说完了吗？”我问道，双手仍叉在腰上。“对于一个像你这样有时候几乎一声不吭的小屁孩儿来讲，这可算是一篇很长的演讲了。”

“你生气了吗？”他不安地问道。

“不，我很高兴。但是你难道以为仅仅是因为你把我逗笑了，我就会让你为所欲为，逃避惩罚吗？”

“那是我的钱。”

“在我给你之前那是我的。”

“在你把它给了我之后，那就是我的了。别在公共场合让我难堪。”

“你又在模仿我？别以为你能一直这样做下去而不受惩罚。”

“我们是在公共场合，难道不是吗？我可不想让你做出让别人停下来旁观的事情。”

"除了听你讲话之外,我什么都没在做。"

"你在站着。"

"你也是。"

"你还双手叉腰,就像电视上的演员一样。咱们走吧。我说了,咱们走吧。"

"现在你倒像是电视上的演员,冲着我晃一根手指。"

"你在让我难堪。"他指责道。

"不,我没有。"

"但你马上就要了,"他预言道,"不是吗?"

"我为什么要让你难堪?"

"你要冲我大喊大叫吗?"

"我在冲你大喊大叫吗?"

"你会生气吗?"

"我生气了吗?"

"你的确在让我难堪,"他得意扬扬地指责道,"你在嘲笑我。"

"好一个大人物!"我嘲笑地对他说,"你就连难堪是什么意思都不知道。"

"不,我知道。我也知道嘲笑是什么意思。它的意思是你在做我不想让你做的事情。"

"我并没有做任何你不想让我做的事情。我什么也没在做,而只是站在这儿,所以我怎么会让你难堪呢?"

"你在问我问题,不是吗?你为什么要一个劲儿地问我问题?"

"你为什么不回答我的问题?"

"我要向妈妈告状,"他威胁道,"我要告诉妈妈你喝了威士忌酒。"

"她不会相信你的。她会知道你在撒谎。"

"为什么?"

"你的鼻子会变长。"

"为什么?"

"一个人说谎的时候,他的鼻子就会变长。"

“那你的鼻子就应该正在变长，”他反驳道，“因为这就是一句谎话。”

“如果这是谎话，那我的鼻子为什么会变长呢？”

“爸爸，我要狠狠打你一拳。”他沮丧地尖叫道，因为他觉得自己在这场智斗中输了。

“你为什么不停地扭来扭去？站好别乱动。”

“我想是因为我很紧张。”他说。

“你想要尿尿吗？不然的话你为什么要扯你的鸡鸡？”

“我不喜欢你这样讲。”

（他停了手，不再扯他的鸡鸡。我后悔自己那样说了他。）

“她会闻我呼出的气，”我接着前面的话头说道，好把那个话题转换掉，“她闻不到威士忌的气味，这样她就知道你在撒谎。”

“我要踢你一脚，”他说，“我觉得我想在你的小腿上踢一脚。”

“为什么？”我惊讶地问。

“因为，”他说，“因为每次我踢你的小腿，或者狠狠打你一拳，你就会开始和我摔跤，我们就会一起大笑一场，所以我觉得我要这样做，好让你大笑一场。”

“我会把你的屁股揍扁。”

“我要告诉妈妈你对我说脏话。”

“那又怎么样？我对她也说脏话。”

“她不喜欢你说脏话。她会和你吵架。”

“我们不吵架。”

“你们经常吵架。她会揍你。”

“她不会揍我。”

“她会哭。”

“不，她不会。”

“她有时候会。”

“你的话太多了，注意到的事情也太多。有时候你把它们全都搞混了。”

“我真希望我认识一个人,他能把你揍一顿。”他开玩笑地对我说。

“为什么?”

“我要叫警察。”

“为什么?”

“好揍你。”

“他没有权揍我。”

“你就揍过我。”

“我有权揍你,但我不会揍你。”

“你曾经揍过我。”

“我没有。我敢打赌,你这一辈子我一次都没揍过你。”

“你揍过我一次,在我很小的时候,我记得的。”

“如果我真的揍过你的话,我很抱歉。但我觉得我没有过。我现在不揍你了,是不是?”

“你打算要揍我,不是吗?”

“为了什么?”

“你知道的。”

“我没打算揍你。”

“你保证?”

“我保证。”

“你保证不会揍我?”

“我保证。”

“你真的保证不会揍我?”

“我保证,我不会揍你。你难道不相信我吗?”

“我相信你。”他说。

接着咚的一声——他一脚踢在了我的小腿上!

我一下子跳到半空中,惊讶地号叫着。我知道在他眼里,我的样子一定非常滑稽可笑,一边愤怒地跳来蹦去,一边抚摸着我刺痛的腿,还用手扇来扇去。

他并没有马上就笑，而是皱起了眉头，我猜他可能是在想自己是不是做得太过分了，惹上了麻烦，直到他看到我在笑，听到了我的笑声，知道我并没有受伤，也没有生气。这时，他的脸庞好似云开日出，豁然开朗，他开始欢天喜地地大笑起来。我故意夸大自己的滑稽动作，好让他笑个不停，然后利用偷袭将他捕获。他弯腰捧腹，高兴得直哆嗦，一边喘着气，一边无助地叹息着，于是我突然向他扑去。趁他弯着腰大笑不止的时候，我扑到他身上，我们俩扭打在一起，摔倒在地。这场比赛打得并不激烈。一开始，我胳肢他的两肋，让他咯咯笑个不停，喘不过气，使他无力抵抗。然后我们俩扭打一阵，直到我喘不过气来，变得软弱无力，好让他压住我。我气喘吁吁，如果他想要的话，这场比赛他就能赢下来。但他还不满足，他变得过分自信，粗心大意，他想要尽情享受他的胜利。因此，他并没有把我压住，而是试着用一些没用的锁臂钩腿的动作来折磨我。这时我缓过气来，决定给他一个教训（又是一个教训。我想这场教训的主题是你应该趁热打铁。这些成功经验全都是陈词滥调，而它们最令人讨厌的一点就是，迟早有一天，你会发现它们全都是事实）。于是，当我儿子正在平静地摆弄着我的手指、脚趾和脚，拿不准究竟该将其如何处置的时候，诡计多端的我绷紧了肌肉，深吸一口气，猛地用力一推，把他掀起后翻过来，压倒在沙地上。面对我重新燃起的决心，他惊恐而又激动地高呼一声，疯狂而高兴地踢着腿、扭着身子，用胳膊肘推搡着，就好像一只灵活、健康、欢笑的小动物，在我扑到他身上时拼命挣扎扭动，试图脱身。（现在我不能让他赢了。如果我那样做，他会知道那只是因为我让了他，然后他就会知道他实际上输了。）由于我已经缓过了气，并且全力以赴，他根本不是对手。我用自己比他大的块头（大部分是结实的肥肉，哈哈）将他压倒在地。我很容易就用一只手攥住了他的两只手腕，同时用我双腿的重量把他的两条腿紧紧压住，让他无法踢腿。这样才过了几秒钟，比赛就结束了。他投降了。我用摔跤比赛的规定姿势将他压倒在地。我们俩彼此盯着对方，面带微笑，两人的脸相隔只有几英寸。

“我赢了。”他开玩笑地说。

“那就让我起来吧。”我也开玩笑地说。

“你必须先投降。”他说。

“我投降。”我回答。

“那我就让你起来。”他说。

我放开他，我们俩慢慢地站起来，喘着粗气，觉得彼此很亲近。

“要知道，爸爸，”他马上故作严肃地开口道，试图转移我的注意力，装出一副猫头鹰似的吹毛求疵的表情，就像法官一样严厉，“其实我真的赢了，因为你往我眼里扔沙子，还胳肢我，那是不允许的。”

“我没有。”我随口反驳道。

“你没有胳肢我吗？你这个谎话大王。”

“那是允许的，你也可以胳肢我。”

“你不怕胳肢。”

“你不会胳肢。”

“所以这不公平。”

“这是公平的。而且，”我继续说道，“我也没有扔沙子。”

“我可以说你扔了。”

“顺便说一句，你知不知道，今天天气很好，因为阳光明媚，海湾平静而蔚蓝，而且太阳系一共有九颗或者七颗行星——”

“九颗。”

“——其中水星离太阳最近，而……”

“冥王星。”

“……冥王星离太阳最远？”

“你有没有听说过那些同性恋宇航员的故事？”他问道。

“听说过，他们去了天王星[1]。还有，如果如人们所说，每星期有七天，每年有五十二个星期，那么为什么一年有三百六十五天，而不是三百六十四天呢？”

他停下来计算了一下。“为什么会这样？”他询问道，“我从来没想过这

1　双关语。在英语里，“天王星”一词有两种发音，其中一种与“你的肛门”谐音。

件事。”

“我不知道。这件事我也从来没想过。”

“你现在想谈的就是这些事情吗？”他愁眉苦脸地问道。

“不是。但如果你想拖时间的话，我就和你一起拖。你骗不了我。”

“我要向妈妈告状，”他又威胁道，“我要告诉妈妈你往我眼里扔沙子。”

“我也要向她告状。”我回答。

“是吗？”他的态度变得严肃起来。

“什么？”

“要向她告状？”

“什么？”

“你知道的。”

“什么？”

“我做的事情。”

“你做了什么事情吗？”我故作坦率地问道。

“你知道的。”

“我记不得了。”

“我给别人的东西。”

“你给别人东西了吗？”

“爸爸，你知道我把五分钱给了别人。”

“什么时候？这种事你经常做。”

“就刚才，当时你就在这儿。”

“为什么？”

“你不会明白的。”

“告诉我为什么。你怎么知道我不会明白？”

“你会生气，还会开始大喊大叫，要么就是开始取笑我，拿我开心。”

“我不会的。我保证。”

“我想给。”他简单地说。

“这算不上回答。”

“我就知道你会这么说。”

“我就知道你会这么说。”

“我说过你不会明白的。”

“他又没有跟你要，”我争辩道，“你把钱给他的时候，他简直不敢相信自己的眼睛。我觉得你和他认识并没有多久。我敢打赌，你其实并不怎么喜欢他，是不是啊？”

“你要生气了，”他不高兴地说，“我就知道你会生气。”

“我没有。”

“你开始大喊大叫了，不是吗？”

“我只是在提高嗓门。”

“你瞧见没？”

“你在假装，”我指责道，在他的肋骨上轻轻捅了一下，就好像在胳肢他，“我知道你在假装，所以别再假装了，也别装作你能骗过我。回答我的问题。”

他不好意思地咧嘴一笑，被揭穿了，但很高兴。“我不知道。我不知道我喜不喜欢他。我昨天才认识他。”

“你瞧见没？我很聪明。那为什么呢？你明白我的意思。你为什么要把自己的钱给他？”

“你会以为我疯了。”

“也许你是疯了。”

“那我就不告诉你。”

“我知道你没疯。”

“我必须告诉你吗？”

“是的。不。你想告诉我，我看得出来，所以你必须告诉我。来吧。”

“我想给他点东西，”他非常轻声地解释道，“而我手上只有那五分钱。”

“你为什么想给他东西呢？”

“我不知道。”

他如此坦率、诚实、天真地告诉我，为的是显得这是人们能够想象到的最合理、最明显的理由。而我的确理解他的意思。他的坦诚非常感人，我想马上伸出双臂拥抱他，给他几张美元钞票作为奖励。我想吻他（但我觉得，如果我那样做的话，他会觉得很尴尬，因为我们在大庭广众之下）。我想轻轻地抚弄他的头发。（我这样做了。）我温柔地对他说：

“那也还是算不上回答。”

“为什么？”他好奇地问道。

“因为你并没有说明原因。”

“这就是原因。”

“你并没有说明你为什么想给他东西。你为什么想给他东西呢？”

“我觉得我知道。你真是追着我不放，是不是？”

“你为什么想给他东西呢？”

“我非得讲吗？”

“不，如果你不想讲的话就不要讲。”

“因为我当时觉得开心。”他耸了耸肩，说道，一边在阳光下不舒服地眯起眼睛，看上去有点痛苦和难为情。

“是吗？”

“每当我觉得开心的时候，”他继续说道，“我就喜欢给别人送点东西。这样可以吗？”

“当然。”（我觉得自己又想吻他。）

“可以？”他几乎不敢相信自己的好运。

“我很高兴你觉得开心。你当时为什么觉得开心呢？”

“说到这儿可就有点儿荒唐了。”

“只管讲，你并不荒唐。”

“因为我知道我要把它送给别人。”他停顿了片刻，紧张地咯咯笑着。“就是为了逗你，”他承认道，“然后，当我知道自己因为这个而觉得开心的时候，我就想把那五分钱送给别人，因为想要那样做让我觉得开心。这样可以吗？”

"你简直都快把我逗笑了。"

"你不生气？"

"你难道看不出你快把我逗笑了吗？我怎么会生气呢？"

"那我就再告诉你一件事，"他兴高采烈地尖声道，"有时候我会无缘无故地想笑出声，然后我就会因为知道我自己想笑出声而想笑出声。你笑了！"他突然大叫一声，用手指着我的脸，开始尖声大笑起来。"你为什么笑？"

"因为你很滑稽！"我也对他喊道，"因为这很滑稽。因为你很滑稽。"

"你要告诉妈妈我把钱给别人了吗？"

"你要告诉她吗？如果我不告诉她，你也不能告诉她，不然我会惹麻烦的。"

"你可以告诉她。"他做出决定。

"那你也可以告诉她。"

"我这样做没关系吗？"

"当然，"我安慰他说，"没关系。实际上，这比没关系还要好。这样很好。而且我很高兴你能和我谈事情，你并不总是愿意和我谈话。"我们重新开始朝着木板人行道的方向往前走，我把手掌轻轻地放在他的后脑勺上。我的手在那儿感觉有点不自然，就好像我肘部和胳膊上的一小块肌肉伸展到了一个不习惯的姿势。我将手移到他的肩膀上，结果我在那儿也觉得有点肌肉紧张。（我意识到我不习惯拥抱我儿子。我也不习惯拥抱我女儿。）"但是假如——"我想让他做好准备，我想保护他免受世上的一切伤害，我就是忍不住。

他不耐烦地把肩膀猛地一斜，皱着眉头从我身边躲开。"爸爸，我就知道你会这么说！"

"我也知道你会这么说，"我笑着回答，但笑不由衷，"我接下来要说什么？"

"假如过一会儿或者明天我又想要那五分钱怎么办？那我就再从他那里要回来。但是假如——"

"什么？"

"——他已经没有了或者不肯把钱给你呢？"

"他不会给你的。"

“那我就再去要五分钱。从谁那里？”

“我不会给你的。”

“从你那里。我不会给你的。”

“我真的不会。我警告你。”

“你会的，”他直接回答我，结束了他对我们俩的模仿，“你总是这么说。你总是说你不会给我，然后你又总是给我。那你为什么要这样说呢？你会给我吗？”

“会，”我拖长这个音节，向他彻底投降，在他天真无邪的魅力和智慧面前愉快地败下阵来，“我会给你的。我甚至会在你想要它之前现在就把它给你。”

他脸上那副睿智而讽刺的表情似乎在对我说，那我为什么还要装出一副这么大惊小怪的样子呢？“我知道你会的。”他胜利地总结道。他走在我身边，脚步变得更轻快，更满足。

“我想让你知道，我总会给你的。你知道吗？”我看着他点了点头，我看到他稍稍皱起眉头，好像在回忆着什么，又好像有些困惑。“我们现在是很好的朋友了，是不是？”我问道，“你和我？”

“我以前很怕你。”

“我希望你现在不怕了。”

“不像以前那么怕了。”

“你不必害怕我。我永远都不会伤害你，而且我总会给你你所需要的一切。这你难道不知道吗？我只是经常大喊大叫而已。”

又经过了片刻的深思熟虑之后，他用肩膀轻轻地撞了我一下，就像我经常看到他对他喜欢的别的男孩子那样。（这是他所能给我的最友好的回答。）我也用同样的方式撞了他一下作为回应。他暗自微笑。

“爸爸，我爱你！”他激动地大声说道，猛地把脸靠在我的胯部，亲吻我，拥抱我。“我希望你永远都不会死。”

（我也希望如此。）我弯起胳膊，搂住他的肩膀，也拥抱着他。趁他还来不及觉得难堪并阻止我，我飞快地吻了吻他的头顶，用嘴唇拂了一下他柔滑的浅棕色头发。(我偷吻了他一下。)我也爱他，并且希望他也永远不会死。

我经常担心他会死在我前面。我不能让这种事情发生，他对我来说太宝贵了。我现在了解他，而且我知道，对我来说，他比财政部长、国防部长、多数党领袖和少数党党鞭都要宝贵得多。对我来说，他比美国总统还要重要。(我认为我儿子的生命比美国总统的生命更宝贵。)我发誓向他效忠。(当然，我从来没有向任何人提起过这种异端邪说。)我绝不会允许他们伤害他。

但我究竟会怎样保护他呢？我觉得我知道我会怎么做。那就是什么都不做。

"别担心，"我曾经郑重地向他保证，"我绝不会让你碰上任何不好的事情。"

他害怕政府、军队、五角大楼和警察。(我也是。)

"我永远都不会让他们伤害你，也不会让他们把你带走。"

但除了什么都不做之外，我其实又能做些什么呢？

于是我什么都不做。

我可以假装看不见(这样可以给我点时间)，就像如今我在公司上班时一样(闭眼以求幸免，直到下午五点)，但仅此而已。而且可能很快就没时间了。

我究竟是谁？我觉得我正在逐渐开始找到答案。我是一根木头：我是一根湿漉漉的断枝，与这群和我同类的人一起漂浮着，在我们这个处于上帝庇佑之下、不可分割(这一点很不幸)的国家里，在这里人人都享有自由和公正，只要你动作足够快，把这些东西先抢到手，将其独占，不让别人沾边。这儿真是个了不起的大熔炉。如果我们所有生活在这片美丽的广阔土地上的人全都聚在一起，花点时间和我们的邻居和同胞聊上几句的话，那么这几句话将是混蛋！意大利佬！黑鬼！白鬼！犹太佬！西班牙佬！我不喜欢管事的人。我不喜欢霍勒斯·怀特，你很难把他这个人当回事(但我却必须这样做)。

"如果你哪一天要写书的话，"他曾经对我这样说，而且他是认真的，因为这种事情对他来说很重要，"我希望你把我的名字写在里面。"

霍勒斯·怀特是一个肤色白皙、平淡乏味的人，获得过不少小小的荣誉。他喜欢在报纸上看到自己的名字。他是纽约市某个组织部门的名誉代表（尽管他的法定住所在康涅狄格州），他的汽车保险杠上还粘着一块不起眼的青铜盾牌标志，以显示这一荣誉。他汽车牌照上的字母组成了他全名的首字母缩写（HOW），牌照上的数字每年递增，代表的是他的年龄。（我们认为他谎报自己的年龄。）从来都没有人能够具体描述他在公司里究竟做些什么，大家只知道他是谁，知道他有钱并拥有股票，还知道他和公司的一个或多个创始人或董事有着两种旁系亲属关系。而且我必须拍他的马屁，而我的确也这样做。

假如我是穷人，我认为我可能会想要用武力推翻政府。不过我很高兴并不是每个穷人都想推翻政府，因为我并不穷。我不明白为什么并不是每个黑人女佣都从自己的白人雇主那里偷东西（但我很高兴我们家的黑人女佣不偷东西，或者至少没有让我们发现她偷东西）。如果我既是黑人又很穷的话，我觉得除了被抓住的危险之外，我会没有任何其他理由遵守法律。不过就现实而言，我还是很高兴有色人种的确遵纪守法（至少他们当中大多数是这样），因为我害怕黑人，并且搬了家好远离他们。我也害怕警察，但我很高兴有警察，并希望有更多的警察。

（我不喜欢警察。）

（除了当他们在我身边保护我的时候。）

就连和我妻子我都从来没有讲过这些想法。随着她变得越来越孤独、越来越衰老、越来越失望，她正在像她妹妹一样，逐渐变成一个尖酸刻薄的保守主义者，反对幸福快乐。（今年她打算给极端保守分子投票。我和她不谈政治，我不在乎她投谁的票。）我把自己的意见藏在肚子里，默默无语地和我们这群人一起随波逐流。我在水面上漂浮。

我像海藻一样漂浮在一片绿色的浮渣中。与此同时，我和我妻子正在变老，我女儿正在长大，对我和她自己越来越不满（我看到和她同龄的别的女孩子似乎都挺好。她们有的更漂亮，有的表现得更为自信。至少她们在做一些她说她想做的事情，包括和人上床，而这些事情她自己却从来都不去尝试。她们的学习成绩也比她好。我干吗要在乎她的成绩？我在乎，而且我必须假装非常在乎，否则她会觉得我对她毫不关心），还有我儿子正在折磨和困惑中成长，拿不准除了他自己之外，他还应该是谁（而且，如果他的想法和我一样的话，甚至连他自己究竟是谁都没有把握。去找他吧。去找我。他曾经是的那个更小的男孩，那件原物，已经在他幼小心灵深处的某个地方走失了。还是说其实并非如此？如果不是这样的话，如果那个已经消失、无法挽回、和我们后来被迫变成的样子大不相同的小小的我或小小的他并不存在，如果根本就没有那个我日夜向往着的四处漂泊、孤单寂寞、迷失了方向的小家伙，那么我他妈的是怎么来到这里的？他起始于我过去中很早的时候，后来突然不可避免地跌入了一条无法涉足的黑色深渊，我当时一定是在盯着另一个方向，因为我无法确定那个时刻，结果留下我一个人，辨不清东南西北，继续独自前行，不管我是否愿意。有人推了我一把。一定是有人把我送上了这个方向，而且一定还有另外一伙人在不同的时候调节了控制装置，因为我不会选择这个样子的世界。一直都没有人能够找到他。寻人启事：儿童一名，年龄不详，名字是我。我不能总是回过头去，看他在不在，并满怀希望地问他你去哪儿了，你是什么意思。他还太小，根本就不可能知道我在说什么——当他离开我的时候，他还是个孩子，比我自己的孩子还要小——更不用说用我需要他给予我的智慧和经验来帮助我了。如果今年格林允许我在波多黎各发表我三分钟的演讲的话，那我将会对那些满脸皱纹、面颊红润、满眼血丝、眼睛浮肿的人讲些什么呢？我需要笑话，很短的笑话——哈哈哈——开头用上几个，最后用一个非常精彩的笑话结尾，哈哈，而且一共只有三分钟。只要潮水继续载着我们，我们就不如干脆像海藻一样漂浮在一片片绿色的浮渣中。当潮水不再支持我们的时候，那我们该怎么办？），而且无法确定在他所想象的种种危险当中，哪些是真的，哪些只不过是可怕而怪诞的白日梦。（溺水是真的，毫无防备地躺在床上睡觉时被从天而降的钩子拽走则不是。）它们不仅仅是白日梦。当我们以为他在睡觉的时候，它们会在夜晚的黑暗中充满他的意识。留一盏夜灯也没用。

我们从来都不可能确切知道他是睡着了还是醒着。如果我们偷偷对他进行查看,他通常会假装睡着,以免我们因为他还醒着而批评他。尽管我并没有任何真凭实据,我还是觉得他总能听到我和我妻子做爱的声音,或者至少知道什么时候我们正在做爱。我女儿至少在起床后确保我们能听到她的声音。她会打开水龙头、放唱片,或是为了彻底解决某件事情不敲门就径直闯入我们的房间。我儿子就不是这样,他不声不响。我曾经也想抚弄我女儿的头发,深情地拍拍她的脑袋,抚摸、亲吻她的脸颊,或是搂住她的肩膀。但随着她慢慢长大,她开始躲着我,我觉得刚开始是开玩笑,而我总是假装很难过。然后我开始领悟到,她已经不再是开玩笑,而我也不必再假装真心难过。当时我真的觉得难过——现在我假装不难过。我觉得一定发生了什么事,让她觉得我非常讨厌,激起了她的不满,驱使她不放过任何表现这种不满的机会。有时候我觉得她是在对我进行报复,我不知道是因为我做了什么还是没做什么。我仍不知道应该如何处理这件事,甚至不知道我是否应该试着做点什么。她很快就要离开家去上大学了。当我不得不碰她的时候,我觉得很尴尬。她会向后退缩,躲开我,就好像和我身体最细微的接触都会让她觉得反感,要么她就会畏缩,就好像我要把她弄疼似的。我从没有打过她!无论是过去还是现在,我顶多就是在必要时在她的肩膀上用力推一把。我妻子也顶多是在她们吵架时伸手去打她的耳光,但总是把动作放得很慢,好让我女儿来得及挡住或者躲开。我女儿几乎可以随心所欲地把我妻子惹得勃然大怒,接着又使她歇斯底里、糊里糊涂地哭个不停。我总是被我女儿出人意料的惊恐反应弄得一时不知所措。我总是深感懊悔,心中充满了强烈的内疚和羞愧,因为我女儿本能地以为我想打她——或者是做出她好像这样认为的反应。难道她当时正在紧张地等待着,难道这些年来她一直都在紧张地等待着我们对她狠狠一击?当我伸出手去把脱落的睫毛或食物碎屑从她脸上拂去的时候,难道她真的以为我打算打她的脸吗?还是说像我现在经常(也许不合情理地)猜测的那样,她只不过是在假装,有意识地像恶魔一般装作这种恐惧的样子,因为她明白,这会让我感到极为震惊和悲伤?我觉得她足够狡猾,做得出这些事情。这是家族遗传,她的这种狡猾是从我这儿来的。现在我难道不是有时候会让我妻子在她令人窒息的噩梦中受苦，而不设法把她从中唤醒吗？并且还在一旁看着，听着她的呻吟，为自己的有利地位而扬扬得意？我难道不是经常夸大我自己噩梦中的痛苦，假装自己在其中比实际上陷得更深，好让她花更多时间、费更大力气、更富有同情心地把我唤醒吗？我已经不理解我女儿了，无法成功地应付她，也无法让她能够应付我，所以我尽量不去尝试。我等待着，希望事情自然有个结果。我也不理解我儿子。他年纪太小，不应该这么慷慨大度。他也经常把小甜饼送给别人。也是那年夏天，他想把小甜饼送给另一个孩子，结果差点被人在鼻子上打了一拳。

"给你，你可以吃一块小甜饼。"他对那个小男孩说。这个小男孩来我们租的避暑别墅找他玩，我们一家人还在吃早餐。

那个男孩眨眼之间就把小甜饼吞了下去，然后如饥似渴地盯着剩下的那块小甜饼。我儿子正若有所思地把它在桌布上滚来滚去，一边慢吞吞地喝着自己的那杯牛奶。我儿子注意到了那个小男孩饥饿的眼神，他的脸上闪过一丝惊讶的神情，就好像刚刚认出了其中的含义。

"你可以把这块也拿去，"他主动提出，"给。"

那个男孩身子一僵，就好像受了冒犯似的，带着充满敌意的神情向后退去。突然间，他勃然大怒，迷惑不解，愤愤不平地摇了摇头，令我大为惊讶。

"你这是什么意思？"他质问道。

"怎么了？你不想要吗？"我儿子将桌面上的小甜饼推向他。

"你已经把它放进嘴里过了。"

"不，我没有。"

"它掉到过地上。"

"没有。"我儿子吃了一惊，他听上去就像是在辩解道歉。（他看上去像是在撒谎。）

"它脏了。"那个男孩指责道。

"它不脏。我没有撒谎。你可以不要。"

“你为什么不想要？”

“因为你想要，不是吗？我已经吃了一些了。”

那个男孩火冒三丈，慌乱得说不出话来。他满腔仇恨地坐在那里，继续坚决地摇着头，脸涨得通红。我儿子吓得面色发白。那个男孩举起攥紧的拳头，做好了打架的准备。但我在那儿，坐在那里，令人生畏（我觉得我也做好了打架的准备。如果他敢动手打我儿子，我认为我会抓住他的胳膊，将其一折两断）。他怒火中烧，嘴上结结巴巴，语无伦次，就好像噎住了一样。他将第二块小甜饼从桌面上猛地往回一推，使它从桌子的边沿上掉了下去，然后他便从我们的房子里飞奔而出，嘴巴还在扭个不停，低垂的眼睛里几乎溢出了愤怒而沮丧的热泪。不知怎的，他觉得自己被人耍弄了。我儿子茫然不知所措，他的脸就像一个纵横字谜。他无法理解自己刚刚究竟做了什么，就因为想给人一块小甜饼，结果不仅失去了一位朋友，而且还树立了一个想要伤害他的小敌人。他神情沮丧地四下张望着，就像是在困惑地为自己求情，同时试图露出微笑。

“你不能随便把东西送人，不能这么大方。”我向他解释道，脸上淡淡一笑，以示同情。

“为什么？”他问道。

我耸了耸肩。“我也不知道。人们会起疑心。”

“我不喜欢虫子，”他抱怨道，“我不喜欢这里。我们非得在这儿待上整整一夏天吗？”

“是的。我也不喜欢这里。”

“你可以去城里。”

“我必须去。我很高兴我们没有送你去夏令营。我很高兴我出城到这儿来的时候你在这里。”

“我不高兴。”

也是在那年夏天，我儿子在他的游戏小组里遇到了一些困难（我儿子好像总是在遇到各种困难，我和我妻子越来越为此而感到疲倦）。我们为他报名参加这个游戏小组，为的是确保他在白天里可以和别的孩子们一起玩得开心，有许多事情可做。刚开始的时候，他在那儿很开心，很喜欢去。他发现自己和这么多他认为是朋友的同龄男孩子在一起，他感到既惊讶，又喜出望外。当他晚上在木板人行道上、海滩上或镇上其他地方遇到他们时，他会自豪地大声吵吵着把他们指给我们看。

"那是我的朋友，"他会兴高采烈地宣布，"那是我的朋友，我认识他。我是在游戏小组里认识他的。那个也是我的朋友。"有时他会挥手致意，他们会急忙互相问候，或者在路过时无言地碰一下肩膀，以表示互相认识。"那个也是我在游戏小组的朋友，"然后他每次都会这样继续说，"那也是我的朋友，他比我大。"

他为拥有这些朋友而非常高兴，就好像他从来没有想象过自己能和这么多人融洽相处。当他们当中的任何一个来找他的时候，他都会容光焕发。他会设法把他们引诱进门，好向我们炫耀。

（"这是我的朋友，"他会说，"这些是我的朋友。"

我女儿很小的时候也曾经是这样，现在她对男孩子也仍是如此，但是当她煞费苦心地向我们介绍或透露某个她想让我们认为对她感兴趣的男孩子的时候，她所采用的方式比以前微妙得多，显得更无动于衷。我想知道我和我妻子对我们的孩子究竟做了些什么，让他们觉得我们认为他们永远都无法和别人交朋友。我已经不能肯定我们做了什么，不能肯定这全都是我们的过错。）就好像他无法保持平静，无法克制他正在经历着的强烈的幸福感。

但好景不长，他的这种好日子提早结束了。很快，游戏小组里发生的事情开始让他感到不安。没过多久，他就不愿意去了，就像他现在不愿意去上体育课、不愿意见福希奥内一样。他喜欢赛跑，还有下雨天里的猜谜游戏和室内戏剧小品，但那里也有爬绳（但我们问清楚了，只有年龄大一点的孩子才需要参加），还摆着一张蹦床，让他心存戒意（我也是如此，我妻子也是。我不知道我儿子是怎么想的，因为我不想问他，以免给他造成忧虑，但我知道我自己的想法。我担心他会一直蹦到月球表面，撞到他的头，然后又弹回到那张蹦床上，脖后跟着地，造成脊柱骨折，四肢瘫痪——我只是不想让他被迫不得不去尝试)，而且他已经在早早地为将要到来的深水游泳测验而痛苦不已。有人告诉他，所有他这个年龄段的男孩子在暑假结束之前都必须通过这项测验，并且还要上有关的游泳课。(他甚至连游泳课都不想参加。而且还不断有传闻，说海水里有水母、海虱和马蹄蟹。) 有传闻说这里有拳击比赛和摔跤比赛。他在一间棚子的挂钩上发现了一副拳击手套，于是认为他将必须参加拳击赛 (不过那里从来都没有过拳击或摔跤活动，从来都没有任何对孩子们构成危险的事情。就不错的日间夏令营而言，我想这也算是一个不错的日间夏令营了，但我很快就发现自己开始讨厌它，因为我儿子在那里遇到了困难)。新游戏教得很仓促，我儿子不懂游戏规则，以前曾经参加过这个游戏小组的孩子们则懂。在那里的辅导员和他在游戏小组里的朋友当中，没有一个人肯花足够的时间向他解释，在他犯错误的时候，也没有一个人对他表示宽容和体谅。他太腼腆，一个问题不好意思问两遍，即使是当他得到的回答让人无法理解，或者不完整，于是他不断犯错。那里的辅导员们都在忙着互相调情。(那种古老而火热的情欲也正在那里蓬勃萌发。女孩子们穿的是针织 T 恤衫，许多人没有戴胸罩，就连那些乳房较小的姑娘们也都很好看。当你年轻的时候，这种事情更甜美，更火辣，更有乐趣。我真希望自己能够重新拥有那种疯狂的热度，而不是我现在所经历的这种懒洋洋、经过加工的欲望，而且我往往必须花很大力气才能享受。) 我几乎并不因此而责怪他们，但是如果他们的失职影响到了我儿子，我就会拼命责怪他们。(我年轻时曾经有两年夏天当过夏令营辅导员，附近湖对岸有另一个夏令营，雇的全都是年轻的女辅导员。两个夏令营有许多活动在一起进行。我还记得当时在林子里我自己那些滚烫而又急切的欲望和冲动。我压根就不在乎那里任何一个孩子的安康和成长，只要他们不淹死、不得猩红热或小儿麻痹、不用绳子或石头互相残杀就行。在那两个夏天的大部分时间里，我的整个灵魂都集中在一件事情上，那就是找到某个来自镇上或另一个夏令营的有经验的女孩，一个大胆、顽皮而又鲜嫩的荡妇，愿意在林子里的地面上和我幽会，并尽快让我高潮。这样我就用不着自己动手了。哦，我曾经总是想要高潮。那时候，我对自己动手高潮和用其他方式一样喜欢。) 我儿子觉得自己正在逐渐陷入一种不光彩的境地。他越来越搞不清楚自己应该怎么做。他在游戏小组里假装跛脚，好有理由不参加他觉得自己不完全理解的活动。他开始在家里吃早餐时抱怨恶心和嗓子痛。（这就像他现在上学的情况一样。似乎没有开始，而且可能也没有尽头。）一天早上，他开始干呕，好像把他吃下去的很少的一点东西全都吐了出来，因为他不想去。我们给他量了体温，他没有发烧，于是我们还是让他去了。（我们当时让他去是不对的。我现在知道了，而且和我们谈论过这件事情的每一个人都说我们那样做是不对的。但没人能告诉我们怎样做才是对的。）

那天晚些时候，我偷偷逛到那里去观察他，我所见到的情景让我欣喜异常。那是一场接力赛，我那个快乐的小儿子遥遥领先，把对手甩下了足足十码远（看到他我非常自豪）。他怀里抱着一个沉重的健身实心球，必须把它交给他们队的下一位接力队员。他在大笑，咯咯的笑声在四周清晰地回荡。他边跑边笑，笑得太厉害，结果步履蹒跚，膝盖晃晃悠悠，双腿开始发软。他笑得越来越厉害，很快就摇摇晃晃，几乎摔倒在地。他在一阵阵低沉的欢笑声中弯下身子，几乎喘不过气，而又压抑不住。他连蹦带跳、跌跌撞撞、缓慢吃力地从沙地上跑过，一边逐渐放慢了脚步，好像是故意的，因为他正在热情地向另一队那个胖乎乎、气喘吁吁、闷闷不乐的小男孩示意，要他赶快追上来，好让他们俩能够一起笑着并肩跑完剩下的路程，就好像他有什么好笑的事情，想要在他们到那儿之前告诉他似的。

当我儿子把健身实心球递给他队上的下一个男孩时，他还在大笑不止（他的脸庞、牙齿和嘴唇都在闪着光），但那个男孩并没有接着跑下去，而是猛地把球扔回到了他的脚边。接着，好像有一群粗野暴躁、愤愤不平的人，包括几个身穿白色 T 恤衫、皮肤晒得黝黑的高个子辅导员，他们像一群凶猛的野兽一样向他扑了过去，开始冲着他尖叫咒骂。（很快就有好几个人在冲着彼此尖叫，并开始互相推搡。我的心跳一下子停止了，整个人僵在了那里。我简直不敢相信自己眼前的这一幕。）这就像是一场暴乱。我儿子吓呆了。他不知道自己犯了什么罪，也不知道该怎么办。就在他目瞪口呆、困惑不解地站在那里，怪模怪样地扭着身子的时候，一个个头比他大、宽肩膀、黑头发、满脸愤怒的男孩像一头发疯的公牛般从混乱的人群中冲到他的面前，用两只手硬邦邦的手掌根狠狠地撞在他的胸口上。我儿子向后退了几步（他的双腿又在发软），脸色苍白如纸（哦，天哪，我心想——他这是要呕吐，或是晕倒，或是放声大哭，让我觉得丢人），软弱无力地在那里等待着。他没有任何别的动作，而只是站在那里，不说话，不表示反对，也不四处张望。甚至就在那个男孩准备再次向他冲过去的时候，他也没有抬起手臂来保护自己，或者进行反击，但他看上去好像也没有打算逃跑或者乞求帮助。（我不寒而栗，觉得自己好像要呕吐。）那个男孩再次冲上前去，用张开的双手猛击我儿子的胸口，然后大胆地高举着拳头站在那里，向我儿子公开挑战，等着他开始还手。我儿子又一次在推力的作用下蹒跚地后退了几步，恢复了平衡，然后就在那儿等着。他不会还手，也不会自卫，但他不会逃跑，也不会向任何人寻求帮助或怜悯。至少这一点似乎很清楚。他一动不动的姿态中带有着一种蔑视。有那么一瞬间，我被他表现出的尊严和勇气深深地吸引住了。我觉得仅仅是站在那里不肯退让，等着对手再次上前冲撞自己，他就已经很勇敢了。他不肯为了保全自己而躲开。（我不会为了保全自己而躲开。）有那么一秒钟，我居然真的可以为他感到骄傲。但这还不够，我希望他能有更大的胆量。（我希望我自己能有更大的胆量。）我听到自己在为他加油，希望他能还手。

"快动手啊，你这个笨蛋！"我在心里恳求道，"你为什么还不赶快动手，你这个笨蛋！"

就在这时，我看到他的双眼又红又肿，饱含着泪水，他的嘴唇毫无血色，像灰一样白，而且颤抖不止，于是一种令人麻木、压倒一切的震惊使我头晕目眩。这下我明白了他为什么没有动手：他动不了。他被吓呆了，失去了所有行动和思考的能力。他甚至连惊慌都做不到。他之所以一动不动是因为他动弹不得。他之所以一言不发是因为他说不出话。他之所以没有还手是因为他无法还手。他之所以没有大声呼喊，也没有四处张望，寻求帮助，是因为他做不到，他根本就没有这个想法。他的嗓子发不出声音。这就是我的噩梦，在这里变成了现实。这时,突如其来的死亡和屈辱再次向他猛冲过来,其表现形式是一个比他稍微结实一点的小男孩(在眼下这种情况下突然像巨人般赫然耸现)毫无意义的愚蠢举动,我儿子最近曾经试图给他两块巧克力小甜饼(是同一个小男孩,也可能不是),而他却动弹不得(我也无法动弹),无法躲开,也不能张嘴说出必要的话以引起人们的注意,好让他摆脱那个折磨了我一生的恐怖噩梦。(我正在那个梦里,有人可以抓住我——我已经死了,因为我的双脚无法挣脱,我也不能大声呼救——我也说不出话——尽管我觉得我想要呼救。)他被固定在了那里。他也僵在了他的位置上(就像我僵在了我的位置上一样)。他变成了一块化石,扁平、易碎、一触即毁。如果有人想杀他的话,他已经死了。一个游戏小组辅导员正好在这时介入(在我眼中就像慢动作一样),解救了他(实际上是两个辅导员,第二个是一位身材矮胖、乳房很大的金发姑娘。如今年轻姑娘的乳房好像越来越大,越来越有弹性。年纪大一点的姑娘和中年妇女的乳房似乎也长得比以前大了。夏天里海滩上到处都是。我喜欢乳房,但我现在看到的太多了。我以前曾经更喜欢它们),并让游戏继续进行。我意识到自己刚才几乎一直在屏住呼吸,浑身肌肉绷得紧紧的,为暴力活动做好了准备(并且被使用这些肌肉的冲动所支配)。我意识到,如果那个我已经非常讨厌的小男孩再次向我儿子冲过去的话,我可能就会失去控制,像个疯子似的咆哮着冲进那个儿童游乐区,将他当场一拳打死。(要么就是杀了我儿子,作为躲避那种冲动的一种反应。)如果我发现自己还能动弹的话。(我将永远都不会知道我自己当时是不是也被吓呆了。)

当他们重新开始游戏的时候,我离开了。

在那天剩下的时间里,我对我儿子格外好。(我对他非常好,非常体贴,我甚至没有把自己所目睹的一切告诉他,也没有告诉我妻子。他不敢跟人打架。)

第二天,多少如我所料,他不想去游戏小组了。他并没有这样说,而只是说自己感觉不舒服,但如果我们执意要他去的话,他可能也撑得住。他看上去非常可怜,面色苍白,我在心里默默地对他深表同情,因为我知道(我觉得我知道）他的感受。他最后还是去了。我们告诉他他必须去，然后把他带去了。那天早上，在我们带他去游戏小组的路上（那年夏天我女儿在别处参加夏令营，她在那儿的日子也不好过，如果我们能相信她的话），他看上去痛苦不堪，精神不振，就像那次我们带他去做手术一样。那是一个阴冷昏暗的黎明，下着毛毛细雨，感觉很不自然，我们和他一起乘车去医院把他的扁桃体——还有腺样体——切除掉（我总是忘记腺样体。我连腺样体是什么都不知道，只知道有这么个东西，耷拉在鼻子里的某个地方。也许没人知道它到底是个什么东西。我曾经告诉一个来自安阿伯[1]的年轻姑娘，说腺样体是未下降至阴囊的睾丸，并觉得自己很风趣）。在那个阴暗而沉重的早晨，我们自己也心情忧郁，感到麻木，在出租车里努力和他闲聊，心里盼着出租车能再快一点，赶快到达医院，以免我们三人当中会有谁因为那个即将到来的事件所造成的紧张而昏倒或死亡。这种闲聊就像以前当我去养老院探望我母亲时，我总是试图和她进行的那些天真愉快而又空洞无物的交谈一样。那些探访既无聊，又令人厌恶，而且很快就没有任何意义了。我本来可以干脆把我那些装着食物的小包裹通过邮件寄给她，或是托护士送到她的房间里，然后马上离开（好让我免受那种可怕的折磨，眼睁睁看着她用变了形的手指颤颤巍巍、笨手笨脚地摸索着小块的鱼、肉、糖果和蛋糕，然后把那些油腻的食物碎块轻轻地送进自己嘴里。她不想让我喂她）。但我是她儿子，她的孝顺儿子（哈哈，愿意像悔罪似的忍受和她一起度过的那段时光，一开始是每个周末，然后是每两周的周末，然后是每三四周的周末，直到她的身体状况开始迅速恶化，于是出于某种虚伪的原因，为了免除我的罪过，又变成了每个周末，每次五分钟、十分钟或十五分钟），然而我对她并不是特别心存感激。我们俩都不感激对方。我并不因为她是我母亲而感激她（到那时这已经成了一种不公正的负担。为什么她就不能像我父亲那样不知不觉地走掉，不给我带来丝毫不便？），而她对我的来访和我给她带来的新闻和吃的东西也不觉得感激。我们之间的交谈只有寥寥数语，很不自

1　安阿伯：美国密歇根州城市，靠近底特律市。

然。愤怒的沉默可能反而更好。她想念她的母亲。

“妈。”在她临终前经过麻醉而又焦躁不安的昏睡状态中，她一遍又一遍神志不清地呻吟着，她的双眼呆滞发红，饱含着泪水，流露出飘忽不定的恐惧。除了我觉得她在临终时必须对我讲的话之外，她说的几乎只有这一句。

我现在比她活着的时候更喜欢她。

我母亲去世时已年近八十，几乎完全失去了记忆，但她在临终之际仍在哭喊着她的母亲，而我想我在临终时也会哭喊我的母亲（如果上帝，以他无限的仁慈，允许我活得足够长的话。哈哈）。许多不幸似乎都是时机问题。那天我们接他时去晚了，我们看见他在离游戏区半个街区的地方，一个人光着脚站在人行道上，无助地号啕大哭着，因为他以为我们压根就没打算来接他。（看到他这个样子我非常生气。我们只不过是来晚了，没有任何别的事情。）别的大人小孩从旁边经过，看见我儿子站在那里放声大哭，他们只是好奇地看了他两眼。他们当中没有一个人主动上前去帮他，问他怎么了。（上帝啊——就连我都会主动帮助一个好像遇到了麻烦的小男孩，如果没有别人这样做的话。）当他看到我们的时候，他什么都没做，而只是更加刺耳地尖叫着，更加狂乱地畏缩着，就像是在痛苦地恳求我们，将他从使他充满恐惧地站在那里无法动弹的奇怪魔咒中解救出来。（有那么片刻，我对他非常生气，以至于我居然想冷笑着停下脚步，故意耽搁一会儿再过去。）就因为我们来晚了一点，他便以为我们抛弃了他。他以为我们对他不满，觉得他讨厌，因此故意把他丢在那儿不管。他还以为再也见不到我们了，也不会有人来照顾他。这些想法令他悲痛欲绝。

我十分恼火。他知道回家的路，距离并不远，路线也并不复杂。有好些天的早上，我们都让他带着我们从家里走到木板人行道再到游戏小组，就是为了向他证明，他可以独自安全地走到那儿。然后我们还让他带着我们回家，好向他自己和我们证明他也知道如何回家。这个村子很小，几乎没有什么汽车，不可能迷路——如果他真的迷路了，他总可以沿着木板人行道走，或者向别人问路。这他也知道。（当他拿不准该怎么走的时候，我们总是催他找人问路，但他害怕陌生人，甚至是和他同龄的孩子，不愿和他们说话。当他开口问路的时候，他总是低着头小声咕哝，因此无论他问的是谁，对方总是会厉声要求他重复他刚才讲的话。

“你知道去那儿的路怎么走吗？”我和我妻子会这样问他，“你知道的。你肯定你不会迷路吗？你从这儿该往哪个方向拐？你不会迷路的，你看到了吗？即使你不从那儿拐，也不过了一个街区再拐，而是从这儿拐，你也还是会走到木板人行道或是主街道上。如果你真的迷了路，你只要跟着别人走，或者找个人问一下就可以了。你会迷路吗？”）

然而他并没有走多远，而只是走到了几乎看不见游戏小组活动场地的地方，那儿还有几个辅导员正在懒洋洋地收拾东西，而他却再也走不远了。就连当他认出我们，看到我们走来的时候，他都没有动弹，就好像哪怕从他所占据的那个令人痛苦的地方挪开一丝一毫的距离，他都可能会晕倒，从某个看不见的悬崖上掉下去，在昏厥中消失。他光着小脚丫，一动不动地站在人行道上的那一块地方，就好像他脚踝里的每一块骨头都已被压得粉碎（我觉得自己当时第一次注意到他的脚外翻得很厉害，他的足弓几乎是平的，而他的踝骨又大又尖，离地面很近），就连继续站在那里都令人痛苦不已，难以忍受。他既不能动弹，也无法待在原地。（他没有向我们狂奔过来。）他在那里号啕大哭。我们是他的救星，他的上帝，他生存的唯一希望，但我们必须一直走到他跟前才能拯救他。与此同时，他的双眼闪着泪花，睁得大大的，狂乱地紧盯着我们不放。他就连一步都不愿（不能）向我们迈出，好帮助他自己获救，减轻他的痛苦。（这既可怜又可悲，简直令人心碎。我怒火中烧，极不耐烦，觉得自己可能会失去控制，开始在那儿当场训斥他，但我努力强忍着。我想动手打他。我觉得他该打，并且觉得如果他再大几岁，个头再大一点，我就会真的动手。）我妻子加快了脚步，走到了我前面，我拽着她的胳膊肘把她拉了回来。

“别跑！”我怒冲冲地对她说，“你会吓着他的。”

但他等的是我，他需要我在他身边保护他。直到他摸到了我的手，并且能够牢牢地握住它，他才重新开始迈开脚步。（我当时的感觉和现在一样，我觉得如果我们当时转身离去，或者是由于某种不可避免的原因，我们那天根本就没有去接他，那么他就会寸步不离地停留在那个地方，地球表面上的那个小小印记，只有他赤足的脚印那么大，就好像某种无形的力量让他停在了那里，直到他因受冻、饥饿、口渴、恐惧或疲劳而死亡或晕倒，或者是直到某位异常关心好奇的女士或男子去找了警察，告诉他有个小男孩站在人行道上不走，整日整夜哭个不停，有因饥饿、恐惧或孤独而死的危险。我当时有一种感觉，现在有时也仍然有，那就是如果没有我和我妻子，他将无法生存。我觉得如果没有我们两个人维持他，他将永远无法生存于世。他自己可能也有这种感觉。我们死后他该怎么办？德里克该怎么办？）

“假如你在游泳，”他最近问我，“而且觉得你快要淹死了，你会向救生员呼救，让海滩上所有的人看到他们救了你呢？还是说你会让自己淹死？”

我不知道自己会选择哪一个。但有一点我知道，那就是如今我不会到能淹过我头顶的地方去游泳了。

我会不好意思向救生员呼救。

如果我在晚上碰上心脏病发作但又不能肯定，我会不好意思叫医生。

“你不必害怕。”我对他说。

他紧紧地抓着我的手，低着头，小心翼翼地走在我的身旁，他赤脚迈出的每一步都像是谨慎的试探。他喘息着，肋骨和胸骨一起一伏，就好像要裂开，刺穿他半透明的细嫩皮肤。

“我觉得不舒服。”他说。他的眼泪慢慢干了，在脸上留下斑斑泪痕。“我刚才觉得恶心。”

“回了家我们给你量量体温。你还觉得恶心吗？”

“我怕你们永远都不会来接我。”

“如果我们回家之后你真觉得不舒服的话，我们会叫医生来给你治病，所以你完全不必担心。”

“今天早上我也不舒服。”

“我不明白你为什么这么害怕。回家这条道你怎么都不会迷路的。”

“我就知道你会以为我在瞎编。”

第二天早上他没有再去游戏小组。他不想去，我们也没有强迫他。(因为我们允许他待在家里，他对我们喜欢得不得了。) 他从此就再没有回去过。

“你难道一点儿都不想回去吗？”我在星期天吃早餐的时候问道。

“他不想。”

我们再没提起过这件事。

可是从那以后他就几乎无事可做。他没有别的孩子可以一起玩，也没有了朋友。他每天大部分时间都和我们一起在海滩上，在那儿玩沙子，几乎一言不发。他总是想待在室内。他读图画书，还组装了一大堆汽车、飞机和航空母舰模型，但他做完了之后并没有任何自豪感，而且将它们保留下来也没有给他带来多少快乐。他对什么都不感兴趣。他将连环漫画书读了一遍又一遍，时不时呆呆地盯着电视机屏幕。他还主动提出要帮我妻子做家务。(这让我妻子觉得很紧张。) 他的注意力持续时间几乎为零。他无法长时间集中心思玩我们给他买的拼图游戏。他似乎很健忘。他总是紧跟在我们屁股后头，无论我们走到哪儿都几乎跟着不放。他不想进城，但又不想一个人留在家里。

(“你们俩都得去吗？”他会沮丧地问。)

他不想一个人待着，总是试图和我们当中的一个或我们两人在一起。除非到了睡觉时间，那他就必须离开，回到位于房子另一处的他自己的房间去(即便是这样，他每天早上也都会很早醒来——有时他会半夜醒来——然后悄悄溜到我们卧室门口，以确认我们还在那里，还在喘气。他会一直待在那儿，发出轻微的响声，直到把我们当中的一个吵醒。

“什么事？”我或者我妻子会恼怒地呻吟着向他质问，“你想要什么？”

“我想吃早餐。”如果天已经亮了，他就会这样撒谎说。

这种事有点吓人。有时候我觉得他晚上根本就没睡，而只是在假装，实际上却一直醒着，躺在床上，望着窗户，数着分分秒秒，直到他无法忍受自己的孤独，觉得来找我们更安全)。他总是流露出一种可怜巴巴的歉意，就连当他在厨房里转来转去，给我妻子递东西，帮她做饭洗碗的时候也是这样。（我妻子担心他会开始穿她的围裙和其他衣服。如果他变成了易装癖，我们该怎么办？对此我也担心。我假装热心想教他下国际象棋，好把他的注意力从我妻子那里引开，帮他打发时间，他也假装非常好学。但我们俩其实都没兴趣，于是很快便停止了，尽管我们想不出还有什么别的事情好让他做。）催他出去玩不仅没有用，而且很残酷，因为没有人可以和他一起玩。他不想和游戏小组里的那些男孩女孩在一起，不想和他们说话，不想被他们看见，甚至不想看到他们，就连那些他曾经高兴地招呼致意、自豪地指着称作自己朋友的孩子们也不例外。每当他和我们一起走在某个地方，看到这些孩子当中的某一个向他点头、挥手、咧嘴而笑，或者叫着他的名字和他打招呼时，他都会变得浑身僵直，怒气冲冲地转开视线，坚决不予理睬。很快，他们就没有一个人搭理他了。他们不再是他的朋友。这种情形非常怪异，就好像他从来都不认识他们一样。但每当他在我们散步时看到他们当中任何一个的时候，他还是会变得浑身僵直，既紧张又愤怒，仿佛预料着会有什么令他讨厌的事情发生。然而什么都没有发生。我也很生气，经常想在他胳膊上使劲捶上一拳，粗暴地把他推向他们，命令他重新开始和他们一起玩，而且还要玩得开心。

这让我们大家全都感到痛苦不堪。

那是我所度过的最糟糕的一个夏天，我们谁都不知道该怎么办。我和我妻子是他身边唯一的依靠，而我们却有些拿不准我们是否仍然喜欢他，尽管我们从没有这样说过。当时德里克还是个婴儿，躺在婴儿床上。我们还不知道他的情况。那年我女儿第一次离家参加夏令营，她在那儿也过得既孤独又难受，如果我们能相信她的话，因为那里所有别的女孩子都曾经参加过，于是很容易便形成了一个个小集团，只剩下她一个局外人，没有朋友。或者说她在信里对我们这样声称。我们不相信她。她想回家。在每一封信里，她都说她想回家，有时整封信的内容就是告诉我们她想回家。我们不相信她。有的孩子给家里写信太少，我们家的孩子则是写信写得太勤，每星期足有三四五封。每当我们收到她的来信，我们的情绪就会顿时低落。我们不知道该不该相信她。

我们以为她告诉我们这些事情只是为了让我们不开心。即使是在这样小小的年纪，她也已经足够狡猾，能够装作身陷危机，悲观绝望，好让我们饱受踌躇和内疚的折磨。她知道如何伤害人。根据从有孩子和她同在一个夏令营的其他家长那里了解到的情况来看，她在那里过得好像并不比平时更糟糕。我觉得很纳闷，如果她没什么话好说，那她为什么写信写得那么勤。我不想在探望日去看她。我并不想念她——我根本就没这个机会，全都是因为她那些该死的信。去干吗呢？要去的话便意味着大热天开车长途跋涉，为的是一场充满了指责和沮丧的团聚，而且又要浪费一个周末。等我们到了那里，她看上去却好像没事，好像真的很高兴我们能来。她表现得好像她很想念我们，这一点我可没想到，而且我敢肯定，她在信里一次都没有提到过。在一棵榆树下，在一个没人能听见我们的地方，我直截了当地问她，想不想让我带她一起回去。我甚至提出为她编造一个保全面子的理由：我母亲病得很重，这是事实。她说不想。她好像有许多朋友，个个面带微笑，她们大伙一起劲头十足地唱着营地歌曲。她在色彩大战[1]中输了。后来，她指责说是我硬逼着她说不想回家。当我们驱车而去，在暑假剩下的日子里一去不返时，她站在路边，盯着我们的背影，面色阴沉，表情僵硬，冷漠地拒绝向我们挥手告别。我想象着自己在她眼中看到了泪花，感到她的喉咙正在哽咽。接着，那些十万火急、哭哭啼啼、语气强硬的来信又开始了，并继续没完没了地接踵而至，坚决要求我们把她接回家。虽然我们从来没有这样互相哀叹，我们的确在心里嘀咕，既然我们费了这么大的劲、花了这么多钱，把她打发走八个星期，为什么她就不能让我们省心一点，为什么她就不能有点礼貌，让我们安安静静地过日子？她还给我们儿子写信，信上标着“亲启”字样，在信里向他恳求——同时对他做出各种慷慨的承诺，包括以后永远对他更为友善，更宽宏大量——希望他能尽一切努力让我们允许她回家，因为她远离我们非常痛苦。当时他正在为自己的苦难而悲痛欲绝，几乎没有勇气跟我们谈任何事情。除了回答我们的问题，他很少和我们谈话，而

1 “色彩大战”是在夏令营、学校及其他社会组织中举行的一种竞赛活动。参加者分成数队，每一队选定一种颜色，然后进行各种游戏比赛，最后按总得分决定输赢。

且他的回答总是很简短，嘟嘟囔囔，声音很低。人们可能会以为我女儿很喜欢和我们在一起，对我们过去共同度过的时光很满意，但事实并非如此。我们所有的夏天都过得很糟糕，大多数的星期天也是一样，现在也仍然如此。我非常害怕那些三四天的长周末。我真希望我和我妻子有打网球的习惯，或者喜欢乘船出海或钓鱼。但我不喜欢这些活动，甚至就连那些喜欢这些活动的人我都不喜欢。我现在对什么都不感兴趣。每当我儿子又收到我女儿的一封来信，她在信上说她很痛苦，并乞求他求我们让她回家时，我都不知道该如何向我儿子解释我女儿究竟是怎么了。

“你为什么不让她回家？”他会非常谨慎地询问。

“我又没拦着她。”

我根本就不知道是怎么回事。

“你想回来吗？”我在电话上对她说，“那就收拾行李回来。我现在就开车过去接你。”

“不。”

我至少知道她是在骚扰我。她可能的确想家，的确不开心，但同时她也在冷静超然而又深思熟虑地利用自己的这种不开心来烦扰和折磨我们大家——我觉得她现在还在故意这样骚扰我——我们就是这样打发时间的。

不知怎么地，时间就过去了。对我儿子来说，时间一定过得很慢。（他当时喜欢打棒球——而且因为自己打得不错而很高兴。他喜欢接高飞球，喜欢打安全打，喜欢跑垒。但现在没有人和他一起玩了。）不知怎么地，时间总会过去（难道不是吗，尽管没有我们的帮助，而且不管有什么事情发生，它总会过去，就像现在我在公司里每天混日子一样，就像当年我年幼的女儿最终熬过了夏令营里的那段时间一样，就像现在我妻子在家里平淡无奇地度日一样。为了帮助打发时间，她每天早晨和下午每隔大约半小时就会偷偷地喝上一口葡萄酒，作为报复，晚上则由我在她身上大干一场，每周大约一两次，如果我回家过夜，并且觉得自己能行的话。这也就像我可怜的老母亲度过她生命的最后时光一样，当时她因关节炎卧床不起，四肢痉挛，关节疼痛，而且被大脑痉挛夺去了语言能力。在那最后的一点时间里，她所剩下的几乎只有那个知道自己生命已所剩无几的意识。她所剩下的只有我。尽管她的手指像爪子一样，她却仍然紧紧地抓住不放。甚至就在最后的昏迷状态中，她还是固执任性地死死抓住不放，哈哈。但她的肾脏靠不住，衰竭了，那是一种来自下面的背叛，偷偷摸摸，始料未及。而到了最后，哈哈，在她临终之际，她呼唤着她的母亲，不停地呻吟着“妈！妈！妈！”声音单调低沉，但又清晰响亮，尽管医生说她并没有感觉到疼痛，也不知道正在发生什么事情。他怎么知道？然后我才可以埋葬她。我终于可以把她埋葬了，尽管她在大约十六个月前就已经死了。我曾经有一位母亲，她死了十六个月之后才得以下葬。至少对我来说是这样。我姐姐住得很远，患有糖尿病，而且自己家里还有一大堆问题，因此没有来参加葬礼。我不想让她来，告诉她没有必要。我会处理一切有关事务，支付所有费用。我们并不亲近。我和我母亲也不亲近。我当时还在生她的气。

“嘿，听着，妈，”在那十六个月中，我随时都有充分的理由和她争辩，“你已经死了，你难道不知道吗？就在两个月、四个月、六个月、八个月、十个月、十二个月前的某一天，你死在了我面前，现在你只是在这儿拖延时间。当时我还不知道，但我感觉到了，我觉得喉咙哽咽，于是转过头去低声抽泣，或者是想要哭，暗中为你伤心了一个多星期，因为我在内心里知道你已经离开了人世。你已经死了，但还没走。我不久前失去了母亲，并且不断想起她，然后又重新失去她。可你不是她。你只是在这儿拖延时间。现在你只是在这儿拖延时间，破坏我的周末，耗费我的金钱，影响我的情绪，玷污我的未来。从那时起，你就一直在拖延时间。你让大家全都心情压抑。你想让我做什么？你在这儿拖着不走想干什么？”

哦，老天啊老天。在她还活着的时候，这些话我绝对说不出口，即使是对我自己。但我觉得这就是我当时的感觉。现在我可以这样说了。那是我等一个人的葬礼等的时间最长的一次，而她和我一起等的时间几乎一样长。如果上帝保佑的话，我自己的葬礼应该还要等更长的时间。我知道我很快就得开始等了。我知道我将如何开始。我的膀胱和前列腺将会开始有毛病——那还是如果我幸运,没有先患上冠状动脉阻塞或中风的话。也许还会免费赠送个把疝气或痔疮手术,好让我在拖延时间、等着我的葬礼可以在法律允许的情况下开始进行的时候暂时忘记膀胱和前列腺的毛病。但我知道,我多半也会想要尽可能拖延时间,忍受着痛苦、怜悯和自我厌恶等等,用虚弱的手指紧紧抓着床单上方朦胧的幻影,嘴里咕哝着“妈! 妈! 妈! 妈!”直到最后,而不是“哈哈哈。”也许只有到那时,当大脑中只能容得下一个记忆,当喉咙和嘴巴只能说出一个单词的时候,像格林、怀特、布莱克、布朗、凯格尔、阿瑟·巴伦、我妻子的妹妹、在波多黎各的三分钟演讲这些东西,还有上周在底特律的一个聚会上遇到的那个醉醺醺、邋里邋遢的年轻婊子——我根本就没想要她,但她却吵吵嚷嚷,嘲笑我,拒绝了我的勾引,尽管我根本就没勾引她——也许只有到了那时,像这种令人烦恼的事件和人物才会从我脑中堆积如山、一直无法消化排除的那些琐碎的冷落和失败中清除出去,和我一起被彻底归档,成为过期记录,永远被人遗忘。我所选择的世界末日就是这个样子。我会不想死。我现在喜欢这样想,到时候他们非得把我拽下去才行,我会苦苦呻吟,拼命挣扎,用我的头脑、眼睛和耳朵进行搏斗,试图留下来。但我知道,当我把所有力量全都集中在上面的时候,我的肝脏或两个肾脏很可能也会挖我的墙脚,我会在毫不知觉的情况下输掉这场战斗。我会在自己没有感觉到的情况下断气,吗啡会把我弄得迷迷糊糊。我永远都不想死。我希望自己比所有人都活得长,甚至包括我的孩子们、我妻子,还有落基山脉。我觉得我做不到。我的心脏里有瓣膜,就像我汽车里的阀门一样[1]。如果通用汽车公司都生产不出保证使用寿命超过一年的阀门,那么大自然的随机产物又有什么希望呢? 我忍不住为我自己感到难过。我忍不住为他感到难过)。我当时为他感到难过 (我现在也为他感到难过)。他已经在那里拖延时间,他的神情就像一位日渐衰弱的老人,茫然而苍白,失去了欲求和热情,就像养老院里一位病弱的母亲,知道自己被送

1 英文里“瓣膜”和“阀门”是同一个单词。

到那里等死。他几乎一言不发，对什么都不感兴趣，似乎连任何值得盼望的东西都没有（上帝啊——他小小年纪就已经放弃了！），只有盼着那个潮湿闷热的夏天赶快结束，早日开学，好将他重新卷入学校里那场热闹嘈杂、深不可测、充满了未知冲突和收获的戏剧当中，尽管他也害怕上学。他没有一丝活力，没有一点精神。他沉闷无聊，总是在我们身边徘徊。他不再和朋友们一起玩耍，接高飞球、跑垒，而是跟着我们一起到木板人行道或海滩上去，跟谁都不接近，几乎一句话都不说。

（“咱们什么时候回家？”

他不想游泳。除了在黑暗的电影院里，不管他跟我们到哪里，他都很不自在，想去别的地方，通常是想回家。

“你们今晚还要出去吗？”）

他在那里无精打采地玩沙子。（我们不想让他和我们在一起。）每当我和他目光相遇，他都会颤抖着缩起脖子，就好像他以为我会朝着他猛扑过去，开始残酷无情地威吓他。他看上去像生病了似的。（人们经常会轻声问我们他是不是不舒服，这让我非常不自在。有时候我简直受不了他。）我想尽了一切办法帮助他。

“你想做什么？”我主动提出。

“你想去哪里？”

“你想怎么样？”

“你想去看电影吗？也许我们可以和你一起去。你想看什么电影？”

“如果你有一个愿望的话，那会是什么？告诉我，也许我可以帮你实现它。你现在最大的愿望是什么？”

“什么都不想做。”

“哪儿都不想去。”

“我什么都不想。”

“什么都不想看。”

“请你别问了。”

我简直想勒死他。我简直想揍他。(我觉得我真的想。)我从他那里得到的只有一句,什么都不想。他没有做出任何努力,好帮助我们让他更好过一些。我不忍心看到他总是那么无所事事,孤独失落。他总是在那儿。我们早上一醒来他就在那儿。他好像从不睡觉。无论我和我妻子晚上回来有多晚,他总是醒着躺在那里,开着门,好确认我们回来了,而且进来的是我们,而不是别人。他也没兴趣跟我们给他和德里克找的临时保姆谈话。

“你们要去哪儿?你们要去做什么?”每当他觉得我和我妻子准备一起出门的时候,他都会仔细盘问我们。

只要我们允许,他几乎到处都跟着我们。他开始让我觉得心烦。(我经常不得不为他感到难过。为什么就偏偏让我摊上了他?我对他的感觉开始变得像我现在对德里克的感觉一样。但是在大部分时间里,我至少可以将德里克和我分离开,从而得以逃避。)他我则无法逃避。他到处都跟着我们,就好像是某种讨厌的家族性疾病的可见症状,而我们本希望能够将其保密。

“我没什么事可做。”每当我们叫他离开我们去做别的事情的时候,他都会这样回答。

我们经常觉得自己怪兮兮的。人们总是见他和我们在一起,他的嗓子总是好像哽住了一样。如果我们发现了别的孤独的小男孩,试图给他介绍做朋友,他却不肯跟他们说话。

“瞧,这是迪基·戴尔。他是个好孩子,和你差不多大。你去和他一起玩好不好?”

他不想。

“为什么不呢?”

(他不想和另一个没有人一起玩的孩子交往。他很佩服游戏小组里想和他打架的那个孩子,并希望那个男孩也能同样喜欢他,想和他做朋友。)

当我们认识的人好心地问我们想不想给他找个人一起玩时,我们只好告诉他们说不想。我们总是无法告诉他们究竟是为什么。我们无法向人解释说他不会合作。(我们的嗓子也哽住了。)

“我真受不了，”我妻子伤心不已，几乎快要哭出来了，“他看上去就像个鬼魂一样。他非常不开心。看到他这个样子我真受不了，我的心都要碎了。”

“我也是。”我承认道。

那年夏天，我唯一开心的日子就是我在城里上班的那些日子。这也让我几乎心碎。他不滑旱冰，也不骑自行车。我开始变得更容易发脾气。（我很凶。）

“去玩吧。”有一天在海滩上，我再也控制不住自己的脾气，于是生硬地对他命令道。

他眨了眨眼睛。

“鲍勃。”我妻子提醒道。

“啊？”他问。

“你聋了吗。”

“我没听见。”

“不，你听见了。去玩吧。”

“和谁玩？”

“那个胖女人旁边坐着一个孩子。”

“爸爸，求你了。”

“他看上去和你一般大。他好像想找个人一起玩。”

“我在这儿玩呢。”

“玩什么？”

“沙子。”

“沙子，”我恶狠狠地模仿道，一边指着岸边，“要不然我就拽着你的胳膊把你拉过去，替你问他。”（这一威胁既然已经出口，我就必须当真。那个月有一本妇女杂志上刊登了一篇文章，建议父母对倔强任性的孩子要强硬一些。另一本妇女杂志上则有一篇文章建议我们对孩子要同情和宽容。我对这两本杂志都不在乎，我当时很生气。我妻子给了我一个眼神，试图警告我不要发火，但我没理会。这件事现在成了我和这个可怜而又困惑的小男孩之间的面子问题。）“你想那样吗？”我威胁道。

他脸色煞白。“我会说不出话来。”

“你现在不是说得挺好嘛。”

“我的嗓子哽住了，我想吐。”

“再不去你的脑袋上会长个包，”我忍不住要说上两句俏皮话，“快去，你可以等会儿再吐。”

他不情愿地站起身，脚步缓慢、摇摇晃晃地走着，去做我强迫他做的事。

“你瞧见了吗？”我胆怯而又忏悔地对我妻子低声说道，渴望马上获得赦免，“他去了。”

“我觉得这样做糟透了。”

“他正在做呢。”

他正在和那个男孩说话，那孩子面色苍白，长着一头黄发。他头也不抬就摇了摇头，费力地给了一个冗长的回答。他嘴巴的动作有些奇怪。我觉得一阵恶心。那个胖女人在一旁怒目而视。我儿子走了回来，双膝似乎疼痛难忍，几乎要哭出来。他用哽咽的声音结结巴巴地告诉我们，那个男孩口吃得很厉害，并且说不想和他一起玩。

“好了，你想要我做的事我都做了！”我儿子怨恨地向我发泄道，狠狠地瞥了我一眼。他重新坐回到沙滩上，离我们老远，一边怒气冲冲地瞪着我。

我感到又沮丧又愤怒。

我的事情没有一件顺利的，总是接二连三地出问题，甚至包括我妻子的阴部（真他妈的该死）。

那年夏天，我妻子阴部过敏，阴道炎复发，于是当我从城里出来，和家人一起度过那些没完没了、令人难以忍受的周末时，我甚至都不知道（就连她也不知道，除非我试试）我是否能有机会正常上床做爱。（如果我待在城里的话，我会过得好得多。我在城里的确过得更好，我的需要完全得到了满足。）除了向别人的妻子暗送秋波，或者跟非常年轻的姑娘开挑逗性的玩笑之外，我在海滩上没有多少别的喜欢的事情可做，所以我不断向我儿子发脾气，一边试图帮助他。（当我看到自己的尝试不成功时，我就会发脾气。由于我无法让他高兴起来，无法减轻他的痛苦和孤独，无法让他成功地尝试新事物，我觉得自己惨遭拒绝，无能为力，心中充满了沮丧。）我不断粗声粗气地命令他尝试做一些他不想做的事情，而且这些事情他很可能也做不到，因为他往往由于紧张而身体僵硬，影响了他的平衡和协调能力，或者是因为他的喉咙哽住了。因为我觉得他害怕大海，于是我让他跟我一起去涉水，结果他差点淹死。一个大浪突然卷起，把我们两人都冲倒了，将他从我手中扯走，冲向岸边。汹涌的激浪打着旋儿，他在里面无助地翻滚着。当他终于跌跌撞撞地站起身时（那时我正顶着退浪，无力地挣扎着，努力想到他身边去救他），他屏住呼吸，双眼紧闭，两个小脸蛋又红又鼓，就好像一双紧握着的深红色拳头。直到我再次牵起他的手，领着他上了岸，他才肯把眼睛睁开。我现在有时仍会回想起那一幕。

"你知道吗，爸爸，"他对我说，"我不敢睁开眼睛。我不知道自己在那里，也不敢睁开眼睛看。我害怕如果我睁开眼睛一看，我会发现自己离岸边很远，所以我不想看。"

我很惊讶他还肯和我说话，很惊讶他仍然信任我，愿意向我吐露心声。（他刚才完全有可能当场淹死，或者被海浪打死或变成瘫痪。他有可能在三四秒钟之内被一股激流吸走，从我身边冲入大海。有一次，我帮救生员救了一个套着充气救生圈的婴儿，他在一瞬之间就被冲到了离岸边三十码远的地方。我有可能再也见不到活生生的他了。我一向都害怕溺水而死。如果我当时失去了他，我可能永远都无法原谅自己。我妻子可能永远都不会允许我原谅自己。我将不得不和她离婚，把德里克和我女儿留给她。医生告诉我们，德里克生来就注定有精神缺陷，而我女儿一直也帮不上什么忙，也提供不了多少安慰。对我来说，就连现在离婚可能都并不是一件坏事。我的确经常想到离婚，而且一直都是这样。甚至在结婚之前，我就在考虑离婚。我可以想象出我下一任妻子的模样：她会更年轻、更漂亮，傻乎乎的，对我唯命是从。她将是一位金发女郎，个头不高，胖乎乎的，性格开朗，无论在厨房里还是在卧室里，都非常愿意取悦我。很快，我就会发现自己每次和她一起待上一两个小时就受不了了，于是我也将不得不和她离婚。我很高兴我儿子活了下来。结婚是我的主意。我喜欢和我妻子上床，她让我想怎么干就怎么干。她可不相信什么妇女解放。有很多可恶的大男子主义者。即使她没有阴道不适，我也不能随便干她，因为我儿子白天总是在家里晃荡，晚上则经常醒着躺在床上。就为了这个，我经常试图把他从我们身边赶走。如果我们把他锁在卧室外面，我们不知道他是否正在灰心丧气地在我们门外安营扎寨，能听到里面的动静。那一阵我大部分时间都脾气暴躁，对谁都大吼大叫。）

我对他做了一些非常可怕的事情，这些事情当时好像都很有必要。我不知道我还能怎么做。我打发不走他，他也知道我想把他支走。有一天他出去骑自行车，结果摔倒在一道木栅栏上，膝盖伤得很厉害，不得不一瘸一拐地走了一个星期，前臂上还扎了一根又黑又长的木刺，我不得不用缝衣针把它挑出来（当时我觉得自己就好像是罪恶的化身。我暗自思来想去，究竟要不要休公司欠我的两周暑假。我妻子逼着我休了。她说如果没有我，她一个人在海滩上受不了，打算回城里。所以我休了假。在假期中的有些日子里，我宁愿倒赔公司两倍的薪水，只要他们允许我上班工作）。我连喝酒都不能喝醉。在鸡尾酒时间，我喝马提尼酒不能喝到尽兴，因为他总是在周围什么地方看着、听着。（于是酒没喝醉，我头部眼睛上方却疼得很厉害。）我们不能讲黄色笑话，我不能说下流话，甚至在家里有客人的时候也不行。我不能调情。他在那儿，会看到我。（至少我女儿，愿上帝保佑她，对我们非常体贴，把她的烦恼装进了旧行李袋和小提箱，去了夏令营，在远离我们的地方度过了一个痛苦的夏天，从远处打扰我们。）他就在我们身边。他总是在我们身边。（我不能说任何不想让他听到的话，不能做任何不想让他看到的事。我的许多言行都可能会给他带来烦恼。）有时我一转身，他就在我脚下，结果我踩到了他身上，于是我们俩都觉得很抱歉，笨拙而语无伦次的道歉之词脱口而出。（我想破口大骂。我想高声尖叫。我想冲着他大喊："滚出去！"）我不知道该说些什么，不知道该如何处理这件事。最后，我终于想通了。我说：

"走开。"

为了让他意识到他有能力离开我们，能够自己找路而不迷路，我让他自己一个人到远点儿的地方去散散步。结果他当然迷了路。

“走开。”看到他好像不明白，我又更加严厉地重复了一遍。

“啊？”

“我没事可做。”片刻之前他刚刚这样抱怨过。

“到别的地方去走走。”

“去哪儿？”

“别的地方，去散散步。”

“和谁一起？”

“和你自己。我和妈妈想单独在海滩这儿待一会儿。”

“我不知道该怎么走。”

“不，你知道的。”

“我会回不来的。”

“不，你会的。”

“现在就去？”

“那还什么时候？”

我妻子冷漠地盯着别处。“你最好马上去。”她毫不体谅地建议道。

“沿着海滩一直走到游乐园码头，然后掉头回来。沿着海滩的水边一直走到游乐园码头，然后掉头沿着水边走回来。”

“我想待在这儿。”

“我想让你去。”

“我会迷路的。”

“你可得非常聪明才能做到这一点。”

我决心已定。他站起身，慢慢地把手掌上的沙子搓掉，然后一声不吭，垂头丧气，顺从地走开了，没有回头。他很快就看不见了，消失在海岸线上其他人密密麻麻的脑袋和躯干后面。游乐园码头看上去比以往任何时候都要远，海滩上的人群比任何时候都要密集。我担心他会迷路。（我担心如果我自己必须做我要求他做的事情，我也会迷路。）

“你为什么要这样做？”我妻子不满地问道，她对自己刚才的被动合作已经感到后悔。

“你也想让我这样做，难道不是吗？”

我不断伸长脖子，尽可能把他不停闪动的纤弱背影保持在我的视线里。他刚一消失，我也开始担心，并感到后悔。

“我知道，”我妻子承认道，心不在焉地点了点头，“他总是缠在我们身边，我真有点受不了。”

“我也是。”

“他总是在这儿，这简直让我心碎。”

“我也是。”

“他看上去总是那么不开心。”

“这也是让我受不了的事情之一。”

“你觉得他会迷路吗？”

“他不可能迷路。都是因为那个该死的游戏小组，他们真该死。如果他们看得紧一点，这一切就都不会发生。我想让他看到他能自己一个人四处走动，而不会遇上什么糟糕的事情。”

“海滩上太拥挤了。”

“他不会迷路的。”

他迷路了。

（至少我们认为他迷路了。）

二十五分钟过去了，他还没有回来。我们惊慌失措地去追赶他，我妻子沿着海岸匆忙疾行，我在海滩中间较深的沙子里步履艰难地朝着游乐园码头走去。（我想象着他遇到了同性恋变态者，或者是游戏小组里的其他孩子发现了他，正在嘲笑他，合伙欺负他。）

“天塌下来了！”我从一群成年人面前匆匆走过，我的心咚咚直跳，我想冲着他们惊恐地大喊。“你们有没有看见一个小孩？他迷路了。他看上去很发愁。”

我们在沿着岸边大约两百码远的地方找到了他，他一个人站在那里，在一个地方踌躇不前，就好像迷了路一样。他拿不准自己是否已经走过了我们所在的地方，因此他不知道该往哪个方向走。他双颊发白，眼神恍惚，下巴紧闭，脖子上的肌腱绷得紧紧的，而且喉咙哽咽。木板人行道沿路的地标——所有那些熟悉的标牌和建筑物——对他来说都毫无意义。

我的第一个冲动是想杀了他。

“你迷路了吗？”我冲他喊道。

“我不知道。”他耸了耸肩。

我想杀了他。他的无助和无能让我感到既愤怒又厌恶（他站在那里，就像那天站在镇上的人行道上，仿佛他的脚踝骨全都断了一样。我为他而感到羞耻，想和他断绝父子关系。我非常遗憾他是我的孩子），接着我又想深情地把他紧紧搂在怀里，保护他，为他流下饱含着痛苦和同情的眼泪（因为我居然想杀了他。想象一下，你父亲想杀了你。在俄狄浦斯[1]的故事里，他们全都把这部分省去了。可怜的俄狄浦斯一直备受诋毁。他并没有想杀死他父亲，是他父亲想杀了他）。当我发现他那样站在那儿的时候，我不知道自己究竟是什么感受。一方面，我非常感激他没有受到伤害；而另一方面，我对其他的所有一切又感到万分沮丧和失望。在这一股无法控制、互不协调的可怕情绪里，地标对我来说也毫无意义。（如今我往往不知道自己究竟是什么感受。）

（我希望自己是一只黑猩猩。）

第二天在家里，我和我妻子因为钱和性生活的问题发生了一场激烈的争吵，和我儿子毫无关系（尽管他不可能知道这一点）。我们俩像一对狂吠的胡狼一样咆哮着，一边互相责骂，一边冷笑。她冲我大喊大叫，我也冲她大喊大叫（我们俩你骂我是混蛋，我骂你是婊子，都嚷着让对方他妈的滚蛋）。然后我冲进厨房，使劲往威士忌酒杯里扔了一些冰块，险些将酒杯在手里砸碎。这时，我听见我儿子怯生生地走进了客厅，对我妻子轻声说道：

1　俄狄浦斯是希腊神话中忒拜国王拉伊俄斯和王后伊俄卡斯忒之子，他在不知情的情况下，杀死了自己的父亲并娶了自己的母亲。

"我是不是应该再去散步？去游乐园码头？"

我听到自己叹了口气。我想哭。

"爸爸不高兴就是为了这个吗？"

我觉得自己感觉糟透了。

我妻子悄悄走进厨房。

"你听见他说的话了吗？"她低声说道，对我的怒气全消了。(我什么也没说。)"他想知道他该不该再去散步。他以为你不高兴就是为了这个。"

"他没那么说。"我终于有气无力地否认道。

"你一定听到了。你去问他。"

"我不相信你。"

"你每次这样都像发了疯似的，"我妻子悲叹道，"我没法跟你讲话。我们谁都没办法。你听不进去，也不愿意睁开眼睛看看。你去问他。如果你不相信我，你去看看他是什么样子。"

我知道我会看到什么(而且不想去看)。我从我妻子身边绕过去，既没看她，也没碰她，走进了客厅。我儿子温顺地站在通向门廊的门口附近，一脸悔过的样子(就好像这是他的过错)，等候着我的指示。他的皮肤有点发青。(我叫他做什么他都会照做。他不想让我因为他的缘故而生气或不高兴。他的双眼睁得很大，目光严肃。无论是在此之前还是之后，我这辈子从没有觉得自己居然如此残忍，如此卑劣，如此道德败坏，没有人性。他准备接受我要求他做出的任何牺牲。我不希望他这样。)他的表情充满期待，严肃而听天由命。有那么一刻我没有说话。(我说不出。)我的嗓子哽住了。

"从现在开始，"我温和地对他说，"至少直到暑假结束，你不需要做任何你不想做的事情。而且你还可以做任何你想做的事情。这样可以吗？"我的语气很温柔，饱含着歉意。

他的目光充满了怀疑。"你是当真的吗？"

"我保证。"

"爸爸，我爱你，"他说道，一边安然地拥抱着我，把头靠在我的肚子上，"你是全世界最好的爸爸。”

我是全世界最糟糕的爸爸。

昨天，我帮了一个盲人过马路。当我抓住他的胳膊时，我很惊讶自己并没有觉得反感。（实际上是他抓住了我的胳膊。我伸手去抓他的胳膊，但他对我说：

“不，让我抓着你的胳膊。”）

我觉得我以后会更经常做这样的事情（因为我发现自己能够做到）。

我曾经多次对他食言。

但尽管如此，他依然爱着我。

我觉得我对他的认同感太强了。我还记得有一次，当他还是个裹着尿布的婴儿时，他躺在婴儿浴盆里，踢着双腿，把浴盆弄得危险地摇晃着，把爽身粉罐和安全别针弄得哗啦直响，到处乱飞。我妻子急忙把我叫到屋里，给我看他阴茎龟头侧面上一个火红的斑点。（那块红斑一定非常小，一定是这样，但当时看上去却像是一个巨大的水疱。）当我看到那个粗糙（很小）的火红色斑块时，我马上弯下了腰，我自己的阴茎上感到一阵刀割般的剧痛。我本能地用手捂住了自己的整个生殖器，试图保护它，抚慰它。当时觉得很疼，现在想起来也还觉得疼。我用不着看就可以肯定那儿其实并没有事。我小时候曾经有一次觉得自己阴茎头上有一种刺痒的感觉，并看到一只棕色的蚂蚁从里面爬了出来，但我现在已经不对别人讲这件事了，因为没有人相信我。我想我现在的确还是非常喜欢我的这个小玩意，尽管我不能肯定究竟是为什么。如果没有了它，我又将会是什么呢？中性人。它曾经把我带到过一些奇怪的地方，我也曾经把它带到过一些奇怪的地方。这个组织器官有时兴奋不已，有时则又软绵绵，还会漏水。在这几十年里，它给我带来了极其美妙的愉悦感，这种感觉经常又令人难以承受。它还给我带来了三个孩子，他们从出生那天就已完全成形，与其相比个个都好似庞然大物。其中一个先天就有缺陷。如果是在工厂里，他将算是次品。他遭受的痛苦比正常人要少，我们替他补上了其中的不足。总的来讲，我认为我现在从中已经得不到太多的乐趣了，不过我觉得我还想把它多保留上一阵，哈哈。我并不总是喜欢把它插进去，我也不喜欢把它抽出来。我真希望除此之外它还能用来做些什么别的事情。在我十三四岁的时候，有一次我曾经给我表妹付了一角钱，让她替我手淫，而且事后生怕她会把这件事告诉我母亲、我哥哥或她自己家中的某个人。我不知道这件事是否对她的心灵造成了扭曲。她让我感到快乐。我只花了一角钱。我仍可以想起她当时的样子，一个迟疑不决的小女孩，没有一丝恶作剧的念头，没有一点好奇心，也没有任何她自己的性感，能够使这场经历对她来说变得更有意义。她觉得很无聊，还有点困惑不解。我小心翼翼地摸了她一下。我猥亵了一个孩子。我作为一个孩子也遭到了猥亵。每个人都遭受过猥亵。也许这就是为什么我这么替我儿子担心。我也曾经这样担心过我女儿。现在她已经长大了，她自己也能猥亵儿童了。从那以后，我曾经付过许多次的钱，每次都比一角钱多得多。

当我进入中年的时候，我将胎儿的姿势换成了死尸的姿势。我现在睡觉时已不再是侧着身子，膝盖紧贴着腹部，大拇指放在嘴边。现在我平躺在床上，双手得体地交叉放在胸前，像一具死尸一样，脸正对着天花板。如果哪天晚上幸运的话，我会听到并感觉到自己开始打鼾。一块松动的膜质东西在我喉咙底部诱人地颤动着，带着一种强烈而美妙的瘙痒感，而且我也因为自己的鼾声可能会打扰我妻子、影响她的睡眠而感到心满意足。如果我无法入睡，而我妻子却睡得很香，我会无法忍受。有时候我想用拳头捶她。我喜欢我能睡着而她睡不着的时候。不过当我醒来的时候，我通常是侧身躺着，一只手仍然总是搁在大腿之间，靠近我的生殖器。我想我的确希望尽我所能把它一直保留下来。当我开始做梦撒尿的时候，我就知道自己已经老了。我醒来时膀胱满满的，脑子里一瞬间充满了羞耻的恐惧，害怕自己尿床了，并且害怕很快所有人都会知道这件事。

我终于知道我长大后想成为什么样的人。

我长大后想成为一个小男孩。

我希望自己能再有一次机会。然后再有一次。(在那之后再有上好几次。在我年轻的时候,我本来可以和许多女孩子上床,但我并没有那样做,因为我当时不知道自己有那个本事,不知道自己能做到。我不知道这件事原来是这么容易。我当时从没有想到过她们也想做那种事。我甚至没有那种冲动。相反,我爱上了她们。我希望能够再试一次。哈哈。我觉得这回我会有那种冲动。等我长大了,我想成为一个有尊严、有品味、有地位的人,做我真正想做并且喜欢做的工作。我想成为威廉·莎士比亚。)也许这就是为什么我这么替我儿子担心(我对他的认同感太强了),为什么每当我看到他陷入困境,每当我看到他在某件事情上遭到失败或者甚至拒绝尝试时,我就会变得有些狂乱和恼怒。(我是不是对他感到失望?)我女儿坚持说我们对她感到失望。我知道我为我们大家所寻求的东西与现实大不相同。我一直都没有成为我想成为的那种人,尽管我得到了我想要的一切,包括两辆汽车和两台彩电。我们是住在康涅狄格州上等郊区的一个拥有两辆汽车的家庭。在广告公司和美国人口普查局编制的统计数据中,我们属于地球上生活最富裕的人口类别当中。我希望他无忧无虑、充满自信、勇往直前、聪明能干、获得成功,并具有依赖性,因此也许我的确对他在各个方面都感到失望,除了最后一点之外。也许这就是为什么他害怕我想要带他去一个既陌生又危险的地方,把他撇在那里。也许我的确想那样做。我也同样害怕类似的事情会发生在他身上。我想象着他在什么地方迷了路,而且永远都没有希望找到他。我知道我担心他的安全甚于担心我自己的安全,这让我感到很惊讶。

他害怕的时候,我也会害怕,尽管我并不害怕他害怕的那个东西。(当他遇到不顺利的事情时,我会感到惊慌失措。我真希望我现在可以得到保证,他将再也不会做出任何让我不高兴的事情。我不能向他还手。)

他颤抖,我就会打哆嗦。他感冒,我就会流鼻涕。我还会打喷嚏,嗓子发疼。他一发烧，我的太阳穴就会变得火热，而且一阵阵地抽痛。我还会浑身关节僵硬，肌肉酸痛。（我的心可真好，是不是？）

我儿子基本上也是这样，他对陷于困境之中的他人也过于认同。我认为这就是为什么他会把小甜饼和硬币送给他觉得想要这些东西的人——他知道渴望是一种什么样的感觉。（他和他们一同渴望。）我还记得他曾经目瞪口呆地盯着身体畸形和肢体残缺的人，包括驼子、侏儒以及缺胳膊少腿或四肢畸形的人，他的脸上充满了恐惧，就好像不相信自己的眼睛。我能读懂他当时的心思：他不知道这些人身上究竟发生了什么事情，也不知道为什么这种事情不可能发生在他自己身上，而这一点并不总是那么容易向他解释。（我不能向他绝对保证，他将永远都不会遇上严重事故，或者染上绝症。）我注意到他现在总是避免向他们直视。（他会像我一样，带着一丝怒气将视线移开。你既不应该盯着他们看，又不应该有意将目光避开。）他自己的胳膊或腿曾经会暂时锁定在一个不自然的姿势上，或是开始抽筋。

（"你瞧！"

每当他看到一个胳膊或腿有畸形的残疾人时，他都会抽筋，肌肉发紧，或是手指或脚不停地抽搐，并指给我看。他对这种心灵感应现象十分惊奇，而他对此的好奇心不亚于他所感到的不适。他会问我，为什么会这样。

"我也是这样。"）

"我还可以告诉你另外一件有趣的事情，"他最近向我透露道，"每当我胳肢别人的时候，我就会发笑。"

"那是为什么？"我惊呼道。片刻之后，我觉得这很有趣，于是开始放声大笑。

"我也不知道，"他尖声答道，也在大笑，"你在笑什么？"

"因为我觉得这很有趣！你在笑什么？"

"因为你在笑！"他兴高采烈地喊道，笑得更大声了。他咯咯地笑个不停，充满了喜悦，一边用双臂搂着自己的身子，就好像他的肋骨和心灵容纳不下心中的狂喜。

我儿子喜欢大笑，如果没有我们这么多人在他周围约束他，压制他，他就会总是开怀大笑，跟人开玩笑。我总是担心他会出事。（他就是那个在公园里被人用刀戳死了的孩子，或者是那个得了霍奇金氏病或眼球母细胞瘤的孩子。每次我知道他去游泳的时候我都会担心，每次他不在家的时候我都会担心。每次我女儿和比她大的孩子们一起在外面开车的时候，我都觉得我会接到电话通知，或者会有警察来告诉我，说她刚刚在一场可怕的车祸中丧生。有时候我真希望他们俩都干脆把这件事早点了结，好让我可以放松下来，不再因这种反复出现的焦虑而担惊受怕。有时候我真希望我认识的每一个人都早点死掉，好让我从因为我对他们的慷慨关怀而感受到的这种温柔的紧张情绪中解脱出来。我对我妻子就没有这种严重的焦虑，尽管我知道她在白天里经常酒后驾车。我几乎从来没有想过她的死，而是只想过离婚。我不喜欢汽车，也不喜欢游泳池和大海。）

我经常想到死亡。

我总是在不停地想。我对它日思夜想，对它心存恐惧。我真的不喜欢它。死亡好像是我们家族的遗传病。人们因它而死，而我经常梦见死亡，并且没完没了、带有讽刺意味地编织着关于死亡的华丽幻想。（而且我发现——上帝助我——我仍想做那篇三分钟的演讲。我的确渴望被提拔到凯格尔的职位上。昨晚在床上，我暂时停止了对死亡的思考，开始为我可能需要做的那两篇演讲打腹稿。我可能一篇都做不成，但我还是为两篇都找到了一些佳句。）昨晚在床上拟好了我的佳句之后——还是说是在今天清晨，当我从睡梦中安然无恙地返回人间的时候？——我梦见就在我妻子正在什么地方喝酒时（或是在什么地方跟别人胡搞。最近我偶尔也会梦见这种事情，对此我一点都不喜欢），我们家的女佣打电话到我办公室，用她带着含糊不清的南方口音、像黑人男子一样低沉的声音告诉我：

“______先生，你儿子正躺在客厅地板上，已经十五秒钟没有呼吸了。”

在我梦中或思绪朦胧的清醒时分里，这些话语就是这样飘入了我的意识。

“______先生，你儿子正躺在客厅地板上，已经十五秒钟没有呼吸了。”

（没有名字，只有一处空白，一个不祥的省略，一条空荡荡的下划线——我不知道是怎么回事。）

“什么？”我倒抽了一口气，变得浑身冰凉，皮肤上感到一阵刺痛。（面对着那场步步逼近、终于即将发生的悲剧，我全身麻木，无能为力。）

“______先生，你儿子正躺在客厅地板上，已经十五秒钟没有呼吸了。”

我没有名字，但我知道我是谁。

在电话里，我可以清楚地听到她的声音，但我觉得她的话很难懂，也很难令人相信——我可以看到她那张女人的脸，又黑又丰满，毫无表情。我不断地问“什么？”，让她重复她说的话——除了大叫“什么？”好拼命拖延时间之外，我想不出还能做些什么——只能让她重复她说的话——那个女仆说的话总是同一句：

“______先生，你儿子正躺在客厅地板上，已经十五秒钟没有呼吸了。”

（时间正在飞逝，可仍然只过了十五秒。）

“______先生，你儿子正躺在客厅地板上，已经十五秒钟没有呼吸了。”

（我敢肯定这是我梦见的。）如果这种事情真的发生了，如果在某个像今天一样平淡无奇、和任何一天都没有两样的日子里，我正坐在城里的办公室里，接到从家里打来的电话，说我儿子倒在了客厅地板上，好像快要死了，我会怎么办呢。我知道我会怎么办。我会打电话给康涅狄格州的警察，让他们去处理。

（“我儿子正躺在我家客厅的地板上，已经十五秒钟没有呼吸了。”我可能不得不这样对他们讲，就像在我梦里一样。）

然后我会沉重地叹上一口气，为自己感到难过。我将不得不取消约会，更改计划，坐着很慢的火车匆忙赶回家。从公司一路坐出租车应该最快，但可能要等已经到了火车站，等着火车缓缓开动的时候，我才会想到这一点。我会神情紧张，心慌意乱。但同时我心里也明白，我其实已经并不那么着急，而只是在假装。我明白这件事已经结束，而我宁愿在别人已将紧急情况处理完毕、结果无论如何已经确定之后再赶到现场，因为我反正已经来不及帮忙了。我将不愿告诉我班上的同事和员工那天我为什么要提早离开，因为我不想看到他们的那种眼神，不想听到他们充满同情和关怀的感叹。当我再次见到他们的时候，我也不想回答他们的问题。我觉得这里面最重要的是我会感到这件事给我带来了不便。（每逢计划有变动，我都会感到这种变动给我带来了不便。）

昨天就有一件事情给我带来了不便。一个和我年龄相仿的男人在附近的一个地铁站不幸丧生，造成交通阻塞，使得我在一个鸡尾酒会上迟到。这个鸡尾酒会是我和公司销售人员一起参加的，而我本应早到。今天报纸上报道说，那个人在地铁车厢关门时想硬挤进去，胳膊被夹在门里，身子还在外面，列车就开动了，尽管列车本来不应开动。结果列车呼啸着驶入隧道，拖着他沿着站台往前走，直到他撞在了柱子和用石头与金属筑成的隧道墙壁上。当时他妻子已经在车厢里，只能眼睁睁地看着整件事情发生。（我敢打赌，她甚至还紧紧抓着他的手，愚蠢地不肯放松，徒劳地试图救他，尽管这样做毫无意义。我敢打赌，这就像是一场梦。我敢打赌，此时此刻她就正在这样说：

“这就像是一场梦。”）

昨天，另一个和我同龄的男人在公园里被枪杀，没人知道为什么。（如今，像我这个岁数的男人开始一个个因癌症、中风和心脏病发作而死亡。）上星期，另一名男子在公园里被枪杀，没人知道为什么。上上个星期，另一名男子在公园里被枪杀，也没人知道为什么。每个星期都有一名男子在公园里被枪杀，没人知道为什么。一名男孩在地铁上被人刺伤。我不去公园。（在密西西比州的杰克逊市，大约每年都有三名黑人大学生被州警冷酷无情地枪杀，而人人都知道其中的原因，因此我们其他人并不害怕。）直到现在，我对门仍心有余悸。我害怕关着的门，也害怕可能从敞开的门里窥视到的东西，还有可能从敞开的门里闯进来的东西。我知道那天在医院里，当护理员把昏迷不醒的他从门口推回来时，我几乎被他的扁桃体切除手术活活吓死。他当时一动不动，脸色苍白，散发着让我恶心的乙醚气味，还有一道几乎是黑色的血迹，在我眼前从他纹丝不动的鼻孔里令人作呕地缓缓流出。（全都是因为一个奇迹我才得救。）我的胃里翻江倒海，脑袋一阵眩晕，整个房间都在摇晃、旋转。

“你怎么了？”我妻子望着我，惊恐地尖叫道，“出什么事了？”

（我不知道她究竟为什么如此惊慌失措，是因为她以为我在儿子身上看到了什么她没看到的东西，还是因为她以为我知道什么她不知道的有关儿子的事情，还是因为她以为我身上出了什么事。）

我说不出话。我以为我会呕吐（但觉得自己的身体不能胜任）。我的耳朵里嗡嗡作响，大脑隐隐作痛，地板疯狂地上下起伏。我真的认为，如果当时不是我妻子从我儿子床边一跃而起，一把抓住我的胳膊肘的话，我可能会（像个女人似的）当场晕倒在地。她尖尖的长指甲把我扎得生疼，刺耳的尖叫声令我震惊不已。她牢牢地扶着我，两只眼睛睁得大大的，像耀眼的明灯一样紧紧地盯着我。她使我没有摔倒，把我像一个虚弱的病人一样扶到了椅子上。（我妻子比我坚强，人也比我好，但我决不能让她知道这一点。）她从床边桌上为我儿子准备的水罐里给我倒了一杯凉水。当我正在小口小口地喝着水的时候，医生进来了，问有没有什么事。我摇了摇头，假装没事。

“手术没有任何问题，是不是？”我说，“告诉她，他没问题，对吧？”

“再好不过了，”他微笑着回答，“他很快就会康复。这些东西是他的，它们曾经属于他。也许他会想要把它们留着。”

在我儿子恢复知觉并发现这些东西之前，我们就赶紧把它们扔掉了。

我一直都没有忘记那次扁桃体切除手术。（我也一直没有忘记我自己的扁桃体切除手术。）直到现在，我仍会遇到严重的症状复发现象。我会闻到从他身上散发出的甜丝丝、令人窒息的乙醚气味，并想要呕吐。我会想起那张苍白的脸庞，那道玷污了一个鼻孔的血迹。我会带着无法逃避的痛苦回想起，当他回到家中并康复之后，他如何开始在本能的驱使下不由自主地（有那么一阵，他就像是人类出现之前的某种患有强迫症的小生物）穿过低低的、散发着霉味的暗处，一次又一次地爬进我们的卧室，每次都经过估算，等到他希望我们俩都已熟睡的时候才爬进来，因为他晚上无法独自一人待在自己的房间里。（我们当时并没有意识到，对他来说这实际上的确是不可能做到的。我们以为他只是故意不听话。我觉得我自己做了扁桃体切除手术之后也无法一个人待在自己的房间里。我觉得我记得有一次我父母允许我和他们一起睡。如果不是因为我当时有病，而且非常害怕，我无法想象他们怎么会允许我那样做。）我们会把他赶出去。每天晚上我们告诉他该睡觉的时候，他甚至不愿走进自己的房间，于是我们硬是逼他进去。（我觉得他是害怕我们在密谋策划，一旦把他骗进门，让他答应把门关上，我们就会把他永远关在里面。他不让我们把门关上，而总是必须留一条至少一英寸宽的缝隙。）我们没有把他锁在他自己的房间里，而是把他锁在了我们的门外。我们把自己锁在了我们的房间里，因为我们受不了他整夜反复爬回到我们身边，总是拖着他那条颜色鲜艳的被子（结果发现他蜷缩在门外狭窄透风的走廊里，靠着门躺在地板上。早上我们开门时会撞到他，而且不得不忍住尖叫，因为刚开始我们总是忘记他可能在那儿。后来我们几乎无法打开卧室的门，因为我们感觉到他就在门外。有时候他不在，他会失踪，这种情况同样令人震惊，直到我们找到他的去处）。这段时间对我们大家来说都很可怕，令人非常头疼（我想这主要是对他来讲，尽管我们往往忽略这一点。我尽可能在外面过夜。一星期后，他就恢复了正常。我则花了更长的时间）。这是一种折磨（是他让我们经受了这种折磨）。每天晚上，当我们躺在床上试图入睡时，我们都不得不等着听他试探我们房间的门把手，或是在厚厚的绒毛地毯上噌噌作响，再次爬回到我们的卧室里，再次将我们从睡梦中惊醒，让我们迷迷糊糊地表示抗议，同时备受折磨，要么就是第二天早晨不满地醒来，发现他趴在我们床脚或房间某个角落的地板上，拖着他那床被子，靠近梳妆台或椅子的腿，他的双眼黏黏糊糊，眼皮沉重，终于因精疲力竭而紧紧闭上，他的嘴唇扭曲着，松弛而又肿胀，仿佛充满了脂肪，他的大拇指毫无生气地放在嘴边，就好像刚刚从里面掉出来一样，这种经历真是非常令人恼火。（他做扁桃体切除手术的那段时间对我来说简直太糟糕了，比我自己做扁桃体切除手术还要糟糕。我可能永远都无法从中完全恢复过来。）

“待在你自己的房间里。”我会这样严厉地命令他。

“你必须回你的房间去。”有时，我的心中会涌起一股意想不到的仁慈和怜悯，于是我会在黑暗的卧室里温和地哄劝他（其实是在恳求他不要打扰我们）。“如果你想要的话，你可以开着灯睡。没什么好怕的。”

“我不害怕。”

“我们当中会有一个人陪着你。”

“但你们过一会儿就走了。”

“我不能整夜待在你的房间里。”

“那我为什么就必须待在那里呢？”

“因为那是你的房间。”

“我想待在你们的房间里。我想跟你和妈妈在一起。”

“医生说你不应该那样做，他说那样对你不好。”

“什么医生？”

“我们见过的医生。”

“我不相信他。”

“你想去见他吗？”

他当时害怕医生。从那以后，他就一直都害怕医生、护士和牙医。（他向来都不想让人给他补牙或者拔牙。）我觉得他也永远无法从那场手术中完全恢复过来。我担心他还有我女儿可能永远都不会原谅我，因为我让他们的扁桃体受到严重感染，以至于有必要把他们送进医院，将他们的扁桃体揪掉（或者是割掉，如果医生是这样做的话。还有他的腺样体。他并没有因为他的腺样体而生我的气，因为他还不知道腺样体是什么东西，而且好像谁也不知道，尽管他们把他的腺样体也割掉了。腺样体好像是长在人体咽喉里的一种高度专门化的器官，其唯一自然功能就是被切除）。他总是把他不信任的人（不包括我，尽管他并不总是信任我）和那里的麻醉师联系在一起，尽管他只是模模糊糊地记得那个人的样子。

“他给我做了灌肠。”他宣称道，语调中带着由来已久的怨恨和尴尬。当时我们正在随便谈论一些事情，他想到什么就谈什么。

“不，他没有，”我再次纠正他，“那是在给你做麻醉。前一天晚上我们在家里给你做的灌肠。”

“他的模样像福希奥内。”

“他是个小日本。你当时还不认识福希奥内呢。”

“福希奥内是意大利人，”他心不在焉地承认道，“福希奥内不喜欢我。”

“不，他喜欢你。”

“不，他不喜欢。”

“他真的喜欢你。他现在喜欢你了。”

“我不喜欢他。”

“你用不着喜欢他，只要假装就行。”

“欧文斯小姐不喜欢我。”

“她喜欢你，她给你好成绩。”

“她总是冲我大喊大叫。”

“她从没有那样做过。”

“如果我不做功课的话，她恐怕就会。”

“那就做你的功课。”

“福希奥内说我不会爬绳。”

“你会吗？”

“我讨厌福希奥内。”

“你不必讨厌他。”

“为什么？”

“他喜欢你。”

“你后来又去找他了吗？”

“你想让我去吗？”

“我害怕福希奥内。”

“你不必怕他。”

“你怎么知道？”

“他说你体格不错，跑起来像黄鼠狼一样快。你只是不肯下功夫去学。你爬绳的时候应该把脚也用上，不是用腿，而是用脚。”

“黄鼠狼是什么？”

“是一种四足动物，跑起来像你一样。”

“我会长智齿吗？”

“当然，等你长大了。”

“到时候必须把它们拔掉吗？”

“你现在就要开始为这件事发愁吗？”

“你以为我想不发愁就能不发愁吗？”

“如果它们有问题，那就得拔掉。”

“你不喜欢我。”

“我当然喜欢你。”

“你老是出门。”

“去哪儿？”

“去波多黎各。”

“我必须去。”

“去波多黎各？”

“什么时候？”

“去年你就去了波多黎各。”

“我必须去。”

“你还要去吗？”

“我必须去。”

“很快？”

“六月份。”

“去波多黎各？”

“我是组委会成员，我帮着挑开会的地方。”

“那是你的新工作吗？”

“我还没拿到手呢。”

“可以做演讲？”

“希望如此。”

“你出门不在家的时候，他们把我的自行车偷走了。”

“我又给你买了一辆。”

“我以为他们会揍我。”

“就算是当时我在这儿，他们也会把它偷走。我会在办公室上班。”

“别走。”

“我必须去。”

“你每次出门，我都害怕你会不回来。”

“我知道。”

“你怎么知道？”

“你告诉过我。”

“有时候我会哭。”

“我会回来的。”

“我不想一个人待着。”

“你不会一个人的，有妈妈陪着你。”

“妈妈不喜欢我。”

“她当然喜欢你。”

“她冲我大喊大叫。”

“我也冲你大喊大叫。”

“你也不喜欢我。”

“你在信口胡说。事后我总是很懊悔。你不必担心，我会回来的。我永远都不会离开你。”

“如果你死了呢？”

他的这个问题让我感到很意外。“你怎么会想到那上面去？”

“我不想让你死，”他严肃地答道，“也许这就是为什么我想到了这个问题。”

“永远都不想？”

“是的。”

“那我就尽量不死，”我笑着说，(我的笑声听上去有些不自然，像是在干笑。)“就算看在你的分上。我自己也不想死。”

“但你一定会死，”他猜测道，“难道不是吗？”

“我想总会有那一天的。不过到那时，你可能已经不在乎了。”

他猛地抬起头望着我。“为什么？”

“如果你幸运的话，到时候你就已经长大成人，不再需要我了。你将能够照顾你自己，不想让我留在你身边。你甚至可能会感到高兴，因为我终于不会再冲你大喊大叫了。”

“嘿，小丫头，你过来。”他兴奋地对我女儿喊道，脸上的笑容显得将信将疑，惊讶不已。他的眼睛里闪着光。“你知道爸爸刚才说了些什么吗？”他的眼睛里闪着光。“他说等他死了我们甚至可能都不会在乎，因为到那时我们都已经长大成人，能够照顾自己。我们甚至可能会感到高兴。”

我女儿情绪阴沉，反应迟钝(我已经觉得她很快就会大吸特吸麻醉品，如果她现在还没有开始吸毒的话)。

“那德里克呢？”她灵机一动，不怀好意地质问道，她的眼神变得明亮而冷酷。我皱起了眉头。(她对自己的这一记猛攻感到很自豪。)

“我想的不是他。”

“你把德里克忘了。”

我把德里克忘了。我真希望我能把他忘得更频繁。想要长时间忘记他不容易(因为他仍和我们同住在一个家里，尽管我总是在努力。如果他不在眼前，我通常不会去想他。我们应该把他送走，让他永远离开这个家，好让我们永远都不用再去想他。那将是多么大的解脱啊。但同时这也会造成一些麻烦。我女儿想让我这样做，但我儿子不想。再去带他看医生已经没用了)。我和我儿子一样，害怕医生、护士和牙医(虽然我假装不怕)，而且我觉得自己一直都是这样。他们说的恐怕没错。(在军队上打预防针的时候，我总是直盯着针头，因为我有一种强烈的愿望，想要把头转开。我已经不是义务献血者了。

每年人事部和医务部都会设立献血点，从比我坚强的员工自愿者身上采血，用经过稀释的橙汁作为交换，但我已经不再为公司的血库献血了。我没有为手下的员工树立一个好榜样。）我已经在为我儿子的智齿而产生与他同样的感受。他以前从来没有提到过这件事（不然我会更早地因此而与他产生同感。我希望它们不是阻生牙。如果他已经知道这些牙齿将要被拔掉，那我怎么才能带他去看牙医呢？也许到那时他会有所改变，但也可能不会。我也不希望看到我自己需要拔牙的那一天。现在我很少有新的蛀牙，但补过的牙齿会慢慢磨损，而且我还需要洗牙。我不喜欢自己柔嫩的牙龈被那些坚硬锋利的牙科器械戳来戳去，直到我的牙龈前后酸痛，沾满鲜血。当洗牙师打磨我的上齿背面时，我的上颚会被弄得发痒，这我也不喜欢。我每年看两次牙医，每次我都害怕。我还需要做牙周治疗，必须每周去一次）。我也害怕福希奥内（也不愿意为他爬绳。他偶尔也会跟黑鬼和其他凶恶的陌生人一道潜入我的梦中，在背景的阴影里悄悄溜过，但我还来不及发现他正在那里做什么，他就会偷偷溜走），不过我并没有把他和参与扁桃体切除手术的那位麻醉师联系在一起（他对我没有丝毫威胁，尽管他很高兴地在我们眼前用一根粉红色的橡皮管给我儿子施用了一种液体麻醉剂。那算是灌肠吗？也许我儿子说得没错）。不，我知道我永远都忘不了他的那场扁桃体切除手术，还有我自己和我女儿的。我也永远忘不了我母亲的医生对我讲的那一系列重复乏味的医疗信息。他们当面压低声音告诉我，我母亲可能又经受了一次轻度脑血管痉挛或者中风，同时由于进行性关节炎，她的身体状况也在不断恶化，因此有时很难确定（因为这些全都是阴暗可怕、令人作呕的经历，我无法压抑我脑中对它们的记忆）。而且我也知道，我永远都忘不了最后那位年轻有为的医生，我会永远憎恨他。他身穿细条纹西装，坐立姿势好得有些夸张（他比我年轻，挣的钱也比我多）。那是一个像珍珠般柔和的春日，他在检查完德里克之后迈步出门（我永远都不会忘记他），来到院子里（我永远都不会原谅他），纱门在他身后砰的一声关上，他那张自命不凡、毫无表情的脸上不知不觉地露出了一丝微笑（我觉得我永远都忘不了他的微笑）。他告诉我们：

“他永远都不能讲话。”

那个王八蛋。

我这一辈子似乎一直都被夹在不能讲话的人中间。我母亲到最后不能讲话。我最小的孩子德里克一开始就不能讲话。我和我姐姐几乎从不讲话。（我们互相交换贺卡。）我也不跟我的堂表兄弟姐妹们讲话。（我自己都可能永远都不会讲话。在梦里，我经常说不出话来。我的舌头感觉既麻木又干燥，肿胀得足以噎住我的嘴。我的舌苔感觉粗糙。当我想要动舌头的时候，它却动弹不得。我身处危险之中，感到十分恐惧，因为我既不能说话，也不能尖叫。）我真希望我不必离开家人去波多黎各。（每当我必须外出，我就会担心。我为我们所有人担心。我担心如果我回不来了他们会怎样。）

德里克大部分时间还算讨人喜欢（对于一个不能讲话的孩子来说），而且现在他已经学会了自己上厕所。我们带他到公共场所的时候，他也几乎不再引起骚动，通常也不会有什么奇怪的表现。但他所能够达到的智力年龄将不超过五岁，而且这一过程将会非常缓慢。随着青春期的到来，以及身体上全面的性成熟，他预计将会表现出剧烈的情绪变动。（如果他能活到那个年龄的话。我听说某些类型的智力迟钝者——这是我们现在对他的又一种称呼——他们的预期寿命比一般人要短。我发现这又是一件我在心里指望着的事情。）有时他会心不在焉而又茫然不解地凝视着什么地方，使他显得心事重重，神情恍惚，但除此之外，他的面孔并没有什么非常特别的地方。（只要他不试着开口讲话，他就不会让我们难堪。我们告诉他不要那样做。

“嘘——”我们会低声说。）

“他能学会说话吗？”我儿子问。

“不能。”

“你们会把他送走吗？”

“我们会做最好的选择。”

“假如我不能讲话，你们会把我送走吗？”

“你能讲话。”

“假如我不能呢？”

“你可以。”

“可是假如我不能呢，假如我出了什么事。”

“我们会做最好的选择。”

“对谁来说最好？”我女儿冷笑道。

“对我们大家。我们不会光是因为他不能讲话就把他送走。”

“请不要把他送走。”我儿子恳求道，但他平时就连看他一眼都会禁不住向后退缩。

“那你为什么不帮着我们照顾他？”我质问道，“你从来都不想和他玩。你们俩都是这样。”

“你也一样。”我女儿冷笑道。

我没有回答。

我儿子沉默不语。

在我生活的这个家庭里，有四个我害怕的人。这四个人当中有三个害怕我，而这三个人当中的每一个也都害怕其他的两个人。只有一个家庭成员不害怕家中任何其他人，而这个家庭成员是个白痴。

六　事实并非如此

人们常说，弱智儿童（脑子有缺陷、白痴、低能、情绪紊乱、患有自闭症的儿童）往往最受父母宠爱，而且他们总是美丽异常，可爱至极。然而事实并非如此，因为我们家最小的孩子德里克长得就并不是特别好看，而且我们一点都不爱他。（我们宁愿不去想他，也不愿谈论他。）

如今我们大家以及他和他的保姆一起过着非常美好的生活——我们很富裕——我们住在一栋华丽的殖民地时期风格两层楼木结构房子里，这栋房子装有白色的百叶窗，坐落在康涅狄格州乡下一片上好的土地上，靠着一条名叫豆荚巷的柏油路，这条路蜿蜒曲折，风景如画——而我却非常讨厌这个地方。这里到处长满了玫瑰花丛、百日草和菊花，我也讨厌它们。我的山谷和空地里长着美国梧桐和栗子树，我的车库里放着几罐胶水。我有一把带有十六个附件的电钻，但我从来都没用过。在前院和后院里，我的脚下长满了青草，到了该开花的时候，到处鲜花盛开。（在我们乡下的春天里，到处都散发着杀虫剂和马粪的气味。）附近的确住着一些把马当作宠物养的家庭，而我也讨厌他们，连人带马都讨厌。（真他妈的该死，这里是康涅狄格州第一流的郊区，不是什么荒蛮的美国西部，而这帮混蛋居然在这里养马。）我讨厌我的邻居，他也讨厌我。

我还有许多东西可以讨厌（如果我是那种喜欢抱怨或信口开河的人，哈哈，或者是那种经常忍不住自哀自怜的可鄙之人，哈哈哈）。我甚至可以讨厌我自己——我——慷慨、宽容、惹人喜爱的鲍勃·斯洛克姆（当然是以一种友善和宽容的方式）——因为我和同一个妻子维持了这么长时间的婚姻关系，尽管我曾经对自己是否想要这样做有过严重怀疑。或是因为我曾经在某年夏天趁两家母亲都没注意的时候猥亵了我的小表妹。事后我马上觉得自己道德败坏，令人厌恶，而且从那以后一直都这样觉得（我事先就知道自己会有这种感觉——我甚至没有从中得到任何乐趣。我仍能回忆起她当时那种小女孩茫然而毫不知情的眼神。我并没有伤害她，也没有吓着她。我只是在她两腿之间的内裤上摸了一下，然后我在那儿又摸了一下。我给了她一角钱，而且事后感到很后悔，因为我意识到她可能会跟别人提起这件事。谁都没说什么。我至今还觉得会有人提起这件事。我那一角钱花得不值。她是个呆头呆脑、相貌平平的孩子。我不知道她后来怎么样了。没怎么样。在我头脑中的档案里，她仍是一个呆头呆脑、相貌平平的孩子。她就在那里定格了。我们家的亲戚之间已经逐渐互相疏远——我现在真后悔，自己当年浪费了那么多宝贵的机会，在保险公司跟弗吉尼娅一起待了半年多，却一无所获。在那之前，还有我在高中认识的两三个女童子军，我以为她们笑嘻嘻的暗示只是在开玩笑。当时她们在和来自治安较差的地区、年纪比她们大的男孩子一起鬼混，参加真正的性爱聚会。这些男孩子会不请自来，闯进我们住处附近举办的聚会，将参加聚会的人群驱散。据传他们还强奸女孩子）。或是因为我曾经看到我哥哥和比利·福斯特干瘦的小妹妹一起躺在我们家砖房公寓楼旁边那间煤棚的地板上，煤棚里光线幽暗，我哥哥的裤子前裆开口敞开着。比利·福斯特的妹妹在小学里和我上同一个班，但没我聪明（我哥哥当时也还没那么大）。你可以注意到她的乳头，但她的乳房还没有发育。尽管如此，她已经在做那种事了（杰拉尔丁在地理、历史和数学方面都没我聪明，但她已经在和像我哥哥那么大的小伙子真刀真枪地干上了。而我当时还没有开始手淫呢！）。或是因为我经常辱骂、恫吓我的孩子们（我曾经看到，当他们以为我在生气的时候，他们会变得目瞪口呆，惊恐不已，就连正常说话都成了无法克服的困难，就好像他们的心跳到了嗓子眼，堵住了他们的嘴。我看到他们因焦虑而变得软弱无力，颤抖不止，我真想动手揍他们一顿，因为他们居然这么懦弱。过后我又会责备自己，于是对他们更加生气）。或是因为我曾经让我妻子蒙受羞辱（我已经不想再专横地对待她，我也尽量不去勾引认识她的人），而且曾经经常掩盖着羞耻，胆小懦弱地屈从于我那个充满占有欲、专横霸道的丈母娘（刚开始她经常把我呼来唤去）（而我不得不假装她并不是这样）和我那个泼妇般专横霸道的小姨子（她现在形容憔悴，令人生厌，日渐干瘪的脸上满是皱纹，像桃核上的纹路一样又粗又深）。或是因为我曾经在那家汽车事故保险公司里充满绝望、听天由命地向那位身宽体胖、盛气凌人、令人难忘的耶格尔夫人彻底投降。她当时好像高高地凌驾于我之上（现在每当我因为德里克的保姆而生气的时候，我就会想起她——我不知道我们为什么把她称作保姆，她干的不是保姆的活。她是一位护理人员，负责照顾我弱智的儿子），像一艘面带假笑的战列舰一般驶入视野，不知从公司哪个部门里调出来接管档案室——一见到她，我的血液和骨髓里顿时泛起一股寒意，我的指尖就好像结了霜一样。我一眼就看出，如果我不早点辞职的话，她很快就会解雇我——而且因为我在那儿工作时一而再，再而三地错过了和弗吉尼娅上床的机会。当时她乳房丰满，充满性感，而我还是个小男孩，又蠢又害羞，整天担惊受怕，天真得像个白痴，而且还是个处男。我当时觉得自己像个流浪儿，有时甚至更糟。

我当时真是个笨蛋。

"你还记得耶格尔夫人吗？"

在世界上我所认识的人当中，没有一个人会知道我这句话讲的是什么。弗吉尼娅也许会明白，然而当我因年老体衰或神志失常而失去理智，开始向陌生人提出像"你还记得耶格尔夫人吗？"这种对我来说具有着古老而又原始的重要意义的问题时，弗吉尼娅将不在身旁。

（我还记得耶格尔夫人，我也记得弗吉尼娅现在已经死了。如果她没死的话，她现在也会患有肺气肿和静脉炎，变得像一只外皮正在剥落的热水袋。我真是个低能的白痴，我当时本来完全可以把她弄到手。她当年非常性感，而我却被吓呆了。究竟是什么东西把我压抑了这么久，令我窒息？怪不得当我终于挣脱了束缚之后，我便一发不可收拾。）

那家公司还在。（但她不在了。）公司的规模没有扩展。没人听说过它。人人都听说过我们现在这家公司。从那以后，除了我离家在军队上度过的那几年美好时光之外，生活对我来说基本上就一直是一张接一张枯燥无味的办公桌。

多好的一笔买卖，却被我搞砸了。（我真是个蠢货。我曾经不止一次在我书房的桌子上干过我妻子，我还曾经在一个星期天的下午在城里我办公室的桌子上干过她，那天孩子们自己去无线电城音乐厅看假日演出去了。他们还以为那很老套。）在那几个月里，我本来可以啃上很不错的奶头，而不是我母亲为了省钱给我做好带到城里当午饭吃的三明治。我也很喜欢那些湿乎乎的三明治，里面夹的是罐头鲑鱼加西红柿，或者是大红肠加芥末。如果是现在，我就会用我吃过鲑鱼和西红柿的舌头舔她的嘴唇和丰满的乳房。不，我不会的，一切都将和从前一样。假如我现在勾引上了她，而我又比她年长，我多半会想尽办法远离她，尽量问心无愧、完好无损地挣脱出来，就像我发现自己习惯性地对待我的那些帕蒂、朱迪、卡伦、凯茜和彭妮一样，甚至包括我那个身材苗条、面带微笑、高挑柔顺、非常年轻的简，那个来自美工部、令人耳目一新的新鲜诱惑。她几乎还是个孩子，在我手中她会像面团一样听话。（但是面团又能让你着迷多久呢？）当我跟姑娘们爽约的时候，我会像定约会时一样有一种自豪的成就感。（爽约比守约容易，而且更省时间。我们所拥有的其实只有时间，我们所没有的是可以用来打发时间的东西。所以我定约会。）和我相好的姑娘大多数对我都很不错。（我觉得姑娘们的作用也就在于此。）但我并不想和她们当中任何一个经常见面，而且和她们时间待久了我也受不了。她们在做爱之后总是想交谈，想彼此接近，而我却想睡觉或者回家。于是我说谎。（我喜欢利用午餐时间和上班的姑娘在雷德·帕克的公寓里幽会，因为我知道她们很快就必须离开，好回去工作。）我拖延时间。我对简采取的就是拖延战术（进三步，再退三步）。我躲闪回避。我事先就知道以后我会对简的哪些方面不喜欢（第一点当然是她太瘦，而且不成熟。到时候她全身都是尖利的骨头。我能找些什么话题来和她谈呢？爱情？她的画？她会认为我们的关系很亲密，真是太可怕了。我将如何才能把自己的感情理清楚呢？）。只有当没有可能靠得更近的时候，我才会和简接近。我从来不跟她开玩笑约她下班后见面，除非我知道那是不可能的。我这种做法貌似疯狂，但其实有它其中的理由。只有在安全的时候，我才会鲁莽从事。只有在没有风险的时候，我才会放松警惕。我知道总有一天，我会为所有被我遗弃的女士们而感到后悔，就像我现在为了弗吉尼娅甚至玛丽·詹克斯而后悔一样。我已经在为她们而感到后悔。

"像你干玛丽那样来干我吧。"弗吉尼娅唱道。

结果她们两个我一个都没干成。

无论我选择了哪条路，我都会为她们所有人而感到后悔。悲伤悔恨就像是我的一种皮肤病。除此之外，我的身体很健康，我的感觉和外表也都还不错，尽管我的肚子有点大，下巴上也稍带着一些赘肉。如果我真正努力的话，我一个月就能把体重减下去。我觉得自己当年可能就像是现在我的某些女朋友喜欢勾搭的那种漂亮的年轻小伙。她们吹嘘说，在下午或晚上感到无聊或者无所顾忌的时候，她们就会去干这种事。（她们也吹嘘说自己还勾搭男性同性恋者、黑鬼或者别的姑娘。我并不在乎。我的确在乎。但是到了我最终决定想要甩掉她们的时候，这会使我更容易下手。我喜欢和别人有关系的姑娘。）弗吉尼娅曾经经常告诉我，说我英俊可爱，性感聪明，并向我保证我长大后会得到所有我想要得到的姑娘。

她说错了。我并没有得到所有我想要得到的姑娘，而且我还得到了不少我没想得到的姑娘。

"把它握在你的手里，墨菲太太[1]。"我也对她唱道，脸上洋溢着喜悦，天真

1 本句歌词也出自一首民间流传的下流歌曲。

地沉浸在她甜蜜的赞美和友好的温情之中。

当时弗吉尼娅对我敞开大门,而我却不知道。当时弗吉尼娅对我敞开大门,而我*的确*知道。这大概就是为什么每当她似乎要带着我越过某个界限,而我觉得自己也有这个能力的时候,我总是严肃而又愚笨地向后退缩。(当我意识到自己可以对弗吉尼娅为所欲为的时候,我马上就失去了任何行动的能力。我说不出应该说的话。归根结底是言语的问题,我说不出恰当的言语。)我会失去说话的能力(就像我在耶格尔夫人面前一样——我一直认为我永远都说不出一句能让耶格尔夫人微笑的话——我觉得这也就像我的孩子们和我妻子在我面前哑口无言一样)。我不知道为什么会这样。如今的年轻人到处都在跟年纪比他们大的姑娘和成年妇女干那种事(如果你能相信那些小伙子,或者能够相信那些较为年长的女人的话)。不会说假话的姑娘们吹嘘自己在夏天周末里在马撒葡萄园岛或法尔岛[1]之类的地方勾引漂亮或脏兮兮的年轻小伙(在欧洲度假时则是阿拉伯人、希腊人和斯拉夫人),或是在下午无所事事的时候在城里街上勾引他们。她们在性的问题上得到了解放(她们这样说)。她们对此毫不后悔(她们这样声称)。她们不受任何社会或心理限制的奴役,可以为所欲为。那么她们为什么总是那么焦虑不安、歇斯底里、紧张而又沮丧呢?她们孤独寂寞。她们无事可做。

"我没事干。"我儿子说。

"我真希望我有点事情可做。"我女儿说。

"你就不能想出点儿什么事情好做吗?"我妻子说,"难道就没有什么人我们可以去拜访吗?"

星期天可真要命。

闲余时间能够毁掉一切。

像我妻子这种年龄的女人,在婚姻关系破裂之后会使劲勾搭上比自己年轻得多的男人,有时甚至是男孩,而她们的丈夫对此则一点都不喜欢。(这是

1 马撒葡萄园岛和法尔岛均为美国度假胜地。

她们对我们真正实施报复的一种手段。丈夫离婚后既没了钱,又失去了孩子,这都还能将就。但他们无法忍受自己的妻子和一个比自己年轻的小伙子打得火热,并且弄得无人不晓。)我们的鸡巴真可怜。(我很早就有这种感觉,而这种感觉接近于事实。我感觉到的是一种需要,而不是力量。我感觉到一种渴望。我从来没有把它当作是一种支配的手段。)为了特殊场合,她们总可以找到一根更结实的鸡巴。(一位姑娘总可以找到一个男人愿意和她至少上一次床。)我认为她们觉得,在自己短暂停留的度假地点,勾引十几岁的男孩子和年轻大学生或木匠助手,这样要更安全一些,因为她们可以用自己紧张而尖利的指尖把握住主动权(如果她们还没有把手指甲咬得很钝的话,就像我们当中越来越多的人似乎都在做的那样),并且不失去控制。谁都不想失控。(我也不想失控。彭妮会让我失去控制,我妻子也经常会让我失控。彭妮每次都会把我变成一个叽里咕噜、语无伦次的低能儿,对此我十分喜欢。)我有一位要好的姑娘,她每次高潮时都会完全失去控制,然后在随后的五到十分钟内对我和世界上所有的人深恶痛绝(直到她能够重新控制自己为止),直到她混乱的理智开始重新恢复正常为止。(接着她会吸吮她的大拇指。)她觉得自己受了屈辱,被人征服,心存怨恨,闷闷不乐。她感到很羞耻。她会像一个患有紧张症的孩子一样蜷缩着身子,背朝着我,不让我爱抚她,除非我的抚摸和耳语是为了安慰她。她宁愿不体验性高潮(除非是在她一个人的时候,用振动按摩器或是自己的手指)。她会尽量忍住自己,不做出反应。她宁愿只让对方高潮。她把自己看作是看着她高潮的人眼中的笑柄。我看着她高潮。我宁愿不让她高潮。(她和我在这方面很般配。然而当我成功地让她高潮时,我的确尝到了那种能够支配另一个人的力量,我的确觉得自己很有威力。这时我们抛弃了自己的角色,变成了某种别的东西。)如果不是因为地位因素的话,我其实宁愿不让她们当中除了我妻子之外的任何一个人高潮,而且这里面甚至包含着一种虐待狂似的残酷因素(不是体贴,也不是理解)。她们当中有些人的变化的确非常怪异。她们真的应该感到羞耻。在她们身体那种俗艳、赤裸、不由自主的扭曲当中,的确有着某种下流堕落、令人震惊而且幻想破灭的东西。在这之后的一段时间里，很难不让人非常瞧不起她们，这段时间有时甚至长达二十年。我们男人至少一开始就像野兽一般欲火中烧。我们想要干那种事，就像发情的猿猴一样，而且我们会跟她们明说。现在她们当中有许多人也一开始就是这样，我对这些女人并不感到很自在（尽管我知道这种女人十拿九稳。也许上床这种事情永远都不应该让人觉得这么有把握。跟我认识的这个姑娘，甚至跟我妻子，上床都不是完全有把握的事。有时她会身体疼痛、肠胃不适或者过于疲劳。彭妮则从不会拒绝。我现在不像以前那样经常和彭妮幽会了）。我不喜欢那么果断专横的女人。

“好了，该让我们掌握主动了，”她们好像是在下命令，“你们按照你们的方式行事的时间已经够长了。”

这些坚定自信的婊子。总的来说，我更喜欢让她们动手包揽一切。那样的话，我会觉得我在她们身上做了什么事情，我会觉得自己占了便宜。她们当中许多人也喜欢这样。她们会给她们勾引上的年轻小伙做口交。对她们来说，这一定好像更容易。因为她们不需要脱衣服，不必显露自己的身体。她们不需要能够高潮，也不必假装。她们不需要表现得很“在行”，不需要装模作样，敷衍了事。（人人都想要安全感，不仅仅是我。不过那些年纪比较大、充满怨恨的离婚女人确实想上床，并且坚持要求要这样做。我更喜欢不安全感没那么严重的女人。我就像一只狡猾的捕食性动物，喜欢专门猎取顺从而孤独的女性。我被她们的那种气味所吸引。我贪婪的鼻子里充满了难以满足的激情，可以维持一两个晚上。那些自己丈夫曾经喜欢玩弄女性的女人会很好斗，她们会逼着你和她们上床。如果你不想操她们，她们会觉得自己受到了侮辱。）然后她们便会把他们赶出去。

“我他妈的跟他有什么好谈的？”一个姑娘曾经对我这样说，讲的是她在一家唱片店勾引到的一个十八岁的小伙子。她把他带回了家，然后还没到早晨就把他又赶了出去。

难怪如今我们有这么多充满阳刚之气的小伙子都有疲软不举的问题。（他们活该。）要是我的话我也会有同样的问题。我当年就是那样。弗吉尼娅和我在一起的确很安全，因为我和她在一起时没有一点安全感。（我肯定无法掌握主导权。我既没有那个信心，也不懂其中的诀窍。）而从她的角度讲，对于那位理赔员，弗吉尼娅再也不会感到安全了，因为当他们把车停在皇后区那块墓地旁边时，那人威胁她说，如果她不同意和他上床的话，他就会把她从车上赶下去，丢在墓地附近空无一人的街道上（就此而言，她对本·扎克也同样不会再感到安全，因为他曾经试图在他的汽车里强奸她，尽管他连走路都需要拄拐杖或是坐轮椅）。

“他当时就是这么对我说的。”她一反常态，用一种任性暴躁的抗议语气向我抱怨道。每当她讲起这件事的时候，她沉着自信的姿态都有些动摇。“他连问都没问一句就把他的那玩意掏出来了。我还以为他疯了呢。我低头一看，就看到了他的那东西。我跟你讲，我觉得很受侮辱。我想知道本·扎克都对他说了些什么有关我的话。”

即使是在我的性爱幻想中，我也没有那个信心和诀窍和她走得太远，而是很快就会出乎意料地丧失勇气（还有许多其他东西）。就这样，我那根又小又硬、一角钱硬币大小的鸡巴就会消失得无影无踪。她让我害怕（就连想到她赤身裸体的样子都会让我害怕。我从来都无法把她想象成那种样子）。尽管她很漂亮，但她可以在我眼中一下子变得令人毛骨悚然，就像墨杜萨[1]被割下的脑袋一样，成了一窝数不清的毒蛇，邪恶、毛烘烘、蠕动不止，无缘无故地伸过来想要咬我。

“咱们今天就来真格的吧。”她会这样说。

每当她好像在试图把我引到比我愿意去的更接近的地方时（把我引到过去曾被称作“性交”的活动之中。如今人们的习惯用词是“操”），她都会把我变成一坨铅块，一块木头，或是一尊石像。我会觉得自己被剥夺了人性，遭到了阉割，身上有些东西不在了。我的胸口就好像被砰地猛击了一下，我的心脏会停止跳动。我会觉得很不舒服，浑身的肌腱和肌肉都在无力地颤抖。我会

1 又译美杜莎，希腊神话中戈耳工三女妖之一，头上长着毒蛇，任何和她对视的人都会变成石像。

渴望偷偷溜走一会儿，好稍后悄悄回来，从一个离得更远、更为安全的地方和她重新开始，一点一点小心翼翼地往回走。（我觉得我当时最喜欢的事情就是和她调情。调情本身就是一种目的，而且现在经常也还是这样。我仍然不能总是肯定我真的想上床。）我会失去那种冲动，变得麻木呆滞。我会喉咙哽咽，而不是下体勃起。我会失去我的鸡巴和蛋蛋，它们会消失。它们会变得不敏感。我必须捏一捏、握一握或者看一眼，这才能确认那团又软又皱的香肠肠衣仍然黏在那里，仍然属于我。我感觉不到它的存在。它既没有密度，也没有重量。现在我那地方也感觉不到任何密度和重量。这真是对男性生殖器的一种奇怪而又贬损的评价。

它是我们身上最弱不禁风的一根芦苇。

当我停下来集中注意力的时候，我可以感觉到我的双脚在鞋子里，我也可以感觉到我的大腿骨和臀骨连在一起，坐在这把木头椅子上。我可以感觉到我的这只手和这条前臂放在我棕色的桌垫上。我可以感觉到我的另一只手反着放在大腿上，手背贴着裤子的精纺布料，我也可以感觉到我的后背转到了一个不舒服的角度，下半部（骶骨）一直在发疼，但还可以忍受。但是在我内裤里我的外生殖器应该在（而且可能的确在）的地方，我却无论如何也感觉不到任何东西。如果不去摸，我只能在内裤扯得太紧的一个地方感觉到一种像砂纸一样的东西。我想让它动弹一下，但是我做不到。我知道刚才那儿还有东西，我知道那东西属于我。我觉得我有权拥有它。我知道如果我想确认原本耷拉在那里的东西现在还耷拉在那里，我必须解开裤子看看。我解开裤子。它还在，它们还在。这令我稍稍松了一口气。如果它们离开了我，它们还能去哪儿呢？就当我正在看着的时候，它们现在也感觉像是消失了（我被抢劫了！），就像从水疱或晒斑上脱落下来的皮肤，或是从皱巴巴的废弃烟盒上撕下来的玻璃纸，就好像它们已经离开了我，去为某个更好的人干活，只留下了这堆软不邋遢的外皮来嘲笑我。直到我慢慢地抓挠、抚摩、挑逗，接着——啊！——将它紧紧握住。这下子我可把它捉到了手，这下我知道我又把它找了回来，强壮、挺直、机警、顺从、热切、忠诚、雄心勃勃。（我想现在就聘请它到我手下部门工作。这种鸡巴一般的品质在公司和政府部门里备受推崇。）这是因为它的自然状态总是非常非常之小，微不足道，弱小而又懒惰，不光是我的，所有的鸡巴都是这样，除非是它长在某个地方某个畸形人的身上。而且即使是那样，它也只是在和其他鸡巴相比之下才显得大，除非那个畸形人是一匹成年的马。我想，大脑袋、大肚皮和大屁股这些东西都是有的，而且确实也有巨大而丰满的乳房（不过我发现自己对这种乳房越来越不感兴趣，而是已经更喜欢我妻子、彭妮、玛丽、贝蒂和劳拉身上那种个头较小、更为匀称的乳房。她们却都希望自己的乳房更大一些），我想甚至也有至少重达整整一两磅的大脑，但我估计，人类身上其实根本就不存在大鸡巴这种东西。

（女人并没有阴茎忌妒[1]这种问题，只有男人才有。）

它们在整个人体结构中只占了很小的一部分，如果我们不对其加以特别关注的话，它们其实很容易被人忽视。它们那种高傲自大、嗤之以鼻、咄咄逼人、自私自利、自命不凡的态度既傲慢又荒唐。（我们对它们非常纵容。）它们那种高贵的姿态每周就连半天都保持不下来。作为用来建立男性霸权的武器，它们可真是太软弱无力了，就像是为一种万能动力传动系统设置的一个松软塌陷的渠道，不时喷射出几勺零星的液体。难怪我们不得不在餐桌上握紧拳头，提高嗓门。

在我年轻的时候，每当我停下来（或者甚至是想到停下来）好继续和坐在办公桌旁的弗吉尼娅开黄色玩笑时，我的阴茎就会忠实可靠地骤然勃起。她的桌子上方挂着办公室的圆形大挂钟，钟面上那根又细又尖的分针（那时在我脑子里象征着一把形似阳具的长剑或长矛，现在则象征着一把柳叶刀或直肠镜）每隔六十秒往前蹿一下。我勃起的阴茎非常突出，令人难堪。（在那些情欲似火的日子里，就连在和学校女生当中的朋友跳舞时，我都会倒霉地马上勃起，而这与我和她们都毫无关系——我不如干脆耸耸肩，声明道：

"这玩意不是我的。我对它无能为力。"

---

1 "阴茎忌妒"是弗洛伊德精神分析理论中的一个概念。弗洛伊德认为女童在发现男女性器官的不同之后，会因此而产生自卑感，并对男性的阴茎产生忌妒感。

然后走出舞池，让它飘浮在那儿——飘浮在半空中，我和它断绝了关系——于是我不得不稍微把腰往后缩一些，试图将它掩盖住。现在我会故意把它往前挺，让她们看到它的存在。我发现，对于那些主动向你表示她们想要那东西的成熟女性，这是一种非常有效的开场白。）每当我去弗吉尼娅的办公桌旁假装找别的事故记录文件夹时，我都会随身带上几个文件夹，在我们开下流玩笑的时候遮挡着我的下身。

"到外面来见我。"

如果她同意的话——如果有可能的话，她都会同意——她就会面露微笑，几乎令人无法察觉地微微点一下头。我会一个人走出办公室，来到走廊里。我会心跳加速，手心出汗，想要从那排电梯前跑过，下到楼层之间的楼梯平台上，尽管我知道我将不得不耐心等待。弗吉尼娅比我谨慎，她不紧不慢。我则是急不可耐，在那儿等着的时候都没法站着不动。当时我的阴茎从没有让我失望过。当她终于下来和我匆忙会面的时候，它从没有让我或它自己失望过。我开始笨拙地亲吻她的鼻子、颧骨和嘴巴，我们的牙齿使劲碰在一起，我以为自己的牙齿都要被撞断了。我在她身上到处又抓又捏，将我勃起的阴茎在她身上拼命挤压、摩擦，甚至会把我的阴茎挤疼——她也喘着粗气，但同时又在发笑——她会允许我这样做上四五秒或者八分之一分钟，然后她就会撒谎说：

"有人来了。"

这就是我们在楼层之间的楼梯平台上享受的那些迅速而不可思议的幽会，有时每天每隔两三个小时就有一次，楼上的办公室里有人在工作，楼下则是那间肮脏、拥挤、空无一人的库房，里面堆满了装着过期记录的文件柜。这些记录在过去某个时候对某些人来说一定很重要，不然的话它们就不会被保留下来。如今几乎没有人再将它们过目。它们记录着年份久远、已被人遗忘的事故和死伤者，保存在发白的文件夹里，外面标着蓝色或紫色的数据，里面的纸张记载着各种法律和医疗信息。一个个文件夹里所记载的情况全都同样陈旧而乏味。（我很快就不再偷看里面的内容。）它们是已经了结的案子，有关当事人已经完事。

“有人来了。”当她决定我的时间已到，她就会惊慌失措地喘着气对我这样惊呼，然后便从我手中挣脱跑掉，尽管从来都没有人来。

当时我总是想从她那里得到更多的东西，就在那阶楼梯上，尽管我知道我不可能得到。（从那以后，我也曾经在一些奇怪而不合逻辑的地方跟人上过床——我妻子也喜欢那种冒险——但遗憾的是，我从来都没有在楼梯上干过。我们现在在康涅狄格州的家里有很不错的楼梯，但我妻子的腰背痛可能会因此而加剧，而我则会碰伤膝盖。）不过事后我总是感到很满足，而且对我自己也很满意。那是我头一回真正摸到成年女性的身体。她当时毕竟是二十一岁，我最后一次见到她时她已经差不多二十二岁了。我会从头到脚把自己挤在她的身上，试图抓住或顶住她身上的每一处。现在想起来，如果我当时动作慢一点，不要那么贪婪，她也许会让我得到更多。有一次，她曾经在库房里指导我：

“慢一点，慢一点。”她的声音充满柔情，令人安心。“这样好一点，宝贝儿。你吓着我了。”

我满脸通红，浑身是汗，就像一个发烧的婴儿。我想仰面躺下，像小天使一样发出咯咯声，并且踢腿。还从来没有人管我叫过宝贝儿。

“宝贝儿。”

（这个称呼在我身上仍然非常管用。）

在这些疯狂的袭击当中，我往往会受到自己随身携带的那些该死的文件夹的阻碍，因为我总是会忘了把它们放下。当我在那里一边哼哼着，一边又吻又舔、到处乱摸的时候，我不得不把文件夹放在她肩膀后面，然后把她靠在墙上。当她扭着身子从我怀里挣脱的时候，它们便会掉到地上，散落开来。我至今还记得每次摸她内裤时那种凉爽滑溜的感觉，还有因为我居然能够摸到它而感到的那种不可思议的惊奇感。

“有人来了。”她会低吼着重复道。

（再过两秒钟，来的那个人就会是我[1]。）

1　双关语。参见第 76 页注释 1。

这时我不得不放她走，因为她自己会突然一下子吓得发狂。我们周围充满了热血沸腾的疯狂气氛。她把自己的裙子往下一拽，准备跑掉，一边试图微笑，她的双眼闪着犀利的光芒，甚至有点疯狂。我觉得我在她裙子底下的抚摸在她身上激起的情欲比她预想的要强烈得多，而且我的动作过于粗暴。（如果我当时知道该怎么做的话，她本来可以对我敞开大门。）现在她已经完事了。现在弗吉尼娅已经完事，就像库房里记录上的那些人一样，他们的案子不论好歹都已经了结。我也一样。如今，在那间死气沉沉、用来存放过期记录的库房里，那些我曾经错过了的机会像剥落的污垢一样撒在他们中间。我本可以早早达到性成熟，在年轻时（或者是在我们所认为的年轻时）就跟别人上床。我本可以在那儿得到她。我本来可以就在那间库房的桌子或地板上干了她（她当时几乎是在要求我那样做，但我却不知道该说些什么），或者是在她朋友的公寓里或酒店房间里。当时我还是个十几岁的孩子，又呆又傻，又干又瘦，几乎一星期每个工作日都会带着妈妈做的湿乎乎的三明治进城上班，然后把它当午饭吃，一边仔仔细细地阅读《纽约镜报》和《每日新闻》的体育版、连环漫画栏和有关性的新闻故事。《纽约镜报》现在已经倒闭——一切都在消失。（旧的秩序改变了，但没有新的秩序出现。）太阳底下没有新鲜事，也没有什么好事。你买的每一件东西都必须拿回去修理，或者至少更换一次。我们人人都在撒谎，我们将其称为进取心——然而我却把它记得非常清楚（就好像我害怕忘记一样。哦，《纽约镜报》啊，如果我把你忘记，你会在哪里？还有我在那张狗屁小报上度过的那些勤奋而专注的消遣时间又在哪里？）。当时我的工资是每小时六十美分。现在我挣得比那多。去问在我手下干活的人。去问我的孩子们。（他们其中一个不会回答。）我每天狼吞虎咽地吃下两个用带籽的圆面包做成的三明治，然后是三个。我可以吃下四个。我本来可以在十七岁的时候，就在那张夹在1929年财产损失记录和1930年人身伤害记录两个文件柜之间的桌子上面，在她鲜嫩的下体上失去我的童贞。我可以和她躺着干、坐着干，从前面干、从后面干，还可以从前面侧着干、从后面侧着干，就像我现在可以跟苗条灵活、不会抽筋的姑娘那样干一样（如果我不再继续发福的话。我还希望我不要再掉头发了，否则我可能很快就不能和除了我妻子之外的任何人用任何方式干那种事了。过去，我那头浓密的波浪发经常受人称赞。现在时兴的是鬈发，而我的头发并不卷），在每星期的大部分日子里每天干上好几次——我的三明治和《纽约镜报》也放在那张桌子上——我的皮鞋紧紧地撑在1929年人身伤害记录的文件柜上，好增加我的推动力和灵活性，同时我双肘交叉，给我们的脑袋做缓冲，以免撞到1930年财产损失记录[1]的文件柜上。我们俩在那张旧桌子上性交的场面经常在我脑海中浮现。我们穿着衣服。她脸上化的妆被弄脏了，她的脸庞松弛而歪斜，她的衣服总是凌乱不堪，被撕破，被扯开，向上，向下，或是被推到一边。我们不是赤身裸体。这幅图景变形扭曲，就像一幅用彩色粉笔和蜡笔画成、遭到了玷污的素描。在那些人身伤害档案中，有些人不幸丧命。很难相信，早在1929年，财产损失档案里就已经有汽车相撞事件，很难相信那时候居然就已经有了汽车。不，我做不到，我不可能做出任何与当时不同的事情。我做了我所能做的。即使再来一次，结果也仍会是一样。假如我还是那个犹犹豫豫、畏畏缩缩的年轻档案管理员，仍旧带着妈妈做的三明治上班当午餐吃，事情的结果也不会有任何不同。当时我的阴茎的确令我失望了。每当她把我引诱到下一步就要去旅馆登记——我就连怎么在该死的旅馆登记都不知道。我当时才十七岁半——或是下班后和她一起去她朋友公寓的时候，它就会消失、融化，变成一块没有感觉的包皮，胆怯地缩回去。因为这时我已经不能说俏皮话拖延时间，而是不得不直视着她的双眼，回答说好吧，同意面对那种令人困惑而又真正令人厌恶的局面，知道我将不得不和她单独在一起，在她身边脱光衣服，把那东西拿出来，然后试图在它变软之前把它插进去。（我知道还不等我把它拿出来它就会变软。）我做不到。我不想要。我会头疼。我只想和她开开玩笑，听她讲和别人发生性关系的故事，并且每天摸上她几次，每次几秒钟。我当时还太年轻，我的勇气、个性、野心和风趣的言谈都会一下子荡然无存。我没有幽默感。我会失去开口答应的决

1　原文如此。

心。我会失去所有的精力和气魄，几乎没有留下一点能够感觉到的实质。我的喉咙会开始哽咽——这就是给我留下的东西，我会喉咙哽咽，而不是下体勃起——而且我还会失去说话的能力，甚至无法向她表白，向她恳求：

“弗吉尼娅，我害怕。我必须慢慢来，宝贝儿。让我叫你宝贝儿吧。你必须帮助我搞清楚我究竟在什么地方。”

我感觉到的是恶心，而不是欲望，还有一种无边而致命的孤独。我觉得她知道这一点，并且可怜我，而我恨她，希望她致残而死。汤姆不仅能写一手华丽而又做作的书法，而且还随叫随到，有规律地在库房的桌子上干人高马大、一头金发、粗鲁专横的玛丽·詹克斯（他后来告诉我，她有时会靠墙站着让他干，或者是靠着墙角，那样要更容易一些），一星期要干上三四次。而我却被温柔矮小的弗吉尼娅吓得要死。我当时不想看到女人的阴部。我其实至今也仍然不喜欢看到它，每次看到我仍会大吃一惊。我必须横下一条心，做好准备（除非我醉意正浓，乘着一股奔腾的自信浪潮，让它将我毫不停顿地直接带进去）。我并不是被它是吓坏了[1]，而是被它吓软了（哈哈）。但汤姆比我大，等我到了他当时那个年纪时，我也在干那种事，而它们仍然让我震惊不已。它们的那种样子，每一个都截然不同，没有哪两个是一样的。即使是同一个，每次也都不一样。即使我能活到一百五十岁（如果上帝保佑的话，我就会活到），我觉得我都不会习惯看到赤身裸体的姑娘，除非我成为一名内科医生。我现在仍会偷看我妻子。我更有可能成为偷窥狂。女人的阴部各不一样，没有哪两个是相同的。当女人在我面前脱衣服的时候，我总是很紧张，而且有些不相信。（她们为什么要为我这样做？）现在仍然总是有至少那么一刻，我会屏住呼吸，带着敬畏和原始的好奇心，等待着她们即将向我披露并给予我的东西。无论我是否喜欢它，我都必须接受。（但我经常会装作一副漠不关心的样子，好像是在盯着别处某个吸引力比它大无穷倍的东西。比如我搭在椅子上的裤子，空调上的格栅，或者是我放在鞋子里的羊毛袜，上面仍系着吊袜带。）我很想

1 双关语。英文原文的字面意思为“吓硬了”，故下文。

知道我们在她们眼中是否也同样是一种既有趣而又奇特的景观。我认为是这样。由于我生殖器的清洁和对称，我常常得到夸奖，而且还有我柔韧可爱的包皮（近年来，越来越多的姑娘们觉得我的包皮就像我的吊袜带一样，是一种新奇的装饰品。这两样东西她们现在都不常见到了。我现在才不会去把包皮割掉呢。吊袜带我可以不用。在某些人眼里，我可能有点像犹太人，而且在很多时候，我的想法也很像犹太人。但如果哪一天我想用它来对付像格林这样的犹太人的话，我的包皮可以证明我不是犹太人[1]。在我内心里的某个地方，有一个狡猾的小恶魔，它躲躲闪闪，难以捉摸。它不仅有时会怂恿我去踢凯格尔的腿或我女儿的脚踝，而且还经常会在我的上颚产生一种悸动而诱人的愿望，同时在我的一只鼻孔里产生一种刺痒的渴望——那种愿望和那种令人兴奋的刺痒感几乎在联合起来敦促我："别犹豫了。动手去做吧，亲爱的。试试看那种感觉有多棒"——它们鼓励我去——我该怎么说呢？——故意冒犯犹太人）。如果我在女人身上出乎意料地发现黑痣、胎记、粉刺、皱巴巴的伤痕，或者是几根或几撮未经清理的黑色毛发，我就会觉得既恶心又失望。我会感到郁闷、反胃，除非我一开始就牢牢控制住自己，马上去爱抚这些东西，就好像带着一种无法控制的欲望一样。（我必须装作以一种恋物癖般的激情喜爱这些我觉得非常讨厌的东西，否则我可能会干脆彻底放弃。我不想伤害她们的感情，也不想伤害我自己的感情。）我每次都希望她们的皮肤像丝绸一般柔滑完美，我对瑕疵丝毫都不能宽容。（我会觉得自己受了骗，遭到了伤害。）我必须强迫自己忽视它们，转而从整体上去看。她们有的人两边的阴毛长得很长，都从泳衣里钻出来了。她们却好像没注意到，而且也不介意。我介意。我不知道该把目光移向哪里。（她们肯定知道这回事。）你不能开口直说：

"对不起，夫人。你的毛露出来了。"

因为你可能会得到这样的回答：

"那又怎么样？"

1　因宗教传统原因，犹太人中男性通常在出生后不久就会进行割礼，即割除阴茎上的包皮。

或者是：

“你以为我不知道？”

或者是：

“如果你不喜欢，那就别看。”

稍微明智一点、风险较小的说法是：

“对不起，夫人。您知道您的毛露出来了吗？”

除非你想去追这种女人，那样的话你就可以随意编造任何聪明而又下流的开场白。我一般不喜欢这种类型（尽管有许多次我曾经不得不假装热情地欢迎她们，因为我发现自己找来约会并拼命讨好的原来正是这种类型）。我不喜欢任何人的脸上或身上有过多的黑色毛发，不管是男人还是女人，即使是用剃刀刮过也是一样。在我看来，这种现象很反常，非常可憎，令人作呕。（它的存在就好像是对我的辱骂。）我妻子的毛发是黑色的。不过时至今日，我已经知道它们都长在那儿，她身上不会有一卷卷毛茸茸的东西让我大吃一惊。（如果我是那种沉湎于过去的失败而不能自拔的人，那么我就可以把我当年碰到过的各种讨厌的毛发论述上若干个小时。耶格尔夫人长着一个粉瘤。贝蒂·斯图尔特一只眼睛有点斜视，但我还是照样每周和她性交，一直持续了好几个月，直到她认识了一个她觉得自己可能想嫁的年轻男人。当我母亲不能自己动手用镊子拔毛的时候，她的脸上开始长出粗硬的深灰色毛发。她的毛孔变得又大又粗。当我强迫自己正视她的脸的时候，我尽量不去注意那些毛发。我不能对她说：

“妈妈，我觉得你的脸上长了些毛。”

那时她可能已经听不见了，或者听不懂，于是我将不得不更大声、更没好气地说：

“嘿，妈。哎呀，你脸上长毛了。”

我从没有这样说过。你怎么能对自己生病的母亲说这种话呢？在我申请这份工作时，他们给我做了罗夏墨迹测验。他们发现我能关注大局，而不会偏离主题，浪费精力去研究无关的细节。因此我很可能会获得成功，而且我的确成功了。）在我们刚结婚的头几年里，我妻子不喜欢我看到她裸体，除非是她在浴缸里，她也不想让我在她脱衣服时盯着她看。（她至今仍然不想让我看到她坐在马桶上的样子，而我也已经不怎么想在那种情形下看到她。一年一两次就足够了。）但她现在很喜欢让我看着她像脱衣舞女郎一样脱光衣服，然后扑倒在床上，像戈雅的公爵夫人[1]一样躺在那里。我很喜欢她的这种做法，并和她一起开怀大笑。如果她不是成天都在抿酒，到晚上已经半醉的话，我会更喜欢。（她可能会在开车时因车祸而丧生，或者撞死别人。她也可能会带着同样晕乎乎、醉醺醺的期待为别人跳脱衣舞。）我和我妻子在一起的确很快乐，比我平时记得的要快乐得多。我们在一起经常玩得很开心。我觉得我的婚姻状况已经很不错了。她换衣服时有一种特殊技巧，可以从不暴露她的下身。脱的时候先把睡袍罩在内裤或紧身褡外面，穿的时候把内裤或紧身褡从睡袍下面拉上身。你只能瞥见少许肉体。真是个狠心无情的婊子。在床上，只要我一开口，她反正都会把它脱下来。她甚至会在衣橱里穿衣服脱衣服。难怪我不愿把她从噩梦中唤醒。让她在噩梦里死去吧，或是让她被自己将死的幻觉撕裂成数千个血肉模糊的碎块。如果我妻子梦见有个小偷正在靠近她的床边，这个家伙和我梦见的那个小偷是不是同一个呢？

"你梦见了什么？"

"太可怕了，"她早上醒来时回答，仍然心惊胆战，"我梦见你出事了，非常可怕的事情。"

"胡扯。"

"我发誓。"

"人们做梦不会梦见别人，只能梦见自己。"

"我梦见你出事了，我阻止不了，害怕极了。"

"你梦见的是你自己。"

她一定是在夏令营里学会了那种穿衣脱衣的方法，因为那里可能会有男

---

1 弗朗西斯科·何塞·德·戈雅－卢西恩特斯（1746—1828）：著名西班牙浪漫主义画派画家。这里的公爵夫人指的是他的模特，第十三世阿尔瓦公爵夫人。

性从床铺隔板的缝隙里窥视，要么也可能是她母亲或者她那个离了婚、满脸忌妒的妹妹教给她的。她妹妹在上大学时就怀了孕，当时这种事情还没有变得时髦，结果她长大后变得既冷漠又脾气暴躁。现在她带着自己脸上猪肝色的雀斑，一个人住在附近的一所小房子里，并且对人说自己宁愿这样。我相信她。（我也相信没有任何事情比让我或者某个别的女人的丈夫爱上她更能令她高兴。我们向她求爱时会失败。她会轻蔑地拒绝我们。她非常乐意能有这个机会。）我也相信她会一直都想住在我们附近。我觉得她憎恨我，忌妒我妻子，并且狡猾地用自己的满腹怨恨玷污了我妻子轻信而可怜的天性。她满嘴都是偏见和极端保守的政治言论。她没有孩子。她的第一任丈夫已经再婚，并有了孩子。她开了一家商店。这个世界上有许多事情她都不赞成。她希望我妻子能更像她，并且因为她并不是这样而责备她。她喜欢批评我们的孩子，并主动向我妻子提供建议，教她如何把我变成一个更为顺从的丈夫。

"我就不会轻易原谅他，这就是为什么我把唐赶出了家门。"

她很高兴约翰·肯尼迪[1]和罗伯特·肯尼迪[2]被刺杀，而且很高兴肯尼迪家的女孩子们牙齿都不整齐。她希望我妻子同意她的意见。她想要我在家里建个游泳池。我觉得我们之间有一种敌对情绪。（我曾经觉得我和她母亲之间有一种敌对情绪。）我没有让我妻子知道看着她那样脱衣服让我有多痛苦。（我经常诅咒她，发誓要进行报复。我的确报复了。我们斯洛克姆家的人非常看重家族荣誉。）这是一个重大的原则问题（同时也关系到一种低下的好色之心。我很喜欢看到她摆出不体面的姿态，至今也还是这样）。她从来都没有想到过那样做对我有什么样的影响（她并没有恶意），而我又太敏感，太骄傲，不肯抱怨。（我不想低声下气地乞求，而她根本就不知道是怎么回事。）

"你难道就没梦见过我死吗？"她喜欢这样问。

1　约翰·菲茨杰拉德·肯尼迪（1917—1963）：美国第35任总统，在得克萨斯州达拉斯市遇刺身亡。

2　罗伯特·弗朗西斯·肯尼迪（1925—1968）：约翰·肯尼迪之弟，曾任美国司法部长，也遭刺杀。

“你梦见过我死吗？”

“我觉得我梦见过。我觉得我梦见的正是这种情况。”

“多谢了。”

“我当时觉得很抱歉。”

“我不记得了。我的梦都是关于我的，而你不是我。”

“我就会梦到你。”

“我的梦里也有你。你想让我还你这个人情吗？你想让我保证吗？”

“你又做不到。”

“那你为什么还要提这件事？”

我很感激她从不问我是否梦见过她和别的男人在一起，因为我的确梦见过，而且那个梦也是关于我的。（他们正在两性交合，共同达到高潮，其唯一的目的就是为了诋毁我。）而我不喜欢它。我不希望我妻子和别人通奸。而且我觉得她也并不想通奸，尽管现在有时候她在大型聚会上会变得非常粗俗下流（不过她可能觉得自己想要得到一些浪漫。我也想得到一些。应该到哪儿去找呢？）。她之所以这样做，更有可能是由于她知道自己是那种不想通奸的老派人，因此故意反抗（与此同时，我们听说许多别的女人都想通奸，而且正在这样做）。如果她真的要通奸的话，她必须比以往（我所知道的情况下）醉得更厉害，更加不省人事，并且落入一个十分贪婪的坏人手中。她必须在不知情的情况下被人带到一个偏僻之处，然后被一个邪恶无情的家伙在沉默中征服。（谈话将会彻底破坏这个人的机会。她会认出对方不是我。）我憎恨那个男人（所有那些曾经打过她主意的家伙），并且想杀了他，尤其是因为我事先就知道她多半会更喜欢和他做那种事情。

“哦，宝贝儿，”她一遍又一遍地向他呼唤，伴随着充满爱慕的叹息，“我从来都不知道这种事竟然会这样美好。你让我怎么做都行。”

从那以后，除了替她支付某些账单之外，她就没什么真正需要我的地方了。（她不喜欢为保险费和房贷付款之类的东西开支票。）在聚会上，我会待在能听见她讲话的地方（除非我正在自己一个人试探别人喝醉了的妻子。我更喜欢比我妻子漂亮、脾气也比她好的那种),以便在侮辱或幽会成为不可避免的事实之前把她引开。

(“跟我来,亲爱的。来吧。这边走,亲爱的。这儿有一位优雅的男士想见你。”

“谁?”

“我。”

在我的这些梦里,她为了别人而抛弃了我,而我似乎在做梦时消融了,只剩下了两只眼睛和一摊泪水。)

但离婚则完全是另一回事。我们俩喜欢就这个问题互相折磨。

“你想离婚吗?”她会这样问。

“你想吗?”

(我曾经想过。哪个婚姻幸福、多少有点脾性的男人没想过呢?)

“离了婚我可怎么办?”她拉长了脸猜想道,“我又找不到别的男人。谁会想要我?”

“别那么肯定。”

“我太老了。”

“不,我年纪比你大。”

“对你来说可不一样。”

“不,你能找到的。”

“太晚了。”

“不,不晚。”

“你等不及了,是不是?”

“这件事可是你先提起来的。”

“是你一直在心里想着这件事,我看得出来。每逢有人婚姻破裂,你都乐颠颠的。你为什么不干脆直说出来呢?”

“你为什么不说?”

“觉得不开心的是你。”

"谁说的?"

"我知道你是什么感觉。"

"你难道不也是不开心吗?你总是在抱怨。你现在就正在抱怨。"

"你难道不想离婚吗?如果你想的话,你可以告诉我。"

"不,我不能。"

"你可以。"

"即使我不想离婚,我都不能告诉你。"

几乎从我们婚后的第一个星期起,我们就一直在为了离婚而这样互相争吵。(几乎从我们婚后的第一个星期起,我就发现这些争吵让我情欲冲动。我总是急于想要和她做爱,并重归于好,而她总会让步。

"说声对不起。"

"对不起。")

她想让我说:

"我爱你。"

我不愿意。

我不能。

我不应该。这也是一个原则问题(而且涉及男子汉的面子)。(如果有必要的话,我可以轻而易举地对别的姑娘说这句话,因为这并不意味着我必须放弃任何东西。它意味着我将会得到,而不是给予。)我甚至不能对弗吉尼娅说"好啊",尽管那样做会给我带来很大的好处。相反,我会从她身边侧身躲开,一边说着一些保全面子的俏皮话,一边笨拙地向后退缩,像一条丧家犬一般可怜兮兮地溜到她的视线之外。

"到外面来。"我可以这样说。

或者是:

"到楼下来找我。"我可以这样向她提议,就像一个无忧无虑的海盗(因为我知道我们不会有太多的时间)。

但当她对我说:

"去开个房间。"

我从来都没有勇气回答：

"好的。"

而且每当我提心吊胆地（这个词十分恰当）慢慢回到她身旁时，我都不知道她是否会重新接受我，再次给予我她那种性感而淫荡的青睐。（如果我失去了它，我会觉得自己一文不名。）她每次都这样做了。她本可以用一句利如尖刀的话语将我的双腿砍断（她可以把我的事情告诉别人），而我可能会永远变成那样，没有腿，只有两截残肢。（必须靠别人把我搬来搬去，从一个地方抬起，就像拿起一个象棋或跳棋棋子一样，然后在另一个地方放下。）她喜欢我。她对汤姆则不以为然。

"你比他强。"她对我说。

"那玛丽·詹克斯为什么不想跟我干呢？"

"像你在星期六晚上，星期六晚上干玛丽那样来干我吧。"

汤姆没有幽默感。（但他的确有一手我想要占为己有的书法。）他在跟别人上床，但我可以把弗吉尼娅逗笑。（哈哈。）每次我把她逗笑，我都会对自己觉得很满意。（我曾经向青少年时代住在我家附近的朋友们讲过有关她的故事。）我们俩曾经整天好色地互相挑逗。我泄了（变得很滑溜。滑溜是一个很滑溜的词）。现在没人挑逗我了。如果她们答应跟我走的话，她们总会说"好啊"。还不等我把鞋带解开，她们就已经把衣服脱光了。

"真不错。"事后她们会叹息着说。

"我的确很需要这么干上一回。"她们会这样宣称。

就好像我相信她们的话一样。就好像我在乎她们怎么想。其实我心里想的只有我什么时候该走，或者是怎样才能让她们及时离开雷德·帕克的公寓，好让我能在回办公室或者赶火车之前打个盹儿。她们就像我妻子一样愚钝。她天真幼稚，心情良好，仍在努力为婚姻幸福制定基本原则，而我却在心里琢磨着，在我收拾行李离婚走人之前，我还必须和她在一起待多久。她那种满怀乐观的愚蠢（那种与我内心深处的情感完全脱节的状况）真是令人恼火。

“我想知道你心里到底在想什么。”她有时候会这样说。

（不，她并不想。）

“在想我的演讲。”

“我指的是平时。”

“我的演讲。如果我真的升了职，我演讲的内容可能需要做很大的改动。”

“每逢你变得很安静的时候，我们大伙都会以为你生气了。我们会试着猜测你在为什么事情生气。”

弗吉尼娅会把头往后一仰，并歪向一侧，用一种会意而嘲弄的眼神淫荡地打量着我，她威力无比的乳房（那时候乳房很大的女孩子有时也会戴很紧的胸罩）像武器运载车上的火炮一般高耸着，专门为我大胆放肆地挺出来。她知道我心里在想什么。

“刘易斯先生喜欢的就是我身上这两件东西，”她自豪地宣称道。她看着我目不转睛地盯着她，她的舌尖从闪亮的牙齿之间一滑而过，“你也一样。”

“到外面来。”

“到里面来。”

“你真会挑逗人。”

“你才会挑逗人呢。你把人家一个女孩子弄得整天脸红心跳，然后你却不带她去旅馆开房。”

“我不知道该怎么做。”

“我告诉你。”

“你去开吧。”

“他们会把我关起来的。他们会把我当妓女关起来。咱们一起去，用班先生夫妇[1]的名义登记。”

如今，二十一岁对我来说太年轻了，这种年龄的姑娘太幼稚，太难缠。现在，我会因为跟人打赌和这样的姑娘上床，如果她和我在同一个办事处工作的

1　双关语。英文“班”姓的原文“Bang”一词在俚语里有“（与某人）性交”的意思。

话。整个公司都会知道。(如今她们会跟朋友们谈论你。她们甚至会跟父母谈论你!)我甚至不喜欢有那么年轻的姑娘在我手下干活,也不喜欢听到她们尖厉刺耳的胡言乱语(她们的发音有缺陷,暴露了自己所住的地区以及劳动阶级家庭背景)。她们缺乏优雅的教养。她们中间大部分不戴胸罩的人乳房下垂,非常难看。我不常羡慕年轻人,而是讨厌他们。年轻人听不见噪声,因为他们自己就是噪声机器。我真希望他们能在公共场合把嘴闭上,把他们电唱机和晶体管收音机的音量关小一点。我女儿很快就要到弗吉尼娅的年龄了。她现在看上去还要更大一点,因为如果她站直了,她的个子比弗吉尼娅高。我希望她能意识到这一点,不要只穿一件睡衣就从房间里跑出来。我希望我妻子能把这件事跟她讲一下,我跟她们中间哪一个都很难启齿。(我觉得我再也不能和一个男人同睡一张双人床了。我宁愿睡地板或者椅子,而那样也同样令人生疑。)我不是那种喜欢对女性动手动脚的人,有时候我甚至就连我妻子都不想碰。我只想把它插进去,尽快了事。要么我就根本不想做爱,而是找借口回避。有一道厌恶的屏障,它是一个庇护所。如果我想要它消失,它就会消失。她们头脑空虚,缺了点什么。我的思想很肮脏,这也是庇护所。(还有的时候我想要而我妻子却不想,这就好像是我在额头、眼睛和鼻梁上狠狠地挨了一拳。)弗吉尼娅当时二十一岁,而且**比我大**(如果我想继续怀着浪漫的怀旧情绪和爱慕之心去想她的话,我就不得不一直这样想着她)。

她会调皮地伸出她绯红的舌头,用火红的舌尖把我舔个精光。她会令我神魂颠倒(就像彭妮能够做到的那样),让我一头栽入一片震颤不已的海洋,那种滋味甜如美酒,好似涟漪荡漾。她会让我浑身颤抖,好像变成了婴儿,又好像陷入了疯狂,那种感觉犹如一场夹杂着冰雹的暴风雨,令人惊心动魄。她会让我浑身充满奇妙的感觉,让我觉得自己仿佛能够飞檐走壁,使我像一枚导弹一样穿过天花板,从地面射向天堂。等到我想起自己是谁,发现自己又能讲话时,我会马上向她求饶。(我现在对彭妮就会这样,还有对我妻子。)事后,她会跪在我的两腿之间,满怀爱意地看着我,感到心满意足。她会对自己非常满意,因为她做得很漂亮,让我十分满足。我现在就想要那样。

“他难道不忌妒吗？”我忍不住问道，“他现在可以看见我们。”

“他想离开他的妻子和我结婚。我们经常去没人的餐馆喝酒吃晚餐。他喜欢我接吻的方式。”

“我也喜欢。”

“我也喜欢。我花了很多工夫才把它练到家。你应该在我一丝不挂而且真正有心情的时候试试。我真不知道你在等什么。”

我将一个事故记录文件夹往低放了放，遮住了我的大腿根（以防发生另一起事故）。

“到外面来。”

“瞎子说，我看见了[1]。有情况。”

“这个病例是你的吗？”我大胆地问道。

“我敢打赌我知道治疗方法。”

“出来见我？”

“你有没有曾经带着一个硬邦邦的问题上床睡觉，然后醒来时发现解决办法就在自己手里？”

“你让我很难受，但我不能为此而对你耿耿于怀。”[2]

“你先走，我等会儿见你。”

“我就要来了[3]，弗吉尼娅。”

“像他干玛丽那样来干我吧。”当我从她身边走过，出门进入走廊时，她轻声唱着向我回答。

在那段楼梯上，我就是海盗布拉德船长[4]，一位无所畏惧的私掠船长。我将事故记录文件夹谨慎地挡在身前，就像一面华丽的盾牌。（我有东西需要隐藏。）我怀里揣着炽热的弹丸。

---

1 双关语。原文“看见”一词又有“明白”的意思。此句本为英语惯用语，表示困惑不解或恍然大悟。此处弗吉尼娅纯粹是在开玩笑。

2 双关语。原文又可理解为“你替我把它弄硬了，但我不能把它顶在你身上”。

3 双关语。参见第 76 页注释 1。

4 英国小说家拉斐尔·萨巴蒂尼（1875—1950）的小说《布拉德船长》中的主人公。

我一直都渴望着能把它掏出来，让她用手握上一会儿。我不敢。在我鼓起勇气之前，耶格尔夫人就当上了部门负责人，之后不久我就辞职了。我反复练习我想说的话，然而却说不出口。那些可以互换的开场白全都卡在了我的喉咙里。我可以用许多不同的方式开头：

“你能不能——”

“请你用手——”

“你可不可以——”

“你看——”

“请不要——”

“我想——”

“求你了。”

可我却连一个字都说不出来。我不知道应该摆出一副什么样的姿态。(我别无选择。）我现在知道了，其实那并不重要。(她要么同意，要么拒绝。我当时应该不管三七二十一，干脆把它掏出来，随便咕哝一句。“求你了”应该就挺管用。）我真想让她那样做。它当时一定会充满了几乎无法忍受的需求，肿胀不已，满是柔情，像一位患有癫痫病的亲戚一样疯狂地向前冲去。我很快便会试图与它断绝关系，却又不成功。它以自我为中心，令人尴尬，就像一房远亲，我可能会不得不喃喃地为它道歉。我现在已经不再那么急不可待了。冷漠、厌倦、烦躁、缥缈无形的沮丧、闲暇、家里或工作上的不满——现在这些东西成了我的春药。我从来都没有走到那一步。我还没有学会，它就已经结束了。招兵海报上说：“只需一两年专门训练。”我在军队上接受了那种专门训练。等到我退伍的时候，我已经是一位英俊的陆军上尉，而弗吉尼娅已经死了。我很高兴。(我很惊讶自己居然会感到高兴，但我当时的确是这样。）我试图从纽约中央火车站的一个电话亭里和她定一个约会，但没有成功。和一个已经死了的人成功约会是很难的。我喜欢听她对我讲有关性的事情。(这就像看黄色电影一样。）很难想象一个像莱恩·刘易斯那样文雅、温和而又体贴的人在餐馆里、电影院里或汽车上被她有意挑逗。

“我能对付他，”她自夸道，“我慢慢勾引他。我知道该怎么做。”

“怎么做？”

她父亲也是因自杀而死。“我们一直都不知道为什么。我们家很有钱。他是个沉默寡言的人。就像刘易斯先生一样。”

“他都在你身上做了些什么？”

“我叫他做什么他就做什么。还有我教他做的事情。他还拿不准在我身上能做到什么地步。他简直不敢相信自己，”她咧嘴一笑，对自己表示称赞，“他非常可爱。我喜欢让他开心。他很容易上钩。你也很容易。”

“我很难[1]。”

“容易。”

“你瞧见了吗？”

“瞎子说，我看见了。”

“你让我很难受。”

“我是不是应该在外面见你？”

“赶快。”

“我只能待一会儿。”

“赶快。”

每当她看到我勃起时，她红润的脸上就会挂满幸福满足的微笑。（我在那家汽车事故保险公司一共干了十二个月，我觉得我在那段时间里因为她而勃起的次数比我在随后的二三十年里勃起的次数都要多。）我真希望我现在能把她光滑圆润的脸颊摸在手里。我会用小指和大拇指懒洋洋地抚摸着它们，慢慢地让她兴奋起来，而不是迫不及待地到处乱抓。（现在我知道该怎么做了。）这回将是由我来选择情调，由我来做那种诱人的挑逗。

“遮住点儿。”她会说。

“到外面来。”我会乞求。

---

1 双关语。又可理解为“我很硬”。

"你恐怕来不及了，"她笑着说，"最好赶快去男厕所。"

"到那儿见我。"

"我没有钥匙。"

"我偷偷带你进去。"

"我从来没有在男厕所里干过。"

"你在杜克大学的时候曾经在独木舟里干过一次。"

"我在杜克大学的时候还曾经在男生宿舍里干过一次。和五个橄榄球运动员，是他们逼着我干的。因为这件事，我被学校开除了。是我非常喜欢的那个男生把我带到那儿去的。学校把我遣送回家。我非常害怕回家。我一直都不知道他们是否把这件事告诉了我父亲。"

"他们是不是强奸了你？是不是这么回事？"

"不是，他们没必要那样做。我本来不愿意，但他们逼着我。他们把我紧紧按住，一边嘴里说个不停。他们几个我全都认识。但等到我们一开始我就觉得很有乐趣，于是我就不再担心了。我本来会告诉别的女孩子。我觉得我希望我们被人抓住。我觉得过不久我想再做一次这样的事情。真让人兴奋。"

"我现在就很兴奋。"

"瞎子说，我看见了。"

"到外面来。"

"就一会儿。"

"在楼梯上？"

有时候她会给我大约三又三分之一秒的时间。

"有人来了！"她会压低嗓音，恶狠狠地说，一边从我手中挣脱。"放开我。"

从她在杜克大学的学习经历当中，我就应该能够猜到她有点神经不正常，而且很可能迟早都会自杀。我现在已经能在别人身上注意到类似的倾向（并与这些人保持距离）。落难的朋友绝非我的朋友。

我对杜克大学的那五个橄榄球运动员既羡慕，又痛恨至极。他们一点都瞧不起她，把她当垃圾对待，而她却并不介意。有些日子里，在乘地铁上下班漫长而单调的旅途中,我发现自己对她感到厌恶。在有些天的早上,我会不和她说话,甚至没法强迫自己正眼看她,因为她似乎令人作呕。(我遭到了背叛。她是垃圾,那种让你想死的致命垃圾。我很高兴我没死。我很高兴我活得比她长。)我觉得——而且我知道我的感觉是正确的——和我相比,她仍然会更喜欢他们。

我天生就有这样的洞察力,使我能够颇具信心地在某些不健康的领域里做出预言。比如说,我已经知道,如果我妻子活得没我长,而且我们没有因为酗酒或通奸(当然指的是她和别人通奸)而离婚的话,那么我妻子(如同她自己也预见到的那样)很可能会死于癌症,并因此而花费甚多(她当然需要一间私人病房,还要请一位私人护士)。如果我们分了手,或者我已经死了,谁又在乎她因何而死呢?(如果我真的离了婚搬出去,有那么一阵我可能会时不时想念我儿子。我非常喜欢看他笑的样子。我将不得不把很多东西留在身后,比如我的高尔夫球杆。当我失去了理性,一怒之下离开了我的家和我的家人时,我又如何能够理性地为我的高尔夫球杆和新高尔夫球鞋腾出所需的时间和空间呢?)当我妻子得了癌症,生命垂危的时候,我会高兴吗?不会。我会为她难过吗?多半会。(我会为我自己难过吗?一定会。)等她死了之后,我还会为她难过吗?多半不会。

我尤其擅长预测自杀和精神崩溃,我可以提前好几年就看出它们的苗头。凯格尔现在就已处在精神崩溃的边缘。他的上帝救不了他,但也许他的酗酒和妓女可以做到这一点(辅之以维生素 B_{12} 以及自哀自怜等强化剂,再加上自以为是地声称自己受到了不公正的待遇。别的不说,至少大家都会公认他是一个好人)。凯格尔不会自杀。他会觉得自己蒙受冤屈的身份非常受用,因而不会去自杀(他会勇敢地面带微笑,宽容地原谅大家)。我将不得不把他打发掉。我现在试图帮助他。他总喜欢咧嘴笑,怎么都改不了(我真想踢他的腿)。我知道一些他不知道的事情,同时格林、布朗、布莱克以及其他人在那里满腹狐疑地袖手旁观,百般猜测(我这么感觉。我知道我觉得自己对他们不坦诚)。我希望阿瑟·巴伦能够注意到我在试图帮助凯格尔。他们将会把凯格尔的职位交给我，现在这几乎已成定局。凯格尔欢迎我的批评（但他其实并没有听进去，他欢迎的是我对他的关心。即使我向他扔用唾沫浸湿的纸团，他也会很感激）。他认为我就像是一位溺爱的家长，体贴关心一个讨人喜欢的孩子。他根本没想到我是一个热心的继承人，迫不及待地想要取代他。（我想朝他脸上吐口水。他难道不会感到惊讶吗？）我们部门的打字员玛莎最终将会发疯（到时候我可能会在场。我会巧妙地把她打发掉，并在随后的几天里成为大家谈论的热门话题）。我不会和简上床，不过我会继续和她调情（摇摆不定，犹豫不决），将她在我身上激起的淫欲（像正在融化的冰激凌或正在变冷的中餐一样）带回到我在康涅狄格州的家中我妻子那里，或是带到曼哈顿上城区我的老女友佩内洛普那里。我那位饱经风雨、忠实可靠的彭妮[1]，她仍在勤奋地学习音乐、唱歌和舞蹈（同时在这家或那家酒吧做女招待）。她每年都会接连爱上三四个年轻男人，这些恋情每次只能持续几个月。和这些人相比，她仍然更喜欢我。（她应该更喜欢我，因为我确实比他们强。他们都是些蠢货。）我妻子非常喜欢在城里雷德·帕克的公寓里和我做爱，我也喜欢在那里和她干。这和在家里不一样，我们俩都用尽全力。现在我对彭妮有一种可怕的预感，她年过三十依然未婚（随之而来的情绪变化似乎比她意识到的要强烈得多），而且不像以前那么快乐了。我认识并喜欢她已经有将近十年了。我不知道我女儿将会怎么样。我对如今十几岁的女孩子没有明确的预测。（我知道男孩子们全都将会失败。他们已经失败了，我认为他们没有得到公平的机会。）她不到十六岁就会想学开车，然后她就会想要一辆自己的车。她会配车钥匙，偷着用我们的车。我真希望她已经长大嫁人，住在亚利桑那州、肯尼迪角或者华盛顿州的西雅图市。某个比她大的孩子会向她建议，把我们的车钥匙偷出来再配上一套。她现在已经在从我和我妻子这里偷钱，好在周末和朋友们一起凑钱买啤酒、葡萄酒和毒品。我觉得她还没有开始吸毒。我觉得她害怕吸毒，对此我很高兴。我很高兴在我们这片社区里，毒品好像正在逐渐过时，就像黑人男

1　彭妮是佩内洛普的昵称。

朋友一样。我很高兴她也害怕黑人。

“如果你们给我买辆车的话,我就用不着偷着用你们的车了。”当我们抓住她的时候,她会这样和我们争辩,并且自以为很有理。

我一无所知:

(我脑海中清晰的影像全都渗到了一起。)

我儿子身上将会发生一件非常悲惨的事情(因为我不希望它发生),而德里克则会一点事都没有。警察和救护车永远都不会为他而来。我看不到我儿子的将来(那层帷幕就是不肯揭开,他的将来我就连一丝一毫都看不到),这一向都是一个令人十分担忧的兆头。当我放眼未来,他不在那里。我可以轻易地想象出他今天的样子,也许还有明天,但比那远不了多少。在我的想象中,他从来都不是已经长大成人,从来都不是正在工作、学习,成了医生、作家或商人,从来都不是已经结了婚(这个可怜的孩子甚至从来都没有跟女孩子要好过),从来都不是正在上大学,或者甚至是在上高中。他甚至从来都不是一个青春期的少年,正在变声,皮肤上满是粉刺,上唇和下巴上刚开始长胡子,带着汗水,让那些地方变了色。我为他而悲伤不已(我的灵魂在哭泣。他究竟去了哪里?)。他总是超不过九岁,就像是在那里定格了。(这就是他必须下车的地方。每一天都可能是他的最后一天。)要么是他没有将来,要么就是我想象能力变迟钝了,无法想象他出现在我的将来之中。我满怀忧伤地望着没有他存在的空洞未来。寂静悬在空中,令人窒息。我想念他。我能闻到花香。有家庭聚餐,但他却不在场。如果我不能期待将来和他在一起,我还有什么事情值得期待呢?打高尔夫球。我妻子得癌症?一杆进洞。在那之后呢?再次一杆进洞。

“我曾经打出过一杆进洞。”在随后的岁月里,我便可以没完没了地向人们这样重复。

当无名和衰老像浓厚的夜幕一般降临在我身上,使我浑身皱缩,变得更加渺小、更不引人注意的时候,我总可以记起:

“我曾经打出过一杆进洞。”

当我临终时躺在养老院里，会有人带着甜蜜的糖果和芳香油腻的熏鱼片来看望我，而我却已经认不出他们。到那时，我可能仍然能够记起起自己壮年时曾经打出过一杆进洞——我现在正值壮年，而我还没有打出过一杆进洞。这是一个值得我努力的新目标——它可能会使我微笑。一杆进洞是一项很不错的成就。

“你能相信吗？”我可以说，“我曾经打出过一杆进洞。”

“再来一块熏鱼吧。”

“一杆进洞。”

除了对它津津乐道之外，我不知道还能拿一杆进洞这件事做些什么。

“我打出过一杆进洞。”

“吃鱼吧。”

“姑娘们，你们好。”

“你们有没有听说过妓院门外那个没胳膊没腿的截肢者的故事？”

“我按了门铃，难道不是吗？”

我可以很容易地想象出自己在养老院里的这些场景。我也可以很容易地想象出德里克在养老院大门外的样子，一位弱智成年男性，身体粗壮，笨手笨脚，长着黑发，正在秃顶，还流着口水。他和一个秘密的我在外表上极为相似。我知道这个秘密的我就藏在我体内，就像一副内在的面孔，而我永远都不想让任何人发现他。（我觉得我有时会梦见他。）我敢打赌，阿瑟·巴伦不会猜到他的存在（他不会猜到我有可能会现出原形，变成一个野蛮的白痴），也不会猜到我长期以来一直经受着一种恐惧的煎熬——这种恐惧非常剧烈，几乎像是一种强烈的嗜好——我生怕自己口吃（或是体验到一种同性恋的欲望。也许我已经体验到了），或者是舌头肿胀，粘在上颚上，使我完全无法说话。（难怪我非常害怕自己被关在紧闭着的门背后，甚至都不知道自己已经被判了刑。也许这种事情已经发生了。）尽管我的想象力如此丰富，它却无法为我可怜的儿子提供哪怕再多一天的生命。

（他将会做什么工作？他将会穿什么样的衣服？哦，天哪，我可不想过没有他的生活。)

他们会提出把凯格尔的职位交给我,我也会接受。现在我已经想要它了。(现在我已经不能再欺骗自己,说我不想要。)凯格尔是一个敌人,他挡住了我的前进道路,我想叫他让开。我讨厌他。我想踢他的欲望一天比一天强烈,我真想冲着他日渐空洞、惊愕不已的面孔轻蔑地大声叫嚷。(他的面孔将会变成一具骷髅头,我会在一瞬间将他的血肉蒸发掉。)但我永远都无法那样做。社会文明不允许我那样做。但是如果这种诱惑不肯离去,而我的自制力一时松懈的话,我真的可能会踢他的腿。我会来不及阻止自己就已经踢了他。事后我将完全不知道该如何向别人解释。我可能会希望自己因难堪而死(我会觉得自己像一个做了坏事被人捉住的小男孩)。

"你为什么要那样做?"人们会质问我。

我只能耸耸肩,垂下头。我会感觉自己只有八十四磅重。

"他踢了我的腿。"凯格尔会向所有人抱怨。

"他踢了凯格尔的腿。"

"你看见了没有?"

"他踢了凯格尔的腿。"

除了凯格尔之外,我不想踢其他任何人的腿。但有时候在饭桌上,我会想踢我女儿的脚踝,因为这样做要比伸手打她一记耳光更容易。每当我提高嗓门,觉得自己想要这样做的时候,她就会突然畏缩,就好像我已经踢了她一样。要是我妻子惹恼了我,我会想要把她往后猛推一两英尺,好让我有足够的空间甩开胳膊,在她的下巴上至少来上两拳。对我儿子我只会晃晃手指。对德里克我则会用一只大手捂住他的脸,好盖住他口齿不清的声音,遮住他傻里傻气的眼睛、鼻子和嘴巴。(我这样做并不是为了让他不再受罪,而是为了让我自己不再受罪。)他是个小小的残疾人,既可怜,又可悲,如果我放任自己,我会对他想得太多,但我不能那样做。我讨厌他的保姆,我会把她从门槛上推出去——将她赶出家门——同时用一只胳膊在下面撑着她,以免她摔倒在地,到法院告我。但她还是摔倒了,并且告了我。这个可憎的女人身上散发着一股难闻的气味，里面有变质油脂的哈喇味，还混杂着尘土和爽身粉的味道。她早晚都洗澡。她的头发是一种可怕的白色。她的清洁充满了责备之意。我受不了她那种令人反感的亲近态度。她对我并不比我的家人更为体贴，而她是从我这儿领薪水的雇员。

我知道什么是敌意。（它会让我头疼，让我睡不好觉。）我的本我化了脓，脓水渗入了我的自我，使我变得挑衅好斗，很难与人相处。这种渗漏正在毁掉我的亲人。要是一个人能把自己的仇恨彻底发泄出来，将其排尽，就像一只雄龙虾把精液交给雌龙虾，然后独自毫无负担地漫步走入浑浊的黑暗之中一样，那该有多好。我曾经试过，那些仇恨还会回来。

我现在觉得，这一切全都是凯格尔的过错。我怪他。他身上所有微小的缺点都已变得令人无法忍受。烦躁像电流冲击波一样在我体内嗞嗞作响，像锯齿状的刀刃一般锯着我的头骨。他喜欢嘬牙、用手指敲打东西，说有些单词时故意发音不准，有时还分不清主格和宾格，他的这些做法会让我浑身发抖，直想作呕，立刻头疼如刀割一般。当我纠正他的语法错误时，他只会冲我笑——我每次都有纠正他的冲动，我不得不将其克制住。我脑子里的这些话穿透了我的意识，砰的一声砸在我的头盖骨内侧。我可以忍住自己，不把它说出来，但我无法抑制自己想说的欲望。由于他唤起了我的这种欲望，我对他非常恼火。他的嘴角经常挂着口水，还会冒泡泡，干裂的嘴唇上仍带着抗酸剂药片或溶剂留下的白色污渍。这些药是他为了缓解肠胃不适而服用的。

“嘿嘿。”他养成了嘿嘿傻笑的习惯，同时目光低垂，躲躲闪闪。

“嘿嘿。”我想嘲弄地模仿他作为回答。

我现在讨厌安迪·凯格尔，因为他失败了。我想用他桌上那盏沉甸甸的黄铜台灯砸他的脸。我这样对他说了。

“安迪，”我对他说，“我想用那盏台灯砸你的脸。”

“嘿嘿。”他说。

“嘿嘿。”我回答。

当我和他见面时，我会亲切地对他微笑，和他开玩笑地嘲弄格林的词汇量和格林剪裁考究、非常惹眼的衣着，并且在他能注意到的方面尽职尽责地帮助他。今早我的体重是一百九十八磅，比星期一（我决定开始减肥的时候）瘦了四磅半，而我几乎比他高出整整一英尺。

“嘿嘿，”他问我，“你和美工部的那个小妞相处得怎么样？”

“挺好。”

“奶子很小的那个。”

“她年纪还小，都可以做我的女儿。”

“那又有什么问题？嘿嘿。”

“嘿嘿。我从约翰尼·布朗那里把这些销售拜访报告给你拿来了。”

“你以为我没注意到，是不是？能让我也插一腿吗？”

“你是不是想让我在你腿上踢一脚？”

“那条好腿还是那条瘸腿？嘿嘿。”

“安迪，我觉得这次你应该把这些报告先读一下，做些批注，然后再交上去。”

“不想跟我讲？嘿嘿。”

“嘿嘿。”

“嘿嘿嘿。这些东西有什么用？推销员满嘴都是谎话。”

“那就揭穿他们。这样你会给阿瑟·巴伦和霍勒斯·怀特留下好的印象。”

他对我的话不予理睬。“你玩过二对一吗？”

“什么二对一？”

“我现在在拉斯维加斯玩这个，我在那儿认识一家旅馆的经理。和两个姑娘同时干。我上周又玩了一次。你应该试试。”

“我不想。”

“两个女黑鬼呢？”

“这些销售拜访报告怎么办？”

“你替我处理吧，这种事你做得比我强。你听说了什么有关我的传闻？”

“不要出差。”

"我需要理发吗？"

"你需要有人在你屁股上踢上一脚。"

"你今天真是大踢特踢，是不是？"

"嘿嘿。"

"我向你透露一个秘密，格林就要完蛋了。你想不想要他的职位？"

"胡扯。"

"我可以推荐你。他们打算削减他的预算。"

"减了多少？"

"这次加薪你没份，而我则有。上个星期我还在施乐公司的股票上赚了一大笔钱。"

"又是胡扯。你总是吹嘘自己在施乐公司的股票上赚了大钱，然后又总是抱怨自己欠了很多债。"

"嘿嘿。"

他只有两栋房产，在长岛的家和山里的一座房子，每年夏天他都会把妻子和两个孩子送到那儿去。他有时会在周末去那儿。我定期询问凯格尔家人的情况，就像阿瑟·巴伦定期打听我家人的近况一样。

"都挺好，阿特，"我总是这样回答，"你的家人呢？"

(格林从来都不过问。他对我的家人丝毫不感兴趣，也不肯屈尊俯就，假装关心。)

我曾经不止一次充满渴望地考虑过，他会不会在哪个幸运的日子里，在开车上下班的路上遇上车祸而丧生。凯格尔开车很大意，他晚上出城回家时一般不是反应迟缓，就是醉意醺醺。凯格尔的家仍在长岛，这在公司中上层高管当中已非常罕见。他的这一笨拙之举对他也非常不利，此外他的鼻孔和耳朵里还长出了一撮撮长毛，鼻毛的尖端已经发白。现在已经没有人让鼻子和耳朵里的毛随便乱长了。(他应该专门为这个去找理发师修一修。)这件事我一直不忍向他提起。(我担心那样会伤他的面子。)我现在想正眼看他都觉得很难，而他也感觉到了一种变化。我觉得这就是为什么他现在总是对我嘿嘿地傻笑。我可怜他。(他不知道应该如何应对正在发生的一切。)

"嘿嘿。"

"嘿嘿。"

"嘿嘿嘿。什么事这么好笑?"

"看在上帝的分上,你为什么要穿芝麻花呢的衣服?"我没有回答,而是开始责备他。

"那是什么?"他惊慌地问道。

"那种布料三十年前就已经过时了。"

"芝麻花呢?"

"换成精纺毛料吧。"

"我现在有一件蓝色的西装夹克了。"他自豪地说。

"这是双面针织的。"

"我怎么知道?"

"这衣服在宾夕法尼亚州的伊利市看上去一定非常棒。我们在宾夕法尼亚州的伊利市有大客户吗?"

"我下周要去洛杉矶,从那儿我可以悄悄溜到拉斯维加斯。二对一。"他解释道,一边向我眨眼示意。

"而且也不合身,松松垮垮的,还往一边倒。"

"要知道,我也是一边倒的。"他严肃地提醒我,脸上带着一丝虚伪狡猾的微笑,这在他身上我还从来没有见到过。"要知道,我生下来就是这样。这并不是出于偶然,而是上帝的旨意。别笑,这并不好笑。要知道,一个人生下来髋部和腿部就有这样的畸形,这一点都不好笑。"

"我知道,安迪。"

"这没什么好笑的。"

"我没有笑。"

"是上帝想要我这样。"

"哈利路亚,"我想冷嘲热讽地回答,"我真希望上帝对我也像你感觉中他对你那样关心。”

每当凯格尔试图用他的腿或上帝来赢得他人的尊重和同情时，他就好像变成了他鼻子和耳朵里那一撮撮、一缕缕浓密而又可恶的毛发——私密、可憎、令人作呕——而最近我曾经多次希望这个可怜的家伙死掉，就因为他使我心中充满了愤怒、羞耻和厌恶。精纺毛料也帮不了他。事事都出了问题。为了一些微不足道的怠慢和不便，我也曾经希望某些别的我认识并喜欢的人死掉，而他们对此毫不知情。让他们全都去死吧。（我这个人很开明，我不在乎他们怎么死。）每逢买东西的时候碰上动作迟缓的女售货员，或是匆忙行走时碰上陌生人挡了我的路，耽误了我的时间，我都会咒他们死。

“去死吧，”我会在心里想，“离开人世。让我从你身上踩过去。”

在从事公共事务的人当中，我可以找到许多我希望被人暗杀的男人——他们总是男人（我现在已经忍受不了流浪汉了，我不会为他们感到难过），尽管我永远都不想（我还没想过）亲手去做那种事情。我觉得我能够理解为什么会有人对流浪汉和乞丐又踢又打，甚至在他们身上放火。（我们的流浪汉和乞丐太多了。）当总统去世时，我并不感到悲痛（通常，我会觉得高兴）：他们终于得到了他们应得的下场。我觉得，如果我没记错的话，罗斯福[1]死的时候是我最后一次掉眼泪，从那以后我就再没哭过。我偶尔不得不忍住抽泣（通常是在看糟糕的电影时），但我的眼泪全都憋在了内心深处的某个地方，没有人能把它释放出来。那个富兰克林·德拉诺·罗斯福，那才是一个真正的男人，那是我最后一次敬仰一位总统（其他总统都不是我的），或者也许我这样想只是因为我容易上当受骗。不——他死的时候全国的人都在哭。我妈妈也哭了。

他曾经说过：“全国有三分之一的人住不好，穿不好，吃不好。”

时至今日，由于技术进步以及富有人道主义的社会和政治改革，这一数字肯定已经超过了一半。当它达到百分之百的时候（到那时，所有百万富翁都将拥有瑞士国籍，并居住在法国），喇叭将会齐鸣，天堂的大门将会敞开，每个人

1 富兰克林·德拉诺·罗斯福（1882—1945）：美国第32任总统。

都将免费听到亨德尔[1]的音乐。昨晚，我又梦见我母亲还活着，因为上了年纪，身体瘦削，但非常健康，身穿一件漂亮的印花连衣裙和一件白色的薄毛衣。正好赶上节日，是圣诞节、复活节或感恩节，养老院正在举办一场友好的庆祝活动。她在和我聊天，非常自然，没有丝毫怨恨之情。她不时对我微笑，就像我小时候那样。她原谅了我所做的一切。当我早上醒来时，当我再次心怀感激、安然无恙地从睡梦中苏醒，再次将我的记忆和我的整个躯体从我不省人事的时候所在的那个地方成功地带回来的时候，我非常想念她，就像一个被遗弃的孩子——我的脸颊上仍有未干的泪水，感觉黏糊糊、干巴巴的。

“你梦见什么了？”我妻子总是想知道。

“我自己。”

“你在呻吟。”

“我母亲。”

“你还在梦见她？”

“你也会的。”

“我已经在梦见她了，自从她得了关节炎之后就开始了。她的手指全都变弯了。那些梦，它们难道永远都不会停止吗？”

“我的梦没停。”

“我也会得关节炎吗？”

“我也会得的。”

“我希望我的脊椎不要得关节炎，我可不想那儿也变弯。”

“操我。”

“我没心情。孩子们已经起床了。”

当我想起今早醒来时我是多么想念我母亲时，我又开始想念她。我想念那个被遗弃的孩子。他就是我，可我不是他。我觉得他可能藏在我的脑子里，和我知道藏在那里但又找不到的所有其他人在一起，在那里恶意捣鬼，影响我

1 格奥尔格·弗里德里希·亨德尔（1685—1759）：德国巴洛克音乐作曲家。

的情绪和心跳。我的脑子里有整整一个宇宙，里面有无数的家庭挤在秘密的藏身之所里，并且存在着许多文明世界。物理定律将其维系在一起，化学定律使之能够延续。我和它毫无关系。它没有统治者。狡猾的间谍从小巷里溜到拱廊下，执行着不道德的秘密任务。这里没有管事的人。我已被敌人潜入，四面受围，就像一个未设防的目标，即将遭到来自内部的偷袭。我的脑子里有东西在活动，它们像黑色的鳗鱼一样慢慢翻过身，从我的意识里跌入漆黑的深处。每样东西都很小。这里既不冷也不热，没有潮气。带着假笑的面孔偷偷摸摸地从事着他们肮脏放荡的行为，没有向我吐露它们的秘密。它让我感到痛苦。受害者们在哭泣。没有人死去。有无声的哀号。我服用阿司匹林和镇静剂。幽灵般的小雕像骚扰着我（它们一会儿出现，一会儿又不见踪影），还有小鬼和小恶魔，他们在我身上又挠又戳。我希望自己能把这帮家伙从我脑子里全部清除出来，好将他们一一识别，让他们背靠墙站成一排，在手电筒刺眼的乳白色光线下接受盘问：

"好了，你们都是些什么人？你们在里面干什么？你们想要从我这里得到些什么？"

他们不会回答。他们的数目会多得数不清。我会找到一千个我。（我喜欢在我妻子没心情的时候和她上床，我喜欢在她不想做的时候让她做那种事。）我希望能够用电影摄影机把我所有的梦全都拍下来，然后把里面那些有罪的混蛋们当场抓获。这样我就有了证据。我想窃听他们的思想。我想把他们的梦拍下来，看看他们在我脑子里随意游荡时他们自己的脑子里都在想些什么。（一个人的头脑是他的城堡[1]。）我并没有在我脑袋里听到有人说话。（有时候我真希望我听到了。）我没发疯。我知道的确有人会关起门来谈论我，但我并没有想象着我能听到他们在说什么。昨天，人们在一栋公寓楼的地下室里发现了一个小男孩的尸体，性器官残缺不全。凶手仍逍遥法外。人们在另一栋公寓楼的通风井里发现了另一具儿童尸体，是从顶上扔下去的。没人知

1 英语里有一句谚语：一个人的家（或英国人的家）是他的城堡，指一个人的家是神圣不可侵犯的，未经允许，任何人不得入内。

道为什么。（是一个女孩。警方尚未确定她是否受到了性侵犯。）还有一个孩子已经从家里失踪了好几天，没人知道为什么。家人和邻居们悲观而又焦虑地等待着消息，他们为失踪者点燃了宗教仪式用的蜡烛，已经庄重地做好了最坏的打算。我也认为她是被谋杀了（而且我想知道她为什么被谋杀。今天在俄克拉何马州，农民们决定不按照约定价格交付棉花，因为在合同签订期间，棉花的价格翻了一番。买家将会把他们告上法庭。人们经常在通风井和楼梯井里发现别人家孩子的尸体，而我就连通风井和楼梯井是什么都搞不清楚）。我也想知道那个心眼狭窄、长得像根芦苇似的霍勒斯·怀特对我究竟是什么看法。他是个很有影响力的混蛋。（我讨厌这个有影响力的混蛋，而他却对我意义重大。）

"哎哟哟——我们公司的咬手指甲专家来了，"当我走进他办公室的时候，他会这样说，并且觉得自己很风趣，"你今天怎么样？"

每当他把我叫去，给我安排一些新任务，或者和我讨论所谓的修正时，他一般都是坐在他硕大的胡桃木办公桌后面，正在剪指甲、锉指甲，或是在为自己半透明的指甲抛光。（他将他想让我做的改动称为"修正"。）

"如果你哪一天要写书的话，"他曾经对我反复讲过许多遍，"把我写在里面。我会买很多本。"

我也想窃听他的头脑。我想知道我是否也在他的梦里傲慢无礼地四处漫游，就像他在我的梦里游荡一样（就好像他是这些梦的主人）。我觉得我的象征性恐怕不够强。霍勒斯·怀特经常带着他那张几乎毫无特色的面孔走入我的梦中，在那里徘徊一阵，然后变成面色红润、身体较胖的格林。格林会怒气冲冲地用严厉的目光瞪着我，一边开始对我讲一句刻薄话。就在这时，那个凶猛的神秘陌生人便会出现，手里拿着那把我从来都看不见的刀子，向我一步步逼近，于是格林就会如我所愿，迅速离开。这位陌生人要么会让我带着充满了原始恐惧的呻吟声从梦中惊醒，要么就会很有礼貌地退出舞台，把地方让给我妻子的母亲或妹妹、福希奥内或耶格尔夫人之类的人。或者是我女儿、我儿子和（或）德里克。或者是别的某个我不曾邀请的人。当我在睡梦里和我妻子或彭妮做爱时,那是一段多么惬意的时光啊。我在梦里和彭妮做爱时经常高潮,而且会及时醒来。我在梦里和我妻子也经常高潮。有时我会在醒来之后抚摸我妻子,直到她含情脉脉地翻过身,然后和她真的做爱。(一般梦里的感觉更好。)关于弗吉尼娅的梦从来都不会走向高潮。我只能摆弄她的衬衫,摸索被拇指蹭得脏兮兮的吊袜带扣。晚上我有许多人需要应付。他们很多都是用玻璃上光蜡制成的。实际上并没有这种东西。有食尸鬼、侏儒,还有动物尸体。在我的梦里,我有我妻子、我母亲、我的孩子们、我姐姐、我死去的哥哥,甚至还有我死去的父亲需要操心(尽管我连他长得什么样都不知道。他留下的照片并不令人信服)。除了我死去的父亲之外,他们全都在向我请求某种救助,但我帮不了他们,因为我自己也正处于危难之中,束手无策。难怪我的梦境似乎全都在一种令人窒息的沉闷气氛中展开,就像是在殡仪馆的小教堂里一般。只有阿瑟·巴伦能够提供一些慰藉,但他很忙,从来不能久留,而我甚至不能肯定那的确是我父亲,也不能理解他为什么这么不高兴。(我什么也没做。)我九岁的儿子目不转睛地等待着,然后变成了瞪着眼睛、不会说话的德里克。他们俩都一动不动。我也曾经不会说话,而且不知道自己将来会怎样。现在我有了一些想法。我只需坐下来和全家人共进节日晚餐,并且有什么事情让我想起我已故的父亲或哥哥,还有我垂死无言的母亲,这时我就可以看到自己生命的各个阶段被毫无生气地在餐桌四周描绘出来,从不会说话的开端(德里克),到说不出话、悲惨迟钝的结尾(母亲),像母牛一样消极顺从,甚至一直到我失去了的父亲(爸爸)。我就像一张带有图解的流程图。我有我妻子、我女儿和我儿子作为参照,我和他们每个人都同龄。他们便是我。(但我并不是他们。他们会有求必应地为我反复排演整个过程,我想看多少遍都行。)这幅活人画就像是一场梦,这幅场景就像是建筑物上的带状雕刻。

"别动。"

他们中间没有一个人动弹,全都像玩具娃娃一样坐在那里。而我可以看出:

"那时候我就是这个样子。"

还有：

“到那时我就会是这种感觉。”

这时他们又可以动弹了。

我妻子嫁给了像我这样一个喜欢拈花惹草的公司主管，而且除非她得了癌症，或者和别人通奸，她对我已经不能有多大影响了。（自杀不管用。）我觉得我知道这对她来说是一种什么感觉。这种感觉一定很冷。我只要将目光左右移动，我就可以把我自己转移到我母亲、我哥哥和我姐姐的过去之中，从而看到我的现在和我的将来。当我把目光转向我孩子们的将来时，我就能看到我的过去。我是我曾经是的那个人，同时我已包含着我将要成为的那个人。他们像公路上的路标一样向我提供信息。我的想象中还有另一个梦，我想象自己弯腰弓背，俯身在热气腾腾的烤火鸡上，手里拿着骨质手柄的切肉刀，正在准备切肉。我已将火鸡腿与鸡身分开，正准备戏剧性地从火鸡胸脯上割下第一片白肉[1]，同时他们全都像心存怀疑的影子一样坐在高背椅上，静静地看着，屏住呼吸等待着：他们是我的。我是他们的主人。他们属于我。我是指挥者（并希望白肉美味可口，黑肉鲜美多汁）。这时他们又僵住了，纹丝不动。（明白了吗？）我们无法动弹。我俯身站在火鸡前，他们僵硬地坐在那里。在这场被突然中止的哑剧里，我们全都暂时成了一动不动的雕像，而我有一种奇怪的感觉。我觉得，即使我从来没有过他们这些亲人，从来没结过婚，没生过孩子，没有过父母，他们也仍将和我在一起。在这个圈子里，没有任何部分能够有所不同。由于有了这些部分，这个圈子总会形成。只有德里克有所偏离，但那是一个意外，别人的意外。（我们在其中扮演了自己的角色。）现在他和我们大家一起被固定在那里。自从我有脑子以来，他们就一直在我脑子里（它们不是鹳鸟送来的[2]），而我记不得自己没有他们时的情形。（没有他们，我会有许多部分残缺不全。）他们撞击着我的大脑，让我头疼。他们偶尔会让我发笑。他们在我的血浆里。现在我们可以动弹了，但他们仍然一动不动，像树桩一般

1　白肉指的是鸡或火鸡胸脯和翅膀上的肉。其余部位，尤其是鸡腿肉，称为黑肉。

2　在欧洲民间传说中，新生儿是由鹳鸟送到夫妇家里的。

等待着，像棺材里的死人一样坐在他们的高背椅上。火鸡切好了，白肉、黑肉、大腿、翅膀、小腿，摆得整整齐齐，就像牙医托盘里的工具，或是耳鼻喉科医生切除扁桃体用的手术器械。但是装肉的大浅盘还没有在桌子周围来回传递。桌上有肉桂煎苹果、冰镇蔓越莓果冻和进口加仑子果酱。这是一场冷冰冰的盛宴，一幅雕刻在冰冷而腐烂的石头上的家庭生活场景。这里的一切都在我控制之下，但我也做不了什么。（我可以把这盘肉递给我妻子。）我母亲也在，她的头发像肥皂一样白。我父亲在别处。我母亲将会死。我知道她会，因为她已经死了。（我父亲去世时，我非常生气，甚至不想参加他的葬礼。我想给他一个教训。我给了他一个教训。）迄今为止，我妻子是我唯一能够拥有的妻子（我别无选择），直到死亡、离婚或通奸将我们分开。我也只能拥有我的这几个孩子。（别人的孩子属于别人。）无论是他们还是我，脸上都不会长雀斑，微笑时都没有酒窝，而且也注定不会成为啦啦队队员、过分热情友好的人或明星般的高成就者。他们就是自己那副样子。假如我需要把他们想象得更好一些，他们也不会有什么不同。我的阴囊没有能力生育出这样一个孩子，能够作为国民生活中品德高尚的闪光典范，被邀请到白宫与总统合影留念。过不了多久，白宫就会不得不邀请用瓷碗装着的草莓加奶油了，因为不管什么人看上去好像都有些可憎。（草莓是用合成色素染过的，为的是显得更红，奶油里也会掺入一些更白的东西。瓷碗则是用涂了漆的橡胶制成。）只有德里克和别人不一样，我可以想象他和现在不同。我无法将他想象成现在这个样子。他和我们坐在一起——每逢家庭节日，我们会给他的保姆放假，并向上帝祈祷，希望她们会同意。现在我们可以动弹了。我可以把这盘火鸡肉递给我妻子，给其他人一些用山药做的红薯馅饼。现在已经没有红薯了。（它们也消失了。我不知道它们究竟到哪儿去了。）在这些梦里，我既不能说话，也不能动弹，只能待在那儿听着。我不知道我父亲为什么会出现在里面，因为我几乎不认识他这个人，而且他只会变成一个像黑鬼或霍勒斯·怀特那样可怕的人。在我的梦里，霍勒斯·怀特暴露了我所知道的平淡外表下隐藏着的鲜红阴暗面，那就是色情暴行。霍勒斯·怀特拥有股票。我想知道自己是否缺少被父亲至少打过一次屁股的记忆。我没有这种记忆。这种行为里面有一种亲近感,一种稳固的理解,一种对过去的承诺和对未来的保证。也许我应该为我的两个儿子着想,开始每隔两周打一次他们的屁股。我女儿年龄太大了。我妻子则不然,而且我有时的确会打她的屁股。她喜欢用手指或脚趾挠我,或者轻轻地用嘴咬。我们彼此允许对方这样做。现在如果我们至少感到有点疼的话,这样对我们俩来说都更有乐趣。我想知道,我是不是全世界唯一一个这样的中年男人,仍像在遥远的童年时代一样,对同性恋强奸充满了恐惧?难道这就是为什么那个男人会侵入我的梦境?

"出去!"我口齿清晰地命令道。

但从我嘴里发出的却是低沉沙哑的痛苦呻吟,令我妻子惊恐不已。

"怎么了?"

"没事。"

"你在尖叫。"

"叫什么?"

"我不知道,就是一些声音。"

"我只是在呻吟,现在没事了。"

当时在梦里,我妻子和我的孩子们从来都没有危险。他们根本就不在家。家里只有我,他是冲着我来的。除了我的家庭宗教顾问和心理医生之外,我没有办法向别人请教这个问题。为了在这个问题上开导我,我的心理医生这样回答:

"你为什么要问这个?"

"因为——"

"你有咬手指甲的习惯。"他猜道。

"——我害怕。我的梦和我的想法令我烦恼,即使是令人愉快的梦和想法。我经常头疼。我认为我患有思维障碍。我并没有在自己脑袋里听到有人讲话——"

"啊。"他长叹一声,作为评论。

"——而且也从来没有过幻觉。"

"那你把这个叫作什么？"

"我经常闻到粪便的味道。"

"啊？"

"不过我的鞋子上总是沾有狗屎。"

"你应该学会走路时更加小心才是。"他说。

我没有心理医生（公司对不开心的主管持不赞成的态度），而我的家庭宗教顾问属于我妻子。（他对开心的人持不赞成的态度。）

我知道，如果我想有朝一日在公司里登上比凯格尔高得多的职位，或者想长大后在总统职位空缺而别人都不想干的时候成为美国总统的话，那我就必须马上停止咬手指甲。我知道当约翰·F. 肯尼迪遇刺的时候我很难过，因为他和我都没有料到他会被人用枪击中头部，还因为报纸杂志上刊登的照片。那些照片令人毛骨悚然。（如果他们想到了这一点，他们本来可以把那些照片当作纪念品来卖，卖上一百万份应该都不成问题。）可怜的家伙。我希望我永远都不要被人用枪击中头部。如今在我的想象中，他的身材缩小了很多（但他真的在那里，的确是他。我会尽我所能照顾他）。为了把他容纳在我的思想里，有必要把他缩小成袖珍模型，好让他能够在我的记忆、奇想和夜梦中漫游，并且让他能够在我忙于应付其他替身和幽灵、没时间把他放出来和他一起玩的时候自己做一些没人注意到的事情。别人可能有他在半美元硬币上的头像，而我则把他收藏在了我的脑子里。他干净整洁，光彩照人，相貌英俊，咧嘴带笑。他的头发很有光泽。现在我喜欢他，我妻子的妹妹则不然。他弟弟活得还没他长。人们一般都没有意识到，林登·贝恩斯·约翰逊[1]第一次心脏病发作时才四十六岁，那时他还是美国参议员。当时他就彻底没戏了。从那以后，他就再也没有什么成就。艾森豪威尔[2]心脏病发作后反而比以前更厉害

1　林登·贝恩斯·约翰逊（1908—1973）：美国第36任总统。曾任美国参议员，并在约翰·肯尼迪手下任副总统，于肯尼迪遇刺后接任总统一职。

2　德怀特·戴维·艾森豪威尔（1890—1969）：美国第34任总统。

了。他的高尔夫球技提高了。(我的高尔夫球技也会提高。)哈里·杜鲁门[1]也死了。我就知道他会死。如今我的头会经常发疼,而我的脑袋还没中过子弹呢。我脖子后面靠近脊椎顶部的地方也会发疼。阿司匹林对此有一些作用。我妻子的镇静剂可以帮助我入睡。我的大脑和脊髓周围包裹着三层组织,它们统称为脑膜。我很高兴发现自己有三层,我本来连一层都不知道。因此,脑膜炎是一种头部炎症,传染性脑膜炎就是一种头部的传染性炎症。脑膜炎经常出现在军事设施里。平民百姓得的是脑炎,那是一种脑组织本身的炎症,经常被误认为是昏睡病。人们打着瞌睡就瘫痪了。这是治疗失眠的又一种好方法。如今我年纪已经太大,不能傻乎乎地担心脑膜炎之类的事情。我还没有胸痛的症状。我已经将自己对脑膜炎的幼稚恐惧换成了其他更为成熟的幼稚恐惧。我再没有想过脑膜炎。(哈哈。)脑膜炎能致人死命,头部中弹也一样。马丁·路德·金[2]就在头部中了一枪。在他死了几个月之后,我们机警的联邦调查局停止了对他电话的窃听活动(并开始窃听我的电话)。脑膜炎会破坏人的神经系统,使人耳聋、变哑、失明、瘫痪、甚至死亡。博比·肯尼迪[3]遇害时我更难过,因为他比约翰年轻,而且他躺在那家酒店厨房地板上的照片更可怕。他看上去非常虚弱,迷惑不解,他那双巨大的眼球无神地嵌在眼窝里,四肢张开,显得棱角分明,细长瘦弱。他的鞋还穿在脚上。为了这个场合,他穿了一身黑衣服。他现在也上了一层釉。他将永远都不会打喷嚏。他现在也在我脑子里,我把他收藏了起来。我会替他保暖。他会待在那里,直到我死——或者直到哪一天我把他忘了,再也不想起来。我不知道在那之后他会怎么样。他将不得不自己照顾自己。我不知道等到我不能照顾他的时候他将如何生存,将在何处安身。以前当我对某个姑娘有意的时候,我的心里会有一种火一般的热度。现在我只是想上床,只是阴茎勃起。我妻子的妹妹嘴上说自己不赞成暴力,但是当肯尼迪兄弟被杀的时候她很高兴,因为她看到严酷的正义得到

1 哈里·S. 杜鲁门(1884—1972):美国第 33 任总统。

2 小马丁·路德·金(1929—1968):美国牧师、社会活动家、黑人民权运动领袖,遇刺身亡。

3 即罗伯特·肯尼迪。参见第 67 页注释 1 及第 347 页注释 2。

了伸张。

“他们不过是得到了他们应得的下场，”她说，“从某种意义上说，这完全是他们自找的。”

我妻子为他们的孩子们感到难过。

我必须记住不要老是面带微笑。我必须保持一种虚假的外表。我必须记住，对公司里的人以及邀请我去的大学和乡村俱乐部里的人，我需要继续表现得低声下气，心存感激，因为他们认为我应该感到谦卑、幸运，急于讨好，心怀畏惧。我现在少出差，多回家。（我在尽量靠近自己的大本营。我指的当然不是家，而是公司。）我妻子很高兴有我在身边，虽然我们会吵架。我女儿怀疑我在监视她。我们怀疑她在趁我们外出时用我们的车——她有几个比她大的朋友已经拿到了初级驾照——我们还怀疑她威胁我儿子，说如果他告发的话，她就会将他毁容，让他失明。（我觉得如果我发现她真的在用死亡或致残来威胁我儿子的话，我就会杀了她。）德里克一句话都说不出。我想知道他的脑子里都有些什么样的感觉（我必须强迫自己记住，他的确有个脑子，而且还有眼睛和耳朵，看得见，听得见），他对这些感觉有什么样的理解。我对窃听他的头脑并不感兴趣。我觉得我会听到许多噼啪声。我认为他接受外界刺激的方式就像一条直线，未经调节的视觉和声音信号从他脑袋一侧流入，然后从另一侧流出，就像无线电信号穿过一棵大头菜，或是穿过某种用陶瓷、钨和玻璃制成，形如绞盘、经过精心调试、复杂而又非常敏感，但没有任何作用的仪器一样。我不能把它称作终端，因为没有任何东西在那里终结。我认为我的思想是圆形、球形或环形的，就像一个轮子，像地球一样在一个沉积盆地里转动着。很多我忘记了的东西从中分离开来，落入了这个盆地最底层昏暗的淤泥里。（我甚至会忘记我想要记住的东西。）他就像一个电子管，可以突然达到炽热的峰值。他又像一个晶体管，会在无形中受到震动以及温度和湿度变化的影响。我有一个脑袋里有一棵大头菜的儿子。我觉得有时他的脑袋里一定有静电和其他形式的干扰，那可能就是他发脾气的时候。（我自己脑袋里也有静电干扰，会让我在家里突然大动肝火。我真希望我的脑袋能打开，好让里面巨大的压力泄漏出来。）他的脸的确长得很可爱。我的三个孩子都是这样，而且我妻子比我认识的任何和她同龄的女人都更有魅力。我想知道他的大脑里有什么样尚未完成的建筑连接结构。他是不是太无知了，还不明白自己是个白痴，长大后会成为一个低能者？他知不知道他应该希望我死掉，并且应该害怕我会因为他有这种希望而想要将他谋杀或阉割掉？他最好学会不要让人知道他针对我妻子的肮脏企图。他并没有过错。有时我也会梦见他死了，当我醒来时，我会伤心欲绝，因为我为他感到难过。我知道我梦见的是我自己，而且并不完全希望他离去。

“你昨晚梦见什么了？”我妻子在准备早餐时问我。

“德里克。”

“你当时在笑。”

“我梦见的是你。我梦见你在和一个别的男人上床。”

“你当时在笑。”

“你们很滑稽，那个男人是一个大块头的黑鬼。你一把抓住了我的鸡巴。我喜欢抓我鸡巴的姑娘。”

“我现在应该抓吗？”

“我得去上班。今晚做好晚饭。”

“我昨晚做了一个可怕的梦。”

“你当时在哭。”

“在你的梦里？”

“在你做梦的时候。”

“那你为什么不叫醒我？我梦见我在哭，而且停不下来。”

“当时我也正在忙着做梦。也许我们做的是同一个梦。你昨晚梦见和一个大块头的黑鬼上床了吗？”

“我没必要。我想要的从你那儿都能得到。”

“我觉得那个小泼妇的确是在偷偷用我们的车。昨天吃晚饭时咱儿子本来想开口说句什么，但是她给他递了一个眼色。”

“我会问她一下。”

“我会给她设个圈套，让她不打自招。今晚做好晚饭。我喜欢给她设圈套。”

“你最近回家回得可真勤。”

“那又怎么样？”

“我没什么别的意思。我很高兴。”

“我也没什么别的意思。”

“你也没必要大喊大叫。”

“我并没有大喊大叫。我不明白为什么只要我偶尔在家里提高一下嗓门，就有人指责说我在大喊大叫。人人都会偶尔提高嗓门。你也会。我不明白你为什么这么不耐烦。”

“今早不耐烦的是你。你能回家我很高兴。你甚至还在吹口哨。也许你开始喜欢和我们一起待在这里了。”

“我当然喜欢。”

“一切都还好吧？”

“一切都很好。而且如果你别再总是三番五次地这样问我的话，那么一切就会更好。”

“我就知道等不到你走出厨房，你就会变成老样子。”

“怪不得我天天都等不及想要去上班。”

“如果办公室里出了什么事，我希望你能告诉我。”

“一切都很好。”

“出什么事了？”我刚到办公室，格林就直截了当地向我质问道。

“出事？”

“我说得够大声了。”（哦，天哪——今天他也心情不佳，这让我措手不及。）

“没事。”

“不要对我撒谎。”

他怒视着我，双眼突出而又湿润，眼神里带着一种虐待狂似的暴躁。他那张肉感的脸显得很烫，眉毛和嘴巴周围挂着亮晶晶的汗珠。格林一般不会允许自己当着别人的面出汗。(我想知道他今早的不适究竟更多是由于甲状腺功能不足呢，还是因为前列腺肿大。) 他身穿一件宽大柔软的驼色方格呢西装，宽宽的翻领上带着切口，布料上还有灰色的竖直条纹和细细的紫色线条。这样的衣服平时只有他能穿得出去，我们其他人则必须等到节日和博览会的时候才行，不过周末在烧烤野餐、码头广场或乡村俱乐部等场合穿方格呢便裤是可以的。格林喜欢炫耀卖弄，说起话来词汇量大得惊人，因此公司里大多数上司对他都很冷淡，在他面前很不自在。霍勒斯·怀特像躲避瘟疫一般回避他。格林一心想巴结霍勒斯·怀特，怀特则从他身边逃向布莱克，而布莱克看不起格林，并公开说他的坏话。于是格林只好退却，回去料理自己的伤口。

"布莱克简直是个畜生，"格林曾经向我抱怨，"就像一只猿猴。跟他说话毫无意义。"

布莱克是个反犹主义者。格林坐在他的办公桌后面等待着，一边恶狠狠地看着我，就好像他的甲状腺、前列腺、结肠炎还有布莱克全都怪我。

"我不知道你在讲什么。"

"不要对我讲不令人信服的谎话。"我的话几乎还没讲完，他就马上开口道，就好像他能预料到我的回答。"如果我对你没有怀疑，你撒谎还行。我是你的上司。如果你想继续在我手下干活，那就不要对这儿的任何人讲不令人信服的谎话。我不希望任何在我手下干活的人被除我之外的人瞧不起。"

"都是因为他妈的我老婆。"

"不要在我面前用那个字眼儿。"

"是你非要问我，难道不是吗？"

"我可不是安迪·凯格尔。"

"我不会把这种事告诉安迪·凯格尔。"

"我喜欢你老婆。"

"不，你不喜欢，杰克。我也喜欢她。怎么了？"

"我一共有过四个老婆，尽管我对她们全都恨之入骨，可是你从来没听我讲过一句有关她们当中哪个的坏话。”

“她对你可没那么喜欢。”

“不要打小报告。”

“她认为你是个混蛋,因为你不让我在公司年会上发言。”

“不要利用她。”

“哦,得了吧,杰克。你并没有那么喜欢她。”

“如果你想继续谈论这个话题的话,其实我一点都不喜欢她。你想让我告诉你为什么吗?”

“不想。”

“她有时候在聚会上喝得太多,有时候又喝得不够。她举止生硬,很不自然,结果把别人也弄成那样。她在公司社交场合上到处散发着一种不自在的气氛,就像有的人身上散发异味一样。”

“我说了不想让你告诉我。”

“她没什么优点。她既没钱,也不出名,又不善交际。她既帮不上你,也帮不上我。”

“是你问我出什么事了,对不对?”

“而你正在利用你老婆来回避我的问题。”

“我没有。你今天为什么心情这么不好?”

“你为什么心情这么好?”

“我现在心情并不好。”

“你现在正在生闷气。”他回嘴道,做了个鬼脸,话音里带着模仿嘲弄的节奏。我猜想他也可能经常按捺不住那种卑劣的冲动,喜欢怀着仇恨模仿让他感到恼火、令他无法忍受的人。

这叫作言语模仿症。

这叫作言语模仿症(一种精神障碍,患者会不由自主地重复别人说的话。我查过这个词。哈哈)。

哈哈。

哈哈。

(可以一直这样延续下去。)

可以一直这样延续下去。

“我难道不该生闷气吗?”我问道。

“你难道不该生闷气吗?”他问道。

“怎么了,杰克?”

“怎么了,杰克?”我期待着听到他用我自己的声音这样回答我,就像在噩梦里一样(就像当我被我妻子或我女儿惹得太生气,头脑太混乱,一时想不出更成熟的方式来伤害她们时,我会经常听到自己用她们的声音向她们回击一样)。

“你有没有在外面四处打探,想找一份更好的工作?”我却听到他这样问我。

“更好的工作?”

“没有我帮忙你是找不到的。”

“我应该去找吗?”

“你就连该到哪儿去找都不知道。”

“我在这儿的职位有什么问题吗?”

我觉得自己开始冒汗。

“你出汗了。”他说。

“我没有。”

“你脸上有汗,你的衬衫上也有汗水渗出来。你为什么总是这么愚蠢地向我否认?你知道之前我问你出了什么事,我其实并不是在问你出了什么事。我的意思并不是出了什么坏事,而是问你有什么好事情。我是在挖苦你。最近你的表现很古怪。当我说古怪的时候,我指的并不是滑稽[1]。我指的是奇怪。我指的其实也不是奇怪,而是心情愉快。你最近上班的时候经常吹口哨。”

---

1 双关语。英文原文既有“滑稽、好笑”的意思,又有“古怪、奇怪”的意思。

“我没意识到。”

“而且你吹口哨还走调。你一定以为自己是全公司唯一听说过莫扎特的人。你对这里很多我不喜欢的人都很友好。凯格尔、霍勒斯·怀特、阿瑟·巴伦、莱斯特·布莱克,甚至还有约翰尼·布朗,而你挣的钱比他多。”

“这是我的工作,我必须为他们干活儿。”

“巴结讨好?让我来处理整个部门巴结讨好的工作吧,这方面我比你在行。他们喜欢看着我巴结讨好,没人在乎你。”

“凯格尔呢?”

“凯格尔已经完了,”他不耐烦地说道,脸上洋溢着满足感,“他说起话来唾沫星子四溅,走起路来一瘸一拐。我本来可以得到他的职位。我多半可以,但我不会接受。我不想搞推销,到处兜售这种活有辱人格。兜售自己是最有辱人格的事情。这个我知道。我一直都在努力兜售自己,好坐上副总经理的职位,但一直没有成功。当你兜售自己却又失败的时候,那是最最有辱人格的。如果你把我说的这些话告诉任何人,我不仅会矢口否认,而且会解雇你。公司不会解雇你,但我会。你要知道,我真的会。还有雷德·帕克。”

“他又怎么样?”

“离他远点。自从他老婆在那次车祸中丧生之后,他就一直在走下坡路。”

“我替他感到难过。”

“我才不呢。他老婆活着的时候他也没那么喜欢她。他喝酒喝得太厉害,而且不干活。离走下坡路的人远一点。公司很重视这一点。公司器重那些知道何时应该抛弃沉船的老鼠。你一直在用他的公寓。”

“我在那儿洗漱,有时候也带我妻子去那儿。”

“你最近在美工部那个年轻姑娘面前总是一脸傻笑,就像个傻乎乎的大学生一样。”

“不,我没有。”我辩解地回答道,(他的这句话把我的自尊心刺痛了。)“杰克,我们只是在开玩笑。”(我可以感觉到泪水正在涌上我的双眼,它们一定像他的眼睛一样湿润。)

“她人不够漂亮，薪水也很低。”

“你自己也调情。”

“我有傲慢古怪的名声，可以保护我，而你则没有。你只有你的所作所为。我有花粉热。如果我看上去像是要哭，那是因为花粉过敏。有什么好笑的？”

“我真希望我能像你那样用词。”

“你不能，因为有我在这儿，我能找到更好的词。你的脑子也没我快。你缺乏风度，不能像我一样能言善辩，能说会道，所以根本就不要去尝试。那个姑娘帮不了你。你应该去找有钱的离婚女子、别人的老婆和漂亮的寡妇。”

“寡妇可不那么容易找啊。”

“那就去读讣告。你又在笑。”

“你真逗。”

“但你现在不应该笑。斯洛克姆，你现在有麻烦，但你似乎不知道，这我可不喜欢。”

“我为什么有麻烦？”

“因为你在我手下工作，而且最近你太‘他妈的’开朗了，这不合我的口味。”

“我还以为你不想听到那个字眼呢。”

“你好像不像以前那么怕我了。”

“我现在就挺害怕。”

“我说的不是现在。”

“我为什么要害怕？”

“我不喜欢的就是这个。这倒反让我觉得害怕。我杰克·格林这个人最不希望看到的就是我手下有人觉得自己的工作很稳当，于是一边走一边嘴里还吹着莫扎特的《C 小调弥撒曲》——我去查了一下。别笑。你和他们那帮人一样容易被蒙住。让我觉得纳闷的是你怎么会知道这首曲子。”

“我认识一位姑娘，她——”

“在这儿只有我才可以那样炫耀，你不行。我不想要吹口哨的人在我手下干活。我想要的是酒鬼，是有胃溃疡、偏头痛和高血压的人。我想要的是害怕我的人。我是这里的老板，我想要什么就应该得到什么。你知道我想要的是什么吗？”

“出色的工作。”

“我想要的是痉挛性结肠炎和精神衰弱。你最近体重也减了，是不是？我有痉挛性结肠炎，你为什么就不应该也得上？我必须吃这些药，我想让你也吃上一些。想来一粒吗？”

“不想。”

“如果你想继续在我手下工作，并且有朝一日在公司年会上发言的话，你就必须吃。真该死，我希望在我手下干活的人过得比我糟，而不是比我好。这就是为什么我给你这么高的薪水，我想看着你悬在崩溃的边缘上。我想让这种恐慌彻底公开，我想在一种结结巴巴、慌慌张张、张口结舌的声音里听到它。鲍勃，我最喜欢你的时候，就是当你连一个字都说不出，因为你不知道该说哪个字的时候。今年我还是不会让你在公司年会上发言，但你并不知道这件事，尽管我正在告诉你。你不能肯定，因为我可能会改变主意。我会让你准备一篇三分钟的演讲，并反复排练，让你抱着一线希望，指望我不要再改变主意。但我会那样做。不要相信我。我不相信奉承、忠诚和社交能力，我也不相信依从、尊重和合作。我相信的是畏惧。瞧，这就是表达能力和雄辩口才的流畅示范，是不是啊？这种事情你永远都做不到，对不对？”

“你这是怎么了，杰克？”我无力地重复道，几乎像是在哀诉，话音里带着一种软弱，让我显得很下贱。“你为什么要这样做？”

“我手下主管的是全公司薪酬最高的部门，你没有别的地方可去。”

“这我知道。”

“有人批评我，说我付的薪水太高。”

“这我也知道。”

“除非我决定解雇你。我也没有别的地方可去，这你也知道吗？我想要的是拥有卓越才智但又比我差的人，我想让他们从骨子里觉得，如果他们失去了在我手下的这份工作，他们的生命就会结束。而且我希望这是事实。现在它可暴露出来了，现在它终于如我所愿，暴露在了光天化日之下。现在你害怕了。很好。来吧，鲍勃，放松点——把你的手藏在口袋里。你的手在发抖。”

（如果我有那个胆子的话，我会杀了他。）“你为什么想要让我害怕？”

“你在我手下工作！我可以解雇你，你这个该死的白痴。还有我们俩都不知道的另外两百个人也都能解雇你。你对这一点有怀疑吗？”

“天哪，不。”

“这个理由难道还不够吗？我随时都可以欺负你，侮辱你。”

哦，上帝啊，没错——他仍旧是我的克星。他其实并不能解雇我，但我体内的每一个细胞都确信他可以，并且正在惊恐地爆裂。（我的头脑有脑子，我的分泌腺则没有。）

而且我信不过自己，觉得自己一开口回答就会丢人现眼，像个女人似的结结巴巴，像个娘娘腔。我觉得自己必须首先将所有可能的发音全都整理一遍，找出第一个单词应该是什么，然后我才能张开嘴巴，松开舌头，将脸部和唇部的肌肉准备就绪，试着说出一个单词。而且我还必须至少找出这个单词后面的那个单词，好让它把我安全地指引到下一个单词。（如果我只用短句，我就有可能说出一个完整的句子。我必须用一个单音节词开头。所有可能的发音在我脑子里沉重地翻来滚去，就像一堆杂乱无章的字母积木，在一间寂静无声的儿童教室里。）否则的话，我的嘴里可能只会发出一些莫名其妙、急促不清的话语或尖叫声。我觉得自己就像一片灼热的烤面包，在烤面包机里着了火。接着，我还没来得及想起自己根本不必这样，一股滚烫的汗水就已从我浑身的毛孔中喷涌而出。其实我已经用不着害怕杰克·格林了，而是只需假装即可。

但我仍然怕他。

（而且我担心自己将永远都会这样。）

我对他恨之入骨，希望他像凯格尔一样早点死掉。我希望他得上甲状腺癌、前列腺癌和结肠癌。他现在还没得上。如果他真的得上了这些病，我可能会去医院探望他，只是为了亲耳听到他说不出话，亲眼看到他日渐消瘦的样子。我多半会在他之前住进医院，而他则不会屈尊到医院来看我。(他也许会——只是因为他知道我认为他不会这样做。)我真希望自己能像他一样。我羡慕他，将他理想化。甚至就在此刻，当他正带着一副刻意的、近乎厌烦的漠然表情将目光从我身上移开时，我也仍是这样。他甚至不会让我在他面前得到幸灾乐祸、得意扬扬的满足感。(我对他并没有那么重要，这真是太棒了。)我真希望自己能做到这一点。也许有朝一日，如果我经常不断地练习(当他不在一旁用极度蔑视的目光看着我，发现我正在训练自己效仿的正是他时)，我将能够成功地以同样饱含轻蔑的镇定态度在其他人面前做出类似的姿态。

格林现在并不会解雇我——他只是想侮辱我。他正在发脾气。(他的脑袋里有静电干扰。)但我心中的恐惧一会儿火热，一会儿冰冷。有时我觉得自己都快疯了。这种恐惧(还有我正在失去的理智)甚至好像都不是我的(而好像是他的)——它一会儿像鼓风炉一样把我的内脏烤得炽热无比，一会儿又像雾蒙蒙的冬风一般把我浑身的皮肤冻得冰凉，在我的衬衫里对我内外交替进行攻击，完全失去了控制。我的衬衫是用浅灰蓝色的瑞士巴里纱量身定做而成，上宽下窄，像一张松垮垮的大帐篷。格林曾经告诉过我，瑞士巴里纱是世界上最好的衬衫面料。这几乎很滑稽。今天我本可以穿一件深色的细平布衬衫或者较厚的牛津纺衬衫来上班，那样的话就可以掩盖住此刻正在我腋下扩散并从胸骨滴到胸口和肚子上的一股股汗水，不留下斑点，从而不至于露馅。

“下次穿件毛衣试试。”我几乎可以听见格林在这样说，就好像他看穿了我的心思。“山羊绒的。或者是开襟羊毛衫，就像我穿的这件。这就是我为什么穿这种衣服。”我可以听见他补充道，就好像我能读懂他的心思。

他仍旧是我的克星，这简直不可思议。我真希望他死掉。但是在这一点上，我觉得我有一定的理由相信，我最终可能会赢。我有年龄、阿瑟·巴伦和痉挛性结肠炎站在我的一边。

但这并不像我所希望的那么容易。

我想一枪打在他的脑袋上。

我真希望我能冲他伸出舌头做个鬼脸。(我真希望我能再吃上一个热红薯,或是一根香甜的玉米。)

“你想解雇我吗?”我并没有那样做,而是尴尬地问道。

“我可以羞辱你。”

“你正在羞辱我。”

“我完全可以毫不留情。”

“你为什么会想要解雇我呢?”

“连个理由都不给你。”

“如果我被解雇了,你就必须找人来代替我。”

“我想让你记住我可以这样做。只要你在我手下工作,你就不是自由公民。你有时候似乎会忘记这一点。”

“我再也不敢了。”

“我也不是自由公民。我想让你感受到什么是真正的屈从。没有我帮忙,你就找不到更好的工作,而且即使你找到了,你也无法接受。你将必须放弃这里的退休金和利润分成,而且还得从头考虑他们是否像我们在这儿一样喜欢你。你会花上三年时间,但还是不能肯定。你完全依赖于我。”

“这我明白。”

“我不能肯定你是否总是明白这一点。我随时都想知道你确实明白。我随时都想确认你知道,只要我想要,你就必须向我卑躬屈膝。你是个成年人,算是一位成熟、平庸、有才干的中层主管,是不是?你不必站在那儿浑身冒汗,任凭我这样羞辱你,对不对?你的确必须站在那儿忍受这种羞辱,难道不是吗?嗯?”

“我不会回答这个问题。”

“要么我还可以再给你大幅度加薪,用这种方式来羞辱你。”

“我宁愿接受加薪。”

“我还可以让你穿单色的西装和衬衫,戴条纹领带。”

“我已经这样穿戴了。”

“我注意到了,”他尖酸地答道,“你还在打高尔夫球。”

“我一直都在打高尔夫球。”

“你有好一阵没怎么打了。”

“我每年都在公司年会上参加高尔夫球比赛。”

“人家必须让你许多杆。让你参加比赛本来就是个玩笑，还有销售部那些醉醺醺的江湖骗子也是一样。而且你跟他们那么近乎，这我也不喜欢。你不属于销售部。”

“我必须为他们干活。”

“你宁愿在凯格尔手下干活吗？”

“我宁愿为你干活。”

“为什么？”

“你比他好。”

“在哪方面？”

“你到底想要我怎么样？”

“你为谁工作，我还是凯格尔？”

“你。”

“谁对人更好？”

“他。”

“谁的为人更好？”

“他。”

“你更喜欢谁？”

“你。”

“你这样讲就很明智了。鲍勃，你现在不应该考虑找一份更好的工作。”他放慢了节奏，声音变得柔和。他几乎显得很友好，甚至有些悔悟。“我真觉得你在公司外面找不到一份更好的差事。”

“我并没有在找，杰克。我为什么会想要那样做呢？”

“因为我。”

“你还不错。”

“就连现在？”他又抬眼看着我，脸上微微带笑。

“你做事做得很好。”

“所有的事？”

“不是所有的事。杰克，有些事情你做得很糟糕。就连你现在对我说话的方式我都喜欢。我真希望我也能对人这样粗鲁。”

“这很容易……对像你这样的人。你看到这有多容易了吗？对像你这样的人。”他叹了口气，有些遗憾，也有几分嘲弄。“我不会解雇你。我不知道我为什么提起了这件事。有时候，一想到如果哪一天我不得不离开公司时我会怎么样，我就会感到害怕。你知道最近肉价怎么样了吗？”

“有些贵，是不是？”

“我也不知道。但是我担心，如果我真的必须关心肉价的话，我会怎么样。他们削减了我的预算。”

“减了多少？”

“眼下这还不关你的事。”

“凯格尔说过他们打算这样做。”

“你和凯格尔的关系很亲密。”

“这可能会有用。”

“比和我的关系还亲密吗？”

“他更需要我。”

“我根本就不需要你。”

“如果我走了，你就必须找人来代替我，难道不是吗？”

“不。就公司而言，谁都不需要任何人。它自己运转。它不需要我们，我们需要它。”

“我应该去找凯格尔谈谈吗？”

“凯格尔是个该死的傻瓜。给我们部门降级对他也没有好处。如果他们给我加薪的话，也少不了你的。”

“我会去和他谈谈。”

"我并没有求你去。"

"我会去把他的腿砍断[1]。"

"这并不好笑。"格林回嘴道。

"我知道。"

我的假笑让我觉得既陌生又奇怪,就好像有人在替我假笑,然后把它贴在了我的脸上。

"你本来应该是他的朋友。"

"那是我一下子脱口而出,"我困惑地道歉说,"我都不知道自己在讲那种话。我会去和他谈谈。"

"我没叫你那样做。我都不知道我为什么要在乎。我们大家谁都没有什么远大前途。凯格尔是个瘸子,我是犹太人。谁都不知道你是什么。"

"我什么都不是。我妻子是个虔诚的公理会教徒。"

"光是虔诚是不够的。她得是社会名流,或者非常有钱。你有一个孩子有某种残疾,你不常提起他,是不是?"

"脑子有毛病。"

"严重吗?"

"没希望。"

"别太肯定。我听说——"

"我也听说过。"

"我认识一个大夫——"

"我已经见过他了。"

"为什么——"

"别说了,杰克。我是认真的。"

"我一直都想知道你的容忍是否有限度,"格林答道,"我刚刚找到了答案。"他看上去有些歉疚,若有所思。格林自己的孩子也有问题,但没有像德里

1 双关语。英语惯用语,比喻破坏某人的计划或动摇某人的地位。

克这样的，这给了我一个能够有效地对付他的有利条件，今后我可能会想要再次加以利用。(这个孩子终究还是派上了用场，是不是？)“你会得到加薪的，”格林最后对我说，“他们多半也会给我加薪。今年我甚至可能会让你在公司年会上发言。”

“我不相信。”

“你不该相信。”

“除非我登上了讲台，我是不会相信的。”

“这是我策略的一部分。如果他们决定把凯格尔的职位交给我，你没有能力胜任我的这份工作。我可以做他的工作，而且做得比他好。这样的话我也许可以当上副总经理。”

“凯格尔当不上。”

“凯格尔是个瘸子，而且他的鼻子和耳朵里长得都是毛。没有一个瘸腿或是有弱智孩子的人能当得上总经理[1]。”

“罗斯福就是个瘸子。”

“我指的是公司经理。公司比国家更挑剔。他们削减了我的预算，让我恼火的就是这件事情。而且我也不信任你。我会把这笔钱夺回来，但我必须去斗争。我将不得不卑躬屈膝。这就是我必须采取的斗争方式，也是这件事情当中我最讨厌的地方。这就是为什么我不会推荐你取代我。你不合格。你不会卑躬屈膝。”

“我也会卑躬屈膝。”

“你会卑躬屈膝，但你做得不优雅，就像你的巴结奉承一样。”

“我可以学。”

“我不用学就知道该怎么做。格林说，你瞧格林[2]。格林开玩笑说，你瞧格林卑躬屈膝的样子。这就是为什么他们要削减我的预算。他们喜欢我卑躬屈膝的样子。他们每年都这样做，只是为了看我向他们卑躬屈膝。”

1　英文原文又有“总统”的意思，故下文。

2　本句及下一句均模仿一本著名儿童读物中的简单句型。此处格林在开玩笑。

我会把他的预算削减掉更多，因为我知道在我们所做的那些花费甚多而又十万火急的工作里，有多少是不必要或者是派不上用场的。我必须记住，我要显得谦逊、稳重、值得信赖。格林说得对，我们每个人所做的任何事情对大局都影响甚微。（我们只能互相影响对方。）这里就像一个蜂窝，我们是蜂窝里的雄蜂。经理和董事们死掉了，也会被别人替换。我会让埃德·费尔普斯退休。我必须装作一副清白无辜的样子，表现得很矜持。如果我觉得自己等得不耐烦了，那我只能在家中书房或者城里雷德·帕克的公寓里表现出来。我不能再用雷德·帕克的公寓了，那样太显眼。我该怎么打发雷德·帕克呢？他比埃德·费尔普斯年轻。我必须对每个人都很友好。（我必须装傻。）

“最近这些日子你为什么他妈的这么精神？”约翰尼·布朗质问道，一边用他的大拳头在我胳膊上轻轻地捅了一下。

（不难想象那只拳头打在我脸上的样子。）

“都是因为你，”我也和他开玩笑，“你给了我销售拜访报告。”

“你有没有把它们和销售数据进行核对？”

“这些报告才是最重要的。”

“上面全都是胡扯八道。”

“只要好听就行。”

“别那么肯定，”约翰尼·布朗回答道，“除了编造这样的谎言，推销员们还有更好的方式打发时间。我知道该怎么对付他们。我会让这些混蛋们整天在外面做销售拜访。我会把他们的椅子全都从办公室里搬走。他们讨厌写这些报告。”

“阿瑟·巴伦说霍勒斯·怀特和莱斯特·布莱克需要这些报告。”

“问他为什么。”

“如果计算机听不到好消息，它就会出毛病，还会哭鼻子。”

“你真是个活宝。”

我优雅地向约翰尼·布朗卑躬屈膝，将我必须交给阿瑟·巴伦的销售拜访报告拿到了手。我会得到加薪。（我的妻子和孩子们会有更多的钱花。）如果阿瑟·巴伦在近期得了中风，我将会怎么样呢？（他的确体重偏高，而且还喜欢抽烟，而我对他的血压、血脂和胆固醇等各项指标一无所知。我连血脂是什么都不知道，也不知道它的作用是什么。）如果阿瑟·巴伦死了，谁会来照顾我？（谁将接替他的职位？）霍勒斯·怀特？我可不想依靠那只没有刺的大黄蜂来保护我。到时候，那个为人圆滑而又充满忌妒心的犹太佬格林会用他敏捷的思维和超人的词汇量从下面朝我打洞，而约翰尼·布朗则会握紧拳头，准备一拳打在我的下巴上。我希望他不要那样做。如果我在下巴上挨了一拳，那我基本上就毁了。遭到损害的将不仅仅是我的脸，而且还将包括我以效率和权威而著称的声誉。对我来说，这比踢凯格尔的腿要糟糕得多。我可以在凯格尔的腿上踢一脚，然后假装是开玩笑，或者是在他办公室里只有我们两个人的时候这样做，因此不会有很多人知道，这都是有可能的。但是如果约翰尼·布朗一拳打在我的下巴上，那么整个公司里每个人都会知道。（我真希望我是那个强壮勇敢的人，而他则是既瘦小又懦弱。他让我觉得自己矮了足足两英尺，而且觉得自己性无能。）如果中层管理人员当中有人被一拳打在下巴上，而且觉得自己性无能，高层管理人员对这个人会怎么看？我觉得他们不会看好此人。我妻子会因此失去对我的尊重。我可不希望我的孩子、我的邻居，甚至德里克的保姆知道这件事。没有一个瘸腿或是有弱智孩子或是在下巴上挨了一拳的人能当得上公司总经理或全世界的总统。如果理查德·尼克松[1]曾经被人在下巴上打了一拳，那么他就不可能当上总统。没人会接受一个下巴上被人打了一拳的人。你很难对这样一个人的智力有很大的信心。即使事后布朗被解雇，对我来说也没有用，因为这并不能抹去我在下巴上挨了一拳这一事实。如果他真的打了我，我会怎么做？（我会如何处理这件事？）我知道我会怎么做，我会摔倒在地。但是假如我惊讶地发现自己竟然没有摔倒呢？我将不得不试图回敬他一拳。这两种情况之间究竟哪种更糟糕？我知道哪种更糟糕。

1　理查德·米尔豪斯·尼克松（1913—1994）：美国第37任总统。

二者都同样糟糕。

我有时会突然失去信心，一下子完全失去活力、决心和希望。这通常发生在我独自一人的时候，或者是我和我妻子一起从某个地方驾车回家，而她在开车的时候。（我只想停下来，干脆放弃。）这往往发生在兴高采烈之后。一切都已耗尽，我只剩下一种麻木不仁的感觉，觉得自己达到了我的真实水平，而这种水平很低。现在我有时会无法维持阴茎勃起的状态。它不像以前那样总是那么坚挺，那么持久，这让我很担心。而有时候它又突然和以前一样——一切都恢复了原状，充满了活力——这时我就会觉得自己好像是世界重量级拳击冠军一样。这种感觉很好。有时候我会不怕和任何人上床，无须克服一丝一毫的疑虑，便能开始从事这项工作。我甚至不认为这是一项工作，而是一件乐事。我将毫不犹豫地让埃德·费尔普斯退休。

"天哪，"我妻子说道，觉得我很了不起，"今天这股劲头都是从哪儿来的？你突然又像个小伙子一样。"

"你对小伙子知道多少？"我打趣地说，心里不免因为这种比较而有些忌妒，感到有点刺痛。

"比你想象的知道得多。来吧。"

"我觉得你知道得不少。"

"你现在比你年轻的时候还要年轻。"她十分喜悦地笑着说。

"你也是。"

"有什么可抱怨的吗？"

"当然没有。"

"来吧，你为什么总是喜欢等着？"

"还要再来？"彭妮会这样问，惊叹声中带着一种受宠若惊的喜悦。（每当我想要和她做爱时，她总会觉得非常荣幸，心存感激。）"你最近怎么会有这么多时间陪我？等等，"她笑着说，她的嗓音低沉，就像一个性感的女低音，"等一下，宝贝儿，你让一个年轻姑娘无法招架。"

彭妮现在三十二岁了，我和她交往已有将近十年。她现在已经不再爱着我，而我对她从来都不是那种感觉。

彭妮和我妻子差不多是如今仅剩的两个我在她们面前感到完全轻松自在的女人了（同时也是我觉得最没有神秘感的两个女人）。其他每一位我可以打电话约会的姑娘则不一样（我有一份名单，放在我的皮夹、我的办公室和雷德·帕克公寓的床头柜抽屉里，上面用代码记录着二十三个名字和电话号码。不管是哪一天的晚上或下午，我都可能会从她们当中任何一个那里得到肯定的回答），每次和她们幽会都像是第一次从头来过（这很累人，就像是一份工作。我必须表现出色。我更喜欢以前，当她们以为自己是在为我们帮忙的时候。我很遗憾她们发现了自己也能够达到性高潮。我想知道是谁告诉她们的）。

我知道，通过强迫埃德·费尔普斯退休，我可以给阿瑟·巴伦留下一个好印象。费尔普斯和凯格尔不同，我和这个和蔼可亲、喜欢唠叨的老头没有过什么亲密的关系。他在公司里已经干了四十多年，现在他的职责只剩下通过差旅部为想要他帮忙的人预订机票和酒店房间，并跟进公司年会的货运、交通以及客房安排等事宜。他必须确保我们租用了足够数量的汽车，订购了足够的威士忌酒。他的薪水还不错，尽管在过去十年左右的时间里（自从他被逐渐淘汰，变得多余、可有可无之后）他每年的加薪都只是象征性的。

"我敢肯定，这次年会还在波多黎各，"他总是在不停地重复，并悄悄对人说，"莱斯特·布莱克的妻子她们家在那儿的那家酒店拥有一份产权。只要他们抓紧时间赶快正式宣布会议地点，我就可以动手开始工作。我希望他们赶快宣布。"

为了避免听到他向我重复这番话，我曾经躲在文件柜后面。就凭退休金和利润分成，他完全可以拿着一大笔钱退休，但他不想走。我会逼他走。可是雷德·帕克怎么办？他年龄和我差不多，还没到退休的时候。我怎么才能把他打发掉呢？自从他妻子在那次车祸中丧生以来，他的确一直在走下坡路——现在和他交往的姑娘远不如他妻子在世时和他交往的那些姑娘们漂亮——但他可能不会及时精神崩溃，因此对我没有用。对他进行处理的通告需要在近期发布。

“你好吗，鲍勃？”现在每当阿瑟·巴伦和我在走廊里互相经过时，他都会这样问我。

“很好，阿特。你呢？”

“非常好。”

除此之外，人事变动将是本届公司年会上最引人注目的事情。我必须记住，自己暂时需要在所有人面前显得谦虚、沉稳而友善。有时我觉得阿瑟·巴伦受制于我。这就是所谓的妄自尊大。（他完全可以改变主意，让凯格尔继续干上若干年，这种做法不会带来任何重大后果。或者别的某个人可以在没有任何事先通知的情况下把阿瑟·巴伦和我一起解雇掉，而整个公司的整体运营也不会有任何波动。它的前进步伐不会有丝毫动摇。）我并没有认真考虑过这个问题。但是，等到阿瑟·巴伦真的生病、去世、退休、升职，或是因能力耗尽而被搁置一旁的时候，谁将接替他的职位呢？不会是我。（也许会是。）我觉得他们认为我永远无法取代阿瑟·巴伦，就像等到霍勒斯·怀特生病（他得的病将与把阿瑟·巴伦、格林、凯格尔和我干掉的各种疾病完全不同——我现在就能感觉到——他得的将是一种持久而乏味的进行性疾病。霍勒斯·怀特不是那种性格开朗、身心健康、得病后很快就会死去的人。他将在残疾后连续多年拄着铝合金拐杖、坐着轮椅咯吱咯吱地进入办公室，面带微笑，呵呵冷笑，面色苍白，向人们暗示自己过去亲密的人际关系，直到最后都要专制地压迫我们大家，因为他仍将拥有股票）、去世或退休的时候，阿瑟·巴伦也永远无法成为霍勒斯·怀特一样。（霍勒斯·怀特已被搁置一旁。）霍勒斯·怀特在公司里已经没有什么前途，因为除了作为霍勒斯·怀特之外，他已经没有什么别的事情可做。他可以被任命加入颇具声望的政府委员会，这些委员会就有关国家利益的重大问题发表报告，而人们对这些报告丝毫不予理睬。（我和阿瑟·巴伦就做不到这一点。）他的名字印在报纸上或某些信笺的抬头上都很好看，因为他不仅仅是霍勒斯·怀特，而且还是霍勒斯·怀特三世，而他妻子——这是他的第三任，他的第一任妻子死于淋巴癌，第二任在一次体育事故中致残——

还有他母亲——她现在已将近九十（就像公司的普通股票价格在最近一次一拆二的拆股之后一样，哈哈）——她们二人在那些喜欢养狗或赞助慈善舞会及著名音乐喜剧、歌剧和芭蕾舞义演的人们聚集的照片里看上去还挺不错。阿瑟·巴伦可以升到比霍勒斯·怀特更高的职位（从理论上讲，我也可以），因为这家公司不仅相信生物决定论，而且冷酷无情，它更重视一个人的能力，而不是他所拥有的公司股票，但阿瑟·巴伦永远都不可能成为霍勒斯·怀特（在现实中，我也同样不能）。只有另一个霍勒斯·怀特，比如某位公司要人的兄弟、表兄弟、儿子、侄子或哪个不起眼的妹妹的丈夫，才能直接进入公司体系，满足成为另一个霍勒斯·怀特的所有要求。（每个公司都需要这样的一个人。）他真是个心胸狭窄、毫无自知之明的混蛋，一个自鸣得意的傻瓜（我想知道自己为什么会做有关他的令人难忘的梦。在这些梦里，他瘦削的面容会变得专横而肉感，而且他好像完全违背了自己的本性）。他喜欢从布伦塔诺书店里买智力游戏、永动机玩具和其他新奇玩意儿，还让他的秘书把我和公司其他雇员叫来加以炫耀（就好像这些东西如果我们想要自己买不起一样。在去年公司年会期间，有一天晚上他穿了一件红色呢绒西装夹克，令我们大家都很吃惊。今年还会有其他的红色西装夹克）。

"瞧瞧这个，"他会命令道，笑容满面，就好像他刚刚碰巧发现了一样能够造福于全人类的东西，"很了不起吧？你就站在那儿看着它。不管你这样看多久，它都永远不会停下来。而且每件都不一样。"

"真了不起。"我不得不这样回答，而且还得一直站着不动，直到他厌烦了，不想让我继续待在他的办公室里，这才把我打发走。

我讨厌站在那里不动。

到现在为止，我这一辈子几乎好像一直都不得不站着不动。当我回首往事，在记忆中搜索时，几乎每次我都会发现自己站在那里一动不动，像一座雕塑一般，或是躺在那里，就好像被插图画家的画笔抚平了一样，或是在显微镜载玻片上，被化学着色剂染成了透明的蓝色或紫色，或是在一条彩色电影胶卷的一帧画面上。即使电影胶卷在移动，我也只能在单帧画面停顿的瞬间里看到故事的情节。然而,就算我站着不动,我也一定从我原来所在的地方移到了我现在来到的地方。我是被人带到这儿来的吗?我在康涅狄格州乡下这里有一整块地产。我觉得我是被带到这儿来的。这是谁干的?我觉得只有在军队上的时候我才有更多选择的自由,有更多活动空间。至少我当时感觉是这样。事实上也的确如此。我当时离家在外,没有妻子,没有工作,没有父母,没有孩子,也没有遇到任何值得我关心的人。我没有任何牵挂,任何地方都没有我关心的人。我经常和人上床。在海外我会去找妓女,那样也很有乐趣。我过得很开心。我很喜欢出门在外(这至少也算是有事可做。如果你星期六晚上一个人坐在家里,你至少是坐在军营里,总比星期六晚上一个人坐在自己家里要强。在军队上的时候,有一年元旦前夜我无事可做,但我也不在乎。如今我们周末开车去见我不想见的人,而我总是迫不及待地想要离开。总有一天,一个长周末将会导致我的家庭破裂。我会抚摩自己的鸡巴。当时我也经常抚摩它。我当时经常感到很孤独,希望能有一个我可以关心的人。我当时真希望能有一个笔友,一位身穿山羊绒毛衣和朴素百褶裙的海报女郎,一个我深爱着的心上人,非常上相,经常给我寄快照。我现在仍希望能这样。我觉得自己受了欺骗,被人剥夺了应有的权利。我想当好莱坞电影里好姑娘为之神魂颠倒的那个好小伙,我想当收音机上姑娘们所唱的情歌里提到的那个小伙子。我其实并不是)。而且我已经知道,等到我又被向前移了一大步,移到了安迪·凯格尔位置上,并且将这个职位坐稳之后,我将会再次站着不动。我会发表我的演讲,会有重要的新工作要做(将这个职位坐稳),但是在做这些工作时我将会站着不动。(等我把这件事做完,并且知道自己暂时没有被踢出去的危险之后,我的兴趣就会减弱,我的工作又将变得单调乏味。我将会不想要自己拥有的一切,但同时又害怕失去它。我将永远都不会相信公司当局不能将我脑子里的非法念头和梦想看得一清二楚。每当我看到一位职位比我高的高管将办公室门紧闭的时候,我仍会陷入一种麻木的惊恐状态之中,生怕会有什么像老鼠一样大的小东西从门后钻出来,将我的秘密公之于众,暴露在众目睽睽之下,使我的处境变得比死还要糟糕。)所有死了的东西都一动不动,除非有风吹动了羽毛、绒毛或毛发。(我现在觉得,所有我可能去的地方,我都已经去过了。) 在公路上看到一条死狗,就足以让我感到恶心,并且因为怜悯而觉得心疼不已。它使我想起死去的孩子。我从来都没养过狗。孩子和死狗能唤起人们的同情,他们都不会讲话。别的东西则不行。如果我在公路上连着看到两条死狗,中间相隔只有数秒,这会让我觉得自己终于快要失去理智,已经无法将我看到的东西和我记忆中的东西或我不想看到的东西区分开来。在一闪而过的迷惘中,我会经常瞥见一些我不太熟的人的背影或侧影,这些人我已经有几十年没见过,也不曾想起过 (素昧平生的陌生人一瞬间变成了我在小学或高中认识的孩子,或者是在别的地方工作时曾经短暂相识或在军队上平常碰到过的人。有一次,我曾被一个不知道我是军官的士兵揍了一顿)。他们总是和我并不亲近的人,我也不想再见到他们。(在这些不真实的幻影中,我从不会瞥见我真正想见的人。) 现实和想象中的事件在我的脑海里互相重叠,变得模模糊糊,难以分辨。有时我会发现自己很难确定究竟是已经做了我想做的一件事,还是说只是想过要去做,其实并没有做。我曾经将一封信回过两次。我做事缺乏一套系统。还有的信我根本就没回,因为我记得自己想要马上回复,于是以为自己已经回了。我有很多事情想做,很多话想说,但我知道我最好不要动手,也不要开口。否则我会丢掉工作,或者被抓去坐牢。我现在越来越健忘,我的视力也在每况愈下。我现在需要戴老花镜,而且每年度数都会加深。牙周治疗只能暂时保住我的牙齿。我知道我有时会在家里孩子和妻子面前重复自己说的话 (我的孩子们会毫不客气地指出这一点)。很快我就会到处向所有人重复自己的话,并因此被人当作一个唠叨不休的老傻瓜而避而远之。我最近了解到,在路易斯安那州南部 (当时我正在新奥尔良出差。在那里,因为我发现自己独自一人在一个陌生的大城市里,于是我在一家酒吧里勾搭上了一个矮胖的黑人妓女,让她跟着我去我的酒店房间。我估摸着如果她能穿过酒店大厅进入我的房间,那我就能想办法和她上床。在特别富有魅力的城市里,如果我没有熟人可以打电话联系,我就会感到孤独寂寞。我会觉得别人都玩得很开心。每逢下雨我就会感到忧郁,这种忧郁我无法摆脱。我一直都没学会如何在陌生城市里交朋友。和我搭讪的男人看上去都像是同性恋者，于是我会赶紧避开。

“我现在得走了。我要去会一个朋友。”

“保重。”

在陌生城市里，我唯一知道怎么做的就是读当地的报纸。在深夜里，我擅长躺在床上看报纸。我也擅长在床上吃条状糖果。当我一个人来到一座陌生的美国城市，我会感到自己没有任何内在力量，觉得自己好像没有鸡巴。她刚刚不到三十岁。她说她是混血儿，有法国、中国和墨西哥血统，因此可以在床上对我做一些从未有人做过的甜美之事。她这话只是半认真的，用沙哑而慢吞吞的南方口音说出来。我知道她是黑人。在这个国家里，我很少和黑人姑娘上床，以前只有过两次，但这一点我至少能看得出来。我一直都害怕她们，首先是为了我的尊严，现在是为了我的性命。

“我不喜欢法国、中国和墨西哥姑娘，”我说道。当时我还在酒吧里和她开玩笑，“我想找个黑人。”

“我也有点黑人血统。”她开心地笑着说。

她人很单纯，性情温和，老实厚道，于是我觉得自己掌握着主动权。她咧嘴笑着，开口要价五十美元。我说服她同意二十美元，然后又多加了十美元，好用我的慷慨大方来激励她，让她喜欢我，真的对我做从未有人做过的甜美之事。

“我一定让你非常享受。”她发誓说。

等我回到酒店房间时，我已经不想要她了，并希望她不要跟着我进来。我已经把新奥尔良和巴吞鲁日[1]的晚报全都拿到了手，正迫不及待地想脱掉衣服开始读报。我有一种摆脱不掉的恐惧，害怕在什么地方染上性病，然后把它带回家传给我妻子。如果她发现自己被传染上了，我怎样才能摆脱责任呢？很容易，说谎抵赖，矢口否认。她真的跟着我进来了。她说她给了前台服务员一

1　巴吞鲁日：美国路易斯安那州首府。

点贿赂。她轻轻地敲了敲门，面带微笑走了进来。我不得不在她脱衣服的时候紧盯着她，好重新激起一点兴趣。她并不漂亮。

“慢一点，”我请求道，“慢慢脱，并且稍微扭摆一下。”

“没问题。”

我不喜欢脱衣服动作太快的姑娘。我觉得她们在来找我之前整天都在为别的男人脱下自己身上的那几件衣服。

“好的。”

“没问题。有些男人——”

“现在别讲。”

“嗯？”

“到这儿来。嘘——”

“没问题。”

她仍在咧着嘴笑。她并没有什么不同的花样。不久前，在旧金山，一位身材苗条、美貌惊人、模样好似王室成员的金发女郎也低声细语地向我许下了同样诱人的承诺，结果也是在说谎。她从我手里弄走了一百美元。战后，那不勒斯[1]、罗马和尼斯[2]的妓女们也曾经做出过同样奇特的保证，但也同样没有能够成功地将其兑现。我想对于像我这样的普通堕落者来讲，已经没有多少花样可言了。整个过程都很乏味，而且很快就结束了。

“你那些好棒的新招数都在哪儿呢？”我奚落道，并且很高兴我这样做有着正当的理由。

她的感情受到了伤害，看上去有点害怕，这也让我感到很满意。“我按照你的要求做了，亲爱的，”她犹豫地道歉说，“难道不是吗？”

“你本来应该做一些我要求之外的事。没关系。”

“难道我没做到？”

“你做得挺好的。”

1　那不勒斯：意大利南部地中海沿岸港口城市。

2　尼斯：法国南部地中海沿岸港口城市。

“我让你得到享受了吗？”

“真的挺好。如果你愿意，你现在就可以走了。”

“我本以为你想让我陪你一整夜。”

“我本来也是这么以为的。”我强作欢笑。“但我现在坚持不了那么久，一定是我老了。在那个酒吧打量你的时候，我还以为我可以。你的这对奶子可真大。嗯。屁股也不小。”

“你喜欢吗？”

“当然了。我喜欢矮个姑娘长得丰满点。”

“我的确挺矮的。”她对我的恭维感到非常高兴。“你还想再来吗？”

“但我不行了。我想我是眼大鸡鸡小。”

看到我并没有生气，她松了一口气。

“你下边的功夫也很不错。”她也恭维了我一句。

“我知道。你可以把钱留着。我很喜欢。”

“我让你得到享受了吗？我真的很棒吗？”

“跟最棒的也不相上下。我可是去过巴黎的。”

“真的吗？”

“我还去过博洛尼亚[1]。”

“这我就不知道了。”

“他们那儿的人才真有本事呢。”

“先生，你真的不想让我待到早晨？你人很好。我没有别的地方需要去。”

“我明天一大早就要赶飞机。”

“我可以待在另一张床上，直到你想要我。我甚至都不打鼾。我敢打赌，你早上一定会想要的。”她咯咯地笑着说，“我会做你想要的事情。我什么都可以做。”

“你应该把腿再抬高一些。”

1　博洛尼亚：意大利北部城市。

"那样会疼的,我的腿会抽筋。"

"而且你也并没有做出什么新鲜的花样。"

"我做了你想要的。你必须提出来,亲爱的。"

"我并不是什么离奇古怪的人。"

"这我就不知道了。"

"我一向都不知道自己究竟想要什么。"我在她面前用了离奇古怪这样一个词,这让我觉得自己非常尊贵。"你应该帮我发现我想要的东西。我这样说并不是因为我不开心。这对你和别的男人打交道会有帮助。"

"有些男人会揍我。"

我没有什么强烈的癖好,不过某些丝质内衣会让我欲火中烧,甚至比它们所覆盖的身体部分对我更有吸引力。戴着胸罩、外面穿着针织衫的大奶子也会激起我的性欲,小乳房则会让我变得更浪漫。苗条姑娘身上的小屁股现在也开始吸引我赞赏的目光。它们当中有许多是在非常年轻的姑娘身上,这是件新鲜事。我唯一曾经想揍的女人是我妻子,而令我惭愧的是,那是为了钱的事。她暗示我给她的钱太少,但她又不肯多拿。当我看着那个妓女穿上衣服准备离开的时候,我感到心满意足,高高在上。她穿着印花比基尼内裤的样子既滑稽又天真。有那么一刻,我考虑要让她面朝下趴在我的膝盖上,好让我在她光滑结实的屁股上好好拍打几下,但又想起她很沉。我们很多美丽的性爱幻想都有这个该死的问题:它们会引起疼痛。我以前曾经放纵过自己,想着有朝一日能打上一个漂亮的屁股,但从来没碰上一个足够漂亮的。也许除了在杂志上其实就没有漂亮的。我爱上了四色印刷杂志上的一页。她仍在微笑。我为她感到难过,带着一种傲慢而模棱两可的态度。我想知道,当身材矮胖、相貌平平、缺了一颗臼齿的黑人和波多黎各妓女上了年纪,变得又老又丑,因此不能吸引像我这样相貌英俊、身穿细条纹西装的浪荡子的时候,她们将会怎样——谁会来照顾她们。我知道会怎样。如果我一个人来到新奥尔良,而那儿的人好像都玩得很开心的话,她们仍会吸引我。我现在应该知道,四岁以上的人几乎已经没有一个玩得开心的了。女人们会玩得开心,在她们参加婚礼和看电影的时候。这是一场浪费。旧金山那个一百美元的美女也是一场浪费。我和她上床之后，她看上去就不像是贵族了。她看上去像一个干瘦的姑娘，需要晒晒太阳，或是需要更多的红血球。我很高兴自己永远都不需要再见到她们了。我想知道，当相貌平平的白人妓女上了年纪、没了身材、没了牙齿的时候，她们将会怎样。她们会变成公共场所里的醉鬼，声音沙哑，像男人似的，天气暖和时在人行道上互相大声争吵。我的黑人小美女离开之后，我的报纸还都在——谢天谢地——我一边读，一边吃了三块黏糊糊的条状糖果，喝了两罐汽水，都是从走廊里的自动售货机那儿买来的。如果那天晚上我再下楼到酒店大厅去的话，我会觉得不自在。我入睡的时候嘴里还有焦糖和坚果碎屑。我开始做一个可能是有关同性恋的梦，但我将它及时停住，转换到了另一个我几乎不记得的梦中间。在这个梦里，我是博洛尼亚大学历史系一名成绩很差的学生，正在努力试图从乱七八糟的黄色石头校舍中找到一条出路，好及时赶飞机回家去见我妻子。我还在试图逃避一个脸形瘦削、尖嘴猴腮、染着金发、骨瘦如柴的女演员，她正在不停地沿着石墙的另一面悄悄追赶。她手里捧着一个偶像似的东西，个头比她小，可能是用一根阴茎——或者是粪便？——雕刻出来的人像，或者是一根非洲雕塑。我似乎能辨认出一切，但我什么都不想要，这就是为什么我要逃避她。她长着霍勒斯·怀特的脸。第二天在回家的飞机上，我断断续续地担心自己会从新奥尔良把梅毒、淋病或阴虱带回家传给我妻子。在梦里，我在博洛尼亚大学之所以成绩很差，是因为我整整一年都找不到一间教室，尽管我一直都在反复尝试。我觉得很痒，到处挠来挠去。我事后总会觉得痒。我会狡猾地向我妻子否认自己得过这种病，反而指责说是她把病传给了我。当然，这两种说法不可能同时成立，但她会被我的大声吼叫吓住，因此无法领会这一点，而我则会道貌岸然、义愤填膺地冲着她大喊大叫，从而将她说服。现在已经没有方便的军队卫生预防站，给人们发放一杯杯的肥皂药水，用来赦免我们肉体上的罪孽。它们也已经不复存在。罪孽也是如此。大部分我喜欢的餐馆都关了门，剩下的只有犯罪。我往往不能从中得到快感，我的性高潮往往不是高潮。其他时候则会有一种突然喷射式的巨大飞跃。其中的区别在于我,和女人毫无关系。她们现在做的事情基本上都差不多。我们也是。有时候它会疯狂起舞,其他时候则会敷衍了事,好让这场荒谬的仪式赶快结束。战后在意大利,来自博洛尼亚的姑娘们声称她们是全欧洲最棒的,借此骗取高价。其实她们跟那不勒斯和罗马的下层姑娘并没有什么不同。她们做的是同样的事情。她们完全可以互换,至今仍是如此。

我这个人不会坠入爱河。这多半就是我的婚姻能够得以维系的原因。假如我没有现在这个妻子,那我也会有另一个。要离开很麻烦。我不喜欢一个人生活。雷德·帕克需要一个妻子,他应该在我不得不解雇他之前尽快结婚。我想,除了我们一直都在做的那些事情,一个人拿着一根鸡巴的确也没什么别的事情好做。所有别的事情要么臭不可闻,要么会引起疼痛。每次反应的好坏似乎在很大程度上是一个偶然机遇的问题。在军队里,我会按小时租用妓女,然后在那六十分钟之内干上三次半——这种租法对我来讲很划算——最后那半次标志着我在准备离开时英勇地试图提高自己的水准。甚至就连博洛尼亚的金发女郎都对我大加赞赏,因为我充满阳刚之气的出色表现,还有我英俊的外表和清瘦、结实、晒得黝黑的身体。我以前曾经很清瘦,而且很饥渴。我的胃口曾经很好。我曾经有一头浓密的头发,牙齿也很结实。我曾经有过扁桃体。我们几乎根本不需要这个器官。我知道,有些我曾经做过的春梦比我在伦敦、拉斯维加斯和洛杉矶参加过的纵欲聚会上所经历的任何事情都更为美妙,更令人满足,而且麻烦也少得多。我妻子希望我到洛杉矶、拉斯维加斯、芝加哥、旧金山和新奥尔良出差时能把她也带上。她认为我会在这些地方跟别人上床。我通常都会。我觉得国家、公司和社会都认为我应该这样做。我一般从中得不到什么乐趣,而是更喜欢读当地的报纸。我记得当我终于第一次能做那种事的时候,甚至就在我正在做的过程当中,我就在心里纳闷,难道不过就是这么回事吗。我在第二次的时候发现,原来还有更多的东西,而且现在仍是如此,仍然足以让我再次陷入无法控制的狂热之中——就连现在我仍会强奸我妻子,只对我妻子,有时在她不想做的时候强迫她和我做爱,因为我觉得自己必须马上从她那里得到满足。然而这里面并没有什么崇高的关系，没有相互的接触。我就像一个疯狂的化学家，知道自己随身携带着整个这一神奇过程及其潜能，就好像我的脑袋和囊泡里有一对冒着泡的曲颈瓶一样。如果哪一天我的睾丸爆炸了，我知道那将不会是因为某个女性，而是因为我体内的混合物自己独立决定将其引爆。它们甚至连商量都不会跟我商量。

砰！它们会决定就这样把自己炸个粉碎。

在我眼里，它们当中有许多看上去仍然很古怪，比我身上的毛还多。有的看上去像范戴克式胡须[1]，我很想去拉扯它一下。还有的留着鬓角，令我一时震惊不已，就好像又看到了罗夏墨迹测验中的第八张卡片。当那张令人震惊的该死彩色卡片出现时，我吓得说不出话来。我被吓呆了。还有的则长满了更为圆润丰满的细长枝叶，看上去像卡尔·马克思、西格蒙德·弗洛伊德或约瑟夫·康拉德[2]。它们也会影响到我。我有时想要畏缩。我妻子的头发会变白吗？她别无选择。我也一样。我们体内有腺样体和囊泡，而我们从来没有在它们还活着的时候见到过它们。我觉得如今一位优秀的耳鼻喉科医生也不会亲手处理这些东西。他的本事在于手术后将脑袋伸进病房，告诉我们一切都很顺利——他所做的只有这些，而整个血腥恐怖、令人厌恶的手术过程将留给他手下的东方人麻醉师和雄心勃勃的徒弟们。为什么就应该让他做那些令人恶心的事情呢？现在我已经习惯了我妻子的模样。

"新奥尔良怎么样？"

"很无聊。"

"你应该把我带上。"

"那儿没什么事情可做。"

"我会给你些事情做。你知道我在那种地方情欲有多旺盛。你给我带回来了些什么？"

"淋病。"

1　指上唇留着小胡子、下巴上留着山羊胡、两颊剃光的胡须样式，得名于17世纪比利时佛兰德人画家安东尼·范戴克。

2　约瑟夫·康拉德（1857—1924）：波兰裔英国小说家。

"很好。"

对我来说，我妻子通常比大多数人都做得更好。只有彭妮能够每次都达到一种始终如一、强烈而令人难以承受的美丽，让我无助地乞求她停下来，使我双目失明、语无伦次、胡言乱语、咯咯傻笑、气喘吁吁，还有一阵阵的痉挛。彭妮知道该向何处下手，并且像老鹰一样迅猛出击。彭妮非常确切地知道，如果她真的继续下去的话，在我确信自己将会死无完尸之后，她还能安全地持续多久。而我很高兴她会继续。彭妮每次都能让它像天使一般翩翩起舞，像小灵狗[1]一样全力冲刺。我当时便明白了为什么它的主人和整个文化都崇拜它。这是一种具有讽刺意味的主仆关系。我是主人，而她服侍我的方式则是将我变成一团混乱不堪、扭动不止、苦苦哀求、咯咯傻笑的黑暗和一根炽热如火、利如刀刃的神经。我觉得自己是在欢笑中呜咽啜泣。我无法肯定在我等待着自己的视力和说话能力重新恢复的时候，我发出的是什么样的声音。我不想让世界上任何其他人看到我那个样子，处在所谓销魂的崩溃状态之中。我不想在那种情况下被人拍照。事后她会给我苏格兰威士忌，为我煮热咖啡。彭妮的阴部长着淡褐色的毛，没有到处乱跑的散乱毛发，也从来没有任何令人惊讶或失望的东西。我现在不常打电话找她了)，高速驾驶的汽车司机会故意突然改变方向，好撞死公路边维修通道上的河狸鼠。这些动物被汽车车灯照得晕头转向，像被催眠了一样呆呆地站在那里。到了早上，从哈蒙德[2]通往新奥尔良的道路边上躺着许多毛茸茸的尸体，多得难以计数。从某些角度草草望去，它们就像是温暖舒适的皮手筒。从其他角度看上去，它们则像是被轧死的野生动物，带着血淋淋的鸟嘴和爪子。我想在早上，当地的毛皮猎人会开着小卡车来到这里，把这些尸体搬走，好取得它们身上宝贵的毛皮。这就是所谓的打猎。(我觉得其他人可能会为了避免撞死一只动物而突然改变方向，即使那只动物是一只熟睡的青蛙。)

(男人是食肉动物，是一位敏捷、准确、贪婪的猎手，而他绝不应该试图与

1　一种源于英国的犬类，常用于赛狗。

2　哈蒙德：美国路易斯安那州城市，位于新奥尔良北面约 70 公里处。

电动振动按摩器竞争。这样做不仅会使你精疲力竭，而且你没有机会获胜。你可以去问一下有电动振动按摩器的姑娘。）

格林对简的看法也没错。

我已经不再和简调情了（否则上床之后我究竟该拿她怎么办？），而是开始和阿瑟·巴伦的秘书劳拉进行柏拉图式的调情（这给人的印象要好得多）。劳拉年纪稍大一些，婚姻不幸福。除了她丈夫之外，所有人对她的评价都很高。她丈夫比她小三岁，而且可能是同性恋者，而我对她献殷勤显然是出于友好和博爱的精神（不过她的屁股的确很丰满，我觉得我可能会喜欢偶尔让她趴在我的膝盖上，好让我拍打她赤裸的屁股，发出刺痛的啪啪声。幸好我不会真的去试着这样做，因为我忘了她有多重。我可能会因此而造成疝气或腰椎间盘突出。如果我在某个人身上这样做过一次，我就可能会想要一直这样做下去——那样我就成了一个性变态者。姑娘们将会对她们的朋友说我的坏话。我觉得我对口吃也有这种感觉。我觉得自己可能会想要口吃。如果能抛开我们严格遵守了一辈子的正常说话的行为准则，那将是一种多么令人感到自由的解脱啊。我会觉得张口结舌，同时又觉得很自由。我可能会一边打屁股，一边口吃。我觉得我一旦开始口吃，就可能永远都不想停下来，我会在后半辈子里让我的舌头自由摇摆，再也用不着对任何人说一句容易听懂的话。我会失去我的工作，失去我的妻子和朋友们。我现在已经没有亲密的朋友了。我有朋友，但我觉得我和他们不亲密。有人觉得他们和我很亲密。雷德·帕克是我的朋友，但我觉得我和他并不亲密）。如果哪天傍晚早些时候，我把简带到雷德·帕克的公寓里和她上床，多半是在喝了鸡尾酒之后，那我真不知道事后将如何打发她。她才二十四岁。我无法想象，一旦我们不需要再谈论上床的事情之后，我和她究竟还有什么好谈的。她可能还太年轻，无法理解事后我对她所产生的敌意和厌恶并不是针对她个人，无法理解我不想再见到她、不想再和她说话的原因也和她个人毫无关系。我以前也曾经遇到过这种情况。她多半会断定这和她有关。她会用她那双可爱的蓝眼睛紧紧地盯着我，一边疑惑不解、充满悔意地向我道歉。我太喜欢她了，不能直截了当地对她说：

"没有——没有——没有，真该死。你什么都没做错，这跟你一点关系都没有。你并没有那么重要，不足以影响到我，这一点你难道不明白吗？"

这样做可能也会伤她的感情。

我将不得不过度补偿，对她客客气气，关心体贴。我甚至可能不得不再和她上床，就因为我是个大好人。这种事以前也曾经发生过。（要么我可以告诉她我妻子正在接受癌症检查，以这种方式为自己赢得一些同情。这种事我以前也曾经做过。）这就是为什么如今我不喜欢和在同一个办事处工作的姑娘来往的原因。她们总是在那儿。（要是她在别的地方工作就好了，这些天我经常用得着她。但那样的话我就有可能没法把她弄到手。）她还将必须对付雷德·帕克。（我已经告诉过他我正在考虑和简上床，而他也告诉我他正在考虑步我的后尘。）他有时会伤害和他交往的女人，他现在会动手打她们。他将会惹出麻烦。最好笑的是，在他妻子生前，他其实很不喜欢他妻子，并以为他妻子会把他赶出家门，要求离婚。他压根没想到他妻子会死于车祸，给他留下三个喜怒无常的孩子。他试图把他们全都远远地送到寄宿学校去，但总有那么一个会跑回家里来。他不知道该怎么打发他们，只能在冬天把他们送到寄宿学校，夏天则把他们送到他妻子的亲戚那里，或者是送去参加夏令营或集体旅行。帕克也很有钱，他妻子的家人也是如此。他在公司里曾经有过更牢固的后台。他现在也找妓女。有一次我碰到他同时和两个妓女在床上（他也在搞二对一？难道除了我之外，所有人都在玩这个吗？），一个是白人，一个是黑人。

"只管进来，老兄，"他欢快友好地邀请道，开始从床上移开，"我去吃饭。"

那两个赤身裸体的姑娘在那儿等着我，脸上带着茫然迟钝的微笑。那个白人姑娘的下巴上长了一个疮，看上去好像用炉甘石药水抹白了。

我转身离开了。

我已经不再使用城里雷德·帕克的公寓了，也不再参加他在那里举办的喧闹的鸡尾酒会。他仍然能够说服许多姑娘来参加，但我已经不再指望着在她们当中某个人身上碰上好运气。（我在通过雷德认识的姑娘们身上运气的确很不错，其中成功的次数我都记不清了。彭妮就是我通过雷德认识的，而我仍和她在一起。过不了多久，我就会不得不将雷德解雇，或者想出某种更温和的方式把他打发掉。他就像是一座正面上画着白叉的陈旧建筑，必须很快将其拆除。他对女人有一种天生的无礼态度，对此我一直都很羡慕。这种态度非常有效。对他来说，女人们一文不值。对我来说，她们则意义非凡。跟新近结交的女人第一次上床真的很难做到无动于衷。不过如今和他交往的女人年龄也都更大，样子更邋遢，腰部和下巴也更肥了。但就此而言，我和他也一样。他干瘪的脸颊上现在青筋暴出，长着垂肉，嘴唇上起着水泡。他还和以往一样经常开怀大笑，就好像他妻子并没有死，他的工作也没有受到威胁一样。他现在也经常嘿嘿嘿地傻笑。凯格尔曾经警告过他。他的这套公寓布置得花里胡哨，俗不可耐，而且很肮脏。家具上满是污渍，需要清洁打扫，重新装潢。我妻子会决定背着我和像他这样的人乱搞吗？我希望不会。我希望她至少能挑一个我觉得值得尊敬的人，这个人不仅仅把她看作是又一个供人玩弄的已婚女性。如果她找的是那种傲慢任性、没有礼貌、喜欢卖弄炫耀的家伙，我将会对她极为不悦。我就是那种类型。我不想让他们觉得我妻子只不过是一个供人玩弄的女性。）上次在城里的时候，我带着我妻子在一家豪华酒店租了一个大房间。我妻子特别喜欢豪华酒店，我也是。我自己的妻子在豪华酒店里有一种非常特别之处，可以胜过世界上的任何东西。

“在这样的房间里，我可以像一匹赛马一样做爱，”她夸耀道，像一个充满活力的妓女一样躺在那里，只等我准备就绪，好再大干一场，“是不是啊？”

“快跑，赛马。”

“你得骑着我。”

“或者再多抽你几鞭子。”

“你想做什么都行，亲爱的。”

“别说这么多了。”

“把我放在这样一家酒店的床上，我就觉得自己可以和整个世界做爱。”

“把膝盖抬起来。”

“哦，真好。上帝啊。哎呀，我的天哪。”

过了这么多年，我这个该死的蠢婆娘还是记不住把膝盖抬起来——而她居然还觉得自己能够和整个世界做爱。

我想知道，如果哪一天我妻子回家后身上真的有别的男人的精液气味，我究竟会有什么样的感受。我觉得我会在内心里皱成一团，骤然死去。(这种事会让我感到兴奋吗？) 我会萎缩，全身都在皮肤下面蜷作一团。我会把自己已经死去的渺小自我藏在大了许多号的脑袋和躯干里，就这样度过枯燥无味、死气沉沉的余生。我会祈求上帝，希望我妻子和我的孩子们能让我保守这个秘密。(我不知道别的男人的精液闻起来是什么味道，除非和我自己的精液一样。我想可能像是汗水和毛发的气味。有时我妻子还来不及洗漱换衣服，我就会敷衍了事地在她脸颊上亲吻一下。在这种时候，我曾经在她身上闻到过上百次汗水和毛发的气味，但我觉得那只不过是汗水和毛发。) 如今当我仔细打量着她的时候，她猜不到我脑子里在想什么。(这种事不会让我感到兴奋。) 这种事会让我心中充满悲伤、无奈和终生的自我厌恶。她和别人在又一扇关着的门背后对我做出了判决，而我对这扇门的存在一无所知，而且这一判决不可逆转。我希望这个人不是像安迪·凯格尔或雷德·帕克那样粗鲁愚钝、令人反感的家伙。我不想让他们碰她，不想让她身上沾上他们的体液。(对我来说，像格林这样的人可能会更好一些。) 有时在我下班回家的火车上——就连在上下班的途中我都睡不着——我会有一种确信无疑的预感，觉得我将会在当天接下来的四十五分钟之内抓到她和人通奸，而且正是通过一块精斑发现的。她将比我晚到家，匆匆赶进家门，晚饭很迟才上桌，而我会在她的衬裙、肚子或裙子上发现那块污迹，那块精斑。这一系列事件的细节杂乱无章——但这无关紧要。由于孩子们的缘故，我在餐厅里什么都不能说。后来，我还是什么都不能说。我不想让她知道我知道这件事(并且希望她不要特意告诉我。如果她知道我发现了，我就会不得不做点什么，而我其实什么都不想做。甚至就连我所经历的愤怒和不快我都将不得不假装出来。我不能让它就这样脆弱地自然流露。对我来说，就算是在余生中将痛苦深埋心底，就算是让我的肉体腐烂分解，也比让她看到她对我的伤害有多么残酷，比让她看到只要她愿意，她就能轻而易举地再次伤害我要更容易。我不想让她看到)。我绝不能让她知道我在乎。

“我爱我妻子,但是,哦,原来你是在开玩笑啊。”

我其实并没有她和孩子们所以为的那么了不起(但我绝不能让他们发现这一点)。有时我的脑海中会出现一种可怕的场面,我想象着她在拥挤的地铁上被人贪婪地偷偷抚摸,并觉得很享受,而我妻子根本不需要乘地铁。彭妮经常乘地铁。有一次在夏天交通高峰时间里,一个男人把精液射在了她的连衣裙上。直到她下了地铁,她拿手提包的那只手碰到了自己臀部上那团黏糊糊的东西,她这才发现。我自己的生命就是从那样一团随机射出的黏液开始的,而且如果我幸运的话,我的下场将和雷德·帕克一样,就像一座破败不堪的建筑,我的眼睛上用石灰水画着白叉,胸口或额头上挂着一块标牌,上面写着:**即将拆除。福希奥内拆迁公司**。(同时黑人瘾君子、酒鬼和贩卖偷来的钱包、相机和手表的人在我肮脏昏暗的走廊里闲逛着。)

“我知道那不是那种东西就是痰,”彭妮笑着对我说,是那种带着喷鼻声的大笑,我往往觉得这种笑声有些刺耳,“而当时没有人在咳嗽。我当时真是尴尬极了。想象一下,那家伙真是胆大包天。”

我无法想象。

最近我越来越想念我母亲、我姐姐和我哥哥。我后悔当我们还在一起的时候作为一个家庭没能够保持更亲密的关系。在春夏季节温和宜人的傍晚,我母亲会派人到楼下杂货店去买一盒散装冰激凌,然后我们一起吃。等我长到足够大可以去的时候,她会让我去买。我们最喜欢草莓味的,非常好吃。有时我们会买草莓和香草两种混合的。

我觉得我从来没有过一次真正的同性恋经历。我小时候曾经被猥亵过两次,一次是被一个比我大的男孩,但我认为那不算数。另一次是被一个和我们同住一栋公寓楼的女孩,她年纪比我大,喜欢假装和我摔跤,但实际上是为了让我勃起,好感觉到我勃起的阴茎在她身上弹来弹去。这也不算数,因为这种感觉很好。我很幸运。我非常想让她再对我那样做,于是满怀乐观地偷偷跟在她身边。但她并没有再那样做。我真可怜。很难相信一个人能够体验到如此强烈的敏感反应,却仍不能高潮。它是怎么结束的?我们记不得了。它慢慢地就消失了。彭妮从不需要我提醒她把腿抬起来,而且能长时间一直举着,不会因为疼痛或拉伤而抱怨。她非常棒。她还在上舞蹈课(这可能对此有所帮助),还有声乐课和健身课。她已经三十二岁了,但她仍想当秀兰·邓波儿[1]。去年春天,我曾经和一个来自密歇根州安阿伯市的姑娘来往过一段时间。她二十六岁,高个子,上过大学,人长得挺漂亮,稍有点神经质。我是在一次办公室圣诞聚会上认识她的。当我们做爱时,每次刚一开头她就会开始高潮,而且会把双腿笔直地抬起来指向天花板,就这样一直到结束。对此我很喜欢。我喜欢她的迅速反应,还有她的屁股贴在我膝盖上的感觉,这让我觉得自己多占了些便宜。她会发出尖厉刺耳的声音,我不得不把她的嘴捂住。(她的这种声音很快就让人非常厌烦。我并不把这看作是两个人一起做一件事情,我也不相信会有人真的这样认为。)最后她成了一个令人讨厌的人。她有许多空闲时间。她就是取笑我吊袜带的那个人。我不能容忍这样一个糊里糊涂、自命不凡的家伙对斯洛克姆家的人表现得如此粗鲁傲慢(她当时还在吸毒,这使她显得更加毫无生气),于是我便开始故意冷落她。我利用了她的无知和土气。(她真的几乎一无所知。)她觉得它很美。

“这难道不是很美吗?”她会这样说。

任何人都能满足她。她在天气暖和时离开了我,去找海滩小屋里比我年轻的男人,他们没我有钱,喜欢在沙滩上打排球,但他们有更多时间陪她。我试图劝她回来,但没有成功。她抛弃了我。(我必须面对现实,我也让她觉得厌烦。)她长大成熟,不想要我了。她看穿了我。这可真掉价——我的天哪——居然被她给拒绝了。她从来没见过男人用的吊袜带,也没有在时装广告里注意到过,她也从未听说过加缪[2]、哥白尼和索伦·克尔凯郭尔[3](三大名

1 秀兰·邓波儿(1928—2014):著名美国童星,能歌善舞,曾出演过多部影片。
2 阿尔贝·加缪(1913—1960):法国小说家、散文家及剧作家。诺贝尔文学奖获得者。
3 索伦·克尔凯郭尔(1813—1855):丹麦哲学家、神学家及社会评论家。

K[1],哈哈)。她觉得我的吊袜带既老派又稀奇。她从没有真正嘲笑过它们,但她觉得好笑,这一点就够侮辱人的了。我想男人用的吊袜带看上去的确很滑稽。不过,在重要的商务会议上,我不得不采用某种方法好让我的袜子不往下滑。我现在已经改穿弹力长袜——而且总是深颜色的,除了夏天在乡下或海边,或者是周末在某人的高尔夫球俱乐部里。(在我拿到这份新工作并且知道自己能把它保住之前,我是不会加入高尔夫球俱乐部的。)这种袜子看上去也很滑稽。弹力袜勒得很紧,我一有机会就把它们往下推到脚踝周围,好把我的小腿肚从它们粗暴的束缚中解放出来。深色袜子褪下之后,我的脚踝会让我想起曾经在黄色电影里看到过的那种贼眉鼠眼、令人厌恶的男人,那种胡子拉碴、鬼鬼祟祟的坏人。他们会在拥挤的火车上侧身靠近,偷偷抚摸我妻子或我女儿,或是把精液射在彭妮漂亮的裙子上,然后还在心里记住(甚至可能会用笔在小记事本上勤勉地记下来)自己作为性骚扰者的一天刚开始就来了个开门红。我敢打赌,这些家伙每周的工作都是围绕着他们狡猾堕落的变态行为安排的。(他们也像鬼魂般在我大脑中狭窄的走廊里出没,但有一点区别。他们并不是鬼魂。他们走动时我能感觉到。)他们试图拿走不属于他们的东西。他们度假的时候都做些什么?我想知道,在公共汽车和地铁出现之前,这些可怜的家伙们是如何生活的。公共交通运输方面不断增长的投资对他们的活动将会产生什么样的影响,尤其是在生产率和竞争方面?主张性解放的妇女会反过来抚摸他们吗?主张性解放的同性恋妇女会不会也开始在拥挤的公共汽车和火车上偷偷抚摸我妻子和我女儿呢?也许人们会开始专门为了让人偷偷抚摸自己而去乘地铁。他们可以为此而出售门票,并提高票价。我可以看到一幅全景壁画。(我妻子认为我的头脑很肮脏。)想象一下,一节节车厢里满是一张张的笑脸。没有人会想要坐座位。任何时候都是高峰时间,每一个高峰期都是最拥挤的时刻。这还有可能是能源危机的一个部分解决方案。(它会释放出巨大的能量。)在自己的汽车里被人偷偷抚摸的机会毕竟不是很多,除

1 以上三人的姓氏发音均以英文字母“K”的发音开头。

非你是我女儿或她那些十几岁的朋友，或者是个大学生。不过我自己也曾经不时地在汽车里做过一些剧烈的抚摸活动，最近一次是在一场聚会之后，别人开车送我回家。开车的是我们公司一位百万富翁高管的妻子，她身体肥壮，身上喷着一种我不喜欢的浓烈香水。她的行为令我感到十分意外。

“你必须马上回家吗？”她出人意料地问道，“还是说你不害怕你那个又大又凶的老婆？”

“都不是，”我简短地答道，装作一副毫不在乎的样子，“你有什么想法？”

“情人巷[1]。”她宣布道，然后哧哧地笑了一阵。“你知道情人巷在哪儿吗？”她问道。“就在这儿。”她又笑着答道，并摸了摸自己。

她是一位百万富翁的妻子，喜欢玩闹，长着双下巴，身上喷着一种我不喜欢的刺鼻香水，而我一直都不得不对她表示尊重（因为她是一位百万富翁的妻子。我害怕她丈夫）。她比我大四岁，精神饱满，身上带着一种好似捕食性动物般的活泼气息。她取笑我羞怯谨慎的态度，觉得我的天真无知很有趣。

“宝贝，我的名声就跟整个这个县一样大。哦，你可有很多东西需要学啊。这你难道不知道吗？”

我觉得自己像个乡巴佬。“比尔知道吗？”

“我才不在乎呢。我是个有主见的人，小乖乖。我想干什么就干什么。”

“如果比尔发现你送我回家，他会知道你和我的事情吗？”

“不要没事瞎担心。”她尖声傻笑着斥责道。

我觉得很不舒服，有那么一刻我以为她可能会掐我的脸蛋，或者拧我的鼻子。她的长筒袜膝盖处在汽车地板上撕破了，于是她把长筒袜脱下来塞进了手提包里，然后又开始开车。

“我不能穿着这样的袜子走路，对吧？我会在城里给你打电话。我每周星期三都进城来看望我母亲。”

“我有一套公寓。”

1　指适合情侣谈恋爱的小巷或其他僻静处。

"我们有一套合作公寓。"

"比尔会知道吗？"

"不要没事瞎担心。"

"不要这样说，这让我觉得浑身不舒服。"

"你很敏感，这一点我注意到了。"

"这种话不适合像你这样身份的女性。"

"我会给你演示一些新姿势[1]。我和比尔有个默契。"

"这是什么意思？"

"我想干什么就干什么。如果他不喜欢，他可以去见鬼。"

"这样谈论一位百万富翁，口气可真不小啊。"

"小乖乖[2]。"

她星期三打电话来的时候，我不想再见到她，于是我告诉她我要开会。(我害怕比尔，而且觉得我永远都不想再见到曾经把我称作"小乖乖"的人。)

"我正在理发店里。"到了再下个星期四，她在电话上说。

"我昨天还在等你呢。"我又在撒谎。

"你只能在能找到我的时候抓紧机会了。咱们一块吃午饭吧。"

"不行。"

"我付钱。"

"不是那个原因。"

"你觉得我不漂亮？"

"不是，我觉得你性感极了。"

"他也这样觉得，小乖乖。"

"谁？"

"我要去见的那个人。宝贝，大海里并不是只有你这一条鱼。我们会谈论你。"

1　双关语。上一句中的"身份"一词在英文原文中又有"姿势"的意思。

2　这个词在本句中不是用作称呼，而是表示不屑一顾。因后文中有呼应，此处不另做翻译。

“他认识我吗？”

“我们会笑得很欢。”

“这个人是谁？”

“这就要等你自己去发现了。”

（我开始觉得她是我的克星。）我开始认为她会事先不打招呼便随时来到办公室，专门为了在那里的众人面前捉弄我。

“小乖乖，你怕我，是不是？”我们下一次在聚会上见面时，她恶作剧地向我嘲弄道，并且真的伸出手拧了一下我的鼻子——当时我妻子和她的丈夫正在房子里不同的地方观察着这一幕。“他是不是怕我，斯洛克姆夫人？”

“我真希望他能怕我。”我妻子喊着回答道。

“星期三给我打电话，”我生硬地命令道，“我会让你瞧瞧我有多怕你。”

“我在广场饭店。”她打电话来时说。

“我觉得我可能得了流感。”我道歉说，一边抽了一下鼻子。

“我想你就可能会的，宝贝，”她愉快地尖声说道，“所以我随身带了一份名单。而且我的意思是你的确像个宝贝。你在聚会上的表现要好得多。大海里并不是只有你这一条鱼。”

我真希望她此时此刻又跪在了我的面前，和弗吉尼娅一起。我和我妻子曾经在我的书房这儿干过许多次。我和我妻子有时仍像度蜜月一样狂欢作乐，在屋子和院子里像抽筋一样四处大干一场。我们需要烈酒。到现在为止，除了孩子们的房间和德里克保姆的房间之外，我们已经在家中所有的房间里干过。我们晚上曾经在和房子连在一起车库里干过，因为我们不想吵醒房子里面的人，我们也曾在外面黑暗中湿透了的草地上干过。（如果我们有游泳池的话，我敢肯定我们也会至少在那里试着干一次。）我们曾经在我们的红木庭院家具上干过。我又闻到了那个女人浓重的香水味（并转过身去看）。她丈夫当然知道，我真不知道他如何能够忍受这一切。就我而言，每当我想起就在前不久，我曾经被一个像她这样没有品味、粗俗不堪的人称作小乖乖，而且还被她当众拧了一下鼻子，我就会觉得非常恼火，几乎无法忍受——我简直想用双手抓起一块砖头往自己脑袋上砸。还有那个无聊的安阿伯大学退学学生，她觉得我的吊袜带很好笑，而她自己经常穿着牛仔裤和牛仔夹克，看上去总是不干不净。我就连一分一秒都不想让这种人在我面前占上风。我真希望自己把她们俩都存在了计算机磁带上，于是能把她们倒回来重新开始。结果仍将是一样。她们当中的一个会拧我的鼻子，另一个则会一边笑着，一边为了我的吊袜带而放肆地嘲弄我。两个月后，我给她打了一次电话，定了一个约会，然后又不得不再给她打电话取消约会。这次我的确想见她。

"这次是真的，"我解释说，"我有事必须外出。我回来之后再给你打电话。"

两次在电话上她听上去都无精打采的，就好像她已经没有兴致哧哧傻笑了。她似乎毫不在乎。

"没关系，"她说，"你没事。我的美貌消失了，一夜之间就没了。"

她和她丈夫分了手，两个人都搬走了。孩子们都在上大学。房子空着，没人知道是否要出售。我想等到我们的孩子们都上了大学，我和我妻子最终也将会分手。我希望这件事情不要发生得太早，不要赶上我正在公司里换工作的时候，也不要赶上我女儿正犹豫不决地陷在青春期和高中里的时候。也不要赶上我儿子正因为害怕福希奥内和爬绳而麻木地站在那里一动不动，没有确切表明他是要往上爬还是要往下退的时候。我妻子无事可做。

"我无事可做。"

她无事可做，于是她毫无热情地和那些新女性解放主义者站在同一条阵线上（尽管那些关于性高潮、手淫和女同性恋的明目张胆的讨论让她感到不安）。

"这只是因为男权社会在你身上已经造成了很深的影响，"我告诉她，"所以你才会做出这样的反应。"

她拿不准我这句话是在支持她还是在反对她。

"为什么你就应该拥有一切优势呢？"她沮丧地问道。

"在你眼里，我看上去像一个拥有一切优势的人吗？"我温和地答道。

“你有工作。”

“那你也去找一份。”

她轻声窃笑着摇了摇头。“我不想工作。”(她的确很有幽默感。)

“你想要更多的钱吗?”

“这不是钱的问题。你总是以为一切都是钱的缘故。我无事可做。”

“去搞婚外恋,去和人通奸。”

“这就是你想要的吗?”

“这并不是我想要的。如果更多的钱可以让你开心的话,我可以给你。我有这个能力。”

“我想要的并不是钱。我觉得自己什么事情都不能做。”

“你可以去攻克治疗癌症的难题。要知道,钱就连狗屁都不值。”

“今晚请不要生我的气。”

“金钱就是爱情,宝贝,这可不是胡扯。我并没有生气。”

“我觉得很难受。”

“喝了葡萄酒之后不要喝威士忌,那样的话你也许就不会那么难受了。”

“我可能要来月经了。就连你的模样看上去都比我年轻,这不公平。”

“你会比我活得长,女人比男人长寿。”

“但我会更显老。”

“你活得更长嘛,你还以为会怎么样?至少你还活着。”

“我是在开玩笑,”她说,“你连我在开玩笑都不知道。跟你讲话真是越来越难了。”

我讲的有关弗洛伊德、金钱和粪便的笑话非常好笑,但她一点都听不懂。我想有朝一日我将会不得不因为某种和这个差不多的原因而离开她(她也从未听说过哥白尼和克尔凯郭尔,不过她可能听说过加缪,因为加缪死在了一辆昂贵的跑车里),不过我不想在我儿子好像仍然如此非常需要我的情况下这样做。(我不知道他是否真的需要我。)我觉得如果我突然死去或者从家里搬出去,他会坚持不了多久。(如果我不在了,他会不知所措。我女儿想偷着用我们的汽车，这可能是一种有益的新动向。这给了她一个奋斗的目标。）当他长大成人离我而去时，我也将离开他。我女儿也会离开家，只剩下德里克，如果到那时我们还没有把他送走的话。我不想一个人离开，把一个弱智孩子塞给我妻子。实际上，我的确想把德里克塞给她，因为她把他塞给了我。（而且到那时他将已经不是一个小孩子了。）但是大家全都会站在她的一边，除非是我为了另一个女人而离开她，这将会改变一切，因为这很浪漫。我想我会私奔。到时候会有很多这样的对话：

"他为什么要离开他妻子？他们有一个弱智的孩子，不是吗？"

"他爱上了另一个姑娘，然后和她私奔了。"

"哦。"

但是如果把这改成：

"他为什么要离开他妻子，还给她撇下了一个弱智的孩子？"

"他不想再过婚姻生活了。"

那么就会有很多这样的评价：

"他真是只为他自己一个人着想，是不是？"

还有：

"这种做法真是太自私了。那个女人真可怜。就因为他不想再和她一起过婚姻生活，他就离开了她，留下她一个人照顾一个弱智的孩子。这个可怜的女人可该怎么办呀？"

我可以听到众人异口同声的谴责在整个公司里四处回荡。并不是说眼下在德里克这方面我对她有多大的帮助。我没有足够的精神力量。我宁愿悄悄溜走，或是移开视线。必须有人替我做出这个决定。我妻子会替我做出决定，而她甚至都不会意识到自己正在这样做。或者必须有一位医生帮助我们，向我们提出明确的建议，而且这种建议绝不能基于我们的自私自利。（我们必须问心无愧。）

"他在那儿会过得更好，更安全。他们现在有很好的设施。这对你们大家，还有另外两个孩子，都是最好的选择。目前这种状况对他们一直也很不公平。你们也应该休息一下了。你们俩都很棒。我知道放弃他一定很不容易。”

要么就是必须遇上一场疾病，或者是一次意外事故。

在那之前，我无能为力。（我甚至就连想要谈论这件事情的勇气都没有。对我在自己想象中听到的那些未曾出口的批评，我无言以对。我不想一辈子听我妻子后悔埋怨。如果把德里克送走，我可以马上原谅自己。而她既不会原谅我，也不会原谅她自己。）我不是她想要的那根精神支柱。我只能闭上嘴，把自己的想法藏在心里，坚决拒绝将我的感受和她的感受融合在一起。（我不愿分享我的悲伤。我不想让她参与其中。它们全都属于我自己。）我真希望自己没有需要我抚养的家属。知道有人在很多事情上都要依赖我，这并不让我觉得自己很重要。这是一种从不松懈的负担。每当我不得不等着她停止掉眼泪，不再紧贴着我，重新开始把餐具放到洗碗机里，或是继续做她的臀部和大腿静力锻炼时，我的怨恨就会变得更深。（除了在葬礼上之外，我受不了女人流眼泪。我觉得自己被她们利用了。）

“我的老天哪，看在上帝的分上，你到底想要我怎么样？”我冲她吼道，“他们也是我的孩子。难道你真的觉得我应该为你难过吗？”

“我需要找个人谈谈，我并不是想要你为我难过。难道我说一下我的感受都不行吗？”

“那就打电话给你妹妹。你明明知道我现在已经受不了看人流眼泪。”我不想听她的感受。我不想和任何人谈论德里克的事情，也不想听任何人谈论自己的烦恼。（我发现为别人感到难过越来越不容易。）“在这件事上我帮不了你。我不知道该怎么帮你。并不是我想要事情变成这样，我也不知道该怎么办。”

是我第一个看到了这件事的发生。我们被人诅咒了。在有关他的问题上，我的内心犹如一堆灰烬，仿佛是一团浑浊的空气，我就像干枯的蘑菇和潮湿的落叶一样软弱无力。我浑身冰凉。我本可以预言这一切。当儿科医生说他反应迟钝时，我看到他很笨拙。他的膝盖、双脚和手指似乎都稍有些不对劲。我发觉他好像不能长时间把头摆正。甚至在他出生之前，我对他就怀有着一种灾难的预感（但我对另外两个孩子也有过同样那种焦虑感）。我觉得他可能会有唐氏综合征。我事先完全愿意接受兔唇或腭裂，并相信可以用手术来进行矫正——对他们三个都是这样——尽管我无法想象我儿子或我女儿带着任何严重的先天缺陷一直艰难地活到现在。他们在没有先天缺陷的情况下就已经过得够困难的了。我不明白我妻子为什么会觉得我应该为她而感到难过，因为我有许多很好的理由为我自己感到难过。这些理由之一便是她。

我想在她健康状况恶化之前就甩掉她。我可以预见到我妻子将会有病缠身。她现在就有各种慢性病的明显前兆。（她确信自己已经得了、正在得，或是将会得上癌症，也许她真的会。）我知道她的健康状况将会比我先恶化。她对此更为擅长。我不想被疾病捆绑在她身上（指的是她的疾病）。但我将会被捆绑住。坏消息将会像飓风警报一样不断向我袭来，滑囊炎、关节炎、风湿病、糖尿病、静脉曲张、头晕、恶心、肿瘤、囊肿、心绞痛、息肉，所有他妈的肉体瓦解方式都会被她摊上。（除了我自己的疾病之外，别人的我都可以不管。）我将会被这根倒刺勾住，而我已成年的孩子们将会把我留在那里，不得脱身。

“爸爸，她现在感觉这么难受，你怎么能有离开她的想法呢？”他们会满怀责备地对我这样说。

“可是如果她的感觉一直都好不起来，那我什么时候才能离开她呢？”

他们自己倒是很快就会跑掉（这两个以自我为中心的小混蛋）。

“我觉得不舒服。”有时候，我妻子早上醒来时会用小女孩般的声音低声抱怨（当她觉得有人想从她那里得到什么的时候）。

就好像我在乎似的。

（“我刚才在看着你睡觉，”当一个姑娘还爱着你的时候，她会这样对你说，“你在打呼噜。”

当她不爱你的时候，你的样子便令人厌恶，她就会不想再见到你，除非是她觉得孤独或是需要钱。）

我妻子现在有时会打呼噜，而且早上偶尔会有口臭。但我也一样，因此我们俩已经在争相奔向衰老。我的孩子们也来凑热闹，哭哭啼啼，抱怨不止。

我女儿不是嗓子疼，就是肚子疼。我儿子经常用疲倦和恶心当借口，而且如果我们允许，有些日子他会一直睡到中午。我用头疼作为借口，我妻子也是。我也可以用胸痛，因为人人对心脏病发作都很尊重，碰上紧要关头我还可以用肝病。我妻子可以声称自己可能有癌症，对我进行反击，于是在蓝十字保险公司重大伤病医疗保障阴影重重的山谷里，我们二人直到终点还是不分胜负。如果我妻子死于胸痛，而我却得了癌症，那岂不是很可笑？当我妻子情绪低落，我女儿拐弯抹角地暗示自己想自杀的时候，我可以一连数天陷入沉闷阴森的沉默之中，假装精神不集中，以至于别人对我说话时每一句都得重复好几遍——只要我肯努力，我可以在子宫切除术之外的任何方面都比他们病得厉害。除了德里克之外，因为他刚开始就有一些我无法克服的先天性缺陷[1]。（哈哈。）我们大家全都吹嘘自己失眠，但这并不总是实情。如果把我们的话全都当真，那么我们家里就没有一个人睡过一个好觉。也许德里克除外，因为他不愿意主动抱怨。（哈哈。）我想知道当弱智儿童达到性成熟，发现不如干脆整天手淫的时候，护养院的人会拿他们怎么办。我很高兴他不是女孩。阉割是不人道的，于是他们会砍掉他们的胳膊。我想知道他们如何控制那些护理人员。他们是怎么避免他们接近那些白痴男孩女孩的？一想到他，我的脑子就一团混乱。医生告诉我他所能够达到的智力年龄将不超过五岁。我发现自己又在那里琢磨，人在五岁的时候知不知道如何在大便后将自己清理干净。当然不知道。我九岁的儿子仍会在内裤上留下大便的痕迹，我也一样。（可能人人都是这样，所以我为什么要专门挑我们的刺呢？）现在他在我眼中如此可爱动人，如此可怜，我都不忍心看着他。接下来我想象着他三十岁奔六十时候的样子，那真是可怕极了。我感到头晕目眩，惊恐不已，吓得张口结舌。他的脸和手背上长满了黑毛，眉毛浓密异常。他会长得像我吗？他会开始秃顶。他的西装将不合身，没有人替他收拾打扮。他的头皮屑会像鱼鳞一般纷纷落下。

1 双关语。这里的“缺陷”一词在英文原文中又可指在某些比赛中为了让弱者更具有竞争力而给弱者的有利条件或给强者的不利条件，例如高尔夫球中给水平较低的球手的让杆数。

在我的想象中,他的毛衣和外套是深色的,他脸色苍白,嘴巴半张,肌肉松弛,在别人的指引下四处走动着。他的样子可怕而丑陋,令人厌恶。他仍将不会讲话。他仍将不懂得注意饮食,也不会打网球、壁球或高尔夫球,他的体形和肌肉会显得虚弱无力。他会显得很笨拙。如果他出现在别的地方,人们会用充满敌意的眼光盯着他。他们会忘了给他剪指甲。人们会想要杀了他。他们会管他叫本吉。我将不想去看望他。我希望到时候我会不记得他。我希望我不会发现我妻子正在和人通奸,尽管她也许应该这样做。

“去做吧。”如果她是别人的妻子,我就会这样向她建议。

“好吧,我会的。”

如果她的期望不是太高的话,这可能会给她的精神面貌带来奇迹般的变化。而且也到了她该向我反击的时候了。如果到头来我儿子是个同性恋者,而我却不是,那岂不是很可笑?那将是一场悲剧。我至少有着钢铁般的自制力。对我来说,那将比一场悲剧还要糟糕,它将让我在众人面前十分难堪。一个自杀,一个同性恋,一个白痴,这就是斯洛克姆家养育出的后代。还有一个酗酒成性、神经衰弱、与人私通的妻子。上帝保佑这个女人——她将会派上用场。我会把孩子们的事全都怪在她的身上,直到某个像我一样精明的人指着我责问道:

“嘿,等一下,伙计。伙计,等等。她向来都是这样的吗?”

“我不知道。所有这一切都需要一定的时间才能成熟并显现出来。你得去问一下某个可靠而具有创新精神的进化心理学历史学家,一位有经验的心灵植物学家。我原来就是这样的吗?”

“是你把我弄成这样的。”

“是你让我把你弄成这样的。”

“是你硬让我让你把我弄成这样的。我为什么就不能和你谈谈话?”

“打电话给你妹妹。”

“我需要一个有同情心的人听我讲话。”

“你酒喝得太多了。”

“是你把我弄成这样的。”

“打电话给你妹妹，去向她抱怨。”

“我讨厌我妹妹，这你知道。”

“她挺有同情心的。”

“你这个混蛋，”她脱口而出，“你真是迫不及待地想要离开我，是不是？我知道你在想什么，我从你的眼神里就能看出来。”

最近，我越来越频繁地发现自己会在晚上仔细地对她上下打量，寻找不正当性行为留下的污渍和咬痕。当我一无所获时，我会觉得自己受了蒙骗。

“你今天都干了些什么？”我很可能会开口问。

“什么都没干。”

“买了些东西。”

“去了美容院。”

“见了我妹妹。”

“见了几个朋友。怎么了？”

“好奇而已。”

“你都干了些什么？”

“上班工作。没什么。”

“发生了什么事吗？”

“我想事情正在进展中。我不想谈论这件事。”

“怕不吉利？”

“这就是在谈论了。”

“那我就敲敲木头[1]。”

如今有时甚至就在早晨，我都会发现自己带着同样寻衅好斗的怀疑在她身上到处仔细检查，寻找污渍和斑点，如同着了迷一般。我知道这完全不合情理，因为这一晚她是和我在同一张床上度过的。我不想发疯。我喜欢对我自

1 一种西方的迷信说法，认为敲木头或摸木头可以避邪，帮助避免厄运。

己的理智、思想和行动严加控制，并且总是能将它们分清楚。我不想失去我的自制力。如果我失去了自制力，我就可能会打人（陌生人、朋友和亲人）、谋杀、大讲带有仇恨和偏见的话、用指甲去抓别人的眼球，或者是猥亵十几岁的姑娘或年龄更小、身材苗条的女孩子，或是在拥挤的地铁列车上把精液射在像我妻子或彭妮这样的人丰满的臀部侧面。梦这种东西冷酷无情，它们会趁你睡觉的时候对你进行袭击。

我可能会开始口吃。

从睡眠中醒来这个过程真是非常奇特，异乎寻常，我很惊讶我们居然能够这么多次在半睡半醒的状态下成功地将其完成。

我觉得我可能会逐渐习惯我妻子和别的男人性交这个想法，但对于其中的具体细节、具体过程，所有那些戳弄和液体，所有那些哼哼唧唧和用力弯曲，我将永远都习惯不了。一切都会变得湿乎乎的，事后有些地方还会留下擦伤或瘀青。我不喜欢想象我妻子和另一个男人做她和我做的那些事情，我也不喜欢想象我女儿做那种事情。（他会不会把那玩意——当然会。她会不会——为什么不呢？）一切都变得又湿又难闻，而我们把这称作做爱。野兽也会这样做。这跟爱情没有任何关系，参见该条，见前引书。（但就我的口味而言，又湿又难闻总比又干又有香味要好。我讨厌那种人造的糖果店式的香味。我想拥抱的是带有浓烈自然气味的人的肉体，而不是一块香皂。）如今，就连生意上的握手都已经变得又湿又难闻了。现在如果你能找到一个握手时手不湿、动作有力的年轻人，那么他肯定就是一个不择手段、一心往上爬的人。我希望我女儿不要再把胸罩丢在我能看见的地方，也不要把睡衣挂在浴室的门上。她发育得很快，这一点她很清楚。有时我看到她出门时的穿着，简直让我火冒三丈。（现在她的乳房比我妻子的都要大。）当她在我面前停住脚，等着从我手里拿到她说她需要的钱时，我几乎都不敢看她。（这时候她可能正自我感觉良好，不管我说什么，听上去都像是带有贬义，都会对严重打击她的自尊心。我真希望她总是戴着她的胸罩，而不是把它到处乱扔。她将来也会穿蓝色的牛仔裤，而且看上去并不总是很干净。她让我想起安阿伯。如今我遇到的每一个姑娘都会让我想起我曾经认识的另一位姑娘。）

“难怪你路过时他们会对你说下流话，这是你自找的。如果你被强奸了，那也是活该。”

她会马上崩溃，歇斯底里地抽泣起来。

“你总是这样，”她会尖声指责（同时我儿子从角落里忧虑而慎重地观望着，而我已经后悔自己不该开口），“你总得说句什么，把一切都弄得一团糟。”

“我已经跟她讲过了，”我妻子沮丧而恼怒地回答说，“她觉得我既刻薄又忌妒。她认为我忌妒她，因为我没有奶子。”

“你有奶子。”

如果我女儿现在真的出了什么事的话，那么很可能是和她提到过的那个大学毕业生有关。那个人在垃圾填埋场的卡车上工作，他主动提出在晚上和周末教我女儿开车，如果我们允许他们用我们的车的话。

“不行。”

我妻子点头表示同意。“你必须满十六岁才行。”

“我可以稍微提前一点嘛。人人都这样做。你们希望我通过，难道不是吗？”

我希望她在几何、英语、法语、社会科学和自然科学这几门课程上成绩过关，而不是在驾驶课上。而且我希望她的平均成绩至少达到B，这样等她毕业后就可以去上大学。（我不想让她留在这儿。）我不知道自己如何能够和一个一脸傻笑、聪明伶俐、比我年轻得多的女婿谈笑风生，同时又在心里知道他们周末来看望我们的时候，他会在这栋房子里的另一个地方悄悄干我女儿。我妻子会为他们烤蛋糕，并期待着抱外孙子外孙女。（她的头脑才肮脏呢。）他们会想要从我们这里得到各种东西，并且对我撒谎。

“也许她不会。也许她会不一样。也许等到结婚的时候她就会变成熟。”

“我们当年就没有变成熟。”

“你这是什么意思？”

我妻子不理解我。

我觉得她从来都没有想到过我会在心里想她可能正在外面和别的男人鬼混，而且她也没想到过我会有条有理、充满敌意地检查她的腹部、毛发、大腿、脖子、胸部、内裤、衬裙和衬衫，寻找不属于我的精斑。(我妻子的腹部轻盈而略有坡度，就像你在腰部细长的漂亮姑娘的照片上经常看到的那种。)当我仔细检查她的毛发和腹部时，我的敌对情绪往往会转化为情欲(当然是敌对的情欲，也就是所谓的肉欲，于是我会想要做爱)。假如我找到了，我将不得不离开她。我有比一般虚伪的大男子主义双重标准更为强大的东西，能够给予我离开的力量和决心：我有不安全感。

我还把脑肿瘤忘了个一干二净。对于康涅狄格州和我同龄、尚未离婚、拥有三个孩子、两辆汽车，并且有机会得到晋升的男性来讲，这种病是第十三大杀手。难怪我必须经常在家里大喊大叫，好让大家感觉到我的身份。(我并不想让别人害怕我，我只想得到照顾和宠爱。从我的家人身上，我得不到小时候从我母亲和某些女老师那里得到的那种爱和同情。真该死——有时候我想让我的妻子和孩子们像对待婴儿一样对待我。我有这个权利。我需要那种安全感。我不是那种指望着在晚年得到孩子们照顾的父母：我现在就想让我的孩子们照顾我。)我妻子认为我现在很喜欢和她一起待在家里。她察觉不到我其实迫不及待地想要离开家，到办公室去，好更接近阿瑟·巴伦(我觉得，如今我和他交换的眼神意味不同寻常)。今年的公司年会又将在波多黎各举行(为了向莱斯特·布莱克妻子的家人表示应有的敬意)，而凯格尔正在托莱多[1]出差。我妻子会因为我解雇安迪·凯格尔而很难原谅我(直到我明确地告诉她不是他就是我。然后她便会将目光投向我身后的远方，不想对此事有更多的了解)。我妻子为凯格尔的腿、他的妻子和两个孩子感到难过。我妻子对所有信教的家庭都很容易产生同情，除了黑人家庭，还有犹太人家庭，因为在她眼里，犹太人所说的外语(“就连拉丁语都不是。”)和他们嘴里别人无法理解的祈祷似乎粗鲁无礼。(她觉得他们的祈祷是针对我们的。)就连他们的节假日都不

1　托莱多：美国俄亥俄州城市。

一样。(他们是一个倔强执拗的民族[1]。她不想让我们的女儿嫁给一个犹太人,尽管她觉得那比波多黎各人或黑人要强。)凯格尔不会有任何起色。他仍会在星期天在家的时候和家人一起上教堂,仍会去托莱多之类的地方出差,一去就是一个星期,也仍会在下午晚些时候去找下等妓女鬼混。他仍是个有顽固偏见的人,不肯雇佣犹太人,也不肯干黑人姑娘,除非他正在加勒比海的某个岛上出差参加商务会议。那样的话他就喜欢年纪小的。我想他曾经干过十五岁的,而且也肯接受十三岁和十一岁的,但那样他会觉得不正常。我必须解雇他。我曾经和他一起去嫖妓,并且因此而不能原谅他,也无法忘记这件事。他会在我身边徘徊,碰碰我的肩膀,一边不得体地窃笑着。

“哎呀,得了吧,鲍勃。别装蒜了,我知道你的底细。你还记得……”

“那件事从来都没发生过。而且如果发生了的话,我也不记得了,而你必须受到惩罚。”

我会把他在外地办事处那些喜欢酗酒的亲信们调到不同城市的新岗位上,希望他们会主动辞职。当我和阿瑟·巴伦在走廊里偶然碰面时,我们对这类事情谈得并不多,但我觉得现在他的寒暄中有了一种婉转的默契。

“你好吗,鲍勃?”他现在总会叫住我,这样和我打招呼。

“很好,阿特。你呢?”

“非常好。霍勒斯·怀特告诉我,你把他逗得很开心。”

“阿特,我很喜欢霍勒斯·怀特。他这个人很不错。”

(我说的并不是事实,但我的回答是正确的。)

霍勒斯·怀特对我表示赞许。那莱斯特·布莱克呢?等到约翰尼·布朗发现我是他上司的时候,他会去找布莱克大发牢骚,表示异议。但布莱克可能会不在乎,这不在他的工作范围之内。而且布莱克反正已经准备退休,大部分时间都不上班,而是在玩帆船。

我已经尽力劝说凯格尔不要去托莱多(当然,我知道我劝不住,但我几乎

---

1 上帝对以色列人的评价,出自《圣经·旧约·出埃及记》第32章,原文为“耶和华对摩西说:我看这百姓真是硬着颈项的百姓”。

问心无愧。

“待在城里吧，安迪。你知道阿瑟·巴伦想让你待在这儿。”

“我会把它和超市促销活动配合在一起，”他答道，一边冲着我心照不宣地眨眼示意，“嘿嘿。你会看到的。”)。

“鲍勃，凯格尔在芝加哥吗？”

“托莱多。”

“他在那儿？他告诉劳拉他要去芝加哥。那儿有什么？”

“他在安排一场超市促销活动。”

“这件事不该由他经手。”

“他每天都打电话来，我知道在哪儿能和他联系上。他让我替他负责办公室的事务。”

“很好，鲍勃。我们必须着手为公司年会做准备了。我希望今年的年会一切顺利。”

“我觉得没问题，阿特。”

“我也这样认为。霍勒斯·怀特下周回来，我和他将会开始安排我们在楼上的会议。你做好树敌的准备了吗？”

“如果有必要的话。”

“你会有一些朋友的。”

我也会发表一些演讲。我需要凯格尔在年会上露面。这件事他会做得很好，他可以声称自己策划了这项人事变动，表示很高兴摆脱他不想承担的行政责任，终于能够自由地从事他真正喜欢的工作。没人会相信他，但这并没有关系。在那之后，我就不想让他继续留在这里。

“你打算对安迪·凯格尔怎么处理？”阿瑟·巴伦会问。

“我想让他在公司年会上致开幕词。”

“我认为这样很好。”

“我觉得他会做得很好。他不用人提醒就会笑得很开心。”

“然后呢？”

“我不想让他继续留在这里。”

“你想把他留下来做顾问，或者是让他搞特殊项目吗？”

“不，阿特。”

“他可能会有用。”

“但不是在这儿。我觉得把他留下可能不是个好主意。”

“我觉得你说得对，鲍勃。”

“谢谢你，阿特。”

当然，我不能解雇凯格尔。（如果我可以解雇人的话，我会解雇格林，我还会解雇打字员玛莎。她仍在慢慢地发疯，但速度不够快，不合我意。）我只能表示我不想让他继续留在这里，然后公司会把他调到别处去。我希望在我不得不逼着格林下手之前有人能解雇那个打字员。

“阿特，”我可能会这样说，“你这会儿有时间吗？”

“你好吗，鲍勃？”

“很好，阿特。你呢？”

“非常好，鲍勃。”

“格林的部门里有个姑娘有严重的精神问题。她快疯了。我觉得她在自言自语，想象着自己在和别人谈话。她还经常在那儿一个人发笑。把她留在那儿对整个部门的形象没什么好处。”

“她开心吗？”他可能会问。

“只有在她发笑的时候，”我回答，“可是那时她就会停止打字，她的工作效率会受影响。”

“叫格林把她打发掉。”

如果他这么说，那就意味着他希望我开始对格林发号施令，开始支配他的部门。如果他说：

“我会去跟格林谈谈。”

那就意味着他希望我们分别管理自己的部门（我不会因此而灰心丧气，因为有格林的部门可以用来推卸责任也是有好处的）。

如果他神情严肃地问我：

“你会怎么做？”

“她可能有不短的病假期可以使用，”我会这样回答，“然后，如果她愿意的话，她的重大伤病医疗住院保险可以接管。那些因为精神障碍而自愿请病假的人几乎从来都不会再回来上班。”

“非常好，鲍勃。听起来这样处理好像对她最好。”

“这些工作岗位并没有给他们留着。如果她重新申请，我们可以这样告诉她。可以让一位护士告诉她她需要休息。”

“可是我在这儿很开心，我整天都在笑。”

“亲爱的，只需要离开一会儿。我们——他们——必须削减开支。”

（我为雷德·帕克预备的处理方案就是让他休病假。）

（他会觉得我是在私下里帮了他一个忙。）

（等他想要回来的时候，那就没那么容易了。）

（我真是太聪明了，简直应该让我当公司总裁。）

等到雷德·帕克离开公司之后，我甚至可能会重新开始使用他的公寓。他暂时不会意识到自己已不是公司的一员，而是在公司之外。他的重大伤病医疗保险单将给我带来很大的医疗福利。他的职位将会被人顶替。（他将会被存档。）如果他想回来工作，他留下的空缺将已关闭。（他多半不会回来。他将会习惯于无所事事，无所顾忌地到处度假，漫无目的地跳来蹦去。）

除了因为动手术或严重事故而请假的人之外，自愿长期休病假的人几乎从来都不会再回来。他们觉得自己没有那个能力。（即使是因为得了肝炎或单核细胞增多症而休了一阵病假的人也很难重新回来。他们缺乏活力。）在他们走了很久之后，某个喜欢关注人们近况的人（在军队上，这个人是我们的公共联络官）会来告诉我们他们死了（或是遇上了“脑血管意外事故”，这时我们就知道他们真的永远离开了人世。或者说呜呼哀哉了，哈哈）。

“你们听说雷德·帕克的事情了吗？或是安迪·凯格尔？或是杰克·格林？”某个像埃德·费尔普斯这样的人会来对我们说，如果到那时埃德·费尔普斯还没死的话。埃德·费尔普斯退休后会经常来公司转悠(就像霍勒斯·怀特生病后坐着轮椅、拄着金属拐杖来到公司里一样,或者是躺在带轮子的担架床上,被一位表情难以捉摸、身穿笔挺灰色制服的黑人司机推进办公室,一边无力地挥着手向大家打招呼。等我到了八十岁,牙都掉光了,我将会是什么样子?我的牙齿将一颗不剩——牙周治疗无法永远保住我不断恶化的下颌骨——我的脚踝和足弓也会变得更糟。我的鼻子将会不通气,只能通过张着的嘴呼吸。我的手指将颤抖不止,就像是在搓药丸一样。我已经在医院里和照片上见过我了。我身上会有什么气味?我知道我身上会有什么气味。那种气味我现在就能闻到,而且我不喜欢),因为他没有别的地方可去。如果埃德·费尔普斯开始以又一位多余幸存者的身份出现在我的战友聚会上(代替我。我从来没去过),我也不会感到惊讶。(我们真的不需要那么多幸存者了。)“我不知道他去世的原因,”他会不断重复这些有关雷德·帕克的话,“不知道他的孩子将由谁来照顾。他有几个孩子来着?”

没人会知道,也没有人会关心。近来我对公司里所有其他人尽量保持一种真诚而闪光的中立态度。简知道我已经不再和她调情了。

“怎么了,大男子汉?”我可以听到她几乎是在故意逗我生气。“临阵退缩了?怕你那个厉害的老婆会发现?还是说只是害怕自己那玩意老是硬不起来,不能满足一个年轻姑娘?”

简不是能说出这种话的人,甚至连想都不会想,但我还是在脑海里目睹了这一幕,想知道自己如何才能从中脱身。在工作之余,我已经开始刻苦而现实地训练自己,以准备承担自己即将肩负的重任。我在组织演讲稿,而且在打高尔夫球。我在为好几篇演讲打草稿,有在公司年会上发言用的(包括我自己和凯格尔的发言稿),还有在公司走廊里需要用的。

“哎呀,”其中一篇是这样的,“你觉得你很惊讶?你以为我是什么感受?我就连做梦都没想到。”

(这篇我只花了一分钟就写好了。)

我还给自己购置了新的高尔夫球杆和高尔夫服装。

我女儿觉得我身穿白色和淡色衣服、头戴鸭舌帽的样子很好看。(当我显得很帅气的时候,我女儿会觉得很满意。)我妻子感到很困惑。她认为我之所以重新开始打高尔夫球,是因为我想在被人请去打球时跟俱乐部里的女大学生调情。我现在已经不知道如何跟女大学生调情,而且即使我知道,我也不想那样做。她们都是些小孩子。(而且她们当中好像没有人向我或其他和我同龄的高尔夫球手发出信号,她们感兴趣的是出色的网球手。我已经决定,无论是在聚会上还是在任何别的地方,如果我妻子也在场,而且可能会觉得难堪,我就不和别人调情。同时我也希望她不要在喝醉酒之后和别人调情,从而使我觉得难堪。)我会给她更多的钱。周末我偷偷地在公共高尔夫球场上接受私人训练,并接受去私人俱乐部打球的邀请。我妻子不会再打高尔夫球,因为她知道自己打不好,而且她讨厌去高尔夫球俱乐部吃午饭或晚餐,因为她不喜欢在那儿遇到的人。他们个个都在闹离婚。不管走到哪里,人人都似乎走到了尽头。我会再买一栋房子。我妻子想要。这会让我女儿很高兴,她对来自有钱人家的朋友非常体贴,但对家境较为贫寒的朋友却毫不在意。比如对那个在垃圾填埋场的卡车上工作的大学毕业生,他说他想在晚上和我女儿一起坐在一辆汽车上,好给她上驾驶课。(我知道他想给她上的是什么课。我想用膝盖狠狠地捣在他的肚子和下巴上。他怎么竟敢对我体态丰盈的十六岁女儿打下流主意?我女儿怎么会认识这么多人,却仍然如此孤独?)我们必须买一栋更大的房子,因为这栋房子里的厨房桌子太小了。

“高尔夫球?”我儿子眯着眼睛,困惑不解地说。

“是一种体育运动。”

“他又开始打了。”我妻子说。

我儿子看上去有些伤心,我妻子心情烦躁。我儿子不习惯看到我星期天早上一大早就打扮得漂漂亮亮,急着想要出门。

“如果我不去打球的话,”我对他说,“你想让我跟你做些什么吗?”

他忧郁地摇了摇头。“你可以去。也许游泳吧。”

“天气还不够热。妈妈可以开车送你去海滩俱乐部。”

"我不喜欢那儿。"

"你还有别的事情可以做吗？"

"看电视。我在电视上看到了高尔夫球赛。"

"高尔夫球的目的是把球打到洞里。"

"就像台球？"他试探着说道，希望自己没说错。

"口袋台球[1]。"我开玩笑说。

"住口。"我妻子警告道。

"什么是口袋台球？"

"别在星期天讲这种事。别在吃早餐的时候讲。"

"今天可是主日[2]。"我女儿用嘲弄的庄重语调说道。

"我星期一再告诉你。"

"我知道。"我女儿夸耀道。

"你知道的可真不少。"

"你是不是要生气了？"她惊讶地问我。

"当然不是。"我答道，稍有些掩饰。她知道这种说法，我并不高兴。（而且我又想起，就在前一天晚上，我看见她坐在汽车后座上，和几个男孩子一起在城里乘车闲逛。如今，我跟她谈不了多久，就会忍不住想要说一些带刺的话。我们俩之间总是有一种潜在的敌意。我不知道这是为什么。）

"如果你要生气的话，那我就离开饭桌。"

"别犯傻了。"

"我要生气了。"我妻子宣布道。

"我事先已经约好了。我今天帮不了你，下星期我和你们一起去教堂。"

"我们下星期不在家。"

"你喜欢吗？"我儿子问。

---

1 双关语。原文可指美式落袋台球，在俚语中又可指男性用手在裤子口袋里玩弄自己的生殖器。

2 即星期日，为基督教的礼拜日，故称"主日"。

“教堂？”

“高尔夫球。”

“不喜欢。”

“他讨厌高尔夫球。”我女儿告诉他。

“你说得很对，”我称赞道，“我甚至就连和我一起打球的人都讨厌。”

“那你为什么还要去呢？”我儿子皱着眉头，满脸困惑。

“因为打球对我有好处。”

“对身体有好处？”

“对生意有好处。”我女儿猜对了，她把我模仿得惟妙惟肖，非常滑稽。

“你又说对了，我的女儿，”我再次称赞她，“它会帮助我得到更好的工作。它会帮我挣钱，全都是为了你们亲爱的大家。”

“既然你挣了这么多钱，你能给我买一辆车吗？”

“等我降低了我的让杆数吧。这张桌子太小了。我不明白我们为什么不能在餐厅里吃饭。”

“我事先不知道我们会同时全都凑到这儿。我通常不得不一个人吃早餐，其他乱七八糟的事情就更别说了。”

“你听上去满腹牢骚。”

“我不明白你为什么非得在星期天早上打球。”

“人家邀请我的就是这个时间。”

“你还在上高尔夫球课。”

“那是我有空抽时间去的。你一个人去教堂吧，好不好？”

“我不想一个人去。我又不是没有家人，难道不是吗？”

“你是和上帝一起去的，记得吗？”

“不要拿这个开玩笑。”

“那就和孩子们一起去。”

“除非你去，否则他们也不会去。你对他们有影响。”

“你们愿意和她一起去，是不是啊？”

"不要强迫他们。"

"不要当伪君子,爸爸。"

"等母亲节的时候咱们全家一起去。"

"那样的话那天就变成父亲节了。"

"我们讨厌那些和我们一起做祷告的人。"我女儿活泼地说着俏皮话,我儿子咯咯笑着。

"说得非常好,"我对她表示赞赏,也开怀大笑,"我为你感到骄傲。"

"每当你们三个人都觉得我很滑稽,我真是喜欢极了,"我妻子说,"这都是他们跟你学的。他们觉得自己可以拿任何事情开玩笑。"

"他们的确可以。"(她正在开始毁掉我这一整天。)除了我妻子之外,全家人都觉得这顿饭吃得很愉快。我希望赶快把它吃完,好离开这里。"要知道,办公室里可没人这样对待我。"

"要知道,美容院里可没人这样对待我。"

"那好。"

"你又没跟办公室里的人结婚。"

"你第一次说的时候我就听见了。你为什么总要把什么话都重复好几遍?"

"你真是臭不可闻。"

"孩子们,我们只是在开玩笑。你每个星期都这样。"

"吃点鸡蛋吧。"她低声回答。

"你正在毁掉我这一整天。"

"你也正在毁掉我这一整天。"

"我喝点果汁。你每个星期都这样,难道不是吗?每逢我不上班就这样。"

这并不是事实,但她没有回答。她倔强地沉默不语,脸上的皱纹凝固不动,握着大玻璃水罐的手微微颤抖着。等哪天我不嫌麻烦亲自动手做橙汁的时候,我们将会喝上鲜橙汁。我会用冰过的玻璃水罐,而不是那个黏糊糊的塑料水罐,她和女佣觉得塑料水罐用起来更方便。孩子们像商店里的模特一样一动不动地坐在那里,躲在自己的面孔背后,等着看将会发生什么。我的这一天开始得非常吉利:我在昨晚想和她做爱的时候和她做了爱,而早上当我不想做爱的时候,我趁她在卫生间的时候匆匆下楼开始准备早餐,就这样躲了过去。(她向我发出了我不想要的信号。)因为她今早扫了我的兴,我会觉得很难原谅她。如今,就连新鲜的橙子尝起来都觉得是骗人的。橙子都不好吃了。可能是因为我们洗玻璃杯用的肥皂里或者是我们喝的水里有什么东西。现在冷饮柜台装冰激凌汽水用的都是纸杯或半透明的塑料杯,这些杯子既不会变凉,也不会增强味道。什么东西都站不住脚。伦敦桥要倒了,结果被运到了亚利桑那州,成了一个旅游景点。我做的煎鸡蛋和咸猪肉比谁做的都好吃,因为我比谁都肯下工夫。我做的蒜蓉吐司用的是我妈妈以前的做法,而且和她做的一样好吃。这很容易,人人都喜欢。如今没有一样纯正的东西了,就连人也一样。我决定用笑话来打破僵局。

"说实话,亲爱的。"我开始哄她。

"如果你去的话,他们就会去。"她冷冷地插了一句。

我儿子摇了摇头。

"我不会去的。"我女儿宣布道。

"你告诉我不要强迫他们。"

"我觉得整个世界上只有我孤零零一个人。"

"我非去不可吗?"我儿子抱怨道。

"说实话,亲爱的,"我又开始说道,一边抚摸着她的胳膊,(就因为她让我不得不这样做,我就必须离开她。)"你是宁愿做穷人上天堂,还是宁愿做有钱人而下地狱?"

"这并不是我们讨论的问题。"我妻子争辩道。

"这是我问的问题。"

"多穷才算穷?"我女儿试探着打趣说。

"我并不像你想象的那么在乎钱。"

"我在乎,"我女儿轻声说道,"我想有尽可能多的钱。"

"你想要一栋新房子,不是吗?"

“那有什么犯法的？”

“没有。你是宁愿做穷人上天堂呢，还是宁愿做有钱人——然后下地狱？”

她无可奈何地露出了微笑。“下地狱。”她对我说，接受了我的提示。

我觉得风暴已经过去，我可能仍然能够安然无恙地从他们大家身边扬帆而去。我想庆祝一下。

“真不愧是我的好妻子。”我充满深情地对我妻子大声说道。

“反正我也觉得有点累。”她毫无怨恨地承认道。

“一个人去吧。”

“我不喜欢一个人去。我会躺在床上看报纸，看看吉尔伯特和沙利文[1]的歌剧。听起来很刺激，是不是？”

“我喜欢钱，”我女儿非常欢快地宣布道，“我觉得我真的非常喜欢。”

“所有穷人都会上天堂吗？”我儿子严肃地问道。

“你相信天堂吗？”

“不相信。”

“那他们怎么能上那儿去呢？”

“真好笑，”他皱着眉头，嘲弄地说，“假如我相信天堂的话，那么所有穷人都会上天堂吗？”

“他们没希望。”

“我是认真的。”

“他们根本就没希望。如果天堂里全都是穷人的话，那么天堂又算是什么鬼地方？”

“咱们家穷吗？”他想知道。

“不穷。”

“那你为什么不能给她买辆车？”

“这才是我的好弟弟。”

1　威廉·吉尔伯特（1836—1911）：英国剧作家、歌词作者。阿瑟·沙利文（1842—1900）：英国作曲家。两人曾合作长达二十五年之久，共同创作了十四部喜剧性的歌剧。

"我能。让她先学会了开车再说。"

"我都快十六岁了。"

"到时候咱们再谈。钱我是有的,所以用不着担心我们会受穷。而且我很快就会有更多的钱。"

"我觉得我喜欢钱,"我女儿大胆地吹嘘道,"胜过世界上的任何东西。我喜欢钱胜过我喜欢冰激凌。"

"我的女儿啊,有人可能会觉得这种话很粗俗。"

"我不在乎。我喜欢钱就像我喜欢盘子里的最后一勺冰激凌。"

"有钱的确能使鬼推磨,是不是啊,小姑娘?"

"的确是这样。"

"为什么呢?"

"因为金钱就是一切,小伙子。"

"那健康呢?"我妻子说。

"健康换不来金钱。这就是为什么你不应该把那些一角和五分钱的硬币送给别人。"

"我已经不把钱给别人了。"

"我永远都不会把钱给别人。"我女儿自以为是地宣称道。

"亲爱的女儿,我觉得你从来都没给过,嘿嘿。金钱推动世界运转,小伙子,而且金钱也创造了历史。"

"为什么呢?"

"你在学校上历史课,对不对?"

"我们把它叫作社会科学。"

"有了金钱才会有社会科学,没有金钱就没有社会科学。"

"为什么呢?"

"爸爸的意思是说,"我女儿解释道,"人们对金钱的喜爱,以及过去人们对黄金和财富的追求,导致了我们今天在所有历史书上读到的大部分历史事件。对吧,爸爸?"

“的确没错，我的宝贝女儿。你又说对了。我很高兴看到，除了口袋台球和毒品烟卷，还有在家里不穿衣服走来走去之外，你在学校里还学到了些别的东西。”

我见她倒抽了一口气，脸色变得煞白，这让我比她还要感到吃惊。(我不知道自己当时为什么要那样说。我向上帝发誓，我不知道这些话是从哪儿来的。我知道它们不是来自我。) 她的声音像是在低声恳求。

“你非得说这种话吗？”

我悄声表示否认。“不是。”

“是的，你非说不可，”她指责道，“你总是这样，难道不是吗？”

“对不起。”

“你总是把事情弄得一团糟。你总是让大家扫兴。难道不是这样吗？”

我妻子看上去好像要哭了。

“你知道我是在开玩笑。”

“我可以走了吗？”

“不。咱们俩都是在开玩笑，但我告诉过你，不要不穿睡袍在家里到处走。”

“我可以离开桌子吗？”

“不，你留下，我走。”(我觉得自己既无能又笨拙。)“难道咱们就不能和好吗？反正我也得走。嘿嘿。”

她也正在毁掉我这一整天 (尽管这全都是我的过错，而且现在还不到十点)。今天早上，当我妻子依偎在我身旁，用慵懒的咕哝声把我吵醒时，那种章鱼般的对性生活的厌恶感又和我们一起躺在床上。它会不时出现 (总是在她采取主动的时候。也许我更喜欢自己主动求欢)，就像一道肉墩墩、黏糊糊、肌肉发达、满是血管的屏障。我敏捷地躲开了。不等我妻子意识到发生了什么事，我就已经在楼下的厨房里忙着切橙子、煮咖啡、打鸡蛋。我不知道它来自何处，也不知道它为何而来 (而且我永远都不想知道)。它似乎是一种来自大脑、心脏和小肠的协同攻击。(据我所知，有心脏病的男人会以自己的心脏病为借口来避免和妻子发生性关系，但他们不会对女朋友这样做，除非他们对女朋友产生了厌倦。我则是煮咖啡，打鸡蛋。每当我听说某个我认识的人离开了他的妻子，我都会有一种极大的个人满足感。那些婊子活该。昨天在一家美食店里，我无意中听到一个女人告诉另一个女人，说某个我素不相识的男人离开了他的妻子，于是我情绪高涨。过后我觉得很沮丧，为我自己感到难过，因为这种事我又没赶上。

“你为什么这么高兴？”当我回到车上时，我可以听到我妻子这样说。

“因为洋蓟的价格。”我回答说，或者还有更佳的回答：

“有个男人离开了他的妻子。”）

当我醒来时，那堵厌恶之墙又出现在我的脑袋和胸膛里（而且不肯离去），我既不想让她碰我，也不想不得不去碰她。（这和她毫无关系。）我觉得当她挤在我身上时，我可能会破碎成某种干枯发霉的东西。我就像是柔软的面团或黏土，在她的手和膝盖的挤压下会变形，并留下凹痕。我会一直保持那种状态。它既缥缈无形，又丝毫不肯放松。它非常沉重。它既是活的，又是死的。我既是活的，又是死的。有一种粗糙的麻痹感。它既空洞，又稠密。它没有空气，可能会让人无法呼吸，引起头痛和反胃，让人想起令人恶心的发霉气味。这一点都不好玩。我没有意志力去克服它，也不能将它向我妻子坦白。

“我感觉不舒服，”我会抱怨，“我觉得是我的胃有毛病。”

“你的胸部感觉还好吗？”

“我觉得还好。”

“你工作太卖力了。咱们从来都没有真正度过假。”

“你每年夏天都出去。”

“我觉得那不算度假。为什么咱们俩就不能去墨西哥？我从来没去过。”

我宁愿向它投降，乖乖地躺在那里受奴役。我宁愿屈服。我宁愿等待时机，等着它逐渐放松，开始退缩，像苏醒的恶魔般退回到我腺体里的地下巢穴，而不愿与它交战，也不愿像蛙类动物一样使劲蹬着脚，试图从一个开口挤过去。我又变成了一只无尾两栖动物。我身上有疙瘩，但它们很小，因为我很小。我想象自己就像一个白色的微型游泳者，或者是身穿黑色橡胶服的潜水员，头朝前挣扎着试图挤过去。在我太阳穴里自由浮动的疼痛渗入到脑袋后面的枕部，变成了一阵阵的抽痛。如果哪一天我强行穿过了一道厌恶之门，而它在我身后紧紧关上，我可能永远都回不来了。回到哪儿？如果我到了那里，那么这里可能会不复存在，让我无法回头。我以前曾经从厌恶中钻了过去，它没有伤害我便消失了，就好像它根本不存在一样。我想象着各种对话。我真希望我从来都没有必要经历它。

“来吧，告诉我，”我哄着我女儿，“嘿嘿，你可以说实话。你是不是在跟许多男孩女孩一起吸毒，或者做下流事？我会理解的。”

“如果你真的理解的话，”我女儿用平静而单调的语调责备我说，“你就会明白，如果我想让你知道，那你就不需要问我。”

“这话说得聪明。我为你感到骄傲。”

“我非得聪明不可吗？如果我不聪明呢，你还会觉得骄傲吗？”

“当然。”

“为什么而骄傲？”

也许这就是为什么弗吉尼娅的父亲会自杀。（因为她毁了他的一整天。）他多半是个谦虚内向的男人，个头不比莱恩·刘易斯高。他把自己的掌上明珠送到了南方一所很好的大学，结果她却被学校踢出了大门，因为她和一群橄榄球运动员集体列队上床胡搞。

“集体列队，”她带着欢快的愉悦神情对我说，一双黑眼睛烁烁闪光，“是他们逼着我这样做的，”她继续说道，脸上散发着炫耀的光彩（所以我一直都拿不准她是否在说实话。她知道我喜欢听她讲自己的下流经历。在一种摇摆不定但又无法抗拒的迷恋的驱使下，我会反复问她。强奸让人着迷）。“他们一开始还按着我，但后来我就开始有快感了。我证明他错了。”

“你当时害怕吗？”

“不。我当时真的特别喜欢那个四分卫。他可是自负得不得了。我们曾经在独木舟上干过一次。你在独木舟上干过吗？”

“你没有生气吗？”

“当然没有。但他生气了，生的是我的气。他本以为我不会喜欢，但我证明他错了。他是校园里最出名的人物，有那么一阵儿他属于我。我觉得我是那里唯一的犹太人。从那以后他就再不理我了。”

“给我也证明一下。”

“我敢打赌你会晕倒。”

“我敢打赌我不会。”

“我敢打赌杜克大学的人们至今还记得这件事。他们应该给我立一座雕像，因为我给他们的橄榄球队带来了一个成功的赛季。”

听她这样讲这件事我并不是很高兴（我至少想听到一丝悔恨之意），而且如果我有所需的权利和手段，我会严厉地斥责她，惩罚她。我会扇她的耳光。（这里面有忌妒。）我和我妻子结婚之后曾经在一艘小船上试着干过一次，但刚一开始她便觉得害羞，于是让我划船把她带到了一个岛上。

如果是现在，我就会意识到弗吉尼娅有点神经不正常，而且当这种厚颜无耻的陶醉感耗尽时，她有可能会自杀。（一旦没有了它，她将不知如何生存下去。）我也会明白她实际上喜怒无常，而大多数时候她兴高采烈的样子都是强装出来的。我觉得如果在近期内彭妮身上没有什么十分有趣而且持久的事情发生的话，那么她可能会在几年之后不声不响地自杀——对此我帮不上什么忙。她现在知道，如果我妻子去世，或者是我离婚了，我也不会娶她。我已经不再和她亲近，而是来了就走[1]，哈哈——我觉得等到孩子们长大离开家之后，如果我也离开，我妻子很可能也会自杀。也许德里克会让她继续活下去，如果到那时我们还没有把德里克送走的话。（这孩子在这方面可能也会为我派上用场，不过到时候他会长大，不再是个孩子。）我真希望我们能很快把他送走。（我不想让他长大了仍留在这里。）等我离开这个家的时候，我压根就不会回头。我甚至不想让他们知道我的电话号码。我想换个城市。除了我儿子之外，也许就连他我都不想保持联系。他会变。我不知道我还想

1 双关语。参见第 76 页注释 1。

让他继续和我交谈多久。如果我哪天进了医院，我不想让他们中间的任何一个去探望我，增加我的痛苦（我已经把这一点告诉了他们。除了我儿子，我可能会想念他，并且担心他会为我太担心。我将躺在那里，已经奄奄一息，或者正在恢复元气，鼻子里插着管子，就像一个饱受折磨的政治犯一样，而他们却会希望我能让他们觉得好受一些。我不想让我妻子的妹妹来探望我，但我将无法把她拒之门外。我的小秘书会给我寄上一张慰问卡片，而我则不得不对她表示感谢）。仅仅从她在杜克大学玩的那场橄榄球赛，还有我们幽会时她那种迅速而阴沉的情绪变化中，我就应该知道她神经不正常。每当我们在楼层之间的楼梯平台上或楼下库房里像两只毛茸茸、穿着衣服的熊一样靠着墙互相拥抱抚摸时，过不了一两分钟，一种疯狂的恐惧便会在毫无预兆的情况下突然爆发，像暴风雨一般席卷她的全身。我们曾经在那里幽会过许多次。我当时非常想把我的阴茎掏出来放在她手里。有好几个月我一直在起草着各种计划。

“有件事我想要做。请让我做吧。”在从家到办公室来回拥挤的地铁列车上，我曾经声音哽咽地对她这样说过许多次。（我脑子里并不总是能够分得清哪里是我家，哪里是办公室。我经常觉得在办公室更自在。）“我想把它放在你手里。”

（我的心很沉重，我无法开玩笑。）

在我的想象中，当我把它掏出来的时候，它很柔软，但又很肿胀，接着我感觉到它在她手里迅速硬了起来。

然而谈判的那一刻总是一下子就错了过去。我们在楼梯平台上碰头，然后就一头扎了进去。我们一言不发便开始了。我们之间无法达成任何交易，我也没有机会实施任何微妙的策略，而是只能把我手中的事故记录文件夹塞到她屁股后面或者背后，好不让它们掉到地上。接着：

“有人来了。”

于是又为时已晚，她会从我手中挣脱出来，一边发出轻微的低吼和喵喵的呜咽声。这些声音似乎来自她的脑子，而不是她的喉咙。她拼命将我甩开，就好像我在试图把她束缚住一样。(我并没有。)她面红耳赤,神情困惑,胸脯一起一伏,嘴巴和鼻子里呼吸急促刺耳,还带有哨音。她会怒气冲冲地瞪眼望着我,就好像我是个新来者,想要欺骗她,就好像她不知道自己是怎么和我一起来到这里的。这要么是恐慌,要么是性高潮。(我愿意折中。)我觉得她是害怕就在楼梯那儿或者甚至是在楼下库房里,性高潮会突然开始涌来。我觉得她是想要一张床,或者是一辆车。(我曾经认识一个年轻的女大学生,她告诉我,在她还没到离开家的年龄之前,她曾经在自己的房间里和床柱干这种事。我现在认识有振动按摩器和被强奸幻想的姑娘。)她没有必要这么用力和我争斗,我就像一只羔羊一般温顺。她的目光锐利无比,充满责难,脸上是一副谴责的表情,嘴里仿佛含着毒液。她手忙脚乱,失去了理性,同时又充满了仇恨。她甚至会用匕首刺我。(那张面孔,如果是在今天,我会将它扔掉。如果她犯的是这种病,那我就不想要她。)她想让我完全被动(就像床柱或振动按摩器一样)。她好像没有意识到我正在她的裙子里摸着她,直到我已经摸了一会儿,她这才反应过来,大吃一惊。她觉得自己遭受了欺骗、引诱和侵犯。当我将大拇指滑过我的指尖时,我仍能感觉到她内裤那地方既滑溜又带有褶皱的那种感觉。(现在我拿它玩得很开心。)

"有人来了。"她会含着眼泪,用一种狂乱、恳求的低语声脱口而出,一边残酷地对我龇牙咧嘴,就好像想要砸死我一样。她会花一两秒钟把自己弄齐整,然后匆忙离开。她一边拼命奔逃,一边在随身携带的小圆化妆粉盒的镜子里检查自己嘴上的口红,并稍作修整,接着便消失了。

我总会忘记,她当时才二十一岁。

我并不会伤害她。当时我才十七岁半,而且对她爱慕至极。直到她回到办公室里,坐在那台黑白两色、一跳一跳向前走动的西联电报公司大挂钟下面办公桌后的转椅上,她才会重新对我露出微笑,又变成了一位快乐沉稳、成熟老练、经验丰富的性感皇后。(西联电报公司已经大幅削减了电报业务,转为通过其他业务来赚钱。)我觉得我很忌妒杜克大学那几个头脑简单、四肢发达的橄榄球运动员,而且不肯原谅他们,因为他们能够在彼此面前那样和她性交

(做爱,参见该条,见前引书,出处同上同同上[1]),而且事后对她一点都瞧不起(而我却把她视为珍宝。他们这种做法不仅仅是不友善。他们有没有意识到他们这样做对我有多冷酷?)。

她有点疯癫。她有时会同时穿紧身褡和内裤,我至今还是搞不懂为什么。她是个矮个子、有点胖乎乎的漂亮姑娘,穿着光闪闪的长筒袜和滑溜溜的紧身裙,而我觉得我仍然爱着她(并且很高兴她已经死了,因为不然的话我可能就不会再爱着她,而那样我就无人可爱了)。她喜欢找麻烦——库房里的那起强奸事件完全是她的主意。(我用强奸这个词用得很随便,很大胆,为的是减轻我对它的恐惧。强奸这种事让我感到既好奇,又兴奋,这种感觉有点邪恶,同时也让我有些不舒服。我所遇到过的姑娘们对强奸这种现象也觉得有些兴奋,而且从她们十几岁的时候开始就是这样。报纸上有关强奸的报道,只要不涉及儿童和殴打,就会像催眠一般吸引我的注意。我喜欢读这种报道,而且在读完之后我的眼睛仍会继续盯着报纸上的有关段落。关于纵欲聚会的报道就像关于家畜行情的报道一样令人索然无味。一旦所有事情都是允许的,那还有什么东西算是稀罕的呢?我从来没有想过要强奸什么人。我曾经想要抚摸,将我的手沿着陌生女性肉体和衣服的轮廓滑过。我发现自己所注目的姑娘越来越年轻,我害怕有一天我可能会想要做我害怕自己可能会想要做的事情。)这个想法是她提出来的,而且她还故意引诱我们三个人。她其实压根就不喜欢另外两人当中的一个。她对我说过,那个人相貌平平,而且又笨又粗鲁。

“我可以同时对付你们大家,让你们玩得很开心。我可以让你们见识一下这究竟是怎么回事,”她放肆地嘲弄道,脸上带着试探性的微笑,“假如你们不是一个个都这么害怕的话。”

当时是午餐时间。另外那两个家伙并不害怕。于是,当她站起身,用麻木僵硬的胳膊抓住我,开始吻我(为的是做给他们看。我记得她的胳膊肘像角铁

---

1 原文如此。

一般硬)，拼命炫耀时（向他们炫耀。我知道她顶多愿意做到这个程度。这是她策划的一场愚蠢、堕落而糟糕的表演——我被当作床柱或舞台道具来使用，而她却在向他们炫耀——这种行为根本配不上她。整个过程没有任何感情，几乎带有恶意，就像是一部老电影，为了这个场合加快了速度，变成了一出荒诞乏味的滑稽模仿，全都是乱作一团的摸索和碰撞。一条大理石般的舌头在我嘴里戳来戳去，根本不像是人的舌头，在我的头和脖子上疯狂抓挠的手指既冷淡又冰凉。她把脸使劲贴在我的脸上，也许在他们眼里这样挺好看。我抓住了她的乳房，因为我不知道除此之外我还应该做些什么)，他们分别从后面和侧面向她动手，在她还没有反应过来之前，已将数十只手和无数机械指甲伸到了她的裙子下面。他们伸手去解她的纽扣和搭扣，扯她的松紧腰带。他们从后面迫使她弯下膝盖，试图把她压倒在地。有那么一刻，他们几乎把她弄得蹲下了。她挣扎着站起身。

“你们把我的长筒袜撕破了。”

她脸上的表情很狂乱。他们继续无情地开着玩笑，脸上带着冷酷的微笑，嘴里不停地嘀嘀咕咕，说着让人听不清的话，借此来维持一种假象，假装这一切不过是一场令人愉快的玩闹，不应被人误解。（我从他们身上学会了如何在将来进行类似的掩饰活动。）我看到白皙的肌肤和淡黄色的内衣一闪而过。我没有看到阴部，也没有看到阴毛。我看了一眼，但失望了（尽管我并不想看）。在我的想象中，她的阴毛有一大片，浓密而蓬乱。我现在仍会想象。那个她不喜欢的粗暴的家伙放松了片刻，用一只手去拉自己的裤子拉链——我退缩了一下，试图闭上眼睛，转过身去。我不想看到他油不拉几的老二露出来，耷拉在那里。我现在觉得他的那玩意一定是软的。我知道他的老二很长，我曾经和他一起在男厕所里小便过。（我不想让她不得不看到那东西，不想让她在我面前看到。）这里面激情何在？我们大家为什么要这样做？这里面甚至没有任何真正的性冲动在起作用——但当她扭着身子几乎挣脱时，那家伙又把她抓住了。

“不。”

几只脚在地板上拖来拖去，脚后跟踢在椅子腿和文件柜的底部上。

“当然可以。”

“来吧。”

她一边用尽全力站稳脚跟，保持着脸上的笑容，一边发出一阵阵轻微的惊恐尖叫和呻吟。除了我之外，每个人似乎都在尽量露出微笑。若干影像一闪而过，然后滞留在那里，像双重曝光一样一层层重叠在一起。可以瞥见吊袜带扣、大腿和被拉紧了的淡黄色内衣，还有一只男人的手，指关节上长满了卷曲的黑毛，偷偷伸了进去，先是想去拉一根拉链，然后遮住了她的下腹部，用小指撩起她的裙摆。

“马上放开我，我是认真的。求求你们了。”

“那可不行。”

“我来了，弗吉尼娅。”

“你必须干。”

“你说过你会的。”

“这你是知道的。”

“你不干我们就不会放开你。”

“不，我不会干的。马上停手。求求你们了。”

“不行。”

“不。”

“不行，你不干我们就不会放开你。你必须跟我们当中的一个干上一回。”

“你必须跟我们当中的一个干上一回。”

“干什么？”

“你知道的。”

“干什么都行。”

“就一个。”

“哪一个？”

“随你挑。”

“就一个？”

“那就挑我吧。你说过你可以同时对付我们大家，金妮[1]，那就证明给我们看看。为什么不呢？”

“你在撒谎。”

“咱们走着瞧。”

“你说过的开心时间在那里？”

“你必须玩得起。”

“非常玩得起。”

“别忘了，人生苦短。”

“这毕竟是人的本性嘛。”

“当一个男人把一个姑娘逼到墙角的时候。”

“住手，你会把它弄坏的。”

“你有没有想过要赚钱？”

“就一个，”她犹豫不决地同意了。她鼻孔大张，毫无血色的双唇怀疑而好斗地颤抖着，“记住了。”

“就一个。”

“我是认真的。不然我会尖叫，我会报警。”

“胡扯，没必要那样做。”

“挑吧。”

她挑了我。

“他。”

她用哀伤的眼神望着我，向我求助。我觉得自己双膝无力。

“他？”

“帮帮我。”她说。

他们用手把我推向她。

1　金妮是弗吉尼娅的昵称。

“放开她。”我喊道。

“她想要你。”

“我们在旁边看着。”

“出去，”她在讨价还价，“你们不能待在这里。”

“那可不行，我们要确保你说话算数。”

“这是一场免费表演。”

“我们可能需要教他怎么做。”

“你会把我们锁在外面。”

他们仍在用手在她身上贪婪地到处乱摸，拿走不属于他们的东西。

“放开她！”我威胁地尖叫道，声音不仅有些嘶哑，而且肯定还在颤抖，充满了绝望、懦弱和顺从。“我是认真的。”

(我是她的英雄。)

我双拳紧握，满怀着青少年的愤怒(同时我的心怦怦乱跳，充满了青少年的惊恐)。他们当中任何一个都可以轻易地把我揍上一顿(抓住我的胳膊，将它扭断)。我满怀疑虑，觉得自己要晕倒。他们用惊奇和轻蔑的目光瞪着我。她从他们手中溜走了。我几乎没有注意到她离开。我听到门咔嗒一声关上，然后松开了拳头，等待着。我不想打架，不想让他们揍我。我觉得我不会为了自卫而和他们打架。(我宁愿屈服，就像我儿子在那个游戏小组里一样。我觉得除了我妻子、我女儿、我儿子、德里克，还有德里克的保姆之外，我从来没有想过要和任何人打架。)我等着看他们会不会揍我。

“你这个蠢货，”他们说(当我看到他们不打算揍我时，我松了一口气。我获得了释放)，“我们本来可以干上她的。”

“等他不在的时候我们再把她弄到手。”

这个想法使我的心灵充满了悲怆。我自以为是她的英雄的时间并不长。等我回到楼上的时候，她已经坐在了办公桌后面，和他们两个聊着刚才发生的事情，又在放肆地和他们调情，尤其是跟那个她不喜欢的粗野蛮横、肌肉发达的家伙(一边用无色指甲油修补着撕破了的长筒袜，像平时为我做的那样为他将乳房挺起，还歪着头，用红宝石般的俏皮笑容诱惑着他。那个家伙和福希奥内一样，是一个粗壮结实、皮肤黝黑的意大利人。我觉得他又把我推到了一边，就像刚才在楼下一样。我恨弗吉尼娅，我的感情受到了伤害。我觉得从那时起，如果那家伙足够聪明，懂得装模作样，耐心等待，那么弗吉尼娅就会宁愿和他上床，而不是和我——“我仰面躺在床上，他插在我的缝缝里。”是她喜欢对我唱的另一首下流歌曲里的歌词——尽管她仍然更喜欢我)。我感到一阵阵忌妒。(如果她想要和她不喜欢的人上床，那被她喜欢又有什么用？)

“你忌妒了，”她说，“是不是啊？”

我一定是在睁大了眼睛凝视着她，表情里充满了心碎的痛苦。我从来都应付不了忌妒。(我真希望有人能教我。)它会让我软弱无力，张口结舌，说不出一句坦诚的话，也无法开玩笑。我的眼睛会变得湿润，我想哭。(玛丽·詹克斯曾经指责说我像白痴一样盯着她看。也许我的确是那样，尤其是在我发现了她和汤姆在库房里的事情之后。我也想被吸收到她的怀抱中，我不喜欢被排除在外的感觉。我现在仍会盯着漂亮姑娘看，如果她们也盯着我，我就会赶快把目光移开。如今，当我碰到像玛丽·詹克斯这样不知脸红、强悍专横的二十八岁的女人时，我会身手敏捷地轻轻托起她的下巴，随便用一句谎言将她们甩在身后。如今，二十八岁的姑娘不会试图把我呼来唤去。德里克的保姆会这样做。)别的男人忌妒起来会发狂，会大发雷霆，而我却只会流眼泪。

我对她和莱恩·刘易斯的关系则从来都没有忌妒过。(我觉得他应该忌妒我。)

“他想离开他的妻子，”她向我吐露有关他的事情，“他曾经觉得我太年轻。现在我已经向他证明，我已经足够成熟。我喜欢他，他非常腼腆。我喜欢比我年长的男人，也喜欢年纪比我小的男人。就是这两者之间的我不喜欢。我现在已经不喜欢橄榄球运动员了。也许我还喜欢。现在我可以教他们几样东西。”

“那就教我吧。”

“去开个房间。”

"我没钱。"

"我可以帮你凑上一些。"

"你们都去哪儿？"

每周有一个晚上，有时两个晚上，他们会去没人的餐馆吃晚餐，然后在他的车里坐上一会儿，聊聊天，并拥抱亲吻。他住在皇后区很远的地方，必须提早动身回家。他不喝酒。她在教他怎么做。

"他很喜欢。我让他觉得年轻。"

"你是怎么做的？"

"我就像这样，在他脸上到处轻轻地、慢慢地吻……吻上好长时间。然后我会吻得更用力，速度更快。我会使劲喘气。他以为我控制不了自己。我喜欢对他这样做。他说从来没有人像我那样吻过他。"

"我敢打赌他说的是实话。"

"我敢打赌从来没有人像我能做到的那样吻过你。"

"现在就做吧。"

"他妻子一定不知道该怎么做。他从来没有过一个新潮的女朋友。我会把手伸进他的衬衫里，用手指抚摸他的胸部。他的胸毛柔软而卷曲，像只小猫。以前从来没有人对他那样做过。他今年五十五岁了。我会用舌头逗弄他。很快我就会让他摸这两个东西。"

"到外面来。"

"他还不知道如果他想摸的话我就会允许他。我跟他说话时有点下流，他喜欢这样。你也是。你喜欢我的乳头吗？如果你偶尔放慢一点，你就会发现它们会变得又尖又硬。我也喜欢说下流话。我喜欢说乳头、尖、硬之类的词。还有舌头。"

我又勃起了。

"到外面来。"

"哦，你好，亲爱的，"她打着招呼，对它眨眼示意，"很高兴再次见到你。"

我伸出一只手去拿事故记录文件夹，同时将另一只手滑入裤子侧面的口袋里。我脸红了，觉得很高兴。

她咧嘴一笑，对自己的威力感到很满意，一边假装惊讶地睁大眼睛，将嘴唇噘成一个张开的粉红色圆圈，表示赞赏和惊奇。我现在知道那个张开的圆圈本意暗指的是什么。（在那之后，我曾经在最好的时尚杂志上摄影模特美丽的面孔上看到过它。）我当时不相信女孩子真的会做这种事（尽管我在连环漫画上看到过）。现在我知道她们的确会那样做，为此我很高兴。我喜欢它胜过喜欢冰激凌。（我想，当我不是像虐待狂一般寻衅好斗时，我有很强的依赖心理。每当家里的电话铃响起，我都想让别人去接。）如今连好吃的冰激凌也吃不到了。（一切都变得越来越糟，或者是正在消失。《妇女家庭指南》杂志已经停刊，《星期六晚邮报》也倒闭了，还有《展望》和《生活》杂志，而且很快甚至就连《时代》杂志也可能会和我们大家告别。不少大学正在面临破产，我喜欢的餐馆都在逐一关门停业。）现在冰激凌的味道就像口香糖和白垩粉。弗吉尼娅就好像桃子、草莓和奶油，她红润丰满、带有光泽的脸颊上涂着淡淡的胭脂。她经常把双唇抿在一起，好修整嘴上口红的形状。她的双腿光滑闪光，穿着没有褶皱的长筒丝袜，就连她那双有点胖乎乎的脚也好似黄油一般香醇可爱，紧紧地挤在锃亮的高跟鞋里。在我年轻的时候，女人们习惯穿又黑又亮的无带高跟鞋，而在我看过的黄色电影里，长相邪恶、瘦骨嶙峋的男人们总是不刮胡子，脚上穿着松松垮垮的黑袜子。（正是因为这个原因，彭妮和其他姑娘们坚持要我把袜子脱掉。我妻子从来没看过这种电影，所以没有这种要求。我经常在和她做爱时不脱袜子，作为一种把戏。我就是过去黄色电影里的一个长相邪恶、瘦骨嶙峋的男人，正在玷污她。我妻子丝毫都不知道她是我脑中一部黄色电影里的一位性格女演员。不过说不定她也可能是她自己脑中黄色电影里的主演。）

据说现在的黄色电影比以前更好看了。我们在淫秽作品和武器装备这两个领域里有所改进，其他所有一切都变得更糟了。世界正在接近尾声。就连在好餐馆里，你都吃不到好吃的面包了（你吃到的是商业化生产的小圆面包），而且好餐馆也越来越少。瓜半生不熟，葡萄只酸不甜。他们在条状巧克力糖果里拼命加糖,因为糖比牛奶便宜。黄油尝起来就像裹黄油用的包装纸一样。掼奶油买来时装在喷雾罐里,它既没有经过搅打,也不是奶油。人们用它来做食物,然后端上桌,吃下肚。两亿五千万受过教育的美国人直到进了坟墓也不会知道其中的区别。(我真希望我能再找到上好的俄式奶油蛋糕。)这就是天堂——永远不知道其中的区别。如今就连高档面包店用的掼奶油也是一种替代品,它看上去比掼奶油还像掼奶油,能将其颜色和质地保持得更长久,不会变质,而且成本低廉,能够带来更大的利润。

"它的味道就像屎一样。"

它的味道就像屎一样,然而除了我没人在乎。从此岸到彼岸,整个国家正在被矿渣、碎石和废旧汽车轮胎填满。富饶的平原上覆盖着杀虫剂和化肥。如今就连纯正的马粪都很难找,他们在里面添加了防腐剂。湖泊和河流中已经找不到鱼,你必须从罐头里去抓。城镇衰落,石油泄漏,有钱能使鬼推磨。上帝在侧耳倾听。上帝是个好人,他非常具有团队精神。歌里唱的"美丽的亚美利加"其实一点都不美。在第一个白人踏上美洲大陆并在这里定居的那一天,一切就已经全都完蛋了。富格尔一家[1]只要待在德国就没事,结果他们把他们的母亲送到了这里。日渐破落的汽车旅馆、报废的汽车和快餐店像金色的麦浪一样茁壮成长。不管是穷人还是富人,从出生到衰老,最后他们的面孔上全都同样布满了密密麻麻的干瘪皱纹,流露着刻薄和不满。女人看上去像她们的丈夫。上帝没有计算机,他造人的时候不得不用黏土,这种材料不太好用。他还用了一根人的肋骨,用起来稍微容易一些。上帝很公正,而且相当雄心勃勃,但他使用的手段比较原始。有一次他不得不使用洪水(他没能想到雾霾或神经毒气),还有硫黄烈火。介于贫富之间的人们流露出明显的不安,他们不知道自己属于哪一方。我听到美国正在高唱"滚你妈的蛋"。

游隼差不多已经濒临灭绝(都是被滴滴涕害的。不用说,雌鸟产下的卵外壳太薄,等不到孵化就会开裂)。热狗也快要绝迹了。很快,海里就不会再有

1　富格尔家族是德国著名的工商业和银行业家族,在 15 至 16 世纪的欧洲商业界占有重要地位。

鲸鱼，我和我妻子就只好在没有鲸鱼的情况下凑合了。著名的美国热狗里现在装的全都是水、鸡内脏和谷物（这些谷物本来是应该拿去做面包的，结果被他们换成了人造制品和添加剂）。妈妈的苹果馅饼现在成了冰冻的。妈妈的公司前几年公开上市了。没有爸爸这个人。弗吉尼娅是吸煤气自杀的。

“他是吸煤气自杀的，”当我终于鼓起勇气开口问她时，她将她父亲的事告诉了我，“当时我们其他人都在乡下过暑假。他是独自一人在车库里坐在他车上干的。我永远都忘不了。我不想参加他的葬礼。我听人说他全身都变红了。我母亲硬是让我去了。我一直都讨厌我母亲，因为她对待我父亲的方式。‘你瞧他都对我做了些什么，’整整一星期她都在向任何愿意听的人哭诉。我不喜欢谈起她。”

她也是吸煤气自杀的，是在新泽西州她母亲家的厨房里。她这种做法对他人很不体谅，因为那时我们已经有了更好的自杀方法。我们有塑料袋。（昨晚我妻子又在做噩梦，我没有叫醒她。后来，当那些沉闷的呻吟和痉挛的颤抖结束之后，她开始轻轻地打呼噜，于是我叫醒了她，告诉她她正在打鼾，抱怨说她不让我睡觉。她用困倦而没好脾气的声音向我愧疚地道了歉，翻了个身又睡了。我在一旁看着她的屁股，然后面带微笑，睡得很香。）我从海外回来之后第一次回家休假时给办公室打了个电话，当时她已经不在那儿了。是本·扎克告诉我的，她已经不在公司里了。（我也不在了。本·扎克不知道我是谁。我故意让那个老家伙猜不透。）她已经不在公司雇员之列。接电话的那个总机接线员从来没听说过她（可能至今也没听说过我），于是给我接通了本·扎克。他当时还是公司雇员，在人身伤害部给莱恩·刘易斯做助手，而当时莱恩·刘易斯也还在那里。

“弗吉尼娅·马科维茨？”本·扎克用困惑而惊讶的语调重复道，“哦，对了。你难道不知道吗？”

“什么？”

我没有告诉他我是谁，可是我还是觉得他能看见我。我告诉他，我是弗吉尼娅在杜克大学的一位老朋友，一名橄榄球运动员，想和她取得联系。这最后一部分是实话。我是一名军官。我有飞行员徽章，我想给她看看。我想身穿制服、挺直身板站在她面前，浑身皮肤晒得黑黑的，对她大声说：

"嘿，弗吉尼娅。弗吉尼娅·马科维茨——瞧！我现在已经长大了。我今年二十二岁，是个机灵鬼。我的阴茎经常勃起，而且非常棒。让我给你看看。"

可是她已经不在了。

(要知道，她已经不在那家公司工作了，因为她已经死了。)

"哦，不，"本·扎克耐心友好地解释道，好像很高兴能有人一起谈论她，"她已经不在这儿工作了。要知道，她死了。可怜的孩子。她大约一年半前就自杀了。"

"她得了什么病吗？"

"没人知道是为什么。"

"怎么自杀的？"

"她是吸煤气自杀的。"

"她全身变红了吗？"当我下一次拨通总机要求和她通话时，我心中突然涌起一阵怨恨，我真想这样刻薄地问一句。

"这我恐怕不知道，"我可以听到他用一种他正在养成的严肃而礼貌的态度回答，"我没能参加她的葬礼。你瞧，我走动不太方便。"

"那么她现在可真的是失业了，是不是啊？"我想这样不敬地说上一句。

(我不能肯定我是否真的这样说了。有时候我想说句什么话，过后却不能肯定自己是否真的把它说出了口。就连在我知道是我想象中的对话里，我也并不总是能够确定我记得清自己想象的东西。)

"她已经不在这儿工作了，如果你说的是这个意思的话，"他可能会这样尖刻地回答，"我有点不太明白。"

她失去了工作，加入了失业者的行列。她因自杀而被解雇，因此可能很难在任何其他地方找到合适的职位（因为她眼下的状况，而且没有人推荐她），除了在楼下的某个文件柜里。当她还活蹦乱跳的时候（我敢打赌她会踢腿，直到小腿抽筋），如果我能做到的话，我会在那里和她上床。要是我当时知道该怎么做就好了，那样的话我应该在那儿的桌子上就把她干了。如果那张桌子上容得下身材硕大的玛丽·詹克斯和汤姆，那么它也一定容得下身材娇小的我们俩。

那正是我应该做那件事的时候（如果我想做的话）。当时我们俩整天都在用暗号和下流歌曲的旋律片段互相示意，就好像是淫荡的爱抚。

"我说我想要第一号。她说让我们尽情作乐。吧吧，吧吧，吧吧，吧吧，吧吧。[1]"

我经常会脸红，感觉到心中的幸福感向上升腾，泛起一阵阵快乐和温暖的涟漪，令人浑身酥麻。从那以后，我从来没有因为和任何人亲密相处而感到如此开心。她也会经常开心地微笑，脸上发红，露出酒窝。她对我总是非常友好，即使是在她来月经的时候（我真希望我妻子也是这样），而每当这时，她都会想象自己脸上坑坑洼洼，长满了难看的疖子。（实际上并非如此。）

"你瞧她都对我做了些什么。"

她不到二十五岁就自杀了，吸煤气自杀，就像她父亲在她之前做的那样（也许还有她父亲的父亲——她没说——她没有提前两周通知便抛下了我），将我抛在火车站的一个电话亭里，又感到自己一无所有。在片刻的震惊之后，我发现自己再次感觉像个弃儿一样，被无情地抛弃在纽约中央火车站一个肮脏的电话亭里（透过泪水，我看到了第二天《每日新闻》和《纽约镜报》上的通栏大标题和头版照片：**一名军官被遗弃在火车站电话亭里**。此人身份不明。如今这两家报纸也不复存在了。哦，为游隼和《纽约镜报》哭泣吧），浑身的皮肤被地中海的太阳晒成了古铜色（正在变成黄色），身穿潇洒的军官制服（粉色的华达呢长裤和墨绿色的标准上衣，经过干洗，一尘不染，一个前胸口袋上方佩戴着勋表，要么就是两个口袋都有——这种事情我记不得了。我在军队里混得不错，是个二十二岁的成功人士），手里拿着一件味道难闻的黑色电话工具，电话里刚刚宣布了她的死讯。一切都臭气难闻。我觉得我闻到了自己腋

1 这是一首下流歌曲中的歌词。下文中的"我说我想要第二号"等等也均为同一首歌中的歌词。

窝、脖子和脚散发出的臭味。

接着空气一下子变得清爽了(一阵微风吹过,带来了一股清新的空气),我觉得很高兴——真他妈的高兴——很高兴她死了,一去不返,很高兴我再也不必见到她了。(我不必和她上床了。)而且很高兴我自己还活着。

直到我看到一股股汗水正在从我握着电话的那只手上淌下来,我这才意识到自己内心里有多么紧张(我已经在嘴边准备好了一大堆笑话,好用来掩饰并减轻这种紧张感)。我身上的义务被解除了。我用不着跟她打招呼,用不着友好地讲俏皮话(也不必希望她还记得我,而且想见我。她可能已经结婚、订婚,或是已经有了稳定的男朋友,而我对这些理由压根都不会相信。我会认为她已对我这样一个十七岁的档案管理员失去了兴趣,而是在跟年长的已婚男人和歹徒交往)。她本来是一个挑战,而现在我不需要去面对它了。我不需要和她定个约会,早早赴约,一边抿着威士忌酒,一边打量着她(同时她也在打量着我),试探她的口风,看她是否还是原来的样子,把她弄进某间卧室,和她一起脱衣服(直到我们俩都一丝不挂),接着立马和她上床,毫不回避地彻底正视着它。我不知道我将会看到什么,不知道她赤身裸体将会是什么样子。(而且我仍然很害怕。)我仍然不想和她干那种事。(而且我也不想看到。我觉得我仍然只想把我的阴茎放在她手里,让她把我像家养宠物一样牵着到处走。)我宁愿喝麦芽奶。我非常想吃东西。我对乳制品有一种偏爱,而且从来都不喜欢棒球。我本可以满怀自信、技巧娴熟地处理这一切,但我很高兴自己没必要这样做了(他妈的,她已经死了,而且她已经快二十六岁了)。我在火车站的一个午餐柜台那里喝了一大玻璃杯浓香而冰凉的巧克力麦芽奶,然后给另一个姑娘打了个电话。我上次来的时候她对我很着迷,但她已经搬到了西部,准备嫁给一个钣金工,那个人在飞机制造厂工作,薪水很高。我又给另一个姑娘打了个电话,我在一年半前曾经和她上过床,但她已经不记得我的名字,而且声音尖细,态度冷淡而不信任,听上去非常荒唐。于是我笑了起来,并没有费力气去提醒她。(她在装腔作势。)我没有别人可以用电话联系,我在附近没有亲密的朋友。没过一个星期,我就提前几天回到了空军基地。我在军队里比在自己家里觉得更自在。(如今我在办公室里比在家里觉得更自在,而我在办公室里并不觉得自在。我和那儿的人相处得更好一些。)我觉得我在家里休假的时候从来都过得不开心。我觉得我度假的时候从来都没有玩得开心过(我觉得我可能在哪儿都没有玩得开心过),我总是发现自己在等着假期结束。我们的节假日太多了,生日和周年纪念日也来得太频繁。我总是在忙着买礼物、开支票。岁月苦短,但每一天却很漫长。在我回部队之前,我又装作别人给本·扎克打了电话。(我这样打了两次。我忍不住。)

"我说我想要第二号。她教给我该怎么做。[1]"

"真奇怪。"他说。

我佯作不知,向他打听有关弗吉尼娅的事,就好像我以前没这样问过一样。我告诉他我是杜克大学的一位前美国东部校际拳击冠军。

"这可真是非常古怪。"他说。

像这样再次打电话给本·扎克是一个恶毒的把戏,是一个恶作剧。这感觉不像是开玩笑,而是像一种破坏性的故意犯罪,一种卑鄙下流的变态行为。它让人感觉既刺激又低下。这种感觉就像那阵子我给医院打电话,询问某个我认识的人的病情,而这个人刚刚去世。我会说:"我打电话来是想询问一下……的病情。"他们则会回答:"对不起。______先生已不在病人名单之上。"

我总是害怕被人发现(总是觉得自己正处在即将被公之于众的边缘。

"瞧,就是他!就是这个家伙。这就是他的真实面目。"某个人,一个女人,将会大喊一声,在一个开阔的地方把我从人群中指出来,而其他人则会一致点头表示同意,于是对我来说一切全都完了。

他们无法从电话里看穿我的心思,也无法看到我湿漉漉的汗水,对此我仍感到很惊讶)。

1 这两句歌词为插入语,并非对话内容,下同。参见第459页注释1。

你必须尽快打电话。一旦验尸结束，尸体拉到了殡仪馆之后，那就不好玩了。他们会说：

“我们这里没有有关这个病人的记录。”

我可以为此写一本手册。（我觉得我知道什么是病态的强迫冲动。）尽管我第一次和本·扎克通话时并没有向他透露我的身份，我在和他讲话的时候仍然不得不事先做好准备。（我不想让他知道我是谁。）我不得不将我的声音伪装起来。我确信本·扎克会揭穿我的骗局，坐在轮椅上怒气冲冲地向我厉声吼叫，质问我到底是在要什么样愚蠢的恶作剧。（我对电话和银行从来都觉得有点不自在。我这一辈子一直都怀有这种根深蒂固的恐惧，害怕在电话里被一个不知道我是谁的人训斥一顿。）

“真奇怪，”本·扎克说，“我真是不敢相信。上星期刚刚有人打电话来打听她的情况。昨天又有人打电话来，今天又是你。我想一定是小伙子们都打完仗回家来了。”

“你能告诉我怎样才能和她联系上吗？”

“那恐怕是不可能了。”他再次用同样那种降了八度的正式语气对我讲了一遍，话音中带着尴尬和哀叹。“要知道，她已经不在这儿工作了。你瞧，她死了。她不久前自杀了。”

“怎么自杀的？”

“她是吸煤气自杀的。”

“她父亲也是这样自杀的，难道不是吗？”

“是吗？”

“她全身变红了吗？”

“这我恐怕就不知道了。我没能参加她的葬礼。我走动起来不太方便，我得开一辆特殊的汽车。”

“那么她现在可真的是失业了，是不是啊？”

“她已经不在这儿工作了，如果你说的是这个意思的话。”他用一种不安的声音厉声说道，“人人都这样问，我恐怕不太明白这是什么意思。”

他以为我是某个别人。(我觉得他可能是对的。)我告诉他我曾经是杜克大学的摔跤冠军。(但究竟是除了谁之外的别人?我来去无名。就因为我父母决定给我起名叫鲍勃·斯洛克姆,并不意味着我就是鲍勃·斯洛克姆。如果真有这么一个人的话,我不知道他是谁。我甚至觉得我的名字都不是我自己的,更不用说我的笔体了。我甚至不知道自己不是谁。也许下次打电话的时候我会问本·扎克。)

在那次之后,我还给本·扎克打过电话。

"我说我想要第三号。她告诉我这是免费的。"

"你是谁啊?我不明白。"

"你难道不知道吗?"

"不知道。"

"那我一定是别人。"我说道,接着便挂断了电话。

他每次都以为我是别人。(而我总觉得他是对的。我想象中给霍勒斯·怀特用的轮椅、金属手杖和拐杖都是从他那儿来的。)现在只剩下他一个人了。莱恩·刘易斯已退休多年。(他是我个人的过期记录档案。他在十几岁的时候得过小儿麻痹,当时就必须坐轮椅。他开一辆特殊的汽车,并且有警察局颁发的特别许可证,允许他在任何地方停车。他是个残疾人。他有着牲口般旺盛的性欲,而且喜欢逛妓院。)有时我会告诉他我曾是杜克大学的全国大学生举重冠军,而且曾经和弗吉尼娅订过婚。有时我会告诉他我是别的某个人。引诱他谈话很容易。(我觉得如果没有我的话,就没有人和他讲话。随着岁月的流逝,他的话变得越来越多。说来很荒诞,他这一辈子都非常适合在人身伤害部工作,并且将会一直待在那个职位上,直到他的轮椅停止转动,或者是直到警察局吊销了他的特别停车许可证。那样的话他就不得不把车停到别的地方。没有停车许可,你就不能停车。)莱恩·刘易斯在很久以前得了一次严重流感,一直未能恢复元气,然后他就离开了。

"他一直都没能真正恢复元气。"

在他告诉我之前我就知道他已经死了。我可以补充一句:我在那儿的时候,莱恩·刘易斯是五十五岁,而那已经是三十年前的事了。

“他去世大约一个月之后,他妻子也去世了。这可真奇怪,过了这么多年,人们还记得,而且还不停地打电话来。我很抱歉,我不记得你了,不过你说你在这儿工作的时间很短,不是吗?”

莱恩·刘易斯一直都没有离开他的妻子,他其实并不想。弗吉尼娅也不想让他那样做。他太老了,而她太年轻。然后她就死了,而我还在一间电话亭里活着。我结婚后不久曾经给莱恩·刘易斯打过一次电话,当时我觉得非常孤独沮丧(而且不知道是为了什么。哦,那种可恶的忧郁啊。直到我年过三十,我才知道我内心中那种渗透一切、不请自来的悲伤叫作什么。它就像一个行踪诡秘的窃贼,怎么都捉不到,也无法将它赶走)。

“那你过来打个招呼好不好?”他用他那种含蓄谨慎、轻声细语的方式邀请道,“这里还剩下我们几个人。”

“我想和弗吉尼娅取得联系,”我说,“如果有可能的话,我想和弗吉尼娅·马科维茨保持联系。”

“她吸煤气自杀了……”

“真是太可怕了。”

“……是在她母亲家的厨房里。我很喜欢她。她一直都很喜欢你。”

(女人的位置是在厨房里,男人的位置是在车库里。如果我抓住我妻子出轨并离开她,那将不是出于忌妒,而是出于怨恨。如果她离开我的话,那对我来说将是粉碎性的打击。我会变成一个神经紧张的人,可能永远都不能和人对视。我会变得缺乏信心,并失去我的工作。)

一个月前,在一天下午晚些时候,我给本·扎克打了一个电话。当时我觉得就算是要了我这条命,我也不想再回到我在康涅狄格州乡下的家里,不想再回到我妻子和孩子们的身边。我的确知道病态的强迫冲动是什么感觉。它就像霉菌、腐蚀和疾病,就像法兰绒在你嘴里的味道,就像石棉在你大脑里的气味。它就像一块石头,一颗沉重的心,一片寂静,紧绷的四肢,一股来自内心的溃烂入侵,一种渗透一切的颠覆活动,额头和后脑勺上一股隐隐作痛的压力。刚开始它就像是转瞬即逝的突发奇想,一个虚幻的、无足轻重的想法,但它不会消失。它会留下来,不肯离去。它会在空间和力场中扩展,就像是从你内心中某个黑暗深渊里钻出来的一个阴森的非人形状。它充满了你的全身,像熔岩或一团持久不散的乌烟瘴气一般不断蔓延。它是一种模模糊糊、不可触及、毫不宽容、邪恶霸道的存在,奸诈地将它自己隐藏在你的本体之中,就好像一个双重间谍——它会使人变得虚弱无力,它令人作呕。它所预示的未来中没有任何欢乐——它会将你完全掌握,你不如干脆低下头,垂下眼睛,立刻投降。你不如一开始就马上屈服,去偷那笔钱、划那根火柴、(手淫)、吃下那一整盒冰激凌、卑躬屈膝、拨那个电话号码,或者再搜索一遍那个不许你碰的抽屉或壁橱,抚弄一下里面那些你不应该知道的东西。你不如径直走向你的疯狂所指的那个方向,去做那件不明智、不愉快、不道德的事情,尽管你并不想做,而且事先就知道过后你会觉得灰心沮丧,意志消沉。你不如像一个精疲力竭的战俘一样闷闷不乐地乖乖照做,好让这件令人忧伤的事情早点结束。在空闲时,有时候我会突然一下子浑身无力,不管是站着还是坐着,都无法挺直身子。这种时候会过去。我曾经从我姐姐和我妈妈那里偷硬币——我无法住手。我其实并不想要那些钱,我觉得我只是想从她们身上偷点东西。我鬼迷心窍,被鬼缠身。我想大声呼救。只要我一想到再从我母亲或我姐姐手提包里的缎子钱包里拿走一分钱或五分钱硬币的可能性,一切就全完了,我就必须动手去做。我被做这件事的需要完全控制住了。如果有必要的话,我会在雪中长途跋涉一英里回家去拿。当时我必须把它拿到手。我也会偷一角钱和二十五美分的硬币。在这种情况下,不管是事前事后,我都不喜欢。我感觉很糟糕,我甚至不喜欢自己用这些钱买的东西和做的事情。其中大部分都被我在街角糖果店里的弹球游戏机上赌输掉了(输掉之后,我的心里倒是觉得轻松了一些)。这里面没有一点让我感觉舒服的地方,除了赶快把它了结——这是一场痛苦的折磨——还有事后的复原。过了一段时间,这种发作停止了,我不再做这种事了。(手淫也发生了同样的情况,十五年或二十年之后我把它也戒掉了。)

昨天我又给本·扎克打了个电话。

她还是不在那儿。

"我说我想要第四号。她说她还想要更多。"

"不过她这个人我记得很清楚,当然,当然。这么说你不知道她最后怎么了,对吧?"

我告诉本·扎克我叫霍勒斯·怀特,他说他不记得我。

"我说我想要第五号。"

我说我想找耶格尔夫人。当他说他也不记得她的时候,我很高兴。

"我感觉它开始苏醒。[1]"

"她是个身材魁梧的大块头女人,从别的地方调来负责管理档案室。她说如果我们不赶紧好好干的话,她就要把我们全都解雇。"

"也许她待的时间不长,霍勒斯,"本·扎克带着歉意说,"这都是很久以前的事了。几个星期前还有人打电话来问起弗吉尼娅·马科维茨的事,奇怪吧?这么多年后还有人打电话来找她,这难道不是很奇怪吗?"

我说我想找汤姆。

"哪个汤姆?"

"大拇指。"

"大拇指?"

"约翰逊。他也在档案室工作过,当时弗吉尼娅、刘易斯先生,还有你都在。他参军的时候离开了。"

"他现在不在这儿。现在这里几乎没什么人了。"

当然,了不起的汤姆,是他给了我现在用的笔体,而且只要玛丽·詹克斯愿意,他就可以干她。我当时真希望自己也能那样做,但我知道我做不到。我

1 接上文的"我说我想要第五号"。参见第 459 页注释 1。

甚至就连对弗吉尼娅都不能那样做，而我其实并不害怕她。（而只是害怕做那件事。）

我说我想找我。

结果我也不在那儿。

（我以前从来没这样问过。）

听到这个消息我很难过。

“不过我很肯定我记得你说的这个人，霍勒斯，”他说，“他就是那个长相不错、彬彬有礼、很有幽默感的小伙子，对不对？不，我不知道他后来怎么样了。”

我也不知道。（我觉得我和他根本没有什么关系。）

如果他说我还在档案室工作，还是一个长相不错、彬彬有礼、很有幽默感的十七岁小伙子，我会感到很高兴（那样的话我至少知道自己的那一部分在什么地方，同时我还在四处搜寻其他部分）。这个年轻的我会拿着事故记录文件夹来回经过弗吉尼娅的办公桌，一边开玩笑，一边在嘴里哼着“把它握在你的手里，墨菲太太。”或者是全身温暖，脸上发红，感到心满意足（我拥有着我生活中所想要的一切），一边用口哨吹着：

约翰尼，来逗弄我吧。
你知道应在何处。
在我的衬裙下面，
你会发现一簇毛。
如果你逗弄了我，
却没有找对地方，
我会把衬裙撩起，
把尿撒在你脸上。

我们还有其他我们俩喜欢的下流歌曲。

我现在能找对地方了，而且真希望自己能有机会证明这一点。我真希望她现在就仰面躺在我面前(而且这次是我比她年长。她二十一岁,我二十八岁)。她的身上就不会全都是骨头。我不会害怕。(我觉得我不会害怕。)现在有许多姑娘浑身全都是骨头。(我得到的不是销魂一刻,而是青一块紫一块的瘀青。我可能仍会害怕玛丽·詹克斯。我被她硕大的身材和俗艳的美貌迷住了。当我发现她和汤姆之间的事情之后,我有些怕她。她的一头黄发显得又冷又脆,她的皮肤看上去很粗糙。我经常梦见她凌乱的大腿关节上长着甲壳类动物的爪子,上面覆盖着苔藓,就像还没煮过的龙虾一样,黑乎乎的,长满了藤壶,如果那真是她的大腿的话。它们后面带着一张脸,长方形的嘴唇上涂着鲜艳的口红,上面带着她的微笑,同时那双钳子似的大螯向前伸过来,试图把我抓住,将我吞噬。可怜的汤姆。我常常为他感到担心,他陷入了那个既让我着迷又让我厌恶的洞穴般的麻布荒野里。也许那就是他最后的下场。我羡慕他。)至少弗吉尼娅既温柔又善良。近来,我越来越频繁地发现自己希望曾一直和亲属保持着更密切的联系,比如我姐姐和她的家人,还有我嫂子和她的孩子们,甚至包括我嫂子的第二任丈夫。我嫂子再婚了,而且至少又生了一个孩子。她给我寄了一张贺卡。他们是我的侄儿侄女,甚至也许会喜欢我偶尔去看望他们一下。有些人不介意他们的叔叔来访。我真希望自己是一个大家庭的一分子,我会乐在其中。我想和大家合得来。我真希望自己相信上帝。小时候在家里,我喜欢带壳的核桃和葡萄干。我会把核桃砸开,把核桃仁和葡萄干在盘子里混在一起,然后再吃。在春天和夏天里,我母亲会经常派我们去买冰激凌。秋天里我们会吃很棒的俄式奶油蛋糕。我有时会玩陀螺。我还记得街道清洁工的面孔。

听到本·扎克说我已经不在档案室了,我觉得心烦意乱,于是我提早下班,到雷德·帕克的公寓去一个人喝酒。我开始打电话。

我打电话给我认识的一位空姐,结果她不在城里。她的室友已经有了约会。我试着想找上星期在一个摄影师举办的聚会上认识的一个模特,她说她急需别人帮她找一份临时工作,但我拿不准她姓什么,甚至也不知道她是否真是个模特。我在电话簿里找不到她,也没能根据我认为她所住的街道从查号台问到一个电话号码。（电话公司把越来越多的公告换成了录音，其效率并不比人高。）我给一个和我相识了好几年的女演员打了个电话，结果接电话的是代接电话服务站。我打电话给我认识的一个女人，她和我认识的一个男人离了婚。她儿子告诉我她当天开车去海边了，准备卖掉他们的避暑别墅。我打电话给我认识的一位准妓女，她总是很高兴有机会吃上一顿晚餐，拿到五十美元，但她当晚已经有约（或者是这样说），并准备第二天早上和一个年纪比我大、比我有钱得多的男人一起去巴巴多斯[1]待上一个星期。（那时候我就应该干脆回家和我妻子上床——这我也想到了。她应该很容易被说服，除非她还没有得体地从当天喝的酒里清醒过来。葡萄酒会让她头疼，威士忌会使她恶心。我的麻烦事可真不少。

“我感觉不舒服，”我可以听见她这样抱怨，“你难道就不能理解吗？”）

于是我没有回家，而是打电话给一个有两个孩子在私立学校读书的寡妇。她听上去时运不济。她用一种单调沉闷的声音告诉我，从现在起，她准备尝试独自生活，不再浪费时间和像我这样永远都不打算跟她结婚的男人约会。（反正她也不喜欢做爱。）这种做法没有给她带来任何结果。我打电话给简。她出去了（我松了一口气）。她的室友听上去比我女儿还年轻，比我的秘书还要蠢。她说话声音尖细，似乎有些失望，就好像我打乱了她的计划，影响了她用粉红色的大卷发筒卷头发。我没有留下我的名字。（我会觉得很羞耻。）

“我打搅你了吗？对不起。”

“我还以为是别人打来的。”

“你刚才很忙吗？”

“我正在做一件事情。”

“你是不是正在用粉红色的大卷发筒卷头发？”

“这不关你的事。”

我打电话给彭妮，她刚从声乐课和健身课下课回来，恳求我给她一个半

1　巴巴多斯是位于北美洲加勒比海地区的一个岛国。

小时的时间，好洗漱一下，整理整理房间。我五十分钟后就到了。她刚刚洗完澡，身上仍然湿漉漉的，散发着芳香。

“求你了，宝贝。”她温柔地请求道。我打开了她的浴袍。“稍微慢点来。每当我看到你下手这么快，我还是有点害怕。”

彭妮的身体就像雪花石膏一样洁白无瑕，每当我再一次看到它，那种坚实的美感都会让我惊叹不已。我觉得自己必须大声地倒抽一口气，贪婪地瞪眼望着。她白皙的脖子上泛起了红晕。我在她身上高潮了三次（而且觉得自己本来可以干上四次。这就又像是在军队上的时候一样），并且在午夜前拿着报纸回到了雷德·帕克的公寓。（这件事获得了完全的成功。）

除了我妻子之外，我真的不喜欢跟任何人一起过夜，就连彭妮也不例外。（如果出差需要过夜的话，我从来都不会带女人一起去，这就是其中的原因之一。有的男人会这样做，这令我感到惊讶。）我想我已经习惯了我妻子。我喜欢醒来时和她在一起，胜过我独自一人醒来。我不得不再次使用雷德·帕克的公寓，因为我没有别的地方可去。我不想回家。我可能必须给自己买一套小公寓。我将不得不为这件事对我妻子撒谎。我已经对彭妮撒了谎，她以为我正在回康涅狄格州的最后一班火车上。我让她高潮了一次，是我第二次的时候（因此我可以从容不迫，尽可能科学地用她喜欢的方式来取悦她——这的确是一种工作），而这样她就心满意足了。她的脖子和白皙的脸庞一片绯红。第三次全都是为了我。过后她给我煮了咖啡，并暗示我可以留下来过夜。（我感觉太自在了，因此我不想留下来。）像玛丽·詹克斯那样高大强悍的女人只需要一次虹吸收缩，便可将我吸回到子宫里，然后以低平的轨迹将我喷到一个男人呈红色海绵状、好似地下墓穴般的睾丸里。这个人正坐在地铁上，四处寻找一个丰满的屁股，好把我喷射在上面。这才称得上是肢解。这才是回归。（根据我的记忆，我在我老爸的阴囊里过得还挺不错。那里温暖湿润，而且还有很多伙伴。我玩得可开心了[1]。）

1　双关语。原文为俚语，其中一词的字面意义为“舞会”，在俚语中又有“睾丸”的意思，故下文。

(这个笑话可真好笑。)

也许我的确爱我妻子。我觉得如果我被迫和玛丽交配的话,我会吓得目瞪口呆,从头到脚变成一个用脏兮兮的水泥或湿透了的混凝纸做成的形状,无力地耷拉在那里。(她真是又高大又专横。)

"我说我想要第六号。"

我说我想找玛丽·詹克斯。

"哦,我记得她,"本·扎克马上就想起来了,"我永远都会记得玛丽。"

"精液开始混合起来。[1]"

"她丈夫年纪轻轻就得了心脏病去世了,那时候还没有心脏手术这回事。过后不久她就再婚了,和她丈夫一起搬到了佛罗里达州,好趁那儿的地产业兴旺赚上一笔。"

那时我还没有准备好跟玛丽·詹克斯上床。我也没有准备好跟弗吉尼娅上床。我妻子的乳头是棕色的,就像我在电影里和照片上看到的那些一样可爱。她还有一窝卷曲的黑色毛发,我可以舒服地把头靠在上面。和她在一起,我觉得很安全。和彭妮在一起我也觉得很安全。(我想知道为什么我总是最后才想起彭妮。)我不认为人类女性的阴部长着牙齿,而且我觉得我也从来没有这样认为过。我有这么一个白痴儿子,我既不想要他,也不知道应该拿他怎么办。他属于我,小小的德里克。(他就连自己是什么都不知道。)他身材矮小,令人心碎。他让人无法忍受。(没有人能受得了他。)他以后将会对我构成什么样的威胁?他现在给我带来了什么样的危险?他们将会怎样对待他?如果我不照顾他,有谁会来照顾他?他将如何生存下去?如果这个可怜的小东西不快点死去的话,他又将会怎么样呢?

---

1 接上文的"我说我想要第六号"。参见第459页注释1。

七　这是无法逃避的现实

我必须把他打发掉，这是无法逃避的现实。（他真是太可爱了。凡是见过他的人都会告诉我们他有多可爱。他们这样说是出于对我们的好意。）

我必须把他打发掉，但我不知道该怎么去做，而且也没有人可以请教。就连在我可以告诉的人当中，都没有一个我想要告诉的，甚至包括我妻子，尽管她也想把他打发掉（但又不敢对我这样说）。尤其是不能告诉我妻子。当我们不在为了他而自责的时候，我们会为了他而互相责怪对方。这又是一件我们俩都还没有能够向对方开口说过的事情。

“这都是你的过错，和我没关系。”

我们必须尽量假装他不是任何人的过错，而是大自然中的一个偶然巧合，一次意外。（意外是一种鱼[1]。）我们大家都想把他打发掉，但只有我女儿足够诚实，敢于明说（并因此而像贱民一样为我们其他人所不齿）。

“他要永远和我们在一起吗？”她会发着脾气这样抱怨。

“你在乎什么？”我会向她猛烈反击，就好像她这样说是专门为了伤害我。“你反正要离开家去上大学。”

1　英文原文中此处的“意外”一词又有“比目鱼”的意思。

(她可能会专门为了折磨我而留在家里。我有时候觉得,如果不是因为德里克的话,我们就永远都不会互相吵架。我知道这是个谎言。)

他似乎并不是我的过错。他可能是我妻子的。据我所知,我们家的人当中没有白痴的先例(她们家也没有)。我妻子曾经求我不要用这个词(而这也许就是我用这个词的原因。她每次听到都会皱眉蹙额)。

“你认为我应该怎样描述这种状况?”我带着一种无比宽容的高傲神气问道,“如果我将其称为天才,你觉得这对他会有很大帮助吗?”

“这样做太无情了。”她颤抖着,脸色苍白,几乎快要流下眼泪。“太狠心了。每当我看到你这么冷酷,我都会觉得非常害怕。”

即使他就在近旁,我也能长时间把他忘在脑后,这简直是荒唐透顶。(我将他从脑子里抹去,尽量把他挡在外面。)在我的脑子里,我只有两个孩子。其中一个说:

“如果我带一个黑人男朋友到家里来,而且还想嫁给他,你会怎么做?”

另一个问我:

“假如我不能讲话,你会拿我怎么办?”

“可是你能讲话呀。”我曾经这样回答。

“假如哪天我在体育课上爬绳的时候从绳子上摔了下来,伤了我的头,于是福希奥内先生不得不把我抱着送回家,而且我也不能讲话了呢?”

“我以前也曾经害怕爬绳,怕从上面摔下来,”我试着向他解释,好对他予以鼓励,“我上高中的时候也害怕赤身裸体在游泳池里游泳。”

“我可从来没有提起过赤身裸体在游泳池里游泳的事。”他坚决地抗议道(就好像那种恐惧还没有在他身上生根,而我却刚刚把它植入了他的体内)。“是不是啊?”他质问道。

我觉得很尴尬。

“假如说我在拿到驾照后多配了一套车钥匙,”我女儿说,“然后在你们不在家的时候用了汽车。你并不能阻止我,对不对?你会怎么做,叫警察逮捕我?”

第三个孩子根本不跟我说话。

我的有些对话似乎不属于我。

我觉得自己好像飘浮在空中（没有腿）。我没有腿，但我可以四处走动，边走边感到头痛，而这种头痛似乎不属于我（但我的双脚似乎属于我。我的足弓隐隐作痛，好像要崩溃了。一只脚的脚后跟上长了骨刺，两只脚的中趾成了锤状趾，其他脚趾粗糙扭曲，经常需要贴创可贴或鸡眼膏。如果我不换鞋袜，我脚趾底部的嫩肉会擦伤、发炎。天冷的时候我的脚底会干燥发痒，最小的两个弯弯曲曲的脚趾之间的组织会开裂脱皮，于是我不得不往里面倒滑石粉。我所能够描述的病痛是无限的）。有时候，我会觉得我和自己的双腿或自己的过去缺乏牢固的联系。保持连续性的缆绳上出现了裂痕。它并非粗壮结实，而是会摇摆不定，逐渐衰弱，在某些地方遭到磨损，变成一缕缕纤细、松散的纤维，最终断裂。我脑中大部分关于我自己的记忆似乎都不属于我。我的个人经历当中有很多片段好像都不见了，我自身的很多部分都可能掉进了深不见底的鸿沟。有时候我会不知道自己此刻身在何处。我会坐在办公室里，却以为自己在家里。我会坐在我的书房里，却以为自己在办公室里，正在解雇约翰尼·布朗，或是在强迫埃德·费尔普斯退休，或者是身穿彭妮或某个别的姑娘的内衣，正在把它脱掉，或者是正在银行、酒店大厅或警察局里，从口袋里寻找需要出示的某种证明或身份证件。我可能已经在自言自语，而我自己还没有意识到。这可真掉价。没人对我提起过这种事，但我觉得，当我和可能会向我开口提起这件事的人在一起的时候，我是不会这样做的。我认为我只有在觉得自己独自一人的时候才会这样做。也许我已经老糊涂了，而人们太好心，不愿告诉我。人们并没有那么好心，他们会告诉我的。（也许人们已经告诉过我了，而我却因为老糊涂而不记得了。哈哈。）

“什么？你说了句什么吗？”当我在书房里或家中某个别的房间里沉思默想，以为自己独自一人，远离他人耳目时，我家中的某个成员曾经突然这样问我。

“什么？没有，”我吓了一跳，面带愧色地回答，“我只是在想事情。”

或者：

“我只是在看报纸。”

(我大概正在脑子里想象自己巧妙地遣词造句，用节奏分明、包含着多个音节的回答来应对格林的攻击，无论元音辅音，一个都没出错。)

“昨晚你又在睡梦里发笑了。”我妻子会这样说。

我无法知道她是否是在捉弄我。这是那种我可能会编给她听的谎话，如果是我先想到了的话。每当她告诉我我在睡梦里发笑，我都不记得自己是在因为什么而发笑。我真希望我能记得。在我犯那种似乎不属于我的头痛的日子里，如果能大笑一场，对我一定非常有好处。

当我闲来无事的时候，我会感到心里发毛。我平时睡不好觉(尽管我妻子告诉我我睡得很好)。我的忧郁挥之不去，它们会决定何时离去(我要么自言自语，要么觉得自己可能会自言自语)。我经常情绪低落，但不知道是为什么。我在为某件事而感到悲伤，却不知道这件事是什么。我四处走动(没有腿)，同时紧张、头痛和悲伤在我体内膨胀、蠕动，而这些感觉似乎属于别人。这究竟是精神分裂症呢，还是仅仅是一种正常、自然、典型、健康、合乎逻辑、普遍存在的类精神分裂症形态？(我可以用暂时性精神失常来为自己做辩护。他们会将其称为安乐死。会有人宣誓做证说这是为了结束他的痛苦。他并不痛苦。)

我有时会非常冷静地跟阿瑟·巴伦谈论安迪·凯格尔，或者是跟安迪·凯格尔谈论阿瑟·巴伦，而就在这些谈话正在进行的过程当中，我会发现自己心里在想，我他妈的究竟在这里面做什么。(在那儿说话、倾听的那个人难道真的是我吗？)我会飘浮到谈话之外几码远的地方观看偷听，开始觉得自己正在低头望着一场用玩具娃娃上演的色情木偶表演。我能认出其中一位表演者，他和我长得有点像。即使是作为这个局外旁观者，我也不知道自己为什么要参与这些谈话，就像我不知道自己为什么要参与在我空闲时主动降临在我身上的那些奇怪的忧郁、紧张和毫无生气的凄凉感伤一样。

“我无事可做。”我也会在空闲时低声抱怨。

我的空闲时间太多。我做爱的时候也会经常发生同样的事情，我喜欢试着移到我们的身体之外来看我自己。我会变得双目失明。我会让自己遭到抹杀，然后慢慢地复活，需要一段时间才能想起我是谁，并重新有效地扮演我的角色。(这一切真是太荒唐了，那不可能真的是我。) 我曾经能够一直看着我，直到结束。那样也很不错。难道说正当我真正感到自己年富力强的时候，我就已经痴呆了吗？要么也许我就是本·扎克一再宣称我是的那个别的什么人。

我感觉很奇怪。

“你看上去有点奇怪。”我妻子说，谨慎地试图把我引诱出来。

“不，没那回事。”

“有点滑稽。”

“你才滑稽呢。”

“你脸上有那种我总也猜不透的滑稽表情。”

“那你为什么不笑？”

“你看上去很抑郁。”

“我并不抑郁。”

“出什么事了吗？”

“没有。”

“我真想知道你心里到底在想什么。”她皱着眉头说道，脸上带着微笑。

不，你并不想。

(我在想死亡和离婚。)

今天午餐时间在我办公楼的大厅里，一个男人在朝我走过来的时候突然倒地而死。他上了年纪，身材高大，仪表堂堂，长着一头羊毛般的白发，身穿灰色细条纹西装，一只手拿着一把细长的黑雨伞，另一只手提着一个棕色的公文包。他形象威严，富有魅力，看样子足以担当通用汽车公司总裁的职位，直到他面朝下倒在了地上。他太老了，不可能是我。

我认为自己现在的感觉和以往并没有什么不同，而我妻子却似乎正在改变。当我沉默不语，而她以为我正在生气或是不满意时，她会更加明显地坐立不安。（我现在是不是更经常沉默不语？她害怕我。）当我感觉太好时，她会感到慌张。（她认为我隐藏着秘密。事实的确如此。）我很高兴我现在可以避开别的事情去打高尔夫球。我希望有一天我能打个一杆进洞，好让我能永远把它挂在嘴上。我不想去看电影，也不想去看戏，于是我妻子得出结论，认为我不再爱她了。我甚至连聚会都不想参加，我们每次见到的都是同一帮人。我真希望自己有一位有趣的朋友。我妻子也觉得很无聊。我妻子喜欢花样，喜欢变动，她喜欢把她那些不同种类的无聊混杂在一起，而我则满足于我现有的无聊。（如果我杀了我妻子，谁会来照顾我们的孩子们？如果我杀了我的孩子们，我妻子可以照顾她自己。一位慎重的有家室的男人必须提前为这些可能性做好计划，以确保他的亲人生活有保障。）我几乎希望我妻子干脆马上去通奸，好让我可以如愿和她离婚。

（没有她我拿不准自己是否能够做到。）

在我妻子现在所处的这个生活阶段，她多半应该去通奸——如果她个性更强一点的话，她就会这样做。这可能会对她很有好处。我还记得我第一次通奸的经历。（并不怎么样。）

“我现在通奸了。”我当时心想。

结果通奸和我结婚之后第一次跟我妻子上床没多大区别：

“我现在跟我老婆上床了。”我当时心想。

通奸对她来说意义更为重大（我这样认为），因为我在结婚的时候就知道，只要一有机会，我就会通奸（这是一个目标。事实上，结婚的原因之一就是为了通奸），而她则不是这样（她很可能还没有真正想过这件事。在这件事情上，我可能全都替她想了）。直到结婚几个月之后，我才不再跟另一个经常和我上床的姑娘做爱。在婚后的头两年里，我和四五个别的姑娘都至少勾搭了一次，只是为了亲眼看到我真的能够这样做。

不过，如果我妻子和公司里我认识的人通奸的话，我觉得我可能会真的想要杀了她。我妻子脱了衣服之后，她的腰部和胸部周围都有一道红线，她的臀部两侧和底部还有松垂的皮肉，我不想让公司里和我打交道的人发现这一点。(我只想让他们看到她最好的形象，没有那些红色的印记。)

我妻子不像我们如今经常遇到的大多数年轻姑娘和妇女那样淫荡放纵(我也不想让任何和我共事的男人知道她的这一特点。我不想让公司里任何我认识的人能够对别的我认识的人随便乱讲，说我妻子身上有红色的印记，而且可能并不是世界上最擅长做爱的女人)，不过我喜欢她这样——我不希望她是另外那种样子——对于她的这种美德和克制，我经常会用溢于言表的爱意和尊敬以及善意的举动来报答她。(我会带她去教堂。)

我妻子没喝醉酒时是一位淑女(并让我感到骄傲)。尤其是当我们在家里招待客人的时候，这种事她做得非常漂亮。(去年有一次我们请阿瑟·巴伦和他妻子共进晚餐，她做得非常棒。在场的每个人都玩得很开心。)因为德里克的缘故，我们现在不常在家里请客了。(他会造成紧张情绪，而我们则必须假装他没有影响。)当我还以为他是个正常孩子时，我曾经喜欢他。我喜欢他，而且和他玩得很开心。我喜欢和他开玩笑。我曾经把他叫作德克、小家伙、蒸汽铲、小不点儿，还有迪基·戴尔[1]，直到我发现了他究竟是什么。现在我用的总是他的正式名字：德里克。(你这个混蛋。)

(你为什么就不能放过我们？)

当我轻松自在，对人友善时，我妻子是最开心的。对我的体贴行为，她会报以感激和快乐，显得既活泼，又惊讶。让我妻子开心很容易，因此我们不经常这样做的确是一种犯罪。(当她感觉好的时候，她会容光焕发，显得更加漂亮。对此她从不掩饰。)当我能做到的时候，我会尽量去做。(然而产生这种愿望并不总是很容易。)我们去教堂的时候我都会把孩子们也带上，我们一般都过得很愉快。(当我在心里想着死亡、谋杀、通奸和离婚的时候，想要对人友善并让她开心并不总是那么容易。)

我感到紧张、可怜、凄凉、无精打采、情绪低落(而她称之为奇怪)。我怀有

1　迪基·戴尔是美国同名报纸连环漫画中的小男孩主人公。

着长满了锯齿、能够摧毁一切的内心冲突，它们就像用骨头、石头、玻璃或生锈的钝铁器制成的工具一样，无情地在我内心中锉、切、砍、锯，宰割着它们自己不可征服的肌肉，而她如今也是一样（但她不愿承认），几乎不管我们走到哪里，除了教堂之外。这可能就是她非常想去教堂的原因之一。（这个世界根本就行不通。这个观念已经过时。）

现在我妻子是一位开朗的公理会[1]教徒（当她没有在聚会上喝醉，变得言行粗鲁，也没有在地板上或靠着厨房的拼木桌子或晚上在外面我们的红木庭院家具上和我做爱的时候）。我妻子现在成了一位虔诚而开朗的公理会教徒，这是因为公理会的教堂建筑通风良好，而且公理会的人们比自从我们从城里搬到康涅狄格州之后她所结识的卫理公会、浸礼会、长老会和圣公会教徒更为友好。

“圣公会教徒就是那些在电影院里嘘嘘地让别人安静的人。”她曾经对我说。

我笑了。

（我妻子能经常逗我发笑。）她会为教堂的糕饼义卖活动烤蛋糕。在教堂聚会之前，她甚至会早早就白天不喝酒，而且在床上也会变得更加拘谨。（我几乎总是能够根据她性欲主动性的减退判断出教堂里有什么重大的社交盛会即将举行。）

我是一名登记注册的共和党人（但几乎总是偷偷地给民主党投票），并认为我比她更接近上帝。

“耶和华是我的牧者，我必不致缺乏[2]。”这位新牧师说。他做我们的牧师大约有一年了，而在社会交往和社区影响力方面，他想要的似乎比他所有的要多得多。（在我看来，他像是想要在某个增长型行业里找到一份更好的工作。）

1　公理会及下文中的卫理公会、浸礼会、长老会和圣公会均为基督教新教不同宗派在美国的教会。

2　出自《圣经·旧约·诗篇》第23章。此处的“缺乏”一词在英语里又有“想要”的意思，故下文。

登记注册的共和党人则不会把话说得那么绝。我们会很乐意让耶和华做我们的牧者,但不管我们已经拥有了多少,我们想要的东西还多着呢。否则我们就会解雇祂、让祂退休,或是将祂搁置一旁。

有时碰上星期天,当我觉得特别仁慈善良的时候,我会让我妻子开车带我们全家去教堂(在礼拜仪式过程中,两个孩子会交换神秘而傲慢的信号,但做得不易让人察觉,因为他们不想让我妻子难堪),然后又经常在事后想要扭断她的脖子,因为她非得让我上教堂,从而毁了我的一整天。(我本来可以睡个懒觉,或者打电话找人请我去打高尔夫球。说到底,我还剩下多少年的星期天可以享受?三十年?还是两年?)

"你的那位新牧师,"在回家的路上,我可能会这样声音洪亮地宣布,并在中间停顿一下,看一眼坐在打开了车顶的敞篷车后座上的两个孩子,好把他们拉上做我的同谋,"真是让我屁股发疼。"

孩子们高兴地向前伸着脖子。

我妻子噘起嘴唇,侧脸一笑,决定假装在吹口哨。在这个阳光明媚的早晨里,因为她刚刚与丈夫和孩子们一起出现在教堂里,她正处在一种极度愉悦的状态之中,这点小小的惯常逗弄不至于让她扫兴。在这种时刻里,我们突然变得非常亲密。(这种时刻不会长久。)不久前,我妻子甚至希望有一天能够和德里克一起毫无羞愧地走进教堂。我很快就让她打消了这个念头。

"你说什么,爸爸?"我女儿问道,在一旁帮着煽风点火,因为她看到我妻子打算保持沉默。

"我觉得你不应该在孩子们面前说这样的话。"我妻子和蔼地批评道,以一种宁思静想的态度参与着这场与我们抗争的游戏。

"什么样的话?"我完全是一副故作清白的样子。

"就好像你不知道似的。"

"牧师?"

"不是。"

"那是什么?"

"你知道的。"

"我真不知道。"

"什么？"我儿子问道，满怀期待地在座位上颠来颠去，我们三人正在同时向我妻子逼近。

"驴子。"我妻子得意扬扬地大声说道，敏捷地避开了我儿子的圈套。

"这不公平，他没说驴子。"

"我知道，亲爱的。"

"他说的是屁股[1]。"我女儿说。

"我知道，亲爱的。而且我认为他很堕落。"

"对此我倾向于同意，"我马上表示赞同，"而且他的英语很糟糕。我认为把孩子们带到教堂听一个堕落的牧师讲道是不健康的。"

"我说的不是他！"

"他的用词华而不实，而且他的句法经常有错误。"

"我说的是你。我说的不是他的语言，而是你的语言。"

"哎，我说的可都是事实。"

"那你呢？"

"好吧，"我让步了，做了一个慷慨顺从的姿势，"那我换个话题。你们觉得直肠从整体上来说怎么样[2]？"

"这种话就更糟糕了！"

"我不明白。"

"你不明白吗？"

"现在我明白了。"

"很脏很烂，像屎一样，是不是？"

"我以为我们已经同意尽量不在孩子们面前互相争执。"我妻子用一种夸

1 此处的"屁股"一词在英语里又有"驴子"的意思，故上文。

2 双关语。英文原文中的"整体"与"孔、洞"一词谐音，因此本句又可理解为"你们觉得直肠作为一个洞怎么样？"

张的礼貌态度说道，她的这种做法有时会惹我生气。

“阿门。”我女儿讽刺地说，一边还在鼓掌。

“这种话只会导致分歧，”我好言好语地回答说，因为我的确不想惹她不高兴，“但是，我投降，我让步。你的那位新牧师没有让我屁股发疼。”

孩子们哄然大笑。

“你给我找出一个这样的医生来，他会说在你儿子和女儿面前使用这种语言是健康的。”当我们大家又能听见她的声音时，我妻子说道。

“你给我举出一个我们见过的说这样不健康的医生来。”

“我以为你们已经同意不在我们面前吵架了。”我女儿嘲讽地插嘴道。

“我们并不是在吵架。”我妻子不假思索地回答。

“我知道，”我女儿嘲笑道，“你们是在讨论。”

“而且还在强调。”我儿子用友好的嘲弄态度补充道。

我们大家都面带微笑，只有我妻子一个人咬着嘴唇，满脸忧郁，显得心烦意乱。她好像非常不安。

“怎么了？”我轻声问道。

她沉默了片刻，仿佛隐藏着一件无比重大的心事，几乎无法用语言表达。“他要来咱们家。”她难为情地脱口而出。

“谁？”

“他。”

“什么时候？”

对我们其他人来说，这个消息非常令人震惊。

“今天。”

“今天？”

“我请了他来吃午饭。”

“你疯了！”

“我要下车！”

“我不想让他来。”

“而我是在骗你们！”我妻子放声大吼，向我们宣布道，一副自鸣得意的样子。她幸灾乐祸地依次看着我们三个人，露出不常见的狂喜，然后继续说道：“难道你们以为我会让一位体面的神职人员接触像你们这样的一群白痴吗？”

“哦，妈妈！”我女儿用胳膊一把搂住我妻子的脖子，从后面拥抱着她。“妈妈，妈妈，妈妈。当她这样开玩笑的时候，我真是太爱她了。你们难道不是吗？”

“我也是。”

但是这种气氛不会持久，星期六、星期天或节假日都不行，除非我们大家已经有了安排，因为德里克正在家里等着我们。

他仍在那里，正在一天天长大。

“难道她就不能带他出去吗？”我女儿抗议道，“他总是在家里。”

他那个肥胖的保姆也总是在家里，成天叽叽呱呱，面色难看，头上是用染发剂染过的白发，身上散发着刺鼻的爽身粉气味。我已经命令我妻子把她彻底打发走，即使我们不得不自己照顾德里克一阵儿。（这样对我们可能有好处。）而且那个女佣也可以打发掉，我根本不在乎。（有她在旁边踮着脚尖四处走动，我总是感觉很不自在。）

“看在上帝的分上，找个德国人，”我冲我妻子吼道，“进口一个丹麦人。”

“我到哪儿去找这些人？”

“我怎么知道？别人就能找到。”

“我有朋友到家里来的时候，我觉得很尴尬。”

（我们也是这样。）

“没必要觉得尴尬。”我温和地对我女儿说。

“我就知道你会这么说，”她生着闷气，表示不满，“我就知道你不会明白。”

“你应该为说这种话而感到羞耻。”我妻子责备地对她说。

“别跟她过不去。”

“她应该庆幸她自己不是那样。”

"她是很庆幸。"

"你总是站在她的一边，"我妻子指责道，"医生说你不应该这样做。"

"她认为我总是站在你的一边。"

"她为什么总是要把他带进屋里来？"我女儿抗议道，"我有朋友来的时候，她难道就不能让他待在自己的房间里吗？"

（我们也希望她能在我们有朋友来的时候不让他露面，而且也跟她这样讲过。但她还是照样领着他招摇过市，对他大声唠叨，冲着我们的客人指指点点，把他炫耀一番，或者是对我们施加一种处罚。）

"你不应该那么介意。"我劝告说。

"你也介意。"

"他没那么糟糕。"

"他让我们感觉不自在。"

（他也让我感觉不自在。）

"你没必要感觉不自在，"我对她说，"这并不是我们当中任何人的过错。这种事在谁家都有可能发生。"

可是它偏偏发生在了我们家。

"我们另外还有一个孩子。"在日常社交谈话中，我曾经屡次被迫向几乎不认识的人透露。"他的脑子有些缺陷。是先天性的，"我补充道，"他是个弱智儿。"

"我们也有一个智力迟钝或情绪严重紊乱的孩子，"有些知道我们情况的夫妇也曾经专门找过我，并向我透露（就好像我们有一些我想要分享的东西似的）。

这是一个我不想加入的俱乐部，而且我觉得那些喜欢搞宗派的父母很讨厌。（他们那种充满暗示的亲密感让我觉得很肉麻，我想像赶苍蝇一样把他们从我身边赶走。我讨厌任何宗派主义的东西。它将我四面围住，让我觉得自己得了幽闭恐惧症，或者是将我拒之门外。我不喜欢四面被围的感觉。）

早在别人发现之前，我就看到了德里克身上发生的事情（将我四面围住），而我没有对任何人讲过。（后来，当别人开始注意到一些迹象，开始担心犹豫地发表意见时，我非常强调地将其一口否认。我不希望它是真的。我收到了噩梦般的警告。我看到种种现实在我面前按照事先计划好的阶段组合在一起。现在我仍可以看到。我当时觉得只要没有人谈论这件事，那么它就不是真的。我错了。）他学会坐、立、走、跑比一般孩子都要迟。甚至在他父亲溺爱的眼中，他的协调能力也很差。那时他走路步履蹒跚，跌跌撞撞，而且经常摔倒，我们觉得他就像刚出生不久的小狗或小马驹一样笨拙可爱。现在他的动作也一点都不协调。当他试着开口说话时，他不会努力张大嘴巴——就好像他没有把嘴和说话联系在一起。当他试着讲话时，他看上去就像是得了牙关紧闭症。（他嘴部的肌腱会伸展鼓起，我希望他不要这样做。）但是当他吃东西、大笑或只是想发出声音时，他就可以张大嘴巴。不过我不知道他有什么值得发笑的事情，除了我和他玩耍时把东西递给他，然后又猛地把它抢回来。然而这时他也有可能会哭。

（现在你都不能和他玩普通的婴儿游戏了。如果我试着和他玩耍，而他却哭了起来，我会觉得自己一无是处。我会觉得自己遭到了拒绝，于是悄悄溜走。我对他和我自己都非常生气。在我看来，当我试着和他玩耍的时候，他至少应该笑一笑，这才像回事。）

"有德里克这样一个弟弟，会让我更难找到丈夫吗？"我女儿问道，她的态度既有些苛刻难缠，又有些自卑可怜。

"不，当然不会。"我们撒谎说。

"怎么会呢？"我妻子怒气冲冲地对她说道，话音里充满了敌意。我女儿的这个问题问得非常直截了当，让她感到既震惊又愤怒。（现在轮到我来保护我的小女儿不受她的伤害。）

"别跟她过不去。"我轻声请求道。

我女儿转向我，试图寻求真相。"会吗？"

"你打算要结婚了吗？"我想用一句机智的应答碰碰运气。

"你看见他怎么回避我的问题了吗?"

"单单是因为有这种想法,你就应该觉得羞耻。"我妻子对她说。

"别跟她过不去。"我重复道。

"人们会不会认为我自己的孩子生下来也会是这样?"我女儿继续追问道。

我妻子倒抽了一口气。"这话说得太难听了!"她感情激动地谴责道,"他可是你的亲弟弟啊。"

"这就是为什么我这么担心。我难道就不能问问吗?"

"看在上帝的分上,别跟她过不去,"我喊道,一边转身面对我妻子,冲着她怒目而视,"这件事我也同样担心。"

"她才应该觉得羞耻呢。"

"而且你也担心。看在上帝的分上,不要把他的事怪在她的身上。"

"那也不要怪我。你总是站在她的一边。医生说你不应该这样做。"

"我没有。"

"他不是什么让人觉得羞耻的事情。"

"如果他真的不是什么让人觉得羞耻的事情,那我们究竟为什么总是为他而觉得羞耻呢?"

"我们并没有为他觉得羞耻。"

"我们有。"

"你总是把他的事怪在我身上。"

"我没有怪过你,从来都没有。"

"别冲我大喊大叫。"我妻子出人意料地说道,脸上带着一种愤愤不平而又平静文雅的神情,令人十分震惊。

我厌恶地把头转开去。"哦,天哪,"我咕哝道,"你真让我哭笑不得。"

"你也别对我说脏话,"她机械地做出反应,"我以前就告诉过你。尤其是在孩子们面前。我觉得你一定是喜欢羞辱我。我觉得你真的是这样。"

我简直不敢相信。我发现自己又在心想,我到底为什么要和这样一个女人做夫妻。即使我没有别的理由想要离婚,她给我生下的这个白痴儿子也足够了。

我想要离婚。

我需要离婚。我渴望离婚。我对它如饥似渴。我祈求自己能够离婚。

离婚似乎是不可能的。离婚很麻烦。很难相信现实生活中真的有这么多起离婚事件发生。这足以让人羡慕不已,心中刺痛,让人渴望伤感,泪湿双眼。不如我精通世事的人都能毫不费力地顺利完成他们的离婚手续,而我却连一只脚都迈不出家门。

我也想离婚。

我一直都想离婚,连做梦都在想。我这一辈子都想离婚,甚至在我结婚之前就想离婚。我觉得自从我结婚以来,从来都没有过一段六个月的时间——甚至是一段六个星期的时间——在其中我没有想要以离婚来结束这场婚姻。我从来都不能肯定自己是否想结婚,但我一直都知道我想要离婚。

直到婚礼那天,我都一直在向自己保证,“如果婚姻不圆满的话,我总可以离婚。”

我并非总可以离婚。

我不知道这件事该怎么做。

也许我把衬衫看得太重要了。

我的内裤将会在洗衣房里。她会让我来拿吗?还是说她会把它们烧掉,或者是藏起来?她会不会告诉我我儿子很难过,而其实他并不难过?她会不会告诉我没有我她活不下去,尽管事实并非如此?我知道她会告诉我她想自杀。种种障碍似乎无法克服。在夏天里,我的冬衣全都收了起来。在冬天里,我的夏装全都挂在别的地方,我的运动鞋也都收了起来。我怎么才能把它们全都弄到一起呢?我需要好几个星期的时间。我没有时间离婚。有太多的东西需要打包(她不会帮忙),有太多的话需要讲。(怎么会居然有人能把这些事情全都做完呢?)将会有争吵、讨论,然后是更多的争吵。(这会有个完吗?)银行将会已经把银行对账单寄出。随时都可能会有来信,我喜欢的一套细条纹西装刚刚被送到了洗衣店。将会有许多书需要用超市装食物用的瓦楞纸箱装起来,越小越轻,越轻越好。难怪我一直在寻找推迟行动的理由:孩子们的幸福(就好像我们俩在一起待了这么久对他们有多大好处似的)、金钱、办公室、我妻子的健康、下个星期的晚餐聚会,或是已经和另一对夫妇约好了要去剧院看戏,于是将不得不爽约。我们俩谁都不会愿意打电话通知他们,而是宁愿保持婚姻关系。相比之下,一直坚持到我情绪好转,并且自欺欺人地认为我永远都不会真的想要离开她,这样要容易得多。

我就是不知道离婚这件事该怎么做。

就连胆小懦弱的人都做得到。她会把我的邮件转寄给我吗?还是说我必须打电话,和她谈论这件事,还有其他事情。我想如果你的妻子爱上了另一个男人,并且首先想要离婚的话,那样会更容易。但我妻子在这方面非常缺乏主动,她可能永远都做不出那种事。即使是那样,我也还是有许多东西需要打包收拾。我上大学时留下的书装满了好几个书架,书页的空白处还有我匆匆写下的笔记。我可能永远都不会再翻这些书了,但我还是想把它们带走。我将必须找一套公寓,布置好家具,大多数晚上自己做饭,或者在外面吃,找上几个我能够忍受的女朋友,并迟早和其中一个结婚,以便能够重新开始期待着离婚。

我真希望我能按钟点雇佣一个人,让他替我从头到尾经历整个这个令人疲惫的过程,甚至替我经受那一阵阵例行公事的内疚、忧虑和悔恨。没有这些东西,一个人永远都无法再觉得自己的良心是完全清白的。

我还记得一个誓言:我曾经向自己保证,等德里克满五岁的时候,我就会离开这个家。这真是天大的讽刺! (我只是操了她那么一次,结果现在就背上了德里克这个包袱。)这并不是他的过错。即使没有他,我也仍然无法离开。而即使他是正常人,我也会想要离开。我将永远都想离开。

我对此非常向往。

我有时会梦见离婚。在梦里,我想离开家,却无法离开。即使他们让我离开，我也做不到。（他们总会让我离开，但我就是不走。我不希望他们让我离开。）我哪儿也去不了。我想说话，可是说不出来。人们给我留言，但我无法向他们回复。我必须参加一场考试，但我没有准备好。整个学期我都找不到我应该去的教室。课程一直在没有我参加的情况下继续进行。学期就要结束了。我找不到正确的考场，我进的每一栋楼都不对。时间在流逝。我将会不及格。

如果我必须一本正经地开始这个过程的话，我都不知道该如何着手。我觉得当我有必要做那些装腔作势的声明时，我会忍不住露出微笑。我觉得我甚至可能会突然放声大笑。我觉得像我这样的男人，只有大发雷霆，进入一种极其疯狂的情绪状态，有那么一两个小时完全发狂，暴跳如雷，对邮件、孩子、书籍、内衣和细条纹西装全都毫不理会，这样才能把这件事做完。如果有必要的话，一个男人没有细条纹西装也能活下去。只要怒火足够旺盛，我就可以收拾好一个小手提箱的行李，把支票簿、护照和信用卡随身带上。然而即使是这样，也不能保证成功。

对我来说是这样。

比如说，假如我的一个孩子，甚至是德里克（也许尤其是德里克），在我收拾行李的时候来到门口，眼睁睁地看着我，我怎么能继续收拾下去呢？

或者假如我相识多年的妻子在我即将收拾完的时候走进屋里，对我说：

“请不要走。”

我觉得我做不到（我可能会想念她）。她想让我对她说我爱她。我不会这样做。我不会这样做的原因之一就是因为我知道她想让我这样做。这是我仍能保住的一项凌驾于她之上的优势。

她曾经坚持让我这样说。对于一个有智慧的人来讲，这句话似乎既愚蠢，又令人尴尬——尤其是如果它出自真心。如果是偶尔撒谎的话，那还可能有一定的道理。现在她没法强迫我将它说出口，我终于报了仇。她已经不再要求我这样说了。如今，我们之间正在为了一些模糊不清的琐事进行着一场持续不断的地下斗争。这场斗争不仅不会缓和，而且几乎自从我们刚认识就一直没有停息。

“我爱你。”

这句话可真好笑。（如果可以在它的前后添加一些其他内容，用幽默或讽刺歪曲它的含义的话，那么这句话就更灵活了。比如说：

“哎呀，宝贝，每当________的时候，我可真爱你啊。”

请用不超过十五个单词的文字完成以上句型。）

我觉得自从阿瑟·巴伦第一次向我提出要把安迪·凯格尔的职位交给我之后不久，我就再没有对我妻子说过我爱她，而且那次是我晚上在床上说的，指的是性爱（而她并不是这个意思。我妻子还不知道我将要取代的是安迪·凯格尔的职位）。我妻子的自尊心受了伤害，她的骄傲和虚荣也遭到了打击，因为我不肯说：

“我爱你。”

对此我非常喜欢。在这一点上我占了她的上风。这与爱毫无关系，它与仇恨的关系倒是更为密切。我们习惯攒枕头。现在我们有蓬松柔软的大枕头。在我睡觉的时候，她经常偷我的枕头。而且她睡得比我还香，这在我心中激起了极大的愤怒，于是我几乎根本无法入睡。事后她却坚持说自己整夜没合眼，不是因为胃灼热、头痛，就是因为对他人幸福的人道主义关怀。（其实是我整夜没合眼。她不像我儿子和我女儿现在喜欢的那样，待在家里属于她自己的地方。她不接电话，尽管大部分电话都是找她的。碰到有人打电话找我的时候，她会等到我已经在电话上说了三十秒钟，然后才气喘吁吁地拿起分机喊道：“喂？”我们家里的灯泡经常用完。）在这场拉锯战中，双方都想保全面子，而我想保住我自己的面子。她无法将这场胜利从我手中夺走。我占有优势，因为即使她永远都不对我说这句话，我也不在乎（不过如果我觉得她真的不对我说的话，我可能就会开始在乎）。

她想让我这样一字不差地说：

“我爱你。”

我更喜欢用我自己的方法拐弯抹角地说。

“哦，妈妈！”我女儿在车里大声说道，一边紧紧地拥抱着她。“当她这样开玩笑的时候，我真是太爱她了。”

“我也是。”我说道，趁机把这话插进去。

明明就在那儿，但这还不够。这不管用。

（我说这话的时候是真心实意的。）

我也曾经按照她所希望的方式说过，而且今后也还会这样说。但是当她试图强迫我说的时候，我会拒绝开口。我会止步不前。在这种下流的攻击面前，我必须保护我的男子气概和我的自尊。我会抵抗。

你可以称之为怨恨。你可以称之为心胸狭窄的怨恨，但这是一种高度感性而又令人满足的怨恨。

“如果我不爱你的话，我还会在你身边吗？”我曾经这样回答。

“那你为什么从来都不这样说呢？”

“我爱你——这下行了吧！我说了。”

“你从来都不对我说。”

“我刚刚说过。”

“但我必须开口问你才行——不，你别笑，什么都别说，也不要拿它开玩笑，”她哀叹道（正当我要拿它开玩笑的时候），“我觉得我的期望可能太高了。”

我妻子不仅**想要**我说：

“我爱你。”

她还想要我自己**想要**这样说！

“我爱你。”

“是吗？”

“我刚刚这么说了，难道不是吗？”

“我必须开口问你才行。我总是不得不逼着你这样说。”

如果我不知道我们之间存在着这场我不想输掉的斗争，也许我就会出于好心，同意让她强迫我这样说。如果她给我买来我想要的枕头，并且在我躺在那里试图入睡的时候不打呼噜，也不在安然沉睡中无动于衷地用鼻子大声呼吸的话，我可能也还是会跟她在这件事情上达成协定。

“看在上帝的分上，多买上几个枕头。咱们家的汽车和电视比枕头还多。”

我们的特大号双人床上有四个枕头（这张床真是个笑话。如果我们不想互相接触的话，我们可以在这张床上滚上好几年，都不会碰到对方。我们睡觉的时候并不搂在一起）。我想让她再买上四个，也许五个，而她却总是忘记。我想自己有足够多的枕头，这就是说要比她多至少一两个。（我们买了电灯泡之后总是把它们放在需要时找不到的地方。我们家的卫生纸经常用完，女士们的卫生巾也是如此。如今这个世界上很难找到好女佣，也缺少合格的洗衣女工、鞋匠和裁缝。这个陀螺仪玩具快要完蛋了，它没能经得起时间的考验。我找的女佣没有一个能记得把我浴室里用过的毛巾拿走后需要换上干净的。除非家里有客人，我从来都没法让我妻子准时备好晚饭。）对我来说，我睡觉时和她的相对位置非常重要。我想比她枕更多的枕头，这样我的位置就比她高。我睡觉时头几乎靠着床头板，这样她就在我下方。对我来说，让我妻子显得矮小很重要。她个头并不矮。我们俩几乎一样高，除非她把鞋脱掉。因此过去我们跳舞的时候感觉很不舒服，现在我们想接吻的时候也还是如此（我们的额头和鼻子会碰在一起），而且我在用胳膊搂着她走路时仍会感到肌腱炎的刺痛。我妻子的个头好像不合适。在我们睡觉、做爱、走路或吃饭时，我希望我妻子的脸和我的肩膀平齐，或者更低。我不希望她的脸在同一个水平上正对着我。（不过，当我们一起在公共场合露面时，我很高兴看到她身板挺直，妩媚动人。盛装打扮的她显得优雅端庄，而且如果她没有喝醉酒，变得令人讨厌的话，她会为我给人留下深刻的印象。）现在当她在汽车上或电影院里坐在我旁边时，她又开始把嘴里的口香糖弄得啪啪作响。每当她想戒酒的时候，她就会恢复嚼口香糖的习惯。有些晚上，当我看到、听到她像一个纯真的孩子一样酣睡着，而我却躺在那里，毫无睡意，与忧虑、创伤、委屈和过度兴奋做着徒劳的斗争，我会感到非常恼火，压抑在心中的怒火几乎都要把我逼疯了。（有些晚上，在我喝了很多酒，或者是为了办公室的事情苦苦思索之后，我会一连几个小时无法止住自己的思绪，甚至无法将我脑子里那些来源不一、杂乱无章、急速飞奔的念头放慢到可以控制的速度。我从来都想不到什么好事情。我有时会想到一些好事情。）我想用力捶打她，想对她恶言相向。正是在睡眠的黑暗中，当没有人在一旁观看，甚至连我们自己都没在看的时候，我们真正的原始心灵才会得以显现。为了争夺被子和枕头的一角，我们进行着一场残酷的战争，就像蜷成一团、没有眼睛的胚胎一样。用膝盖和臀部互相碰撞是我们使用的武器，喵喵的咕哝和呻吟是我们的咒骂和呐喊。（我们是婴儿，尽管当我们还是婴儿的时候我们可能并没有这种感觉。）她甚至都不知道我还醒着，这让我非常生气。我觉得自己受了冷落，像个牺牲者。（有些晚上我能睡着，而她却睡不着。我在蒙眬中感觉到她非常烦躁，反复从床上起身离开。由于我知道了这一点，我便更惬意地重新回到了梦乡。）我正因为悲惨的失眠而心烦意乱，而她却毫无知觉地躺在离我几英寸远的地方，沉浸在宁静安详的甜蜜沉睡之中。她怎么竟敢对我的痛苦和不幸如此麻木不仁，尤其是这一切可能都要怪她。我想用力把她摇醒。

“给我起来，你这个该死的家伙！我睡不着，你为什么就应该能睡着？而且这全都要怪你。”

她会不知道我在说什么，而且可能会以为我疯了。

“你爱我吗？”她可能会问。

她现在已经不这样问我了。她也知道我们正在互相斗争，而她自尊心太强，不肯不光彩地举白旗投降。（我很高兴她没有这样做，否则我将必须做出让步。我真希望这件事已经结束。）

我觉得我知道这件事将在何时结束，我觉得我知道自己如何能够使我们摆脱这种僵持局面，以一种对双方都有益的方式解决这场冲突：在她临终时。

“不要死，”到时候我可以这样说，“我爱你。”

这样我就可以保全我的面子，而她也会得到满足。到那时我将是一百零八岁，她将比我年轻几岁。我将不得不开始自己到超市和杂货店买东西，以确保家里有我需要的咖啡和果汁。我将不得不把房子卖掉，搬到一套公寓去住。

(然后我将会想念她。)

她已经有好几年没问过我了。我觉得这是因为每当她想问这个问题的时候,年龄和自尊都让她难以启齿:

“你还爱我吗?”

但这个问题仍在她心里。我可以看到它,就像一座语言雕塑。她会拐弯抹角地试探,她会旁侧敲击地暗示。我拒绝奉陪。要么也许就是她认为我已经不爱她了,担心如果她开口问道:

“你爱我吗?”

我会回答:

“不。”

然后我们将不得不做点什么。(但又不知道究竟应该做什么。)

我很高兴她没有问,尽管我经常觉得这个问题就在她嘴边。需要处理这件事会让人有失尊严。我不想为了这件事和她吵架。如果她现在问我:

“你爱我吗?”

我不知道自己会如何回答。闭口不答,开个玩笑,或是含糊其词。我既不想说谎,也不想说实话(不管我的真实感受是什么)。如果她是在我们疯狂做爱时这样问的话,那就很容易回答。

“翻过身来,我做给你看。”

但这并不是她所想要的,这一点我们俩都清楚。有时,我会因为她不这样问而非常高兴,我会觉得对她深怀感激,以至于想如释重负地张开双臂大声宣布:

“我爱你!”

在我犯了这个错误之后,我就可能永远都无法离婚了。(我觉得我现在明白了,为什么我和女人相处得那么好,然而却总是和自己的孩子们关系不和。我对待女朋友就像对待孩子一样,同时却希望我的孩子们表现得像成年人。)阿瑟·巴伦不会希望我离婚。

“怎么样？”他问道。他的笑容比以往任何时候都更加可掬，他的表情也比平时更为亲切。

“我其实别无选择，”我微笑着屈服了，“是不是啊？”

“你有选择。”

“其实没有。我想要凯格尔的职位。”

“很好，鲍勃。恭喜你。”

“谢谢，阿特。”

“我们将在下星期初告诉他。你对他很了解，你觉得他对此会做何反应？”

“他的反应会很糟，但他会尽一切努力加以掩饰。他可能会要求亲自把这个消息告诉我。”

“我们会让他这样做。”

“他会想对别人说这是他的主意。他甚至可能会想要得到允许亲自向大家公布这件事。”

“这样的话事情就更简单了。你将会有许多事情需要处理。”

“我已经列了一个单子。”

“我可能还想在上面补充一些东西，鲍勃。”

“我没意见，阿特。”我轻轻地笑了一声（在将我温和的俏皮话说出口之前），并低头表示自谦。“我不是那种不喜欢上司给自己提建议的高级职员。”

“哈哈。我想你也不是，鲍勃。你将会负责主管公司年会的事。”

“我已经开始制订计划。我觉得我知道该怎么做。”

“我们还发现了另一件有关凯格尔的事，鲍勃，”阿瑟·巴伦告诉我，“他经常在下午去嫖妓。”

“我曾经和他一起去过。”

“不过你不会再去了，是不是啊？”

“我已经不去了。”

“很好，鲍勃。我就知道你会这样做的。顺便说一句，”他补充道，一边摁着我的胳膊肘，会意地向我眨了眨眼，咯咯地笑着，“晚上再去要好得多。”

“哈哈。”

几乎在不知不觉中，我和阿瑟·巴伦的关系已经发生了变化，我们谈话时的态度已变得更为亲密。出于精明、谨慎和圆滑，我并没有在言谈中显露出我已经注意到了我们之间关系的这种改善。到目前为止，我拥有着一种天分，一种仆人的天赋，能够解读阿瑟·巴伦以及其他地位比我高的人（格林是我的上司，但他的地位并不比我高。凯格尔则二者都不是）对我的期望，而且我还具有那种微妙的做戏本能，会让他们看到他们的期望得到了满足。（我同时也怀有着那种仆人的恐惧，生怕自己有一天会失去这种天赋，由于暴露出西班牙猎犬般喜欢讨好的倾向而被人从我的职位上赶下去。我手下部门里的霍洛韦现在就又成了那种样子，到处拦住人们，跟在别人屁股后面，拼命巴结讨好，强行惹人注意，要求人们对他给予表扬，或是对他进行善意的训诫。他很快就会再次精神崩溃。他们这些人总会再次精神崩溃。我不明白他们为什么非得费那个劲回来。你不能给霍洛韦安排任何重要的业务责任，他缺乏我所拥有的那种天才的奴性。）我知道阿瑟·巴伦不希望我们再邀请他来我们家做客。我妻子则不知道这一点。

“我敢肯定他妻子一定在算计着，”我妻子曾经忧心忡忡地反复这样说，“自从我们上次请他们来，他们已经请了我们两次。如果算上那次他们为霍勒斯·怀特举办的鸡尾酒会，那就是三次。我从来都没想到我会被邀请参加那种场合。”

“他不会这样算计的。”

“如果我碰到他们，我会觉得很尴尬。”

“我敢肯定。”

“我很高兴。我本来很想最近再举办一次愉快的晚餐聚会，但我很高兴没有这个必要。”

阿瑟·巴伦住得离我们不远，也在康涅狄格州。和我们家相比，他们家的房子要好得多，他们家所在的那片地区也富裕得多，尽管我们家所在的这片地方也并不差。他拥有一片更大的土地。（我有一英亩的地盘，他有四英亩。）我周围大多数人挣的钱似乎都比我多。我现在住的地方已经完全足够了。等我得到了加薪、搬了新家之后，我将会又住在挣钱比我多的人中间。这叫作“向上流动”，是当代美国城市生活中一股重要的力量，同时还有“向下流动”，也是当代美国城市生活中一股重要的力量。这两股力量使得一切不断动荡。如果我们能够起飞的话，我们会像飞盘一样起起落落，或者像棒球里的内野高飞球一样，只不过我们上升得更慢，下降得更快。我正在上升，凯格尔正在下降。他的速度更快。只有在美国才有可能同时做这两件事情。你瞧我，我正在像神鹰一般飞升翱翔，但同时又在急速下降，崩溃瓦解。也许同样的事情在俄罗斯也会发生，但我不住在那里。世界上的每一条河流都是从北向南流入大海，无一例外。除了那些不是这样的河流之外，而能量和物质守恒定律严格而又公正地规定，能量和物质要么（原文如此[1]）能被创造，也不（原文如此）能被消灭。

这些东西和我一点关系都没有。对我来说，我的牙医在我的牙槽里刮来刮去比我妻子将要得的癌症还要痛苦，如果我妻子将来真的会得癌症的话。不管我穿什么样的鞋子，我的右脚小拇指都会在同一个地方长鸡眼。

在过去的两年半里，阿瑟·巴伦曾经请我们去他家吃了六次晚饭（而且每次提供的食物都不够吃。我们回到家时就又饿了），而我们只请他到我们家来过一次。我们玩得很开心。他通常会另外只请上一个公司里人，这个人我可能见过，也可能没见过，再加上其他三对友好的夫妇，他们所从事的职业和我们自己的职业无关。他的餐桌上正好能容得下十二个人。整个晚宴都很安静，聚会在午夜前就结束了。在他家，德里克这个话题从来没有被人提起过，而且我们觉得如果有人提起的话，我们也可以将它搪塞过去，而不会感到不自在。没人谈到任何令人不快的事情，也没有人提到任何人的不幸。对我们来说，他们提供的食物不够吃这一特点有些令人难以接受，因为我们喜欢阿瑟·巴伦，也喜欢他的妻子，并且喜欢去他们家，尽管我们有些不自在。他妻

1　此处的两个“原文如此”均为小说原文的一部分。本句中的“要么……也不”本应为“既不……也不”，二者在英文原文中只有一个字母的差别。

子是个很朴实的女人，没有一点架子，我们在她面前几乎不觉得拘束。

大约在一年前，我们请了阿瑟·巴伦和他妻子来我们家吃晚饭（时间过得可真快）。我们准备的食物多得吃不完。在我们家，人们往往会吃得过量。我们喜欢为客人提供可以选择的不同肉类和各种甜点。我们还喜欢表现出我们食欲旺盛，知道如何大方地款待客人。有一阵子我妻子感到很苦恼，担心阿瑟·巴伦夫妇可能会把这当成是对他们的批评。

"亲爱的，按照你的方式去做，"我鼓励她，"不要学别人的样子。"

那一晚过得非常棒。直觉告诉我当时是邀请他的好时机。（有一次我们曾经邀请了格林。他告诉我他不想来我家吃晚饭，我们松了一口气。事后，格林这种带有侮辱性的坦率让人有一种耳目一新之感。）我明智地决定不围绕着阿瑟·巴伦来组织当晚的活动。（我们反正也要举办这场晚餐聚会。）

"什么事，鲍勃？"

"你好，阿特。从现在开始算起的第三个或第四个星期六，我们将会请几个人到家里来吃顿晚饭。我们觉得如果你和露西尔肯赏光的话，那就太好了。"

"我们非常乐意，鲍勃。我得看一下我们是否有空。"

"没问题，阿特。"

还没到当天中午，他妻子就打电话给我妻子，说他们两个周末都有空，而且很高兴我们有心邀请他们。

聚会那天他们一直待到很晚，吃的喝的比我们预想的都要多。（我仍然有些想不通他们请客时为什么只准备那么一点食物。我猜想等到我们回到家时他们自己一定也饿了。）我调制了浓烈的马提尼酒，大家都喝了，于是气氛从一开始就轻松了许多。在我搅拌、倒酒的时候，我觉得自己温文尔雅。我在镜子里瞥见了自己：我的确是文雅极了。我的脸上带着文雅的微笑。（我就像孔雀一样虚荣。）我没有请公司里别的人。我请了一位版权律师、一位电视作家、一位市场营销副教授、一位计算机专家、一家小型公关公司的老板，还有一位很有趣的套汇专家，他在一家著名经纪公司工作，对他的工作我们都不太了解，而大家都很好奇（有那么一阵）。几位夫人都很漂亮活泼。谈话非常活跃，不时有喧闹的笑声。当有人问起时，我妻子会分享一些做菜的诀窍。巴伦夫妇几乎是最后离开的。

“谢谢你，鲍勃。我们真的很开心。”

“谢谢你，阿特，我很高兴你们能来。”

我和我妻子为我们的成功兴奋不已，欣喜若狂，于是上床做爱。那一晚过得的确很棒，但我从直觉上感到——直到现在我狡猾的第六感仍在这样告诉我——有很长一段时间我们都不应该再请他了，尽管当时请他来并没有任何问题。我妻子作为一个经常上教堂的公理会教徒，不理解这一点。在责任和好客方面，她受的是牧师的教导。不过，作为一名登记注册的共和党人，我对礼节有更多的了解。

“为什么不能请他？”她想知道，她坚持不懈的态度当中带有一丝渴望。“你和他相处得不好吗？”

“我们相处得很好。”

“你觉得他们会不想来吗？”

“现在不是时候。”

“我不知道你在说什么。”

“我可以感觉到。如果你想举办晚餐聚会的话，只管动手去做，只要不请他们就行。”

我妻子犹豫了。现在德里克在家里很显眼，这引起了很多变化。（热情很快消散，变成了倦怠和夭折的希望。为了快乐而制订的长远计划在考虑其实现的过程中变得沉闷乏味。于是她无事可做。）另外我们还有我女儿需要应付，如果当天晚上她自己没有约会，决定留在家里旁观的话。她要么和客人们打成一片，表现得过于亲热，要么就是默默地从他们旁边走过，态度粗鲁，一脸的不高兴，人人都看得见，如果有认识她的人和她打招呼，她只会极为冷淡地微微点头作为回应（然后在一小时后同样再走过一次，每隔一个小时都是这样，直到我妻子低声抱怨“如果她再这么做，我就杀了她”，然后去训斥她）。也许不久我就不得不刻薄地命令她，在我们有客人来的时候不要露面，就像德里克一样。(我到别人家拜访时也不喜欢有小孩子在旁边晃悠。) 在我们和其他两个孩子的关系当中，德里克也造成了一些令人不安的问题，因为我们不得不把注意力集中在他身上，并在他身上花费大量的金钱。(我很快就必须开始为他的将来攒钱了。)

“孩子们都好吗？” 每当有人到我们家来，或者是我们去别人家做客的时候，人们总是感到有必要这样问一句。

我的经验使我害怕听到这个问题。

“很好，都挺好，” 我觉得有必要过于欣然地回答 (以便尽快摆脱这个话题)，“你们的孩子呢？”

德里克在家外面也好像无处不在，因为我和我妻子至今仍怀有一种特殊的恐惧，生怕哪天晚上走进别人家一个热闹的聚会里，在社交场合遇到一位我们过去曾经看过的医生或心理学家。这样的人一共有二十来个，他们对德里克和我们的一切全都了如指掌。到目前为止，这种情况还没有发生过。我们更喜欢喧闹的大型聚会，因为在这种场合里公开谈话是不可能的。在小规模的正式聚会中，我们总是非常警惕，因为讨论的话题随时都可能会突然转变，集中到我们身上。这时我们必须匆忙做出反应，要么转移话题，要么暂时牺牲自己，闪烁其词地谈论一些我们根本不想谈的事情。(我们必须赶快承认。这样做对别的家庭可能有好处，对我们则不然。房间里的**每个人**都会突然一下子变得不自在。) 即使是在大型聚会上，也经常有觉得和我很亲近但我没有同感的人把我拉到一旁，用一种清嗓子似的声音悄悄低声问道：

“你家最小的那个男孩子，他现在怎么样了？”

“很好，很好，” 我回答说，“比我们期望的好多了。”

到如今，对于那些心理学家、精神科医生、神经科医生、神经外科医生、语言治疗师、精神科社会工作者，以及所有其他我们可能曾经拜访过但在这里没有提到的人，我和我妻子都已经受够了——我们对这些人讨厌至极，腻烦透顶。他们不仅帮不上忙，而且高傲自大，自以为是，满嘴都是陈词滥调，说什么这一切并不能怪我们，说什么我们不应该让自己感到内疚，说什么我们没有什么值得羞耻的。我相信，所有年轻的医生都在努力变得傲慢自大，而所有年长的医生都已经成功地做到了这一点。

“混蛋！”我想像一头野兽一般对他们大声尖叫。“混蛋！混蛋！混蛋！混蛋！混蛋！混蛋！”我一直都想像仓鸮[1]一样（不管那究竟是什么东西）对着他们所有人尖叫（包括我曾经在很短的一段时间里为我自己而偷偷看过那两个医生）。这些头脑简单的傻瓜为什么就不明白，如果我们打算做那些我们必须做的事情的话，我们就会*想要*感到内疚，我们就*必须*感到内疚？

他们则会不慌不忙、平心静气地回答，说我对他们尖叫是为了试图减轻对我自己的责难，他们还会将我叫声中的重复称作是“持续言语”[2]。

他们说得对。

他们说错了。

我有许多故事可讲。一个局外人绝不会相信不同的医生给了我们多少互相矛盾的意见，也不会相信他们在彼此背后做了多少恶意中伤的评价，但我们相信了。不管是好是坏，他们的话我们全都信了。我们也有不信的时候（我们别无选择），然后只能像到处流浪的祈求者一样去找别的医生。

“这种病是器质性的。”

“这种病是功能性的。”

“这种病主要是器质性的，现在还有功能性并发症。”

“他没有聋，但他可能会听不见声音。”

“至少他还活着。”

“病情预后良好。”

“在哪方面？”

“病情预后很糟。”

“目前对病情还无法做出预后。”

---

1 猫头鹰的一种，常筑巢于谷仓等建筑物上，叫声尖厉刺耳。

2 一种精神病症状，患者思维停滞不前，单调地停留在某个概念上。

他们当中没有一个人有足够的坦率、勇气、常识和个性开口直说：

“天哪——我真的不知道。”

一开始是：

“你们有些大惊小怪了。”

后来则变成：

“他将永远都不能讲话。”

“他的智力年龄可能永远都不会超过五岁，就连达到五岁的水平都不一定。他的协调能力和肌肉控制能力永远都会很差。这将需要极大的耐心。”

不管他们的诊断是对是错，我们憎恨他们所有人。过了一段时间之后，是对是错都没有什么区别了。原因并不重要。病情预后不容置疑。原因的确很重要。他的病是器质性的（陶瓷的。所需的晶体管都在里面）。只是他大脑的工作方式和别人不一样。（收音机不可能像电视机那样工作。）里面没有任何故障。它的功能符合设计要求（如果从他们的角度来看，它的功能完全正常）。它的结构已经完成，电路已无法更改。并没有零件损坏，他们找不出任何需要修理的东西。

“他们为什么就不能用手术来矫正呢？”我妻子曾经问过我。

“他们不知道应该在哪里开刀。”

他是一个幻影。

“要是我们没生下他就好了，”我妻子曾经这样悲叹，“如果他从来都没有出生，他的日子会好过得多。”

“咱们把这个孩子杀了吧。”当我还以为他只是天生行为乖戾的时候，我曾经这样轻松地开玩笑说（我的钱包里曾经装着三个孩子每人的彩色快照。现在我连一张都不装了），那是在我开始猜到他可能有严重问题之前。

现在我已经不说这种话了。

（有缺陷的小家伙，你真可怜。没有人站在你这边。）

他是我想象力的产物。我可以向上帝发誓，他是我想象出来的。

我们的确感到内疚。我们的确责怪我们自己。我们很遗憾自己生下了他。我们很遗憾人们知道我们有他这样一个孩子。我们觉得自己有很多值得羞耻的理由。我们有他。

我的脑袋就像一口大锅。

我的头脑是一个独立的大都市，里面不管白天黑夜，到处充满了闪光、阴影和各种各样的人物，还有小小的短剧和衣冠楚楚的地精[1]。白天我的头脑比较清醒。我从来没有想过德里克处在危险之中，我只会想到我儿子或我自己。

我的脑袋里有情节剧、肥皂剧，还有关于迷路小孩的传奇故事在反复上演。这些迷路的孩子可怜兮兮，正在试图追赶前一天的自己或某个别人。他们瞪眼张望。他们太伤心了，无法动弹。他们一动不动，无法哭泣。这里面有我自己模糊的经历，需要翻译，好让它更容易解读。还有痛苦——有许多流动不止的痛苦。它永远都不会减少，而是会将自己储存起来。与热量和能量不同，它不会消散，而是总会留在那里，越积越多。在表面附近，总会有足够的痛苦，可以激发一场怒火，或是完全渗透一段回忆。几乎没有人注意到的微小细节——一种声音、气味或味道，或是一张皱巴巴的糖纸——都能神秘地在内心深处引发嗡嗡的震颤。它属于我。我所拥有的痛苦足以让我和所有我认识的人分享，我这一辈子都用不完。很快就会有那么一天，在我五十、六十、七十、八十或九十岁时，我会在无意中听到有人说生日、哥哥、爸爸、妈妈、姐姐、儿子、小男孩、小狗、法兰克福香肠或棒棒糖，于是我的双眼便会充满泪水，我的内心将会感到一阵阵抽痛，因为这个词唤起了我记忆中尚无结局的古老悲剧。我曾经在这些悲剧中扮演过角色，而这些悲剧仍在已落下的帷幕后面的黑暗中继续重演。这种事情将会发生。它现在就正发生在我身上。法兰克福香肠。一股酸楚的怀旧之情在我心中油然而生。旋转木马。我想哭。棉花糖。我的心都碎了。我觉得我坚持不下去了。

我想留住我的梦。

滚轴溜冰鞋。我整个人都融化了。

---

1 西方民间传说中一种身材矮小的精灵。他们生活在地底下，守护着他们的宝藏。

我想留住我的梦，甚至包括噩梦，因为没有了它们，我整个晚上可能会什么都没有。

他们告诉我，我想念我父亲，就好像我不知道似的。(现在我也想念我儿子。他正在疏远我。他在自己房间里做功课，不用我帮忙，他也不再和我谈论他在学校里遇到的事情。我不知道他现在比以前更不开心还是更开心。) 他们告诉我的事情我都已经知道。他们帮不上忙。他们说我完全正常——这是我所听到过的最糟糕的事情！随着时间的推移，再加上积极的治疗，这种状况可能会得以改善。他们羡慕我的性生活。(我也是。) 我们一致认为，这里面值得遗憾的是我不能从中得到更多的乐趣。

(对于高管进行心理治疗这种事，公司持强烈反对态度，因为这意味着有人不快乐，而不快乐是一种不光彩的社会疾病，为此没有任何借口，也不应得到任何宽恕。癌症、恶性贫血和糖尿病都没有问题，即使是患有多发性硬化症和帕金森病的人也可能继续在公司里飞黄腾达，直到公司不允许他们再干下去为止。但不快乐是致命的。如果我女儿或我儿子自杀了，公司不会在意，因为孩子们有时会做这种事，因为他们就是这样孩子气。但是如果我妻子跳楼自杀，而她又没有任何精神障碍病史，而只是因为她不开心的话，那么我就没有进一步得到晋升的机会了。那样我就毁了。)

他们告诉我，我内心里怀有刻毒的敌意 (这也很正常。我的痛苦比敌意要多。我的头脑是一个存放痛苦的仓库，一个看不见的巨大储藏库，和我的年龄一样深，里面盛满了悲伤，随时等待着被记忆打开一个洞，让它从里面流淌出来。敌意我可以发泄，但痛苦我只能体验)。

如果有哪个我喜欢的人遭受了严重的个人不幸，或者遇到生意失败，有时候我会突然在内心里对他们产生刻骨的仇恨，以至于如果我内心里的某个东西 (或者是我内心里的某个别人) 把我脑子里当时想到的那些无耻的话说出来的话，我马上就会被关起来，遭到众人唾弃，永远都得不到赦免，也没有机会为自己辩护。(和我不亲近的人所遭受的不幸对我影响甚微，甚至毫无影响。)

“真为你高兴！这是你活该！”我想冷笑着说。

(我想吐口水。)

我担心自己有时候真的会这样做。(我曾经和我认识了很久的男人同坐在一张桌旁,而我想去摸他们的手。)

想要踢凯格尔腿的并不是我。不管我是否愿意,总会有新的人在我头脑里孵化出来,而且只要我一注意到他们,他们就会变成我头脑里的永久居民。我们的目标经常会有冲突。他们有的是时间。他们有时间不间断的做他们来这里要做的事情,然后沉着镇定、悠闲自得地走进我一直无法穿透的黑暗中。他们成群结队,在我从未见过的迷宫通道里来回穿梭。我在那儿有一块小墓地,在一条对角线上,里面有一排排整整齐齐、一模一样的墓碑,也许是一张照片留下的图像,或者是很久以前真的看到过的一块墓地的缩影。也许有人埋在那里。时不时会有受了惊的三维思想、幻想或一系列新的老记忆,像一群群麻雀一般从我的脑海里飞过,消失在黑暗的地下洞穴里。如果我能记得努力的话,我可以随时把它们召唤回来,但每次只能召唤一个。那个想让我踢凯格尔腿的人是一个老于世故、轻松自在的家伙,穿着黑色丝袜和灰色细条纹西装。他年龄和我相仿,一头白发修剪得整整齐齐。当然,他的个头很小,他必须能够装进我的脑袋里。(就连所有那些我一生中一直在我的噩梦里威胁着我的巨大而邪恶的食人恶魔也都很小,只是我比它们还要小得多。)他似乎比我更了解我大脑中的石头通道,因为他经常重新出现在不同的环境里,往往在看报纸,一只脚的脚踝舒适地跷在膝盖上,在那里等待时机。他认为他的时间比我多。(实际上并非如此。)我觉得这里有一间桑拿浴室,因为我头脑里许多较为富裕、比较有教养的居民似乎是那种喜欢在打完壁球之后悠闲地蒸烤自己的人。我怀疑在某个秘密的地方还有个同性恋者经常出没的场所。到处都是小小的商店,浑身污垢、胡子拉碴的男人们在里面交换着邪恶的违禁物品,他们对此很在行。浑身污垢、胡子拉碴的男人们向我和男女儿童暴露自己的性器官,却没有受到惩罚。所有罪行都没有受到惩罚。

这些住在我大脑里的袖珍小人肮脏邪恶,可恶至极,就像有生命、有面孔、有灵魂的手指一样。他们有的戴着帽子。人们在受苦。我在受苦。孩子们四处游荡，女人们在哭泣，母亲们躺在床上，奄奄一息。我害怕——我一直都害怕——尖叫声、哀号声、抽泣声随时都可能在我耳边响起，并且会有其他来自内部的饱受煎熬的声音加入进来，永远都不会停止。我会不知道这是否是我自己的想象。但这并没有关系，我会听到。这些小家伙们在活动，我能感觉到他们。浑身肮脏、愤世嫉俗的老人从旁边走过，他们拄着锋利的拐杖，留着尖尖的胡须，残忍而不诚实的眼睛里闪烁着含沙射影的光芒。这种光芒把人刺得生疼。乌戈利诺[1]吃了一颗脑袋：我的脑袋（这个狗娘养的）。

没人会帮忙。（只有我妻子的妹妹所说的话离我们想要别人暴露的那一丝微妙真相足够接近，但她的面目冷酷无情，她的动机不友善，我真想揍她。）

"把那个孩子送走。"她几乎是在命令我们，她的声音尖厉刺耳，态度盛气凌人，话音里带着嘲笑的意味。她在向我们进攻，利用她的优势向我们紧逼。我们必须联合起来抵抗她，将她击退。

"真为你们高兴！这是你们活该。"我耳朵里听到的是这些话，就好像她正在用我自己的声音和话语令人反感地冲着我们吼叫。"我很高兴这件事发生了。哈哈。我很高兴这件事发生在了你们身上，因为我认识你们，而不是发生在那些住得很远、我又不认识的人身上。"

我想揍她，因为我觉得她看穿了我的内心，偷走了我的想法，于是迫使我不得不否认这些想法。

我们想把他打发掉，我们想把他送走。但我们需要有受人尊敬的权威人士来告诉我们。我们自己没有勇气这样做。我们认识的人将会怎样看待我们？

冷酷无情。

没有人性。

我们想把他送走，但我们很害怕。

（我们听说在康涅狄格州、纽约、长岛和新泽西州有和我们处境相同的人，

---

1 乌戈利诺·德拉盖拉尔代斯卡（约 1220—1289）：多诺拉蒂科伯爵，意大利贵族。在但丁的长诗《神曲·地狱篇》中，有乌戈利诺啃食他的敌人比萨大主教鲁杰里的脑袋的描写。

他们打算把他们的孩子留下。为什么？）

“不要那样做，”几乎自从这件事确认无疑的第一天起，我妻子的妹妹就一直在向我们这样警告（当时这样做还为时太早），“快点动手，不要做伪君子。你们拖得越久，对大家的影响就越糟糕。”

这个建议真是太恶毒了。（做伪君子要更容易。）

“不要再说这种话了！”最后那次我妻子对她大发脾气，“我再也不想听到你对我们提起这件事，不然的话我就不准你踏进这个门。我是认真的。”

“我真是受够了，”事后我对我妻子怒吼道，“我再也不想听到她谈论有关德里克的事情。我也不想听到她谈论我们其他孩子的事。如果她还这样做的话，我就会把她赶出去。如果你不对她这样讲，我会对她讲。”

“我已经对她讲了，你也听到了。你觉得我那样做容易吗？”

“你们之所以做出这样的反应，是因为你们知道我是对的。”她妹妹曾经这样自以为是地回答。

“她只是想帮忙，”我妻子懊悔地继续说道，“我现在真后悔当时对她那样大喊大叫。”

“不，她不是。你以为她真是想帮忙吗？我真希望她能和你母亲一起搬到亚利桑那州去。”

“她的店铺在这里。”

她是我妻子性格中低级阴暗的一面，而我妻子只要一看到自己性格的这一面，就会马上退缩，陷入自责悔恨之中。她也是我自己性格的另一个阴暗面（我能够经常在家里将它向家人展示，并且在白日梦里带着报复性的喜悦向我自己显露），正如德里克也是如此，因为我偶尔也会希望自己能够重新变得不会讲话，毫无能力，再次完全依赖父母和哥哥姐姐。（只不过我不想被送到养老院去。）如今我周围的人都会让我想到我自己。就连凯格尔都会让我想到我自己。（格林则不是这样，我钦佩格林。阿瑟·巴伦也不是。我发现自己对地位比我高或比我有更多优点的人不容易产生认同感。我只会认同比我差的人。）阿瑟·巴伦从未向我提起过德里克。安迪·凯格尔则会这样做，为此我讨厌他。(当他星期天不请自来,在我们家露面,并油腔滑调、自命不凡地告诉我这是上帝的旨意时,我简直想杀了他。我也想揍他。)每当有人和我谈论起德里克的时候,我都会愤恨至极(并且想杀了他们),尽管同时我也希望很快全世界所有的人都在同一时刻异口同声地对我说:

"把那个孩子送走。"

但这种事情不会发生。

我用不着对自己的家人做民意调查,就可以知道我们大家想要的是什么。就连我那个一头金发、可爱善良、善解人意的儿子,尽管那些其他选择让他感到胆寒,但是当他向我们恳求说:

"不要把他送走。"

他其实并不是真心的,而实际上是在对我们说:

"请把他送走吧。

"但是把他带走时请动作快一点,好让人眼睛看不见,头脑无法记录,根本就记不住。"

凯格尔从镇上的加油站打电话来,谎称他刚好开车经过,想和我的家人打个招呼。他看上去很憔悴,眼睛下面有不眠之夜留下的阴影。他只能勉强挤出一个紧张的微笑。

"我听到了一些传闻,"他吐露道,"这回我真的有些担心。有人提到过有关我的事吗?"

"我听说你又去了一趟托莱多。"

"公司年会的事他们对我只字未提。通常这个时候他们会给我一个主题。"

"也许他们今年没有主题。"

"我必须去和霍勒斯·怀特会面。和他,还有阿瑟·巴伦。我和霍勒斯·怀特从来都没有任何关系。"

"也许他有一些工作上的主意。"

"二对一。"我妻子刚刚转身回屋里去,凯格尔马上轻松地向我说道,一边向我眨眼示意。

“是黑鬼吗？”

他没听懂我话里的讽刺。

“不适合我，在托莱多不行。我和那儿的人关系不错。你什么时候应该跟我一起去一趟，我会好好照顾你的。”

“我应该留他吃晚饭吗？”我妻子问我。

“不要。”

“他看上去很不开心。”

“他想去开车兜兜风。”

“我根本就不在乎，”凯格尔说，一边用手背抹了抹嘴，把嘴唇擦干，“反正我对做同样的事情也厌倦了。孩子们在哪儿？我想在走之前跟他们打个招呼。”

“他们在外面玩呢。”

“那个小家伙呢？脑子有毛病的那个？”

“他在休息。他必须这样做。”

“要知道，你不应该为你儿子而责怪自己，”凯格尔对我说，一边扭着身子回到车上，“我就不因为我的腿而责怪我自己。这是上帝的旨意。”

“当然，安迪，”我回答道，脸上露出恶意的微笑，一边紧咬了牙关，“你也不必担心你的工作。如果你失去了它，那也是上帝的旨意。”

“嘿嘿。”他假惺惺地说。

“嘿嘿。”

“你为什么不让他留下来？”我妻子问道。

“我不想。”

这是上帝的旨意。

我得到了凯格尔的职位。

“你今天和安迪·凯格尔在一起待过。”我妻子说。

“你怎么知道？”

“你走路一瘸一拐的。他的腿变得更糟糕了吗？”

“没有。为什么？”

“他的腿从来没有瘸得这么厉害过。你几乎是在踉踉跄跄。”

我从凯格尔的一个典型姿势直起身来，用我自己懒洋洋的姿势靠在通向二楼的楼梯底部的端柱上。

“没有。他还是老样子。”

她斜眼看着我。她又在帮女仆准备晚餐的时候喝酒了。她蒙眬的双眼既紧张又耐心。（我无法和她对视。）她感觉到了什么东西，带着糊里糊涂的好奇心小心翼翼地继续打探。

“那你和他在一起一定待了很久。”

“我得到了他的职位。”

“是吗？”

“我今天升职了。”

“升到了什么职位？”

“凯格尔的职位。”

“凯格尔的职位？”

“终于正式通过了。”

“你以前说的就是这份工作吗？”

“恭喜我。”

“你事先知道你要取代的就是他的职位吗？”

“不知道。”

“不，你知道。”

“我有这个预感。”

“他怎么样了？”

“没怎么样。”

“他将会怎么样？我瞧见了他那个样子。”

“他被解雇了。”

“我的天哪。”

“我今天把他解雇了。他还不知道，但我想他应该明白。”

“你把他解雇了？”

“真该死，我必须这样做。他不会被解雇。他会被调到别的地方，直到他辞职或者退休。我不能把他留在身边。他曾经是这里的主管，所以我不能使唤他。他让我觉得很尴尬。他非常马虎，他会给我的工作抹黑。”

“他有两个孩子。”

“我也有两个孩子。”

“你有三个。”

“那又怎么样？”

“你又把德里克忘了。”

“那又怎么样？”

“你总是忘记德里克。”

“那又怎么样？”

“那就像你老爸。”她喝醉了，在公然和我对抗。

“我究竟还能怎么做？”

“我人品比你好。”她对我说。

“你想要一栋新房子，难道不是吗？你很喜欢我能得到一份更好的工作，难道不是吗？”

“我曾经以为我不如你，”她继续道，“但我其实比你好。你总是以为你比我好，但其实并非如此。实际上我比你好。”

“是吗？如果你下午不喝酒的话，那你就更好了。”

“你母亲说得对。”

“别把她扯进来。”

“你真是一无是处。”

“我跟你说了别把她扯进来。”

“我从来都没想过我比你好。”

“你总是为了钱的事来烦我，难道不是吗？”

“不，我没有。”

“你没有才见鬼了呢。”

“而且孩子们也没有。我们并不怎么为了钱的事而烦你。”

“而你还纳闷我为什么不对你说我爱你，是不是？”

“我从来都觉得自己什么都不擅长。”她身上有一种我以前从未见过的毫不掩饰的轻蔑，一种平静而克制的鄙视。“你在这方面没帮过我什么忙。”

“凯格尔都没生我的气，你为什么要生气？”

“他没生气吗？”

“没有。事实上，是他推荐我顶替他的。”

“不，他没有。”她讥笑道，撇着嘴唇，轻蔑地摇了摇头。“这件事你几个月前就知道了，而他才发现。”

“你对这些事真是越来越在行了。”

“是你教我的。”

“至少你学到了点东西。”

“但是现在我知道我比你好，不四吗？”

“应该是‘不是吗’。没有‘不四吗’这种说法[1]。”

“小乖乖[2]。”

“你说什么？”

“小乖乖。”

“你这是从哪儿学的？”

“从你那儿，你在睡梦里说的。”

“我上楼去了。我受不了这一套。”

“小乖乖。晚饭怎么安排？”

“不用管我，我一个人在楼上庆祝。我得开始准备我的演讲。”

---

1 本句原文中纠正的是英语中系动词“be”（是）的不正确用法。

2 表示不屑一顾，下同。参见第417页注释2。

“什么演讲？”

“我在公司年会开幕式上必须发表的重要演讲。我现在是部门主管了。这在家里可能并不意味着什么，但是在公司里却非常重要。整个大会都由我来负责，我想做什么都行。”

“你能帮安迪·凯格尔把他的工作要回来吗？”

“去你妈的。”我对她说。

“你真是一无是处，是不是？”

“我告诉过你。我警告过你。我不希望你再对我说这句话。”

“我想说什么就说什么，”她气呼呼地冲着我喊道，“我不怕你。”

“没错，你经常对我这样说，”我提醒她，“然后你酒醒了，结果发现你其实怕我。”

她崩溃了。“你这个混蛋。”眼泪很快涌出，从她脸上哗哗地流了下来。“这场争论你又赢了，是不是？”

我并没有觉得我赢了。当我疲惫地爬上楼梯时，我觉得自己输了。今天在办公室可真是折磨人。会议于五点结束，好让传闻在晚上传播渗透到公司各个部门。凯格尔逗留得比我们大家都晚，以便让他感激地证实这些传闻。

“我想让你知道，在这件事上我出了很大的力，”他告诉我，“阿瑟·巴伦让我推荐一个我认为能够胜任这个职位的人，我向他大力推举了你。他们本来在考虑像约翰尼·布朗这样的人，或者是某个分部经理。我对他们说，你比他们任何人都更了解这份工作。现在我可以自由自在地去做我喜欢的解决难题的工作。一点都不要怕，我会尽我所能在一旁帮助你。”

不，他不会。

“谢谢你，安迪。你手里拿的是什么？”

“这是霍勒斯·怀特给我的永动机玩具。我敢打赌，如果你不知道电池藏在哪儿的话，你永远也搞不懂它的工作原理。”

(电池总会用完。公司年会结束之后，他大约还有十天的时间，然后他就必须请上几个星期的假，接着调往别处，或者退休。我有一个计划。）

“你以为我又怎么样？”我对约翰尼·布朗说。他强忍着怒火，满腹狐疑地挡住了我的去路，下巴上发达的肌肉绷得紧紧的，就好像是准备要打架（我心想，他会不会一开始就一拳打在我的下巴上，好仁慈地结束我心中的悬念）。“他们告诉我的时候，我就连做梦都没想到，我真是太惊讶了。”

“我听到小鸟叽叽喳喳，传来了好消息。”埃德·费尔普斯轻声地呵呵笑着对我说道，以表示祝贺。

我避开了格林。我没看见雷德。在回家的火车上，我感到神经紧张，疲惫不堪。我真需要一剂我妻子的镇静剂。还没走进家门，我就在为自己感到难过，而且不知道是为了什么。我到浴室里拿了镇静剂，然后走进书房，关上了门。

“爸爸怎么了？”我希望孩子们还有德里克的保姆正在楼下惊惶失措地低语，而且希望德里克也能在某种程度上察觉到我正关着门待在楼上的书房里。

“他感觉不舒服。”我希望我妻子带着强烈的愧疚回答说。

我希望当我书房或办公室的门紧闭着的时候，它也会在别人身上产生某些人关着的门仍会在我身上产生的那种不祥的排斥效应。（我女儿在她自己屋里的时候总是把门关着，而我仍觉得这是一种冒犯。我儿子现在也这样做。）

我很后悔我把自己以为我母亲临终前对我说的那句话告诉了我妻子。（我也很后悔我在睡梦里说出了“小乖乖”这个词。现在这个把柄也被她抓住了。）我不知道究竟是什么让我觉得我可以信任她。（一个男人必须下定决心，永远不向自己的妻子透露任何私密的事情。）我甚至不能肯定我母亲是不是真的说了这句话。当我最后几次到养老院看望她时，我都不知道她是否认出了我。我坐在她的床边，一言不发，在那儿待上十二分钟，然后是十分钟。我再没有给她带熏肉、熏鱼和带蜜的糖果，她吃不下去。我也没有和她讲闲话，她听不见。当她注视着我的时候，大多数情况下我都不能肯定她是否能看见有人坐在那里。

“你一无是处。”她说。其实并没有声音，而更像是她用嘴唇做出这几个词的口型，再加上微弱的呼吸声。我很惊讶，向前俯下身，靠近她那张我再也无法直视的嘴，要求她重复她说的话。“你真是一无是处。”

这就是我以为我所听到的她对我说的最后一句话。即使我活到一百九十岁，我也不会再听到她的话语。即使地球再存在三十亿年，她也不会再有别的话了。

一位母亲临终前对自己的孩子说的最后一句话居然是这个，这也太过分了，难道不是吗？这个孩子甚至还是个有妻室和三个儿女的成年男人。当我听到这句话时，我为我自己感到难过，甚至比我为她还要觉得难过。她反正已经快死了。

而我却不得不继续活下去。

我不知道是什么让我觉得向我妻子吐露这件事是安全的。这件事过了很久我才告诉她，当时我非常难过。这个世界就像一个生锈的马口铁罐头盒。我们曾经将身子蜷在废弃的旧汽车轮胎里，试着在有斜坡的街道上滚动。我们一直都没有成功。我们用滚轴溜冰鞋做成手推滑板车。我摔倒的时候，妈妈将我扶起，吻了一下我摔疼的地方，让它不再疼痛。

我根本就不该告诉那个婊子。这种事情婊子们记得很清楚。

大脑薄膜。（我的大脑薄膜，它们给我带来的痛苦可真不小。）我的大脑薄膜一共有三层，统称为脑膜。它们从外部包裹着我的大脑。最里面的一层叫作软脑膜，它是一层非常纤细、充满了血管的纤维质薄膜（我想应该是充满了静脉和毛细血管）。我可以感觉到它承受着来自内部的压力。有东西在沸腾、冒泡，使劲推挤着它，就好像要爆裂一样。有时这会让我想起奶酪火锅。在蛛网膜和硬脑膜这两层薄膜的支持和辅助下，软脑膜顽强地抵抗着我大脑向外扩张的压力，将它顶了回去。有时候，它会有疼痛感。软脑膜这个名称是从阿拉伯文翻译成拉丁文的，翻译得不确切。阿拉伯文原文的意思是（哈哈）温柔的母亲。

八　我儿子不跟我讲话了

我儿子不跟我讲话了，对此我觉得无法忍受。（他好像不喜欢我。）他不再向我吐露心事。

有时当他回绝我的时候，我想哭。我会记住那次回绝，它撕扯着我的心。他为什么不想跟我讲话了？我想做他最好的朋友。难道他不知道我可能比世界上任何一个人都更爱他吗？他说过他曾经经常梦见我们房间的门关着，他无法进来见我们。现在我会梦见他房间的门关着，我不能进去见他。

他现在连晚安都不对我说，就关门上床睡觉了。

我感到头晕目眩，情绪一落千丈，陷入了旋涡。他不像以前那样经常来找我问事情，我也没办法知道他在想什么，他的朋友是谁，他最喜欢的游戏是什么，他在学校里和功课上遇到了多少麻烦。我焦急地等待着他提到福希奥内的近况。他的行为就好像在生我的气。如果你试图从他嘴里得到比他想要讲的更多的东西，你就会得罪他，要么你就必须偷偷从别人那里打听到有关他的消息。（我想知道他是不是觉得我在暗中监视他。）

“我今天在学校里爬绳了。”有一天晚上他宣布道。那天他天黑了才回家吃晚饭，他的眼睛里闪着温暖的光芒，脸颊和嘴唇由于运动和兴奋呈深红色，使他显得健康英俊。“我差一点儿就爬到最顶上了。真该死。我敢打赌，如果我胆子大点儿，放开一只手去试的话，我一定可以摸到天花板。”

“你摸到天花板了吗？”我问他。

“你为什么老是问我这个？”他愤愤地对我脱口而出，然后走进了自己的房间。

他正在疏远我，而我不想让他这样。他把我拒之门外。我看到他和我女儿房间的门都紧闭着，这让我联想到公司里那些关着的门，并让我心有余悸地想起我们住在城里公寓时那些关着的橱柜和壁橱的门。当时为了捉住或者杀死那些老鼠，每个橱柜和壁橱里都藏着下了诱饵的老鼠夹，每天早晨和晚上我都不得不去把那些门一个个打开。那段时间可算不上什么往日的美好时光。

“你还记得城里的那些老鼠吗？”我向我妻子提起这段往事。“咱们家那次闹老鼠的时候？”

“不是老鼠，”我妻子说，“是蟑螂。”

“蟑螂咱们家也有过。”

“咱们家从来没闹过老鼠。”

“我还害怕自己不得不用杂志打死一只？”

“你的确害怕把它们杀死。你不喜欢踩到它们。你不喜欢蟑螂被踩扁的样子。大多数时候都是我不得不用自己的拖鞋去踩，而我也不喜欢那样做。”

她可能记错了。

最近我的记忆的确好像出了些问题，它经常与想象融合在一起，无法区分，我必须努力将它们分开。我记得自己小时候号啕大哭着从梦中醒来，梦见自己的床上爬满了蟑螂，而且就在灯已经打开，我已经完全清醒之后，有那么好几分钟，我仍能继续看到它们在房间里到处乱窜，渐渐消失。当时是我哥哥来安慰我的（他曾经向我扔过一块煤），他温柔地坐在我身边，直到我不再害怕。现在我没有哥哥了。好几年前，我的一个孩子——我忘了是哪一个——做了一个噩梦，梦见有一群鱼在床上游来游去，嘴巴还在一张一合，而我马上记起我也曾经做过这样的梦。

“我床上有很多鱼，”我抽泣着，浑身颤抖，“在毯子上游来游去。”

“现在没有了，”我哥哥耐心地安慰我，“你一直看着，就会发现什么都没有。”

“原先也没有，”我大声说道，仍在抽泣，“可我还是看到它们了。”

我会看到并不存在的东西。我曾经躺在床上睡不着，倾听着要来把我偷偷劫走的人发出的响动。我害怕黑暗。我能听到从公寓里另一个地方传来的吸毒者的呻吟声和抽泣声。当我蹑手蹑脚地从我房间里出来，这种声音就会停止。当我回到我的房间时，它就会重新开始，并以不规则的间隔时断时续，直到我进入梦乡。我儿子以前怕黑，但现在不怕了。(我不知道他怕黑的那时候我是不是更喜欢他。我觉得当他更需要我的时候我对他更满意。)现在天黑了他也会待在外面，有时一直待到我开始担心。而且除非我们问他，否则他不会告诉我们他都去了哪里，都和谁在一起。我不想让他拒我于千里之外。

“在今年的校园开放周里，”我开始和我妻子谋划，“我打算偷偷溜出去跟福希奥内和校长谈谈，尽我所能了解一下他的情况。”

“今年他不想让你去，而且他也不想让我在那儿待超过一个小时。”

“他为什么没告诉我？”

“他告诉我了。”

我女儿和她的一个朋友偷着用了家里的汽车，她跟我妻子说我已经允许她们用这辆车，然后又向我辩解说我妻子误会了。当我们俩一起和她当面对质时，她哭了起来。她说我们总是找她的茬儿。她说我对我儿子比对她好。她说她迫不及待地想要高中毕业，然后去上大学，好早点离开我们。她说她看得出我们不想让她住在家里。

“如果你给我买一辆车的话，”她一边抽着鼻子一边说道，“我就用不着为了用车而撒谎了。”

我想我迟早都得给她买一辆车(为了我自己的缘故，而不是为了她)。她会一直缠着我，直到我松口。我很高兴汽油价格正在上涨，这样没钱的劳动人民就买不起汽油，而像我和我女儿这样的人就有足够的汽油用了。

“至少她已经不跟那个男孩子来往了，”我妻子说，“而且她不吸毒。”

“你以为我相信她吗？”

“她和朋友一起开车出去，很早就回家。她周末也不经常外出了。你难道没注意到吗？”她沮丧地低下头，悲伤地犹豫着。“我真希望她周末多出去走走。她无事可做。”

我觉得自己陷入了一场无望的斗争之中。预测正在变成现实。这些天我在办公室里的日子更好过了。只要我能把注意力全都集中在工作上，我就会觉得更安全，就连在家里的时候也是这样（我在家里并不觉得安全。我觉得家里的事情正在失去控制，不可阻挡。公司里的事情并没有失去控制）。工作上的任务一目了然，职责一清二楚。我知道自己必须怎么做：就目前而言，我必须对这里的所有人保持友好、亲近，甚至包括那些无关紧要的人，同时对所有我手下其他城市分部的人保持冷淡、疏远。任何人都不能觉得安全。每个人都必须提心吊胆，等候着秘密会议里可能做出的新决定，而我现在成了这些秘密会议的参与者。（我是一位造王者[1]。）公司年会的计划正在井井有条地向前推进，因为受委托执行这些计划的人没有一个感到安全。人们用忌妒、希望、恐惧、野心勃勃、怀疑和失望的眼光看着我。我的小秘书向我表示祝贺，希望我能带她到新部门去。我不会这样做。我对她说她在现在的工作岗位上太重要了。凯格尔的女秘书能为我提供更好的保护，她更善于说谎，更善于掩盖丑闻。我原来的部门里有自作聪明的施沃尔和软弱的霍洛韦，还有一个新来的聪明小伙，不会留下来，外加一个做事慢吞吞的老家伙，死也不肯走。另外还有三个下属，他们挺听话，做事也足够卖力。等到我搬办公室的那天，我会将他们全都欣然抛在身后。我的新办公室在凯格尔办公室对面，是临时的，没有窗户。阿瑟·巴伦和霍勒斯·怀特告诉凯格尔，说只要他还在这儿，他就可以继续留在他宽敞的经理办公室里。（还没有人告诉他允许他待在儿的时间将会有多短。）格林将不得不找人接替我。我很想知道他找的将是谁。我还没有拿定主意如何对付格林。（他仍不怕我，尽管我觉得他现在应该怕我。）

1　指有政治影响、能够扶植国王或其他领导人的重要人物。

“你能不能推荐一个人接替你的位置？”在我搬办公室的那天，他貌似友好地问我，但他的态度有点不对劲，不禁使我心存防备。“我想找个比你强的人。”我刚一点头，他就带着恶意轻松地补充道。

“那你就得给他更高的薪水。”我开玩笑说。

“我很乐意，”他得了一分，“这样的人值得。”

格林现在还一点都不怕我，我可能不得不暂时用卑躬屈膝的方式来对付他。

“凯格尔怎么样？”他故作亲切地问道，“你觉得他有能力接替你的位置吗？”

“他不会愿意的。他恐怕会认为这是大幅度的降职。”

“和你打算给他安排的位置相比可不是这样。”

“特殊项目？”

“给你做？”

“当然。”

“在你手下干过之后，他会认为这是大幅度的升职。”

“杰克，”我用和解的语气向他恳求道，“你现在应该害怕我了，至少应该有那么一点儿。”

“我上次威胁你的时候你就已经知道这件事了，是不是？”

“这件事必须保密。”

“但你当时还是害怕我。”

“我并没有害怕。”

“我的判断力可能很差，但我的眼神一点也不差。我不可能把你看得那么走眼。”

“当时你是我的克星。”

“你当时浑身直冒汗。你现在也还害怕我，就在此时此刻。”

我顺从地咧嘴一笑。“你现在还是我的克星。”

“而且你永远都会害怕我。”

"这一点我可不敢肯定。我今后不必和你单独会面。我可以向别人对你提出批评。我可以否决你的项目,我可以拒绝接受你做的工作。"

"你会这样做吗?"

"我宁愿不这样做。我宁愿得到你的帮助,只不过不要捉弄我。"

"对于像你这样的人,这种诱惑很难抗拒。"

"我知道,你现在就恨不得下手。如果你想被一巴掌拍扁的话,就飞到别人脸上去吧。试试莱斯特·布莱克,他很快就会动手。"

格林无法忍住心中的怒火,一股热血涌上了他的脸颊。"如果我那样做的话,"他怒冲冲地反驳道,"我可能会发现你挡在中间,正在给他的脸上抹油。"

于是有那么一刻,我比他更为沉着镇定。"你开始了。"我温和地责备道。

"不这样做很难。"

"现在你又开始了。"

"越来越难了。你打算怎样对待我?"

"毕恭毕敬,比凯格尔对你强。而且心怀畏惧——眼下我还不想和你争斗,今年不行。我会在所有人面前对你都很友好,只要你不要让我因为这样做而显得荒唐可笑。"

"你对我友好?对我来说,这就是一种羞辱。"

"我喜欢的正是这一点。"我和颜悦色地表示同意。"我现在在笑,因为我知道这是事实,并不是因为我已经在享受这一点。杰克,情况已经发生了很大的变化。我已经不在你手下工作了。你现在必须害怕我,"我提醒他,"你明白这一点。"

"我恐怕做不到。"

格林仍然是我的克星!我现在可以把他踩在脚下,往他眼睛里吐口水,把他揍得精神崩溃,让他捂着肚子、带着他的痉挛性结肠炎躺到医院的病床上。我比他年轻,比他强壮,个头比他大,身体也比他好,我能轻而易举地一拳打在他的下巴上,就像约翰尼·布朗能轻而易举地一拳打在我的下巴上一样——

然而他却仍然是我的克星。我仍旧害怕他，我的腋窝里又汗如泉涌。难怪我的脑子里越来越容易产生奇怪的幻觉和经历。（其中有些我觉得挺有趣，有些则不然。）

前天，我走进一家便餐馆，想吃一份用带籽的圆面包做的半熟烤牛肉三明治，结果以为自己发现我的理发师正在柜台后面工作。

“你在便餐馆里做什么？”我问他。

“我不是你的理发师。”他答道。

我担心自己快要疯了。

一星期前，我从出租车的车窗向外望去，看见杰克·格林正冒着雨在大街上乞讨，穿着一件湿漉漉的长大衣和破烂的鞋子。他比平时高了一头，也更瘦一些，脸色苍白，憔悴不堪。那并不是他，但我看到的就是这样。

我担心自己正在失去理智。

昨天我从公共汽车的车窗向外望去，结果以为自己看见了查理·卓别林正在大街上散步，并觉得我认识他。那并不是查理·卓别林，而且我也不认识他。

我的记忆力可能已经开始衰退。我现在记不清人的名字，而且老是把我早已熟知的电话号码里的数字顺序弄错。别的电话号码里的数字会成对挤进来。过了这么多年，我现在有时会搞不清彭妮的电话号码里究竟是77在开头部分，87在结尾部分，还是说应该反过来。我有时也会记不得雷德·帕克的电话号码究竟是2802还是2082。我确实知道彭妮又怀孕了——但不是我的。我已经给了她堕胎的钱。等到她从住在威尔明顿的父母每月寄给她的钱里攒够了，她会坚持把这笔钱还给我。从前，我所遇到的每一位酒吧女招待都离过一次婚，并且有两个孩子跟姥姥一起住在城外。现在她们都堕过两次胎。大学生以及年轻的模特、秘书、空姐和学表演的学生则堕过一次。研究生也许堕过两次，取决于她们的学术领域。简离开了公司，整个美工部也取消了。（美工部不赚钱。）

“等你安顿下来，马上打电话给我。”我请求她，“甚至在安顿下来之前都行。”

她真的打了。当她打来电话时，我说我很忙，会给她回电话。我没有给她打回去。有时在我睡着的时候，我会试着醒来，却做不到。睡眠将我牢牢地掌握在手心里，而这就是我的梦。

我正在试图把我的各种事情处理妥当。我列了一份清单。

"听着，"有一天，我平静而又果断地对我妻子说，"很快我们就会不得不一起坐下来，认真考虑一下德里克的事情。要知道，我们不能永远把他留在身边。"

"我不想谈这件事。"

我也不想。

我觉得我遇到了很大的麻烦。我觉得自己犯了罪，而受害者总是孩子。

"你生我的气了吗？"我问我儿子，脸上带着审视的微笑，尽量让自己的声音保持温和。

"不，我没生气。"

他的脸上闪过一丝某种神色。我的问题让他感到不安。我几乎不敢说下去。

"你现在不怎么跟我讲话了。"

"我讲。"他耸了耸肩。"我现在就在讲。"他不安地扭动着身子，一种沮丧的情绪使他的脸色变得阴沉下来。他不肯用眼睛看着我。

"不像以前讲得那么多了。你总是待在自己的房间里。"

他又耸了耸肩。"我喜欢待在那儿。"

"你不喜欢我问你问题，是不是？"

"有时候。"

"你在房间里都做些什么？"

"读书，看电视，做功课，想事情。"

"一个人？"

"我喜欢。"

"你以前不喜欢。"

"现在我喜欢。"

"没有我帮忙,你总是能完成所有的家庭作业吗?"

"不总是。"

"那你怎么办?"

"错了也没关系。"

"可是如果能总是把它全都做对,那不是更好吗?"

"老师不在乎。我可以走了吗?"

"去哪儿?"

他带着歉意笑了笑,知道他的回答有些幽默。"去我的房间。"

"当然,"我和蔼地表示同意,话音里带着不由衷的愉悦,"我只是想确认你没有生我的气。"

"你经常待在你的房间里,"他在楼梯旁停下脚步,回过头来辩解道,"妈妈也常待在她的房间里。你该不是觉得我有什么问题吧?"

"可是我总会让你进我的房间。"

哦,上帝啊——你瞧瞧他,一个敏感、坦率、机敏的小男孩,现在个头似乎还只有他蹒跚学步时那么大,而我却正在和他争吵,几乎要掉下眼泪(而且还喉咙哽咽),就好像是一个遭到拒绝的追求者,自私地和他唇枪舌剑,就像平时和我妻子或我女儿一样。

我将会是个什么死法?让我逐一数来。(不,我不会这样做。)这种幼稚的游戏我以前已经做过,现在我不会去浪费那个时间。没有一种是好死。我无法将那个身体健壮、事业成功、高大英俊的男人的形象从我脑海中抹去。几星期前他在我办公大楼的大厅里倒地身亡,当时我们几乎走到了并肩位置。当他向前倒下时,我看得一清二楚。就连在他弯下腰瘫倒在地的时候,他看上去仍像是容光焕发、坚不可摧的健康典范,直到他的脸啪的一声,湿乎乎地砸在地板上,撞出的鲜血从他嘴里喷了出来。我继续从他身边走过,脚步丝毫不乱。我假装没看见。等我吃完午饭回来，他已经不见了。他已经被人抬走。我很失望。有人为了整洁而扭曲了现实。(我现在已经把楼上的事情整理得井井有条。)我仍会发现自己在他摔倒的地方寻找他的影子，我仍记得他摔倒这件事。今早在上班的路上，我看到一个无家可归的人不省人事地躺在圣帕特里克大教堂的台阶上，用一种可能是尿或威士忌的液体弄脏了石头台阶。警察已经在场，将局势控制住了。他们不需要我帮忙。

幸好他们不需要。

唉，唉，呜呼哀哉。我妻子也又不开心了。我们达成了一个合乎情理的谅解：这并不能全都怪我，而且我也没有多少可以做的事情能够让这种情况有所改观(尽管我仍不会对她说我爱她，而她也断然拒绝向我提出这个要求)。她对任何人都无关紧要。

“我真希望我能有一份令人兴奋的事业。”

“现在还不晚。”

她抬起眼睛，目不转睛地仔细端详着我。“已经太晚了。”

“当然是这样。”

她已经接受了这一事实，那就是不论我怎么做，凯格尔都注定要离开，而且如果我不去接替他，我就永远都不会得到提升的机会。

“你会找个女管家，对吧？”她神思恍惚地说，“并且把德里克送到护养院去。要么你就会把孩子们送到寄宿学校，然后自己搬到城里去住。”

“如果什么？”

“如果我自杀了，或者是死于癌症，要么就是我一个人或者和别的男人一起搬走了。”

“你在考虑做这些事情吗？”我以和解的宽容态度问道。

“我不会怪你。我对任何人都无关紧要。”

“我也一样，”我不得不亲密地坦白承认，“除了对你和孩子们。甚至就连德里克都算不上。”

“如果是那样的话，我会心满意足。不，不要对我撒谎。”她带着自尊补充道，脸上露出一丝遗憾的微笑。“我不会相信你的。”

我妻子觉得她对任何人都已经无关紧要，在这一点上她可能是对的。

这个世界上有很多苦难，甚至对她来说也是如此。我必须做一篇演讲。如果没有我，我儿子可能会死去（要么就是如果没有他，我可能会死去。我觉得我对他可能一直都是这种感觉）。哦，我的上帝啊——早在知道什么是痛苦之前，我们就已经陷入了痛苦的折磨之中。我们还没来得及看到它，它就已经成了我们的负担。我们的内心里充满了恐惧。他们告诉我，我出生的时候脸被压扁了，肩膀和胳膊被产钳弄得青一块紫一块，但我没有感觉到任何疼痛的信息，因为我还没有能够记录这些信息的神经系统。但我当时就已经知道什么是孤独。我当时就已经害怕黑暗，也害怕亮光。如果我当时知道寒冷和冻雨是什么的话，我也会害怕这些东西。（我们究竟是害怕我们看不见的东西，还是害怕我们将要看到的东西？）我害怕当我睁开眼睛的时候，周围仍是一片黑暗。（那天晚上他们把我的扁桃体切除掉之后，我待在那家医院里的时候就是这样。）我现在仍害怕会发生这种情况。而且害怕没有人来。恐惧。失去爱，失去亲人，失去亲人的爱。分离。我们不想离开，我们不想让他们离开，我们盼着他们赶快离开，我们希望他们能够回来。这里面似乎有矛盾。当时我需要任何能够将我喂饱的奶头，任何能够将我举起的臂膀。我不知道周围人们的名字。我喜欢将我喂饱的食物——我只知道这些——还有那些搂抱着我、帮我翻身的手臂，它们让我明白，至少在那段时间里，我并不孤单，有人知道我在那里。如果没有它们，我就会是孤零零一个人。我现在仍害怕黑暗。在陌生的床上，我会做噩梦，在我自己的床上也是一样。我的床底下有许多幽灵，只等着蜂拥而出。我卧室的衣橱里藏着无数妖精。我就像一个四岁的孩子一样焦虑不安。我害怕亮光。我害怕有一天睁开眼睛，周围仍是一片黑暗。而且没有人来。（那天晚上在医院里，我没有了扁桃体和腺样体，就这样醒来了一千次，周围总是一片黑暗，我以为永远都不会再有光明了。而且没有人来。）如果有一天早晨来临，却没有亮光，那我还有什么值得期待的呢？我年迈体衰的时候将会是什么样子？我会不会猥亵儿童、放屁、在客厅地板上大便、说黑鬼、故意冒犯犹太人？我现在偶尔也会说黑鬼这个词；一不小心就从嘴里冒出来了。我可以故意冒犯格林。我觉得我非常清楚应该如何对付格林。

“杰克，”我可以这样开始，做出一副亲切友好的姿态，“我想雇一个犹太人。你有认识的吗？我想找一个聪明的。”

“这恐怕不可能。”他也许会这样回答，同样装出一副和蔼可亲的样子。

“难道已经没有聪明的犹太人了吗？”我可以这样嘲弄地回答他。

“哦，有的是，”他会回答，“但是聪明的犹太人是不会愿意在你手下工作的。如果你打算雇用笨蛋的话，你最好还是像平时一样，雇一个新教徒。他们会让你在面子上更好看一些。”

于是我将再次发现，我仍然根本无法对付他。*livid* 这个词指的是蓝色，而 *lurid* 指的是灰白色。我敢打赌，我可能是全世界为数不多的知道这一点的人之一。这点知识并没有给我带来多少好处。（除我之外，格林可能也知道这一点，而这给他带来的好处更少。）我儿子的脸色又变得苍白，他的眼睛又深又蓝。我真希望我的视线能够穿透他的双眼，看到他心里在想什么。

“你为什么盯着我看？”他不自在地问道。

“我没盯着你看。”

“你刚才在看。”

“对不起，我在想事情。”他打算保持沉默。“如果你问我在想什么，你知道我会说什么吗？”

“什么？”他问道，好成全我。

“我在想，你什么时候会问我为什么盯着你看。”

他咧嘴一笑，微微发出一声赞赏的声音，表示听懂了我的笑话，然后走进自己的房间，关上了门。

我不想让他走。如今我记忆力衰退，膀胱有毛病，足弓下垂，扁桃体和腺样体都不在了，下颌骨正在腐烂。现在我儿子想要抛弃我，将我抛在身后，而且不愿告诉我他这样做的理由。我还有什么？我的工作？等到我五十五岁的时候，我所能期待的将只有阿瑟·巴伦的职位和活到六十五岁。等到我六十五岁的时候，我所能期待的将只有活到七十五岁，或者是在那之前死掉。等到我七十五岁的时候，我所能期待的将只有在八十五岁之前死掉，或者是在养老院里接受老年护理。我将不得不接受灌肠。（我会需要穿专门为大小便失禁的男士设计的双层防水内裤吗？）我会大小便失禁。我不想活过八十五岁，但我也不想在一百八十六岁之前死去。

哦，我的父亲啊——你为什么要这样对我？

我想要他回来。

我也想要我儿子回来。

我不想失去他。

可我的确失去了他。

“出事了！”一个十三四岁的少年兴奋地向他的朋友喊道，然后跑到前面去看热闹。

一群人聚集在购物中心。一辆汽车失去了控制，上了人行道。一扇平板玻璃窗被撞碎了。我儿子躺在地上。（他的脑袋没有被撞掉。）他正在痛苦而惊恐地尖叫着，他的双腿和胳膊扭曲着，好像被撞断了似的，鲜血从他脸上和头上的伤口里喷涌而出，还从一只袖子里流到了手上。他看到了我，猛地一惊，接着向我伸出一只手臂。他惊慌失措，我也是。

“爸爸！”

他生命垂危。一种恐惧，一种苍白而可怜的震惊突然出现在他的脸上，比我所能想象的还要可怕。我无法忍受，他也无法忍受。他拥抱着我，用乞求的目光看着我，向我求助。他的尖叫声响亮刺耳。我不忍心看到他遭受这样的极度痛苦和恐惧。我必须做点什么。我将他的脸深深地搂在我的肩膀内侧。我用双臂紧紧地拥抱着他。我用尽全力将他抱紧。

“死亡是由于窒息造成的，”医生说，“这个男孩是被闷死的。他的头皮和脸上有很浅的划伤，他的臀部有瘀伤，他的胳膊上有一道很深的伤口。只有这些。就连他的脾脏都完好无损。”

我在那里泣不成声，护士和警察们对我都很体贴。他们很有礼貌，在一旁静静地等待着。

“你想一个人待着吗？”他们当中有人低声说。

我害怕自己一个人待着。现在我宁愿他们都陪在我身边，看着我在不堪忍受的悲伤和羞耻中哭泣。我哭了很久。当我觉得自己能够开口说话时，我慢慢地把眼睛稍稍抬起，说：

“不要告诉我妻子。”

九　没有人知道我做了什么

没有人知道我做了什么。看到我勇敢地接替了凯格尔的位置，忙着操办公司年会的组织工作，大家都觉得很钦佩。谁都不明白勇敢地坚持工作是最容易做的事情。

我终于有机会发表了我的演讲。我的演讲非常成功(而且没有人在乎。我发现过后没多久，便没有一个人记得演讲的内容是什么。我曾经希望某一位高级职员在表扬我的同时，会建议公关部将我的演讲制作成油印本，将其分发给公司其他部门的主管、各种行业刊物以及各个商会。没有人提出这样的建议)。在阿瑟·巴伦的建议下，我的演讲准备得很简短。我只讲了三分钟，不多不少。凯格尔为大会致开幕词，他的讲话长达十五分钟，他在其中介绍了我，并对我大加赞扬。格林足足讲了二十七分钟，把我为他手下部门所安排的时间全都独霸了，而且他的演讲既花里胡哨，又令人厌烦。

"我很喜欢你的演讲，杰克。"我向他恭维道。

"你想要一份吗？"他回答说，"我已经把它油印好了。"

"我正要问你呢。"

"如果你要引用其中的任何内容，请务必说明出处。我正在考虑将它出版。"

他的眼睛已经在我身后寻找着更大的猎物。(对他来说我仍不够重要——至少今年还是如此。)他抛下我去找霍勒斯·怀特,而霍勒斯·怀特甩掉了他,去找莱斯特·布莱克。布莱克正聚精会神地听着约翰尼·布朗嘀嘀咕咕地讲我的坏话。不久我就必须态度强硬地和约翰尼·布朗好好谈谈,而我害怕他。人们似乎对我能够在工作上很快掌握局面的能力而赞叹不已。

我正在有条有理地把我的事情处理妥当。我将它们从单子上逐一画掉。

我已经对我妻子说了我爱她。

我们决定让德里克和我们再多待上一段时间(他说不定会好起来。他们可能搞错了。他们每天都有新的发现),并为他找了一个可能合适的保姆(头两个找来接替的保姆不肯留下来,而这一个有体臭)。

我给我女儿买了一辆汽车。她的情绪似乎正在好转。(我给我妻子买了一辆她喜欢的新敞篷车,并让她去为我们需要的新房子购买家什。这算不上是什么事业,但新房子需要有人添置家具。我妻子现在坚持要我陪她一起度假。我们现在是一个拥有三辆车的家庭了。)我女儿向我们保证,她今年将完成所有高中课程,她还告诉我们她想上大学。她说她已经不再说谎了。(她讲的可能是实话。)

我已经让埃德·费尔普斯退了休,并解雇了雷德·帕克。(雷德·帕克还不知道这回事。每当他又和一个怪女人一起飞到圣托马斯岛[1]度假的时候,他都会从那里给我们寄来热情洋溢的问候。)现在每星期五我都会收到销售拜访报告,而且报告内容是准确的。

"哎,至少有一件好事,"当我们回到办公室后,布朗勉强向我承认道,"我们可以不再浪费时间和这些愚蠢的销售拜访报告打交道了。"

我为最坏的情况做好了准备,站起身,和他正面交锋。"不,你不能这样做。我需要你在每星期五下班之前把它们全都交到我办公桌上。"

"你真是个讨厌鬼。"

---

1 圣托马斯岛是加勒比海上的一个岛屿,为美属维尔京群岛的一部分。

“而且我也不想让你说我是个讨厌鬼。”

我们俩四目相对。我们之间的仇恨一目了然。我看到他将两个大拳头握紧，他的内心正在颤抖。我本以为他当时会终于伸出手来打我一拳——直到我突然意识到，他的脸上也正在失去血色，可能比我脸上的变化还要快。他也很害怕。他好像正在融化。他的嘴巴和强壮的下巴正在像生了病似的微微颤抖着，看上去就好像有蛆虫在上面爬。他好斗的勇气一下子全都消失了。我看到他正在从我身边渐渐离去，而我知道他可能再也回不来了。

“约翰尼！”我想大喊，“约翰尼·布朗！你要去哪儿？”

“好吧。”他低着头嘟囔道。

但他已经走了，像施展巫术一样把自己变成了一个巴结逢迎的人，对人卑躬屈膝，好保住一份他将无法继续胜任的工作。我设法把他调到了公司的另一个部门，找了一个从商学院毕业的意大利人来接替他。这个人想成功，而且害怕我。

我高尔夫球打得更勤了。(嗖![1]) 而且已经打得挺不错了。

凯格尔已经拿着退休金和利润分成停职了，并和公司签订了两年的兼职顾问合同，但没有人会去用他。

而我还是没能雇到一个犹太人。我们公司是一个提供平等机会的雇主和广告商，但我不知道从哪儿能找到一个犹太人。(格林找了一个犹太人来接替我，而且给他的薪水比以前给我的还要多。我希望这个人不要太喜欢出风头。)

打字员玛莎走了。(不过，在我曾经工作过的每一个办公室里，总是至少有一个人正在慢慢发疯。我在等着看人事部和上天需要多久才会把下一个送来。)

一个姓格雷的人加入了公司，他原来在政府部门担任要职。他正好夹在布莱克和怀特之间[2]。我觉得我们这里已经没有三原色了，不过我们中间可能有

---

1 打高尔夫球时挥杆的声音。

2 双关语。在英语里，格雷、布莱克、怀特这几个姓的本意分别为“灰色”、“黑色”和“白色”。参见第 24 页注释 1。

些赤色分子，哈哈，我们大多数人都很忧郁，哈哈，而且我们全都很胆小[1]。

每当我痛痛快快地大便一次，我那个孤零零的痔疮就会出血。也许我应该给它找个朋友。

现在既然我已经承担起了我的职责，我的确听到了不少反应。我听到：

"你是一位优秀的管理人员，斯洛克姆。"

"你干得很不错，斯洛克姆。"

"我喜欢你这种干脆利落、马上接手的作风。"

"你真是把整个部门都搞得生气勃勃，斯洛克姆。"

"你很圆滑地就把凯格尔挤出去了，是不是啊，斯洛克姆？哈哈。"

"我从没见过他们工作这么卖力，斯洛克姆。"

"我喜欢你敢于负责的作风。"

"我很高兴看到你在新环境下适应得很好。"

（我的确适应得不错。）

"那是谁啊？"

"斯洛克姆。"

"我想让你结识一下鲍勃·斯洛克姆，"阿瑟·巴伦和霍勒斯·怀特现在会这样向别人介绍我，"他是我们公司最出色的主管之一。"

现在当阿瑟·巴伦请我们到他家吃饭时，我在那儿遇到的公司高管比以前级别高得多。和我一起打高尔夫球的人也比以前更高级了。（嗖。）我已经作为霍勒斯·怀特的客人在朗德希尔俱乐部打了两次高尔夫球，其中一次是和他不起眼的妹妹和他妹夫一起打的。他妹妹对我暗送秋波。（嗖。）我的挥杆动作有点不流畅。我曾经作为一位买家的嘉宾在华盛顿特区的伯宁特里俱乐部打过一次，并在那里听到一位担任副职的内阁官员讲了一个老掉牙的笑话，而且讲得很蹩脚。我笑了。（嗖。）我放声大笑。

"我叫斯洛克姆，鲍勃·斯洛克姆。"

1　双关语。在原文中，"赤色分子""忧郁""胆小"这三个词又分别有"红""蓝""黄"的意思。

"下次来华盛顿的时候请找我。"

在一次全国商业会议上,作为公司的代表,我曾经在西弗吉尼亚州的白硫黄泉镇打过高尔夫球。如果我的球艺和职位不断继续提高,也许有朝一日我甚至能到苏格兰的圣安德鲁斯[1]去打高尔夫球。(嗖。)我想念我儿子。打字员玛莎终于挑了一个适当的时候为我发疯了,而且她发疯的方式正好使我能够圆滑地加以处理。我像一位芭蕾舞大师一样掌握了局面。

"打电话给医务部,"我用几乎像音乐一般的权威指挥道,"打电话给人事部。把保安人员叫来。打电话给差旅部,叫他们马上租一辆带司机的轿车。"

玛莎坐在打字员的椅子上,像一尊顽固的雕像一样一动不动,一言不发。她对别人的恳求充耳不闻,使劲甩开人们试图帮助她的手,并且表示她可能会尖叫。我在一旁表情镇定地等待着。当有人靠近她时,她的表情会变得茫然而又慌乱。医务部的护士们很快就到了。

"你感觉怎么样,亲爱的?"最年长的那位护士抚慰地问道。

这时我们周围已经聚集了不少观众,而我是这里的主管。玛莎顺从地站起身,脸上带着微笑。我看得出,她的笑容里带着一丝恶魔般的满足,因为她成功地从这么多热心而又惊慌的人那里勒索出了对她谨慎的关注。

"好了,好了,亲爱的。"

"跟我来,亲爱的。"

"很好,亲爱的。"

"拿上你的手提包,亲爱的。还有你的书。"

"亲爱的,你想歇一会儿吗?"

"亲爱的,你有室友吗?有没有我们可以打电话联系的人?"

"亲爱的,你想躺下吗?好等着车来?"

"很好,亲爱的。"

"再见,玛莎。"

---

1 圣安德鲁斯是位于英国苏格兰东海岸的一个城镇,有"高尔夫球的故乡"之称。

“再见，亲爱的玛莎。”

“再见，亲爱的。”

“你有没有落下什么东西？”

“别担心，亲爱的。我们会把它送过去的。”

“对她温柔点，”我吩咐道，“她是个很好的姑娘。”

等她走了之后，我听到人们在为我处理这件事的方式而鼓掌。

没有人感到尴尬。

大家对我指挥若定的表现似乎都非常满意。